안나 카레니나 2

Анна Каренина

세계문학전집 220

안나 카레니나 2

Анна Каренина

레프 톨스토이

연진희 옮김

민음사

차례

1권 차례

3권 차례

주요 등장인물

안나 카레니나 스테판 오블론스키의 여동생이자 카레닌의 아내로, 브론스키와 사랑에 빠진다.

알렉세이 알렉산드로비치 카레닌 유능한 고위 관리이며 아내인 안나보다는 20년 연상이다.

알렉세이 키릴로비치 브론스키 부유한 백작으로 안나와 사랑에 빠진다.

스테판(스티바) 오블론스키 유흥을 좋아하는 젊은 공작.

다리야(돌리) 알렉산드로브나 스테판의 아내.

콘스탄친(코스챠) 드미트리치 레빈 시골에서 조용히 농지를 돌보며 사는 귀족으로 키티에게 구혼한다.

카체리나(키티) 알렉산드로브나 다리야의 여동생으로 브론스키와 레빈 사이에서 갈등한다.

세르게이 이바니치 코즈니셰프 레빈의 동복형.

니콜라이 드미트리치 레빈 레빈의 친형.

알렉산드르 안드레이치 키티의 아버지인 노공작.

세르게이(세료자) 안나의 아들.

일러두기

1. 번역 대본은 프라브다 판 톨스토이 전집(1987. 총 12권) 7, 8권에 수록돼 있는 Анна Каренина이다.
2. 러시아어 고유 명사와 도량법 표기는 국립국어원의 외래어 표기법을 따르는 것을 원칙으로 하였다. 다만 발음상 편의를 위하여 구개음화를 적용하였고(카체리나, 콘스탄친, 미챠 등) Ш(쉬), Щ(슈), С(스), З(즈), Ж(쥬)를 구분하여 표기함으로써 'ㅅ'와 'ㅈ'의 음가를 세분하였다. 다만 영어를 비롯한 외국어에서 차용한 러시아어에는 구개음화를 적용하지 않았다.(키티, 스티바 등)
3. 본서의 고딕체와 ( ) 부분은 원문을 따랐다.
4. 톨스토이가 원문에 쓴 프랑스어, 영어, 독일어 표현은 러시아 사교계의 언어 사용을 생생하게 표현하기 위해 이 책에서도 원어 그대로 실었고 옮긴이 주에 그 뜻을 번역하였다.
5. 작품 속 성경 텍스트는 대한성서공회가 간행한 『성경전서』(표준새번역판, 1993)에서 인용하였다.
6. 톨스토이는 제정 러시아의 역법인 율리우스력에 따라 작품 속 사건을 서술했다. 19세기 역법에 따르면 율리우스력은 오늘날 세계적으로 통용되는 그레고리력보다 십이 일 늦다. 따라서 톨스토이가 기술한 날짜를 그레고리력으로 전환할 때는 십이 일을 더하면 된다. 다만 20세기 이후에는 율리우스력의 날짜를 그레고리력보다 십삼 일 늦게 산정한다.

3부

1

세르게이 이바노비치 코즈니셰프는 정신노동에서 벗어나 휴식을 취하고 싶었다. 그래서 그는 여느 때처럼 외국으로 가는 대신 5월 말에 시골의 동생 집을 찾았다. 그의 신념에 따르면, 가장 멋진 생활은 다름 아닌 시골 생활이었다. 그는 이 생활을 즐기기 위해 지금 동생의 집으로 온 것이다. 콘스탄친 레빈은 무척 기뻤다. 게다가 올여름에는 니콜라이 형이 오지 않을 것 같아서 더욱 기뻤다. 하지만 콘스탄친 레빈은 세르게이 이바노비치를 사랑하고 존경하면서도 그와 함께 시골에서 지내는 것이 불편했다. 시골에 대한 형의 태도를 보노라면 거북하고 심지어 불쾌한 기분마저 들었다. 콘스탄친 레빈에게는 시골이 삶의 장소, 즉 기쁨과 고통과 노동의 장소였다. 하지만 세르게이 이바노비치에게는 시골이 노동에서 벗어난 휴식의 공간이자 타락의 독소를 제거하는 데 유용한 해독제였다. 그는 그 해독제를 만족스럽게 복용하며 그 효과를 자각하곤 했다. 콘스탄친 레빈이 시골을 좋아한 이유는 시골이 의심할 바 없이 유익한 노동의 무대이기 때문이었다. 한편 세르게이 이바노비치가 시골을 특별히 좋아한 이유는 이곳에서는 아무 일을 하지 않아도 되고 할 필요도 없기 때문이었다. 게다가 민중에 대한 세르게이 이바노비치의 태도도 콘스탄친의 눈에 약간 거슬렸다. 세르게이 이바노비치는 민중을 사랑하고 이해한다고 말하면서 농부들과 종종 이야기를 나누곤 했는데, 이럴 때 그는 위선을 떨거나 거드름을 피우는 일 없이 농부들과 나눈 모든 대화에서 민중에게 유익한 일반적인 자료와 자신이 민중을 잘 이해한다는 증거를 끌어냈다. 콘스탄친 레빈에게는 민중에 대한 그런 태도가 마음에 들지 않았다. 콘스탄친이 생각하기에, 민중은 단지 일반적인 노동의 주요한 참여자일 뿐이었다. 물론 그는 민중을 대단히 존경하고 민중을 혈육처럼 사랑하였다. 그런 사랑은 그 스스로 말하듯 어쩌면 농가의 아낙인 유모의 젖과 함께 그의 몸속으로 들어왔을지도 모른다. 또한 그는 그들과 공통 문제에 함께 참여하면서 때때로 그 사람들의 힘과 온순함과 정직함에 매혹되곤 했는데, 특히 그 공통 문제가 여러 다른 자질들을 요구할 때 이런 일이 잦았다. 그러나 그는 민중들의 만사태평과 방종과 만취와 거짓말 때문에 그들에게 적의를 느끼곤 했다. 누군가 콘스탄친 레빈에게 민중 일반을 사랑하느냐고 물었다면, 그는 뭐라고 대답할지 몰라 난감해했을 것이다. 인간 일반에 대해서도 마찬가지지만, 그는 민중을 사랑하기도 했고 사랑하지 않기도 했다. 물론 성품이 선한 그는 인간을 사랑하지 않을 때보다 사랑할 때가 더 많았고, 그것은 민중에 대해서도 마찬가지였다. 하지만 민중을 어떤 특별한 존재로서 사랑하거나 사랑하지 않는 것은 그에게 불가능한 일이었다. 그 자신이 민중과 함께 살고 있고 그의 모든 이해관계가 민중과 결합되어 있기 때문에, 그리고 스스로를 민중의 일부라고 생각하여 자신과 민중 안에서 어떤 특별한 성질이나 단점을 찾으려 하지 않았고 자신을 민중과 대립된 존재로 생각하지 않았기 때문이었다. 게다가 그는 오랫동안 주인으로, 중재자로, 특히 조언자로(농부들은 그를 신뢰하여 40베르스타 떨어진 곳에서도 그에게 조언을 구하러 왔다.) 살아왔으면서도 민중에 대해 어떠한 고정된 견해도 갖지 않았다. 따라서 민중을 이해하느냐는 질문은 민중을 사랑하느냐는 질문만큼이나 그를 난처하게 했을 것이다. 그에게는 민중을 안다고 말하는 것이 인간을 안다고 말하는 것과 똑같은 것이었다. 그는 모든 종류의 인간을 끊임없이 관찰하며 그들을 이해하려 했다. 그 가운데에는 그가 훌륭하고 흥미로운 사람이라고 생각하는 농부들도 있었다. 그는 인간들 안에서 끊임없이 새로운 특징을 찾아 그들에 대한 이전의 견해를 바꾸고 새로운 견해를 확립하였다. 세르게이 이바노비치는 그 반대였다. 그는 자신이 사랑하지 않는 생활과 대조하여 시골을 사랑하고 찬미한 것과 똑같이, 민중에 대해서도 그가 좋아하지 않는 계급의 사람들과 대조하여 그들을 사랑하고 그들을 사람 일반과 대조되는 무엇으로서 파악했다. 그의 체계적인 이성 안에는 민중의 생활에 대한 일정한 형식이 뚜렷하게 자리 잡고 있었다. 그 형식은 민중의 생활 자체에서 어느 정도 끌어낸 것이기도 하지만 주로 대조를 통해 얻은 것이었다. 그는 민중에 대한 자신의 견해와 그들에게 공감하는 태도를 결코 바꾸려 하지 않았다.

민중을 둘러싸고 형제 사이에 의견이 분분할 경우, 논쟁에서 이기는 쪽은 언제나 세르게이 이바노비치였다. 그것은 바로 세르게이 이바노비치에게는 민중과 그들의 성격, 특징, 취향 등에 대한 뚜렷한 견해가 있었기 때문이다. 그와 달리 콘스탄친 레빈은 어떤 일정하고 고정된 견해를 전혀 갖지 않았기에 이런 논쟁을 할 때면 늘 자기모순을 드러냈다.

세르게이 이바노비치의 눈에 그의 막내 동생은 심장이 반듯하게 놓인(그는 이 말을 프랑스어로 표현했다.) 매우 훌륭한 청년이었다. 하지만 이성적인 면에서 볼 때 그는 꽤 기민하긴 하지만 순간적인 인상에 쉽게 좌우되고 그로 인해 많은 모순을 지닌 청년이었다. 때때로 그는 맏형다운 관대함으로 그에게 사물의 의미를 설명해 주기도 했다. 하지만 그는 동생이 너무 쉽게 제압되었기 때문에 동생과의 논쟁에서 즐거움을 찾을 수 없었다.

콘스탄친 레빈은 형을 굉장한 지성과 교양을 갖춘 사람으로, 고결하다는 말의 지고한 뜻에 부합하는 사람으로, 공익을 위한 천부적인 활동 능력을 가진 사람으로 보았다. 그러나 나이가 들고 형을 더 잘 알게 될수록, 그의 마음속 깊은 곳에서는 공익을 위한 이런 활동 능력이, 자신에게는 완전히 결여된 것으로 생각한 이 능력이 어쩌면 장점이 아니라 오히려 무언가의 결핍일지도 모른다는 생각이 점점 더 빈번하게 떠올랐다. 그 결핍이란 선하고 정직하고 고결한 열망이나 취향의 결핍이 아닌 생명력의 결핍, 즉 마음이라고 불리는 것의 결핍, 인간으로 하여금 무수하게 놓인 삶의 길 가운데 하나를 선택하여 그 하나만을 바라게 만드는 갈망의 결핍이었다. 형을 더 많이 알게 될수록, 콘스탄친은 세르게이 이바노비치를 비롯하여 공익을 위해 일하는 많은 활동가들이 가슴으로 공익에 대한 사랑에 이끌린 것이 아니라 이성으로 이 일을 하는 것이 좋다고 판단했고 오직 그러한 판단에 따라 이 일에 종사하고 있다는 것을 더욱더 분명히 깨닫게 되었다. 세르게이 이바노비치가 공익이나 영혼 불멸에 대한 문제를 마음에 받아들이는 것이 체스 게임이나 새로운 기계의 정교한 구조를 대할 때와 별반 다르지 않다는 것을 알게 된 것도 레빈의 이런 추측을 더욱더 확고하게 해 주었다.

게다가 콘스탄친 레빈이 형과 시골에서 지내는 것을 불편하게 느끼게 된 데에는 또 다른 이유가 있었다. 시골에서는, 특히 여름철만 되면 레빈은 농사일로 쉴 틈 없이 바빠 그날에 해야 할 일을 모두 끝내는 것만으로도 여름날의 긴 하루가 부족할 정도인데, 세르게이 이바노비치는 가만히 쉬기만 했다. 그러나 지금은 쉬고 있다 해도, 즉 저술 작업을 하고 있지 않다 해도, 정신노동에 너무나도 길들여진 그는 자신의 머리에 떠오른 생각을 아름답고 함축적인 형식으로 표현하기를 좋아했고 그것을 누군가에게 들려주기를 좋아했다. 그의 일상에서 가장 가깝고 자연스런 청취자는 동생이었다. 따라서 두 사람의 관계가 다정하고 꾸밈없긴 했지만, 콘스탄친 레빈은 형을 혼자만 내버려두기가 거북했다. 세르게이 이바노비치는 햇빛이 내리쬐는 풀밭에 누워 볕을 쬐며 한가롭게 이야기하기를 좋아했다.

"너는 믿지 않을 거야." 그가 동생에게 말했다. "이런 소(小)러시아적인 게으름이 내게 얼마나 큰 즐거움을 주는지 말이다. 머릿속이 아무 생각 없이 텅 비어 있어서 공이라도 굴릴 수 있을 것 같다니까."

하지만 콘스탄친 레빈은 그의 말을 들으며 앉아 있기가 지루했다. 특히 그는 자기가 없으면 농부들이 아직 다 갈지도 않은 밭에 거름을 운반할 뿐 아니라 자기가 지켜보지 않는 사이에 거름을 제멋대로 쌓아 둔다는 것을 잘 알고 있었으므로 그 자리가 더욱 지루했다. 게다가 농부들은 쟁기의 보습을 나사로 죄어 두지 않고 내버려 두었다가 나중에야 쟁기는 아무 쓸모없는 발명품이라느니, 안드레예브나의 구식 나무 쟁기만 한 것이 없다느니 하며 지껄일 것이다.

"그만하면 더위 속을 충분히 돌아다니지 않았니?" 세르게이 이바노비치는 그에게 이렇게 말한다. 그러면 레빈은 "아냐, 사무실에 금방 뛰어갔다 올게." 하며 밭으로 뛰어가는 것이었다.

2

6월 초 보모이자 가정부인 아가피야 미하일로브나가 소금에 갓 절인 버섯이 든 단지를 저장실로 옮기다 미끄러져 손목을 삐는 사고가 있었다. 이제 막 학업을 마친 젊고 말이 많은 의사가 왔다. 그는 손을 진찰하고 나서 손목뼈가 탈골된 것은 아니라고 말하고는 압박붕대를 대 주었다. 그리고 식사를 하고 가려고 잠시 머무는 동안, 그는 유명한 세르게이 이바노비치 코즈니셰프와의 담소가 즐거웠던지 사물에 대한 자신의 진보적인 시각을 뽐내기 위해 젬스트보의 추악한 상황을 비난하며 군(郡) 내에 도는 온갖 소문들을 들려주었다. 세르게이 이바노비치는 그의 이야기를 주의 깊게 들으며 몇 가지 질문을 던졌다. 그는 새로운 청취자를 만난 것에 흥분하여 젊은 의사와 열심히 이야기를 나누었고 몇 가지 예리하고 무게 있는 견해를 제시하여 그에게 정중한 존중을 받았다. 그러고는 눈부시고 생기 넘친 대화 뒤에 늘 찾아오는 활기찬 기분, 동생도 익히 아는 그 특유의 기분에 젖었다. 의사가 돌아간 후, 세르게이 이바노비치는 강으로 낚시하러 가고 싶다고 말했다. 그는 낚시를 좋아했는데, 마치 이런 무익한 일을 좋아할 수 있다는 것을 자랑스러워하는 것 같았다.

밭과 목초지로 가야 했던 콘스탄친 레빈은 이륜마차로 형을 데려다 주겠다고 나섰다.

바야흐로 1년 중 여름이 저무는 때였다. 올해의 수확량이 이미 결정된 시기, 이듬해의 파종에 대한 걱정이 시작되고 풀베기가 다가오는 시기, 호밀마다 이삭이 패고 바람이 불 때마다 회색빛 도는 초록색 호밀이 채 영글지 않은 가벼운 이삭을 흔들며 물결치는 시기, 초록색 귀리와 그 사이에 점점이 흩어져 덤불을 이룬 누런 풀이 늦갈이 밭을 따라 들쑥날쑥 펼쳐져 있는 시기, 철 이른 메밀이 무성하게 자라 땅을 뒤덮는 시기, 가축들에게 짓밟혀 쟁기 날도 들지 않는 길이 난 휴한지를 절반가량 갈아엎어 놓은 시기, 밭으로 옮긴 꾸덕꾸덕한 거름 더미의 냄새가 달콤한 풀 냄새와 어우러져 노을 속으로 퍼지는 시기, 아래쪽의 무성한 풀밭이 낫을 기다리며 끝없는 바다를 이루고 그 사이로 땅에서 뽑힌 괭이밥 줄기의 거무스름한 무더기가 군데군데 쌓여 있는 시기였다.

해마다 되풀이되고 해마다 민중들의 온 힘을 불러내는 수확을 앞두고, 바야흐로 짧은 휴식이 시작되는 때였다. 작황은 훌륭했고, 맑고 무더운 여름날이 이슬에 젖은 짧은 밤과 더불어 계속되었다.

형제는 풀밭 쪽으로 가기 위해 숲을 지나쳐야만 했다. 세르게이 이바노비치는 가는 내내 나뭇잎에 뒤덮인 고요한 숲의 아름다움에 감탄하면서, 누런 턱잎으로 알록달록하고 그늘진 쪽은 검은, 이제 곧 꽃을 피우려는 보리수 고목을 가리키기도 하고, 나무에서 에메랄드처럼 반짝이는 금년생의 새싹을 가리키기도 했다. 콘스탄친 레빈은 자연의 아름다움에 대해 말하거나 듣는 것을 좋아하지 않았다. 그가 생각하기에, 말이란 그가 본 사물의 아름다움을 앗아 가는 것이었다. 그는 형의 말에 맞장구를 치면서도 자기도 모르게 다른 것을 생각하곤 했다. 그들이 숲에 도착했을 때, 그의 관심은 온통 낮은 언덕 위에 펼쳐진 휴한지의 풍경에 쏠렸다. 어떤 곳은 풀에 뒤덮여 누렇게 되고 어떤 곳은 바둑판무늬로 반듯하게 구획이 나뉘고 어떤 곳은 더미가 쌓여 있고 어떤 곳은 밭갈이가 되어 있었다. 들판에는 짐마차가 줄을 지어 움직이고 있었다. 레빈은 짐마차의 수를 세어 보고는 필요한 것을 모두 운반해 나가고 있다는 사실에 흡족해했다. 풀밭이 보이자, 그의 생각은 풀베기에 관한 문제로 옮겨 갔다. 그는 건초를 추수할 때면 늘 아픈 데를 찌르는 듯한 무언가를 느꼈다. 풀밭으로 다가간 레빈은 말을 멈춰 세웠다.

무성한 풀 밑에는 아직 아침 이슬이 맺혀 있었다. 세르게이 이바노비치는 발이 젖지 않도록 이륜마차를 풀밭 사이로 몰아 농어가 잡히는 버드나무 덤불로 데려다 달라고 부탁했다. 콘스탄친 레빈은 자기의 풀을 짓밟는 것이 너무나 애석했지만 풀밭 속으로 마차를 몰았다. 키가 큰 풀들이 마차 바퀴와 말의 다리를 부드럽게 휘감으며 축축해진 바퀴살과 바퀴통에 씨앗을 붙였다.

형은 낚시 도구를 정리하고 덤불 아래에 앉았다. 레빈은 말을 끌고 가 매어 두고는 바람에도 일렁이지 않는 드넓은 바다, 회색과 초록색을 띤 풀밭의 바다 속으로 들어갔다. 봄철의 범람으로 물에 잠긴 곳에 이르자, 씨앗이 영글어 가는 비단결 같은 풀들이 허리까지 닿았다.

풀밭을 가로질러 큰길로 나온 콘스탄친 레빈은 벌통을 들고 오던 노인과 마주쳤다. 그는 한쪽 눈이 퉁퉁 부어 있었다.

"어라? 잡은 건가, 포미치?" 그가 물었다.

"잡기는요, 콘스탄친 드미트리치! 그저 내 것이나 지키면 다행이죠. 이놈들이 달아난 게 이번으로 두 번째입니다……. 고맙게도 녀석들이 쫓아가 주었지요. 나리의 밭을 가는 녀석들 말입니다. 말을 풀어 벌을 쫓아가는데……."

"그건 그렇고, 포미치, 뭐라고 말 좀 해 봐. 풀을 벨까, 아니면 좀 더 기다릴까?"

"아, 좋아요! 성 베드로 축일까지 기다리는 것이 우리의 습관입니다만. 하지만 나리는 언제나 일찍 풀베기를 하시니까. 괜찮아요, 다행히 풀이 좋아요. 가축을 먹이기에 넉넉할 겁니다."

"날씨는 어떨 것 같아?"

"그거야 하느님 소관이죠. 아마 날씨도 좋을 겁니다."

레빈은 형에게 다가갔다. 세르게이 이바노비치는 물고기를 한 마리도 잡지 못했지만 지루하기는커녕 기분이 몹시 좋은 것 같았다. 레빈은 의사와의 대화에 자극을 받은 형이 계속 이야기를 나누고 싶어 하는 것을 알았다. 그러나 레빈은 얼른 집으로 돌아가 내일까지 풀 베는 일꾼들을 모으도록 지시를 내리고 풀베기에 대한 의문을 해결하고 싶었다. 그의 마음은 풀베기에 온통 쏠려 있었다.

"자, 돌아가자" 그가 말했다.

"도대체 어디를 가려고 그렇게 서두르니? 여기 앉았다 가자. 그런데 넌 왜 이렇게 젖었니? 물고기는 못 잡았지만 그래도 좋구나. 어떤 종류의 수렵이든 자연을 상대로 한다는 점이 마음에 들어. 강철 빛을 띤 이 물이 정말 아름답지 않니!" 그가 말했다. "이 강기슭을 보면 언제나 수수께끼가 떠올라. 알겠니? 풀이 물에게 말해. 우리는 흔들릴 거야, 흔들릴 거야."

"난 그런 수수께끼 몰라." 레빈은 우울하게 대답했다.

3

"난 말이다, 너에 대해 생각하고 있었다." 세르게이 이바노비치가 말했다. "그 의사의 말을 들어 보니, 너의 군 내에서 정말 말도 안 되는 일이 벌어지고 있더구나. 꽤 똑똑한 청년이던걸. 내가 언젠가 네게 했던 말을 지금 또 해야겠다. 네가 젬스트보의 모임에 나가지 않고 그 일을 멀리하는 것은 좋은 일이 아냐. 성실한 사람들이 젬스트보를 멀리할 때, 모든 것이 어떻게 될지는 하느님만이 아실 거다. 우리가 지불하는 돈은 봉급으로 다 나가 버리지. 그래서 학교도, 간호사도, 산파도, 약국도 없는 거야. 아무것도 없어."

"나도 노력했어." 레빈은 나직한 목소리로 내키지 않는 듯 대답했다. "하지만 내 힘으로는 안 돼! 어쩔 도리가 없어!"

"그래, 넌 무엇을 할 수 없다는 거니? 솔직히 이해가 안 된다. 무관심이나 무능력 때문이라면 인정할 수 없어. 단순히 귀찮아서 그런 것 아니냐?"

"첫 번째도, 두 번째도, 세 번째도 모두 아니야. 난 노력했어. 하지만 이제야 내가 아무것도 할 수 없다는 걸 깨달았지." 레빈이 말했다.

그는 형이 말한 것을 깊이 생각해 보지 않았다. 그는 강 건너 밭을 바라보다 검은 무언가를 보았다. 하지만 그것이 말인지 말을 탄 집사인지 분간할 수 없었다.

"도대체 무엇 때문에 네가 아무것도 할 수 없다는 거니? 넌 시험 삼아 한번 해 보다 네 뜻대로 안 되자 굴복해 버리고 만 거야. 넌 자존심도 없니?"

"자존심?" 형의 말이 레빈의 아픈 곳을 찔렀다. "난 모르겠어. 만약 대학에서 다른 사람들은 적분 계산을 이해하는데 나만 이해하지 못한다는 말을 들으면, 그땐 자존심이 발동하겠지. 하지만 이 경우에는 먼저 이런 일을 위해 어떤 재능이 필요하다는 신념을 가져야 해. 무엇보다 이 모든 일이 매우 중요하다는 확신이 있어야 하지."

"그래서! 이 일이 중요하지 않다는 거냐?" 세르게이 이바노비치는 동생이 자기의 관심사를 중요하다고 생각지 않고 특히 자기의 말을 거의 듣고 있지 않는 것에 성이 났다.

"내가 보기엔 별로 중요하지 않아. 내 마음이 그것에 끌리지 않아. 형이 바라는 게 도대체 뭐야……?" 레빈은 그가 본 것이 집사고 집사가 농부들에게 쟁기질을 그만두도록 한 것 같다고 생각하며 이렇게 대답했다. 그들은 쟁기를 뒤집어 놓았다. '정말로 다 갈았을까?' 그는 생각했다.

"하지만 들어 봐." 형은 아름답고 지적인 얼굴을 찡그리며 말했다. "모든 것에는 한계가 있어. 괴짜나 진실한 사람으로 살면서 허위를 미워한다는 것, 아주 좋은 일이지. 나도 다 알아. 네가 한 말은 사실 별 뜻이 없거나 매우 나쁜 의미를 담고 있어. 어째서 넌 중요하지 않다고 생각하는 걸까? 네 입으로 사랑한다고 단언한 그 민중들이……."

'난 한 번도 그렇게 단언한 적 없는데.' 콘스탄친 레빈은 생각했다.

"아무 도움도 받지 못하고 죽어 가는데. 잔인한 아낙네들이 아이들을 굶겨 죽이고 민중들은 무지에 빠져 서기의 손에 놀아나고 있어. 그런데 네 손에는 이들을 도울 수단이 있지. 그런데 넌 이것이 중요하지 않다며 도우려 하지 않아."

이렇게 세르게이 이바노비치는 그를 딜레마에 빠뜨렸다. 즉 넌 네가 할 수 있는 것을 깨닫지 못할 만큼 모자란 것이냐, 아니면 그 일을 하기 위해 자신의 평안과 허영을 포기하고 싶지 않은 것이냐, 난 어느 쪽인지 모르겠다.

콘스탄친 레빈은 형의 말에 굴복하든지 공익에 대한 애정이 부족하다고 인정하든지, 둘 중의 하나를 택할 수밖에 없다고 느꼈다. 이러한 생각은 그에게 모욕과 슬픔을 안겨 주었다.

"어느 쪽이든 상관없어." 그는 단호하게 말했다. "난 그런 일이 가능하다고 생각하지 않아……."

"어째서? 돈을 잘 할당해도 의료적인 도움을 줄 수 없을까?"

"불가능해. 내가 보기엔 그래……. 4000제곱베르스타인 우리 군에는 눈이 녹는 곳도 있고 눈보라가 몰아치는 곳도 있고 농사철인 곳도 있어. 난 이 전 지역에 의료적인 도움을 주는 것이 가능하다고 생각하지 않아. 게다가 난 대체로 의학을 믿지 않거든."

"잠깐, 그건 옳지 않아……. 네게 천 가지라도 예를 들어 보이지……. 그럼 학교는?"

"뭣 때문에 학교가 필요해?"

"무슨 소리야? 과연 교육의 효용에 의문이 있을 수 있을까? 교육이 너에게 유익하다면 다른 이들에게도 그렇겠지."

콘스탄친 레빈은 자신이 도덕적으로 막다른 궁지에 몰렸다는 것을 느꼈다. 그래서 그는 흥분하여 자기도 모르게 공공사업에 무관심하게 된 주된 이유를 입 밖에 내고 말았다.

"어쩌면 그 모든 게 다 좋은 일인지도 모르지. 하지만 어째서 내가 나 자신도 결코 이용하지 않을 의료 시설이나 내 아이들을 보낼 생각도 없고 농부들도 자기 아이들을 보내고 싶어 하지 않는 학교를 설립하는 데 마음을 써야 해? 게다가 난 아직 그들을 그곳에 보내야 한다는 확신도 없는데." 그가 말했다.

세르게이 이바노비치는 이 예기치 못한 견해에 잠시 놀랐다. 하지만 그는 곧 새로운 공격 계획을 짰다.

그는 잠시 침묵하더니 낚싯대를 하나 꺼내 다시 줄을 드리우고는 씩 웃으며 동생을 돌아보았다.

"잠깐……. 첫째, 의료 시설은 필요해. 우리만 해도 아가피야 미하일로브나를 위해 군에 있는 의사를 데려오라고 사람을 보냈잖아."

"글쎄, 내 생각에 그 손은 굽은 채로 남을걸."

"그건 두고 봐야겠지. 그런데 말이야, 읽고 쓸 줄 아는 농부나 일꾼이 네게도 더 필요하고 귀중하지 않을까?"

"아니, 아무나 붙잡고 물어봐." 콘스탄친 레빈이 단호하게 대답했다. "읽고 쓸 줄 아는 사람은 일꾼으로는 훨씬 떨어져. 길을 수리하지도 못해. 다리를 세워 놓으면 그 인간들이 눈 깜짝할 사이에 다 뜯어 가 버려."

"하지만." 세르게이 이바노비치는 얼굴을 찌푸리며 말했다. 그는 모순을 좋아하지 않았고, 특히 이 이야기에서 저 이야기로 마구 건너뛰거나 아무 맥락 없이 새로운 논거를 끌어들여 무슨 말에 대꾸할지 알 수 없게 만드는 것을 싫어했다. "하지만 중요한 건 그게 아냐. 잠깐. 너는 교육이 민중에게 유익하다는 점을 인정하니?"

"인정해." 레빈은 무심코 이렇게 말했다. 그러자 곧 마음에도 없는 말을 내뱉었다는 생각이 들었다. 그는 만일 자기가 이것을 인정하면 자기가 지금까지 아무 의미도 없는 쓸데없는 소리를 지껄인 셈이 된다는 것을 깨달았다. 그는 이 점이 어떤 식으로 입증될지는 몰랐지만, 그것이 분명 논리적으로 입증되리라는 것만은 알고 있었다. 그래서 그는 그 논증을 기다렸다.

논증은 콘스탄친 레빈이 예상한 것보다 훨씬 단순하게 진행되었다.

"네가 교육이 유익하다는 점을 인정한다면……." 세르게이 이바노비치가 말했다. "넌 정직한 사람으로서 그 사업에 애정과 공감을 느끼지 않을 수 없을 거다. 그렇게 되면 그 사업을 위해 일하고 싶다는 열망을 품지 않을 수 없겠지."

"하지만 난 아직 그 사업이 좋은 일이라고 인정할 수 없어." 콘스탄친 레빈은 얼굴을 붉히며 말했다.

"어째서? 넌 금방 그렇다고 말했잖아……."

"말하자면 난 그 사업이 좋은 일이라고도, 가능한 일이라고도 인정하지 않아."

"노력도 해 보지 않고 어떻게 알아?"

"그럼, 그렇다고 쳐." 레빈은 전혀 그렇게 생각하지 않으면서도 입으로는 그렇게 말했다. "그렇다고 가정하잔 말이야. 하지만 난 무엇 때문에 내가 그 문제에 신경을 써야 하는지 모르겠어."

"왜냐고?"

"아니, 기왕 이야기가 나왔으니 철학적인 시각에서 설명해 줘." 레빈이 말했다.

"여기서 뭣 때문에 철학이 나와야 하는지 모르겠군." 세르게이 이바노비치는 레빈이 생각하기에 마치 동생에게는 철학을 논할 자격이 없다는 듯한 말투로 말했다. 이것이 레빈을 자극했다.

"뭣 때문이냐면 말이야!" 그는 흥분하며 이야기를 시작했다. "난 우리의 모든 행위의 원동력은 결국 개인의 행복이라고 생각해. 귀족인 나로서는 오늘날의 젬스트보 제도에서 나의 행복에 도움이 될 만한 것을 하나도 볼 수 없어. 도로는 더 좋아진 것도 없고 더 나아질 것 같지도 않아. 하지만 내 말은 그 열악한 길에서도 나를 태우고 달리지. 내겐 의사도, 병원도 필요 없어. 치안판사도 마찬가지야. 난 한 번도 치안판사의 도움을 구한 적이 없고 앞으로도 그럴 거야. 학교는 아까도 말했듯이 아무 소용이 없을 뿐 아니라 오히려 해를 끼치지. 나에게는 젬스트보 제도가 그저 토지 1제샤치나당 18코페이카의 세금을 지불해야 할 의무, 도시로 가서 빈대와 잠을 자고 온갖 헛소리와 추악한 이야기를 들어야 할 의무를 뜻해. 난 거기서 나의 개인적인 이해(利害)를 찾을 수 없어."

"잠깐." 세르게이 이바노비치는 미소를 지으며 레빈의 말을 가로막았다. "우리가 농노해방을 위해 일하도록 움직인 것은 개인적인 이해가 아니야. 하지만 우리는 그 일을 했어."

"아냐!" 콘스탄틴은 더욱더 흥분하여 형의 말을 가로막았다. "농노해방은 다른 문제야. 거기엔 개인적인 이해가 있어. 우리는 우리 자신과 모든 선량한 이들을 억압하던 이 멍에를 벗어 던지길 원했어. 하지만 시의원[1]이 되어 내가 살지도 않는 도시에 얼마나 많은 변소 청소부가 필요한지 하수구를 어떻게 묻어야 하는지를 논한다는 것, 배심원이 되어 햄을 훔친 농부의 재판을 위해 여섯 시간 동안 변호사와 검사가 지껄이는 온갖 헛소리를 듣고 판사가 내 밑에 있는 멍청이 알료샤 영감과 '피고, 햄을 훔친 사실을 인정합니까?' '네?' 하고 주고받는 말들을 듣는다는 것……."

콘스탄틴 레빈은 주제에서 벗어나 판사와 멍청이 알료샤를 흉내 내기 시작했다. 그에게는 이 모든 것이 직접적인 관계가 있는 것 같았다.

하지만 세르게이 이바노비치는 어깨를 으쓱했다.

"그래, 그래서 네가 말하고 싶은 게 뭔데?"

"난 그저 나와…… 내 이해와 관련된 권리를 언제나 온 힘을 다해 지키겠다고 말하려는 것뿐이야. 대학생 시절, 헌병들이 우리 몸을 수색하고 편지를 검문할 때, 난 이 권리를, 내가 가진 교육과 자유의 권리를 온 힘을 다해 지킬 각오가 되어

1) 젬스트보 의회의 의원.

있었어. 난 병역의 의무를 이해해. 내 아이들과 형제들과 나 자신의 운명과 관련된 것이니까. 난 나와 관련된 문제에 대해 숙고할 준비가 되어 있어. 하지만 젬스트보의 자금인 4만 루블을 어떻게 분배할지, 멍청이 알료샤를 어떻게 재판할지에 대해선 모르겠어. 알 수도 없고."

콘스탄친 레빈은 댐이라도 무너뜨릴 듯한 기세로 말을 쏟아부었다. 세르게이 이바노비치는 미소를 지었다.

"내일 네가 재판을 받는다고 하자. 그러니까, 넌 예전의 형사 재판소[2]에서 재판을 받는 편이 더 낫다는 거니?"

"난 재판 따윈 받지 않아. 난 아무도 죽이지 않을 테니 나에겐 그런 게 필요 없어. 정말이야!" 그는 다시 아무 관련이 없는 화제로 건너뛰며 말을 계속했다. "우리의 제도와 이 모든 것은 우리가 삼위일체 축일[3]에 꽂는 자작나무 가지 같아. 그 가지는 유럽에서 성장한 숲을 모방하기 위한 거야. 하지만 난 이 자작나무 가지에 진심을 다해 물을 주면서 그것을 숲이라고 믿을 수는 없어!"

세르게이 이바노비치는 그저 어깨를 으쓱할 뿐이었다. 그는 동생이 무슨 말을 하고 싶어 하는지 금방 알아차렸음에도 이런 몸짓으로 지금 그들의 대화에 어째서 이 따위 자작나무가 등장하는지 놀라울 뿐이라는 표현을 했다.

"잠깐, 이런 식으로 하면 토론을 할 수 없잖아." 그가 지적

---

2) 러시아에서 배심원이 참석하는 공개재판은 1864년의 사법 개혁 때 처음으로 도입됐다.

3) 오순절, 혹은 성령 강림절에 해당하는 러시아 정교의 축일. 이날에는 교회와 집을 꽃과 푸른 가지로 장식한다.

했다.

그러나 콘스탄친 레빈은 스스로도 알고 있는 자신의 결점, 즉 공익에 대한 무관심을 정당화하고 싶었기에 계속해서 말했다.

"내 생각에는……." 콘스탄친은 말했다. "개인의 이해에 토대를 두지 않는 활동은 결코 오래갈 수 없어. 이것은 보편적인 진리이고 철학적인 진리야." 그는 단호한 어조로 철학적이라는 단어를 되풀이하며 말했다. 마치 그에게도 모든 사람과 마찬가지로 철학을 논할 권리가 있다는 것을 보여 주려는 것 같았다.

세르게이 이바노비치는 다시 미소를 지었다. '이 녀석에게도 자신의 경향에 충실한 자기 나름의 어떤 철학이 있군.' 그는 생각했다.

"자, 철학에 관한 이야기는 그쯤 해." 그가 말했다. "모든 시대를 통틀어 철학의 주요 과제는 바로 개인의 이해와 공공의 이해 사이에 놓인 필연적인 연관을 찾아내는 것이지. 하지만 중요한 건 그게 아니고, 내가 너의 비교를 바로잡아 줄 필요가 있다는 거야. 자작나무 가지는 누가 꽂아 둔 게 아니라 심거나 씨를 뿌려서 얻은 거야. 그러니 조심스럽게 다루어야 해. 자신의 제도에서 무엇이 중요하고 의미 있는 것인지에 대한 감각을 갖고 있고 그것을 소중히 여기는 민족, 그런 민족만이 미래를 가질 수 있고, 그런 민족만이 역사적이라는 말을 들을 수 있어."

세르게이 이바노비치는 콘스탄친 레빈이 접근할 수 없는 철학사의 영역으로 논점을 옮기고 콘스탄친의 견해가 지닌 그릇된 점을 조목조목 지적했다.

"그것이 네 마음에 들지 않는다고 했지. 미안한 말이지만, 너의 태도는 우리 러시아의 나태와 오만을 드러낼 뿐이야. 난 그것이 너의 일시적인 오해이고 곧 지나갈 거라고 확신해."

콘스탄친은 침묵했다. 그는 자신이 이 논쟁에서 완전히 패배했다는 사실을 깨달았다. 하지만 동시에 그는 자기가 하고자 한 말을 형이 이해하지 못했다고 느꼈다. 그는 어째서 형이 그것을 이해하지 못하는지 알 수 없었다. 그가 자기의 생각을 분명하게 말하지 못해서일까, 아니면 형이 그의 말을 이해하려 하지 않았거나 이해하지 못해서일까? 하지만 그는 이 생각에 깊이 빠져들지 않았다. 그는 형의 말에 반박하지 않고 전혀 다른 자기의 개인적인 일을 생각하기 시작했다.

"그럼 이만 갈까?"

세르게이 이바노비치는 마지막 낚싯대를 걷고, 콘스탄친은 말을 풀었다. 그런 다음 두 사람은 마차에 몸을 싣고 떠났다.

4

형과 대화를 나누는 동안 레빈의 마음을 사로잡은 개인적 문제는 이런 것이었다. 지난해 어느 날, 풀 베는 곳에 갔다가 집사에게 화가 난 레빈은 마음을 가라앉히기 위해 그만의 비법을 사용한 적이 있다. 농부의 손에서 낫을 가로채 풀을 베기 시작한 것이다.

그는 이 일이 무척 마음에 들어 그 후에도 여러 번 풀베기에 매달리곤 했다. 언젠가 그는 집 앞에 있는 풀밭의 풀을 전부 베어 버린 적도 있었다. 그래서 올해에는 풀 베는 기간 내내 농부들과 함께 풀을 베겠다고 봄부터 계획을 세워 둔 참이었다. 그런데 형이 온 후 그는 풀베기를 할까 말까 망설이고 있었다. 날마다 형을 혼자 남겨 두기도 무안하고, 형이 그 일 때문에 자기를 비웃지 않을까 두려웠던 것이다. 하지만 풀밭을 거닐며 풀베기 하던 때의 인상을 떠올린 그는 풀을 베러 가기로 거의 마음을 굳혔다. 그리고 형과 짜증스러운 대화를 나눈 뒤, 그는 다시 이 계획을 떠올렸다.

'육체적인 운동이 필요해. 그렇게 하지 않으면 내 성격이 완전히 망가지고 말겠어.' 그는 이렇게 생각하며 형과 사람들 앞에서 풀베기를 하는 게 아무리 거북한 일이라 할지라도 꼭 하고 말리라 결심했다.

저녁 무렵 콘스탄친 레빈은 사무실로 가서 작업 지시를 내린 뒤, 다음 날 가장 넓고 좋은 칼리노프 풀밭을 베는 데 필요한 일꾼을 모으러 마을마다 사람을 보냈다.

"그럼, 내 낫을 치트에게 보내 내일 올 때 갈아서 가져오라고 해요." 그는 당혹한 모습을 보이지 않으려 애쓰면서 말했다.

집사는 미소를 지으며 말했다.

"알겠습니다."

저녁때 차를 마시면서 레빈은 형에게도 이 사실을 알렸다.

"날씨가 좋아진 것 같아." 그는 말했다. "난 내일부터 풀베기를 시작할까 해."

"나도 그 일을 무척 좋아해." 세르게이 이바노비치가 말했다.

"난 끔찍할 정도로 좋아해. 가끔 농부들과 직접 풀베기를 해 보기도 했어. 내일은 하루 종일 해 보고 싶어."

세르게이 이바노비치는 고개를 들고 호기심에 찬 표정으로 동생을 바라보았다.

"어떻게? 농부들과 똑같이 하루 종일?"

"응, 풀 베는 일은 아주 즐거워." 레빈이 말했다.

"운동으로는 그만이지. 다만 네가 그 일을 버텨 낼 수 있을까?" 세르게이 이바노비치는 조금도 조롱하는 기색 없이 말했다.

"시험 삼아 해 보았지. 처음에는 힘든데 나중에는 익숙해져. 남들에게 뒤처지는 일은 없을 것 같은데……."

"정말 그럴까! 하지만 농부들이 이 일을 어떻게 볼까? 말해 봐. 틀림없이 주인의 기이한 행동을 비웃을 거야."

"아니, 난 그렇게 생각하지 않아. 하지만 풀베기는 너무나 즐거운 일인 동시에 생각할 틈이 없을 만큼 고된 일이기도 해."

"음, 어떻게 일꾼들과 점심을 먹니? 라피르[4]며 구운 칠면조 고기를 그곳에 보내라는 것도 어색한 일이잖니?"

"아니, 농부들이 쉬는 동안 내가 잠깐 집에 다녀가면 돼."

이튿날 아침, 콘스탄친 레빈은 평소보다 일찍 일어났다. 하지만 농사에 관한 지시를 내리느라 꾸물거리는 바람에, 그가 풀 베는 곳에 도착했을 때는 일꾼들이 벌써 두 번째 구획을 베고 있는 참이었다.

언덕 위에 올라서자, 그 아래로 풀베기가 끝난 그늘진 풀밭이 보이고 일꾼들이 첫 번째 구획의 풀베기를 시작할 때 벗어 둔 카프탄이 회색 줄과 검은 무더기를 이루고 있었다.

말을 타고 풀 베는 곳으로 점점 더 가까이 다가가노라니, 길게 줄지어 가면서 각양각색으로 낫을 휘두르는 농부들이 보였다. 어떤 농부들은 카프탄을 입고 있었고, 어떤 농부들은 루바슈카만 걸치고 있었다. 농부들의 수를 세어 보니 마흔두 명이었다.

그들은 옛날에 저수지가 있던 울퉁불퉁한 아래쪽을 따라 천천히 움직였다. 레빈은 자기 집 일꾼을 몇몇 알아보았다. 아

4) 샤토 라피르를 뜻한다. 최상품의 보르도산 적포도주 가운데 하나.

주 긴 하얀 루바슈카를 입은 예르밀 영감이 등을 구부정하게 숙인 채 낫을 휘두르고 있었고, 한때 레빈의 집에서 마부 노릇을 했던 젊은 바시카[5]가 맹렬한 기세로 한 줄 한 줄 풀을 베고 있었다. 그곳에는 어릴 때 레빈을 돌봐 주던 치트도 있었다. 그는 왜소하고 비쩍 마른 농부였다. 그는 허리를 굽히지 않은 채 마치 낫을 가지고 놀듯 자기가 맡은 넓은 줄을 쓱쓱 베면서 앞서 나아갔다.

레빈은 말에서 내린 뒤 말을 길가에 매어 두고 치트를 만났다. 그는 덤불에서 다른 낫을 꺼내 레빈에게 건넸다.

"준비해 놓았습니다, 나리. 이 낫은 면도날처럼 스스로 풀을 벨 겁니다." 치트는 모자를 벗고 그에게 낫을 건네며 빙그레 웃었다.

레빈은 낫을 받아 들고 손에 감각을 익히기 위해 시험 삼아 휘둘러 보았다. 자기가 맡은 줄의 풀베기를 끝낸 일꾼들이 땀에 흠뻑 젖은 채 유쾌한 표정으로 줄지어 길로 나왔다. 그들은 조롱하는 얼굴로 주인에게 인사를 했다. 그들은 다같이 그를 쳐다보기만 할 뿐, 주름투성이의 얼굴에 수염이 없고 양가죽 재킷을 입은 훤칠한 노인이 길에 나와 그에게 말을 건넬 때까지는 아무도 입을 열지 않았다.

"조심하십쇼, 나리, 한번 시작하면 그만둘 수 없습니다요!" 그가 이렇게 말했다. 그 순간 레빈은 일꾼들 틈에서 웃음을 참느라 킥킥거리는 소리를 들었다.

"중간에 그만두지 않도록 힘쓰겠네." 그는 치트 뒤에 서서

5) 바실리의 애칭.

풀베기가 시작되기를 기다리며 말했다.

"조심하십쇼." 노인이 거듭 당부했다.

치트가 자리를 내어 주자 레빈은 그를 뒤따라갔다. 길가의 풀은 길이가 짧았다. 풀을 베어 본 지 오래된 데다 자기에게 쏠린 시선에 당황한 레빈은 한동안 낫만 힘껏 휘두를 뿐 풀을 베는 솜씨가 영 신통치 않았다. 그의 뒤에서 이런 소리가 들려왔다.

"낫자루를 서툴게 달아 놨어. 자루 길이도 너무 길고. 허리 굽힌 꼴 좀 봐." 한 사람이 말했다.

"발뒤꿈치에 더 힘을 줘야지." 다른 사람이 말했다.

"괜찮아. 곧 익숙해질 거야." 노인이 계속해서 말했다. "봐, 간다……. 한 번에 너무 많이 베려 들면 피곤해질 텐데……. 주인이잖아, 걱정할 것 없어. 저렇게 열심히 하잖아! 고용한 일꾼들 좀 봐! 우리가 저렇게 해 놓으면 야단을 맞을 텐데."

풀은 차츰 부드러워졌다. 레빈은 농부들의 말을 들으면서도 전혀 대꾸하는 일 없이 어떻게든 더 잘 베어 보려고 애쓰며 치트의 뒤를 따라갔다. 그들은 100걸음 정도 나아갔다. 치트는 조금도 피로한 기색을 보이지 않으며 쉬지 않고 계속 나아갔다. 하지만 레빈은 자신이 끝까지 버티지 못할 것 같아 벌써부터 두려워지기 시작했다. 그 정도로 그는 지쳐 버린 것이다.

그는 자기가 마지막 힘을 다해 낫을 휘두르는 것을 느끼고 치트에게 잠시 쉬자는 말을 해 보기로 결심했다. 그런데 때마침 치트가 일손을 멈추었다. 그는 허리를 굽혀 풀을 뜯더니 낫을 닦고 그것을 갈기 시작했다. 레빈은 허리를 펴고 깊이 숨을 몰아쉬며 주위를 둘러보았다. 그의 뒤에서 오던 농부도 많이 지쳤는지 레빈이 있는 곳으로 더 오지 않고 그 자리에 멈춰 낫을 갈기 시작했다. 치트는 자기의 낫과 레빈의 낫을 갈았다. 그들은 다시 앞으로 나아갔다.

두 번째도 마찬가지였다. 치트는 지친 기색 없이 잠시도 쉬지 않고 계속 낫을 휘둘렀다. 레빈은 뒤처지지 않으려고 애쓰며 그를 뒤따랐지만 몸을 움직이기가 점점 더 힘들어졌다. 마침내 레빈이 자기 몸에 더 이상 힘이 남아 있지 않다고 느낀 순간이 왔다. 바로 그 순간, 치트는 발을 멈추고 낫을 갈았다.

그렇게 해서 그들은 처음 한 줄을 다 베어 냈다. 이 긴 줄이 레빈에게는 유난히 힘들게 느껴졌다. 한 줄을 다 벤 후, 어깨에 낫을 둘러멘 치트는 자신이 남긴 발자국을 따라 느릿느릿 되돌아갔고 레빈도 자기가 벤 줄을 따라 똑같은 모습으로 되돌아갔다. 비록 땀이 레빈의 얼굴을 타고 비 오듯 흘러내려 코 아래로 똑똑 방울져 떨어지고 등이 물에 흠뻑 젖은 것처럼 온통 축축했지만, 그는 몹시 기분이 좋았다. 그는 특히 이제 자기도 이런 일을 버틸 수 있다는 걸 알게 되어 더욱 기뻤다.

다만 그가 벤 줄이 깔끔하지 않은 것이 그의 만족에 흠집을 냈다. '앞으로 팔을 덜 휘두르고 몸 전체를 더 많이 흔들어야겠어.' 그는 화살처럼 똑바르게 벤 치트의 줄과 구불구불하고 울퉁불퉁하게 벤 자기의 줄을 비교하면서 이렇게 생각했다.

레빈도 눈치를 챘다시피, 치트가 첫 줄을 유난히 빠르게 벤 것은 주인을 시험해 보려는 생각에서였다. 그래서 줄도 길어진 것이다. 다음 줄부터는 일이 훨씬 수월해졌다. 하지만 레빈은 농부들에게 뒤처지지 않기 위해 온 힘을 기울여야 했다.

그는 농부들에게 뒤처지지 않고 최대한 잘해 보겠다는 것이외에 아무것도 생각하지 않았고 아무것도 바라지 않았다. 그의 귀에는 낫이 부딪히는 소리만 들렸다. 그는 앞쪽으로 점점 멀어져 가는 치트의 곧은 뒷모습, 풀을 베고 난 자리의 반달형 모양, 자기의 낫 주위에서 물결처럼 천천히 기울어지는 풀과 꽃송이, 휴식의 시작을 알리는 줄의 끝자락을 보았다.

일을 하던 도중, 그는 불현듯 땀이 송글송글 솟은 뜨듯한 어깨 언저리에 산뜻하고 서늘한 감촉을 느꼈다. 그는 그것이 무엇인지, 어디에서 온 것인지 몰랐다. 그는 낫을 가는 동안 하늘을 쳐다보았다. 낮고 묵직한 구름이 몰려들며 굵직한 빗방울이 떨어졌다. 어떤 농부들은 카프탄을 벗어 놓은 곳으로 가서 그것을 몸에 걸쳤다. 그러나 다른 농부들은 레빈과 똑같이 기분 좋은 상쾌함에 즐거워하며 어깨를 으쓱할 뿐이었다.

그들은 한 줄씩 차례차례 베어 갔다. 그들은 긴 줄과 짧은 줄을 누비고 다녔다. 그 속에는 좋은 풀도 있고 나쁜 풀도 있었다. 레빈은 시간에 대한 감각을 완전히 잃어버린 채 지금이 이른 시간인지 늦은 시간인지 전혀 알지 못했다. 이제 그의 일에서 그에게 커다란 만족을 안겨 주는 변화가 일어나기 시작했다. 한창 일을 하는 동안, 그에게는 자신이 무엇을 하고 있는지 까맣게 잊게 되고 갑자기 일이 쉬워지는 순간이 찾아들곤 했다. 바로 그 순간에는 그가 벤 줄이 치트가 벤 줄처럼 고르고 훌륭해졌다. 하지만 그가 자신이 무엇을 하고 있는지 기억해 내고 더 잘해 내려고 애쓰는 순간, 그는 노동의 힘겨움을 고스란히 느꼈고 줄도 비뚤비뚤해지고 말았다.

한 줄을 더 베고 난 후 그는 다시 되돌아가려 했다. 그런데 치트가 일손을 멈추더니 노인에게 다가가 무언가 나직이 속삭였다. 두 사람은 해를 쳐다보았다. '저 두 사람은 무슨 이야기를 하는 거지? 왜 다시 시작하지 않는 걸까?' 레빈은 농부들이 이미 네 시간이나 쉬지 않고 풀을 벤 데다 어느덧 아침 식사를 할 시간이 되었다는 것도 알아차리지 못한 채 이렇게 생각했다.

"아침 먹을 시간인데요, 나리." 노인이 말했다.

"벌써 그렇게 됐나? 그럼, 식사를 해야지."

레빈은 낫을 치트에게 건네준 뒤, 빵을 가지러 카프단을 벗어 둔 곳으로 걸어가는 농부들과 함께 비에 약간 젖은 풀 벤 줄을 따라 말을 매어 둔 곳으로 다가갔다. 그제야 비로소 그는 날씨에 대한 그의 예상이 틀렸다는 것과 그의 풀이 비에 젖었다는 것을 깨달았다.

"풀이 썩겠어." 그가 말했다.

"걱정 마십쇼, 나리. 비가 올 때 베서 날 좋을 때 긁어모으라는 말도 있잖아요!" 노인이 말했다.

레빈은 말을 풀고 커피를 마시러 집으로 향했다.

세르게이 이바노비치는 이제 막 일어난 참이었다. 커피를 마신 레빈은 세르게이 이바노비치가 옷을 입고 식당에 들어오기도 전에 다시 풀 베는 곳으로 떠났다.

5

아침 식사 후, 레빈은 처음 자리가 아니라, 자기를 옆자리에 오라고 청한 익살꾼 영감과, 지난해 가을에 결혼해 올여름 처음으로 풀을 베러 나온 젊은 농부 사이에 끼게 되었다.

노인은 몸을 꼿꼿이 세우고 비틀린 다리를 일정한 보폭으로 성큼성큼 움직이면서, 손을 휘저으며 걷는 것보다 더 힘이 들 것 같지 않은 정확하고 규칙적인 동작으로 마치 손장난이라도 하듯 길고 고른 풀들을 베어 나갔다. 정확히 말하자면, 그가 아니라 한 자루의 예리한 낫이 혼자서 저절로 싱싱한 풀을 베고 있는 것 같았다.

레빈의 뒤에는 젊은 미슈카가 따라오고 있었다. 싱싱한 풀을 엮어 머리에 동여맨 그의 젊고 사랑스러운 얼굴이 고단함에 실룩거렸다. 하지만 그는 사람들이 쳐다보면 금방 미소를 지었다. 그는 아마도 일이 힘들다는 것을 인정하느니 차라리 죽는 것이 낫다고 생각하는 듯했다.

레빈은 그들 사이에서 풀을 베어 나갔다. 가장 무더운 때였지만, 그에겐 풀베기가 그다지 힘들게 느껴지지 않았다. 그의 온몸을 적신 땀이 그를 시원하게 해 주었고, 등과 머리와 팔꿈치까지 걷어 올린 팔에 내리쬐는 태양은 노동에 단단함과 끈기를 북돋아 주었다. 무의식의 순간이 점점 더 빈번하게 찾아들었고, 그럴 때면 자기가 무엇을 하는지 아무 생각도 들지 않았다. 낫이 저절로 풀을 벴다. 행복한 순간이었다. 더욱 행복한 순간은 노인이 냇가로 내려가 축축하고 도톰한 풀로 낫을 닦고 날을 맑은 냇물에 씻은 후 숫돌 상자로 물을 떠 레빈에게 대접했을 때였다.

"자, 나의 크바스[6]를 드셔 보시지요! 어때요, 훌륭하죠!" 그는 눈을 찡긋해 보이며 말했다.

사실 레빈은 이런 음료, 즉 풀잎이 동동 떠 있고 양철통의 녹 냄새가 나는 이런 미지근한 물을 한 번도 마셔 본 적이 없었다. 그 후에는 곧 한 손에 낫을 든 채 느릿느릿 움직이는 행복한 산책이 시작되었다. 그동안 그는 흐르는 땀을 닦을 수 있었고 가슴 가득히 공기를 들이마실 수도 있었으며 풀 베는 일꾼들의 긴 행렬이나 주변의 숲과 들판에서 일어나는 일들을 바라볼 수도 있었다.

레빈은 풀을 베면 벨수록 망각의 순간을 더욱더 자주 느끼게 되었다. 그럴 때는 손이 낫을 휘두르는 것이 아니라, 낫 자체가 생명으로 충만한 그의 몸을, 끊임없이 스스로를 의식하는 그의 몸을 움직였으며, 그가 일에 대해 아무 생각을 하지

6) 발효시킨 호밀로 만드는 일종의 맥주 같은 음료.

않아도 마치 마법에 걸린 것처럼 일이 저절로 정확하고 시원스럽게 진행되었다. 이럴 때가 가장 행복한 순간이었다.

다만 이처럼 무의식적으로 행해지는 동작을 멈추고 무언가를 생각해야 할 때, 작은 풀숲이나 괭이밥 덤불을 깎아 내야 할 때는 일이 힘겹게 느껴졌다. 노인은 이 일을 손쉽게 했다. 작은 풀숲이 나타나면, 그는 동작을 바꿔 가면서 어떤 곳에서는 발뒤꿈치로, 어떤 곳에서는 낫 끝으로 양쪽에서 짧게 치며 작은 풀숲을 베어 버렸다. 그러면서도 그는 계속 눈앞에 나타나는 것들을 바라보며 유심히 살폈다. 그는 노랑붓꽃의 열매를 따서 자기가 먹거나 레빈에게 주기도 하고, 낫 끝으로 가지를 쳐내기도 하고, 메추라기의 둥지를 들여다보기도 하고 — 그럴 때면 그의 낫 아래에서 둥지에 있던 암컷이 후다닥 날아오르곤 했다 — 길에서 마주친 독사를 잡아 마치 포크로 찌르듯 낫으로 찍어 올려 레빈에게 보여 준 후 다시 던져 버리기도 했다.

그의 뒤에 있던 레빈과 젊은 사내에게 이처럼 동작을 바꾸는 것은 어려운 일이었다. 그 두 사람은 긴장된 동작 하나만을 되풀이하며 일에 몰입해 있었으므로, 동작을 바꾸는 동시에 눈앞에 있는 것을 관찰하기란 그들로서는 불가능한 일이었다.

레빈은 시간이 얼마나 지났는지 몰랐다. 누군가 그에게 몇 시간이나 풀을 벴느냐고 물으면, 그는 30분 정도라고 대답했을 것이다. 하지만 시간은 어느새 점심때가 되어 있었다. 한 줄을 다 베고 되돌아오면서, 노인은 사방에서 높은 풀과 길을 따라 일꾼들을 향해 보일 듯 말듯 걸어오는 사내아이들과 계집아이들에게로 레빈의 주의를 돌렸다. 그들의 축 늘어진 손에는 빵이 든 보따리와 누더기 조각으로 마개를 봉한 작은 크바스 병이 들려 있었다.

"보십쇼, 딱정벌레들이 기어옵니다요!" 그는 그들을 가리키며 손을 눈언저리에 대고 해를 쳐다보았다.

두 줄을 더 베고 나자, 노인이 걸음을 멈추었다.

"자, 나리, 점심을 듭시다!" 그가 단호하게 말했다. 냇가에 다다른 일꾼들은 풀 벤 자리를 가로질러 카프탄을 놓아 둔 곳으로 향했다. 그곳에는 점심을 가져온 아이들이 둘러앉아 그들을 기다리고 있었다. 농부들이 모여들었다. 멀리 있는 사람들은 짐마차 아래에, 가까이 있는 사람들은 풀을 던져 둔 버드나무 덤불 아래에 모였다.

레빈은 그들 옆에 가서 앉았다. 그곳을 떠나고 싶지 않았던 것이다.

주인 앞이라는 거북함은 이미 사라진 지 오래였다. 농부들은 점심 먹을 준비를 했다. 어떤 이들은 손과 얼굴을 씻고, 젊은이들은 냇가에서 멱을 감았으며, 또 어떤 이들은 쉴 장소를 마련하여 빵이 든 작은 자루를 풀고 크바스 병을 열었다. 노인은 찻잔에 빵을 잘게 썰어 놓고 숟가락 자루로 그것을 부드럽게 으깬 뒤 숫돌 상자에 든 물을 따르고 빵을 더 잘게 짓이긴 다음 그 위에 소금을 뿌렸다. 그러고는 동쪽을 향해 기도하기 시작했다.

"자, 나리, 제가 만든 츄랴[7]를 드셔요." 그는 찻잔 앞에 무릎을 꿇고 앉아 말했다.

츄랴가 너무나 맛있어 레빈은 집으로 점심을 먹으러 가려던

---

7) 부스러뜨린 빵과 양파를 크바스와 소금물에 타서 만든 수프.

생각을 바꾸었다. 그는 노인과 식사를 하면서 그의 집안일에 큰 관심을 보이며 그와 이야기를 나누었고, 자기의 일이나 집안 사정 가운데 노인이 흥미를 느낄 만한 것을 전부 들려주었다. 그는 형보다 그에게 더 친밀감을 느꼈고, 이 사람에게서 느낀 다정함에 자기도 모르게 미소를 지었다. 노인이 다시 일어나 기도를 드리고 덤불 바로 아래에 풀을 베개 삼아 눕자, 레빈도 똑같이 따라했다. 그러고는 햇볕 아래 끈질기게 달라붙는 파리와 땀에 젖은 얼굴이며 몸을 간질이는 딱정벌레에도 아랑곳하지 않고 그는 금방 잠이 들었다. 그는 해가 덤불 저편으로 돌아 그를 내리쬐기 시작할 무렵에야 일어났다. 노인은 한참 전에 일어나 젊은이들의 낫을 두들겨 펴며 앉아 있었다.

레빈은 주위를 둘러보았으나 그곳이 어디인지 알아볼 수 없었다. 그만큼 모든 것이 바뀌어 있었던 것이다. 풀 베인 드넓은 목초지는 비스듬한 저녁 햇살을 받으며 특유의 향기를 풍기는 건초 더미들과 함께 독특하고 새로운 광채로 빛나고 있었다. 풀베기가 끝난 냇가의 덤불, 전에는 보이지 않다가 이제는 강철 같은 반짝임을 빛내며 굽이쳐 흐르는 시냇물, 움직이거나 자리에서 일어나는 사람들, 아직 베지 않은 풀밭의 가파른 풀벽, 헐벗은 풀밭 위를 맴도는 매, 이 모든 것이 완전히 새로운 모습을 하고 있었다. 정신을 차린 레빈은 지금까지 얼마나 풀을 벴는지, 오늘 안에 얼마나 더 벨 수 있을지 생각했다.

마흔두 명의 일꾼이 한 것치고는 일이 굉장히 많이 진척되었다. 농노제 시대에는 낫 서른 개로 이틀 동안 벴던 큰 풀밭 전체가 거의 다 베여 있었다. 풀을 베지 않은 곳은 줄이 짧은 모퉁이뿐이었다. 하지만 레빈은 오늘 안에 가능하면 더 많이 베어 두고 싶었다. 그래서 너무나 빨리 떨어지는 해가 원망스러웠다. 그는 조금도 피로를 느끼지 않았다. 그저 조금이라도 빨리, 가능한 한 많이 일을 하고 싶을 뿐이었다.

"어떻게 생각하나? 마슈킨 언덕도 벨 수 있을까?" 그가 노인에게 물었다.

"글쎄요, 해가 얼마 남지 않아서요. 젊은 녀석들에게 돌릴 보드카라도 좀 있다면야……."

휴식 시간에 일꾼들이 다시 자리를 잡고 앉아 담배를 피우기 시작하자, 노인은 젊은이들에게 '마슈킨 언덕을 베면 보드카가 나온다.' 하고 알렸다.

"아, 베고말고! 가자, 치트! 후딱 해치우자고! 밥이야 밤에 먹으면 되지. 가자!" 여기저기서 이런 말소리가 들렸다. 일꾼들은 빵을 마저 먹어 치우고 풀 베는 곳으로 돌아갔다.

"자, 젊은이들, 잘해 보세!" 치트는 이렇게 말하며 거의 달음질하듯 앞으로 나아갔다.

"가자, 가자!" 노인은 서둘러 그의 뒤를 쫓더니 손쉽게 그를 제쳤다. "내가 다 베어 버리겠다! 조심해!"

그렇게 젊은이들과 노인들은 앞 다투어 풀을 베었다. 하지만 아무리 서둘러도, 그들은 결코 풀을 망치는 법이 없었다. 베어 낸 풀은 깨끗하고 반듯하게 일렬로 쌓였다. 농부들은 구석에 남은 구획을 5분 만에 깨끗이 베어 버렸다. 뒤쪽의 일꾼들이 자기 줄을 미처 다 베기도 전에, 앞쪽의 일꾼들은 카프탄을 어깨에 걸치고 마슈킨 언덕으로 향한 길을 건너고 있었다.

그들이 숫돌 상자를 달그락달그락 흔들며 마슈킨 언덕의 울창한 계곡에 들어섰을 때는 해가 이미 나무 위에 걸려 있을 무렵이었다. 협곡 한가운데는 풀이 허리에 닿을 만큼 길었다. 풀은 연하고 부드러웠으며 잎이 넓었다. 숲의 곳곳에는 '이반과 마리야'라는 별명을 가진 삼색 오랑캐꽃이 점점이 흩어져 있었다.

세로 방향으로 갈지, 가로 방향으로 갈지를 두고 짧은 회의를 한 끝에, 프로호르 예르밀린이 앞장을 섰다. 그 역시 풀베기에 정평이 난 일꾼으로 덩치가 크고 얼굴이 가무잡잡한 농부였다. 그는 먼저 한 줄을 베고 뒤로 되돌아와 다시 베어 나갔다. 그러자 다들 그를 따라 줄을 짓더니, 어떤 이들은 언덕 아래로 협곡을 따라 내려가고 어떤 이들은 언덕 위로 산등성이를 따라 움직였다. 해가 숲 너머로 기울었다. 벌써 이슬이 내리기 시작했다. 언덕 위에 있는 일꾼들만 햇빛을 받을 뿐, 안개가 피어오르기 시작한 아래쪽과 건너편은 이슬에 젖은 상쾌한 그늘에 잠겨 있었다. 일은 활기를 띠었다.

물기가 묻어나는 소리와 함께 베인 풀들은 알싸한 향기를 풍기며 여러 줄로 높이 쌓여 갔다. 사방에서 짧은 줄을 따라 모여든 일꾼들은 숫돌 상자를 달그락거리기도 하고 낫들이 부딪치는 소리, 날카롭게 갈린 낫에 숫돌이 스치는 소리, 유쾌한 고함 소리를 내기도 하면서 서로를 재촉했다.

레빈은 계속 젊은이와 노인 사이에서 풀을 벴다. 양가죽 재킷을 입은 노인은 여전히 쾌활하고 익살스럽고 움직임이 자유로웠다. 숲에서는 물기 어린 풀 틈에서 부풀어 오른 자작나무 버섯이 낫에 베여 계속 바닥에 떨어졌다. 하지만 노인은 버섯을 발견할 때마다 매번 허리를 굽혀 줍고는 품속에 집어넣었다. 그는 "또 할멈에게 줄 선물이 생겼네." 하고 웅얼거리곤 했다.

축축하고 부드러운 풀을 베는 일이 아무리 쉽다 해도, 협곡의 가파른 비탈을 따라 오르내리는 일은 무척 힘들었다. 하지만 이것 역시 노인을 속박하진 못했다. 그는 계속 똑같은 모습으로 낫을 휘두르며 커다란 짚신에 쑤셔 넣은 발을 작은 보폭으로 단단하게 떼면서 험한 낭떠러지 위를 천천히 기어올랐다. 비록 온몸이 후들거리고 루바슈카 아래로 축 늘어진 바지가 떨리긴 했지만, 그는 걸어가는 내내 풀 한 가닥, 버섯 한 개도 놓치지 않으며 계속 농부들과 레빈에게 농을 지껄였다. 레빈은 그를 따라가면서, 낫을 들지 않아도 오르기 힘든 이 가파른 언덕을 이렇게 낫을 들고 오르다 보면 틀림없이 떨어지고 말거라는 생각에 잠기곤 했다. 그러나 끝까지 올라가 해야 할 일을 다 해냈다. 그는 어떤 외부의 힘이 그를 움직이는 듯한 느낌을 받았다.

6

농부들은 마슈킨 언덕의 풀베기를 모두 마친 후 카프탄을 걸치고는 즐겁게 집으로 향했다. 말에 올라탄 레빈은 농부들과 작별하는 것을 아쉬워하며 집으로 말을 몰았다. 그는 언덕 위에서 주위를 둘러보았다. 그러나 아래쪽에서 피어오르는 안개 때문에 그들의 모습은 보이지 않았다. 그저 쾌활하고 거친 목소리, 웃음소리, 낫이 부딪치는 소리만 들려올 뿐이었다.

세르게이 이바노비치는 이미 오래전에 식사를 끝내고는 자기 방에서 얼음을 띄운 레몬수를 마시며 이제 막 우편으로 도착한 신문과 잡지를 훑어보고 있었다. 그때 레빈이 땀에 젖은 헝클어진 머리칼을 이마에 찰싹 붙이고 검게 그을린 축축한 등과 가슴을 드러낸 채 유쾌하게 떠들며 형의 방에 불쑥 들어섰다.

"우리가 풀밭 전체를 다 벴어! 아, 정말 멋지고 대단했지! 그런데 형은 오늘 어떻게 보냈어?" 레빈은 어제의 불쾌한 대화를 깡그리 잊은 채 이렇게 말했다.

"이런, 큰일이군! 이게 도대체 뭐야!" 세르게이 이바노비치는 동생을 보자마자 불쾌하게 말했다. "어서, 문, 문을 닫아!" 그가 소리쳤다. "틀림없이 열 마리는 들어왔겠다!"

세르게이 이바노비치는 파리를 못 견디게 싫어했다. 그래서 자기 방에 있을 때에는 밤에만 창문을 열고 방문은 늘 꼭꼭 닫아 놓곤 했다.

"한 마리도 없어. 맹세해. 만약 들어왔다면, 내가 잡을게. 형은 내가 오늘 얼마나 즐거웠는지 짐작도 못할 거야. 형은 오늘 어떻게 보냈어?"

"잘 지냈다. 그런데 너 말이야, 정말로 하루 종일 풀을 벴니? 늑대처럼 굶주려 있겠군. 쿠지마가 널 위해 온갖 음식을 준비했더라."

"아니, 별로 먹고 싶은 생각이 없어. 그곳에서 먹었거든. 우선 씻어야겠어."

"그래, 가라, 가, 내가 곧 너에게로 가마." 세르게이 이바노비치는 고개를 저으며 동생을 바라보았다. "가, 어서 가." 그는 미소를 지으며 덧붙였다. 그러고는 책을 주섬주섬 모은 뒤 나갈 준비를 했다. 그 역시 문득 기분이 유쾌해져서 동생과 헤어지고 싶지 않았던 것이다. "그런데 비가 오는 동안, 넌 어디에 있었니?"

"무슨 비? 별로 내리지도 않던걸. 그럼 곧 돌아올게. 그러니까 형도 오늘 즐겁게 보냈다는 거지? 음, 좋아." 그러더니 레빈은 옷을 갈아입으러 나갔다.

5분 후 두 형제는 식당에서 만났다. 레빈은 뭘 먹고 싶은 생각이 들지 않았지만, 쿠지마의 기분이 상하지 않도록 식탁에 앉았다. 하지만 막상 음식을 입에 대자, 음식이 너무나도 맛있게 느껴졌다. 세르게이 이바노비치는 미소를 지으며 그를 바라보았다.

"아, 참, 네게 편지가 왔더구나." 그가 말했다. "쿠지마, 아래층에서 편지를 가져다주겠나. 그리고 잊지 말고 방문을 잘 닫아."

편지는 오블론스키에게서 온 것이었다. 레빈은 편지를 소리 내어 읽었다. 오블론스키는 페테르부르크에서 편지를 썼다. '돌리에게 편지를 받았네. 그녀는 지금 예르구쇼보에 있는데, 어찌된 일인지 모든 게 잘 풀리지 않는 것 같아. 부탁이야, 그녀를 찾아가 조언을 해 주었으면 해. 자네는 모르는 게 없잖아. 그녀는 자네를 만나면 무척 기뻐할 거야. 그녀는 불쌍하게도 완전히 혼자거든. 장모는 다른 가족들과 아직 외국에 있다네.'

"잘됐네! 꼭 만나러 가야지." 레빈이 말했다. "괜찮으면 형도 같이 가자. 그녀는 정말 훌륭한 여자야. 그렇지 않아?"

"그들이 여기서 멀지 않은 곳에 있니?"

"30베르스타 떨어진 곳이야. 어쩌면 40베르스타일지도. 하지만 길이 좋아서 편하게 갈 수 있어."

"아주 반가운 얘기인걸." 세르게이 이바노비치는 계속 미소를 지으며 말했다.

그는 동생의 모습을 보자 즐거운 기분에 빠져들었다.

"그건 그렇고, 식욕이 왕성하구나!" 그는 접시 위로 숙인 동생의 적갈색 얼굴과 목을 바라보았다.

"훌륭해! 형은 이런 생활 습관이 온갖 어리석음에 얼마나 유익한지 모를 거야. 난 Arbeitskur[8]라는 새로운 용어로 의학을 풍요롭게 하고 싶어."

"글쎄다, 너 같은 사람에게는 그런 게 필요 없을 것 같은데."

"그건 그래. 하지만 여러 종류의 신경증 환자들에게는 필요할 거야."

"그래, 그건 체험해 볼 필요가 있지. 난 정말로 너를 보러 풀 베는 곳에 가 보고 싶었어. 하지만 어찌나 더운지 숲에서 더 갈 수가 없더군. 난 잠시 앉아 있다가 숲을 지나 마을로 갔어. 그곳에서 네 유모를 만나 너에 대한 농부들의 견해를 알아보았지. 너도 이해하겠지만, 그들은 너의 그런 행동을 찬성하지 않더구나. 유모가 그러더군. '그건 주인님이 할 일이 아니에요.' 대체로 내가 보기에, 농민들의 개념 속에는 이른바 '주인님'의 일에 관해 아주 확고부동하게 정의된 요구가 있는 것 같아. 그래서 그들은 주인이 그들의 개념 속에 굳어진 영역에서 벗어나는 것을 용납하지 않는 거지."

"그럴지도 몰라. 하지만 이것은 정말 내가 지금까지 살면서 한 번도 경험해 보지 못한 기쁨이었어. 정말로 나쁠 게 전혀 없어. 그렇지 않아?" 레빈이 대답했다. "그들이 내 모습을 꺼린다면 어쩔 수 없지. 하지만 난 아무 문제도 없다고 생각하는데. 어때?"

"대체로……." 세르게이 이바노비치는 계속 말했다. "내가 보기에, 넌 오늘 하루를 만족스럽게 보낸 것 같구나."

"무척 만족스러워. 우리가 풀밭 전체를 다 베어 버렸거든.

---

8) '노동요법.'(독일어)

게다가 그곳에서 굉장히 멋진 노인과 친해졌어! 얼마나 매력적인 사람인지, 형은 상상도 못할 거야!"

"그래, 오늘 하루가 정말로 만족스러웠나 보구나. 나도 그랬어. 우선 체스의 수를 두 가지 풀었는데, 그 가운데 하나가 대단히 절묘해. 그 수는 졸(卒)로 시작하지. 네게도 보여 줄게. 그 다음엔 어제 우리가 나눈 대화를 생각해 보았어."

"뭐? 어제 나눈 대화?" 식사를 끝낸 뒤 행복에 젖어 실눈을 뜬 채 숨을 식식거리던 레빈에게는 어제의 대화가 어땠는지 떠올릴 기력조차 없었다.

"난 네가 어느 정도 옳다는 것을 인정해. 우리의 의견이 충돌하는 지점은 바로 이 부분이야. 즉 넌 개인의 이해를 원동력으로 내세우고, 난 어느 정도 교양을 갖춘 사람들에게는 공익에 대한 관심이 있어야 한다고 생각한다는 거지. 물질적인 이해관계에서 비롯된 활동이 더 바람직하다는 점에서 어쩌면 네 생각도 옳을지 몰라. 프랑스인의 표현을 빌리자면, 대체로 넌 지나치게 prime-sautière[9] 해. 넌 열정적이고 격렬한 활동을 원하거나, 그게 아니면 아예 아무것도 바라지 않으니까."

레빈은 형의 말을 듣고는 있었지만 아무것도 이해할 수 없었고, 또 이해하고 싶지도 않았다. 그는 단지 자기가 형의 말을 전혀 듣지 않았다는 사실을 들킬 만한 그런 질문을 받게 되지나 않을까 두려웠다.

"그런 거야, 친구." 세르게이 이바노비치가 레빈의 어깨를 건드리며 말했다.

---

9) '충동적인.'(프랑스어)

"그럼, 물론이지. 어쨌든 말이야! 난 꼭 내 의견을 고집하는 건 아냐." 레빈은 잘못을 저지른 어린애같이 웃으며 말했다. '그런데, 내가 무엇에 대해 논쟁했더라?' 그는 생각했다. '물론 나도 옳고 형도 옳아. 모든 것이 훌륭해. 사무실에 가서 지시만 내리면 되겠군.' 그는 웃음 띤 얼굴로 기지개를 켜면서 일어났다.

세르게이 이바노비치도 미소를 지었다.

"산책을 할 거면 같이 나가자." 그는 싱그러움과 활기를 발산하는 동생과 헤어지고 싶지 않아 이렇게 말했다. "같이 가. 네가 사무실에 들러야 한다면 거기도 같이 가자."

"아, 이런!" 레빈은 세르게이 이바노비치가 깜짝 놀랄 만큼 큰 소리로 외쳤다.

"왜, 무슨 일이야?"

"아가피야 미하일로브나의 손은 어때?" 레빈은 자기 머리를 때리면서 말했다. "그녀에 대해 잊고 있었어."

"훨씬 좋아졌어."

"그래, 그래도 그녀에게 빨리 가 봐야겠어. 형이 모자를 쓰기도 전에 돌아올 거야."

그러더니 그는 딸랑이 장난감처럼 뒤축을 요란하게 울리며 계단을 뛰어 내려갔다.

7

스테판 아르카지치가 모든 관리들이 익히 아는 지극히 자연스러운 의무 — 관리가 아닌 사람은 이해할 수 없을 것이다 — 그것을 하지 않으면 관청에서 근무하는 것조차 불가능한 가장 절실한 의무, 즉 내각 관료들에게 자신의 존재를 상기시키는 의무를 위해 페테르부르크를 방문하여 집안의 돈을 거의 다 끌어다 경마장과 별장을 드나들면서 유쾌하고 즐거운 시간을 보내는 동안, 돌리는 가능한 한 지출을 줄이기 위해 아이들과 시골로 거처를 옮겼다. 그녀는 결혼할 때 친정에서 상속받은 예르구쇼보 마을로 왔다. 그곳은 올봄에 스테판 아르카지치가 숲을 처분한 곳이었고, 레빈이 사는 포크로프스코예에서 50베르스타가량 떨어진 곳이었다.

예르구쇼보에 있던 크고 낡은 저택은 이미 오래전에 헐렸고, 공작이 개조하고 확장해 놓은 별채만 한 채 있을 뿐이었다. 이 별채는 다른 별채들처럼 정면의 가로수길이나 남쪽을 향해 비스듬히 세워지긴 했지만, 20여 년 전, 즉 돌리가 어릴 때만 해도 넓고 편리한 곳이었다. 그러나 이제는 이 별채도 낡고 쇠락해 버렸다. 올봄에 스테판 아르카지치가 숲을 처분하러 갈 때, 돌리는 그에게 집을 잘 둘러보고 사람들을 시켜 수리를 해 놓으라고 부탁했다. 떳떳치 못한 남편들이 그러하듯, 스테판 아르카지치도 아내의 편의에 대해 몹시 신경을 쓰며 직접 집을 둘러보고 그가 보기에 필요할 것 같은 모든 것들에 대해 지시를 내렸다. 그의 생각으로는 가구를 크레톤 사라사 천으로 갈아 씌우고 커튼을 달고 정원을 깨끗이 손질하고 연못에 다리를 놓고 꽃을 심어야 할 것 같았다. 하지만 그는 꼭 필요한 다른 많은 일들에 대해 잊고 있었고, 이러한 준비 부족이 나중에 다리야 알렉산드로브나를 괴롭혔다. 스테판 아르카지치는 사려 깊은 아버지와 남편이 되려고 아무리 애를 써도 자기에게 아내와 아이들이 있다는 사실을 도무지 기억하지 못했다. 그에게는 독신자의 성향이 있었고, 그는 그저 그러한 성향에 맞춰 살아갈 뿐이었다. 모스크바로 돌아온 그는 아내에게 모든 것이 마련되었고 집이 장난감처럼 예쁘니 그곳에 꼭 가 보라고 자랑스럽게 단언했다. 스테판 아르카지치에게는 아내가 시골로 떠나는 것이 모든 면에서 무척 반가웠다. 아이들에게도 유익하고 지출도 줄어들고 그 자신도 훨씬 자유롭기 때문이었다. 다리야 알렉산드로브나도 여름을 시골에서 보내는 것이 아이들을 위해, 특히 성홍열을 앓은 후 건강을 회복하지 못한 딸을 위해 꼭 필요하다고 생각했다. 그리고 그녀는 자신을 괴롭히던 것들, 말하자면 장작 가게, 생선 가게, 구두 가게에 진 자질구레한 빚이나 사소한 모욕에서 벗어나기 위해서라도 여름에는 시골에 있어야겠다고 생각했다. 게다가 그녀가 시골로 떠나는 것을 기뻐한 데는 한 가지 이유가 더 있었다. 그녀는 한여름에 외국에서 돌아올 동생 키티를 자기가 머무는 시골에 불러들이는 상상을 했다. 게다가 의사도 키티에게 목욕이 좋다고 처방을 내린 상태였다. 키티는 온천에서 돌리에게 편지를 써 보냈다. 두 사람의 어린 시절의 추억으로 가득한 예르구쇼보에서 돌리와 여름을 보내는 것만큼 자신을 미소 짓게 하는 것은 없다고.

처음 얼마 동안 돌리는 시골 생활을 너무나 힘들어했다. 그녀는 어린 시절을 시골에서 보낸 데다, 그녀의 머릿속에는 시골이란 도시의 모든 불쾌한 것으로부터의 구원이며 비록 생활은 우아하지 않지만(돌리는 이 점에 대해서는 쉽게 타협했다.) 그 대신 비용이 적게 들고 편리한 곳이라는 인상이 남아 있었다. 뭐든지 있고 뭐든지 싸고 뭐든지 구할 수 있으며 아이들에게도 좋은 곳. 그러나 안주인의 몸으로 시골에 내려온 지금, 그녀는 그 모든 것이 자신의 생각과 전혀 다르다는 사실을 깨달았다.

그들이 도착한 다음 날, 큰 비가 쏟아졌다. 밤이 되자 복도와 아이들 방에 비가 새서 침대를 응접실로 옮겨야 했다. 집에는 요리사도 없었다. 가축을 돌보는 하녀는 암소 아홉 마리 가운데 어떤 것은 새끼를 뱄고 어떤 것은 막 첫 새끼를 낳았으며 어떤 것은 나이가 들었고 어떤 것은 젖이 별로 없다고 했다. 아이들에게 먹일 버터와 우유조차 부족했다. 달걀도 없었다. 암탉을 구할 수도 없었다. 그래서 보라색을 띤 늙고 질긴 수탉들을 굽거나 삶아 먹어야 했다. 마루를 닦을 아낙도 구할 수 없었다. 다들 감자밭에 나가 있었던 것이다. 마차를 타고 다닐 수도 없었다. 말 한 마리가 성격이 워낙 괄괄하여 수레 채를 매기만 하면 목을 잡아 빼기 때문이었다. 멱을 감을 곳도 없었다. 냇가는 온통 가축들에게 짓밟혀 있었고 길에서 훤히 들여다보였다. 그리고 가축들이 허물어진 울타리를 뚫고 정원으로 들어오는 데다 황소 한 마리가 사람을 뿔로 받을 기세로 울어 대어 산책마저 할 수 없었다. 변변한 옷장도 없었다. 그나마 있는 것이라고는 문이 아예 닫히지 않거나 누가 옆을 지나갈 때마다 저절로 열리는 것뿐이었다. 냄비도, 항아리도 없었다. 빨래를 삶을 솥도 없고 하녀 방에는 다리미대도 없었다.

처음 얼마 동안, 다리야 알렉산드로브나는 평온과 휴식 대신 보기에도 끔찍한 이런 불행에 빠진 것을 탄식했다. 그녀는 있는 힘을 다해 일했으나 도저히 어찌할 도리가 없는 자신의 처지를 느끼며 매 순간 눈에서 핑 도는 눈물을 애써 참았다. 한때 기병 특무상사였던 관리인(스테판 아르카지치는 그의 잘생기고 예의 바른 모습이 마음에 들어 그를 수위에서 관리인으로 발탁했다.)은 다리야 알렉산드로브나의 불행에 조금도 동정을 느끼지 않으며 정중히 이렇게 말할 뿐이었다. "어쩔 도리가 없습니다. 그 따위 비루한 인간들은……." 그러면서 그는 아무것도 도우려 하지 않았다.

상황은 절망적인 것 같았다. 하지만 어느 집안에나 그런 사람이 있기 마련이듯, 오블론스키의 집안에도 눈에 띄지는 않지만 가장 중요하고 가장 도움이 되는 사람이 한 명 있었다. 바로 마트료나 필리모노브나였다. 그녀는 마님을 안심시키고 그녀에게 다 잘될 거라(이 말은 그녀가 입버릇처럼 하는 말이었다. 마트베이는 이 말을 그녀에게서 배웠다.)고 장담하며, 그 자신은 서

두르거나 동요하는 일 없이 행동했다.

그녀는 금방 집사의 부인과 친해져 그곳에 온 첫날부터 집사 부부와 아카시아 나무 아래서 차를 마시며 모든 문제를 의논했다. 얼마 지나지 않아 아카시아 나무 아래에는 마트료나 필리모노브나의 클럽이 생겼다. 집사 부인과 촌장과 서기로 이루어진 이 클럽을 통해 생활의 어려움이 조금씩 풀리기 시작했으며, 일주일 후에는 실제로 모든 것이 다 잘 해결되었다. 지붕을 수리했고, 촌장의 대모가 요리사로 들어왔고, 암탉들을 샀고, 암소들이 젖을 내기 시작했고, 말뚝으로 정원에 울타리를 쳤고, 목수가 빨래판을 만들어 주었고, 옷장에는 고리를 달아 제멋대로 열리지 않게 되었고, 군복 천을 씌운 다리미대가 안락의자의 팔걸이에서 옷장 위로 가로 놓여 하녀의 방에서도 다림질하는 냄새가 나기 시작했다.

"자, 보세요! 그런데도 마님은 내내 낙담만 하셨죠." 마트료나 필리모노브나가 다리미대를 가리키며 말했다.

짚으로 벽을 두른 목욕탕도 생겼다. 릴리는 목욕을 하게 되었다. 그리고 비록 평온하지는 않아도 편리한 시골 생활을 기대한 다리야 알렉산드로브나의 꿈은 어느 정도 실현되었다. 여섯 아이들과 평온히 지낸다는 것은 다리야 알렉산드로브나에게 꿈도 못 꿀 일이었다. 한 아이가 병에 걸리면 다른 아이가 병에 걸릴 기미를 보였고, 또 한 아이에게 무언가 부족하다 싶으면 다른 아이는 좋지 않은 성격의 징후를 보이는 등, 아이들에 관한 걱정거리가 끊이지 않았다. 아주 간혹 짧긴 하지만 평온한 시간이 생길 때도 있었다. 하지만 다리야 알렉산드로브나에게는 이런 성가신 일들과 걱정이 그녀가 바랄 수 있는 유일한 행복이었다. 만약 이런 것이 없었다면, 그녀는 자기를 사랑하지 않는 남편에 대한 생각에 홀로 빠져 있었을 것이다. 어머니로서 병에 대한 두려움이나 병 자체가 아무리 괴롭다 해도, 또는 아이들에게서 좋지 않은 성향의 징후를 보는 고뇌가 아무리 무겁다 해도, 이제는 아이들 자체가 그녀의 슬픔에 대한 보답으로 작은 기쁨을 선사했다. 이러한 기쁨은 너무나 작아서 모래 속에 섞인 금처럼 잘 보이지 않았다. 그리고 기분이 나쁠 때면 그녀는 오직 슬픔만을, 오직 모래만을 보았다. 하지만 그녀가 기쁨만을, 황금만을 보는 즐거운 순간도 있었다.

요즘 그녀는 시골의 적막함 속에서 이런 기쁨을 점점 더 자주 자각하게 되었다. 그녀는 종종 아이들을 바라보면서 그녀가 오해했다는 것을, 어머니인 그녀가 아이들을 편파적으로 대했다는 것을 스스로에게 납득시키기 위해 가능한 한 모든 노력을 기울였다. 그렇지만 그녀는 자신의 여섯 아이들이 저마다 제각각이긴 하지만 흔히 볼 수 없는 그런 훌륭한 아이들이라고 스스로에게 고백하지 않을 수 없었다. 그래서 그녀는 아이들에게서 행복을 느꼈고 아이들을 자랑스러워했다.

8

5월 말, 이미 모든 것이 어느 정도 정리된 무렵, 그녀는 시골의 불편함을 하소연한 자기의 편지에 대해 남편이 보낸 답장을 받았다. 그는 편지에서 모든 것을 깊이 헤아리지 못한 점에 대해 용서를 구하며 기회가 닿는 대로 곧 내려가겠다는 약속을 했다. 그러나 그런 기회는 생기지 않았고, 다리야 알렉산드로브나는 6월 초까지 시골에서 혼자 지내야 했다.

성 베드로제(祭) 주간의 일요일에 다리야 알렉산드로브나는 아이들 모두가 성찬을 받을 수 있도록 마차를 타고 예배에 다녀왔다. 다리야 알렉산드로브나는 동생과 어머니와 친구들과 철학에 관한 대화를 허물없이 주고받을 때면 종교에 관한 자유사상으로 그들을 놀라게 할 때가 많았다. 그녀는 윤회라는 그녀 나름의 기묘한 종교를 갖고 있었다. 그녀는 교회의 교리에는 거의 아랑곳하지 않고 윤회설을 굳게 믿었다. 하지만 가정 안에서 그녀는 모범을 보이기 위해서뿐만 아니라 진심을 다

하여 교회의 모든 요구를 엄격히 수행했다. 그래서인지 아이들이 한 해가 넘도록 성찬을 받지 않았다는 사실은 그녀의 마음을 몹시 불안하게 했다. 그리하여 그녀는 마트료나 필리모노브나의 적극적인 찬성과 공감에 힘입어 올여름에 이 일을 끝내리라 마음먹었다.

다리야 알렉산드로브나는 며칠 전부터 아이들을 어떻게 입힐지 고민하고 있었다. 옷을 새로 마련하고 수선하고 세탁하고 솔기와 소매의 주름 장식을 넓히고 단추를 달고 리본을 준비했다. 다만 가정교사인 영국 여자가 만들어 온 타냐의 옷 한 벌이 다리야 알렉산드로브나의 마음을 몹시 상하게 했다. 영국 여자가 옷을 수선하면서 허리 주름을 제 위치에 달지 않고 소매 구멍을 너무 크게 파는 바람에 옷이 거의 못쓰게 된 것이다. 소매는 타냐의 어깨에 너무 꽉 조여서 보기에도 불쾌할 정도였다. 하지만 마트료나 필리모노브나가 옷에 섶을 대고 두건을 만들어 달자는 생각을 해냈다. 일은 잘 수습되었지만, 그 일로 영국 여자와 말다툼을 하다시피 했다. 하지만 이튿날 아침에는 모든 준비가 끝났고, 9시 — 그들은 신부에게 그때까지 예배를 늦춰 달라고 부탁했다 — 가 되자 곱게 차려 입은 아이들이 기쁨으로 얼굴을 빛내며 현관 계단에 댄 마차 앞에서 어머니를 기다리고 있었다.

마트료나 필리모노브나의 후원 덕분에 다루기 힘든 보론 대신 집사의 말 부로이를 마차에 맸다. 그리고 몸단장을 하느라 꾸물거리던 다리야 알렉산드로브나가 하얀 모슬린 옷을 입고 마차를 타러 나왔다.

다리야 알렉산드로브나는 염려와 흥분이 뒤섞인 마음으로

머리를 빗고 옷을 입었다. 한때 그녀도 자신을 위해, 즉 사람들에게 아름답게 보이기 위해 옷을 차려입었다. 그런데 나이가 들수록, 그녀는 차츰 몸치장하는 것을 좋아하지 않게 되었다. 그녀는 자신이 매력을 잃기 시작했다고 생각했다. 하지만 지금 그녀는 다시 즐거움과 흥분을 느끼며 몸치장을 했다. 지금 그녀가 몸치장을 한 것은 자신을 위해, 자신의 아름다움을 위해서가 아니라, 이 사랑스러운 아이들의 어머니로서 전체적인 인상을 망치고 싶지 않았기 때문이었다. 마지막으로 거울을 바라보며, 그녀는 자신의 모습에 만족했다. 그녀는 아름다웠다. 그 아름다움은 예전에 그녀가 무도회에서 보이고 싶어 하던 그런 아름다움이 아니라, 그녀가 지금 마음에 두고 있는 목적에 어울리는 아름다움이었다.

교회에는 농부들과 가옥 관리인들과 그들의 아낙들 외에는 아무도 없었다. 하지만 다리야 알렉산드로브나는 자신과 자신의 아이들이 불러일으킨 감탄을 보았다. 아니, 보았다고 느꼈다. 아이들은 예쁜 옷을 차려입어 아름다웠을 뿐 아니라 반듯한 몸가짐 때문에 사랑스러웠다. 사실 알료샤는 그다지 반듯하게 서 있지 않았다. 알료샤는 계속 뒤를 돌아보며 재킷의 뒤쪽을 보고 싶어 했다. 그래도 무척 사랑스러웠다. 타냐는 어른스럽게 서서 동생들을 바라보았다. 하지만 막내딸 릴리는 모든 것에 천진난만한 놀라움을 드러내는 모습이 사랑스러웠다. 릴리가 성찬을 받으며 "Please, some more."[10]라고 말할 때에는 미소를 짓지 않을 수 없었다.

10) '조금만 더 주세요.'(영어)

집으로 돌아오는 동안, 아이들은 무언가 엄숙한 일이 일어났다고 느껴서인지 매우 조용했다.

집에서도 모든 것이 흡족하게 진행되었다. 그러나 점심 식사를 하는 동안 그리샤가 휘파람을 불어 대기 시작했다. 더욱 나빴던 것은 그리샤가 영국 여자의 말에 순종하지 않아 달콤한 피로그를 받지 못한 것이다. 만일 다리야 알렉산드로브나가 그 자리에 있었다면, 그녀는 이런 날에 벌을 주는 것을 허락하지 않았을 것이다. 하지만 그녀는 영국 여자의 지시를 지시하지 않을 수 없었기 때문에, 그리샤에게 달콤한 파이를 주지 않겠다는 영국 여자의 결정을 인정하고 말았다. 그 일은 가족들의 기쁨을 얼마간 망쳐 놓았다.

그리샤는 니콜렌카[11]도 휘파람을 불었는데 그 애한테는 벌을 주지 않는다고 말하면서 울었다. 그리샤는 자기가 피로그 때문에 우는 것이 아니라 — 피로그 따위는 아무래도 좋다 — 자기만 불공평한 대우를 받아서 운다고 말했다. 그 모습이 너무나 서글퍼 보여, 다리야 알렉산드로브나는 영국 여자와 의논한 뒤 그리샤를 용서하기로 하고 그 아이에게 가 보았다. 그러나 응접실을 지나가던 그녀는 그곳에서 눈물이 날 만큼 그녀의 마음을 기쁨으로 꽉 채운 장면을 보게 되었다. 그래서 그녀는 죄인을 용서해 주었다.

벌을 받은 소년은 응접실의 구석 창가에 앉아 있었다. 소년 옆에는 타냐가 접시를 들고 서 있었다. 타냐는 인형에게 밥을 먹인다는 핑계로 영국 여자에게 자기 몫의 피로그를 어린이

11) 니콜라이의 애칭.

방으로 가져가도 좋다는 허락을 받은 후, 대신 그것을 동생에게 가져온 것이다. 소년은 자기가 부당한 벌을 받았다고 계속 훌쩍거리면서 누나가 가져온 파이를 먹었고, 울먹이는 소리로 이렇게 말했다. "누나도 먹어, 같이 먹자……. 같이."

처음에는 그리샤에 대한 동정심이 타냐의 마음을 움직였으나, 나중에는 자신의 선한 행동에 대한 자각이 그녀를 감동에 젖게 했다. 그러자 그녀의 눈에서도 눈물이 글썽였다. 하지만 그녀는 동생의 말을 거절하지 않고 자기 몫을 먹었다.

아이들은 어머니를 보고 깜짝 놀랐다. 그러나 어머니의 얼굴을 뚫어지게 바라보며 자기들이 좋은 행동을 했다는 걸 깨닫고는, 까르르 웃음을 터뜨리며 입 안 가득 피로그를 문 채 웃음이 어린 입술을 두 손으로 닦기 시작했다. 그러자 아이들의 빛나는 얼굴이 눈물과 잼으로 온통 더러워졌다.

"어머나! 하얀 새 옷을! 타냐! 그리샤!" 어머니는 옷을 더럽히지 못하게 하면서도 눈물을 글썽이며 행복하고 기쁨에 찬 미소를 지었다.

그녀는 아이들에게서 새 옷을 벗기고 여자아이에게는 블라우스를, 남자아이에게는 헌 재킷을 입히라고 지시한 후, 버섯 따기와 목욕을 하러 갈 테니 마차에 다시 부로이를 매라고 시켰다. 집사에게는 괴로운 일이었지만 어린이 방에서 기쁨에 넘친 환호가 터져 나왔고, 그 소리는 목욕하러 떠나는 순간까지 그치지 않았다.

그들은 바구니 하나 가득 버섯을 땄고, 릴리까지 자작나무 버섯을 찾아냈다. 예전에는 미스 굴리가 자작나무 버섯을 찾아 릴리에게 보여 주곤 했는데, 이제는 릴리가 커다란 자작나무 버섯을 찾아낸 것이다. 그래서 다들 "릴리가 버섯을 찾아냈다!"라며 기쁨에 찬 함성을 질렀다.

그런 다음 그들은 냇가로 내려가 자작나무에 말들을 매어 두고 냇물 안에 울타리를 쳐둔 욕장으로 갔다. 마부 체렌치는 말파리를 쫓기에 바쁜 말들을 나무에 맨 뒤 풀을 밟아 뭉개고는 자작나무 그늘에 누워 싸구려 잎담배를 피웠다. 욕장에서 그칠 새 없이 터져 나오는 아이들의 명랑한 외침이 그가 있는 곳까지 들려왔다.

비록 아이들 모두를 돌보고 아이들의 장난을 막는 일이 성가시긴 했지만, 그리고 그 많은 양말과 바지와 발 크기가 제각각인 부츠들이 서로 뒤섞이지 않도록 잘 기억해 두거나 그 많은 끈과 단추를 풀어 주고 끌러 주고 다시 매 주거나 하는 일이 힘들긴 했지만, 다리야 알렉산드로브나는 자신도 언제나 멱 감는 것을 좋아했고 그것이 아이들에게도 유익하다고 생각했기에 그녀로서는 아이들과 이렇게 멱을 감는 것만큼 즐거운 일이 없었다. 아이들의 작고 포동포동한 발을 차례차례 잡고 긴 양말을 잡아당긴다든지, 아이들의 벌거벗은 작은 몸을 품에 안아 물에 담근다든지, 때로는 즐거워서 때로는 놀라서 외치는 아이들의 비명 소리를 듣는다든지, 놀라움과 즐거움이 가득한 눈을 동그랗게 뜬 채 숨을 할딱이며 물장구를 치는 작은 천사들을 본다든지 하는 일은 그녀에게 커다란 기쁨이었다.

아이들 가운데 절반이 옷을 입었을 때, 안젤리카[12]와 우유

---

12) 미나리과의 여러해살이 풀.

풀[13]을 뜯으러 다니던 아름다운 옷차림의 아낙들이 쭈뼛쭈뼛 다가와 걸음을 멈추었다. 마트료나 필리모노브나는 물에 빠진 수건과 루바슈카를 말려 달라는 부탁을 하려고 한 아낙을 소리쳐 불렀다. 그래서 다리야 알렉산드로브나는 아낙들과 이야기를 나누게 되었다. 처음에 아낙들은 손을 가리고 웃기만 할 뿐 다리야 알렉산드로브나의 질문을 전혀 못 알아듣는 것 같았지만, 점차 대담하게 그녀와 이야기를 나누기 시작했으며, 아이들에 대한 진심 어린 감탄으로 금방 다리야 알렉산드로브나의 마음을 샀다.

"얘 좀 봐, 정말 예쁜 아이야. 설탕처럼 하얘." 한 아낙이 타네치카[14]를 황홀한 눈으로 바라보며 고개를 끄덕였다. "그런데 야위었네……."

"그래, 그 앤 병을 앓았지."

"얘 봐, 얘도 목욕을 시켰나 봐." 또 한 아낙이 젖먹이를 보며 말했다.

"아냐, 이 앤 태어난 지 겨우 석 달밖에 안 됐어." 다리야 알렉산드로브나가 자랑스럽게 대답했다.

"어머, 이것 봐!"

"자네에게도 아이들이 있나?"

"넷이 있었는데, 둘만 남았습니다. 사내아이 한 명과 여자아이 한 명이요. 여자아이는 지난 사순절에 젖을 뗐죠."

"몇 살인데?"

---

13) 정확한 명칭은 등대풀로, 소에게 이 풀을 먹이면 젖이 많이 나온다는 설이 있어 우유풀이라는 이름이 붙었다.

14) 타치야나의 애칭.

"두 살이요."

"왜 그렇게 오래 젖을 먹였나?"

"저희들 관습이에요. 재계를 세 번[15]……."

이처럼 대화는 다리야 알렉산드로브나에게 가장 흥미로운 이야깃거리로 차츰 옮겨갔다. 어떻게 아이를 낳았나? 아이들이 무슨 병을 앓았나? 남편은 어디에 있나? 남편이 집에 자주 들르나?[16]

다리야 알렉산드로브나는 아낙들과 헤어지고 싶지 않았다. 그들과 이야기를 하는 것이 너무나 재미있었을 뿐 아니라 관심 분야가 너무나 똑같았기 때문이다. 다리야 알렉산드로브나는 아낙들이 그녀의 아이들이 무척이나 많다는 사실에, 또 그녀의 아이들이 하나같이 귀엽다는 사실에 무엇보다 감탄하는 것을 지켜보며 이루 말할 수 없이 기뻤다. 아낙들은 영국 여자를 웃음거리로 만들어 — 그녀 자신은 사람들이 왜 웃는지조차 알 수 없었다 — 영국 여자를 화나게 하는 한편 다리야 알렉산드로브나를 웃게 만들었다. 젊은 아낙들 가운데 한 명이 가장 나중에 옷을 입던 영국 여자를 유심히 바라보다가, 그녀가 세 번째 페티코트를 입자 더 이상 참지 못하고 이렇게 지껄였다. "저것 봐. 감고, 또 감고, 그런데도 아직 다

15) 아낙의 아이는 작년 성 베드로제 재계 이전에 태어나 세 차례의 재계 기간, 즉 6월의 성 베드로제, 8월의 성모승천제 재계, 11월의 강림절 재계 기간 내내 젖을 먹고, 사순절이 시작하기 전에 젖을 뗐다.

16) 농부들이 지방의 중심지나 현청 소재지, 심지어 다른 현에서 일꾼으로 고용되는 것은 당시에 매우 흔한 모습이었다. 그래서 돌리는 아낙에게 외지에 일을 하러 간 남편이 집에 자주 들르는지 묻는 것이다.

못 감았어!" 그녀의 말이 끝나자, 다들 큰 소리로 웃음을 터뜨렸다.

9

다리야 알렉산드로브나는 멱을 감느라 머리카락이 젖은 아이들에게 에워싸인 채 머리를 수건으로 감싸고서 집으로 돌아왔다. 그들의 마차가 집 가까이에 왔을 때, 마부가 말했다.

"어떤 나리가 오시는데요. 포크로프스코예에서 오신 분 같습니다."

다리야 알렉산드로브나는 앞쪽을 바라보다가, 회색 모자와 회색 외투를 입은 채 맞은편에서 걸어오는 낯익은 레빈의 모습을 알아보고 기뻐했다. 그녀는 그를 보는 것이 언제나 기뻤지만, 지금은 특히 그에게 더없이 행복한 자신의 모습을 보여 줄 수 있어 기뻤다. 그녀의 훌륭함을 레빈만큼 속속들이 이해해 주는 사람은 아무도 없었다.

그녀를 보자, 레빈은 언젠가 자신이 상상했던 가족생활 가운데 한 장면을 보고 있는 것 같았다.

"알을 품은 암탉 같은데요, 다리야 알렉산드로브나."

"아, 정말 기뻐요!" 그녀는 그에게 손을 내밀며 말했다.

"반갑습니다. 그런데 당신은 여기 와 있다는 소식을 제게 알리지도 않고……. 저희 집에는 형님이 와 있습니다. 스티바가 당신이 이곳에 있다는 전갈을 보냈더군요."

"스티바가요?" 다리야 알렉산드로브나가 놀라서 말했다.

"네, 스티바가 편지에 당신이 이곳으로 거처를 옮겼다고 썼더군요. 그는 당신이 제 도움을 기꺼이 받을 거라고 생각합니다." 레빈은 이렇게 말하고는 갑자기 당황하며 말을 멈추더니, 보리수의 새순을 따서 잘근잘근 씹으며 마차 옆에서 말없이 계속 걸어갔다. 그가 당황한 것은, 남편이 마땅히 해야 할 일에 타인의 도움을 받는 것이 다리야 알렉산드로브나로서는 불쾌할 수 있다고 생각했기 때문이다. 다리야 알렉산드로브나는 사실 자기 가족의 일을 남에게 떠넘기는 스테판 아르카지치의 이런 방식이 마음에 들지 않았다. 그리고 그녀는 레빈도 그 점을 알고 있다는 것을 금방 알아차렸다. 다리야 알렉산드로브나는 레빈의 그런 세심한 이해와 섬세함 때문에 그를 좋아했다.

"물론 나도 압니다." 레빈이 말했다. "그 말은 단지 당신이 날 만나고 싶어 한다는 의미에 지나지 않는다는 것을 말입니다. 그래서 무척 기쁩니다. 물론 당신 같은 도회지 부인에게는 이곳이 야만스럽게 보일 거라고 생각합니다. 그러니 필요한 것이 있다면 뭐든지 말해 주십시오."

"오, 아니에요!" 돌리가 말했다. "처음에는 불편했지만, 이제는 내 늙은 보모 덕분에 모든 것이 훌륭하게 정리됐어요." 그녀는 마트료나 필리모노브나를 가리키며 말했다. 마트료나는 두 사람이 자기에 대한 이야기를 하고 있다는 것을 알아채고, 레빈에게 쾌활하고 다정한 미소를 지어 보였다. 그녀는 그를 잘 알았고, 그가 막내 아가씨의 좋은 배필감이라는 것도 알았다. 그래서 그녀는 그 혼사가 꼭 이루어지기를 바랐다.

"타세요. 우리가 이쪽으로 좁혀 앉을 테니." 그녀가 그에게 말했다.

"아닙니다. 난 좀 걷겠습니다. 얘들아, 나와 함께 말과 경주할 사람?"

아이들은 레빈에 대해 아는 것이 거의 없었고, 언제 그를 보았는지도 기억하지 못했다. 그러나 아이들은 그를 대할 때 수줍음과 혐오가 뒤섞인 기묘한 감정을 보이지 않았다. 아이들은 위선적인 어른을 대할 때면 흔히 그런 감정을 드러냈는데, 그 때문에 걸핏하면 호된 벌을 받곤 했다. 위선은 통찰력이 뛰어난 가장 현명한 사람까지도 어떻게든 속일 수 있다. 그러나 아이들의 경우에는 가장 덜떨어진 아이조차 위선자를 알아보고 외면해 버린다. 설사 그 사람이 아무리 교묘하게 위장한다 해도 말이다. 레빈의 결점이 어떤 것이든, 그에게는 위선의 기미가 전혀 없었기 때문에, 아이들은 자기들이 어머니의 얼굴에서 발견한 그런 다정함을 그에게 보여 주었다. 큰 아이 둘이 그의 초대에 응해 그에게로 곧장 뛰어내리더니, 보모나 미스 굴리 혹은 어머니와 함께 달릴 때처럼 그렇게 꾸밈없는 모습으로 그와 함께 달리기 시작했다. 릴리도 그에게로 가겠다고 졸라 대기 시작했다. 그러자 어머니는 아이를 그에게 건넸고, 그는 아이를 어깨 위에 앉히고 함께 달렸다.

"걱정하지 마세요, 걱정하지 마세요, 다리야 알렉산드로브나!" 그는 아이들의 어머니에게 쾌활한 미소를 지어 보이며 말했다. "아이를 다치게 하거나 떨어뜨리는 일은 절대로 없을 겁니다."

그의 빈틈없고 힘차고 조심스러운, 그러면서도 지나치게 긴장된 동작을 보자, 어머니는 마음을 놓으며 그에게 명랑한 격려의 미소를 보냈다. 이 마을에서 그에게 호의적인 다리야 알렉산드로브나와 아이들과 함께 있는 동안, 레빈은 자신에게 종종 찾아들던 어린아이 같은 명랑한 기분에 젖어 들었다. 다리야 알렉산드로브나는 특히 그의 이런 점을 좋아했다. 아이들과 달리면서, 그는 그들에게 체조를 가르치기도 하고 자신의 서툰 영어로 미스 굴리를 웃기기도 하고 다리야 알렉산드로브나에게 시골에서 자신이 하는 일에 관하여 들려주기도 했다.

점심 식사 후, 다리야 알렉산드로브나는 그와 단둘이 발코니에 앉아 키티에 대해 이야기하기 시작했다.

"아세요? 키티가 나와 여름을 보내러 이곳에 올 거예요."

"정말이요?" 그는 얼굴을 붉히며 말했다. 그는 곧 화제를 바꾸기 위해 이렇게 말했다. "그럼 암소 두 마리를 보내 드릴까요? 만약 대금을 치르고 싶으시다면, 한 달에 5루블씩 주십시오. 당신이 부끄럽게 여기지 않는다면……."

"아니에요, 하지만 고마워요. 이곳도 안정이 됐어요."

"그럼 소들을 살펴봐도 될까요? 당신만 괜찮으시다면, 소를 어떻게 먹여야 하는지 지시를 해 두겠습니다. 모든 것이 여물에 달려 있거든요."

그러더니 레빈은 단순히 화제를 바꿀 목적으로, 다리야 알렉산드로브나에게 암소란 그저 여물을 우유로 가공하는 기계에 불과하다는 등의 낙농업 이론을 설명하기 시작했다.

그는 이렇게 이야기하는 동안에도 키티의 소식을 자세히 듣고 싶은 마음이 간절했지만 동시에 그것을 두려워하기도 했다. 그는 그토록 힘겹게 얻은 평온이 무너질까 두려웠다.

"그래요, 하지만 어쨌든 그 모든 것을 감독해야 할 텐데, 누가 그 일을 맡죠?" 다리야 알렉산드로브나는 내키지 않는 듯 마지못해 대답했다.

그녀는 마트료나 필리모노브나 덕분에 살림이 너무나 잘 정돈되었기 때문에 아무것도 바꾸고 싶지 않았다. 게다가 그녀는 농업에 대한 레빈의 지식을 신뢰하지 않았다. 그녀는 암소가 우유를 만드는 기계라는 견해를 미심쩍게 여겼다. 그녀가 생각하기에, 그런 류의 견해는 살림에 혼동만 가져올 것 같았다. 그녀에게는 모든 것이 훨씬 단순하게 보였다. 마트료나 필리모노브나의 설명대로, 페스트루하와 벨로파하에게 여물과 물을 더 많이 주고 요리사가 부엌에서 나오는 구정물을 세탁부의 암소에게 빼돌리지 못하도록 하기만 하면 될 것 같았다. 그것만은 분명했다. 곡물 가루와 풀을 여물로 먹인다는 생각은 미덥지 않은 데다 불분명했다. 무엇보다 그녀는 키티에 관해 이야기를 나누고 싶었다.

10

“키티가 편지에 고독과 평온 외에는 아무것도 바라지 않는다고 썼더군요.” 돌리가 침묵을 깨고 말했다.

“그런데 그녀의 건강은 좋아졌습니까?” 레빈은 흥분하며 말했다.

“덕분에 완전히 회복했어요. 난 그 애가 폐병을 앓고 있다고는 결코 생각지 않았어요.”

“아, 정말 기쁩니다.” 레빈이 말했다. 레빈이 이렇게 말하며 돌리를 말없이 바라본 순간, 그녀는 그의 얼굴에서 주체할 수 없는 감동적인 무언가를 본 것 같았다.

“들어 봐요, 콘스탄친 드미트리치.” 다리야 알렉산드로브나는 그녀 특유의 선량하면서도 가볍게 조롱하는 듯한 미소를 지으며 이렇게 말했다. “당신은 무엇 때문에 키티에게 화를 내죠?”

“내가요? 화내지 않았는데요.” 레빈이 말했다.

"아니에요. 당신은 화를 내고 있어요. 당신은 어째서 모스크바에 있는 동안 우리 집에도, 우리 부모님 집에도 들르지 않았나요?"

"다리야 알렉산드로브나." 그는 머리 밑까지 빨개져서 말했다. "당신같이 선량한 분이 그것을 깨닫지 못하다니 정말 놀랍군요. 당신은 어째서 날 전혀 가엾게 봐 주지 않는 겁니까? 다 알면서……."

"내가 뭘 안다는 건가요?"

"알잖아요, 내가 청혼을 했다가 거절당한 것 말입니다." 레빈이 말했다. 그러자 그가 방금 전 키티에게 느꼈던 그 부드러운 감정이 그의 마음속에서 모욕에 대한 원한으로 바뀌었다.

"당신은 어째서 내가 그 사실을 알고 있다고 생각해요?"

"다들 알고 있으니까요."

"그것 봐요. 당신은 오해하고 있어요. 난 그 사실을 몰랐어요. 물론 짐작은 하고 있었지만."

"아! 어쨌든 이젠 알게 됐군요."

"난 무슨 일이 있었다는 것밖에 몰라요. 키티는 그 일에 대해 아무것도 말해 주지 않았어요. 내가 아는 것이라고는, 무슨 일이 있었고 키티가 그 일로 몹시 괴로워한다는 것, 그리고 그 애가 나에게 그 일에 대해선 아무 말 하지 말라고 부탁했다는 것뿐이에요. 그애가 내게도 하지 않은 이야기를 다른 사람에게 했을 리 없어요. 그런데 두 사람 사이에 도대체 무슨 일이 있었던 거죠? 말해 봐요."

"무슨 일이 있었는지 이미 말했잖습니까?"

"언제였죠?"

"내가 마지막으로 당신 집을 방문했을 때요."

"그럼, 내가 무슨 말을 할지 알겠군요." 다리야 알렉산드로브나가 말했다. "난 그 애가 너무너무 가여워요. 당신은 그저 자존심 때문에 괴롭겠지만……."

"그럴지도 모르죠." 레빈이 말했다. "하지만……."

그녀는 그의 말을 가로막았다.

"하지만 그 애는 정말로 불쌍해요. 가여운 것. 이제야 모든 것이 이해돼요."

"그럼, 다리야 알렉산드로브나, 실례하겠습니다." 그는 자리에서 일어나며 말했다. "안녕히 계십시오, 다리야 알렉산드로브나. 다음에 뵙죠."

"아니, 잠깐만요." 그녀는 그의 소맷자락을 붙잡고 말했다. "잠깐만 앉아 보세요."

"제발, 부탁입니다. 그 일에 대해선 더 이상 말하지 마세요." 그는 이렇게 말하며 자리에 앉았다. 동시에 그는 이미 매장된 줄 알았던 희망이 자신의 마음속에 다시 일어나 꿈틀거리는 것을 느꼈다.

"내가 당신을 좋아하지 않았다면……." 이렇게 말하는 다리야 알렉산드로브나의 눈에 눈물이 글썽였다. "만일 내가 당신을 몰랐다면, 내가 아는 모습 그대로의 당신을……."

죽어 버린 줄 알았던 감정이 점점 더 생생하게 되살아나 레빈의 마음을 사로잡아 버렸다.

"그래요. 이제야 모든 걸 알겠어요." 다리야 알렉산드로브나는 계속해서 말했다. "당신은 이해하지 못할 거예요. 자유롭게 선택하는 입장에 놓인 당신네 남자들은 자신이 누구를 사랑하는지가 언제나 분명하죠. 하지만 여성스럽고 처녀다운 수줍음으로 기다리는 처지에 놓인 아가씨들은, 당신 같은 남자들을 멀찍이서 바라보며 모든 것을 말만 듣고 믿어야 하는 아가씨들은, 자기가 누구를 사랑하는지, 무슨 말을 해야 좋을지 모르겠다고 느끼는 경우가 종종 있고 또 그럴 수 있어요."

"하지만 마음이 말하지 않으면……."

"아니에요, 마음은 말하고 있어요. 하지만 생각해 보세요. 당신네 남자들은 어느 아가씨에게 관심을 갖게 되면, 그 집에 드나들면서 그녀와 가까이 지내고 그녀를 요모조모 살피고 그녀에게서 자기가 좋아하는 점을 찾을 때까지 기다려요. 그러다 그녀를 사랑한다는 확신이 들면 청혼을 하죠……."

"글쎄요, 꼭 그렇지만도 않은데."

"상관없어요. 어쨌든 당신네들은 자신의 사랑이 무르익거나 선택을 기다리는 두 여자 사이에서 저울질을 끝내면 청혼을 하잖아요. 하지만 여자에게는 누구를 선택할지 묻지 않아요. 물론 다들 여자가 스스로 선택하기를 바라죠. 하지만 여자에게는 선택권이 없어요. 그저 '네.', '아니오.'라는 대답만 할 수 있죠."

'그래, 나와 브론스키를 놓고 선택을 한 거야.' 레빈은 생각했다. 그러자 그의 마음속에서 되살아났던 사자(死者)가 다시 죽어 버렸다. 이제 그 사자는 그의 심장을 고통스럽게 옥죌 뿐이었다.

"다리야 알렉산드로브나." 그가 말했다. "옷이나 다른 것들을 구입할 땐 다들 그렇게 합니다. 하지만 사랑은 다릅니다. 선택은 끝났습니다. 그편이 훨씬 좋습니다……. 이제 두 번 다시 되풀이할 수 없습니다."

"아, 자존심! 자존심!" 다리야 알렉산드로브나는 여자들만 아는 다른 감정과 비교하면 그 감정은 저열한 것이라며 그를 경멸하는 듯했다. "당신이 키티에게 청혼할 무렵, 키티는 대답을 할 수 없는 입장이었어요. 그 애는 망설였어요. 당신과 브론스키 사이에서 망설인 거죠. 브론스키는 매일같이 보였지만, 당신은 오랫동안 보이지 않았어요. 그 애가 좀 더 나이가 들었다고 가정해 봐요. 예를 들어 내가 그 애 입장이었다면 망설임 같은 건 전혀 없었을 거예요. 난 항상 그가 혐오스러웠어요. 그러더니 결국 그렇게 끝나고 말았죠."

레빈은 키티의 대답을 떠올렸다. 그녀는 말했다. "아뇨, 그럴 수 없어요……."

"다리야 알렉산드로브나." 그는 메마른 어조로 말했다. "나에 대한 당신의 신뢰에는 감사하고 있습니다. 당신이 오해한 것 같지만 말입니다. 하지만 내가 옳든 옳지 않든, 당신이 그토록 혐오하는 이 자존심은 나로 하여금 카체리나 알렉산드로브나를 전혀 생각할 수 없게 만듭니다. 아시겠습니까? 그녀를 생각하는 것이 아예 불가능하단 말입니다."

"한 가지만 더 말할게요. 당신은 아시죠, 내가 내 아이들만큼이나 사랑하는 내 동생에 대해 이야기하고 있다는 걸요. 나는 지금 그 애가 당신을 사랑했다고 말하려는 건 아니에요. 다만 그 순간 그 애의 거절은 아무것도 입증하지 않는다는 것을 말하고 싶을 뿐이에요."

"모르겠습니다!" 레빈이 벌떡 일어나며 말했다. "당신이 날 얼마나 아프게 하는지 아십니까! 이건 마치 당신의 아이가 죽었는데 사람들이 당신에게 '그 아이는 이렇게 됐을지 모른다, 저렇게 됐을지 모른다, 어쩌면 살아날지도 모른다, 그렇게 되면 당신이 아이를 보며 기뻐할 텐데.'라고 말하는 것과 같습니다. 하지만 아이는 죽었습니다. 죽었어요. 죽었단 말입니다……."

"당신은 참 우스운 사람이군요." 다리야 알렉산드로브나는 레빈의 흥분에도 불구하고 서글픈 미소를 지으며 이렇게 말했다. "그래요, 이제 모든 걸 이해하겠어요." 그녀는 시름에 잠긴 표정으로 계속 말했다. "그럼 키티가 이곳에 오면 당신은 우리 집에 오지 않을 건가요?"

"네, 오지 않을 겁니다. 물론 카체리나 알렉산드로브나를 피하지는 않을 겁니다. 하지만 될 수 있으면 그녀가 나라는 존재로 인해 불쾌해하지 않도록 애쓰겠습니다."

"정말, 정말로 우스운 사람이군요." 다리야 알렉산드로브나가 다정하게 그의 얼굴을 쳐다보며 같은 말을 되풀이했다. "음, 좋아요. 우리 서로 이 일에 대해 아무 이야기도 하지 않은 것으로 해요. 왜 왔니, 타냐?" 다리야 알렉산드로브나는 응접실에 들어온 딸에게 프랑스어로 말했다.

"내 모종삽 어디 있어요, 엄마?"

"엄마가 프랑스어로 얘기했으니, 너도 그렇게 해야지."

소녀는 프랑스어로 말하려 했으나, 모종삽이 프랑스어로 뭔지 잊어버렸다. 어머니는 그녀에게 조그마한 소리로 일러 주고는 프랑스어로 모종삽이 어디 있는지 말해 주었다. 이 모습은 레빈에게 불쾌한 느낌을 주었다.

이제 그에게는 다리야 알렉산드로브나의 가정과 그녀의 아이들 안에 깃든 모든 것이 전처럼 아름다워 보이지 않았다.

'이 사람은 무엇 때문에 아이들과 프랑스어로 이야기하는 걸까?' 그는 생각했다. '얼마나 부자연스럽고 어색하느냔 말이야! 아이들도 그것을 느끼고 있어. 프랑스어를 가르치면서 진실성을 몰아내고 있군.' 그는 혼자 이렇게 생각했다. 그러나 그는 다리야 알렉산드로브나가 이 문제를 이미 스무 번이나 거듭 생각한 끝에, 진실성을 잃는 한이 있더라도 이 방법이 아니면 도저히 아이들을 가르칠 수 없다고 결론 내린 것을 알지 못했다.

"그런데 당신은 어디로 가는 거죠? 잠깐 앉아 보세요."

레빈은 차 마시는 시간까지 머물러 있었다. 그러나 유쾌한 기분이 싹 가시자, 그는 그 자리가 거북하게 느껴졌다.

차를 마신 뒤, 그는 말을 준비하라는 지시를 내리러 현관으로 나갔다. 응접실로 다시 돌아온 레빈은 다리야 알렉산드로브나가 낙담한 얼굴로 눈물을 글썽이며 흥분하고 있는 것을 보았다. 레빈이 응접실에서 나간 바로 그 순간, 다리야 알렉산드로브나에게는 오늘의 행복과 아이들에 대한 긍지를 갑자기 한꺼번에 무너뜨린 끔찍한 사건이 일어났다. 그리샤와 타냐가 작은 공 하나를 두고 서로 주먹질을 하며 싸웠던 것이다. 다리야 알렉산드로브나는 어린이 방에서 나는 비명 소리에 달려 나갔다가 끔찍한 꼴을 하고 있는 두 아이를 발견했다. 타냐는 그리샤의 머리카락을 움켜쥐고 있었고, 그리샤는 적의로 일그러진 얼굴을 한 채 주먹으로 타냐를 닥치는 대로 때리고 있었다. 이 모습을 본 순간, 그녀의 가슴에서 무언가가 찢어지는 것 같았다. 마치 암흑이 그녀의 생활을 덮친 것만 같았다. 그녀는 자신이 그토록 자랑스러워한 아이들이 지극히 평범한 아이들일 뿐만 아니라 거칠고 잔인한 기질에 교육도 제대로 받지 못한 못된 아이들이라는 것을 깨달은 것이다.

그녀는 다른 것에 대해서는 말할 수도, 생각할 수도 없었다. 그녀는 레빈에게 자신의 불행에 대해 이야기하지 않을 수 없었다.

레빈은 그녀가 불행해하는 것을 보고는, 이 일이 결코 나쁜 것을 증명하는 것은 아니며 어느 아이들이나 다 싸우기 마련이라고 말하면서 그녀를 위로하려 애썼다. 그러나 레빈은 말은 그렇게 하면서도 속으로 이렇게 생각했다. '아니, 난 젠체하면서 아이들과 프랑스어로 말하는 짓은 하지 않겠어. 내 아이들은 저렇게 되지 않을 거야. 아이들에게 해악을 끼치거나 아이들이 비뚤어지게 내버려 두지만 않으면 돼. 그러면 아이들은 훌륭하게 자랄 거야. 그래, 내 아이들은 저렇게 되지 않을 거야.'

그는 작별 인사를 하고 그곳을 떠났다. 그녀도 그를 붙잡아 두려 하지 않았다.

11

7월 중순에 포크로프스코예에서 20베르스타 떨어진 누나네 영지의 촌장이 일의 진행과 풀베기에 관한 보고를 하러 레빈을 찾아왔다. 누나네 영지의 주요 소득원은 강변의 풀밭[17]이었다. 예전에는 농부들이 건초 값으로 1제샤치나당 20루블을 지불하고 풀을 베어 갔다. 이 지역의 관리권을 갖게 된 레빈은 풀밭을 둘러보고 이곳이 훨씬 값어치가 있다는 것을 알게 되었다. 그래서 그는 건초의 가격을 1제샤치나당 25루블로 올렸다. 농부들은 이 대금을 지불하지 않았고, 레빈이 우려한 대로 다른 구매자들의 발길마저 뜸하게 되었다. 그러자 레빈은 그곳으로 직접 내려가 일부는 일꾼을 고용하여, 일부는 할당제를 적용하여 풀밭을 베도록 지시했다. 농부들은 온갖 방법을 동

17) 봄철의 범람으로 물에 잠기는 목초지를 말한다. 이런 지역은 범람을 통해 실려 오는 양분 덕분에 토지가 매우 비옥했다.

원해 이 새로운 제도를 방해했지만, 결국 일은 진행되었고 첫 해에는 건초 판매로 거의 두 배에 가까운 수익을 올렸다. 재작년과 작년에도 농부들의 방해는 계속되었고, 수확은 똑같은 방식으로 진행되었다. 올해 농부들은 건초의 3분의 1을 가져가기로 하고 풀밭 전체를 인수했다. 그래서 지금 촌장이 풀베기가 끝났다는 것과 비가 올까 걱정이 되어 자신이 서기를 불러 그의 입회하에 건초를 분배하고 주인 몫으로 열한 더미를 쌓아 놓았다는 것을 보고하러 온 것이다. 가장 큰 풀밭에서 건초를 얼마나 수확했느냐는 질문에 대한 애매한 대답으로 보나, 허락도 구하지 않고 건초를 분배한 촌장의 성급함으로 보나, 농부의 전반적인 태도로 보나, 레빈은 이 건초 분배에 어떤 부정(不正)이 개입되어 있다는 것을 알아채고 직접 상황을 조사하러 가기로 결심했다.

점심때쯤 마을에 도착한 레빈은 형의 유모의 남편으로 자신과 친구처럼 지내는 노인 집에 말을 매어 두고, 그에게서 풀베기에 관한 자세한 내막을 들어 볼 생각으로 그가 있는 양봉장 안으로 들어갔다. 말이 많고 풍채가 좋은 페르메니치 노인은 레빈을 반갑게 맞이하였다. 그는 레빈에게 양봉장을 두루두루 보여 주며 벌들과 올해의 양봉 상황에 대해 들려주었다. 하지만 풀베기에 대한 레빈의 질문에는 내키지 않는 듯 애매한 대답만 할 뿐이었다. 이러한 모습은 레빈의 추측에 확신을 더해 주었다. 그는 들판으로 가서 건초 더미를 조사했다. 그 건초 더미에서는 쉰 수레가 나올 수 없었다. 그는 농부들의 비리를 밝히기 위해, 즉시 건초를 운반했던 수레들을 가져오게 하여 한 더미를 헛간에 옮겨 보라고 지시했다. 그 더미에서는 고작 서

른두 수레밖에 나오지 않았다. 촌장은 폭신폭신한 건초를 더미로 쌓아 올리면서 부피가 준 것이라 장담하며 하느님을 걸고 모든 것이 공정하게 이루어졌다고 맹세했다. 그러나 레빈은 자신의 명령도 없이 건초가 분배되었으므로 자기 몫의 건초가 한 더미당 쉰 수레라는 것을 인정할 수 없다고 강력히 주장했다. 오랜 말다툼 끝에, 이 문제는 농부들이 레빈 몫의 열한 더미를 더미당 쉰 수레씩 쳐서 자기들 몫으로 인수하고 주인의 몫은 다시 분배하는 것으로 마무리되었다. 이러한 담판과 건초 더미의 분배는 오후 휴식 때까지 계속되었다. 마지막 건초가 분배되자, 레빈은 나머지 감독을 서기에게 위임하고 버드나무 가지로 표시해 둔 건초 더미에 앉아 사람들로 붐비는 풀밭을 넋을 잃고 바라보았다.

그의 앞에 작은 늪을 휘감아 흐르는 강의 굽이에는 알록달록한 행렬을 이룬 아낙들이 낭랑한 목소리로 명랑하게 재잘거리며 움직이고 있었고, 여기저기 흩어진 건초에서 회색의 구불구불한 파도가 새로 자란 연녹색의 풀 사이로 빠르게 뻗어 나가고 있었다. 쇠스랑을 든 농부들이 아낙들을 뒤따라가고, 파도에서 폭이 넓고 높다랗고 푹신푹신한 건초 더미들이 쑥쑥 올라왔다. 그의 왼쪽으로는 이미 풀베기가 끝난 들판을 따라 짐수레가 덜컹거리며 지나가고 들판의 건초 더미는 커다란 쇠스랑에 들려 하나둘 사라졌다. 그리고 짐수레에는 향기로운 건초가 말 엉덩이에 걸칠 정도로 묵직하게 쌓여 올라갔다.

"풀을 거두기에 꼭 알맞은 날씨군요! 좋은 건초가 될 겁니다!" 레빈 옆에 앉아 있던 노인이 말했다. "이건 건초가 아니라 차(茶)라니까요! 마치 땅에 흩어진 알곡을 따라가는 새끼 오리들처럼 건초를 거둬들이고 있어요!" 그가 쌓여 올라가는 건초 더미를 가리키며 이렇게 덧붙였다. "점심때 이후로 반은 족히 운반했군요."

"그게 마지막 건초냐?" 노인은 짐마차의 수레 앞에 서서 삼으로 꼰 고삐의 끝을 흔들며 짐마차를 몰고 지나가던 젊은이에게 소리쳤다.

"마지막이에요, 아버지!" 젊은이는 말을 세우면서 이렇게 외치고는, 짐마차의 수레 안에 앉아 발그레한 얼굴로 방실방실 웃고 있는 명랑한 아낙을 돌아보며 씩 웃더니 다시 마차를 몰았다.

"누구지? 아들인가?" 레빈이 물었다.

"제 막내아들입니다." 노인은 온화한 미소를 지으며 말했다.

"훌륭한 젊은이군!"

"괜찮은 녀석입니다."

"벌써 장가를 갔나 보네?"

"네, 2년 전 성 빌립의 날[18]에 결혼식을 올렸지요."

"그럼, 아이들도 있나?"

"아이들이라뇨! 저 녀석은 일 년 내내 아무것도 모르고 산걸요. 게다가 수줍음이 많아서요." 노인이 대답했다. "아, 훌륭한 건초입니다! 진짜 차 같아요." 그는 화제를 바꾸려고 아까 한 말을 되풀이했다.

---

18) 러시아 정교에서는 11월 14일을 성 빌립의 날로 지킨다. 40일간 이어지는 강림절 재계의 전야이다. 재계 기간에는 결혼을 할 수 없으므로, 그 기간이 시작되기 전에 결혼을 하는 사람들이 많다.

레빈은 반카[19] 파르메노프와 그의 아내를 더 유심히 바라보았다. 두 사람은 레빈과 그다지 멀리 떨어지지 않은 곳에서 건초를 쌓아 올리고 있었다. 이반 파르메노프는 짐마차의 수레 앞에 서서, 젊고 아름다운 아내가 처음에는 한 아름씩, 나중에는 쇠스랑으로 능숙하게 건네는 커다란 건초 다발을 받아 평평하게 고른 다음 발로 그 위를 밟았다. 젊은 아낙은 여유롭고 명랑하고 능숙한 모습으로 일을 했다. 두껍게 뭉친 딱딱한 건초는 쇠스랑에 단번에 집히지 않았다. 그녀는 먼저 건초를 가지런히 펴고 쇠스랑을 찔러 넣은 후, 경쾌하고 재빠른 동작으로 그 위에 자신의 몸무게를 싣더니 곧 빨간 허리띠를 졸라맨 허리를 굽혔다가 곧게 폈다. 그러고는 하얀 앞치마 아래로 풍만한 가슴을 드러낸 채 쇠스랑을 능숙하게 두 손에 거머쥐고서 건초 다발을 수레 위로 높이 던져 올렸다. 이반은 얼른 양팔을 넓게 벌려 아내가 던진 다발을 받아 그것을 수레 위에 가지런히 폈다. 그는 아마도 그녀가 불필요한 노동을 하지 않도록 애쓰는 것 같았다. 쇠스랑으로 마지막 건초를 건넨 아낙은 목덜미에 붙은 건초 부스러기를 떨고는 볕에 그을지 않은 하얀 이마 위로 비스듬히 내려온 빨간 머릿수건을 바로잡더니, 수레에 실린 풀을 밧줄로 조이기 위해 마차 아래로 기어 들어갔다. 이반은 그녀에게 굴대에 밧줄 고리를 어떻게 거는지 가르쳐 주다가, 그녀의 말에 큰 소리로 웃음을 터뜨렸다. 두 사람의 표정에는 이제 막 눈을 뜬 강렬하고 풋풋한 사랑이 엿보였다.

19) 이반의 애칭.

12

짐이 다 꾸려졌다. 이반은 훌쩍 뛰어내려 살이 오른 건강한 말의 고삐를 끌었다. 아낙은 쇠스랑을 수레 위로 던져 놓고는 원을 그리며 모여드는 아낙들을 향해 두 팔을 흔들며 활기차게 걸어갔다. 큰길로 나온 이반은 짐마차 대열에 끼어들었다. 쇠스랑을 어깨에 멘 아낙들은 선명한 색을 반짝이며 낭랑하고 명랑한 목소리로 재잘거리면서 수레 뒤를 따라갔다. 한 아낙이 거칠고 투박한 목소리로 노래를 부르기 시작했다. 노래가 후렴 부분에 이르자, 투박한 목소리, 가는 목소리, 건강한 목소리 등 쉰 가지 남짓의 다양한 목소리가 사이좋게 다 같이 똑같은 노래를 처음부터 이어 부르기 시작했다.

노래하는 아낙들이 레빈이 있는 쪽으로 다가왔다. 그에게는 마치 왁자지껄한 우레를 동반한 먹구름이 자신을 서서히 덮치는 것만 같았다. 먹구름이 밀려와 그를 삼켰다. 그러자 그가 누운 건초 더미와 다른 건초 더미들, 짐마차, 저 멀리 들판까지 이어진 풀밭 전체, 이 모든 것이 고함 소리와 휘파람 소리와 박동 소리가 뒤섞인 이 투박하고 신명 나는 노래의 장단에 잠겨 흔들리기 시작했다. 레빈은 이 건강한 즐거움을 부러워하기 시작했다. 그는 생의 기쁨을 담은 이런 표현에 참여하고 싶었다. 그러나 아무것도 하지 못하고 그대로 누운 채 보고 들을 수 밖에 없었다. 사람들이 노랫소리와 함께 시야와 귓가에서 사라지자, 자신의 고독과 자신의 육체적 태만과 이 세상에 대한 자신의 적대감에서 비롯된 무거운 우수가 레빈을 사로잡았다.

건초 때문에 그와 가장 심하게 싸운 농부들 가운데 몇 사람, 그에게 모욕적인 처사를 받기도 하고 그를 속이려 들기도 한 사람들, 바로 그 농부들이 그에게 유쾌하게 인사를 건넸다. 그들은 그에게 어떤 악의도 품지 않은 것 같았고, 품을 수도 없는 것 같았다. 그들에게는 뉘우침은커녕, 그를 속이려 한 일에 대한 기억조차 없는 것 같았다. 이 모든 것은 유쾌한 공동 노동의 바다 속에 잠겼다. 하느님은 하루를 주고, 또 힘을 주었다. 하루도 힘도 노동에 바쳐졌고, 보수는 노동 자체에 있었다. 그렇다면 누구를 위한 노동인가? 노동의 열매는 어떤 것인가? 그러한 생각은 부차적이고 무익하다.

레빈은 종종 이런 생활에 마음을 빼앗겼고, 종종 이런 삶을 사는 사람들에게 질투를 느꼈다. 그런데 특히 이반 파르메노프와 그의 젊은 아내의 관계에서 본 인상 때문인지, 이날 처음으로 레빈의 뇌리에 이런 생각이 또렷하게 떠오르는 것이었다. 너무나 비참하고 태만하고 인위적이고 개인적인 지난날의 생활에서 벗어나 이런 순수하고 아름다운 노동의 생활에 들어서는 것은 나에게 달려 있다…….

그의 옆에 앉아 있던 노인은 이미 오래전에 집으로 돌아갔다. 사람들은 모두 뿔뿔이 흩어졌다. 인근에 사는 사람들은 집으로 갔고, 멀리 사는 사람들은 저녁 식사와 잠자리를 마련하기 위해 풀밭에 모였다. 사람들의 눈에 띄지 않은 레빈은 계속 건초 더미에 누워 보고 듣고 생각에 잠겼다. 풀밭에서 밤을 보내려고 남은 사람들은 짧은 여름밤을 거의 뜬눈으로 지새웠다. 저녁 식사 후 처음에는 대체로 유쾌한 이야기와 요란한 웃음소리가 들리더니, 나중에는 노래와 웃음소리가 들려왔다.

기나긴 노동의 하루는 그들 안에 유쾌함 이외의 다른 흔적을 전혀 남기지 않았다. 새벽노을이 퍼지기 직전, 모든 것이 잠잠해졌다. 늪에서 밤새 쉬지 않고 울어 대는 개구리들의 소리와 먼동이 트기 직전 안개가 자욱한 풀밭에서 콧김을 뿜어 대는 말들의 소리만 들릴 뿐이었다. 문득 정신을 차린 레빈은 건초 더미에서 일어났다. 그는 별을 보고 밤이 지난 것을 알아차렸다.

'자, 그렇다면 난 무엇을 할 것인가? 난 이것을 어떻게 할 것인가?' 그는 이 짧은 밤을 새워 가며 생각하고 느낀 모든 것을 자기 자신을 위해 말로 표현해 보려 애쓰면서 속으로 중얼거렸다. 그가 생각하고 느낀 모든 것은 세 갈래 생각으로 나뉘었다. 하나는 자신의 예전 생활과 자신의 무익한 지식과 아무 짝에도 쓸모없는 자신의 교양에 대한 거부였다. 이런 거부가 그에게 큰 만족을 주었다. 그리고 그에게는 이런 거부가 쉽고도 단순한 일이었다. 또 하나의 생각과 견해는 그가 현재 살고 싶어 하는 삶에 관한 것이었다. 그는 그 삶이 지닌 소박함과 순결함과 적법성을 분명히 느끼고 있었고, 그 삶 속에서 만족과 평온과 품위(그는 자기에게 이것들이 결핍되어 있다는 점을 너무나도 고통스럽게 느끼고 있었다.)를 찾을 수 있으리라 굳게 믿었다. 그러나 세 번째 갈래의 생각은 이처럼 옛 생활에서 새로운 생활로 이행하려면 어떻게 해야 하나라는 물음에서 뱅글뱅글 맴돌았다. 이 지점에 이르자, 그에게는 분명한 것처럼 보이는 것이 하나도 없었다. '아내를 구할까? 노동과 노동의 필요성을 갖게 된다면? 포크로프스코예를 떠나는 건 어떨까? 땅을 살까? 공동체에 끼어 볼까? 농가의 여자와 결혼할까? 도대체 이 문제를 어떻게 해야 하지?' 그는 다시 스스로에게 물었지만 그 해답을 찾을 수 없었다. '하지만 난 밤새 못 자 명료하게 생각할 수 없어.' 그는 속으로 중얼거렸다. '이 문제를 정리하는 건 나중으로 미루자. 한 가지 분명한 것은 이 밤이 나의 운명을 결정했다는 거야. 예전에 내가 가정에 대해 꿈꾸던 것들은 쓸모없는 공상일 뿐 제대로 된 생각이 아니었어.' 그는 혼잣말을 했다. '이 모든 것이 훨씬 더 단순하고 훌륭해…….'

'얼마나 아름다운가!' 그는 하늘 한가운데 자기 머리 바로 위에 떠 있는 하얀 양떼구름 속에서 진주조개 껍데기 같은 기묘한 모양을 바라보며 생각에 잠겼다. '이 아름다운 밤에는 모든 것이 아름답구나! 그런데 저 조개 모양이 언제 생겼지? 조금 전에 하늘을 볼 때에는 두 개의 하얀 띠 말고는 아무것도 없었는데. 그래, 삶에 대한 나의 시각도 바로 저런 식으로 어느새 바뀌어 버렸지!'

그는 풀밭에서 나와 큰길을 따라 마을 쪽으로 걸어갔다. 산들바람이 불고 주위가 회색빛으로 음울하게 변하기 시작했다.

어둠에 대한 빛의 완전한 승리인 새벽, 그 새벽이 밝기 전에 흔히 찾아드는 음울한 순간이 시작된 것이다.

레빈은 추위에 몸을 움츠리면서 시선을 땅에 두고 빠르게 걸었다. '저게 뭐지? 누가 오나 본데.' 그는 작은 방울 소리에 고개를 들었다. 그와 마흔 발짝 정도 떨어진 맞은편에서 지붕에 트렁크를 실은 사륜마차가 풀에 덮인 큰길을 따라 달려오고 있었다. 수레에 비끄러맨 짐말은 바퀴 자국에서 밀려나 수레의 채 쪽에 짓눌려 있었다. 하지만 노련한 마부가 마부석에 비스듬히 앉아 바퀴 자국과 나란히 되도록 채를 붙잡고 있었기 때문에 바퀴는 평평한 길을 따라 달렸다.

레빈은 겨우 그 정도만 알아차렸을 뿐, 마차에 탄 사람이 누군지도 생각지 않은 채 무심코 마차 안으로 눈길을 던졌다.

마차의 한구석에서는 노파가 졸고 있었고, 창가에는 이제 막 잠에서 깬 듯한 젊은 아가씨가 두 손으로 하얀 두건에 달린 작은 리본을 붙잡고 앉아 있었다. 생각에 잠긴 듯한 맑은 얼굴의 그녀, 레빈과는 거리가 먼 우아하고 복잡한 내적인 삶으로 꽉 찬 듯한 그녀, 그녀가 그의 너머로 아침노을을 바라보고 있었다.

그 광경이 사라진 바로 그 순간, 진실한 두 눈동자가 그를 향했다. 그녀는 그를 알아보았다. 그러자 놀라움과 기쁨이 그녀의 얼굴을 환하게 빛냈다.

그가 착각했을 리 없다. 그 눈동자를 가진 사람은 이 세상에 오직 한 사람뿐이었다. 그에게 있어 삶의 모든 빛과 의미를 집중시킬 수 있는 존재는 세상에 오직 한 사람뿐이었다. 그는 그녀가 기차역에서 예르구쇼보로 가는 길이라는 것을 알아차렸다. 그러자 그 불면의 밤에 레빈의 마음을 휘저어 놓은 모든 것, 그가 내린 모든 결심, 그 모든 것이 한순간에 사라져 버렸다. 그는 농사꾼의 딸과 결혼을 하려 했던 자신의 공상을 떠올리며 혐오감을 느꼈다. 요사이 그를 그토록 괴롭게 짓누르던 삶의 수수께끼가 풀릴 가능성은 오직 그곳에, 맞은편 길로 빠르게 멀어져 가는 그 마차 안에 있었던 것이다.

그녀는 더 이상 내다보지 않았다. 삐걱거리는 용수철 소리는 더 이상 들리지 않고 작은 방울 소리만 희미하게 들렸다. 개 짖는 소리만이 마차가 마을을 지나쳐 갔음을 말해 주었다. 이제 주위에 남은 것이라고는 텅 빈 들판, 앞쪽에 보이는 마을, 황폐하게 버려진 큰길을 따라 홀로 걸으며 모든 것에 낯설어하는 고독한 그 자신뿐이었다.

그는 하늘을 바라보며 그곳에서 자신이 넋을 잃고 바라보던 조개껍데기를, 그날 밤 그의 상념과 감정의 전체 흐름을 체현한 듯한 조개껍데기를 찾게 되기를 바랐다. 하늘에는 이제 조개껍데기를 닮은 것이 전혀 보이지 않았다. 그곳, 도달할 수 없는 그 높은 곳에서는 신비한 변화가 이미 끝나 있었다. 조개껍데기는 흔적도 없이 사라지고, 하늘의 절반을 덮은 채 점점 더 잘게 흩어지는 양털구름의 평평한 양탄자만이 남아 있었다. 하늘은 점차 푸른빛을 띠며 빛나기 시작했고, 한결같은 부드러움과 한결같은 아득함으로 뭔가 묻는 듯한 그의 눈길에 대답했다.

'아냐.' 그는 혼잣말을 했다. '이런 소박한 노동의 생활이 아무리 멋지다 해도, 난 그 생활로 되돌아갈 수 없어. 난 그녀를 사랑해.'

13

알렉세이 알렉산드로비치와 가장 가까운 사람들 외에는 그 누구도 겉보기에 지극히 냉정하고 신중해 보이는 이 사람이 그 성격의 일반적인 기질과 모순되는 한 가지 약점을 갖고 있다는 사실을 알지 못했다. 알렉세이 알렉산드로비치는 어린아이나 여자의 눈물을 무심하게 보고 듣지 못하는 사람이었던 것이다. 그는 눈물만 보면 어찌할 바를 모르며 판단력을 완전히 상실하곤 했다. 그의 사무장과 서기는 이 사실을 잘 알고 있었으므로, 여자 청원자들에게 일을 그르치고 싶지 않다면 절대 울지 말라고 미리 귀띔을 해 주곤 했다. "그분은 화를 내며 당신의 말을 들으려 하지 않을 겁니다." 그들은 이렇게 말했다. 사실 그런 경우 눈물이 알렉세이 알렉산드로비치에게 불러일으킨 정신적 혼란은 초조한 분노로 표현되곤 했다. "난 못합니다. 아무것도 할 수 없어요. 그만 나가 주십시오!" 그런 경우, 그는 대개 이렇게 소리쳤다.

경마장에서 돌아오는 동안 안나가 그에게 그녀와 브론스키의 관계를 털어놓고 곧 두 손으로 얼굴을 가린 채 울기 시작하자, 알렉세이 알렉산드로비치는 마음속에 그녀에 대한 적의가 솟구치는 것을 느끼면서도, 동시에 눈물이 늘 그에게 불러일으키던 정신적 붕괴가 밀물처럼 밀려드는 것을 느꼈다. 그는 그것을 알았기에, 그 순간 그의 감정을 표현하는 것은 지금의 상황과 전혀 어울리지 않는다는 것을 알았기에, 생명의 온갖 현상들을 억누르려고 애쓰며 조금도 움직이지 않았고 그녀를 쳐다보지도 않았다. 이런 이유 때문에 그의 얼굴에는 시체와도 같은 기이한 표정이 떠올랐고, 이 표정은 안나에게 큰 충격을 주었다.

그들이 집에 도착하자, 그는 그녀를 마차에서 내려 주고 자신을 억누르며 언제나처럼 정중하게 그녀와 작별 인사를 나누고는 자신에게 어떤 의무도 지우지 않을 몇 마디의 말을 남겼다. 그는 내일 그녀에게 자신의 결정을 알리겠다고 말한 것이다.

그의 최악의 의혹이 사실임을 확인해 준 아내의 말은 알렉세이 알렉산드로비치의 가슴속에 지독한 고통을 불러일으켰다. 그 고통은 그의 기이한 감정으로 인해, 즉 그녀의 눈물이 그에게 불러일으킨 그녀에 대한 육체적 연민으로 인해 더욱더 강해졌다. 하지만 마차 안에 홀로 남게 된 알렉세이 알렉산드로비치는 이런 연민으로부터, 요사이 그를 괴롭히던 의심과 질투의 고통으로부터 자신이 완전히 해방되었음을 느끼며 놀라기도 하고 기뻐하기도 했다.

그는 오랫동안 앓던 이를 뺀 사람이 느꼈음 직한 감정을 맛보았다. 지독한 고통과 자기 머리보다 더 큰 거대한 무언가가

턱에서 쑥 뽑히는 느낌을 맛본 후, 아직 자신의 행복을 믿지 못하는 환자가 문득 이제는 자신을 그토록 오랫동안 괴롭히고 모든 주의를 스스로에게 쏠리게 하던 무언가가 존재하지 않으며 다시 자신의 이에만 관심을 쏟지 않아도 생활하고 생각할 수 있게 되었다는 것을 느낄 때의 그런 감정이었다. 알렉세이 알렉산드로비치는 이러한 감정을 경험한 것이다. 아픔은 낯설고도 지독했다. 그러나 이제 아픔은 사라져 버렸다. 그는 다시 삶을 되찾았고 아내만 생각하지 않아도 된다는 것을 깨달았다.

'명예심도, 마음도, 종교도 없는 타락한 여자 같으니! 비록 내가 그녀를 가련하게 여기며 나 자신을 속이려고 노력하기는 했지만, 난 언제나 그 사실을 잘 알고 있었고 늘 눈으로 보아 왔다.' 그는 속으로 중얼거렸다. 실제로 그에게는 자신이 그 사실을 항상 지켜보았던 것처럼 느껴졌다. 그는 지난날의 삶을 속속들이 떠올려 보았다. 예전에는 그에게 추악한 것으로 보이지 않던 모습들이었다. 그런데 이제 그 세세한 점들은 그녀가 언제나 타락한 여자였음을 분명히 보여 주었다. '내 삶을 그녀의 삶과 결합하다니, 나의 실수다. 하지만 나의 실수에 나쁜 점은 전혀 없었다. 그러니 내가 불행할 리는 없다. 잘못을 저지른 건 내가 아니라……' 그는 혼잣말을 했다. '그녀니까. 하지만 난 그녀와 아무 상관없다. 그녀는 나에게 더 이상 존재하지 않는다……'

그녀와 아들 — 아들에 대한 그의 감정도 그녀에게 그랬던 것처럼 똑같이 변하고 말았다 — 에게 닥칠 그 모든 것도 더 이상 그의 관심을 끌지 못했다. 지금 그의 마음을 사로잡은 한 가지는, 그녀의 타락으로 그에게 튄 진흙을 떨어내고 자신의 활동적이고 정직하고 유익한 삶의 길을 계속 걸어 나가려면 어떻게 하는 것이 가장 좋고 가장 점잖고 가장 편리한, 즉 가장 정당한 방식이 될까 하는 문제였다.

'멸시받아 마땅한 여자가 죄를 지었다고 해서 내가 불행해질 수는 없지. 내가 할 일은 오직 그녀가 내게 지운 이 괴로운 상황을 벗어날 가장 좋은 출구를 찾아내는 것이다. 그리고 난 그것을 찾아낼 것이다.' 그는 얼굴을 더욱더 찌푸리며 속으로 중얼거렸다. '내가 처음도, 마지막도 아니지 않은가.' 그러자 역사적인 예들은 말할 나위도 없이, 「아름다운 헬레네」[20]로 인해 모든 사람의 기억에 새롭게 떠오른 메넬라오스를 비롯하여 부정한 아내를 둔 오늘날 상류사회의 남편들이 알렉세이 알렉산드로비치의 머릿속에 차례차례 떠올랐다. '다리얄로프, 폴타프스키, 카리바노프 공작, 파스쿠진 백작, 드람……, 그래, 드람……, 그토록 정직하고 유능한 사람이……. 세묘노프, 챠긴, 시고닌.' 알렉세이 알렉산드로비치는 그들의 이름을 기억해 냈다. '가령 그 사람들에게 어떤 불합리한 ridicule[21]이 쏟아진다고 하자. 하지만 난 그 속에서 불행 외에 아무것도 보지 않았고 언제나 그들을 동정했다.' 알렉세이 알렉산드로비치는 속으로 중얼거렸다. 그러나 이것은 사실이 아니었다. 그는 결코 그런 종류의 불행에 동정을 보낸 적이 없으며, 남편을 배신한 아

20) 독일 태생의 프랑스 작곡가 자크 오펜바흐의 오페레타를 가리킨다. 스파르타의 왕 메넬라오스의 아내 헬레네는 미모로 인해 트로이 전쟁의 원인이 된다.

21) '조소, 우롱.'(영어)

내들의 예가 많아질수록 스스로를 더욱더 높이 평가했다. '이 것은 누구에게나 닥칠 수 있는 불행이다. 그리고 그러한 불행이 나에게 닥쳤다. 문제는 다만 어떻게 하는 것이 이 상황을 극복하는 가장 좋은 방법이냐는 것이다.' 그런 다음 그는 자신과 똑같은 처지에 놓인 사람들의 행동 방식을 세세하게 떠올리기 시작했다.

'다리얄로프는 결투를 했지…….'

젊은 시절, 결투는 특히 알렉세이 알렉산드로비치의 마음을 끌었다. 그것은 바로 그가 육체적인 면에 자신이 없었고 그 자신도 이를 잘 알고 있었기 때문이다. 알렉세이 알렉산드로비치는 자기를 겨눈 피스톨을 생각할 때마다 늘 공포에 떨었고, 지금까지 단 한 번도 무기를 사용해 본 적이 없었다. 이러한 공포는 젊은 시절부터 그로 하여금 결투에 대해 자주 생각하게 만들었고, 자기의 생명을 위험에 처하게 할 수밖에 없는 상황에 익숙해지도록 이끌었다. 인생에서 확고한 지위와 성공을 거둔 후, 그는 오랫동안 이 감정을 잊고 있었다. 하지만 감정의 습관이 다시 제자리를 차지했다. 이제는 자신의 소심함에 대한 두려움이 너무나 강해졌기 때문에, 알렉세이 알렉산드로비치는 결투에 대한 문제를 오랫동안 모든 면에서 곰곰이 생각하며 이 문제를 상념으로 부드럽게 애무했다. 그러나 그는 자신이 어떤 경우에도 결투를 하지 않으리라는 것을 이미 알고 있었다.

'의심할 여지없이, 우리 사회는 아직도 너무나 야만적이어서 (영국과 달리) 대다수의 사람들이 — 그 가운데에는 알렉세이 알렉산드로비치가 특별히 훌륭한 견해를 가진 사람으로 높이 평가하는 이들도 있었다 — 결투를 긍정적인 측면에서 보고 있다. 하지만 그들은 어떤 결과를 얻었는가? 가령 내가 결투를 신청한다고 하자.' 알렉세이 알렉산드로비치는 마음속으로 계속 생각했다. 그리고 결투 신청 후 자신이 보내게 될 밤과 자신을 겨눈 피스톨을 생생하게 그려 보고는 몸서리를 쳤다. 그는 자신이 결코 결투를 하지 않으리라는 것을 깨달았다. '가령 내가 그에게 결투 신청을 한다고 하자. 사람들이 내게 그 방법을 가르쳐 준다고 하자.' 그는 계속 생각했다. '그들은 날 정해진 위치에 세우고, 난 방아쇠를 당긴다.' 그는 눈을 감으며 속으로 중얼거렸다. '내가 그를 죽였음이 밝혀진다.' 알렉세이 알렉산드로비치는 혼잣말을 하고는 이런 어리석은 생각을 떨쳐 버리기 위해 머리를 흔들었다. '죄를 지은 아내와 아들에 대한 태도를 분명히 하려고 사람을 죽이는 것이 무슨 의미가 있단 말인가? 여전히 나는 아내의 문제를 어떻게 처리할지 결정해야 할 것이다. 하지만 훨씬 더 가능성이 높고 틀림없이 일어날 만한 일은……. 내가 죽거나 상처를 입는 것이겠지. 내가, 아무 죄도 없는 내가, 희생물인 내가 죽거나 상처를 입는 것이다. 이는 더욱더 무의미한 일이다. 하지만 그뿐이 아니다. 내 쪽에서 결투를 신청하는 것은 정직하지 못한 행동이다. 내 친구들이 내가 결투를 하도록 절대로 내버려 두지 않으리라는 것을, 내가 과연 모른다고 할 수 있을까? 그들은 러시아에 없어서는 안 될 한 정치가의 생명이 위험에 처하도록 내버려 두지 않을 것이다. 그렇다면 앞으로 어떻게 될 것인가? 난 상황이 결코 위험할 정도로 치닫지 않으리라는 것을 이미 알면서도 이 결투 신청을 통해 그저 거짓된 광채를 스스로에게 부여하기만 바라는 셈이 된다. 이것은 정직하지 못한 행동이고 위선이다. 다른 사람들과 나 자신에 대한 기만이다. 결투라니, 있을 수도 없는 일이다. 아무도 내게 그것을 기대하지 않는다. 나의 목표는 아무런 방해 없이 활동을 계속하는 데 필요한 나의 명예를 지키는 것이다.' 공직 활동은 예전에도 알렉세이 알렉산드로비치의 눈에 큰 의미를 지닌 것으로 보였지만, 지금의 그에게는 특별히 중요하게 생각되었다.

결투에 대해 곰곰이 생각해 보고 이를 거부한 후, 알렉세이 알렉산드로비치는 이혼, 즉 그가 떠올린 남편들 가운데 몇몇 사람이 선택한 또 다른 출구로 주의를 돌렸다. 알렉세이 알렉산드로비치는 세간에 알려진 이혼 사례들(이혼의 사례는 그가 잘 알고 있는 상류사회에 너무나 많았다.)을 차례차례 떠올려 보았지만, 이혼의 목적이 그가 생각하는 목적과 같은 경우를 단 하나도 발견할 수 없었다. 모든 경우, 남편들은 부정한 아내를 양도하거나 팔아넘겼다. 그리고 자신의 죄로 인해 결혼할 권리를 잃은 그 여자들은 새 배우자와 더불어 합법적인 척 행세하는 허구(虛構)의 관계를 맺었다. 알렉세이 알렉산드로비치는 자신의 경우에 합법적인 이혼, 즉 죄를 지은 아내가 버림받는 것에 그치는 그런 류의 이혼을 하는 것이 불가능하다고 생각했다. 그는 알고 있었다. 그가 속한 삶의 복잡한 조건들은 법이 아내의 죄를 드러내기 위해 요구하는 그런 추잡한 증거가 세상에 버젓이 제시되도록 내버려두지 않는다는 것을. 또한 그는 설사 그런 증거가 있다 하더라도 이런 생활에 깃든 어떤 세련된 속성이 그 증거의 사용을 허락하지 않는다는 것을 알고 있었다. 그리고 그 증거를 사용하는 것은 그녀보다 오히려 그 자신의 사회적 평판을 떨어뜨린다는 것도 알고 있었다.

이혼을 시도하는 것은 단지 그의 높은 사회적 지위를 헐뜯고 비방하려는 적들에게 좋은 기회를 주는 수치스러운 법정 소송으로 이어질 수 있었다. 가장 중요한 목적, 즉 최소한의 소동으로 상황을 마무리 짓는 것은 이혼을 통해서도 달성할 수 없었다. 게다가 이혼을 하거나 이혼을 시도하기만 해도, 아내는 분명 남편과의 관계를 끊고 자기의 연인과 결합할 것이다. 그리고 알렉산드르 알렉산드로비치는 지금 자신이 멸시에 가까운 완전한 무관심으로 아내를 대한다고 생각했지만, 그의 마음속에는 아내에 대한 감정이 아직 한 가지 남아 있었다. 그것은 바로 그녀가 방해에 부딪히는 일 없이 브론스키와 결합하는 것을 바라지 않는 감정, 그녀의 죄가 그녀에게 오히려 이익이 되는 것을 바라지 않는 감정이었다. 이 한 가지 생각이 알렉세이 알렉산드로비치를 어찌나 지독하게 괴롭혔던지, 그는 이 생각을 떠올리는 것만으로도 내적인 고통에 신음 소리를 내며 마차 안에서 벌떡 일어나 자리를 바꿔 앉고 말았다. 그러더니 그는 추위에 약한 앙상한 다리를 푹신한 덮개로 감싼 채 오랫동안 인상을 찌푸렸다.

'정식으로 이혼하는 것 외에, 카리바노프와 파스쿠진과 그 착한 드람처럼 행동하는 방법도 있다. 즉 아내와 별거하는 것이다.' 그는 마음을 가라앉히고 계속 생각에 잠겼다. 하지만 이 방법에도 이혼과 마찬가지로 치욕이라는 불편이 뒤따랐다. 그리고 중요한 것은, 이 방법 역시 정식 이혼과 똑같이 그의 아내를 브론스키의 품속에 던져 주는 셈이 된다는 것이다. '아니, 그렇게 할 수 없어, 그렇게는 안 돼!' 그는 다시 덮개를 쥔 채

안절부절못하면서 큰 소리로 내뱉었다. "난 결코 불행해질 수 없어. 하지만 그녀도, 그도 행복해져서는 안 돼."

그가 사실을 모르는 동안 그를 괴롭히던 질투심은 아내의 말로 인해 이가 고통스럽게 뽑혀 나간 그 순간 싹 사라져 버렸다. 그러나 다른 감정이 이 감정을 대신하였다. 그것은 그녀가 승리하지 않기를, 그녀가 자신의 죄에 대해 보복을 받기를 바라는 열망이었다. 그는 이 감정을 인정하지 않았지만, 마음속 깊은 곳에서는 그녀가 그의 평온과 명예를 파괴한 대가로 고통 받기를 바라고 있었다. 그래서 다시 결투, 이혼, 별거의 조건들을 하나하나 떠올려 보고 또다시 그것들을 차례차례 거부한 끝에, 알렉세이 알렉산드로비치는 방법은 오직 하나라고 확신하게 되었다. 즉 이미 일어난 일은 사교계에 알려지지 않도록 은폐하고 두 사람의 관계를 끊어 놓기 위해, 무엇보다 그녀를 벌하기 위해 — 그 자신은 이것을 인정하지 않았지만 — 그가 취할 수 있는 모든 방법을 강구하면서 그녀를 자기 옆에 붙잡아 두는 것이었다. '난 내 결심을 알려야 한다. 그녀가 가족에게 안긴 그 괴로운 상황을 곱씹어 생각해 본 결과, 양쪽 입장을 고려할 때 어떤 방법을 취하든 표면적인 status quo[22]만 못하다는 것, 또한 나로서는 그러한 것을 지키는 데 동의하지만 그녀 쪽에서 나의 의지를 실행한다는, 즉 애인과의 관계를 끊겠다는 엄격한 조건 아래서만 그렇게 하겠다는 것을 알려야 한다.' 이 결심을 확증하며 최종적으로 그것을 채택하려는 순간, 문득 알렉세이 알렉산드로비치에게 중요한 생각이 하나 더

22) '현 상태.'(라틴어)

떠올랐다. '오직 그렇게 결정할 때에만 나의 행동이 종교에 따른 것이라 할 수 있다.' 그는 속으로 중얼거렸다. '이런 결정을 통해서만, 난 죄지은 아내를 내치지 않고 그녀에게 개선의 기회를 줄 수 있다. 그리고 나로서는 너무나 괴로운 일이 될 테지만, 난 그녀의 개선과 구원을 위해 내 힘의 일부를 바칠 것이다.' 알렉세이 알렉산드로비치는 자신이 아내에게 도덕적 영향을 끼칠 수 없다는 것과 그녀를 개선시키려는 이런 시도로는 거짓 이외에 아무것도 얻을 수 없다는 것을 잘 알고 있었다. 이 괴로운 몇 분을 보내는 동안, 그는 종교에서 지침을 찾아낼 생각은 단 한 번도 하지 않았다. 그런데 그의 결정이 종교의 요구와 부합하는 것처럼 보이게 된 지금, 그의 결정에 대한 이런 종교적 승인은 그에게 충만한 만족과 어느 정도의 평정을 안겨 주었다. 이처럼 중요한 인생사에 대해서도 그가 종교의 교리에 따라 행동하지 않는다고 말할 수 있는 사람이 아무도 없을 거라고 생각하자 그는 기뻤다. 그는 사람들의 무관심과 냉대 속에서도 언제나 종교의 기치를 높이 들지 않았던가! 세부적인 것들을 좀 더 생각하는 동안, 알렉세이 알렉산드로비치는 자기와 아내의 관계가 왜 예전과 거의 같은 모습으로 남을 수 없는지조차 깨닫지 못했다. 의심할 여지없이 그는 결코 그녀를 다시 존중할 수는 없을 것이다. 그러나 그로서는 그녀가 품행이 나쁘고 부정한 아내라는 이유로 자신의 생활을 망치거나 괴로워할 이유가 전혀 없었고, 또한 그런 일은 있을 수도 없었다. '그래, 시간이 흐르면, 모든 것을 변화시키는 시간이 흐르면, 관계도 예전처럼 회복되겠지.' 알렉세이 알렉산드로비치는 혼잣말을 했다. '그러니까, 내가 생활하면서 불쾌함을 느끼지 않을 정도는 회복될 것이다. 그녀는 불행해져야만 해. 하지만 난 죄를 짓지 않았으니 절대로 불행해질 수 없어.'

14

페테르부르크에 도착할 무렵, 알렉세이 알렉산드로비치는 이 결정을 완전히 굳혔을 뿐 아니라 머릿속에 이미 아내에게 보낼 편지를 작성해 놓은 상태였다. 수위실에 들어간 알렉세이 알렉산드로비치는 중앙 관청에서 온 편지와 서류를 흘깃 보고는 서재로 가져오라고 지시했다.

"말을 풀고 아무도 들여보내지 마." 그는 다소 흡족한 빛으로 '들여보내지 마.'라는 단어를 힘주어 말하면서 수위의 질문에 이렇게 답했다. 그러한 표정은 그의 기분이 좋다는 것을 말해 주는 징후였다.

알렉세이 알렉산드로비치는 서재 안을 두어 번 왔다 갔다 하다가 커다란 책상 앞에 멈췄다. 그 위에는 앞서 들어온 시종이 불을 밝혀 둔 초 여섯 자루가 있었다. 그는 손가락을 딱딱 꺾으며 책상 앞에 앉아 필기구를 정리했다. 그는 팔꿈치를 책상 위에 얹은 후 머리를 옆으로 기울이고 잠시 생각에 잠기더니 단숨에 편지를 써 내려갔다. 그는 편지를 쓸 때 그녀를 일컫는 호칭 대신 프랑스어로 '당신'이라는 뜻의 존칭 대명사를 사용하였다. 이 대명사에는 러시아어의 존칭 대명사가 갖는 냉정한 느낌이 없었다.

우리의 마지막 대화에서 난 당신에게 그 대화의 주제에 관한 나의 결심을 알리겠다는 의도를 표현한 바 있소. 모든 것을 면밀하게 숙고한 후, 난 지금 그 약속을 지킬 목적으로 이 편지를 쓰고 있소. 나의 결정은 다음과 같소. 당신의 행위가 어떠했든, 난 하느님의 권능으로 맺어진 우리의 인연을 끊을 권리가 나 자신에게 있다고는 생각지 않소. 가족이란 일시적인 변덕이나 독단에 의해 파괴될 수 없는 것이오. 설사 부부 가운데 한 사람이 죄를 지었다 해도 말이오. 그러니 우리의 생활은 예전처럼 계속되어야 하오. 이것은 나를 위해서도, 당신을 위해서도, 우리의 아들을 위해서도 불가피하오. 난 당신이 이 편지의 원인이 된 일에 대해 이미 뉘우쳤고 지금도 뉘우치고 있다는 것, 그리고 당신이 우리의 불화의 원인을 근절하고 과거를 잊기 위해 나와 협력해 주리라는 것을 굳게 믿고 있소. 그렇게 하지 않을 경우, 당신과 당신 아들을 기다리는 것이 무엇인지는 당신 스스로도 짐작할 수 있을 거요. 이 모든 것에 관해 당신과 직접 만나 더 자세히 의논했으면 하오. 별장 시즌도 끝나 가고 있으니, 가능하면 빨리, 늦어도 화요일까지는 페테르부르크로 돌아와 주길 바라오. 당신이 거처를 옮기는 데 필요한 모든 것을 지시해 두겠소. 내가 이러한 간청의 실현에 특별한 의미를 두고 있다는 것을 유념해 주기 바라오.

A. 카레닌

P. S. 당신이 경비로 쓰는 데 필요할 것 같아 돈을 동봉하오.

그는 편지를 죽 읽어 보고 그 내용에 만족했다. 특히 그는 돈을 동봉할 생각을 해낸 것에 무척 만족해했다. 가혹한 말이나 비난은 한마디도 없었지만 관대함도 없었다. 중요한 것은, 이것이 귀환을 위한 황금 다리라는 점이었다. 편지를 접어 상아로 만든 크고 묵직한 페이퍼 나이프로 매끈하게 민 다음 돈과 함께 봉투에 넣은 후, 그는 잘 정돈된 필기구를 사용할 때마다 늘 그의 안에서 일어나는 만족감을 맛보며 벨을 눌렀다.

"이것을 급사(急使)에게 주고 내일 별장에 있는 안나 아르카지예브나에게 전하라고 해." 그는 이렇게 말하며 일어섰다.

"알겠습니다, 각하. 서재로 차를 가져올까요?"

알렉세이 알렉산드로비치는 서재로 차를 가져오라고 분부하고, 묵직한 페이퍼 나이프를 만지작거리며 안락의자 쪽으로 갔다. 그 옆에는 램프와 그가 막 읽기 시작한 에우구비움 금속판[23]에 대한 프랑스어 책이 있었다. 안락의자 위에는 유명 화가가 타원형 캔버스에 뛰어난 솜씨로 그린, 황금빛 액자에 끼워진 안나의 초상화가 걸려 있었다. 알렉세이 알렉산드로비치는 그 초상화를 바라보았다. 두 사람이 대화를 나눈 그 마지

23) 1444년에 이탈리아의 에우구비움(지금의 구비오)에서 발견된 일곱 개의 청동 금속판을 가리킨다. 이 가운데 다섯 개의 비문은 이탈리아 북동부의 말인 움브리아어와 지금의 투스카나 지방의 말인 에스투리아어로 적혀 있고, 두 개는 라틴어로 적혀 있다. 이 금속판은 기원전 1~2세기 경에 제작된 것으로 추정된다.

막 밤처럼, 속을 헤아릴 수 없는 두 눈동자가 조롱하는 듯한 표정으로 뻔뻔스럽게 그를 쏘아보았다. 머리 위의 검은 레이스, 검은 머리카락, 네 번째 손가락에 여러 개의 보석반지를 낀 희고 아름다운 손, 화가가 탁월하게 그려 낸 그 모습은 알렉세이 알렉산드로비치의 눈에 견딜 수 없이 오만하고 도도한 인상을 풍겼다. 잠시 초상화를 바라보던 알렉세이 알렉산드로비치는 입술이 떨려 '부르르' 소리가 날 만큼 온몸을 부들부들 떨더니 고개를 돌려 버렸다. 그는 황급히 안락의자에 앉아 책을 펼쳤다. 그는 책을 읽으려고 했지만, 도저히 에우구비움 금속판에 대한 예전의 강렬한 흥미를 되살릴 수 없었다. 그는 책을 보며 다른 것을 생각했다. 그는 아내가 아니라 최근에 그의 공직 활동에서 발생한 어떤 복잡한 일에 대해 생각하고 있었다. 그 일은 근래에 그의 직무에서 가장 중요한 관심사였다. 그는 지금 자신이 어느 때보다 깊이 이 복잡한 일을 연구하고 있으며 그의 머릿속에 중요한 생각이 싹트고 있다고 느꼈다.(그는 조금도 자아도취에 빠지지 않고서 그렇게 말할 수 있었다.) 그 생각은 이 모든 문제를 해결함으로써 정치계에서 자신의 지위를 높이고, 자신의 적들에게 타격을 입히고, 따라서 국가에 막대한 이익을 가져올 것이다. 하인이 차를 내려놓고 서재에서 나가자마자, 알렉세이 알렉산드로비치는 안락의자에서 일어나 책상으로 갔다. 당면 문제에 관한 서류가 든 손가방을 책상 한가운데로 밀쳐놓고서, 그는 희미한 자기만족의 미소를 띤 채 받침대에서 연필을 집어 들고 당면한 그 복잡한 문제에 관하여 그가 요청한 복잡한 서류들을 탐독하기 시작했다. 복잡한 문제란 바로 이런 것이었다. 정치가로서 알렉세이 알렉산드로비치의 특성, 오직 그만이 가진 특성 — 출세가도에 있는 관리라면 누구나 그런 특징을 갖고 있다 — 그의 집요한 야심과 자제력과 성실함과 자기 과신과 더불어 그의 경력을 만들어 준 그 특성은, 서류 행정에 대한 멸시, 서신의 간소화, 가능한 한 현실의 문제에 직접 부딪치는 태도, 검소함으로 이루어져 있었다. 그 유명한 6월 2일의 위원회에서 자라이스크 현의 토지에 관개 사업을 하는 문제[24]가 제기되었다. 이것은 알렉세이 알렉산드로비치의 부서에 속한 사업으로 비생산적인 지출과 탁상행정을 잘 보여 준 예였다. 알렉세이 알렉산드로비치는 이것이 옳다는 것을 잘 알고 있었다. 자라이스크 현의 토지에 관개수로를 놓는 사업은 알렉세이 알렉산드로비치의 전임자의 전임자가 시작한 일이었다. 그리고 사실 이 사업에 막대한 돈이 들어갔고 지금도 여전히 들어가고 있지만 아무런 성과를 내지 못한 상태였다. 이 사업이 어떤 결과도 내놓지 못하리라는 것은 명백해 보였다. 알렉세이 알렉산드로비치는 지금의 자리에 부임하자마자 곧 그것을 알고 그 일에 손을 대고 싶어 했다. 그러나 자신의 위치가 아직 미약하다고 느끼던 초창기에, 그는 그 일에 너무나 많은 이해관계가 얽혀 있으므로 분별 있는 처사가 아니라는 것을 알게 되었다. 그 후 그는 다른 일에 전념하느라 이 문제를 깨끗이 잊었다. 그러나 이 일은 모든 사업이 그러하듯 관성에 의해 저절로 굴러가고 있었다.(많은 사람들이 이 사업으로 생계를 유지하고 있었다. 특히 그 가운데에는 매우

24) 톨스토이는 1873년의 흉년 이후 사마라 현의 토지에 관개수로를 놓자는 수많은 기획안들을 염두에 둔 듯하다. 이 기획은 그 실용성에도 불구하고 막대한 국가 보조금을 소모했다.

도덕적이고 음악을 사랑하는 한 가족도 있었다. 그 집안의 딸들은 모두 현악기를 연주할 줄 알았다. 알렉세이 알렉산드로비치는 이 가족을 잘 알고 있었고, 위의 딸들 가운데 한 명의 결혼식에서는 아버지 역할을 대신하기도 했다.) 반대파 부서가 이 문제를 제기한 것은 알렉세이 알렉산드로비치가 생각하기에 부당한 짓이었다. 왜냐하면 어느 부서에나 그보다 못한 사업이 있었지만, 해당 부서의 체면을 보아 아무도 그것을 문제 삼지 않았기 때문이다. 그들은 그에게 이 장갑을 던졌고, 이제 그는 과감히 그것을 주워 들고 자라이스크 현 관개 사업 위원회의 일을 검토하고 조사하기 위한 특별 위원회를 제정하자고 요구하였다. 그러나 대신 그는 더 이상 그 사람들에게 한 치의 양보도 하지 않았다. 그는 이민족 정착 문제를 위한 특별 위원회도 소집하자고 요구했다. 이민족 정착 문제는 6월 2일의 위원회에서 우연히 제기되었는데, 알렉세이 알렉산드로비치는 이민족의 비참한 상태를 지적하며 이 문제를 더 이상 지체할 수 없는 것으로서 강력히 지지했던 것이다. 이 문제는 위원회에서 몇몇 부서들 사이의 논쟁의 불씨가 되었다. 알렉세이 알렉산드로비치에게 적의를 품은 부서는 이민족이 매우 행복한 상황을 누리고 있으며 위원회가 제안한 계획은 그들의 번영을 파괴할 수도 있다고 주장했다. 그리고 만약 나쁜 점이 있다면 그것은 단지 알렉세이 알렉산드로비치의 부서가 법이 정한 방침을 실행하지 않았기 때문이라고 주장했다. 이제 알렉세이 알렉산드로비치는 다음과 같은 것을 요구할 작정이었다. 첫 번째, 이민족의 상태를 현지에서 조사할 새 위원회를 구성할 것. 두 번째, 이민족의 상태가 실제로 위원회의 수중에 있는 공문의 자료와 같다고 밝혀지면, 이민족이 이러한 비관적인 상태에 놓이게 된 원인을 a) 정치적, б) 행정적, в) 경제적, г) 인종학적, д) 물질적, е) 종교적 시각에서 조사할 다른 새 학술 위원회를 제정할 것. 세 번째, 반대파 부서가 오늘날 이민족이 처하게 된 불리한 조건들을 사전에 방지하기 위해 지난 10년간 취한 조치에 대해 보고하도록 요구할 것. 마지막으로 네 번째, 1863년 12월 5일과 1864년 6월 7일 자로 위원회에 제출된 제17015호와 제18308호 보고서를 통해 알 수 있듯이, 해당 부서가 어째서 근본적이고 본질적인 법률인 ○권 18조 및 36조의 주석의 의미에 완전히 위배되는 행동을 취했는지에 관하여 해명을 요구할 것. 알렉세이 알렉산드로비치가 이런 생각들의 개요를 빠르게 메모하는 동안, 생기 넘친 홍조가 그의 얼굴을 뒤덮었다. 종이 한 장을 빽빽이 채우고 나자, 그는 자리에서 일어나 벨을 누르고 사무실 서기에게 보낼 쪽지를 건넸다. 그것은 그에게로 필요한 자료를 보내 달라는 내용의 쪽지였다. 자리에서 일어나 방 안을 이리저리 거닐던 그는 또다시 초상화를 바라보며 인상을 찌푸리고는 경멸하는 듯한 표정으로 입가에 미소를 흘렸다. 알렉세이 알렉산드로비치는 다시 에우구비움 금속판에 대한 책을 읽으며 그것에 대한 흥미를 되살린 후, 11시에 침실로 향했다. 그가 침대에 누워 아내의 일을 떠올렸을 때, 그 일은 더 이상 그에게 그처럼 음울한 모습으로 보이지 않았다.

15

브론스키가 안나에게 이 상태로 계속 있는 것은 불가능하니 남편에게 모든 것을 밝히라고 설득했을 때, 그녀는 비록 화를 내며 그의 말을 완강히 거부하긴 했지만 마음속으로는 자신의 처지가 위선적이고 정직하지 못하다고 생각하며 그러한 처지를 진심으로 바꾸고 싶어 했다. 남편과 경마장에서 돌아오는 길에, 그녀는 흥분한 나머지 그에게 모든 것을 털어놓았다. 비록 그때는 고통스러웠지만, 그녀는 이렇게 된 것을 기뻐했다. 남편이 그녀를 두고 가 버린 후, 그녀는 속으로 뇌까렸다. 나는 기쁘다, 이제 모든 것이 분명해질 것이다, 적어도 이젠 거짓과 기만은 없을 것이다. 이제 그녀의 처지가 영원히 결정되리라는 점은 의심할 여지가 없어 보였다. 이런 새로운 상황은 나쁜 것이 될지도 모른다. 하지만 그것은 분명해질 것이고, 그 속에 모호함이나 거짓은 없을 것이다. 그녀가 그 말을 뱉음으로써 자신과 남편에게 가했던 고통은 모든 것이 분명해지리라는 사실로 보답을 받을 것이다. 그녀는 그렇게 생각했다. 바로 그날 밤, 그녀는 브론스키와 만났다. 그러나 그녀는 상황을 분명히 하기 위해 자기와 남편 사이에 일어난 일을 그에게 알렸어야 했지만 그렇게 하지 않았다.

이튿날 아침 눈을 떴을 때, 그녀의 머리에 가장 먼저 떠오른 것은 자신이 남편에게 한 말이었다. 그 말이 그녀에게 너무나도 끔찍하게 느껴진 나머지, 지금 그녀는 자신이 어떻게 그런 낯설고 천박한 말을 내뱉을 생각을 했는지 이해할 수 없었고, 또한 그 일로 인해 앞으로 어떤 일이 벌어질지 상상도 할 수 없었다. 하지만 그녀는 이미 말을 내뱉었고, 알렉세이 알렉산드로비치는 아무 말도 없이 떠나버렸다. '난 브론스키를 만났으면서도 그에게는 그 일을 말하지 않았어. 그가 떠나려는 순간, 난 다시 그를 불러 세워 그 일을 말하고 싶었지. 하지만 처음에 그 이야기를 하지 않은 게 이상하게 느껴져 생각을 바꾸고 말았어. 어째서 난 그에게 말을 하고 싶었으면서도 하지 않았을까?' 그러자 그 질문에 대한 답변으로, 수치심이 깃든 타는 듯한 홍조가 그녀의 얼굴에 확 퍼졌다. 그녀는 그것으로 인해 자신을 억누르고 있던 것의 정체를 알아차렸다. 그녀는 자신이 수치스러워한다는 것을 깨달았다. 어젯밤에는 분명하게 보였던 자신의 처지가 이제 갑자기 분명하기는커녕 막막하게 느껴진 것이다. 그녀는 예전에 미처 생각지 못한 치욕에 두려움을 느끼게 되었다. 남편이 어떻게 행동할지를 생각만 해도, 그녀에게는 너무나도 끔찍한 생각들이 떠올랐다. 관리인이 당장 달려와 그녀를 집에서 쫓아내고 그녀의 수치가 온 세상에 알려지는 모습이 그녀의 머릿속에 떠올랐다. 그녀는 집에서 쫓

겨나면 어디로 갈지 스스로에게 물었지만 대답을 찾을 수 없었다.

브론스키를 생각하는 동안, 그녀는 그가 이제 자기를 사랑하지 않을 뿐 아니라 이미 자기에게 부담을 느끼기 시작했고 자신도 그에게 몸을 맡길 수 없을 것 같다는 생각을 하면서 그에게 적개심을 품었다. 자신이 남편에게 뱉은 말들, 자기가 상상 속에서 끝없이 되뇌었던 말들. 그녀에게는 자신이 그 말을 모든 사람에게 했고 모든 사람이 그 말을 들은 것처럼 느껴졌다. 그녀는 한집에 사는 사람들의 눈을 쳐다볼 마음이 들지 않았다. 그녀는 하녀를 부를 기분도 들지 않았고, 더욱이 아래층으로 내려가 아들과 가정교사를 만난다는 것은 생각도 하기 싫었다.

이미 오래전부터 그녀의 방문 앞에서 귀를 기울이며 동정을 살피던 하녀는 스스로 그녀의 방에 들어왔다. 안나는 그녀의 눈을 의아하게 바라보다가 깜짝 놀라 얼굴을 붉혔다. 하녀는 벨이 울린 줄 알았다고 말하면서 방에 들어온 것에 대해 변명을 늘어놓았다. 그녀는 옷과 쪽지를 가져왔다. 쪽지는 벳시가 보낸 것이었다. 벳시는 오늘 아침 리자 메르칼로바와 슈톨츠 남작부인이 각각 자신들의 숭배자인 스트레모프 노인과 칼루슈키를 데리고 크로케[25] 시합을 하러 그녀의 집에 온다는 것을 안나에게 상기시켰다. "풍속을 연구한다 생각하고 그냥 보러 와요. 기다릴게요." 벳시의 쪽지는 이렇게 끝을 맺었다.

---

25) 지면에 철주문 아홉 개를 세우고 나무로 만든 공을 나무망치로 때려 두 철주문 사이로 통과시켜서 반환주를 지났다가 다시 되돌아오기까지 속도를 겨루는 경기.

안나는 쪽지를 읽고 무겁게 한숨을 쉬었다.

"아무것도, 아무것도 필요 없어." 그녀는 화장대 위의 화장수 병과 브러시를 정리하는 안누슈카에게 말했다. "그만 가. 곧 옷을 갈아입고 나갈 테니까. 아무것도 필요 없어. 아무것도."

안누슈카는 방에서 나갔다. 하지만 안나는 옷을 갈아입으려 하지 않고 머리와 두 손을 늘어뜨린 채 똑같은 자세로 앉아 있었다. 그러고는 이따금 마치 어떤 동작을 하려는 듯, 무언가를 말하려는 듯 온몸을 바르르 떨다가 다시 꼼짝도 않고 앉아 있곤 했다. 그녀는 끊임없이 되뇌었다. '나의 하느님! 나의 하느님!' 그러나 '하느님'도 '나의'도 그녀에게는 아무런 의미를 갖지 못했다. 물론 종교적 환경에서 자라난 그녀는 종교에 대해 한 번도 의심해 본 적이 없었다. 그러나 자신의 처지에 대한 구원을 종교에서 찾는다는 생각은 알렉세이 알렉산드로비치에게서 구원을 찾는 것만큼이나 낯설게 느껴졌다. 안나는 자신에게 삶의 모든 의미가 되어 버린 것을 포기한다는 조건 아래서만 종교적 구원이 가능하다는 것을 이미 알고 있었다. 그녀는 지금까지 한 번도 경험하지 못한 새로운 정신 상태 앞에서 괴로움뿐만 아니라 두려움마저 느끼기 시작했다. 눈이 피로할 때면 때때로 사물이 이중으로 보이는 것처럼, 그녀는 자신의 정신 속에서도 모든 것이 이중으로 보이기 시작하였음을 느끼고 있었다. 그녀는 이따금 자신이 무엇을 두려워하는지, 자신이 무엇을 바라는지 알지 못했다. 자신이 두려워하거나 바라는 일들이 과거의 일인지 미래의 일인지, 자신이 바라는 게 과연 무엇인지, 그녀는 알지 못했다.

'아, 내가 무엇을 하고 있는 걸까!' 그녀는 불현듯 머리의 양쪽에 통증을 느끼며 혼잣말을 했다. 문득 정신을 차렸을 때, 그녀는 자신이 두 손으로 관자놀이 주위의 머리카락을 쥐고 그것을 꽉 누르고 있다는 것을 알아차렸다. 그녀는 벌떡 일어나 방 안을 거닐기 시작했다.

"커피가 준비되었어요. 그리고 맘젤이 세료자와 함께 마님을 기다리고 있어요." 다시 돌아온 안누슈카는 안나가 여전히 같은 모습으로 있는 것을 보고 이렇게 말했다.

"세료자? 세료자가 왜?" 안나가 갑자기 생기를 띠며 물었다. 그녀는 이날 아침 처음으로 아들의 존재를 떠올렸다.

"세료자가 잘못을 저지른 모양이에요." 안누슈카가 생긋 웃으며 말했다.

"무슨 잘못을 했는데?"

"구석방에 복숭아가 몇 개 있었는데, 세료자가 몰래 하나 먹었나 봐요."

아들에 대한 생각이 불현듯 그녀를 지금까지 처해 있던 막막한 상황에서 끌어냈다. 그녀는 자신이 지난 세월 떠맡은 역할, 즉 아들을 위해 살아가는 어머니의 역할을 기억해 냈다. 비록 그 역할에는 과장된 측면도 많았지만 어느 정도 그녀의 진심이 어려 있기도 했다. 그러자 그녀는 자신이 처한 상황 속에 앞으로 남편이나 브론스키와 맺게 될 관계와는 상관없는 그녀만의 왕국이 있다는 것에서 기쁨을 느꼈다. 그 왕국은 바로 아들이었다. 자신이 어떤 처지에 놓이든, 그녀는 아들을 버릴 수 없을 것이다. 남편이 그녀를 모욕하고 내쫓는다 해도, 브론스키가 그녀에게 냉담해지고 계속 독립적인 생활을 해 나간다 해도(그를 생각하자, 그녀의 마음속에서는 또다시 짜증과 비난이 치솟았다.) 그녀는 아들을 버릴 수 없었다. 그녀에게는 삶의 목적이 있다. 그러니 그녀는 행동해야만 한다. 아들과 함께 있는 지금의 상황을 지키기 위해, 아들을 빼앗기지 않기 위해 행동해야만 하는 것이다. 그것도 서둘러서, 아들을 빼앗기기 전에 되도록이면 빨리 행동해야만 한다. 아들을 데리고 떠나야 한다. 바로 그것이 그녀가 지금 해야만 하는 행동이다. 그녀는 마음을 가라앉히고 이 고통스러운 상황에서 벗어날 필요가 있었다. 아들과 직접 관련된 문제와 아들을 데리고 지금 당장 어디론가 떠나야 한다는 것을 생각하니 그녀의 마음이 진정되었다.

그녀는 재빨리 옷을 갈아입고 아래층으로 내려가 단호한 걸음으로 응접실에 들어갔다. 그곳에는 여느 때처럼 커피와 세료자와 가정교사가 그녀를 기다리고 있었다. 하얀 옷을 입은 세료자는 거울 아래의 테이블 옆에 서서 허리와 머리를 굽힌 채 뭔가에 집중한 표정을 지으며 자기가 가져온 꽃으로 무언가를 만들고 있었다. 그녀는 아들의 그러한 표정을 익히 알고 있었다. 그럴 때의 아들은 아버지와 쏙 빼닮은 것처럼 보였다.

가정교사는 유난히 엄격한 표정을 짓고 있었다. 세료자는 종종 그러듯이 새된 소리로 외쳤다. "아, 엄마!" 그러고는 꽃을 내팽개치고 엄마에게 인사를 하러 달려가야 할지, 화환을 마저 만들어 그것을 들고 가야 할지 망설이며 그 자리에 가만히 서 있었다.

가정교사는 인사를 하고 나서 세료자의 잘못에 관하여 조목조목 장황하게 이야기를 늘어놓기 시작했다. 하지만 안나는 그녀의 말을 듣지 않았다. 그녀는 가정교사를 데리고 갈지 말

지 생각하고 있었다. '아니야, 데리고 가지 말자.' 그녀는 결심했다. '아들만 데리고 혼자 가야겠어.'

"그래, 그건 정말로 나쁜 행동이란다." 안나는 아들의 어깨를 잡으며 이렇게 말하고는, 엄격하기는커녕 겁을 먹은 듯한 눈길로 아들을 바라보며 입을 맞추었다. 소년은 그러한 시선에 당혹스러워하면서도 기쁨을 느꼈다. "이 아이와 둘이 있게 해 줘요." 그녀는 깜짝 놀란 가정교사에게 이렇게 말하고는 아들의 손을 놓지 않은 채 커피가 마련된 테이블 앞에 앉았다.

"엄마! 난, 난 아무 짓도……." 그는 그녀의 표정을 보며 자신이 복숭아 때문에 어떤 벌을 받게 될지 알아내려 애썼다.

"세료자." 그녀는 가정교사가 응접실에서 나가자마자 이렇게 말했다. "그건 나쁜 행동이야. 하지만 앞으로 그런 행동을 하지 않을 거지? 너, 엄마 사랑하지?"

그녀는 눈에 눈물이 차오르는 것을 느꼈다. '과연 내가 이 아이를 사랑하지 않을 수 있을까?' 그녀는 놀라움과 기쁨에 찬 아들의 시선을 뚫어지게 바라보며 속으로 중얼거렸다. '과연 이 아이가 아버지와 한편이 되어 나를 벌할까? 이 아이가 나를 동정하지 않는 그런 일이 생길까?' 눈물이 그녀의 얼굴을 타고 흘러내렸다. 그러자 그녀는 눈물을 감추기 위해 튀어 오르듯 일어나 뛰다시피 하며 테라스로 갔다.

지난 며칠 동안 뇌우가 쏟아진 뒤로 맑고 쌀쌀한 날씨가 시작되었다. 말갛게 씻긴 나뭇잎 사이로 눈부신 햇살이 쏟아지긴 했지만 공기에는 쌀쌀한 기운이 감돌았다.

그녀는 흠칫 몸을 떨었다. 한기(寒氣) 때문이기도 했지만 맑은 공기 속에서 새로운 힘으로 그녀를 사로잡은 내면의 공포 때문이기도 했다.

"가, 마리에트에게 가 봐." 그녀는 뒤따라 나온 세료쟈에게 이렇게 말하고는 테라스의 밀짚 깔개를 따라 거닐기 시작했다. '정말 그들은 나를 용서하지 않을까? 모든 것이 이렇게 될 수밖에 없었다는 것을 이해해 주지 않으려나?' 그녀는 속으로 중얼거렸다.

그녀는 가만히 서서 바람에 흔들리는 사시나무의 우듬지와 차가운 햇살을 받아 눈부시게 빛나는 말간 나뭇잎들을 바라보았다. 그녀는 그들이 용서하지 않으리라는 것, 저 하늘과 저 푸른 잎들처럼 이 세상의 그 무엇도, 그 누구도 지금의 자신에게 자비를 베풀지 않으리라는 것을 깨달았다. 그러자 그녀는 또다시 자신의 영혼 속에서 사물이 이중으로 보이기 시작하는 것을 느꼈다. '안 돼, 생각해서는 안 돼.' 그녀는 속으로 중얼거렸다. '떠날 준비를 해야 해. 어디로 가지? 언제? 누구를 데리고? 그래, 모스크바로 가자. 밤 기차를 타고 가는 거야. 안누슈카와 세료쟈를 데리고 꼭 필요한 물건만 챙겨서. 하지만 먼저 그 두 사람에게 편지를 써야 해.' 그녀는 서둘러 집 안으로 들어갔다. 그녀는 자기 방으로 가서 테이블 앞에 앉아 남편에게 편지를 썼다.

그런 일이 생긴 이상, 난 더 이상 당신 집에 머물 수 없습니다. 떠나겠습니다. 아들은 내가 데리고 갑니다. 난 법에 대해 모릅니다. 그래서 아들이 부모 가운데 누구와 살아야 하는지도 모릅니다. 그래도 그 애를 데리고 가겠습니다. 그 아이 없이는 살 수 없으니까요. 넓은 마음으로 아이만은 내가 데리고 있게 해 줘요.

여기까지 그녀는 빠르고 자연스럽게 써 내려갔다. 하지만 그에게서 본 적도 없는 관대함에 호소하고 무언가 감동적인 문구로 편지를 끝맺어야 한다는 생각이 그녀의 손을 멈추게 했다.

내가 지은 죄와 나의 후회에 대해서는 아무 말도 할 수 없습니다. 왜냐하면…….

그녀는 자신의 생각 속에서 일관성을 잃고 또다시 펜을 멈추었다. '아냐.' 그녀는 혼잣말을 했다. '아무것도 필요 없어.' 그러더니 그녀는 편지를 찢어 버리고 관대함을 언급한 부분을 뺀 채 다시 편지를 써서 봉했다.

브론스키에게도 편지를 써야 했다. '난 남편에게 알렸어요.' 그녀는 이렇게 쓰고 나서 더 이상 쓸 기운이 없어 한참 동안 그대로 앉아 있었다. 이것은 너무나 조악하고 너무나 여성스럽지 못한 표현이었다. '이제 더 이상 그에게 뭐라고 쓸 수 있겠어?' 또 한 번 수치심이 그녀의 얼굴을 붉게 물들였다. 그의 침착한 모습이 떠오르자, 그녀는 그에 대한 분노를 이기지 못해 몇 글자 적힌 종이를 갈기갈기 찢어 버렸다. '아무것도 필요 없어.' 그녀는 속으로 중얼거리며 압지 끼우개를 접고는 2층으로 올라가 가정교사와 하인들에게 오늘 모스크바로 떠나겠다고 알린 후 곧장 짐을 꾸리기 시작했다.

16

별장의 방마다 관리인과 정원사와 하인들이 물건을 나르며 돌아다니고 있었다. 옷장과 서랍장은 모두 열려 있고, 하인들은 삼노끈을 사러 가게에 두 차례나 달려갔으며, 마루에는 신문지가 널려 있었다. 트렁크 두 개, 손가방 여러 개, 끈으로 묶은 덮개 여러 장이 현관으로 실려 나왔다. 사륜마차 한 대와 삯마차 두 대가 현관 계단 앞에 서 있었다. 안나는 짐을 꾸리느라 내면의 불안도 잊은 채 자기 방의 테이블 앞에 서서 자기의 여행 가방을 싸고 있었다. 그때 안누슈카가 별장으로 다가오는 마차 소리에 그녀의 주의를 돌렸다. 안나는 창문으로 알렉세이 알렉산드로비치의 급사가 현관 계단에 서서 벨을 누르는 것을 보았다.

"가서 무슨 일인지 알아봐." 그녀가 말했다. 그녀는 침착하게 모든 것에 대한 마음의 준비를 하고서 안락의자에 앉아 두 손을 무릎에 얹었다. 하인이 두툼한 봉투를 들고 왔다. 봉투의 겉봉에는 알렉세이 알렉산드로비치의 필체로 적힌 글자가 있었다.

"주인님이 급사에게 마님의 답장을 받아 오라고 하셨답니다." 그가 말했다.

"알았어." 그녀는 말했다. 그러고는 하인이 밖으로 나가자마자 떨리는 손으로 겉봉을 뜯었다. 띠지에 묶인 빳빳한 지폐 다발이 그 속에서 툭 떨어졌다. 그녀는 편지를 꺼내어 끝에서부터 읽기 시작했다. '거처를 옮길 수 있도록 준비해 놓았소. 난 이 간청의 실현에 의미를 두고 있소.' 그녀가 읽은 내용은 그러했다. 그녀는 편지를 거꾸로 훑으며 전체 내용을 읽은 후, 다시 처음부터 전체를 읽어 보았다. 편지를 다 읽고 난 후 그녀는 한기를 느꼈다. 그녀는 미처 예상치 못한 무시무시한 불행이 덮친 것을 깨달았다.

오늘 아침 그녀는 남편에게 털어놓은 이야기에 대해 후회했다. 그 말을 하기 전으로 돌아갈 수만 있다면 그녀는 더 이상 바랄 게 없었다. 그런데 이 편지는 그 말을 없던 것으로 되돌리고 그녀가 바라는 것을 그녀에게 주었다. 하지만 지금 이 편지는 그녀에게 그녀가 상상할 수 있는 그 무엇보다 무섭게 느껴졌다.

'그가 옳아! 그가 옳아!' 그녀는 같은 말을 되뇌었다. '물론 그는 언제나 옳았어. 그는 그리스도교 신자이고 관대한 사람이지! 그래, 비열하고 추악한 인간 같으니! 나 말고 아무도 이 사실을 몰라. 앞으로도 그렇겠지. 나도 그것을 설명할 수 없어. 사람들은 말하지. 그가 신앙심이 두텁고 도덕적이고 정직하고 총명한 사람이라고. 하지만 그 사람들은 내가 본 것을 보지 못해. 그들은 그가 지난 8년 동안 내 삶을 얼마나 숨 막히게 했는지, 내 안에 살아 있던 모든 것을 얼마나 억압했는지 몰라. 그들은 몰라. 그가 단 한 번도 나를 사랑이 필요한 살아 있는 여자로 생각해 본 적이 없다는 걸. 그들은 그가 항상 날 모욕하고 스스로에게 만족했다는 것을 모르지. 내가 노력하지 않았나? 온 힘을 다해 내 삶의 정당성을 찾으려 애쓰지 않았던가? 내가 그를 사랑하려고 노력하지 않았나? 더 이상 남편을 사랑할 수 없을 때, 그때는 아들을 사랑하려고 애쓰지 않았던가? 하지만 때가 온 거야. 난 더 이상 자신을 속일 수 없다는 걸 깨달았어. 난 살아 있는 여자야. 내게는 죄가 없어. 하느님은 날 사랑하며 살아야 하는 그런 여자로 만드셨어. 이제야 그걸 알겠어. 그런데 지금 도대체 이게 뭐야? 남편이 날 죽이거나 그를 죽이기라도 한다면, 난 그 모든 것을 견디고 그 모든 것을 용서할 수 있을 텐데. 하지만 아냐, 그는…….'

'어떻게 난 그가 무슨 행동을 할지 전혀 짐작도 못했던 걸까? 그는 그 비열한 성격에 딱 맞는 짓을 할 거야. 그는 여전히 올바른 사람으로 남겠지. 그리고 나를, 이렇게 타락해 버린 나를, 더욱 나쁘고 더욱 비열한 여자로 파멸시키고 말 거야…….'

"당신과 당신 아들을 기다리는 것이 무엇인지는 당신 스스로도 짐작할 수 있을 거요." 그녀는 편지에 있던 그 말을 기억해냈다. '이건 아들을 빼앗겠다는 협박이야. 어쩌면 그들의 멍청한 법률로 그렇게 할 수 있을지도 모르지. 하지만 그가 왜 이런 말을 하는지, 정말로 내가 모르고 있는 건 아닐까? 그는 아들에 대한 나의 사랑마저 믿지 않거나 나의 이런 감정을 경멸하고 있어.(그가 언제나 비웃었던 것처럼.) 그래, 경멸하는 거야. 하지만 그는 내가 아들을 버리지 않을 거라는 것, 아니, 버릴 수 없다는 것을 알아. 설사 사랑하는 사람과 함께 있다 해도 아들이 없으면 내 삶은 존재할 수 없다는 것도 알아. 하지만 내가 아들을 버리고 달아난다면, 난 가장 수치스럽고 추악한 여자가 되는 거야. 그는 이 사실을 알고 있어. 그리고 내가 그렇게 하지 못할 거라는 것도 알아.'

'우리의 생활은 예전처럼 계속되어야 하오.' 그녀는 편지에 있던 다른 문구를 떠올렸다. '그 생활은 전에도 고통스러웠어. 최근에는 끔찍할 정도였지. 이제 어떻게 될까? 그는 그 모든 걸 알고 있어. 난 숨을 쉬었고 사랑했어. 난 그것에 대해 후회 따윈 할 수 없어. 그는 그 점을 잘 알아. 그는 거짓과 기만 외에 여기에서 아무것도 얻을 수 없다는 것을 알아. 하지만 그는 날 계속 괴롭혀야만 하지. 난 그를 알아! 난 그가 물속의 물고기처럼 거짓 속을 헤엄치며 즐기고 있다는 것을 알아. 하지만 안 돼. 난 그에게 그런 기쁨을 허락할 수 없어. 난 그가 내 주위에 휘감고 싶어 하는 이 거짓의 거미줄을 찢어 놓고 말 거야. 무슨 일이 있어도. 어떤 것이든 거짓과 기만보다야 낫겠지!'

'하지만 어떻게? 나의 하느님, 나의 하느님! 나처럼 불행한 여자가 또 있었을까? ……'

"아냐, 찢어 놓겠어, 찢어 놓을 거야." 그녀는 벌떡 일어나 눈물을 참으며 이렇게 소리쳤다. 그리고 그녀는 남편에게 또 한 통의 편지를 쓰기 위해 책상으로 다가갔다. 그러나 그녀는 자신이 아무것도 찢어 놓지 못할 거라는 것, 아무리 위선적이고 솔직하지 못한 것이라 해도 자신이 그러한 예전 상황에서 벗어날 수 없다는 것을 마음 깊이 느끼고 있었다.

그녀는 책상 앞에 앉았다. 하지만 편지를 쓰는 대신 책상에 두 손을 얹고 그 위에 머리를 기대고는 울음을 터뜨렸다. 그녀는 어린아이처럼 가슴을 들먹이며 흐느꼈다. 그녀가 운 것은, 자신의 처지가 분명해지고 명백해졌으면 하던 꿈이 영원히 깨졌기 때문이었다. 그녀는 모든 것이 예전 그대로 남게 되리라는 것, 아니 예전보다 더욱 나쁘게 되리라는 것을 이미 알고 있었다. 그녀는 지금까지 자신이 누려 온 사회적 지위, 오늘 아침에만 해도 그토록 보잘것없게 보이던 그 지위가 자신에게 소중하다는 것을 깨달았다. 그리고 자신이 남편과 아들을 버리고 정부와 살림을 차린 여자라는 그런 수치스러운 지위를 위해 지금의 지위를 버리지 못하리라는 것을 깨달았다. 즉 자신이 아무리 노력한다 해도 본래의 자신보다 더 강해질 수 없음을 깨달은 것이다. 그녀는 이제 결코 사랑의 자유를 맛보지 못할 것이다. 그녀는 매 순간 언제 발각될지 모른다는 두려움을 안고 자신과 삶을 합칠 수 없는 자유로운 사내와의 부끄러운 관계를 위해 남편을 속이는 부정한 아내로 영원히 남을 것이다. 그녀는 결국 그렇게 되리라는 것을 잘 알았다. 그러면서도 그녀는 그 일이 어떤 결말을 맺을지에 대해 생각조차 할 수 없을 만큼 그 일을 두려워했다. 그래서 그녀는 벌을 받는 어린아이처럼 거리낌 없이 펑펑 울었던 것이다.

그녀는 하인의 발소리에 정신을 차리고는 얼굴을 가리고서 편지를 쓰는 척했다.

"급사가 답장을 청합니다." 하인이 보고했다.

"답장? 알았어." 안나가 말했다. "기다리라고 해. 내가 벨을 울릴 테니까."

'무슨 말을 쓸 수 있겠어?' 그녀는 생각했다. '나 혼자 무슨 결정을 내릴 수 있겠어? 내가 아는 게 뭐지? 내가 원하는 게 뭐지? 내가 사랑하는 게 뭐지?' 또다시 그녀는 자신의 마음속에서 사물이 이중으로 보이기 시작하는 것을 느꼈다. 그녀는 또 한 번 이런 감정에 깜짝 놀라며, 다른 활동을 통해 스스로에 대한 생각을 떨쳐 버리고자 가장 먼저 떠오른 구실에 매달렸다. '알렉세이(그녀는 마음속으로 브론스키를 그렇게 불렀다.)를 만나야 해. 내가 무엇을 해야 할지 말해 줄 수 있는 사람은 오직 그 사람뿐이야. 벳시를 찾아가자. 그곳에 가면 그를 볼 수 있을 거야.' 그녀는 속으로 중얼거렸다. 그녀는 어제 자신이 그에게 트베르스카야 공작부인 집에 가지 않겠다고 말하자 그도 오지 않겠다고 말한 일을 까맣게 잊고 있었다. 그녀는 책상으로 가서 남편에게 편지를 썼다. '당신의 편지를 잘 받았습니다. A.' 그러고는 벨을 눌러 하인에게 편지를 건넸다.

"우리는 떠나지 않을 거야." 그녀는 방으로 들어온 안누슈카에게 말했다.

"아예 안 떠나기로 하셨어요?"

"아니, 짐은 내일까지 풀지 말고 그대로 둬. 마차도 그대로 두고. 난 공작부인을 만나러 가야겠어."

"옷은 어떤 것으로 준비할까요?"

17

트베르스카야 공작부인이 안나를 초대한 크로케 시합 모임은 귀부인 두 명과 그들의 숭배자들로 구성될 예정이었다. 이 두 귀부인은 무언가의 모방을 또 모방함으로써 새롭게 떠오르던 페테르부르크의 어느 소수 모임의 대표적 인물들이었다. 이 모임의 이름은 les sept merveilles du monde[26]였다. 이 귀부인들은 사실 최상류층 모임에 속해 있었는데, 이 모임은 안나가 종종 참석하던 모임에 완전히 적대적이었다. 게다가 페테르부르크의 영향력 있는 인물들 가운데 한 명이자 리자 메르칼로바의 숭배자를 자처하던 스트레모프 노인은 직무상 알렉세이 알렉산드로비치의 적이었다. 이런 것에 생각이 미치자, 안나는 그곳에 가고 싶지 않았다. 트베르스카야 공작부인이 쪽지에서 암시한 것은 바로 이러한 거절을 염두에 둔 것이었다. 하지만

26) '세계의 7대 불가사의.'(프랑스어).

지금 안나는 브론스키를 만날 수 있다는 희망에 그곳으로 가고 싶었다.

안나는 다른 사람들보다 일찍 트베르스카야 공작부인 집에 도착했다.

그녀가 집 안에 막 들어섰을 때, 구레나룻을 곱게 빗고 카메르융커처럼 차린 브론스키의 하인도 들어왔다. 그는 문가에 서서 모자를 벗고는 그녀에게 길을 비켜 주었다. 안나는 그를 알아보았고, 그제야 비로소 어제 브론스키가 이곳에 오지 않겠다고 한 말을 기억해 냈다. 아마도 그는 이 일로 쪽지를 보낸 모양이었다.

그녀는 현관에서 윗옷을 벗으면서, 하인이 에르(r)의 발음마저 카메르융커를 흉내 내어 말하는 것을 들었다. 그는 '백작님이 공작부인께 보내는 쪽지입니다.'라고 하며 쪽지를 건넸다.

그녀는 그의 주인이 어디 있는지 물어보고 싶었다. 그녀는 다시 돌아가 그에게 자기 집으로 와 달라는 편지를 보내든가, 아니면 자신이 직접 그가 있는 곳으로 가고 싶었다. 하지만 이것도 저것도 아무것도 할 수 없었다. 그보다 앞서 그녀의 도착을 알리는 벨소리가 울렸고, 이미 트베르스카야 공작부인의 하인이 열린 문 앞에서 반쯤 몸을 내밀고 그녀가 내실로 들어가기를 기다리고 있기 때문이었다.

"공작부인은 정원에 계십니다. 지금 공작부인께 알리겠습니다. 혹 정원에 가 보시는 것은 어떠십니까?" 다른 방에 있던 다른 하인이 이렇게 알렸다.

아무것도 결정할 수 없는 불확실한 상황은 이곳에서나 집에 있을 때나 마찬가지였다. 아니, 오히려 더 안 좋았다. 이곳에서는 아무런 대책도 세울 수 없고 브론스키도 만날 수 없는 데다, 그녀의 기분과 사뭇 다른 낯선 모임에 어쩔 수 없이 남아 있어야 했기 때문이다. 하지만 그녀의 옷차림은 그녀에게 잘 어울렸고, 이 사실을 그녀도 잘 알고 있었다. 게다가 그녀는 혼자가 아니었고, 주위에는 그녀에게 익숙한, 빈둥거리며 지내기에 좋은 축제 같은 분위기가 마련되어 있었다. 그래서인지 그녀는 집에 있을 때보다 한결 마음이 가벼웠다. 그녀는 무엇을 해야 할지 생각할 필요가 없었다. 모든 것이 저절로 굴러갔다. 안나는 그녀 쪽으로 걸어오는 벳시와 마주치자 언제나처럼 미소를 지어 보였다. 벳시는 깜짝 놀랄 만큼 우아한 흰 옷을 입고 있었다. 트베르스카야 공작부인은 친척뻘 되는 젊은 아가씨와 투슈케비치와 함께 걸어왔다. 시골에 사는 그녀의 부모님은 그녀가 유명한 공작부인 댁에서 여름을 보내게 된 것을 커다란 행복으로 여겼다.

안나에게 무언가 특별한 점이 있었던 걸까, 벳시는 금방 이것을 알아차렸다.

"잠을 잘 못 잤어요." 안나가 맞은편에서 걸어오는 하인을 눈여겨보며 대답했다. 그녀는 그가 브론스키의 쪽지를 가져온 것이라 생각했다.

"당신이 와 줘서 얼마나 기쁜지 몰라요." 벳시가 말했다. "난 피곤해서 사람들이 오기 전에 차를 한잔 마시려던 참이에요. 당신은……." 그녀는 투슈케비치를 돌아보았다. "마샤와 함께 저기 크로케그라운드를 검사해 줘요. 저기 풀을 벤 곳 말이에요. 아직 우리 둘이 차를 마시며 정답게 이야기할 시간은 있어요. We will have a cosy chat.[27] 어때요?" 그녀는 안나를 돌아보며 미소를 짓더니 양산을 쥔 그녀의 손을 잡았다.

"당신 집에 오래 머물 수 없으니, 그럴 수 있다면 더욱 좋죠. 브레제 노부인 댁에 들러야 하거든요. 간다고 약속한 지 벌써 100년이나 됐어요." 안나는 말했다. 이제 그녀는 자신의 천성에 전혀 맞지 않는 거짓을 사교계 모임에서 너무나 간단하고 자연스럽게 구사했고, 심지어 그러한 거짓에서 즐거움을 느끼기도 했다.

무엇 때문에 그녀가 방금 전까지도 생각지 않던 것을 이렇게 말했는지, 그녀는 도저히 설명할 수 없을 것이다. 그녀는 다만 브론스키가 이곳에 오지 않을 테니 자신의 자유를 확보하여 어떻게든 그를 만나야 한다는 생각으로 이렇게 말했다. 하지만 왜 그녀가 늙은 궁중 시녀 브레제를 집어서 말했는지, 왜 그녀가 다른 많은 사람들을 제쳐 둔 채 딱히 그녀를 필요로 했는지, 그녀도 설명할 수 없을 것이다. 하지만 나중에 밝혀졌다시피, 브론스키와 만나기 위한 최선의 방법을 찾던 그녀로서는 그보다 더 나은 방법을 발견할 수 없었을 것이다.

"안 돼요. 난 무슨 일이 있어도 당신을 놓아주지 않을 거예요." 벳시가 안나의 얼굴을 유심히 쳐다보며 대답했다. "정말이지 내가 당신을 좋아하지 않았더라면 틀림없이 화를 냈을 거예요. 당신은 나의 모임이 당신의 명예를 더럽히기라도 할까 두려워하는 것 같아요. 자, 작은 응접실로 차를 가져와요." 그녀는 언제나처럼 눈을 가늘게 뜨고 하인을 돌아보며 이렇게

27) '우리는 편안하게 이야기나 나눠요.'(영어)

말했다. 그녀는 그에게서 쪽지를 받아 들고 그것을 읽었다. "알렉세이가 우리 앞에서 재주넘기를 하는군요." 그녀가 프랑스어로 말했다. "자기는 오늘 못 온다고 썼네요." 그녀는 너무나 자연스럽고 꾸밈없는 말투로 이렇게 덧붙였다. 마치 브론스키가 안나에게 크로케 시합의 파트너 이외에 어떤 다른 의미를 갖고 있다고는 한 번도 생각해 본 적 없는 듯 했다.

안나는 알았다. 벳시가 모든 것을 알고 있다는 것을. 하지만 벳시가 자기 앞에서 브론스키에 대해 말하는 것을 듣다 보면, 안나의 마음속에는 언제나 그 순간만큼은 그녀가 아무것도 모른다는 확신이 들었다.

"아!" 안나는 이런 것에 별로 흥미가 없다는 듯 무심하게 말하며 미소 띤 얼굴로 계속 말을 이었다. "당신의 모임이 어떻게 누군가의 명예를 더럽힐 수 있겠어요?" 다른 여자들과 마찬가지로, 안나도 이러한 말장난이나 비밀의 은폐에서 큰 매력을 느꼈다. 그리고 숨겨야 할 필요성이나 숨기는 목적이 아니라 숨기는 과정 자체가 그녀의 마음을 사로잡았다. "난 교황보다 더 신실한 가톨릭 신자는 될 수 없어요." 그녀는 말했다. "스트레모프와 리자 메르칼로바는 사교계에서 꽃 중의 꽃으로 꼽혀요. 게다가 그들은 가는 곳마다 환영을 받죠. 나도……." 그녀는 나라는 단어에 특히 힘을 주었다. "한 번도 딱딱하고 편협하게 군 적 없어요. 다만 시간이 없을 뿐이에요."

"아뇨, 당신은 아마 스트레모프와 부딪치는 것을 꺼리고 있을걸요? 그와 알렉세이 알렉산드로비치가 위원회에서 서로 으르렁대든 말든 신경 쓰지 말아요. 그건 우리와 상관없는 일이잖아요. 하지만 그는 내가 아는 한 사교계에서 가장 정중한 사람이고 그저 크로케에 열광하는 사람일 뿐이에요. 이제 당신도 알게 될 거예요. 지긋한 나이에 리자에게 빠져 있는 모습이 우스워 보이긴 하지만, 그가 이 우스운 상황을 얼마나 잘 벗어나는지 봐야만 해요! 그는 정말 사랑스러운 사람이에요. 당신은 사포 슈톨츠를 모르나요? 그녀는 새로운 분위기를 가진 사람이에요. 정말로 새로워요."

벳시가 이런 이야기를 늘어놓는 동안, 안나는 그녀의 쾌활하고도 총명한 눈길에서 그녀가 자신의 입장을 어느 정도 이해하고 있고 무언가를 궁리하고 있다는 인상을 받았다. 그들은 작은 응접실에 있었다.

"어쨌든 알렉세이에게 편지를 써야만 해요." 벳시는 테이블 앞에 앉아 몇 줄 끼적거리더니 그것을 봉투에 넣었다. "난 그에게 식사하러 오라고 썼어요. 우리 집에 온 귀부인 한 명이 파트너가 되어 줄 남자도 없이 식사를 하게 되었다고요. 봐요, 절실해 보이나요? 미안해요, 잠시 자리를 비워야겠어요. 부탁이에요, 당신이 봉인해서 보내 줄래요?" 그녀는 방문을 나서며 말했다. "난 몇 가지 지시할 것이 있어서요."

안나는 잠시의 머뭇거림도 없이 벳시의 편지를 들고 테이블 앞에 앉아 내용을 읽어 보지도 않은 채 아래쪽에 덧붙여 썼다. '당신을 꼭 만나야 해요. 브레제 댁 정원으로 와 줘요. 6시에 그곳에서 기다릴게요.' 안나가 편지를 봉하자, 응접실로 돌아온 벳시가 그녀 앞에서 편지를 하인에게 건넸다.

시원하고 작은 응접실로 쟁반에 얹어 가져온 차를 마시는 동안, 실제로 두 여자는 다른 손님들이 올 때까지 트베르스카야 공작부인이 약속한 cosy chat을 시작했다. 그들이 그곳에 올 사람들을 헐뜯는 동안, 화제가 리자 메르칼로바에게까지 오게 되었다.

"그녀는 무척 사랑스러운 분이에요. 난 언제나 그분에게 호감을 느꼈어요." 안나가 말했다.

"당신은 그녀를 사랑해야 해요. 그녀는 당신에게 열광하거든요. 어제 그녀는 경마 후에 우리 집에 왔다가 당신이 없는 걸 보고 낙심하던걸요. 그녀는 당신이 정말로 소설 속의 여주인공 같대요. 그녀는 만약 자기가 남자였다면 당신을 위해 바보 같은 짓을 수없이 저질렀을 거라더군요. 그러자 스트레모프가 그녀에게 당신은 지금도 그렇게 행동하고 있지 않느냐고 말하지 뭐예요."

"하지만, 말해 줘요, 난 도저히 이해할 수 없어요." 안나는 잠시 침묵을 지키더니 자기가 쓸데없는 질문을 하는 것이 아니며 자신의 질문은 그녀 자신에게 보통 이상의 중요한 의미를 띤다는 것을 분명히 보여 주려는 듯한 말투로 말했다. "제발 말해 줘요, 그녀는 미슈카라 불리는 칼루슈키 공작과 어떤 관계죠?"

벳시는 눈웃음을 지으며 안나를 유심히 바라보았다.

"새로운 방식이에요." 그녀가 말했다. "그들 모두 이 방식을 택했어요. 그들은 풍차 위로 모자를 내던져 버렸어요.[28] 하지만 그런 것들을 내던지는 데에도 여러 가지 방식이 있죠."

"그런가요, 그런데 그녀와 칼루슈키는 도대체 어떤 관계예

28) 톨스토이는 'Jeter son bonnet par-dessus les moulins.'라는 프랑스 속담을 문자의 뜻 그대로 차용했다. 이 속담은 '관습을 무시한 행동을 하다.'라는 뜻이다.

요?"

벳시는 뜻밖에도 도저히 참을 수 없다는 듯 유쾌하게 웃어 댔다. 이런 일은 그녀에게 드문 일이었다.

"당신은 지금 먀흐카야 공작부인의 영역을 침해하고 있어요. 그건 무서운 아이들[29]이나 하는 질문이에요." 그러면서도 벳시는 아무리 참으려 해도 도저히 참을 수 없다는 듯, 좀처럼 웃지 않던 사람이 웃어 댈 때와 같은 그런 전염성 강한 웃음을 터뜨렸다. "그런 건 본인들에게 물어야죠." 그녀는 우느라 눈물까지 흘리며 이렇게 말했다.

"아뇨, 당신은 웃지만……." 안나는 이렇게 말하면서 자기도 모르게 그 웃음에 전염되었다. "하지만 난 도저히 이해할 수 없어요. 난 그런 경우 남편의 역할이 뭔지 모르겠어요."

"남편이요? 리자 메르칼로바의 남편은 무릎 덮개를 들고 그녀의 뒤를 졸졸 따라다니며 언제라도 봉사할 준비를 갖추고 있죠. 하지만 사실 아무도 그 이상의 일들에 대해 알고 싶어 하지 않아요. 당신도 알잖아요, 훌륭한 사교계의 사람들은 화장법의 세세한 부분에 대해 떠들거나 생각하지 않아요. 이 문제도 마찬가지예요."

"당신은 롤란다키 축하연에 갈 건가요?" 안나는 화제를 바꾸기 위해 다른 질문을 했다.

"아뇨." 벳시는 이렇게 대답하고는 친구를 쳐다보지 않고서 작고 투명한 찻잔에 향기로운 차를 조심스럽게 따르기 시작했다. 그녀는 찻잔을 안나 쪽에 놓은 후, 옥수수 잎으로 만 궐련

29) 'enfant terrible'이라는 프랑스 표현을 문자 뜻 그대로 차용했다.

을 꺼내어 은으로 된 담배물부리에 꽂아 피우기 시작했다.

"자, 보다시피 난 행복한 입장에 있어요." 그녀는 이미 웃음을 거두고 찻잔을 들며 말했다. "난 당신도 이해하고 리자도 이해해요. 리자는 어린아이처럼 무엇이 좋고 무엇이 나쁜지도 모를 만큼 천성이 순진한 사람이에요. 적어도 그녀는 아주 젊은 시절에는 그것을 몰랐어요. 그런데 이제는 그런 무지가 자기에게 잘 어울린다는 것을 알고 있어요. 지금은 어쩌면 일부러 모르는 척하는 것인지도 모르죠." 벳시는 야릇한 미소를 지으며 말했다. "하지만 역시 그녀에게는 그런 모습이 잘 어울려요. 당신도 알겠지만, 똑같은 사물에 대해 그것을 비극적으로 보며 고통을 느낄 수도 있고 그것을 단순하게, 심지어 즐겁게 볼 수도 있어요. 아무래도 당신은 사물을 지나치게 비극적으로 보는 것 같군요."

"나 자신을 아는 것만큼 다른 사람을 알 수 있다면 얼마나 좋을까요?" 안나는 깊은 생각에 잠긴 듯 진지하게 말했다. "난 다른 사람들보다 나쁜 사람일까요, 좋은 사람일까요? 내 생각에는 더 못된 인간 같은데."

"무서운 아이군요, 무서운 아이예요." 벳시는 같은 말을 되풀이했다. "그건 그렇고, 저기 사람들이 오네요."

18

발소리와 남자 목소리에 뒤이어 여자 목소리와 웃음소리가 들리더니, 기다리던 손님들이 들어왔다. 사포 슈톨츠와 무척이나 건강해 보이는 바시카라는 젊은이였다. 피가 밴 쇠고기, 트뤼프, 부르고뉴산 포도주 등을 섭취한 것이 그에게 도움이 된 것 같았다. 바시카는 부인들에게 인사하고 그들을 흘깃 쳐다보았으나 그것도 잠시였다. 그는 사포를 따라 응접실로 들어오더니, 마치 그녀에게 묶여 있기라도 한 듯 그녀의 뒤를 졸졸 따라다니며 그녀를 삼킬 것처럼 빛나는 두 눈을 잠시도 그녀에게서 떼지 않았다. 사포 슈톨츠는 금발에 검은 눈동자를 가진 여자였다. 그녀는 굽이 높은 구두를 신고 종종걸음으로 민첩하게 들어오더니 남자처럼 부인들의 손을 꽉 쥐었다.

안나는 이 새로운 유명 인사를 아직 한 번도 본 적이 없었다. 안나는 그녀의 아름다움과 극단적인 화장과 대담한 태도에 깜짝 놀랐다. 가채가 섞인 부드러운 금빛 머리칼로 어찌나 크게 머리장식을 올렸는지, 그녀의 머리 크기가 앞을 훤히 드러낸 아름답고 볼록한 가슴의 크기와 똑같을 정도였다. 게다가 어찌나 힘차게 걷는지, 그녀가 움직일 때마다 옷자락 밑으로 무릎과 허벅지의 윤곽이 선명하게 드러났다. 그러자 그녀의 머릿속에 자기도 모르게 이런 물음이 떠올랐다. 저렇게나 훤히 상반신을 드러내고 저렇게나 꼭꼭 등과 하반신을 숨기다니, 그녀의 자그맣고 아름다운 진짜 몸은 도대체 저 요동하는 높은 산의 뒤편 그 어디쯤에서 끝나는 것일까…….

벳시가 서둘러 그녀를 안나에게 소개했다.

"상상이 가세요? 우리가 하마터면 군인 두 명을 치어 죽일 뻔했지 뭐예요." 그녀는 방에 들어서자마자 이야기를 늘어놓기 시작했다. 그러는 동안 그녀는 한쪽 눈을 찡긋하고 미소를 지어 보이며 한쪽으로 지나치게 넘어간 치맛자락을 다시 끌어당겼다. "난 바시카와 함께 왔……. 아, 참, 당신은 그 사람을 모르시죠." 그녀는 청년의 성을 부르며 그를 안나에게 소개하고는, 모르는 부인 앞에서 그를 바시카라고 부른 자신의 실수에 얼굴을 붉히며 소리 내어 웃었다.

바시카는 안나에게 다시 한 번 인사했으나 그녀에게 아무 말도 하지 않았다. 청년은 사포를 돌아보았다.

"당신이 내기에 졌습니다. 우리가 먼저 도착했으니까요. 자, 벌칙을 따르세요." 그가 싱긋 웃으며 말했다.

사포는 더욱 명랑하게 웃음을 터뜨렸다.

"지금은 안 돼요." 그녀가 말했다.

"괜찮습니다. 나중에 받지요."

"좋아요, 좋아. 아, 참!" 그녀가 갑자기 안주인을 돌아보았다.

"내가 좋은 사람이긴 하죠……. 아, 잊고 있었네……. 손님을 한 분 데리고 왔어요. 이분이에요."

사포가 데려와 놓고 깜빡 잊고 있었다는 이 뜻밖의 손님은 비록 젊긴 하지만 신분이 대단히 높은 인물이었다. 그래서 두 부인은 그를 맞이하기 위해 자리에서 일어났다.[30]

이 사람은 사포의 새로운 숭배자였다. 그도 지금 바시카와 마찬가지로 사포의 뒤를 졸졸 따라다니는 중이었다.

곧 칼루슈키 공작이 도착했고 뒤이어 리자 메르칼로바와 스트레모프가 도착했다. 리자 메르칼로바는 피부가 거무스름하고 머리칼과 눈동자가 검은 늘씬한 여자였다. 그녀는 동방의 여인처럼 나른해 보이는 얼굴과 사람들의 말처럼 깊이를 헤아릴 수 없는 아름다운 눈동자를 지니고 있었다. 그녀의 검은 옷차림이 지닌 특성은(안나는 금방 그것을 알아보았으며 이를 높이 평가했다.) 그녀의 아름다움과 완벽한 조화를 이루었다. 사포가 야무지고 단정해 보인다면, 리자는 부드럽고 퇴폐적이었다.

하지만 안나의 취향에는 리자가 훨씬 매력적이었다. 벳시는 안나에게 리자가 일부러 천진난만한 어린아이같이 행동한다고 말했지만, 안나는 그녀를 보며 그 말이 사실이 아니라고 느꼈다. 그녀는 확실히 천진난만하고 퇴폐적인 데가 있었지만 사랑스럽고 온순한 여자였다. 사실 그녀의 태도는 사포의 태도와 전혀 다를 바 없었다. 사포와 똑같이 그녀의 뒤에도 마치 실로 꿰매 놓은 것처럼 졸졸 따라다니며 그녀를 뚫어지게 바라보는

30) 톨스토이의 아들 세르게이가 회상록에서 밝힌 바에 따르면, 이름을 밝히지 않은 이 손님은 젊은 대공으로 황제의 아들이 틀림없다고 한다. 왜냐하면 대공이 입장할 땐, 나이 든 부인들도 자리에서 일어나야 하기 때문이다.

두 숭배자가 있었다. 한 사람은 청년이고 한 사람은 노인이었다. 하지만 그녀 안에는 그녀를 둘러싼 것보다 더 고귀한 무언가가 있었다. 그녀 안에는 유리 한가운데서 빛나는 진짜 물방울 다이아몬드 같은 광채가 있었다. 그 광채는 말로 표현할 수 없는 그녀의 매혹적인 눈동자에서 은은하게 흘러나왔다. 검은 원에 에워싸인 그 눈동자의 지친 듯하면서도 열정적인 시선은 더할 나위 없는 성실함으로 깊은 인상을 주었다. 그 시선을 본 사람이라면 누구나 그녀의 모든 것을 알게 된 듯한 느낌을 받았고, 그녀를 안 뒤에는 그녀를 사랑하지 않을 수 없게 되었다. 안나를 발견하자, 그녀의 얼굴 전체가 갑자기 기쁨의 미소로 환하게 빛났다.

"아, 당신을 만나 얼마나 기쁜지 몰라요!" 그녀는 안나에게 다가가며 이렇게 말했다. "어제 경마장에서 당신이 있는 쪽으로 가려 했더니, 당신은 어느새 가 버리고 없더군요. 어제는 정말 당신을 만나고 싶었어요. 어제는 정말 끔찍했죠?" 그녀는 자신의 마음을 완전히 열어 보이는 듯한 눈길로 안나를 바라보며 이렇게 말했다.

"네, 나도 그 일이 그처럼 사람을 조마조마하게 할 줄은 생각도 못했어요." 안나는 얼굴을 붉히며 말했다.

바로 그때 사람들이 정원으로 가려고 일어났다.

"난 가지 않겠어요." 리자는 미소를 지으며 안나 옆으로 다가앉았다. "당신도 가지 않을 거죠? 뭣 때문에 크로케 시합 같은 걸 하고 싶어 하겠어요!"

"하지만 난 좋아하는걸요." 안나가 말했다.

"어머, 어머, 당신은 지루함을 느끼지 않기 위해 어떻게 하세요? 당신을 보고 있으면 기분이 좋아져요. 당신은 생을 살고 있지만, 난 따분하답니다."

"따분하다니요? 당신들은 페테르부르크에서 가장 즐거운 모임을 꾸리고 있잖아요." 안나가 말했다.

"어쩌면 우리 모임에 속하지 않은 사람들은 훨씬 더 따분해할지도 모르죠. 하지만 우리는, 아니, 나는 전혀 즐겁지 않아요. 끔찍할 정도로 따분해요. 정말이지 끔찍해요."

사포는 담배에 불을 붙인 후 두 청년과 함께 정원으로 나갔다. 벳시와 스트레모프는 남아서 차를 마셨다.

"뭐가 지루하다는 거예요?" 벳시가 말했다. "사포는 어제 당신 집에서 다들 무척 즐거운 시간을 보냈다고 하던데요."

"아, 얼마나 우울했는데요!" 리자 메르칼로바가 말했다. "경마 후 다들 우리 집에 모였죠. 똑같은 사람들! 언제나 똑같은 모습! 우리는 저녁 내내 소파에서 빈둥거렸어요. 거기에 무슨 재미가 있겠어요? 아니, 당신은 지루함을 떨치기 위해 어떻게 하세요?" 그녀는 다시 안나를 돌아보았다. "사람들은 당신을 볼 필요가 있어요. 당신을 보면, 여기 행복이나 불행을 느낄 수는 있어도 따분해하지 않는 여자가 있구나 하고 생각하게 되죠. 가르쳐 줘요. 어떻게 그럴 수 있죠?"

"아무것도 하지 않아요." 안나는 끈질기게 달라붙는 이 질문에 얼굴을 붉히며 대답했다.

"그것이 바로 최상의 방법입니다." 스트레모프가 대화에 끼어들었다.

스트레모프는 머리가 반쯤 센 쉰 살 남짓의 사내로 아직 팔팔해 보였고, 비록 굉장히 못생기긴 했지만 개성적이고 영리한 얼굴을 하고 있었다. 리자 메르칼로바는 그의 처조카였다. 그는 자신의 모든 자유 시간을 그녀와 보냈다. 안나 카레니나를 만나게 되자, 직무상 알렉세이 알렉산드로비치의 적인 그는 사교적이고 영리한 사람답게 적의 아내인 그녀에게 특별히 정중하게 대하려고 노력했다.

"아무것도 하지 않는다." 그는 야릇한 미소를 지으며 안나의 말을 받았다. "그것이 최상의 방법입니다. 내가 오래전부터 당신에게 말했을 텐데요." 그는 리자 메르칼로바를 돌아보았다. "지루해하지 않으려면 지루해질 거라고 생각해서는 안 된다고 말입니다. 그것은 불면증이 두려울 때 잠을 못 이룰까 두려워해서는 안 되는 것과 같은 이치죠. 안나 아르카지예브나가 당신에게 하려던 말은 바로 이것입니다."

"제가 그렇게 말할 수 있었다면 참 좋았을 텐데요. 그 말은 지혜로울 뿐 아니라 진실이기도 하니까요." 안나는 미소를 지으며 말했다.

"아뇨, 제발 말해 줘요. 무엇 때문에 잠을 이루지 못하고 지루해할 수밖에 없는지 말이에요."

"잠을 자기 위해서는 일을 해야 합니다. 그리고 즐겁게 지내기 위해서도 역시 일을 해야 합니다."

"내가 하는 일이 아무에게도 도움이 안 된다면, 도대체 무엇을 위해 일을 해야 하죠? 난 일부러 일하는 척할 수도 없고 그렇게 하고 싶지도 않아요."

"당신은 정말 구제불능이군요." 스트레모프는 그녀를 쳐다보지 않고 말하며 다시 안나를 돌아보았다.

그는 안나를 좀처럼 볼 수 없었기 때문에 평범한 화제 외에는 그녀에게 아무 말도 할 수 없었다. 하지만 그녀가 언제쯤 페테르부르크로 돌아가는지, 리디야 이바노브나 백작부인이 그녀를 얼마나 아끼는지 등의 평범한 이야기를 늘어놓는 그의 표정에서, 그가 진심으로 그녀에게 좋은 인상을 남기고 싶어 한다는 것을, 그녀에 대한 존경과 그 이상의 마음까지 표현하고 싶어 한다는 것을 알 수 있었다.

그때 투슈케비치가 들어와 다들 크로케 시합이 시작되기를 기다리고 있다고 알렸다.

"아뇨, 제발 가지 말아요." 리자 메르칼로바는 안나가 나가려는 것을 알아채고 이렇게 간청했다. 스트레모프도 그녀의 말에 맞장구를 쳤다.

"너무 심한 대조 아닙니까?" 그가 말했다. "이 모임에 있다가 브레제 노부인 댁에 가다니요. 그녀에게는 당신의 방문이 남의 흉을 볼 수 있는 기회가 될 뿐입니다. 하지만 이곳에서 당신은 험담과는 정반대인 지극히 아름다운 감정만을 불러일으킵니다." 그가 그녀에게 말했다.

안나는 잠시 망설이며 생각에 잠겼다. 이 영리한 사내의 아첨, 리자 메르칼로바가 그녀에게 보여 준 어린아이 같은 순진한 호감, 이 친숙한 사교계의 분위기, 그녀에게는 이 모든 것이 너무나 편안했다. 그러나 그녀의 앞에는 이곳에 남아 있으면 안 될까, 고통스러운 해명의 순간을 좀 더 미루면 안 될까 매 순간 망설일 정도로 괴로운 일이 기다리고 있었다. 그런데 그녀의 뇌리에 자신이 어떤 결정도 내리지 않을 경우 집에서 자기를 기다릴 일이 스쳐갔다. 그녀로서는 생각만 해도 끔찍한 그 무서운 몸짓, 그녀가 두 손으로 머리카락을 움켜쥐었을 때의 그 몸짓이 떠오르자, 그녀는 작별을 고하고 그곳을 떠나 버렸다.

19

브론스키는 경박해 보이는 사교계 생활을 하면서도 무질서를 몹시 싫어하는 사람이었다. 육군 사관학교에 재학 중이던 젊은 시절, 그는 궁지에 빠져 남에게 돈을 빌려 달라고 했다가 거절당하는 수치를 겪었다. 그 후로 그는 한 번도 자신을 그러한 처지로 내몰지 않았다.

언제나 자신의 일을 질서정연하게 해 두기 위해, 그는 상황에 따라 달라지긴 했지만 일 년에 다섯 차례 정도 혼자 집 안에 틀어박혀 자신의 모든 일들을 정리하곤 했다. 그는 이러한 일을 결산, 또는 faire de lessive[31]라고 불렀다.

경마가 있던 다음 날, 느지막하게 잠에서 깬 브론스키는 면도도 목욕도 하지 않은 채 여름 제복 차림으로 책상 위에 돈과 주판과 편지를 늘어놓고서 일을 시작했다. 잠에서 깬 페트

---

31) '세탁.'(프랑스어)

리츠키는 그럴 때의 브론스키가 화를 잘 낸다는 것을 잘 알았기에 책상 앞에 앉아 있는 친구를 보고는 그를 방해하지 않기 위해 조용히 옷을 갈아입고 집에서 나갔다.

자신을 둘러싼 온갖 복잡한 상황을 지극히 사소한 점까지 상세하게 아는 사람들은 자기도 모르게 그런 복잡한 상황과 그것을 이해하는 데 따르는 어려움을 그 자신에게만 우연히 일어난 특수한 것으로 생각하고, 다른 사람들도 자기처럼 그에 못지않은 나름의 복잡한 상황에 처해 있다는 사실을 전혀 생각지 못한다. 브론스키도 그런 것 같았다. 그는 어느 정도의 내적인 오만과 근거를 가지고 다른 사람이 그처럼 어려운 상황에 처했다면 이미 오래전에 갈피를 잃고 비열한 행동을 할 수 밖에 없었을 거라고 생각했다. 하지만 브론스키는 혼란에 빠지지 않으려면 지금 당장 자신의 처지를 결산하여 정리하지 않으면 안 된다고 느꼈다.

브론스키가 가장 쉬운 일이라 생각하여 첫 번째로 매달린 일은 돈 문제였다. 그는 특유의 작은 글씨로 자기가 진 빚을 편지지에 쓰고 그것을 전부 합해 보았다. 그 결과 그는 자신이 갚아야 할 빚이 1만 7000루블이나 되고, 그 밖에도 알아보기 쉽게 따로 떼어 둔 몇 백 루블이 더 있다는 것을 깨달았다. 돈과 통장의 예금을 셈해 본 후, 그는 자기에게 1800루블밖에 없다는 것을 알았다. 그러나 새해가 되기 전까지 돈이 들어올 가망은 전혀 없었다. 그는 빚 목록을 다시 읽으면서 그것을 세 가지 범주로 분류하여 다시 적어 보았다. 당장 갚아야 하거나 청구를 받으면 한순간도 지체하지 않고 즉시 지불할 수 있게 어떻게든 돈을 마련해 두어야 하는 빚을 첫 번째 범주에 넣었다. 그런 빚이 약 4000루블이었다. 1500루블은 말 값이었고, 2500루블은 그가 베네프스키라는 젊은 동료의 보증을 서다 진 빚이었다. 그는 브론스키가 있는 자리에서 사기도박꾼에게 그 돈을 잃고 말았다. 그 당시 브론스키가 그 돈을 갚으려 했지만(그때 그에게는 그만한 돈이 있었다.) 베네프스키와 야쉬빈은 그 돈을 갚아야 할 사람은 도박판에 끼지도 않았던 브론스키가 아니라 자기들이라고 고집을 부렸다. 그 일은 잘 해결되었다. 그러나 브론스키는 비록 말로만 베네프스키의 보증을 서는 정도로 이 추악한 일에 관여했지만 더 이상 사기꾼과 말을 섞지 않기 위해서는 언제라도 그에게 내던져 줄 수 있도록 2500루블을 갖고 있어야 한다는 것을 잘 알고 있었다. 그러므로 이 첫 번째로 중요한 범주를 위해 4000루블을 마련해 두어야 했다. 두 번째 범주에 속한 8000루블은 덜 중요한 빚이었다. 이 빚은 주로 경마용 마구간, 귀리와 건초를 납품하는 상인, 영국인 조마사, 마구 판매상 등에 진 것이었다. 이 빚에 관한 잡음을 완전히 막으려면 2000루블은 지불해야 했다. 마지막 범주의 빚은 여러 상점과 호텔과 재단사에게 진 것으로 아직은 생각할 필요가 없었다. 따라서 그에게 필요한 돈은 최소한 6000루블 정도였다. 그러나 당장 지불할 수 있는 돈은 1800루블뿐이었다. 사람들은 브론스키의 수입을 연간 10만 루블로 어림했다. 그 정도의 수입을 가진 사람에게는 그만한 빚이 전혀 곤란하지 않을 것이다. 하지만 문제는 그의 수입이 결코 10만 루블이 아니라는 점이었다. 연간 20만 루블의 수입을 너끈히 올리는 아버지의 막대한 재산은 아직 형제들에게 분배되지 않았다. 형이 산더미 같은 빚을 지고 재산이라고는 한 푼도 없이 어느 제카브리스트[32]의 딸인 바랴[33] 치르코바와 결혼할 때, 알렉세이는 자기에게 매년 2만 5000루블만 달라고 하며 아버지의 영지에서 나오는 모든 수입을 형에게 양보했다. 그때 알렉세이는 형에게 자기는 결혼할 때까지 이 돈이면 충분하며 아마도 그가 결혼하는 일은 절대 없을 거라고 말했다. 그리고 형은 가장 돈이 많이 드는 연대[34] 가운데 하나로 파견된 데다 결혼한 지 얼마 안 되었기 때문에 그 선물을 받지 않을 수 없었다. 자신의 재산을 따로 가지고 있던 어머니는 알렉세이가 말한 2만 5000루블 외에 해마다 2만 루블을 더 주었고, 알렉세이는 그 돈을 모두 생활비로 써 왔다. 최근에 그의 연애 문제와 그가 모스크바를 떠난 일로 그와 언쟁을 벌인 어머니는 더 이상 그에게 돈을 보내 주지 않았다. 그 결과 이미 4만 5000루블을 쓰며 생활하는 데 익숙해진 브론스키는 올해에 2만 5000루블밖에 받지 못하여 요즘 무척 곤란한 처지에 놓이게 되었다. 이 궁지에서 벗어나려면 어머니에게 돈을 청하지 않을 수 없었다. 전날 어머니에게 받은 마지막 편지는 특히 그의 분노를 자극했다. 왜냐하면 어머니가 그 편지에서 자기가 아들을 기꺼이 돕고자 한 것은 아들이 사교계와 군대에서 성

---

32) 1825년 12월에 러시아에서 차르의 전제주의를 반대하고 입헌 군주제(혹은 공화정)를 옹호하며 무장봉기를 일으킨 자유주의자들. 나폴레옹 전쟁을 통해 자유주의 사상의 영향을 받은 청년 장교들이 중심 세력이었다. 이 봉기는 즉시 진압되었으며, 봉기에 참여한 이들은 대부분 사형되거나 시베리아로 추방되었다.

33) 바르바라의 애칭.

34) 당시 지휘관들은 상징적인 의미에서 보수를 받았을 뿐 연대를 자신의 비용으로 운영하도록 요구받았다.

공하도록 하기 위함이지 추문으로 온 사교계를 발칵 뒤집으며 살도록 하기 위해서가 아니라고 암시했기 때문이다. 그는 자신을 매수하려는 어머니의 바람에 영혼의 깊은 곳까지 모욕을 느꼈다. 그 일로 어머니에 대한 그의 마음은 더욱더 싸늘해졌다. 그렇다고 해서 이미 입 밖에 내놓은 그 관대한 말들을 취소할 수는 없었다. 하지만 이제 그는 자신과 카레니나의 관계에서 일어날 몇 가지 일들을 불안한 마음으로 그려 보면서 그런 관대한 말들을 내뱉은 것은 경솔한 짓이었으며 결혼을 하지 않은 그에게도 10만 루블의 수입이 모두 필요할 수 있다는 것을 깨달았다. 하지만 자신의 말을 취소할 수는 없었다. 이미 준 것을 도로 빼앗을 수 없다는 사실을 받아들이는 데에는 형수를 떠올리는 것만으로도 충분했다. 사랑스럽고 훌륭한 바랴는 기회가 있을 때마다 그에게 자신이 그의 관대함을 기억하고 있으며 그것을 높이 평가하고 있다고 말했던 것이다. 그런데 그런 짓을 한다는 것은 여자를 때린다든지 도둑질이나 거짓말을 한다든지 하는 것만큼이나 있을 수 없는 일이었다. 그가 할 수 있고 해야만 하는 일은 오직 한 가지뿐이었다. 그리고 브론스키는 한순간의 망설임도 없이 그것을 결심했다. 우선 고리대금업자에게 만 루블을 빌려야 한다. 여기에는 별 어려움이 없을 것이다. 또한 자신의 지출을 줄이고 경마용 말들을 팔아야 한다. 이렇게 결심한 그는 즉시 롤란다키에게 보낼 쪽지를 썼다. 그는 그동안 브론스키의 말을 사겠다며 그에게 여러 번 사람을 보냈던 것이다. 그런 다음 그는 영국인과 고리대금업자를 부르러 사람을 보내고 자기가 가진 돈을 계산서에 따라 나누었다. 그 일을 다 끝낸 후, 그는 어머니 앞으로 싸늘하고 신랄한 답장을 썼다. 그리고 지갑에서 안나의 쪽지를 세 통 꺼내어 다시 읽어 보고는 그것을 불에 태웠다. 그는 어제 그녀와 나눈 대화를 떠올리며 생각에 잠겼다.

20

모든 일을 해야 할 일과 하지 말아야 할 일로 명확히 규정하는 그 나름의 법전이 있었기에, 브론스키의 삶은 특별히 행복했다. 이 법전은 매우 사소한 범주의 조항들을 포용할 뿐이지만, 그 대신 그 규범은 의심할 여지가 없는 것이었다. 그래서 브론스키는 지금까지 한 번도 이 범주를 벗어난 적이 없었고, 마땅히 해야 할 일을 할 때 결코 단 한순간도 주저한 적이 없었다. 이 규범들은 다음과 같은 것들을 분명히 규정하고 있었다. 사기도박꾼에게는 돈을 갚아야 하지만 재단사에게는 갚지 않아도 된다, 남자는 거짓말을 하면 안 되지만 여자는 해도 된다, 그 누구도 속여서는 안 되지만 남편은 속여도 된다, 모욕을 용서할 수는 없지만 남을 모욕하는 건 상관없다 등등. 이러한 규범은 그다지 현명하거나 훌륭하다고는 할 수 없어도 의심할 여지가 없는 확실한 것이었다. 그래서 브론스키는 그 규범들을 지키면서 마음의 평안을 느꼈고 머리를 꼿꼿이 쳐

들고 다닐 수 있었다. 다만 최근에 자신과 안나의 관계를 보며 브론스키는 자신의 법전이 모든 조건을 충분히 규정하지 못한다고 느끼기 시작했다. 그리고 앞으로 그의 앞에 더 이상 실마리를 찾을 수 없는 난관과 의혹이 나타날 것 같다는 느낌을 받았다.

그가 생각하기에 지금의 자기가 안나와 그녀의 남편에 대해 취할 태도는 단순하고 분명한 것 같았다. 그가 지금까지 지침으로 삼아 온 법전은 그런 관계를 분명하고 정확하게 규정하고 있었다.

그녀는 그에게 자신의 사랑을 바친 훌륭한 여인이었고 그도 그녀를 사랑했다. 따라서 그에게 그녀는 법적인 아내 못지않게, 아니 그 이상으로 존중할 가치가 있는 여인이었다. 그는 그녀에게 모욕을 줄 뿐 아니라 한 여인이 기대하는 존경을 충분히 전하지 못하는 말이나 암시를 내뱉느니, 차라리 그 전에 자신의 손을 잘라 버렸을 것이다.

사교계에 대한 관계도 명확했다. 모든 사람이 그 사실을 알고 의심을 품을 수 있다. 그러나 그 누구도 이 일을 감히 입에 담아서는 안 된다. 그렇지 않을 경우, 그는 입방아를 찧는 사람들의 입을 막아 버리고 자기가 사랑하는 여인의 있지도 않은 명예를 존중하도록 강요할 준비가 되어 있었다.

남편에 대한 관계는 그 무엇보다도 명백했다. 안나가 브론스키를 사랑한 그 순간부터, 그는 그녀에 대한 자신의 권리만은 절대적인 것으로 여겼다. 남편은 단지 불필요한 방해꾼일 뿐이었다. 남편이 불쌍한 처지에 있다는 것은 의심할 여지가 없다. 그러나 어떻게 하겠는가? 남편이 가진 유일한 권리는 손에 무기를 쥐고 결투를 신청하는 것이다. 브론스키는 그것에 대해 처음부터 마음의 준비를 하고 있었다.

하지만 요사이 그와 그녀 사이에 새롭고 내적인 관계가 나타났고, 이 관계의 불분명함이 그를 위협했다. 바로 어제 그녀는 자신이 임신한 사실을 그에게 알렸을 뿐이다. 그런데 그는 그 소식이나 안나가 자기에게 기대하는 것이 자기가 삶의 지침으로 삼은 법전에 충분히 규정되지 않은 그 무언가를 요구한다고 느꼈다. 그래서 그녀가 자신의 임신을 알린 처음 순간, 불시의 습격을 받은 그의 마음이 그로 하여금 그녀에게 남편을 버리라고 요구하도록 부추긴 것이다. 그는 그렇게 말하기는 했지만, 지금 다시 그 말을 곰곰이 생각해 보며 그 말을 하지 않는 게 더 좋았을 거라는 생각을 하게 되었다. 하지만 그는 자신에게 이런 말을 하며 두려움을 느꼈다. '그것은 나쁜 짓이 아닐까?'

'그녀에게 남편을 버리라고 하는 것은 곧 나와 결합하자는 것을 의미해. 내가 그럴 준비가 되어 있을까? 수중에 돈이 하나도 없는 이때, 내가 어떻게 그녀를 데려가지? 설사 그 문제를 해결했다고 하자……. 하지만 군에 매여 있는 내가 어떻게 그녀를 데리고 떠나? 하지만 그렇게 말한 이상, 난 그것에 대한 대비를 해야 해. 즉 돈을 마련하고 퇴역을 하는 거지.'

그리고 그는 생각에 잠겼다. 퇴역을 하느냐 마느냐의 문제는 오직 자신만이 아는 또 다른 은밀한 관심으로, 비록 마음속에 감춰 두긴 했지만 그의 온 생애에서 가장 중요하다고 할 수 있는 관심으로 그를 이끌었다.

명예심은 그의 유년 시절과 청년 시절을 지배한 오랜 꿈이었다. 그것은 그가 자신에게조차 고백하지 않은 꿈이었다. 하지만 지금도 그 열정이 그의 사랑과 싸울 만큼 그 꿈은 너무나도 강렬한 것이었다. 그가 사교계와 군대에 내딛은 첫걸음은 성공적이었다. 그러나 2년 전 그는 큰 실수를 저질렀다. 그는 자신의 독립심을 과시하고 빨리 출세하고 싶은 마음에 자기에게 들어온 자리를 거절해 버렸다. 그는 이 거절이 그의 가치를 높여 주기를 바랐다. 하지만 그 일은 그의 지나친 대담성을 입증하는 것으로 그쳤을 뿐 사람들은 그를 내버려 두었다. 그래서 좋든 싫든 독립적인 인간이라는 입장을 취해야 했던 그는 빈틈없이 영리하게 처신하며 그 상황을 견디었다. 그는 마치 아무에게도 화가 나 있지 않으며 그 누구에게도 모욕을 받은 바 없고 그저 사람들이 즐겁게 지내는 그를 조용히 내버려 두기만 바라는 것처럼 행동했다. 사실 지난해 모스크바로 떠났을 때부터 그의 마음속에는 더 이상 즐거움이 존재하지 않았다. 모든 것을 할 수 있으나 아무것도 원하지 않는 인간의 독립적인 지위, 그는 이미 이 지위가 퇴색하기 시작했음을 깨달았다. 그리고 많은 사람들이 자기를 정직하고 선량하기만 할 뿐 아무것도 할 줄 모르는 청년으로 보기 시작했음을 느꼈다. 그처럼 물의를 일으키고 세간의 관심을 불러 모았던 그와 카레니나의 관계는 그에게 새로운 광채를 부여해 주었고 그를 갉아먹던 명예심이라는 벌레를 잠시나마 달래 주었다. 하지만 일주일 전 그 벌레가 새로운 힘을 지닌 채 눈을 떴다. 어린 시절부터 친구였던 세르푸호프스키가 얼마 전 두 계급 승진을 하고 그런 젊은 장교에게는 좀처럼 수여하지 않는 훈장을 받아 중앙아시아에서 돌아왔던 것이다.[35] 계층과 부의 수준이 같은데다 육군 사관학교의 동료이자 졸업 동기였던 그 두 사람은 교실에서나 체육관에서나 장난을 칠 때나 명예심을 꿈꿀 때나 늘 서로 경쟁하는 사이였다.

그가 페테르부르크에 오자마자, 사람들은 그가 새롭게 떠오른 일등성(一等星)이라도 되는 양 떠들어 대기 시작했다. 브론스키와 동갑이자 동급생이던 그는 이제 장군이 되어 국정의 흐름에 영향을 미칠 수 있는 관직을 기다리고 있었다. 하지만 브론스키는 비록 자유롭고 눈부시게 빛나는 데다, 아름다운 여인의 사랑까지 받고 있기는 하지만, 고작 자기가 하고 싶은 대로 할 수 있는 만큼의 독립을 허용받은 기병 대위에 지나지 않았다. '물론 내가 세르푸호프스키를 시기하는 것도 아니고 그를 시기할 수도 없어. 하지만 그의 출세는 때를 기다릴 필요가 있다는 사실과 나 같은 사람은 어쩌면 매우 빨리 출세할 수 있다는 것을 말해 주지. 3년 전, 그는 나와 똑같은 입장에 있었어. 내가 퇴역을 한다면, 나 자신이 타고 갈 배를 불태우는 셈이 돼. 군대에 남는다면, 난 아무것도 잃지 않을 거야. 그녀도 자신의 처지를 바꾸고 싶지 않다고 말했잖아. 그리고 그녀의 사랑을 가진 내가 세르푸호프스키를 시기할 수는 없지.' 그는 느린 동작으로 수염을 비비 꼬며 책상 앞에서 일어나 방 안을 거닐었다. 그의 눈동자가 유난히 밝게 빛났다. 그는 자신의 입장을 정리한 후에 언제나 찾아오는 의연하고 평안하고 즐거운 기분을 맛보았다. 결산을 하고 나면 늘 그렇듯이, 모든 것

---

35) 1873년 히바 한국(1512~1920. 아무다리야 강 하류 지역의 히바를 중심으로 한 우즈벡 족의 국가)은 러시아의 침략을 받아 합병되었다. 1870년대 투르케스탄 지역에 파견된 군인들은 빠르게 승진하여 눈부신 출세를 할 수 있었다. 세르푸호프스키가 그 전형적인 예이다.

이 깔끔하고 분명해졌다. 그는 면도를 하고 차가운 물로 목욕을 한 뒤 옷을 갈아입고 밖으로 나갔다.

21

"자네를 데리러 가던 길이야. 오늘은 세탁하는 데 오래 걸렸군." 페트리츠키가 말했다. "어때, 다 끝났나?"

"끝났어." 브론스키는 눈웃음을 지으며 수염 끝을 매우 조심스럽게 꼬았다. 마치 자신의 문제에 질서를 부여한 후 지나치게 대담하고 빠른 동작은 그 질서를 무너뜨릴 수도 있다는 듯한 태도였다.

"자네는 세탁을 끝내고 나면 언제나 목욕을 하고 나온 것처럼 보여." 페트리츠키가 말했다. "난 그리츠카(그들은 연대장을 그렇게 불렀다.)의 집에 있다 왔어. 다들 자네를 기다려."

브론스키는 아무 대답도 하지 않고 동료의 얼굴을 바라보며 다른 일을 생각했다.

"그래, 이 음악 소리는 그의 집에서 나는 건가?" 그는 폴카와 왈츠를 연주하는 귀에 익은 튜바 소리에 가만히 귀를 기울이며 말했다. "무슨 축하연을 벌이나 보지?"

"세르푸호프스키가 왔어."

"아!" 브론스키가 말했다. "난 전혀 몰랐어."

그의 눈에 어린 미소가 더욱 강렬하게 빛났다.

일단 자신이 사랑으로 인해 행복하고 그 사랑을 위해 자신의 명예를 희생한 것이라고 단정하고 나니 — 적어도 그러한 역할을 자신의 것으로 받아들이고 나니 — 브론스키는 더 이상 세르푸호프스키에게 질투심을 느낄 수 없었고, 그가 자기 연대에 왔으면서 가장 먼저 자기를 찾지 않았다는 사실에 화를 낼 수도 없었다. 세르푸호프스키는 좋은 친구였고, 브론스키는 그를 만나게 된 것이 기뻤다.

"아, 정말 기쁘군."

연대장 제민은 지주의 커다란 저택을 빌려 살고 있었다. 사람들은 모두 아래층의 널찍한 발코니에 있었다. 뜰에서 가장 먼저 브론스키의 눈에 띈 것은 작은 보드카 술통 옆에 선 하복 차림의 가수들, 그리고 장교들에게 둘러싸인 연대장의 건강하고 쾌활한 모습이었다. 그는 발코니의 가장 높은 계단에 나와 오펜바흐의 카드릴을 연주하는 악단을 제압할 만큼 큰 소리로 구석에 서 있는 병사들에게 뭔가를 지시하며 팔을 휘둘렀다. 한 무리의 병사들과 기병 특무상사와 몇몇 하사관들이 브론스키와 함께 발코니로 다가갔다. 테이블 쪽으로 돌아간 연대장은 다시 샴페인 잔을 들고 현관 계단으로 나와 건배의 말을 했다. "우리의 옛 동료이자 용맹한 장군인 세르푸호프스키 공작의 건강을 위해. 우라![36)]"

36) 러시아어에서 '만세!' 혹은 '와!' 등의 함성을 뜻하는 감탄사.

연대장을 뒤따라 세르푸호프스키도 손에 샴페인 잔을 들고서 밖으로 나왔다.

"자네는 점점 젊어지는군, 본다렌코." 그는 바로 앞에 서 있는 상사에게 말을 걸었다. 뺨이 붉고 체격이 좋은 그 상사는 지금 두 번째 임기를 보내고 있었다.

브론스키는 세르푸호프스키를 3년 동안 만나지 못했다. 그는 구레나룻을 길러 훨씬 남자다워 보였다. 그러나 그는 여전히 균형 잡힌 몸매를 지녔으며 잘생긴 외모보다는 얼굴과 체격에서 풍기는 부드러움과 고상함으로 깊은 인상을 주었다. 브론스키가 그에게서 발견한 한 가지 변화는 성공을 거두고 모든 이들에게 그 성공을 인정받았다고 확신하는 사람의 얼굴에 흔히 떠오르는 한결같은 고요한 빛이었다. 브론스키는 이 빛을 잘 알고 있었기에 세르푸호프스키의 얼굴에서 즉각 그 빛을 알아보았던 것이다.

세르푸호프스키는 계단을 내려오다 브론스키를 알아보았다. 기쁨의 미소가 세르푸호프스키의 얼굴을 환하게 빛냈다. 그는 머리를 젖히며 샴페인 잔을 치켜들고는 브론스키에게 인사를 건넸다. 그는 그러한 몸짓으로 아까부터 몸을 쭉 펴고 입을 맞추기 위해 입술을 꽉 다물고 있는 기병 상사 쪽으로 먼저 가지 않으면 안 된다는 뜻을 전했다.

"아니, 자네도 왔군!" 연대장이 큰 소리로 외쳤다. "야쉬빈 말로는 자네가 침울해한다고 하던데."

세르푸호프스키는 젊은 기병 상사의 축축하고 싱싱한 입술에 입을 맞춘 후 손수건으로 입을 닦으며 브론스키에게 다가갔다.

"이렇게 기쁠 수가!" 그는 브론스키의 손을 잡고 옆으로 끌며 말했다.

"그 친구를 부탁하네!" 연대장은 브론스키를 가리키며 야쉬빈에게 소리치더니 아래에 있는 병사들에게로 내려갔다.

"어제 왜 경마에 오지 않았어? 난 그곳에서 자네를 볼 수 있을 줄 알았는데." 브론스키는 세르푸호프스키를 쳐다보며 말했다.

"갔어. 하지만 좀 늦었지. 미안해." 그는 이렇게 덧붙이고 부관을 돌아보았다. "내가 주는 것이라 말하고 사람들에게 나누어 주세요. 얼마가 나가든 상관하지 말고 모두에게 골고루 줘요."

그는 황급히 지갑에서 100루블짜리 지폐를 석 장 꺼내며 얼굴을 붉혔다.

"브론스키! 뭘 좀 먹으려나, 아니면 마실 것 줄까?" 야쉬빈이 물었다. "어이, 여기 있는 백작님께 먹을 것 좀 갖다 드려! 자, 한잔해."

연대장 집에서 열린 주연은 오랫동안 계속되었다.

다들 굉장히 많이 마셨다. 사람들은 세르푸호프스키를 여러 차례 헹가래쳤다. 그다음에는 연대장을 헹가래쳤다. 그러고 나서 연대장은 가수들 앞에서 페트리츠키와 춤을 추었다. 다소 지친 연대장은 뜰의 벤치에 앉아 야쉬빈에게 러시아가 프로이센보다 우월한 점, 특히 기병대의 공격에 대하여 입증하기 시작했다. 그 때문에 주연이 잠시 조용해졌다. 세르푸호프스키는 손을 씻으러 집 안의 화장실에 들어갔다가 그곳에서 브론스키를 발견했다. 브론스키는 몸에 물을 끼얹고 있었다. 그는 하복을 벗은 채 털로 뒤덮인 붉은 목덜미를 세면대의 흐르는 물 아래 대고 두 손으로 목과 머리를 씻고 있었다. 브론스키는 다 씻고 나서 세르푸호프스키 옆에 앉았다. 그 두 사람은 작은 소파에 나란히 앉아 그들 모두 무척 흥미를 느끼고 있는 화제에 대해 이야기를 나누기 시작했다.

"아내를 통해 자네의 소식을 전부 들었어." 세르푸호프스키가 말했다. "내 아내를 종종 만나 줘서 고마워."

"자네 부인이 바랴와 친하거든. 그 두 사람은 내가 페테르부르크에서 기분 좋게 만날 수 있는 유일한 여인들이지." 브론스키는 웃음 띤 얼굴로 대답했다. 그가 미소를 지은 까닭은 앞으로 나올 화제를 예상했고 그 화제가 그에게 즐거운 것이기 때문이었다.

"유일하다고?" 세르푸호프스키는 빙긋 웃으며 되물었다.

"그래, 나도 자네에 대해 알고 있어. 하지만 자네의 부인에게만 들은 것은 아니지." 브론스키는 엄격한 표정으로 그의 암시를 제지하며 말했다. "난 자네의 성공에 무척 기뻐하고 있어. 하지만 전혀 놀랍지는 않군. 난 그 이상의 것을 기대했거든."

세르푸호프스키는 미소를 지었다. 그는 분명 자신에 대한 이러한 견해가 듣기 좋았던 것이다. 게다가 그로서는 굳이 그것을 숨겨야 할 이유가 없었다.

"솔직히 고백하는데, 난 오히려 그보다 못할 거라고 생각했어. 하지만 기뻐. 정말 기뻐. 내가 야심이 크잖아. 그것이 나의 약점이지. 그 점은 나도 인정해."

"만일 자네가 성공하지 않았다면 그런 고백은 하지 않았을 거야." 브론스키가 말했다.

"난 그렇게 생각하지 않아." 세르푸호프스키는 다시 미소를 지으며 말했다. "난 야심 없이 사는 삶이 가치가 없다고는 말하지 않겠어. 하지만 그런 삶은 따분할 거야. 물론 내가 잘못 생각하고 있는지도 모르지. 하지만 난 내가 선택한 영역의 활동에 다소 재능이 있는 것 같아. 그리고 내 손에 들어온 권력은 그것이 어떤 것이든 내가 아는 많은 사람들의 수중에 들어갈 때보다 훨씬 더 발전할 것 같단 말이야." 그는 성공에 대한 빛나는 자각을 드러내며 이렇게 말했다. "그래서 그것에 가까워질수록 난 더욱더 만족을 느껴."

"아마 자네는 그럴지 모르지만 모든 사람이 다 그런 것은 아니야. 나도 예전에는 자네와 똑같이 생각했지. 하지만 난 이렇게 잘 살고 있고 오로지 그것만을 위한 삶은 가치가 없다는 것을 깨닫게 됐어." 브론스키가 말했다.

"바로 그거야! 바로 그거라고!" 세르푸호프스키는 웃으며 말했다. "난 처음에 자네의 소식을 들었다는 말부터 꺼냈어. 그러니까 자네의 거절에 대해……. 물론 난 자네의 생각에 찬성이야. 하지만 모든 일에는 방법이라는 게 있어. 그래서 말인데, 자네의 행동 자체는 좋았지만 그 행동이 그에 마땅한 방법으로 이루어진 것 같지는 않아."

"끝난 일은 끝난 일이야. 자네도 알다시피, 난 결코 내가 한 행동을 부정하지 않아. 게다가 난 지금 잘 지내고 있어."

"잘 지낸다, 그것도 잠시겠지. 하지만 자네는 거기에 만족할 사람이 아니야. 난 자네 형에게 말하고 있는 게 아냐. 자네 형은 사랑스러운 어린애 같지. 이 집의 주인처럼 말이야. 저기 있군!" 그는 '우라'라는 외침에 귀를 기울이며 이렇게 덧붙였다.

"저 사람은 이런 일에 즐거워하지만, 자네는 여기에 만족하지 않아."

"내가 만족한다고 말하지는 않았어."

"그래, 그것만은 아냐. 자네 같은 사람이 필요해."

"누구에게?"

"누구에게냐고? 사회에 필요하지. 러시아에는 사람이 필요하고 당이 필요해. 그렇지 않으면 모든 것이 개들에게 돌아갈 거야. 지금도 그러고 있고."

"그러니까 무슨 얘기야? 러시아 코뮤니스트들을 반대하는 베르체네프[37]의 당을 말하나?"

"아니." 그는 자신이 그렇게 멍청한 소리를 하는 사람으로 의심받은 것에 불만을 드러내며 얼굴을 찡그렸다. "Tout ça est une blague.[38] 그런 것은 언제나 있었고 앞으로도 있을 거야. 코뮤니스트 따윈 존재하지도 않아. 하지만 음모를 꾸미는 사람들은 언제나 유해하고 위험한 당을 만들 필요가 있겠지. 그런 건 케케묵은 우스갯거리에 지나지 않아. 아니, 내 말은 자네나 나처럼 독립적이고 힘을 가진 사람들의 당이 필요하다는 거야."

"하지만 왜?" 브론스키는 힘을 가진 몇몇 사람들의 이름을 댔다. "하지만 왜 이 사람들은 독립적인 사람이 아니라는 거지?"

---

37) 『자유의 철학』 등을 저술한 러시아 철학자 베르체네프는 대학 시절엔 마르크스주의 운동에 가담하여 반 정부 투쟁을 벌이다 유형을 가기도 했으나 곧 유물론적인 마르크스주의를 비판하면서 기독교를 기반으로 한 독창적 사상을 발전시켰다.

38) '그런 건 웃음거리에 지나지 않아.'(프랑스어)

"그건 단지 그 사람들이 독립적인 재산을 갖지 못했거나 그런 재산을 타고나지 못했기 때문이야. 그들은 가문도 없고 우리처럼 태양 가까이에서 태어나지도 못했지. 그들은 돈이나 호의에 매수될 수 있어. 그들은 자기 자리를 지키기 위해 유파를 만들지 않으면 안 돼. 그래서 그들은 자신도 믿지 않을 뿐더러 해악만 끼치는 어떤 사상과 유파를 내세우게 되지. 결국 그 모든 유파는 단지 관저(官邸)와 얼마간의 봉급을 받기 위한 수단에 불과해. 그들의 카드를 들여다보면, Cela n'est pas plus fin que ça.[39] 어쩌면 내가 그들보다 더 못나고 어리석은지도 모르지. 물론 난 내가 그들보다 못나야 할 이유를 못 찾겠지만 말이야. 하지만 나와 자네에게는 한 가지 중요한 장점이 있어. 쉽게 매수되지 않는다는 점이지. 지금은 그 어느 때보다 그런 사람이 필요해."

브론스키는 주의 깊게 들었다. 그러나 그의 마음을 사로잡은 것은 이야기의 내용 자체라기보다 그러한 문제에 대한 세르푸호프스키의 태도였다. 그는 이미 권력과 싸울 생각을 하고 있고 그 세계에서 그 나름의 찬성과 반대의 의견을 갖고 있었다. 그에 반해 브론스키는 자신의 직무에서 기병 중대에 대한 관심 외에 아무런 흥미도 느끼지 못했다. 또한 브론스키는 세르푸호프스키가 사물을 숙고하고 이해하는 확실한 능력과 그가 속한 환경에서 보기 드문 지성과 언변을 갖추고 있으므로 얼마든지 강해질 수 있다는 것을 분명히 깨달았다. 그러자 그로서는 너무나 수치스러운 일이지만 그의 마음속에 세르푸호

39) '그다지 복잡하지도 않아.'(프랑스어)

프스키에 대한 질투가 일었다.

"어쨌든 내게는 그것을 위한 중요한 한 가지가 결여되어 있어." 브론스키는 대답했다. "내게는 권력에 대한 욕망이 없단 말이야. 한때는 있었지만 이젠 사라져 버렸어."

"미안하지만 그건 사실이 아냐." 세르푸호프스키는 빙긋 웃으며 말했다.

"아냐, 정말이야, 정말이라니까! 솔직히 지금은 그래." 브론스키가 덧붙였다.

"그래, 사실이겠지. 지금은. 그건 별개의 문제야. 하지만 그 지금이 영원하지는 않으니까."

"어쩌면." 브론스키가 대답했다.

"자네는 '어쩌면'이라고 말하지." 세르푸호프스키는 마치 브론스키의 생각을 알아맞히기라도 한 듯 계속해서 말했다. "난 자네에게 '분명히'라고 말하겠어. 내가 자네를 보고 싶어 한 건 바로 이것 때문이야. 자네는 마땅히 해야 할 바를 했어. 나도 그 점은 알고 있어. 하지만 자네는 그것을 참고 견뎌서는 안 돼. 내가 자네에게 부탁하고 싶은 건 그저 carte blanche[40]뿐이야. 내가 자네를 보호하고 있는 건 아니지만……. 하지만 내가 자네를 후원해서는 안 될 이유가 뭔가? 자네는 몇 번이나 나를 도왔잖아! 난 우리의 우정이 그 이상이었으면 해. 그래." 그는 브론스키에게 여자처럼 부드러운 미소를 지어 보였다. "내게 carte blanche를 줘. 연대에서 나와. 그럼 내가 자네를 눈에 띄지 않게 끌어 줄게."

---

40) '행동의 자유.'(프랑스어)

"하지만 자네가 날 이해해 줘. 나에겐 아무것도 필요 없어." 브론스키가 말했다. "모든 것이 있던 그대로 있기만 하면."

세르푸호프스키는 자리에서 일어나 그를 마주보고 섰다.

"모든 것이 있던 그대로 있으면 좋겠다고 했지. 나도 그게 무슨 뜻인지 알아. 하지만 내 말 좀 들어 봐. 우리는 동갑이야. 그리고 아마 숫자상으로는 자네가 나보다 여자를 더 많이 알겠지." 세르푸호프스키의 미소와 몸짓은 브론스키에게 화를 내지 말라고, 자기가 브론스키의 아픈 곳을 부드럽고 조심스럽게 건드릴 거라고 말하고 있었다. "하지만 난 결혼한 몸이야. 그러니 내 말을 믿어 줘. 천 명의 여자를 안다 해도, 사랑하는 아내 한 명을 제대로 알 때 모든 여자를 더 잘 알 수 있다니까.(누군가 그렇게 썼다.).

"지금 갑니다!" 브론스키는 화장실 안을 들여다보며 연대장이 두 사람을 찾는다고 알리는 장교에게 이렇게 소리쳤다.

브론스키는 지금 세르푸호프스키가 자기에게 하려는 말을 끝까지 들어 보고 싶었다.

"이것이 자네에 대한 나의 의견이야. 여자들이란 남자의 활동을 가로막는 주요한 방해물이지. 여자를 사랑하면서 무언가를 하기는 힘들어. 그래서 방해를 받지 않고 편하게 사랑하는 방법은 딱 한 가지뿐이야. 바로 결혼이지. 어떻게 해야, 어떻게 해야 내 생각을 자네에게 전할 수 있을까." 비유적인 표현을 좋아하는 세르푸호프스키가 말했다. "잠깐, 기다려! 그래, fardeau[41]를 지고 양손으로 무언가를 할 수 있는 경우는

41) '짐.'(프랑스어)

fardeau를 등에 묶었을 때뿐이야. 그것이 바로 결혼이지. 나도 결혼한 후에 그것을 깨달았어. 갑자기 내 손이 홀가분해지더군. 하지만 결혼하지 않고 이 fardeau를 질질 끌고 다니면, 손이 꽉 차서 아무것도 할 수 없게 돼. 마잔코프와 크루포프를 봐. 그들은 여자 때문에 스스로 출셋길을 짓밟아 버렸잖아."

"멋진 여자들이지!" 브론스키는 그 두 남자와 관계를 맺은 프랑스 여인과 여배우를 떠올리며 말했다.

"사교계에서 그 여자가 가진 지위가 확고할수록, 문제는 더욱 심각해지지. 더욱 심각해지고말고. 그건 fardeau를 두 손으로 질질 끌고 가는 정도가 아니라 남에게서 그것을 빼어 오는 것과 똑같아."

"자넨 한 번도 사랑을 해 본 적이 없지." 브론스키는 시선을 정면에 두고 안나에 대해 생각하며 조용히 말했다.

"아마도. 하지만 내가 지금 말한 것을 잘 기억해. 그리고 또 한 가지, 여자들은 전부 남자들보다 더 형이하학적이야. 우리 남자들은 사랑으로 무언가 중요한 것을 만들어 내지만, 여자들은 언제나 terre-à-terre[42)]지."

"금방 갈게, 금방!" 그는 화장실에 들어온 하인을 돌아보았다. 그러나 하인은 그의 생각처럼 그들을 다시 부르러 온 것이 아니었다. 하인은 브론스키에게 쪽지를 가져왔다.

"트베르스카야 공작부인의 하인이 이것을 가져왔습니다."

브론스키는 봉인을 뜯어 보고는 갑자기 얼굴을 붉혔다.

"머리가 아파서 집에 가야겠어." 그가 세르푸호프스키에게

42) '현실적인, 범속한'(프랑스어)

말했다.

"그래, 그럼 잘 가. 자네, carte blanche를 주는 건가?"

"나중에 이야기하지. 내가 페테르부르크로 자네를 찾아갈 게."

22

이미 5시가 넘었으므로 시간에 늦지 않기 위해, 아울러 누구나 알아보는 자기의 말을 타지 않기 위해, 브론스키는 야쉬빈의 삯마차에 올라 최대한 빨리 달리라고 지시했다. 낡은 4인승 삯마차는 널찍했다. 그는 구석에 앉아 앞좌석에 다리를 뻗고는 생각에 잠겼다.

일이 정리되었다는 어렴풋한 자각, 그를 필요한 인간으로 생각해 준 세르푸호프스키의 우정과 듣기 좋은 칭찬에 대한 어렴풋한 기억, 무엇보다 밀회에 대한 기대, 이 모든 것이 삶의 기쁨이라는 일반적인 인상으로 결합하였다. 이 감정이 너무나 강렬하여 그는 자기도 모르게 미소를 지었다. 그는 다리를 내리고 어제 낙마하다 타박상을 입은 다리를 다른 쪽 다리의 무릎에 올려 한 손으로 잡은 후 탄력 있는 종아리를 만져 보았다. 그리고 몸을 뒤로 젖힌 후 몇 차례 가슴 가득 숨을 몰아쉬었다.

'좋아, 아주 훌륭해!' 그는 스스로에게 말했다. 그는 예전에도 종종 자신의 육체에 대한 즐거운 자각을 경험했지만 지금처럼 자신과 자신의 육체를 사랑한 적은 없었다. 그는 강인한 다리에서 이런 가벼운 통증을 느끼는 것이 즐거웠고, 숨을 쉴 때마다 가슴 근육의 움직임을 느끼는 것도 즐거웠다. 안나에게 그토록 절망적인 영향을 끼친 그 맑고 차가운 8월의 날이 그에게는 마음을 휘저어 놓을 만큼 상쾌하게 느껴졌고 물을 끼얹은 후 벌겋게 달아오른 그의 얼굴과 목에 산뜻한 느낌을 주었다. 수염에 바른 향유의 향기는 이 상쾌한 공기 속에서 유난히 기분 좋게 느껴졌다. 그가 마차의 창문 너머로 바라본 모든 것, 이 맑고 서늘한 공기와 일몰의 창백한 빛 속에 있는 모든 것들이 그 자신처럼 너무나 산뜻하고 유쾌하고 힘차게 보였다. 지는 해의 빛 속에서 반짝이는 지붕들, 울타리와 건물 모서리의 날카로운 윤곽, 이따금 마주치는 행인과 마차의 모습, 고랑이 반듯한 감자밭과 초목의 움직이지 않는 푸르름, 집과 나무와 덤불과 감자 고랑의 비스듬한 그림자. 이 모든 것은 이제 막 완성하여 광택제를 뿌린 예쁘장한 풍경화만큼이나 아름다웠다.

"더 빨리, 더 빨리!" 그는 창밖으로 고개를 내밀고 마부에게 말했다. 그러고는 주머니에서 3루블짜리 지폐를 꺼내어 뒤를 돌아보는 마부에게 쥐어 주었다. 마부의 손이 초롱불 옆에서 무언가를 만지작거리나 싶더니 채찍 소리가 들렸다. 그러자 마차가 포장도로를 따라 빠르게 질주하기 시작했다.

'난 아무것도, 아무것도 필요 없어. 이 행복만 있으면 돼.' 그는 창과 창 사이에 있는 벨의 상아 손잡이를 바라보며 그가 마지막으로 본 안나의 모습을 생각했다. '시간이 흐를수록 난 그녀를 더욱더 사랑하게 돼. 저기 브레제의 국유 별장의 정원이 있군. 그녀는 어디에 있을까? 어디에? 왜? 그녀는 왜 이곳에서 만나자고 했고 왜 벳시의 편지에 글을 적어 보냈을까?' 그는 그제야 비로소 그런 것을 생각하기 시작했다. 하지만 이미 생각할 겨를이 없었다. 그는 가로수 길로 들어서기 전에 마차를 세우라고 하고 문을 열었다. 그러고는 달리는 마차에서 뛰어내려 별장을 향한 가로수 길로 걸어갔다. 가로수 길에는 아무도 없었다. 하지만 오른쪽을 돌아보니 그녀가 보였다. 그녀의 얼굴은 베일에 가려져 있었다. 하지만 그는 기쁨에 찬 시선으로 그녀만의 독특한 걸음걸이, 어깨 선, 머리의 자세를 알아차렸다. 그 순간 전류가 그의 몸을 타고 흐르는 것 같았다. 그는 다리의 경쾌한 움직임부터 호흡할 때 느껴지는 폐의 움직임에 이르기까지 새로운 힘으로 자기 자신을 느꼈다. 그러자 무언가가 그의 입술을 간질이기 시작했다.

그를 만난 그녀는 그의 손을 꼭 쥐었다.

"내가 당신을 불러내서 화가 난 건 아니겠죠? 난 당신을 꼭 만나야 했어요." 그녀가 말했다. 그가 그녀의 베일 아래서 본 진지하고 딱딱한 입매는 그의 기분을 금방 바꾸어 버렸다.

"내가? 내가 화를 내다니! 그런데 당신은 어떻게 이곳에 왔어요? 이제 어디로 가려고?"

"그런 건 아무래도 좋아요." 그녀는 그의 손에 자기의 손을 얹으며 말했다. "가요. 당신에게 할 이야기가 있어요."

그는 무슨 일이 일어났으며 이 밀회가 즐거운 만남이 되지 못하리라는 것을 알아차렸다. 그녀의 앞에 서자 그의 의지가 마비되었다. 그는 그녀가 불안해하는 이유를 알 수 없었지만 이미 똑같은 불안이 어느새 자기에게로 전해지고 있음을 느꼈다.

"무슨 일이야, 왜 그래요?" 그는 팔꿈치로 그녀의 팔을 조이며 그녀의 얼굴에서 생각을 읽어 내려고 애썼다.

그녀는 숨을 돌리느라 말없이 몇 발짝 걷더니 갑자기 걸음을 멈추었다.

"어제 당신에게 못한 말이 있어요." 그녀는 재빨리 무거운 한숨을 쉬며 이야기를 시작했다. "알렉세이 알렉산드로비치와 집으로 돌아오는 길에 모든 걸 털어놓았어요……. 난 말했어요. 그의 아내로 남을 수 없다고, 그리고…… 모두 말했어요."

그는 자기도 모르게 온몸을 숙이며 그녀의 말을 들었다. 마치 그렇게 함으로써 그녀의 괴로운 처지를 덜어 주고 싶다는 듯했다. 하지만 그녀가 말을 끝내자마자 그는 갑자기 몸을 쭉 폈다. 그의 얼굴은 오만하고 딱딱한 표정을 띠었다.

"그래, 그래, 차라리 더 잘됐어, 천배나 더 나아! 나도 그것이 얼마나 괴로운지 알아요." 그가 말했다.

하지만 그녀는 그의 말을 듣고 있지 않았다. 그녀는 그의 표정에서 그의 생각을 읽고 있었다. 그녀로서는 그 표정이 브론스키에게 맨 처음 든 생각, 즉 이제 결투를 피할 수 없다는 생각과 관련되어 있다는 것을 알 수 없었다. 지금껏 그녀의 머릿속에 결투에 대한 생각이 떠오른 적은 한 번도 없었다. 그래서 그녀는 순간적으로 스쳐간 그 딱딱한 표정을 달리 해석했다.

남편의 편지를 받았을 때, 그녀는 이미 영혼의 깊은 곳에서부터 알고 있었다. 모든 것은 예전 그대로일 것이며, 자기에게는 지위와 아들을 다 버리고 애인과 결합할 힘이 없다는 것을.

트베르스카야 공작부인 집에서 보낸 아침 나절은 그녀의 이런 생각을 더욱 확고하게 해 주었다. 하지만 이 밀회는 그녀에게 너무나 소중한 것이었다. 그녀는 이 밀회가 그들이 처한 상황을 바꾸고 그녀를 구해 주기를 바랐다. 만일 그가 이 소식에 단 한순간의 망설임도 없이 단호하고 열정적인 태도로 '모든 것을 버리고 나와 함께 달아나자.'라고 했다면, 그녀는 아들을 버리고 그와 떠났을 것이다. 하지만 이 소식은 그에게서 그녀가 기대한 것을 불러일으키지 않았다. 그는 그저 무언가에 모욕을 느끼는 듯했다.

"난 전혀 괴롭지 않았어요. 일이 저절로 그렇게 되어 버렸거든요." 그녀는 초조한 목소리로 말했다. "이거예요……." 그녀는 장갑에서 남편의 편지를 꺼냈다.

"알아요, 알아." 그는 그녀의 말을 가로막았다. 그는 편지를 받고도 그것을 읽지는 않고 그녀를 진정시키려 애썼다. "내가 바라고 원하는 건 오직 하나. 당신의 행복을 위해 내 생명을 바칠 수 있도록 이러한 상황을 깨부수는 거예요."

"어째서 당신은 내게 그런 말을 하는 거죠? 내가 어떻게 그걸 의심할 수 있겠어요? 행여 내가 의심하는 게 있다면……." 그녀가 말했다.

"누가 오나 본데?" 문득 브론스키가 맞은편에서 걸어오는 두 부인을 가리키며 말했다. "어쩌면 우리를 아는 사람인지도 몰라요." 그는 그녀를 자기 뒤로 잡아끌며 황급히 옆길로 빠졌다.

"아, 난 상관없어요!" 그녀가 말했다. 그녀의 입술이 떨렸다. 그는 그녀의 눈동자가 베일 아래서 기묘한 적의를 내뿜으며 그를 바라본다고 느꼈다. “내가 말했듯이, 문제는 그게 아니에요. 내가 어떻게 그 점을 의심하겠어요. 하지만 여기 남편이 내게 보낸 편지가 있어요. 읽어 봐요.” 그녀는 다시 걸음을 멈췄다.

그녀와 남편의 불화에 대한 소식을 처음 접하기라도 한 것처럼, 브론스키는 편지를 읽으며 자기도 모르게 모욕당한 남편에 대한 느낌이 그의 안에서 불러일으키는 자연스러운 감정으로 또다시 빠져들었다. 남편의 편지를 손에 쥔 순간, 그는 무심결에 오늘이나 내일쯤 자기 집에 날아올 도전장과 결투를 상상하고 있었다. 결투의 순간, 그는 지금 자신의 얼굴에 떠오른 그 차갑고 오만한 표정으로 허공에 총을 쏜 후 모욕당한 남편의 발사를 기다릴 것이다. 그러자 그 순간, 조금 전 세르푸호프스키가 들려준 이야기와 그 자신이 아침에 떠올린 생각이 그의 머릿속에서 반짝였다. 그것은 바로 자신을 얽매지 않는 편이 낫다는 생각이었다. 그러나 그는 이 생각을 그녀에게 표현할 수 없다는 것을 잘 알고 있었다.

편지를 다 읽은 후 그는 눈을 들어 그녀를 바라보았다. 그러나 그의 시선에는 굳은 결의가 보이지 않았다. 순간 그녀는 그가 이미 예전부터 이 문제에 대해 생각했다는 것을 깨달았다. 안나는 그가 그녀에게 무슨 말을 하든지 그의 생각을 전부 털어놓지 않으리라는 것을 알았다. 그러자 안나는 그녀의 마지막 희망이 배반당했다는 것을 깨달았다. 이런 것은 그녀가 기대하던 게 아니었다.

“당신도 이제 그가 어떤 사람인지 알겠죠.” 그녀는 떨리는 목소리로 말했다. “그는…….”

“날 용서해요. 하지만 난 이렇게 된 것이 오히려 기뻐.” 브론스키가 말을 가로막았다. "제발 내 말을 끝까지 들어 줘요." 그는 자신의 말을 해명할 시간을 달라며 애원하는 눈빛으로 이렇게 덧붙였다. "난 기뻐요. 왜냐하면 그의 제안처럼 이 상태로 계속 있을 수는 없으니까. 그건 정말 불가능해."

"어째서 불가능하다는 거죠?" 그녀는 간신히 눈물을 참으며 말했다. 그녀는 이미 그의 말에 더 이상 어떠한 의미도 부여하지 않는 것 같았다. 그녀는 자신의 운명이 결정되었음을 느꼈다.

브론스키는 도저히 피할 수 없을 것 같은 결투 이후에 이대로 계속 있을 수 없다는 것을 말하고 싶었지만 입으로는 다른 말을 해 버리고 말았다.

"이대로 있을 수는 없어. 난 당신이 당장 그를 떠났으면 해요. 내가 바라는 것은……." 그는 당혹스러워하며 얼굴을 붉혔다. "내가 우리의 삶을 계획하고 곰곰이 생각할 수 있도록 해 줘요. 내일……." 그는 말을 꺼냈다.

그녀는 그에게 끝까지 말할 틈을 주지 않았다.

"아들은요?" 그녀가 소리쳤다. "그가 뭐라고 썼는지 봤잖아요? 그러려면 아들을 버려야 해요. 난 그럴 수도 없고 그렇게 하고 싶지도 않아요."

"하지만 제발, 어떻게 하는 게 좋을지 생각해 봐요. 아들을 두고 갈지, 아니면 이런 모욕적인 상황을 계속 유지할지."

"누구에게 모욕적인 상황이라는 거예요?"

"모두에게, 무엇보다 당신에게 그렇지."

"당신은 모욕적이라 말하지만……. 그런 식으로 말하지 말아요. 그런 말은 내게 아무런 의미도 없어요." 그녀는 떨리는 목소리로 말했다. 그녀는 그가 이 순간 거짓을 말하지 않기를 바랐다. 이제 그녀에게 남은 것은 오직 그의 사랑뿐이었다. 그녀는 그를 사랑하고 싶었다. "당신이 이해해 줬으면 좋겠어요. 당신을 사랑한 날부터, 내게는 모든 것이, 모든 것이 바뀌고 말았어요. 내게 남은 건 오직 하나뿐이에요. 오직 하나. 바로 당신의 사랑이죠. 당신의 사랑이 내 것이라면, 나는 나 자신이 너무나도 고귀하고 굳세게 느껴져 그 어떤 것도 모욕적일 수 없을 거예요. 난 나의 처지가 자랑스러워요. 왜냐하면…… 자랑스러우니까…… 자랑스러우니……." 그녀는 무엇 때문에 자랑스러운지 미처 말을 끝내지 못했다. 수치와 절망의 눈물이 그녀의 목소리를 짓눌렀다. 그녀는 말을 멈추고 흐느끼기 시작했다.

그 역시 무언가 목구멍으로 치밀어 오르고 코끝이 찡해지는 것 같았다. 그는 난생처음 금방이라도 울음을 터뜨릴 것 같은 기분을 맛보았다. 그는 무엇이 그토록 그의 마음을 감동시키는지 꼬집어 말할 수 없었을 것이다. 그는 그녀가 애처로웠다. 그는 자기가 그녀를 도울 수 없다고 느낀 동시에, 그녀가 불행하게 된 것은 자기의 책임이며 자신이 무언가 나쁜 짓을 저질렀다는 것을 깨달았다.

"이혼은 정말 불가능한가요?" 그는 힘없이 말했다. 그녀는 대답 없이 고개만 끄덕였다. "어떻게든 아들을 데리고 남편을 떠날 수는 없어요?"

"네, 모든 건 남편에게 달렸어요. 지금 난 그에게 가야 해요." 그녀는 메마른 목소리로 말했다. 모든 것이 예전 그대로일 것이라는 그녀의 예감은 틀리지 않았다.

"화요일에 페테르부르크로 갈게요. 그때 모든 게 결정되겠지."

"그래요." 그녀가 말했다. "하지만 이 문제는 더 이상 이야기하지 않기로 해요."

안나의 마차가 다가왔다. 그녀는 아까 마차를 보낼 때 브레제 댁 정원의 울타리 쪽으로 오라고 일러두었던 것이다. 안나는 그와 작별하고 집으로 향했다.

23

6월 2일[43] 월요일, 위원회의 정기 회의가 열렸다. 알렉세이 알렉산드로비치는 회의실에 들어가 여느 때처럼 위원들과 의장에게 인사를 한 후, 자기 자리에 앉아 앞에 준비해 둔 서류에 한 손을 얹었다. 이 서류 중에는 그에게 필요한 참고 자료와 오늘 그가 발표하려고 하는 내용의 대략적인 개요가 들어 있었다. 하지만 그에게는 참고 자료가 필요 없었다. 그는 모든 내용을 기억하고 있었고, 자기가 말할 내용을 기억 속에서 되풀이할 필요조차 느끼지 않았다. 그는 때가 되면, 그리고 자기 앞에서 공연히 냉담한 표정을 지으려고 애쓰는 반대자들의 얼굴을 보게 되면, 자기가 지금 준비할 수 있는 것보다 더 멋진

43) 3부 14장에서 카레닌은 경마가 있던 날의 밤에 6월 2일의 위원회 회의에 대해 회상하고 다음 회의에 제기할 안건을 작성한다. 23장의 회의는 그 이후의 회의인데, 회의 날짜가 똑같이 6월 2일로 표시되어 있다. 톨스토이가 착각하여 날짜를 잘못 표기한 듯하다.

말들이 저절로 흘러나오리라는 것을 알고 있었다. 그는 자신의 연설 내용이 너무나 위대하여 말 한마디 한마디가 모두 중요한 의미를 갖게 되리라고 생각했다. 그러나 그는 여느 때와 다름없는 보고를 들으며 지극히 온순하고 순진한 표정을 지었다. 핏줄이 도드라진 하얀 손, 기다란 손가락으로 앞에 놓인 하얀 서류의 양끝을 너무나도 부드럽게 만지작거리는 손, 머리를 한쪽으로 기울인 지친 듯한 표정, 아무도 그의 그런 모습을 보면서 이제 곧 그의 입에서 위원들이 상대방의 말을 막느라 소리 지르고 의장이 정숙을 요구하는 사태를 불러일으킬 무시무시한 폭풍과도 같은 연설이 쏟아지리라고는 생각도 못했다. 보고가 끝나자, 알렉세이 알렉산드로비치는 특유의 작고 새된 목소리로 이민족의 정착 문제에 대해 자신의 생각을 몇 가지 알리겠다고 발표했다. 사람들의 관심이 그에게 쏠렸다. 알렉세이 알렉산드로비치는 헛기침을 한 후, 연설을 할 때면 늘 그러듯이 바로 앞에 앉은 남자 — 몸집이 작고 조용한 노인으로, 위원회에서 한 번도 자신의 의견을 발표한 적이 없었다 — 를 똑바로 쳐다보며 자신의 생각을 발표하기 시작했다. 문제가 근본적인 기본 법규에 이르자, 반대자들은 자리에서 벌떡 일어나 반박하기 시작했다. 같은 위원회의 위원이자 똑같이 급소를 찔린 스트레모프도 자신을 정당화하기 시작했다. 그리하여 회의는 아수라장이 되고 말았다. 하지만 알렉세이 알렉산드로비치는 승리를 거두었고 그의 안건은 결국 채택되었다. 그 결과 세 개의 새로운 위원회가 발족되었다. 그다음 날, 페테르부르크의 어느 모임에서는 사람들이 온통 이 회의에 대해서만 이야기했다. 알렉세이 알렉산드로비치의 성공은 그가 기대한 것보다 훨씬 컸다.

이튿날인 화요일 아침, 알렉세이 알렉산드로비치는 눈을 뜨자 만족스러운 기분으로 어제의 승리를 떠올렸다. 그리고 사무장이 그에게 아첨할 생각으로 위원회에서 벌어진 일에 대하여 자기의 귀까지 흘러 들어온 소문을 보고했을 때, 그는 무심한 척하려 애쓰면서도 미소를 감추지 못했다.

사무장과 업무를 보는 동안, 알렉세이 알렉산드로비치는 오늘이 화요일, 즉 안나 아르카지예브나에게 돌아오라고 한 바로 그날이라는 사실을 까맣게 잊고 있었다. 그래서 하인이 그녀의 도착을 알리러 왔을 때, 그는 깜짝 놀랐고 불쾌한 기분마저 느꼈다.

안나는 아침 일찍 페테르부르크에 도착했다. 그녀가 미리 전보를 보냈기 때문에 마차가 마중을 나와 있었다. 그러니 알렉세이 알렉산드로비치는 그녀의 도착을 알고 있었을 것이다. 하지만 그녀가 도착했을 때, 그는 그녀를 맞으러 나오지 않았다. 그녀는 그가 아직 출근하지 않았고 사무장과 업무를 보고 있다는 말을 들었다. 그녀는 자기가 온 것을 남편에게 알리라고 지시한 후 자기 방으로 가서 그가 오기를 기다리며 짐을 풀었다. 하지만 한 시간이 지나도록 그는 오지 않았다. 그녀는 뭔가 지시를 내릴 게 있다는 구실로 식당에 내려가 그가 그쪽으로 오기를 기대하며 일부러 큰 소리로 말했다. 그녀는 그가 사무장을 배웅하느라 서재의 문가까지 나오는 소리를 들었다. 그러나 그는 결국 서재에서 나오지 않았다. 그녀는 그가 여느 때처럼 잠시 후면 출근한다는 것을 알았다. 그래서 그녀는 그 전에 두 사람의 관계를 분명히 해 두기 위해서 그를 만나 보고 싶었다.

그녀는 홀을 잠시 거닐다 과감히 그의 서재로 발길을 향했다. 그녀가 서재에 들어가자, 그는 제복 차림으로 작은 테이블 앞에 앉아 있었다. 아마도 출근할 준비를 다 끝낸 것 같았다. 그는 테이블 위에 팔꿈치를 괸 채 침울한 얼굴로 정면을 응시하고 있었다. 그가 그녀를 보기에 앞서 그녀가 먼저 그를 보았다. 그녀는 그가 그녀에 대해 생각하고 있었음을 알아차렸다.

그녀를 본 그는 자리에서 일어서려다 말았다. 그 순간 그의 얼굴이 확 붉어졌다. 그 모습은 안나가 예전에 한 번도 보지 못한 모습이었다. 그는 재빨리 일어나 그녀를 맞으러 나왔다. 그러나 그의 시선은 그녀의 눈을 바라보지 않고 그녀의 이마와 틀어 올린 머리를 향해 있었다. 그는 그녀에게 다가와 그녀의 손을 잡고 앉기를 청했다.

"당신이 돌아와 줘서 정말 기쁘오." 그는 그녀 옆에 앉으며 말했다. 그는 무언가 말하려는 것 같았으나 말이 막혀 더듬거렸다. 그는 몇 번이고 말을 꺼내려다가 그만두곤 했다. 안나는 이 만남에 대해 미리 마음의 준비를 하면서 그를 만나면 경멸과 비난을 쏟아 주리라 다짐했지만, 막상 그를 대하자 무슨 말을 해야 할지 알 수 없었고 그가 가엾다는 생각마저 들었다. 꽤 오랫동안 침묵이 흘렀다. "세료쟈는 건강하오?" 그는 이렇게 말하며 대답을 채 기다리지 않고 이렇게 덧붙였다. "오늘은 집에서 식사를 하지 않을 거요. 난 지금 나가 봐야 하거든."

"모스크바로 가려 했어요." 그녀가 말했다.

"아니, 당신이 돌아온 것은 정말, 정말 잘한 일이오." 그는 이렇게 말하고 다시 입을 다물었다.

그녀는 그가 말을 꺼내지 못하리라는 것을 알고 먼저 말을 꺼냈다.

"알렉세이 알렉산드로비치." 그녀는 그를 바라보며 자기의 머리에 쏠린 그의 시선에서 눈을 떼지 않고 말했다. "난 부정한 여자이고 추악한 여자예요. 하지만 난 예전과 다름없어요. 그때 당신에게 말했던 그대로예요. 내가 당신에게 온 건 나로서는 아무것도 바꿀 수 없다는 말을 하기 위해서예요."

"난 그 문제에 대해 당신에게 묻지 않았소." 그가 갑자기 증오에 찬 시선으로 그녀의 눈을 똑바로 쳐다보며 단호하게 말했다. "나도 그 정도는 예상하고 있었소." 그는 분노에 힘입어 다시금 자신의 모든 능력을 되찾은 것 같았다. "하지만 그때 당신에게 말한 바와 같이, 그리고 편지에도 썼다시피……." 그는 격렬하고 날카로운 목소리로 말하기 시작했다. "지금 다시 한번 말해 두지만, 나에게는 그 일을 알아야 할 의무가 없소. 난 그 일에 대해서는 아랑곳하지 않소. 그런 유쾌한 소식을 남편에게 그토록 서둘러 알려 주다니, 세상의 모든 아내들이 당신처럼 그렇게 친절하진 않소." 그는 특히 '유쾌한'이란 말에 힘을 주었다. "세상이 이 일을 알기 전까지는, 내 이름이 모욕받기 전까지는, 난 이 일을 묵과할 것이오. 따라서 난 다만 당신에게 이 점을 미리 경고해 두는 바요. 우리의 관계는 예전 그대로여야만 하고, 당신이 자신의 명예를 더럽힐 경우 난 나 자신의 명예를 지키기 위해 조치를 취해야만 한다는 것을 말이오."

"하지만 우리의 관계는 예전과 똑같을 수 없어요." 안나는 놀란 눈으로 그를 쳐다보며 겁먹은 목소리로 말했다.

또다시 그의 침착한 동작을 대하고 어린애같이 날카롭고 조롱하는 듯한 목소리를 듣게 되자, 그에 대한 혐오감이 조금 전 그녀가 품었던 연민을 몰아내 버렸다. 그녀는 이제 두려울 뿐이었다. 하지만 무슨 일이 있어도 자신의 처지를 분명히 해 두고 싶었다.

"난 당신의 아내로 남을 수 없어요. 내가……." 그녀가 말을 꺼냈다.

그는 악의에 찬 싸늘한 웃음을 흘렸다.

"분명 당신이 선택한 종류의 삶이 당신의 개념에도 영향을 미쳤겠지. 어느 쪽이든 나로서는 그것을 너무나 존경하기도 하고 경멸하기도 하오……. 난 당신의 과거는 존경하지만 당신의 현재는 경멸하오……. 당신이 내 말에 내린 해석은 내 생각과 전혀 무관하다고……."

안나는 한숨을 쉬며 고개를 숙였다.

"하지만 정말 이해가 안 되는군. 당신같이 독립심이 강한 여자가……" 그는 흥분하며 말을 계속했다. "남편에게 자신의 부정을 노골적으로 털어놓고 그 속에서는 아무런 죄책감도 느끼지 않으면서, 어째서 남편에게 아내로서의 의무를 수행하는 것에 대해서는 비난받을 짓이라고 생각하는 거요?"

"알렉세이 알렉산드로비치! 당신이 나에게 원하는 게 뭐예요?"

"내가 원하는 건 내가 이 집에서 그 남자와 마주치지 않는 것, 당신이 사교계나 하인들의 비난을 받지 않도록 처신하는 것…… 그리고 당신이 그를 만나지 않는 것이오. 별로 많은 요구라고 생각지는 않소. 그 대신 당신은 아내의 의무를 행하지 않고도 정숙한 아내에게 허락된 모든 권리를 누리게 될 것이

오. 내가 당신에게 하고 싶은 말은 이게 다요. 이제 난 나가 봐야겠소. 식사는 집에서 하지 않을 것이오."

그는 일어나 문으로 향했다. 안나도 일어섰다. 그는 말없이 허리를 굽히고는 그녀에게 길을 비켜 주었다.

24

레빈이 건초 더미에서 보낸 밤은 그에게 헛되지 않았다. 그는 그동안 해 왔던 농사일에 진절머리를 내고 농사에 대한 흥미를 완전히 잃었다. 굉장한 풍작을 이루었지만, 그와 농부들 사이에 올해처럼 실책이 많고 적대감이 팽팽했던 적은 한 번도 없었다. 적어도 그에게는 그렇게 여겨졌다. 그리고 그는 그 실책과 적대감의 원인을 이제 완전히 납득했다. 그가 노동 자체에서 맛본 매력, 그 결과로 얻은 농부들과의 친밀한 관계, 그가 농부들과 그들의 생활에 대해 품은 선망, 그런 생활에 뛰어들고 싶은 열망 — 그날 밤, 그 열망은 그에게 더 이상 꿈이 아니라 계획이 되었고, 그는 그 계획을 실현하기 위해 세부적인 것까지 곰곰이 생각하였다 — 같은 것들이 농업에 대한 그의 시각을 완전히 바꾸어 버린 나머지, 그는 더 이상 그 일에서 예전에 품었던 흥미를 전혀 느낄 수 없었고 모든 문제의 발단이 된 그와 노동자의 불쾌한 관계에 눈길을 돌리지 않을 수 없었다. 파바와 같은 우량종 암소 떼, 거름을 주고 쟁기로 갈아엎은 토지, 버드나무로 에워싸인 균등한 밭 아홉 뙈기, 땅을 깊이 갈아 거름을 묻은 90제샤치나의 밭, 한 줄로 나란히 씨를 뿌리는 파종기 등 모든 것이 그 혼자만의 힘으로, 또는 그에게 공감하는 사람들과 동료들의 힘으로 이루어진 것이라면 참 좋았을 것이다. 그러나 그는 이제 분명히 깨달았다.(농업의 주요 요소는 노동자여야 한다는 내용의 저술 작업이 그에게 많은 도움을 주었다.) 그는 자기가 해 온 농업이라는 것이 그저 자기와 노동자 사이의 지독하고 끈질긴 투쟁일 뿐이었다는 것, 그 투쟁의 한쪽인 자기에게는 모든 것을 가장 뛰어나다고 여겨지는 모델로 개량하려는 부단하고 절실한 노력이 있었고, 다른 쪽에는 사물의 자연스러운 질서가 있었음을 분명히 깨달았다. 또한 그가 이 투쟁에서 깨달은 것은, 그의 쪽에서는 힘을 최대한 긴장시키는데 상대방 쪽에서는 아무 노력도 기울이지 않고 심지어 그렇게 할 생각조차 보이지 않을 경우, 농사는 그 어느 쪽으로도 진행되지 않고 훌륭한 농기구와 가축과 토지는 완전한 무용지물이 될 뿐이라는 사실이었다. 무엇보다 그 일에 쏟은 정력이 완전히 헛수고로 끝났을 뿐 아니라, 그가 해 온 농사일의 의미가 그 자신에게 분명해진 지금에 와서는 자신의 정력의 목적이 너무나도 무가치한 것이었음을 느끼지 않을 수 없었다. 본질적으로 그 투쟁은 무엇을 위한 것이었던가? 그는 자기의 몫이 될 한 푼 한 푼을 위해 싸웠다.(그로서는 그렇게 하지 않을 수 없었다. 그가 힘을 늦추면 노동자들에게 지불할 돈이 모자랐기 때문이다.) 하지만 그들은 그저 편안하고 즐겁게 일하고자, 즉 그들에게 익숙한 방식대로 하고자 했을 뿐이다. 모든 노동자들이 가능한 한 많은 일을 하고 분별 있게 처신하고 키와 써레와 탈곡기를 망가뜨리지 않도록 주의하고 자기가 하는 일에 대해 곰곰이 생각하는 것, 이것은 곧 그의 이익에 관련된 것이었다. 그러나 농부들은 가능하면 즐겁게 쉬어 가며 일하기를 원했다. 무엇보다 그들은 모든 것을 잊고 아무 생각 없이 태평스럽게 일하고 싶어 했다. 올여름 레빈은 도처에서 이런 모습을 목격하였다. 그는 잡초와 쑥이 무성하게 자라 씨 뿌리기에 적당하지 않은 최악의 밭을 골라 건초로 만들 토끼풀을 베어 오라며 사람들을 보냈다. 그들은 종자용으로 구분해 둔 가장 좋은 밭을 몇 제샤치나나 연이어 베어 왔다. 그러면서 그들은 집사가 그렇게 시켰다고 변명하며 훌륭한 건초가 만들어질 거라는 말로 그를 달랬다. 하지만 그는 그 땅이 풀을 베기 쉬워서 그런 일이 벌어졌다는 것을 잘 알고 있었다. 그는 풀을 흔들어 말리는 건초 건조기를 보냈다. 하지만 일꾼들은 첫 줄을 베기가 무섭게 그것을 망가뜨리고 말았다. 왜냐하면 농부들에게는 발 아래쪽에서 날개가 돌아가는 그런 자리에 마냥 앉아 있는 것이 지루하기 때문이었다. 그들은 그에게 말했다. “걱정 마세요. 아낙네들이 순식간에 끝낼 테니까요.” 쟁기도 전혀 쓸모없었다. 일꾼들은 위로 들린 쟁기 날을 낮추어야 한다는 생각을 미처 못했기에 말을 혹사시키고 땅을 못쓰게 만들었다. 그런데도 그들은 그에게 염려 말라고 했다. 그들은 밀밭에 말을 방치하기도 하였다. 왜냐하면 밤에 불침번을 서려는 일꾼이 하나도 없어서, 그렇게 하지 말라고 지시했는데도, 일꾼들이 교대로 불침번을 서다가 하루 종일 일한 반카가 깜빡 잠이 들어 버렸기 때문이다. 반카는 자기 잘못을 뉘우치며 “뜻대로

하십시오."라고 말했다. 그들은 물 먹일 곳도 없는 토끼풀 밭에 가장 좋은 송아지 세 마리를 풀어 놓아 송아지들을 과식으로 죽게 만들었다. 그런데도 그들은 그 송아지들이 토끼풀을 너무 많이 먹어 죽었다는 사실을 전혀 믿고 싶어 하지 않았다. 그들은 오히려 위로랍시고 이웃집은 사흘 만에 112마리가 죽었다고 말했다. 이 모든 일은 누군가가 레빈이나 그의 농사일에 악의를 품어서 일어난 것이 아니었다. 오히려 그는 사람들이 자기를 좋아하고 소탈한 주인 나리(그것은 최고의 찬사였다.)로 생각한다는 것을 잘 알고 있었다. 이런 일이 일어난 것은 그저 그들이 즐겁게 아무 걱정 없이 일하고 싶어 했고, 레빈의 관심사가 그들에게 낯설고 이해되지 않았을 뿐 아니라 그들 자신의 정당한 이익과 숙명적으로 대립했기 때문이다. 이미 오래전부터 레빈은 농사일에 대한 자신의 태도에 불만을 느꼈다. 그는 자기 보트가 새는 것을 알고 있었다. 그러나 그는 어쩌면 자신을 기만하며 물이 새는 곳을 찾지도, 찾으려 하지도 않았던 것이다. 하지만 이제 그는 더 이상 자신을 속일 수 없었다. 지금까지 해 온 농사일은 더 이상 그에게 흥미롭지 않았을 뿐더러 혐오스럽기까지 했다. 그래서 그는 더 이상 농사일에 전념할 수 없었다.

게다가 그가 그토록 보고 싶어 하면서도 볼 수 없는 키티 쉐르바츠카야가 그에게서 30베르스타 떨어진 곳에 있었다. 그가 다리야 알렉산드로브나 오블론스카야를 찾아갔을 때, 그녀는 그에게 다음에 또 오라고 초대했다. 자기 여동생에게 다시 한 번 청혼하러 오라는 뜻이었다. 다리야는 레빈에게 키티가 이제는 그를 받아들일 거라고 느끼게 했다. 레빈 자신도 키티 쉐르바츠카야를 본 후 자신이 아직도 그녀를 사랑하고 있다는 사실을 깨달았다. 하지만 그는 그녀가 오블론스키의 집에 와 있다는 것을 알면서도 그곳에 갈 수 없었다. 그가 그녀에게 청혼을 하고 그녀가 그를 거절한 일이 그와 그녀 사이에 극복할 수 없는 장애물을 놓았던 것이다. '그녀가 자신이 원한 사람의 아내가 되지 못했다고 해서, 그녀에게 내 아내가 되어 달라고 청할 수는 없어.' 그는 자신에게 이렇게 말했다. 이런 생각을 하는 동안 그는 그녀에 대한 마음이 차갑게 식는 것을 느꼈고 적개심마저 품게 되었다. '내가 그녀에게 건네는 말에는 비난의 감정이 실리고 내가 그녀를 바라보는 시선에는 노여움이 묻어나겠지. 그러면 그녀는 날 더욱 증오하게 될 거야. 그렇게 될 게 뻔해. 그리고 다리야 알렉산드로브나에게서 그런 말까지 들었는데, 내가 어떻게 그들을 찾아갈 수 있겠어? 과연 내가 그녀에게 들은 이야기를 모른 척하고 있을 수 있을까? 내가 너그러운 마음으로 그녀를 찾아가 그녀를 용서하고 그녀에게 자비를 베푼다고……? 내가 그녀 앞에서 그녀를 용서하고 그녀를 사랑하는 역할을 하다니……! 어째서 다리야 알렉산드로브나는 내게 그런 말을 했을까? 우연히 그녀를 볼 수만 있었다면 모든 게 저절로 굴러갔을 텐데……. 하지만 이제는 불가능해, 불가능하다고!'

다리야 알렉산드로브나는 그에게 키티가 사용할 여성용 안장을 빌려 달라는 쪽지를 보냈다. 그녀는 이렇게 썼다. '당신 집에 안장이 있다는 말을 들었어요. 당신이 직접 그것을 가지고 오셨으면 해요.'

레빈은 그 내용을 도저히 참을 수 없었다. 그토록 현명하고 섬세한 여성이 자기 여동생을 이런 식으로 모욕하다니! 그는 쪽지를 열 통이나 썼으나 모두 찢어 버리고 아무 답변 없이 안장만 달랑 보냈다. 그는 그곳에 가겠다고 쓸 수 없었다. 그곳에 갈 수 없기 때문이었다. 그렇다고 일이 있어서, 혹은 가 봐야 할 데가 있어서 못 간다고 쓰는 것은 더욱 못할 짓이었다. 그는 답장 없이 안장만 보낸 후, 그 이튿날 무언가 부끄러운 짓을 하고 있다는 생각을 하며 진절머리가 난 농사일을 전부 집사에게 맡기고 멀리 사는 친구 스비야슈스키를 만나러 가 버렸다. 그 친구의 집 근처에는 도요새가 많은 늪이 있었다. 얼마 전 스비야슈스키는 레빈에게 오래전부터 자기 집을 방문하겠다고 한 계획을 지키라며 편지를 보내왔다. 수로프 군에 있는 도요새 늪지는 오래전부터 레빈을 유혹했다. 그러나 그는 농사일 때문에 계속 이 여행을 미루어 왔다. 지금 그는 쉐르바츠키가의 이웃이라는 처지를 벗어나, 무엇보다 농사일을 벗어나, 슬플 때마다 그에게 최고의 위안이 되어 준 사냥을 떠나게 되어 기뻤다.

25

수로프 군까지는 기차도, 우편 도로도 없었다. 그래서 레빈은 자기의 타란타스[44]를 타고 그곳으로 갔다.

여정의 절반쯤 되는 곳에 이르렀을 때, 그는 말에게 먹이를 주기 위하여 어느 부유한 농가를 찾았다. 뺨 언저리가 희끗희끗하고 붉은 턱수염을 덥수룩하게 기른 건장한 대머리 노인이 대문을 열고 트로이카가 지나가도록 대문 기둥에 몸을 바짝 붙였다. 노인은 마부에게 불에 단단하게 그을린 나무 쟁기가 늘어선 크고 깨끗한 새 뜰의 처마 아래를 가리키고, 레빈을 집 안으로 청했다. 깨끗한 옷을 입고 맨발에 덧신을 신은 젊은 여자가 허리를 구부린 채 젖은 걸레로 현관의 마루를 닦고 있었다. 그녀는 레빈을 뒤따라 들어온 개에 깜짝 놀라 소리를 질

44) 러시아 특유의 유개(有蓋) 여행 마차. 타란타스는 스프링 대신 긴 나무 막대에 차체를 의지하는데, 특히 도로 사정이 좋지 않을 때 주로 이용되었다.

렸다. 그러나 곧 개가 자기를 건드리지 않을 거라는 것을 알고는 방금 전 놀란 것에 대해 깔깔거렸다. 그녀는 소맷자락을 걷어 올린 한쪽 손으로 레빈에게 안으로 들어가는 문을 가리키고 나서 다시 허리를 구부려 아름다운 얼굴을 감추고는 계속 마루를 닦았다.

"차를 드시겠어요?" 그녀가 물었다.

"네, 부탁합니다."

그곳은 네덜란드식 난로와 칸막이가 딸린 커다란 방이었다. 이콘 밑에는 색 무늬가 있는 테이블과 긴 나무의자와 의자 두 개가 놓여 있었다. 입구에는 식기가 든 작은 찬장이 있었다. 덧문은 닫혀 있고 파리도 거의 없었다. 방 안이 어찌나 깨끗한지, 레빈은 길을 달려오느라 흙탕물을 뒤집어 쓴 라스카가 마루를 밟지나 않을까 걱정이 되어 문가의 한쪽 구석을 가리키며 그곳에 자리를 잡도록 했다. 레빈은 방 안을 둘러본 후 뒤뜰로 나갔다. 덧신을 신은 아름다운 젊은 여자는 멜대에 달린 빈 물통을 흔들며 우물물을 길러 그의 앞으로 뛰어갔다.

"빨리 움직여라!" 노인은 그녀를 향해 쾌활하게 외치고는 레빈에게로 다가왔다. "나리, 니콜라이 이바노비치 스비야슈스키 댁으로 가십니까? 그분도 우리 집에 들렀다 가시곤 하지요." 그는 층계 난간에 팔꿈치를 괴고 수다스럽게 떠벌이기 시작했다.

노인이 스비야슈스키와의 친분에 대해 이야기를 하는 도중, 대문이 다시 삐걱 소리를 내더니 나무 쟁기와 써레를 든 일꾼들이 밭일을 마치고 안마당으로 들어왔다. 나무쟁기와 써레에 매인 말들은 살지고 덩치가 컸다. 일꾼들은 가족인 것 같았다.

젊은 두 사람은 사라사 천으로 지은 루바슈카를 입고 테 없는 모자를 썼다. 고용인으로 보이는 다른 두 사람은 삼베로 지은 루바슈카를 입었는데, 한 사람은 노인이고 한 사람은 새파란 젊은이였다. 층계참에 있던 노인은 말 쪽으로 다가가 말에서 마구를 벗겨 주었다.

"저 사람들은 무엇을 갈다 온 건가?" 레빈이 물었다.

"감자밭을 갈았지요. 저희가 땅도 좀 갖고 있거든요. 얘야, 페도트, 거세한 말은 마구를 풀지 말고 여물통으로 끌고 가라. 다른 말에게 마구를 채우는 것은 우리가 할 테니."

"그런데 아버지, 제가 쟁기 날을 갖다 달라고 했는데 가져오셨어요?" 키가 크고 건장한 젊은이가 말했다. 노인의 아들인 듯 싶었다.

"저기, 썰매 안에 뒀다." 노인은 말에서 벗긴 고삐를 둘둘 감아 땅바닥에 던지며 대답했다. "다른 사람들이 점심 먹는 동안 정리해 둬라."

아름다운 젊은 여자가 어깨를 축 늘어뜨린 채 물이 가득 든 물통을 메고 현관으로 갔다. 그리고 어디선가 다른 아낙들도 하나 둘 나타났다. 젊고 아름다운 아낙들, 중년의 아낙들, 추하게 생긴 늙은 아낙들, 아이가 딸린 아낙들, 아이가 없는 아낙들.

사모바르에서 물 끓는 소리가 들리기 시작했다. 일꾼들과 가족들은 마구를 정리한 후 점심을 먹으러 갔다. 레빈은 마차 안에서 먹을 것을 꺼내 와 노인에게 함께 차를 들자고 권했다.

"저런, 우리는 벌써 다 마셨는데." 노인은 말은 그렇게 하면서도 이 제의를 기쁘게 받아들였다. "그럼 말상대라도 되어 드릴 겸 조금만 마실까요?"

차를 마시는 동안, 레빈은 노인이 해 온 농사일에 대해 전부 들었다. 노인은 10년 전 어느 여지주에게서 120제샤치나의 땅을 임대하여 농사를 짓다가 지난해에 그 땅을 사들이고, 다시 이웃의 지주에게서 300제샤치나의 땅을 더 임대했다고 한다. 그는 그 토지 가운데 가장 척박한 일부는 남에게 소작을 주었다. 그리고 40제샤치나의 밭은 가족들과 일꾼 두 명이 직접 경작하고 있었다. 노인은 일이 순조롭지 않다고 불평했다. 그러나 레빈은 그가 예의를 차리느라 불평하는 것뿐이지 실제로는 그의 농사가 번창하고 있다는 것을 알아차렸다. 정말로 농사일이 잘 안 됐다면, 그는 150루블에 땅을 사지도, 세 아들과 조카를 결혼시키지도, 화재 후에 집을 두 차례 개축 — 그것도 매번 더 좋게 — 하지도 못했을 것이다. 노인은 불평을 하면서도 자신이 쌓은 부를 자랑스러워하고, 자기의 아들들과 조카와 며느리들과 말과 소를 보며 뿌듯해하는 것 같았다. 특히 이 집안을 잘 꾸려 나가고 있는 것에 대해 자랑스러워하는 것 같았다. 레빈은 노인과 대화하면서 그가 새로운 농사 방법을 꺼리지 않는다는 것을 알았다. 노인은 감자를 많이 재배했다. 레빈이 마차를 몰고 오다 보니, 노인의 감자는 벌써 꽃이 지고 알이 영글기 시작하고 있었다. 레빈의 감자밭은 이제 겨우 꽃을 피우기 시작했는데 말이다. 노인은 지주에게서 빌려 온 쟁기 — 그는 이것을 플루크[45]라고 불렀다 — 로 감자밭을 깊게 갈았다. 그는 밀도 재배했다. 레빈은 노인이 호밀을 솎은 후 그

45) 러시아에서 쓰던 원시적인 나무 쟁기의 명칭은 '소하(sokha)'이고 쇠날이 달린 신식 쟁기의 명칭은 '플루크(pluk)'이다.

솎아 낸 알곡을 말에게 먹인다는 사소한 이야기에서 특히 감동을 받았다. 레빈은 땅에 떨어지는 그 훌륭한 사료를 보면서 몇 번이고 그것을 모으려 했지만 그 노력은 언제나 실패로 돌아갔다. 그런데 농부의 집에서는 그렇게 하고 있었고, 노인은 이 사료의 장점을 입이 마르도록 자랑했다.

"아낙들은 도대체 무엇을 하는 겁니까? 솎아 낸 호밀을 다발로 묶어 길에다 내놓으면 수레가 와서 실어 갈 텐데."

"그런데 우리 지주들은 늘 일꾼들과 잘 맞지 않는단 말이야." 레빈은 그에게 찻잔을 내밀며 말했다.

"감사합니다." 노인은 이렇게 말하며 찻잔을 받아 들었다. 그러나 레빈이 내미는 설탕을 사양하며 자신이 갉아 먹다 남은 설탕 덩어리를 내보였다. "일꾼들과 뭘 하겠습니까? 망하기밖에 더하겠어요. 스비야슈스키 댁을 보십시오. 우리는 그 땅을 잘 압니다. 양귀비 씨처럼 검죠. 하지만 수확은 자랑할 만한 게 못돼요. 모든 게 부주의해서 그렇죠!"

"하지만 자네도 일꾼을 부리며 집안을 끌어가지 않는가?"

"우리의 일이라고 해 봤자 다 농사꾼의 일인걸요. 우리는 모든 것을 직접 합니다. 일 못하는 녀석은 쫓아 버리고, 우리 힘으로 처리하지요."

"아버님, 피노겐이 타르를 가져오라는데요." 덧신을 신은 아낙이 들어와 이렇게 말했다.

"알았다. 그럼, 나리!" 노인은 자리에서 일어나 연신 성호를 그으며 레빈에게 감사의 말을 하고 나갔다.

레빈은 자기의 마부를 부르러 일꾼들이 머무는 오두막에 갔다가 집안의 모든 사내들이 식탁 앞에 앉아 있는 것을 보았다. 아낙들은 서서 시중을 들고 있었다. 젊고 건장한 아들이 죽을 입 안 가득히 넣고 무언가 우스운 이야기를 하자, 다들 소리 내어 웃었다. 덧신을 신은 아낙은 그릇에 양배추 수프를 퍼 주며 유난히 명랑하게 웃어 댔다.

그 농가가 레빈에게 불러일으킨 행복한 인상에는 어쩌면 덧신을 신은 아낙의 아름다운 얼굴이 크게 작용했을 것이다. 하지만 그 인상이 너무나도 강렬하여 레빈은 그것을 도저히 떨칠 수가 없었다. 노인의 집에서 스비야슈스키 집으로 가는 내내, 그는 그 농가를 떠올렸다. 마치 그 인상 속에 깃든 무언가가 유난히 그의 관심을 끌어당기는 것 같았다.

26

스비야슈스키는 수로프 군의 귀족 회장이었다. 그는 레빈보다 다섯 살이 많았고 오래전에 결혼을 했다. 그의 집에는 그의 젊은 처제가 함께 살았는데, 그녀는 레빈에게 무척 호감을 갖고 있었다. 레빈도 스비야슈스키와 그의 아내가 그녀를 자기에게 시집보내고 싶어 안달이라는 것을 알고 있었다. 비록 그 사실을 단 한 번도 그 누구에게도 말하려 한 적은 없지만, 소위 신랑감이라 불리는 젊은이들이 으레 알고 있듯 그도 이것을 분명히 알고 있었다. 또한 그는 비록 자신이 결혼을 원하긴 하지만, 그리고 모든 점에서 매우 매력적인 이 아가씨가 틀림없이 훌륭한 아내가 되긴 하겠지만, 설사 자신이 키티 쉐르바츠카야를 사랑하지 않는다 해도, 자기가 이 아가씨와 결혼하는 것은 자기가 하늘로 날아오르는 것만큼이나 불가능한 일이라는 것을 알고 있었다. 그리고 이것을 알고 있다는 사실은 그가 스비야슈스키 집으로 가는 여행에서 누리고 싶어 하는 기쁨을 망쳐 버렸다.

스비야슈스키에게서 사냥하러 오라는 편지를 받자마자, 레빈은 이 일을 머리에 떠올렸다. 그러나 그는 스비야슈스키가 그런 생각을 하고 있다는 것은 아무 근거도 없는 자신의 추측일 뿐이므로 그곳에 가야겠다고 결심했다. 게다가 그의 마음 깊은 곳에는 자신을 시험해 보고 그 아가씨에 대한 마음을 가늠해 보고 싶다는 생각도 있었다. 게다가 스비야슈스키의 가정은 더할 나위 없이 유쾌했고, 스비야슈스키도 레빈이 아는 한 가장 뛰어난 유형의 젬스트보 활동가로서 레빈에게는 언제나 강렬한 호기심을 불러일으키는 사람이었다.

스비야슈스키는 레빈이 언제나 놀랍게 여기는 부류의 인간, 즉 사상과 삶이 전혀 일치하지 않는 인간이었다. 그런 사람들의 사상은 결코 독창적이지는 않지만 매우 일관된 형태를 띤다. 그러나 그처럼 뚜렷하고 확고한 목표를 갖추고도, 그들의 삶은 이 사상과 전혀 무관하게, 거의 늘 정반대 방향으로 흘러가는 것이다. 스비야슈스키는 대단히 자유주의적인 사람이었다. 그는 귀족 계급을 경멸했다. 그리고 그는 대부분의 귀족이 소심함 때문에 겉으로 표현하지만 않을 뿐 농노제를 찬성하는 은밀한 옹호자라고 생각했다. 그는 러시아를 투르크처럼 몰락한 나라로 여겼고, 정부의 정책에 대해 진지한 비판조차 하지 않을 정도로 러시아 정부를 못마땅하게 생각했다. 그러나 동시에 그는 관리이자 모범적인 귀족 회장이었고, 여행을 할 때는 언제나 휘장과 붉은 테가 달린 군모를 썼다. 그는 인간다운 삶은 외국에서만 가능하다고 생각하여 기회가 생길 때마다 외국에 나가서 살았다. 그러면서도 그는 러시아에 매우 복잡하고

개량화된 농업 방식을 도입하였고 굉장한 호기심으로 모든 것을 주시했으며 러시아에서 일어나는 일이라면 모르는 게 없었다. 그는 러시아 농부들을 원숭이에서 인간으로 이행하는 단계의 존재로 치부했다. 그러면서도 그는 젬스트보 선거에서 누구보다도 기꺼이 농부들과 악수를 하고 그들의 의견에 귀를 기울였다. 그는 악마도 죽음도 믿지 않았지만 수도사들의 생활을 개선하고 교구를 축소하는 문제에 매우 관심이 많았으며, 특히 그의 마을에 교회를 존속시키고자 바쁘게 뛰어다니기도 했다.

그는 여성 문제에서 여성의 완전한 자유, 특히 노동에 대한 여성의 권리를 열렬히 지지하였으나, 자기 아내와는 모든 사람들이 아이가 없는 이 부부의 다정한 생활을 부러워할 정도로 행복하게 살았으며, 자기 아내가 남편을 보살피는 일과 어떻게 하면 더 멋지고 즐거운 시간을 보낼까 하는 걱정 외에는 아무것도 하지 않도록, 아니 할 수도 없게 만들었다.

레빈에게 사람의 가장 좋은 면을 보려는 특성이 없었다면, 스비야슈스키의 성격은 레빈에게 어떠한 어려움도, 의문도 제시하지 않았을 것이다. 스비야슈스키는 스스로에 대해 바보나 쓰레기라고 말했을 것이고, 그러면 모든 것이 선명해졌을지도 모른다. 그러나 그는 바보라 할 수 없었다. 왜냐하면 스비야슈스키는 의심할 나위 없이 총명한 사람인 데다 상당한 교양을 갖춘 사람이었고 자신의 교양을 대단히 소탈하게 표현하는 사람이었기 때문이다. 그는 모든 주제에 대해 알고 있었다. 하지만 그는 꼭 필요한 경우에만 자신의 지식을 드러냈다. 더욱이 스비야슈스키를 쓰레기라 말하는 것은 레빈으로서는 더욱더 못할 일이었다. 왜냐하면 스비야슈스키는 분명 정직하고 선량하고 총명한 사람이었기 때문이다. 그는 즐겁고 활기차고 꾸준하게 일을 했으며, 그가 한 일은 주위의 사람들에게 모두 높은 평가를 받았다. 분명 그는 의식적으로 나쁜 말이나 행동을 한 적이 없고 할 수도 없는 사람이었다.

레빈은 그를 이해하려고 노력했지만 결국 아무것도 이해하지 못하고, 마치 살아 있는 수수께끼를 대하듯 언제나 그와 그의 생활을 지켜볼 뿐이었다.

레빈은 그와 친구 사이였으므로 스비야슈스키에게 이것저것 자세히 캐물으며 그의 인생관의 토대 자체를 이해해 보려고 했으나 그러한 노력은 언제나 헛수고로 끝나곤 했다. 레빈은 자신이 스비야슈스키의 지성이라는, 모든 사람에게 활짝 개방된 응접실 너머로 좀 더 파고들려고 할 때마다 스비야슈스키가 살짝 당황하는 것을 알아차렸다. 마치 레빈이 그를 알아차릴까 봐 두려워하는 듯, 그의 시선에는 알 듯 말 듯한 두려움이 담겨 있었다. 그렇게 그는 선량하고 유쾌하게 저항을 했다.

농사일에 환멸을 느끼고 난 지금, 레빈은 스비야슈스키의 집에 머물게 되어 더욱 기뻤다. 자신들과 모든 사람들에게 만족스러워하는 이 행복한 비둘기 부부의 모습과 그들의 잘 정돈된 둥지가 그에게 즐거운 인상을 주었다는 것은 말할 나위도 없다. 자신의 삶에 너무나 불만스러워하던 레빈은 지금 스비야슈스키의 집에서 그의 생활을 이토록 선명하고 분명하고 유쾌하게 해 주는 비밀을 꼭 알아내고 싶었다. 게다가 레빈은 스비야슈스키의 집에서 인근의 지주들을 보게 되리라는 것도 알고 있었다. 그리고 지금 그는 농사에 대하여, 즉 수확과 일꾼을 고용하는 문제 등에 대하여 그들과 이야기를 나누는 것에 특히 흥미를 느꼈다. 레빈은 그런 것들이 매우 저열한 이야기로 받아들여지리라는 것을 잘 알았지만, 지금의 레빈에게는 그것만이 중요하게 보였다. '아마 이런 것은 농노제 시대에는 중요하지 않았을 거야. 어쩌면 영국에서도 중요하지 않을 테지. 그 두 경우에는 조건 자체가 정해져 있으니까. 하지만 이 모든 것이 전복되어 이제야 겨우 자리를 잡아 가는 지금의 우리 나라에서는, 이러한 조건들을 어떻게 수습할 것인가 하는 문제야말로 가장 중요한 문제야.' 레빈은 생각했다.

사냥은 레빈의 기대에 못 미쳤다. 늪은 바짝 마르고 도요새는 한 마리도 보이지 않았다. 그는 하루 종일 돌아다녔으나 겨우 세 마리밖에 못 잡았다. 하지만 그 대신 사냥터에서 돌아올 때면 언제나 그렇듯 그는 왕성한 식욕, 멋진 기분, 격렬한 육체 활동에 늘 따르기 마련인 흥분된 정신 상태를 안고 돌아왔다. 그리고 사냥터에서 아무 생각 없이 있는 것 같던 순간, 노인과 그의 가족이 다시 그의 뇌리에 떠올랐다. 그 인상은 마치 스스로에게 주의를 모을 뿐 아니라 그와 관련된 무언가를 해결하라고 요구하는 것 같았다.

그날 저녁 차 마시는 시간에 후견(後見)에 관한 문제로 찾아온 두 지주가 있는 자리에서 레빈이 그토록 기다리던 흥미진진한 대화가 시작되었다.

레빈은 티 테이블에서 안주인의 옆자리에 앉아 있었으므로 안주인이나 그의 맞은편에 앉은 그녀의 여동생과 더불어 대화를 나누지 않을 수 없었다. 안주인은 얼굴이 둥글고 키가 크지 않은 금발 여인이었다. 그녀의 보조개와 미소는 그녀의 온

몸을 화사하게 빛냈다. 레빈은 그녀를 통해 그녀의 남편이 던진 수수께끼를, 레빈 자신이 그처럼 중요하게 생각하던 수수께끼를 풀어 보려고 했다. 하지만 그는 괴로울 정도로 거북함을 느낀 나머지 사고를 위한 충분한 자유를 누릴 수 없었다. 레빈이 괴로울 정도로 거북해한 이유는 맞은편에 앉은 안주인의 여동생이 새하얀 가슴께를 사다리꼴로 판 유난스러운 옷을 입고 있었기 때문이다. 레빈이 생각하기에 그녀는 특별히 그를 위해 그 옷을 입은 것 같았다. 가슴은 희었지만, 어쩌면 가슴이 너무 희어서 그런지도 모르지만, 어쨌든 가슴을 네모나게 판 그 옷은 레빈에게서 생각의 자유를 앗아 버렸다. 어쩌면 레빈의 착각일지도 모르지만, 그는 그렇게 옷을 판 것이 자신을 염두에 둔 것이라 상상하고, 자기에게는 그것을 볼 이유가 없다고 생각하여 그것을 보지 않으려 애썼다. 그러나 그는 옷이 그렇게 만들어진 게 자기 탓이라고 느꼈다. 레빈은 자신이 누군가를 속이고 있는 것 같았다. 그로서는 무언가를 해명해야 하는데 도저히 그것을 해명할 수 있을 것 같지 않았다. 그래서 그는 계속 얼굴을 붉힌 채 불안해하고 어색해했다. 그가 거북해하는 마음은 안주인의 예쁜 여동생에게도 전해졌다. 그러나 안주인은 그것을 알아차리지 못했는지 일부러 그녀를 대화 속으로 끌어들였다.

"당신은……." 안주인은 이미 나온 화제를 계속 이어갔다. "제 남편이 러시아의 문물에 전혀 흥미를 느끼지 못한다고 하셨죠. 하지만 그 반대예요. 남편은 외국 생활을 즐거워해요. 하지만 이곳에 있을 때만큼은 아니에요. 남편은 이곳에 있을 때 비로소 자기의 영역에 있다고 느껴요. 그에게는 할 일이 너무 많아요. 그는 모든 일에 흥미를 느끼는 재능을 가졌죠. 아, 우리 학교에 가 보신 적이 없지요?"

"보긴 했습니다만……. 담쟁이로 덮인 작은 건물이죠?"

"네, 나스챠[46]가 그곳에서 일을 하고 있어요." 그녀는 동생을 가리키며 말했다.

"당신이 직접 가르칩니까?" 레빈은 가슴이 파인 부분을 외면하려 애쓰며 물었다. 그러나 그는 그쪽으로 눈길을 돌리기만 하면 어디를 바라보든 가슴이 파인 부분만 눈에 들어올 것 같다고 느꼈다.

"네, 제가 직접 학생들을 가르쳤고 지금도 그렇게 하고 있어요. 하지만 우리 학교에는 훌륭한 여자 선생님이 있어요. 우리는 학생들에게 체조도 가르쳤죠."

"아뇨, 감사합니다만 차는 그만 마시겠습니다." 레빈은 이렇게 말하고는 무례인 줄 알면서도 더 이상 이 대화를 계속 해 나갈 자신이 없다고 느끼며 얼굴을 붉힌 채 자리에서 일어났다. "매우 흥미로운 화제가 들려서요." 그는 이렇게 덧붙인 후 테이블의 다른 쪽 끝으로 다가갔다. 거기에는 주인과 두 지주가 앉아 있었다. 스비야슈스키는 테이블을 향해 비스듬히 앉아 팔꿈치를 괸 한 손으로는 찻잔을 빙빙 돌리고 다른 손으로는 콧수염을 주먹에 모아 쥐고서 냄새를 맡으려는 듯 코끝에 댔다가 다시 주먹을 펴곤 했다. 그는 검은 눈동자를 반짝이면서 수염이 희끗희끗한 지주가 흥분하는 모습을 똑바로 응시했다. 아마도 그는 지주의 말이 재미있다고 느끼는 것 같았다. 지

46) 나스타시야의 애칭.

주는 민중에 대해 불평을 늘어놓고 있었다. 레빈이 보기에, 스비야슈스키는 분명 지주의 불평에 대해 그 말의 모든 의미를 단번에 격파할 수 있는 답변을 알면서도 자신의 입장 때문에 그 답변을 속으로 삭이고서 지주의 우스꽝스러운 말을 나름대로 즐겁게 듣고 있는 듯했다.

수염이 희끗희끗한 지주는 분명 완고한 농노제 옹호자이고 마을의 터줏대감이고 열정적인 촌주(村主)였다. 레빈은 그 증거를 그의 옷, 즉 평소에 잘 입지 않는 듯한 닳아 빠진 구식 프록코트에서 찾았다. 그리고 미간을 찌푸린 총명한 눈동자, 유창한 러시아 말[47], 오랜 경험으로 몸에 밴 듯한 명령조의 말투, 약지에 옛날 약혼반지를 낀 크고 아름답고 햇볕에 그을은 손의 단호한 움직임에서 그 증거를 찾을 수 있었다.

---

47) 당시 러시아 귀족들은 주로 프랑스어를 사용했기 때문에 귀족들 가운데에는 러시아어를 잘 하지 못하는 사람들이 많았다. 지주 귀족이 러시아어를 유창하게 구사한다는 표현은, 그 지주가 러시아의 풍습과 문화를 서구의 것보다 더 우월하게 여기는 사람이라는 점을 암시한다.

27

“지금까지 해 온 일을…… 그토록 많은 수고를 들인 일을…… 버리는 것이 아쉽지만 않아도 이 모든 것에 작별을 고하고 그것들을 팔아 치워 니콜라이 이바니치처럼 훌쩍 떠나 버릴 텐데요……. 헬레네를 보러 말입니다.” 지주는 그의 총명하고 늙수그레한 얼굴을 유쾌한 미소로 빛내며 말했다.

“그래요. 하지만 당신은 그것을 버리지 않았잖습니까.” 니콜라이 이바노비치 스비야슈스키가 말했다. “그것은 곧 뭔가 이득이 있다는 뜻 아닙니까?”

“한 가지 이득이 있다면 집에서 산다는 점이죠. 난 아무것도 사지 않고 아무것도 빌리지 않습니다. 그건 그렇고, 다들 민중들이 이성적으로 살기를 바랄 겁니다. 안 믿을지 모르지만, 민중들은 술에 절어 살고 타락에 푹 빠져 있어요! 다들 말 한 마리, 암소 한 마리도 나눠 받지 못했어요. 굶어 죽을지도 모를 인간을 데려다 일꾼으로 써 보십시오. 그 인간은 당신에게 해를 입히려고 기회를 노릴 겁니다. 그러고는 치안판사[48]에게 당신을 고발하겠죠."

"그럼 당신도 치안판사에게 고발을 하십시오." 스비야슈스키가 말했다.

"고발을 한다고요? 세상에 아무 쓸모도 없는 짓입니다! 너무나 많은 말이 나돌아서, 고발한 것을 후회하고 말 겁니다. 공장에서 일어난 일을 보세요. 그 인간들이 선금만 챙기고 도망갔잖아요. 그런데도 치안판사가 어떻게 했는지 아십니까? 그들에게 무죄를 선언했답니다. 그나마 모든 게 이렇게 유지되고 있는 것은 직공장(職工長)이 관여하는 읍내 재판소 덕분입니다. 그곳에서는 옛날식으로 매질을 하거든요. 그런 것마저 없다면, 우리는 죄다 버리고 세상 끝으로 몸을 피해야 할 겁니다."

지주는 스비야슈스키를 조롱하고 있는 게 분명했다. 하지만 스비야슈스키는 화를 내기는커녕 그의 말을 재미있어하는 것 같았다.

"그렇긴 하지만, 우리는 그런 수단에 의지하지 않고도 농사를 잘 꾸려 가고 있습니다." 그는 미소를 지으며 말했다. "나뿐만 아니라 레빈도, 이분도 그렇게 하고 있어요."

그는 다른 지주를 가리켰다.

"그래요, 미하일 페트로비치의 집도 그럭저럭 상황이 좋은

48) 1864년의 법률 개혁으로 치안판사가 모든 민사 소송을 관할하게 되었다. 법정의 심리는 공개적으로 진행되었고 구두로 논쟁하는 방식을 따랐다. 귀족들은 이 제도를 자신들의 권력이 실추된 예로 보았다. 그래서 그 시대의 지주들 사이에서는 치안판사 제도에 대한 불만이 공공연하게 제기되었다.

편이죠. 하지만 그에게 한번 물어봅시다. 그것이 과연 합리적인 농업인지 말입니다." 지주는 '합리적'이란 말을 과시하며 말했다.

"우리 집의 농사는 단순합니다." 미하일 페트로비치가 말했다. "하느님께 감사할 뿐이죠. 나의 경영 방법이란 가을의 세금으로 낼 돈을 준비해 두는 것이 전부입니다. 농부들이 찾아와 이렇게 말합니다. 아버지, 우리를 구해 주세요! 이 농부들은 모두 나의 이웃이 아닙니까! 참 가여운 사람들이지요. 그럼 난 처음 3분의 1을 지불할 만큼의 돈을 주고 이렇게 말합니다. 여보게, 기억하게나. 내가 자네들을 도왔으니 자네들도 필요한 경우에는 날 도와야 해. 귀리를 심을 때나 건초를 거두어들일 때나 곡물을 수확할 때 말일세. 그러고 나서 각각의 돈에 해당하는 부역의 양을 말해 줍니다. 그들 가운데에도 역시 몰염치한 놈들이 있지요. 정말입니다."

레빈은 오래전부터 이런 가부장적 수법을 알고 있었으므로 스비야슈스키와 눈짓을 하여 미하일 페트로비치의 말을 가로막고는 수염이 희끗희끗한 지주에게 다시 말을 걸었다.

"그럼 당신은 어떻게 생각하십니까? 이제 어떻게 농사를 지어야 할까요?" 그가 물었다.

"글쎄요, 미하일 페트로비치와 똑같이 할 수도 있겠죠. 아니면 땅을 빌려 주고 농작물의 반을 받는다든지 농부들에게 세를 받고 임대해 준다든지 할 수 있고요. 하지만 그런 방법은 단지 국가의 전반적인 부(富)에 해악을 가져올 뿐입니다. 농노들과 훌륭한 경영 방법을 이용할 때는 아홉 배의 수확을 내던 내 땅에서, 수확을 반씩 나누기로 했더니 세 배의 수확만 나오더라는 거죠. 농노해방[49]이 러시아를 파멸시킨 겁니다!"

스비야슈스키는 미소를 띤 눈으로 레빈을 바라보았고 심지어 희미한 조소의 신호를 보내기까지 했다. 하지만 레빈은 지주의 말이 우습다고 생각하지 않았다. 스비야슈스키보다는 지주의 말이 더 이해하기 쉬웠다. 지주가 농노해방이 어째서 러시아를 파멸시켰는지 입증하며 던진 말들은 대부분 레빈에게 매우 신뢰할 만한 내용으로 들렸고, 그의 입장에서는 새롭고 반박할 여지가 없는 것으로 여겨졌다. 그는 분명 자기 자신의 생각을 말하고 있었다. 그런 일은 좀처럼 찾아보기 힘들다. 게다가 그 생각은 그가 나른한 지성을 무언가로 채우고자 하는 열망에서 이르게 된 생각이 아니라, 그의 삶의 조건에서 나온 생각이며 그가 시골의 고독 속에 칩거하며 모든 측면을 곰곰이 숙고하여 얻은 생각이었다.

"보세요. 문제는 바로 모든 진보가 권력에 의해서만 일어난다는 점입니다." 그는 자신도 교양을 갖추고 있다는 것을 보여 주려는 생각에 이렇게 말했다. "표트르 대제, 예카체리나 여제, 알렉산드르 2세의 개혁을 보십시오.[50] 또 유럽의 개혁을 보십시오. 무엇보다 농업의 진보를 생각해 보세요. 가령 감자만 하더라도 우리 나라에 강제로 도입되었잖습니까. 우리 시대만 해도 우리 지주들은 농노제 아래서 개량 농기구로 농사를 지었습니다. 건조기, 키, 거름 운반기 등 모든 농기구로 말입니다.

49) 러시아의 농노들은 1861년에 알렉산드르 2세의 칙령으로 해방되었다.

50) 표트르 대제(1672~1725), 예카체리나 여제(1729~96), 알렉산드르 2세(1818~1881)는 러시아 제국에서 가장 중요한 개혁가로 손꼽힌다. 예를 들어 예카체리나 여제는 감자를 강제로 도입한 바 있다.

우리는 그 모든 것을 자신의 권력으로 도입했지요. 농부들은 처음에 저항을 하다가 나중에는 우리를 따라 하게 되었습니다. 그런데 농노제가 폐지된 지금, 우리는 권력을 잃었고 최고의 수준으로 향상되었던 우리의 농업은 가장 야만스럽고 원시적인 상태로 추락하려 합니다. 난 그렇게 생각합니다."

"도대체 그 이유가 뭘까요? 그것이 합리적이라면, 당신도 일꾼을 고용하여 그렇게 해 나가면 될 텐데요." 스비야슈스키가 말했다.

"권력이 없으니까요. 이렇게 물어봐도 되겠습니까? 도대체 내가 누구와 농사를 짓습니까?"

'바로 그거야. 노동력이야말로 농업의 가장 중요한 요소이지.' 레빈은 생각했다.

"노동자들이죠."

"노동자들은 일을 잘하고 싶어 하지 않아요. 좋은 농기구로 일하려는 생각도 없죠. 우리의 노동자들이 아는 것이라고는 돼지처럼 진탕 마시고 취해 우리들이 준 것을 망가뜨리는 것뿐입니다. 말에게 물을 잔뜩 먹이고, 좋은 마구를 망가뜨리고, 바퀴에서 쇠테를 뜯어 그것을 팔아 술을 마시고, 탈곡기를 망가뜨리기 위해 그 안에 이음 볼트를 쑤셔 넣는단 말입니다. 그들은 자기들 방식에 맞지 않는 것은 뭐든지 싫어해요. 그 때문에 농업의 전체 수준은 낮아졌지요. 토지는 내버려진 채 쑥 더미로 뒤덮여 있습니다. 또는 100만 석을 생산하던 토지는 농부들에게 분배된 후로 이제 겨우 2, 30만 석 정도 생산합니다. 그러니 전체적인 부는 줄어든 셈이죠. 똑같은 결과를 이루었다 해도, 계산상으로는……."

그리고 그는 해방에 대한 자신의 입장과 계획을 전개하기 시작했다. 그의 계획대로라면 이런 불편이 없어질지도 모른다.

그 이야기는 레빈의 흥미를 끌지 못했다. 하지만 지주가 이야기를 마치자, 레빈은 그의 처음 명제로 되돌아가 스비야슈스키에게 말을 걸어 그가 자신의 진지한 의견을 발언하게끔 하려 했다.

"농업의 수준이 낮아지고 있는 데다, 우리와 노동자의 관계에서 이익을 남기는 합리적인 농업을 할 수 없다는 것, 그건 전적으로 옳은 말입니다." 그가 말했다.

"난 그렇게 생각하지 않습니다." 스비야슈스키는 진지한 얼굴로 반박했다. "내 눈에는 우리가 농업을 꾸려 나가는 방법을 모른다는 사실, 우리가 농노제 시절에 해 온 농사는 지나치게 수준이 높기는커녕 오히려 지나치게 수준이 낮았다는 사실만 보입니다. 우리에겐 기계도, 좋은 가축도, 실질적인 관리도 없어요. 우리는 계산을 할 줄도 모르죠. 아무 농장 주인에게나 물어보십시오. 무엇이 이익이 되고 무엇이 이익이 되지 않는지도 모를걸요."

"이탈리아의 부기법(簿記法) 말인가요." 지주가 비꼬듯이 말했다. "그것으로 아무리 계산을 해 봤자 모든 게 엉망이 될 뿐이죠. 이익 같은 건 없을걸요."

"어째서 엉망이 된다는 건가요? 쓸모없는 탈곡기나 당신네들의 러시아식 디딤판이나 망가지지, 내 증기식 기계는 끄떡없습니다. 러시아의 말(馬)은 또 어떻습니까? 꼬리를 질질 끄는 질질이 종(種)이 당신네 일을 망치죠. 페르슈롱[51]이나 하다못해 러시아의 토종 짐말이라도 부려 보십시오. 그 녀석들은 일을 망치는 법이 없습니다. 모든 것이 다 그렇습니다. 우리는 농업의 수준을 한층 높여야만 합니다."

"그 돈이 어디서 나온답니까, 니콜라이 이바니치! 당신은 그렇게 할 수 있겠죠. 하지만 우리 집에는 대학에 다니는 아들이 한 명 있고, 김나지움에 다니는 아들도 여럿 있단 말입니다. 그러니 어떻게 페르슈롱을 살 수 있겠습니까?"

"그래서 은행이 있는 것 아닙니까?"

"나의 마지막 재산마저 경매에 붙이라는 겁니까? 아뇨, 사양하겠습니다!"

"난 농업의 수준을 한층 높여야 하고 또 그렇게 할 수 있다는 말에 동의할 수 없군요." 레빈이 말했다. "난 이 일에 관심을 기울여 왔고 또 내겐 그렇게 할 만한 수단도 있어요. 하지만 난 아무것도 해낼 수 없었습니다. 난 은행이 누구에게 유익을 주는지 모르겠습니다. 적어도 난 농업에 들인 돈을 모두 날렸거든요. 가축도 손해, 기계도 손해."

"그 말이 맞습니다." 수염이 희끗희끗한 지주는 흡족한 듯 웃음까지 지으며 그의 말을 긍정했다.

"게다가 나만 그런 게 아닙니다." 레빈이 계속 말을 이었다. "난 합리적으로 농사를 꾸려 가고 있는 모든 지주에 대해 말하고 있는 겁니다. 가끔 예외가 있긴 하지만, 다들 손해를 보며 농사를 짓고 있어요. 자, 대답해 보세요. 당신의 영지는 이익을 내고 있습니까?" 레빈이 말했다. 그 순간 레빈은 스비야슈스

51) 프랑스 노르망디 근처의 르페르슈 지방이 원산지인 말로, 아라비아 원산의 고돌핀아라비안과 프랑스 암말의 교배를 통해 생겨났다. 힘이 세고 동작이 경쾌하며 걸음이 확실하여 운송용이나 농경용으로 사용된다.

키의 지성의 응접실 안으로 더 파고들려 할 때마다 보았던 그 두려움의 표정이 순간적으로 스비야슈스키의 시선에 떠오른 것을 알아차렸다.

게다가 레빈의 입장에서 볼 때 이 질문은 결코 양심적인 것이 아니었다. 방금 전 안주인은 차를 마시면서 그들이 올여름에 모스크바에서 부기에 정통한 독일인을 초빙하여 500루블의 사례를 주고 영지의 손익을 계산해 보았더니 손해액이 무려 3000루블 남짓에 달하더라고 그에게 말했던 것이다. 그녀는 정확한 액수를 기억하지 못했지만, 독일인은 4분의 1 코페이카까지 다 정산한 것 같았다.

지주는 스비야슈스키의 영지의 이익을 언급하는 말에 웃음을 지었다. 이웃인 귀족 회장이 얼마의 이익을 얻었는지 분명 잘 알고 있는 것 같았다.

"어쩌면 이익이 없었는지도 모르죠." 스비야슈스키가 말했다. "그것은 다만 내가 무능한 영주이거나 지대(地代)를 높이는 데 자금을 들인다거나 하는 것을 입증할 따름입니다."

"아니, 지대라니!" 레빈은 경악을 하며 소리쳤다. "유럽에는 지대라는 것이 있는지도 모르지요. 그곳에서는 땅에 투입된 노동으로 인해 토질이 좋아지니까요. 하지만 우리 나라에서는 어느 토지나 할 것 없이 그것에 투입된 노동으로 인해 더욱 악화되고 있습니다. 즉 비료 부족과 연속 경작으로 토지가 메말라 가고 있단 말입니다. 그러니 지대라는 것은 있을 수 없어요."

"어떻게 지대가 없을 수 있습니까? 그것은 법률로 정해진 건데."

"그렇다면 우리가 법률 밖에 있는 거죠. 지대라는 건 우리에게 아무것도 설명해 주지 못합니다. 오히려 혼란만 줄 뿐이죠. 아니, 당신이 말씀해 보세요. 지대 이론이 어떻게……."

"여러분, 요구르트 좀 드시겠습니까? 마샤, 우리에게 요구르트나 산딸기 좀 가져와요." 그는 아내 쪽을 보며 말했다. "올해는 꽤 늦게까지 산딸기가 열리는군."

그러더니 스비야슈스키는 무척 유쾌한 기분으로 자리를 떴다. 레빈에게는 이제 겨우 시작인 듯한 그 대화가 그에게는 다 끝난 것처럼 보인 모양이었다. 말상대를 잃은 레빈은 지주와 계속 이야기를 나누며 모든 어려움이 발생하는 원인은 우리가 우리의 노동자들의 특성과 습성을 알고 싶어 하지 않기 때문이라는 사실을 입증하려 애썼다. 그러나 지주는 독자적으로 고독하게 사고하는 사람들이 다들 그러하듯 남의 생각을 이해하는 데는 둔하고 자신의 생각에만 유달리 집착했다. 그는 이런 주장을 고집스럽게 내세웠다. 러시아 농부는 돼지이고 불결한 생활을 좋아한다, 그들을 돼지 같은 생활에서 끌어내기 위해서는 권력이 필요하며 권력이 없을 때에는 몽둥이가 필요하다, 그런데 우리는 천 년이나 내려온 몽둥이를 갑자기 변호사 나부랭이나 투옥(投獄) 같은 것으로 뒤바꿀 만큼 열렬한 자유주의자가 되어 버렸다, 그리고 감옥에 들어온 쓸모도 없고 악취나 풍기는 농부들에게 좋은 수프를 먹이고 그들에게 너무나 많은 제곱피트의 공기를 산정해 준다…….

"어째서 당신은 그렇게 생각하십니까?" 레빈은 처음 질문으로 돌아가려고 애쓰며 말했다. "노동을 생산적으로 만드는 노동력, 당신은 왜 노동력에 대한 그런 관계를 찾는 것이 불가능하다고 생각하시죠?"

"몽둥이 없이는 러시아 농민에게서 결코 그런 것을 기대할 수 없을 거요! 권력이 없으니 말입니다." 지주가 대답했다.

"도대체 어떤 새로운 조건을 찾을 수 있단 말이니까?" 스비야슈스키는 요구르트를 먹고 담배에 불을 붙인 후, 다시 논쟁하는 이들에게로 다가오며 말했다. "노동력에 대한 모든 가능한 관계가 이미 정의되고 연구되었습니다." 그는 말했다. "야만의 잔재인 원시공동체는 연대책임과 더불어 저절로 무너지고 있습니다. 농노제는 폐지되고 이제 남은 것은 자유로운 노동이지요. 그 형식은 이미 정해지고 주어졌기 때문에 그것을 택할 수밖에 없습니다. 날품팔이 농부, 일용 노동자, 소작농, 당신네들은 이런 것에서 벗어나지 못할 겁니다."

"하지만 유럽은 그 형식들에 불만을 품고 있어요."

"불만을 느끼며 새로운 것을 찾고 있죠. 그리고 아마 찾아낼 겁니다."

"그건 바로 내가 한 말이 아닙니까?" 레빈이 말했다. "어째서 우리는 우리 입장에서 찾으려 하지 않을까요?"

"왜냐하면 그건 철도를 놓기 위해 새로 방법을 고안하는 것과 다를 바가 없기 때문이죠. 그런 것들은 이미 고안되어 나와 있으니까요."

"하지만 그것들이 우리에게 맞지 않는다면요? 어리석은 것이라면요?" 레빈이 말했다.

그때 그는 다시 스비야슈스키의 눈에서 두려움의 표정을 읽었다.

"그래요, 그 말은 곧 이런 것인가요? 우리는 쉽게 이길 것이다, 우리도 유럽이 모색하고 있는 것을 모두 찾아냈다! 나도 그 모든 얘기는 알고 있습니다. 실례지만, 당신은 노동자 조직 문제로 유럽에서 무슨 일이 벌어졌는지 알고 있습니까?"

"아뇨, 잘 모릅니다."

"지금 유럽의 최고의 지성들이 이 문제에 골몰하고 있습니다. 슐체-델리츠 학파…… 그리고 가장 자유주의적인 라살레 학파의 노동문제에 관한 그 모든 방대한 저술……, 뮐하우스 체제[52], 이러한 것들은 이미 사실로 존재합니다. 아마 당신도 알 텐데요."

"알긴 합니다만, 아주 막연한 수준입니다."

"아뇨, 당신은 말만 그렇게 하는 겁니다. 당신은 분명 이것에 대해 나 못지않게 알고 있어요. 물론 난 사회학 교수는 아닙니다만 이것에 흥미를 갖고 있습니다. 그리고 실제로 당신도 이것에 흥미가 있다면 한번 연구해 보세요."

"그런데 그들은 도대체 어떤 결론에 도달했습니까?"

"실례합니다……."

지주들이 자리에서 일어났다. 그러자 스비야슈스키는 또다

---

52) 1850년대에 독일의 경제학자 헤르만 슐체-델리츠는 노동자와 고용자의 이해를 모두 충족시킨다는 생각을 바탕으로 독립 은행과 협동조합이라는 제도를 제안했다. 러시아에서는 1865년에 그의 사상에 입각한 회사가 등장하였다. 페르디난트 라살레는 독일의 사회주의자이자 전독일노동자연맹(독일사회민주당의 뿌리)의 설립자이다. 그는 슐체-델리츠의 협동조합 대신 국가가 지원하는 제조업 조합을 옹호했다. '뮐하우스 체제'란 알라스 지방의 뮐하우스 시(市)에서 돌푸스라는 공장주가 노동자들의 생활 개선을 위해 설립한 단체를 말한다. 박애의 목적을 가지고 상업 관련 일을 하는 이 단체는 노동자들이 신용 대부로 구입할 수 있는 주택을 건설하였다.

시 자기의 지성의 응접실 너머를 들여다보려는 레빈의 불쾌한 버릇을 저지하며 손님들을 배웅하러 나갔다.

28

레빈은 이날 밤 부인들과 함께 있는 것이 견딜 수 없을 만큼 따분했다. 그가 지금 느끼는 농업에 대한 불만은 자기만의 상태가 아니라 러시아가 처한 일반적인 상황이라는 것, 어디에서 일하는 노동자든 그들에 대한 관계를 도중에 본 농가와 같이 정비하는 것은 공상이 아니라 반드시 해결해야 할 과제라는 것, 그런 생각이 전에 없이 그의 마음을 흔들어 놓았다. 그리고 이 과제를 해결할 수 있으며 또 그렇게 하기 위해 노력해야 할 것 같았다.

부인들과 작별 인사를 나누면서 내일 다같이 말을 타고 국유림에 있는 흥미로운 낭떠러지를 구경하러 가기 위해 하루 더 머물기로 약속한 후, 레빈은 잠자리에 들기 전 스비야슈스키가 제안한 노동문제에 대한 책을 가지러 그의 서재에 들렀다. 스비야슈스키의 서재는 책장으로 에워싸이고 테이블 두 개가 놓인 거대한 방이었다. 방 한가운데에는 책상으로 쓰는 거대한 테이블이 있었다. 다른 둥근 테이블에는 최근 호수(號數)가 찍힌 다양한 언어의 신문과 잡지가 램프 주위에 별 모양으로 놓여 있었다. 책상 옆에는 받침대가 있고 그 위에는 다양한 종류의 서류를 보관하기 위해 금빛 라벨로 구분한 상자들이 놓여 있었다.

스비야슈스키는 책을 꺼낸 후 흔들의자에 앉았다.

"뭘 보고 있습니까?" 그는 둥근 테이블 옆에 서서 잡지를 들여다보는 레빈에게 물었다.

"아, 참, 거기에 매우 흥미로운 논문이 있어요." 스비야슈스키는 레빈이 손에 든 잡지를 보며 말했다. "그 논문에 따르면……." 그는 명랑하고 활기찬 목소리로 이렇게 덧붙였다. "폴란드 분할의 주범은 프리드리히[53]가 아니라고 합니다. 밝혀진 바로는……."

그리고 그는 그 특유의 명쾌한 어조로 매우 중요하고 흥미로운 이 새로운 발견에 대해 간단히 이야기했다. 레빈은 지금 무엇보다 농업에 대한 생각에 골몰하고 있었는데도 주인의 말을 들으며 스스로에게 물었다. '그의 마음속에는 뭐가 들어앉아 있는 걸까? 그리고 왜, 무엇 때문에 그는 폴란드 분할에 관심을 갖는 걸까?' 스비야슈스키가 말을 마치자, 레빈은 불만스럽게 물었다. "그래서, 그게 어쨌다는 겁니까?" 하지만 아무것도 없었다. 유일하게 흥미로운 점은 '밝혀졌다.'라는 것뿐이었다. 하지만 스비야슈스키는 이것이 왜 자기에게 흥미로운지 설

53) 폴란드는 1772년에 러시아와 오스트리아와 프로이센에 의해 최초로 분할되었다. 그 당시 프로이센의 왕이 프리드리히 대제이다.

명하지 않았고 또한 설명할 필요도 느끼지 못했다.

"그건 그렇고, 화를 잘 내던 그 지주는 매우 흥미로운 사람이더군요." 레빈은 한숨을 쉬며 말했다. "그는 똑똑한 사람입니다. 그의 말에는 많은 진실이 담겨 있어요."

"아니, 무슨 소리입니까! 그는 다른 사람들처럼 철저한 농노제 옹호자입니다!" 스비야슈스키가 말했다.

"당신은 그들의 귀족 회장이면서……."

"그렇긴 합니다만, 난 그저 그들을 다른 방향으로 이끌어 나갈 뿐입니다." 스비야슈스키는 웃으며 말했다.

"나의 관심을 끈 것은 바로……." 레빈이 말했다. "그의 말이 사실이라는 점입니다. 그의 말대로, 우리가 하는 합리적인 농업은 제대로 굴러가지 않는데 그 순한 지주가 하는 고리대금업식 농경이나 지극히 단순한 농사법은 통용되고 있습니다. 누가 이 일에 책임을 져야 합니까?"

"물론, 우리 자신이죠. 그리고 합리적인 농업이 제대로 이루어지지 않는다는 말은 옳지 않습니다. 바실리치코프 집에서는 그렇게 잘하고 있으니까요."

"공장은……."

"하지만 난 당신이 무엇에 놀라는지 잘 모르겠군요. 물질적으로, 정신적으로 너무나 뒤떨어진 민중이 자기들에게 낯선 모든 것에 저항하는 것이 당연하지 않습니까! 유럽에서 합리적인 농업이 가능한 것은 민중들이 교육을 받았기 때문입니다. 따라서 우리 나라도 민중을 교육시켜야 합니다. 그게 전부예요."

"하지만 어떻게 민중을 교육시킨단 말입니까?"

"민중을 교육시키기 위해서는 세 가지가 필요합니다. 첫째도 학교, 둘째도 학교, 셋째도 학교죠."

"하지만 당신도 말했잖습니까? 민중들은 물질적인 발전 면에서 너무나 뒤떨어져 있다고 말입니다. 그런데 학교가 도대체 무슨 도움을 준다는 건가요?"

"음, 당신은 내게 어느 환자에게 충고하는 이야기를 떠올리게 하는군요. '설사약을 써 보는 게 어때요?' '써 봤죠. 더 나빠졌을 뿐입니다.' '거머리를 써 보세요.' '그것도 써 보았지만 더 나빠졌어요.' '그럼, 하느님께 기도하는 수밖에 없군요.' '그것도 해 보았지만 더 나빠졌을 뿐입니다.' 우리의 대화가 꼭 그렇군요. 내가 정치경제를 말하면 당신은 더 나빠질 뿐이라고 합니다. 내가 사회주의를 말하면 당신은 더 나빠질 뿐이라고 하죠. 내가 교육을 말하면 당신은 또 더 나빠질 뿐이라고 합니다."

"그럼, 도대체 학교가 무슨 도움을 준다는 겁니까?"

"또 다른 필요를 느끼게 하지요."

"바로 그 점이 내가 결코 이해할 수 없는 부분입니다." 레빈은 열띤 어조로 반박했다. "도대체 어떤 방법으로 학교가 민중에게 자신들의 물질적 상태를 개선하도록 돕는다는 겁니까? 당신은 학교와 교육이 민중에게 또 다른 필요를 느끼게 한다고 했습니다. 하지만 그렇게 하면 상황만 더욱 나빠질 뿐입니다. 왜냐하면 민중은 그러한 필요를 충족시키지 못할 테니까요. 덧셈, 뺄셈, 교리문답 같은 지식이 무슨 수로 민중들의 물질적 상태를 개선하는 데 도움을 준다는 건지, 난 도저히 이해할 수 없습니다. 그저께 저녁, 난 젖먹이를 안은 한 아낙과 마주쳤습니다. 난 그녀에게 어디에 다녀오는 길이냐고 물었죠. 그녀가 그러더군요. '산파 할머니 집에서 오는 길이에요. 아이가 울음병에 걸려서 그것을 고쳐 달라고 데려갔었죠.' 난 그 산파가 아이의 울음을 어떻게 고치더냐고 물었습니다. '아기를 암탉들과 나란히 횃대에 올려놓고 뭐라고 중얼거렸어요.'"

"그것 봐요. 당신 자신도 그렇게 말하고 있지 않습니까! 아낙이 아기의 울음을 고친답시고 아기를 횃대에 올려놓는 그런 곳에 가지 않도록 하려면……." 스비야슈스키는 유쾌하게 웃으며 말했다.

"아, 아닙니다!" 레빈은 벌컥 짜증을 내며 말했다. "내가 보기에 이런 치료법은 학교로 민중을 치유하겠다는 것과 별반 다를 바 없습니다. 민중은 가난하고 무지하죠. 아낙이 우는 아이에게서 울음병을 본 것처럼, 우리도 그 사실을 분명히 보고 있습니다. 하지만 어째서 횃대의 암탉들이 아기의 울음병을 고치는 데 효력이 있다는 것인지 납득할 수 없는 것과 마찬가지로, 어째서 학교가 이런 불행, 즉 가난과 무지를 벗어나는 데 쓸모가 있다는 것인지 납득할 수 없습니다. 구제해야 할 대상은 바로 민중들을 가난하게 하는 원인입니다."

"음, 당신은 그 점에서 적어도 당신이 그렇게나 좋아하는 스펜서[54]와 일치하는군요. 그도 교육은 읽고 셈하는 능력에서 비롯되는 것이 아니라, 큰 부와 편리한 생활, 가령 그의 말처럼 자주 씻는 것에서 비롯된 것일지도 모른다고 말하니까요."

"음, 내가 스펜서와 일치한다는 사실이 매우 기쁘기도 하고

54) 영국의 철학자이자 진화주의 학파의 설립자. 그는 교육이 국가의 번영을 가져오는 것이 아니라 국가의 번영이 교육 발전의 필수 조건이라고 믿었다. 1874년에 교육에 관한 스펜서의 논문이 러시아어로 번역되어 출간되었다.

전혀 달갑지 않기도 하군요. 다만 난 오래전부터 그것을 알고 있었습니다. 민중을 도울 수 있는 것은 학교가 아니라 그들을 더욱 부유하고 더욱 여유롭게 하는 경제 제도입니다. 그때에는 학교도 생기겠죠."

"하지만 지금 유럽의 모든 나라에서는 학교교육이 의무화되어 있습니다."

"그럼 당신은 어떤가요? 이 점에서 스펜서의 견해와 일치합니까?" 레빈이 물었다.

그러나 스비야슈스키의 눈에는 두려움의 표정이 반짝였다. 그는 웃으며 이렇게 말했다.

"아니, 그 울음병에 대한 이야기는 참으로 멋지군요! 정말로 당신이 직접 들은 이야기인가요?"

레빈은 이런 식으로는 이 사내의 삶과 그의 사상 사이의 관계를 찾아낼 수 없다는 결론에 이르렀다. 분명 그는 자신의 논의가 어떻게 흐르든 전혀 개의치 않는 것 같았다. 그에게 필요한 것은 그저 논의의 과정뿐이었다. 논의의 과정이 그를 막다른 골목으로 몰고 갈 때, 그는 불쾌해했다. 그는 이런 것을 싫어했을 뿐만 아니라 화제를 유쾌하고 명랑한 것으로 바꾸어 이를 회피하려 들었다.

도중에 만난 농부부터 시작하여 이날 받은 모든 인상은 레빈의 마음을 강하게 움직였다. 특히 농부에게서 받은 인상은 이날의 모든 인상과 사유의 근본적인 토대가 된 것 같았다. 공적인 사용을 위해서만 사상을 간직할 뿐 분명 레빈이 모르는 어떤 다른 삶의 원리를 가진 이 유쾌한 스비야슈스키, 그런데도 '다수'라는 이름의 군중과 더불어 자신과 무관한 사상으로 여론을 주도하는 스비야슈스키, 자신의 삶 속에서 고통스럽게 얻은 이론의 면에서는 전적으로 옳지만 러시아의 계급 전체와 최상 계급에 대한 적의의 면에서는 옳다고 할 수 없는 그 격분에 찬 지주, 자신의 활동에 대한 불만과 이것의 개선 방법을 찾을 수 있다는 막연한 희망, 이 모든 것이 내면의 불안과 해결책이 눈앞에 있다는 기대감으로 어우러졌다.

배정받은 방에 혼자 남게 되자, 레빈은 조금만 움직여도 느닷없이 팔다리가 흔들리는 스프링 달린 매트리스에 누워 오랫동안 잠을 이루지 못하고 뒤척였다. 레빈은 스비야슈스키에게서 지적인 이야기를 많이 들었으나 그 어느 것에도 흥미를 느끼지 못했다. 그러나 지주의 논증은 고찰을 요구했다. 레빈은 자기도 모르게 그의 이야기를 떠올리며 그에게 대답할 말을 머릿속에서 다듬어 보았다.

'그래, 난 그에게 이렇게 말해야 했어. 당신은 우리의 농업이 제대로 되지 않는 이유가 농부들이 개량을 증오하기 때문이라고 하며 권력으로 그들을 이끌어야 한다고 말합니다. 만일 농업이 이러한 개량 없이는 결코 제대로 될 수 없다고 한다면, 당신의 말은 옳을 것입니다. 하지만 내가 도중에 만난 노인의 집처럼 노동자가 자기들 습관에 따라 행동하는 곳에서는 농사가 잘되고 있더란 말입니다. 농업에 대한 당신과 우리의 공통된 불만은 당신이나 우리, 혹은 노동자들에게 잘못이 있음을 증명합니다. 우리는 이미 오래전부터 노동력의 특성에 대해서는 자문하지 않고 우리 자신의 방식으로, 즉 유럽식으로 밀어붙여 왔습니다. 노동력을 관념적인 노동력이 아닌 본능을 가진 러시아 농부로 받아들이고, 그에 따라 농업을 정비해 보십시오. 그리고 난 그에게 이렇게 말해야만 했어. 당신이 그 노인처럼 농사를 짓는다고 상상해 보세요. 그리고 당신이 노동자 스스로 노동의 성공에 흥미를 느끼게 할 방법과 그들이 받아들일 만한 개량의 합의점을 찾아냈다고 상상해 보세요. 그럼 당신은 토지를 피폐하게 하는 일 없이 예전보다 두 배, 세 배의 수확을 올릴 겁니다. 그리고 그것을 반으로 나누어 반은 노동자들에게 주세요. 그럼 당신이 얻는 차액도 커지고, 노동자들도 더 많은 것을 얻을 겁니다. 이렇게 하려면, 농업의 수준을 낮추어 노동자들이 농업의 성공에 흥미를 갖게 만들어야 합니다. 어떻게 이것을 할 것인가, 이것은 세부적인 문제지만 이것이 가능하다는 점만은 의심의 여지가 없어요.'

이러한 생각은 레빈을 강한 흥분으로 몰고 갔다. 그는 이 생각을 실천으로 옮기기 위한 세부적인 방안을 궁리하느라 그날 밤의 절반 정도는 잠을 이루지 못했다. 처음에는 이튿날 떠날 계획으로 온 것이 아니었지만, 지금 그는 아침 일찍 집으로 떠나야겠다고 결심했다. 게다가 가슴이 파인 옷을 입은 스비야슈스키의 처제가 그의 마음속에, 너무나 나쁜 짓을 저질렀을 때의 수치와 후회에 가까운 감정을 불러일으켰다. 무엇보다 그는 지체 없이 떠나야 했다. 가을 파종 곡물을 뿌리기 전에 농부들에게 새로운 계획을 제안하여 파종이 새로운 토대에서 이루어지도록 해야 했기 때문이다. 그는 지금까지 해 온 농경 방식을 완전히 뒤바꾸기로 결심했다.

29

레빈이 계획을 실천하는 데에는 많은 어려움이 따랐다. 그러나 온 힘을 다해 노력한 결과, 비록 바라던 만큼은 아니지만 스스로를 속이지 않고서 그 일이 노력할 가치가 있다고 믿을 수 있는 만큼의 성과를 얻었다. 주된 어려움 가운데 하나는 농사가 이미 진행되고 있어서 모든 것을 멈추고 처음부터 다시 시작할 수 없었던 데다 농사가 진행되는 도중에 기계를 수리해야만 했다는 점이다.

그날 밤 그가 집으로 돌아와 집사에게 자신의 계획을 알리자, 집사는 그의 말 가운데, 지금까지 행했던 모든 것이 어리석고 무익한 짓이었다는 부분에 대하여 노골적인 만족을 드러내며 맞장구를 쳤다. 집사는 자기가 이미 오래전부터 그렇게 말해 왔는데 아무도 그의 말에 귀를 기울이지 않았다고 했다. 그러나 자신도 한 사람의 주주로서 노동자들과 함께 모든 농사 계획에 참여하겠다는 레빈의 제안에 대해, 집사는 크게 낙담한 기색만 보일 뿐 별다른 뚜렷한 의견을 말하지 않고, 내일은 남은 호밀 다발을 거둬들여야 하고 두벌갈이를 하러 사람을 보내야 한다고 황급히 말했다. 그래서 레빈은 지금은 그럴 때가 아니라는 것을 깨달았다.

농부들에게도 똑같은 이야기를 하고 그들에게 새로운 조건으로 토지를 임대하겠다는 제안을 하는 동안, 그는 또 농부들이 그날의 일로 너무 바빠서 그 제안의 손익을 따질 겨를이 없다는 중요한 장애물에 부딪혔다.

순박한 농부인 가축지기 이반은 그와 그의 가족을 가축우리에서 나오는 이익의 분배에 참여시키겠다는 레빈의 제안을 충분히 이해했고 그 제안에 충분히 공감하는 듯했다. 그러나 레빈이 그에게 앞으로의 이익에 대한 생각을 불어넣으려 하자, 이반의 얼굴에는 불안한 빛과 레빈의 말을 끝까지 들을 수 없어 유감이라는 표정이 떠올랐다. 그러더니 그는 잠시도 미룰 수 없는 어떤 일을 황급히 찾았다. 그는 마구간에서 건초를 집어 던지기 위해 쇠스랑을 들기도 하고, 통에 물을 채우기도 하고, 거름을 치우기도 했다.

또 다른 난관은 지주의 목적에는 자기들을 최대한 쥐어짜려는 욕심 이외의 다른 것이 있을 수 없다는 농부들의 완강한 불신이었다. 그들은 지주의 진짜 목적이란(그가 무슨 말을 하든) 언제나 그가 그들에게 말하지 않은 것에 있기 마련이라고 굳게 믿었다. 그래서 그들은 자신의 의견을 말하며 많은 이야기를 떠들어 대긴 했지만 자신의 진짜 목적이 무엇인지는 결코 입 밖에 내지 않았다. 게다가(레빈은 그 신경질적인 지주의 말이 옳다는 것을 깨달았다.) 농부들은 자기들에게 어떤 새로운 농사

방법이나 어떤 새로운 농기구의 사용도 강요하지 않을 것을 모든 계약의 으뜸가는 절대 조건으로 내세웠다. 그들은 쇠 쟁기가 땅을 더 잘 갈고 노면 파쇄기의 성능이 더 좋다는 사실에 동의했다. 그러나 그들은 어째서 이런저런 것들을 사용할 수 없는지에 대해 천 가지 이유를 들었다. 레빈은 농업의 수준을 낮춰야 한다고 확신하면서도 이로움이 뚜렷이 보이는 그런 개량법을 포기하기가 아쉬웠다. 그러나 그 모든 난관에도 불구하고 그는 자신의 희망을 이루었다. 그리하여 가을 무렵에는 일이 그럭저럭 잘 진행되기에 이르렀다. 적어도 그에게는 그렇게 보였다.

처음에 레빈은 새로운 동료적 관계 위에서 농사일을 농부들과 노동자들과 집사에게 완전히 맡기려고 생각했다. 하지만 그는 곧 그것이 불가능하다는 것을 확신하고 농사일을 몇 가지 항목으로 구분해야겠다고 결심했다. 가축우리, 과수원, 채소밭, 목초지, 몇 개의 구획으로 나뉜 밭들이 각각의 항목이 되어야 했다. 레빈이 보기에 이 일을 누구보다 잘 이해한 순박한 가축지기 이반은 주로 자기 식구들로 조합을 구성하여 가축우리의 참여자가 되었다. 또한 영리한 농부 표도르 레주노프의 도움으로 여섯 농가가 집단 경영이라는 새로운 토대 위에서 8년 동안 휴경지로 내버려 두었던 먼 밭을 떠맡았고, 농부 슈라예프는 같은 조건으로 채소밭 전체를 임차하였다. 나머지는 아직 예전 그대로였지만, 이 세 가지 항목은 새로운 체제의 출발점으로서 레빈의 마음을 완전히 사로잡았다.

물론 가축우리의 사정은 아직 전보다 더 나아진 게 없었다. 게다가 이반은 암소를 추운 곳에 두어야 여물이 덜 들고 발효시킨 농축 크림으로 버터를 만들어야 더 많은 이익을 남길 수 있다고 주장하며, 암소를 따뜻한 곳에 두는 것과 생크림으로 버터를 만드는 것에 반대했다. 그리고 그는 급료를 예전과 같은 방식으로 달라고 요구했다. 그는 자신이 받는 돈이 급료가 아니라 앞으로 얻을 이익에서 그의 지분만큼 선금을 당겨 받은 것이라는 사실에 전혀 흥미가 없었다.

물론, 표도르 레주노프의 조합도 시간이 부족하다는 핑계를 대며 씨뿌리기 전에 두벌갈이를 하기로 한 합의 내용을 지키지 않았다. 사실, 이 조합의 농부들은 새로운 토대 위에서 이 일을 행하기로 약정을 하고도 이 토지를 공동의 것으로 여기지 않고, 그저 지주와 농민이 수확을 반분(半分)하는 것 정도로 생각했다. 그래서 이 조합의 농부들뿐 아니라 레주노프까지도 레빈에게 여러 번 이렇게 말하곤 했다. "나리가 지대를 받으시면, 나리도 편하고 저희도 홀가분할 텐데요." 게다가 농부들은 온갖 핑계를 대며 그 땅에 가축우리와 곡물 창고를 짓기로 한 약정을 미루다 결국 이 일을 겨울까지 질질 끌었다.

물론, 슈라예프도 자기가 임차한 채소밭을 작은 구획으로 나누어 농부들에게 빌려 주려고 했다. 그는 토지 임차 계약을 완전히 곡해한 것이 분명했다. 아니 어쩌면 고의로 그렇게 곡해한 것인지도 모른다.

농부들과 자주 이야기를 나누고 그들에게 새로운 계획의 모든 이점을 설명하면서, 레빈 역시 농부들이 그의 목소리의 곡조에만 귀를 기울일 뿐 그가 무슨 말을 하든 결코 그의 속임수에 넘어가지 않겠다고 굳게 확신하는 것을 깨달았다. 특히 그는 농부들 가운데 가장 영리한 레주노프와 이야기를 나누면서 이를 강하게 느꼈다. 그는 레주노프의 눈동자에 스치는 번

득임을 보았다. 그것은 분명 레빈에 대한 조롱과 더불어, 설사 레빈의 말에 속는 사람이 있다 해도 레주노프 그 자신은 결코 아니라는 굳은 확신을 담고 있었다.

하지만 이 모든 것에도 불구하고, 레빈은 상황이 순조롭다고 생각했다. 그리고 그는 계산을 정확하게 하고 자신의 입장을 고수하면서 그들에게 그 체제가 가져올 미래의 이점을 증명해 보이겠다고, 그때에는 모든 일이 저절로 잘 진행될 거라고 생각했다.

레빈은 여름 내내 이 일과 그의 수중에 남은 나머지 농사일과 책을 저술하는 작업에 매달리느라 사냥도 거의 가지 않았다. 8월 말, 그는 안장을 돌려주러 온 하인을 통해 오블론스키 집안이 모스크바로 떠난 것을 알게 되었다. 그는 다리야 알렉산드로브나의 편지에 답장도 하지 않고 무례하게 굶으로써 — 그는 그 일을 떠올릴 때마다 수치심으로 얼굴이 화끈거렸다 — 그 스스로 자신의 배를 불태워 버렸으며 다시는 그들을 만나러 갈 수 없을 거라고 느꼈다. 그는 작별 인사도 없이 떠나 버림으로써 스비야슈스키에게도 똑같은 행동을 저질렀다. 하지만 그는 두 번 다시 스비야슈스키를 찾아가지 않을 것이다. 이제는 아무래도 상관없었다. 마치 자신의 인생에 아무 일도 없었던 것처럼, 레빈의 관심은 농사의 새로운 체계를 만드는 일에 온통 쏠렸다. 그는 스비야슈스키에게 받은 책을 몇 번이고 되풀이하여 읽었다. 그는 자기에게 없는 내용들을 뽑아 정리하며 그 주제에 맞춰 정치경제학과 사회주의에 관련된 책들을 되풀이하여 읽었지만, 예상대로 자신이 착수한 일과 관련된 내용을 하나도 찾을 수 없었다. 정치경제학 책들 속에서, 가령 그가 처음에 굉장한 열의를 갖고 읽으며 매 순간 그를 사로잡은 질문들에 관한 해결점을 찾고자 했던 밀의 책에서, 그는 유럽의 농업 상황으로부터 이끌어 낸 법칙들을 발견하였다. 그러나 그는 어째서 러시아에 적용되지 않는 이 법칙을 보편적인 것으로 받아들여야 하는지 도무지 알 수 없었다. 그는 사회주의에 관한 책에서도 똑같은 것을 보았다. 그가 학생 시절에 매력을 느끼기도 했던 그 사회주의 이론은 아름답기는 하나 현실에 맞지 않는 공상이었다. 혹은 러시아의 농업 상황과 아무런 공통점이 없는, 그저 유럽이 처한 상황의 개선과 수정에 불과했다. 정치경제학은 유럽의 부를 발전시켰고 지금도 발전시키고 있는 법칙이 보편적이고 의심할 여지 없는 명백한 법칙이라고 말했다. 사회주의 이론은 그러한 법칙에 따른 발전이 파멸로 귀결될 것이라고 말했다. 그러나 그 어느 쪽도 레빈과 러시아의 농부들과 지주들이 공공의 복지를 위하여 그들의 수백만 일손과 땅을 가장 생산적인 것이 되게 하려면 어떻게 해야 할지에 대해 답변은커녕 희미한 암시조차 주지 못했다.

일단 이 일에 손을 댄 레빈은 그가 생각하는 주제에 관한 책들을 열정적으로 탐독하였다. 그리고 이 문제에 관해서만큼은 그동안 갖가지 질문에 대해 너무나 자주 부딪혀 온 상황을 더 이상 마주치지 않도록 가을에는 외국에 나가 보기로 결심했다. 때때로 그가 상대방의 사상을 이해하고 자신의 생각을 설명하려 들면 사람들은 불쑥 이런 질문을 하곤 한다. "카우프만, 존스, 뒤부아, 미첼리[55]는 어떻습니까? 당신은 그 사람들

55) 이 이름들은 애매한 출전을 언급하는 현학적인 방법을 비꼬기 위해 꾸며 낸 것이다.

의 책을 읽지 않았군요. 한번 읽어 보세요. 그 사람들이 그 문제에 대해 연구를 하고 있으니까요."

그는 이제 카우프만과 미첼리가 자신에게 아무것도 말해 줄 수 없음을 분명히 깨달았다. 그는 자신이 원하는 바를 알고 있었다. 그는 러시아가 훌륭한 토지와 훌륭한 노동자들을 갖고 있다는 것, 어떤 경우에는 스비야슈스키의 집으로 가는 도중에 만난 농부의 집처럼 노동자와 토지가 많은 것을 생산하기도 한다는 것, 이에 반해 유럽식으로 자금이 투입되는 대부분의 경우에는 생산량이 적다는 것, 이런 일이 일어나는 이유는 단지 노동자들이 자신의 방식으로만 일하고 싶어 하고 또 일하고 있기 때문이라는 것, 이러한 반작용은 우연한 현상이 아니라 민중의 정신에 근거를 둔 항구적 현상이라는 것을 알게 되었다. 그는 광대한 미개척지에 거주하며 개간할 사명을 띤 러시아 민중들이 대지가 모두 개간될 그때까지는 그것에 필요한 방법들을 의식적으로 고수할 것이라고, 이러한 방법들이 사람들의 일반적인 생각처럼 그렇게 나쁘지는 않다고 여겼다. 그리고 그는 이론적인 면에서는 저술을 통해, 실천적인 면에서는 자신의 농업을 통해 이것을 증명하고 싶었다.

30

9월 말, 조합에 분배된 땅에 가축우리를 짓기 위한 목재가 도착했고, 암소에게서 얻은 버터가 판매되어 그 이익이 분배되었다. 실천적인 측면인 농업에서는 일이 훌륭하게 진행되었다. 적어도 레빈에게는 그렇게 보였다. 이론적으로 모든 문제를 해명하기 위해서는, 그리고 레빈이 공상하기에 정치경제학의 대변혁을 일으킬 뿐 아니라 그 학문을 완전히 폐지하고 새로운 학문 — 민중과 토지의 관계에 대한 학문 — 의 기초를 놓게 될 자신의 저서를 마무리하기 위해서는, 이제 외국으로 나가 이 방면에서 이루어진 모든 것을 답사하고 그곳에서 행해진 모든 것이 불필요한 것이라는 확증만 발견하면 되었다. 레빈은 돈을 마련하여 외국으로 나가기 위해 밀의 출하만을 기다렸다. 그러나 비가 내리기 시작하여 밭에 남은 곡물과 감자를 추수할 수 없게 되었고, 급기야 모든 작업과 밀의 출하마저 중단해야 했다. 길은 발을 뺄 수도 없을 만큼 진창이었다. 게다가 제

분기 두 대마저 큰비에 떠내려갔고 날씨는 점점 더 나빠졌다.

9월 30일, 아침부터 해가 보이자, 레빈은 좋은 날씨를 기대하며 단호히 길 떠날 채비를 했다. 그는 밀을 부대에 채우라고 지시한 후 집사를 상인에게 보내 돈을 받아오도록 하고, 그 자신은 출발 전에 마지막 지시를 해 두고자 농장을 돌아보러 나갔다.

그러나 레빈은 일을 다 마무리 지은 후, 가죽옷을 따라 목덜미로 부츠 속으로 흘러드는 빗물에 흠뻑 젖은 채 너무나 활기차고 흥분된 기분으로 저녁 무렵에 집으로 돌아왔다. 저녁이 되자 궂은 날씨는 더욱더 험악해졌다. 급기야 비에 젖어 귀와 머리를 덜덜 떨던 말은 세차게 떨어지는 우박에 똑바로 걷지도 못했다. 하지만 레빈은 방한용 두건을 쓰고 있어 괜찮았다. 그는 주위를 둘러보며 때로는 바퀴 자국을 따라 흐르는 흙탕물을, 때로는 앙상한 가지에 맺힌 물방울을, 때로는 녹지 않고 다리의 판자에 하얗게 쌓인 눈을, 때로는 헐벗은 나무 주위에 수북하게 쌓인 통통하고 즙 많은 느릅나무 잎사귀를 즐겁게 바라보았다. 주위의 자연이 뿜어내는 음울함에도 불구하고, 그는 자신이 유난히 흥분해 있음을 느꼈다. 멀리 있는 마을에서 농부들과 나눈 대화는 그들이 자신들의 관계에 익숙해지기 시작했음을 보여 주었다. 그가 옷을 말리러 잠시 들른 집의 관리인 노인은 레빈의 계획에 분명한 찬성을 보이며 자기도 가축을 사서 조합에 가입할 뜻을 비쳤다.

'꿋꿋하게 자신의 목표를 향해 걸어가기만 하면 돼. 그러면 그 목표에 도달하게 될 거야.' 레빈은 생각했다. '일하고 노력하는 것에는 그 나름의 이유가 있어. 이 일은 나의 개인적 일이 아니라 공익에 관한 문제야. 농업 전체, 무엇보다 민중의 처지가 완전히 바뀌어야만 해. 빈곤 대신 만인의 부와 만족이, 적의 대신 화합과 이해의 일치가 필요해. 한마디로 이것은 무혈(無血) 혁명이야. 처음에는 우리 군이라는 작은 영역에서 시작하지만 나중에는 현과 러시아, 나아가 전 세계로 확산될 대혁명이 될 거야. 왜냐하면 올바른 사상은 열매를 맺지 않을 수 없으니까. 그래, 이것이야말로 노력할 가치가 있는 목표이지. 그리고 이 일을 하는 사람이 바로 나 코스챠 레빈이라는 것, 검은 넥타이를 매고 무도회에 갔다가 쉐르바츠카야에게 거절을 당한 후 자신을 가엾고 쓸모없는 존재로 여기던 바로 그 사내라는 것, 이것은 아무 문제도 되지 않아. 프랭클린[56]도 나처럼 자신을 돌이켜 보며 자신을 하찮게 여기고 자신을 온전히 믿지 못했을 거라고 확신해. 이것은 아무 의미도 없어. 하지만 그에게도 분명 그만의 아가피야 미하일로브나가 있었을 거야. 그가 자신의 계획을 털어놓을 수 있는 그런 사람이…….'

레빈은 그런 생각을 하며 날이 어둑해진 후에야 집에 도착했다.

상인에게 다녀온 집사도 밀 값의 일부를 받아 돌아왔다. 가옥 관리인과의 계약도 체결되었다. 그리고 집사가 도중에 확인한 바로는, 곡물이 밭의 곳곳에 널려 있는데 다른 집과 비교하면 아직 거두어들이지 못한 160더미는 아무것도 아니라는 것이다.

---

56) 벤자민 플랭클린은 미국의 작가, 발명가, 애국지사, 정치가이다. 톨스토이는 젊은 시절에 프랭클린의 방식대로 일기를 썼다. 프랭클린은 자신의 도덕적 결함을 열거하고 이것을 고치기 위해 스스로를 타일렀다고 한다.

저녁 식사를 끝낸 후, 레빈은 평소처럼 책 한 권을 들고 안락의자에 앉아 책을 읽으면서 그 책과 관련된 자신의 여행에 대해 계속 생각했다. 오늘은 유난히 그가 하는 일의 의미가 선명하게 머리에 떠오르고 그의 사상의 본질을 표현하는 문장들이 그의 두뇌 속에서 저절로 모양을 갖추어 갔다. '이것을 기록해 두어야겠어. 이것을 내가 전에 불필요하다고 생각했던 짤막한 머리말로 삼아야겠어.' 그는 책상에 가려고 자리에서 일어났다. 그러자 그의 발치에 누워 있던 라스카도 기지개를 펴며 덩달아 일어나더니 마치 어디에 가느냐고 묻는 듯 그를 쳐다보았다. 그러나 조합의 책임자들이 우르르 들어오는 바람에 생각을 기록할 틈이 없었다. 레빈은 그들을 맞으러 현관으로 나갔다.

명령, 즉 내일의 일에 대한 지시를 내리고 그에게 볼일이 있어 찾아온 농부들을 만나본 후, 레빈은 서재로 가서 일을 시작했다. 라스카는 책상 밑에 누웠고, 아가피야 미하일로브나는 긴 양말을 들고 자기 자리에 앉았다.

잠시 글을 쓰고 나자, 갑자기 레빈의 뇌리에 키티의 모습과 그녀의 거절과 마지막 만남이 너무나 생생하게 떠올랐다. 그는 자리에서 일어나 방 안을 거닐었다.

"지루해할 것 없어요." 아가피야 미하일로브나가 그에게 말했다. "도대체, 왜 집에만 계시는 거예요? 온천에라도 다녀오세요. 여행 갈 채비도 다 해 놓았잖아요."

"그렇지 않아도 모레 가려고 해요, 아가피야 미하일로브나. 아직 끝낼 일이 남았어요."

"아니, 무슨 일이 남았다는 거예요! 농부들에게 그만큼 해 주고도 부족하다는 말씀이세요! 그렇지 않아도 사람들이 그러더군요. 당신네 나리는 차르에게 은총을 받을 거라고요. 그런데 이상해요. 나리가 왜 농부들을 걱정해야 하죠?"

"난 그 사람들을 걱정하는 게 아니라, 나 자신을 위해서 하는 거예요."

아가피야 미하일로브나는 레빈의 농사 계획을 속속들이 알았다. 레빈은 종종 그녀에게 자신의 생각을 세세하게 늘어놓았고 이따금 그녀와 언쟁을 하며 그녀의 설명에 반기를 들기도 했다. 하지만 지금 그녀는 그의 말을 완전히 다르게 이해했다.

"그야 당연하죠. 사람은 무엇보다 자신의 영혼에 대해 깊이 생각해야 해요." 그녀는 한숨을 쉬며 말했다. "저 파르펜 제니시치는 무식하긴 했어도 하느님이 모든 사람에게 주시는 그런 죽음을 맞이했어요." 그녀는 얼마 전에 죽은 하인에 대해 말했다. "그는 성찬식도 받고 성유식(聖油式)[57]도 받았죠."

"난 그런 이야기를 하고 있는 게 아니에요." 그가 말했다. "내 말은 내가 나 자신의 이익을 위해 일한다는 거예요. 농부들이 일을 잘해 줄수록 나도 더 많은 이익을 얻는다는 거죠."

"나리가 아무리 일을 해도 농부가 게으름뱅이라면 모든 것이 엉성하게 되고 말 거예요. 양심이 있다면 일을 하겠지만, 그렇지 않다면 아무것도 하지 않을걸요."

"그건 그렇지만, 당신도 이반이 이제 가축우리를 훨씬 더 잘 돌본다고 말하고 있잖아요."

"한 가지만 말할게요." 아가피야 미하일로브나가 대답했다.

57) 아픈 사람에게 치유를 기원하며 성유를 바르는 정교의 성사(聖事).

분명 우연히 나온 말이 아니라, 엄격하고 철저한 생각에서 나온 말이 틀림없었다. "나리는 장가를 가야 해요, 바로 그거예요!"

그는 지금 막 머릿속에 떠오른 것을 아가피야 미하일로브나에게 정확히 지적당하자 화가 나기도 하고 모욕감이 들기도 했다. 레빈은 이맛살을 찌푸리며 그녀에게 대꾸도 하지 않은 채 다시 책상 앞에 앉아 자신이 이 작업의 의미에 대해 생각한 것들을 하나하나 곱씹으며 일을 하기 시작했다. 이따금 그는 그저 정적 속에서 아가피야 미하일로브나가 움직이는 뜨개바늘의 소리에 귀를 기울였다. 그러다가 그는 기억하고 싶지 않은 것을 떠올리며 얼굴을 찌푸렸다.

9시 무렵, 작은 방울 소리와 진창길을 따라 흔들리는 마차의 둔탁한 소리가 들렸다.

"어머, 손님이 왔나 봐요. 지루해하지 않아도 되겠어요." 아가피야 미하일로브나가 자리에서 일어나 문 쪽으로 걸어갔다. 그러나 레빈이 그녀를 앞질러 갔다. 마침 작업이 잘되지 않던 터라, 레빈은 누가 오든 상관없이 손님을 맞게 되어 기뻤다.

31

계단을 반쯤 뛰어 내려갔을 때, 레빈은 현관 쪽에서 귀에 익은 기침 소리를 들었다. 그러나 자기 발소리 때문에 그 소리를 뚜렷이 듣지 못한 레빈은 자신이 잘못 들었기를 바랐다. 다음 순간, 눈에 익은 길쭉하고 앙상한 형상이 눈에 들어오자, 그는 이제 더 이상 자신을 속일 수 없을 것 같았다. 그러면서도 그는 여전히 자기가 착각한 것이기를, 외투를 벗고 기침을 해 대는 저 키 큰 사내가 니콜라이 형이 아니기를 바랐다.

레빈은 형을 사랑했지만, 그와 함께 있는 것은 언제나 고통스러운 일이었다. 더구나 레빈이 자신에게 찾아든 생각과 아가피야 미하일로브나가 한 충고의 영향으로 모호하고 착잡한 기분에 잠긴 지금, 눈앞에 닥친 형과의 만남은 유난히 괴롭게 느껴졌다. 그는 내심 자신의 모호한 기분을 잊게 해 주기를 바란 유쾌하고 건강한 손님 대신, 자신을 속속들이 꿰뚫어 보고 자신의 마음속에 깃든 온갖 생각을 불러내어 전부 털어놓게 만드는 형과 마주해야 했다. 그것은 그가 바라는 바가 아니었다.

레빈은 자신의 혐오스런 감정에 화를 내며 현관으로 뛰어 내려갔다. 그러나 형을 가까이에서 본 순간, 이런 개인적 환멸은 씻은 듯이 사라지고 연민이 그의 마음을 파고들었다. 수척하고 병든 니콜라이 형의 모습은 예전에도 섬뜩한 느낌을 주었으나, 지금의 형은 더욱 마르고 더욱 쇠약해졌다. 그의 모습은 살가죽을 씌운 해골 그 자체였다.

그는 현관에 서서 길고 앙상한 목을 경련하듯 떨며 목도리를 풀다가 기묘하고도 애처로운 미소를 지었다. 그 온화하고 순종적인 미소를 보자, 레빈은 목구멍이 경련으로 죄는 것 같았다.

"그래, 널 보러 이렇게 왔다." 니콜라이는 잠시도 동생의 얼굴에서 눈을 떼지 않고 웅얼거리는 듯한 목소리로 말했다. "오래전부터 찾아오고 싶었지만 계속 몸이 좋지 않았어. 이제 많이 좋아졌지." 그는 크고 앙상한 손바닥으로 턱수염을 쓰다듬으며 말했다.

"그래, 정말 그래." 레빈이 대답했다. 레빈은 형에게 입을 맞추면서 그의 메마른 육신을 입술로 느끼고 기이하게 빛나는 커다란 눈동자를 가까이에서 보며 더욱더 무서운 느낌을 받았다.

몇 주 전, 레빈은 형에게 지금까지 분배되지 않은 얼마간의 재산을 매각하였으니 이제 곧 형의 몫으로 약 2000루블 정도가 돌아갈 거라는 내용의 편지를 보냈었다.

니콜라이는 그 돈을 받기 위해, 아니 무엇보다 자신의 둥지에 머물며 대지와 접촉하면서 영웅서사시에 나오는 용사들처럼 앞으로의 활동을 위한 힘을 축적하기 위해 이렇게 왔다고 말했다. 훨씬 굽은 허리와 큰 키 때문에 앙상함이 두드러져 보이긴 했지만, 그의 움직임은 여느 때처럼 민첩하고 성급했다. 레빈은 그를 서재로 안내했다.

형은 전에 없이 유난히 공들여 옷을 갈아입고 숱이 적은 뻣뻣한 머리카락을 가지런히 빗은 후 미소 띤 얼굴로 2층에 올라갔다.

형은 너무나도 부드럽고 즐거운 기분에 젖어 있었다. 레빈은 어린 시절에 종종 형의 그런 모습을 보았다. 그는 세르게이 이바노비치를 언급할 때도 적의를 드러내지 않았다. 아가피야 미하일로브나를 보자, 그는 그녀와 농담을 주고받기도 하고 나이 든 하인들의 안부를 묻기도 했다. 파르펜 제니시치가 죽었다는 소식은 그에게 불쾌한 인상을 주었다. 그의 얼굴에 공포의 빛이 떠올랐으나, 그는 곧 평정을 되찾았다.

"뭐, 전에도 이미 나이가 많았으니까." 그는 이렇게 말하며 화제를 바꾸었다. "그건 그렇고, 난 네 집에서 한두 달가량 머물다 모스크바로 갈까 해. 그게 말이지, 먀흐코프가 내게 일자리를 약속했거든. 나도 곧 취직을 하게 될 것 같다. 이제 난 지금까지와는 완전히 다른 삶을 살 거야." 그는 계속 말을 이었다. "그래서 그 여자도 쫓아 버렸단다."

"마리야 니콜라예브나를? 어떻게? 뭣 때문에?"

"아, 돼먹지 못한 여자야! 그 여자가 나에게 불쾌한 짓을 얼마나 많이 했는지 아니?" 하지만 그는 그 불쾌한 짓이 어떤 것인지는 말하지 않았다. 그는 마리야 니콜라예브나가 차를 연하게 타서, 무엇보다 자기를 환자 다루듯 해서 그녀를 내쫓았다고는 차마 말할 수 없었다. "그러고 나니 이제는 내 생활을 완전히 바꾸고 싶구나. 물론 나도 다른 사람들처럼 어리석은 행동을 했어. 하지만 재산은 맨 나중의 문제야. 난 재산에 대해서는 별로 아쉬워하지 않아. 몸만 건강하다면……. 아무튼 내 건강도 하느님 덕분에 완전히 회복됐단다."

레빈은 형의 말을 들으며 열심히 머리를 굴렸지만 적당한 말을 찾을 수 없었다. 아마 니콜라이도 똑같이 느낀 모양이었다. 그는 동생에게 농사일에 대해 물었다. 레빈은 자신에 대한 이야기를 하게 되어 기뻤다. 왜냐하면 그 문제에 대해서만큼은 가식 없이 말할 수 있기 때문이었다. 그는 형에게 자신의 계획과 활동에 대해 들려주었다.

형은 그 말을 듣고는 있었지만 관심이 없는 게 분명했다.

이 두 사람은 서로를 무척 사랑하는 친한 사이였기 때문에 아주 작은 몸짓이나 목소리의 음색만으로도 말로 표현할 수 있는 것보다 더 많은 것을 전할 수 있었다.

지금 두 사람은 똑같은 생각을 하고 있었다. 니콜라이의 병, 그리고 가까이 다가온 그의 죽음. 이 생각이 다른 생각들을 압도했다. 그러나 아무도 그것을 입 밖에 낼 수 없었다. 따라서 그들이 자신의 마음을 빼앗은 그 생각을 말하지 않는 한, 무슨 말을 하든 그들의 말은 다 거짓이었다. 레빈은 밤이 깊어 잠자리에 들어야 하는 것을 지금처럼 기뻐한 적이 없었다. 누구와 있든, 어떤 공적인 모임에 가든, 지금처럼 부자연스럽고 거북한 적은 없었다. 이런 부자연스러움에 대한 자각과 회한은 레빈을 더욱더 부자연스럽게 만들었다. 그는 이렇게 죽어 가는 사랑하는 형을 위해 울고 싶었다. 그러나 그는 형의 말을 들으며 형이 앞으로 어떻게 살지에 대한 이야기에 맞장구를 쳐야

했다.

집에 습기가 많은 데다 난로를 피운 방이 하나뿐이었기 때문에, 레빈은 자기 침실에 칸막이를 놓고 형을 그 방에 자도록 했다.

형은 잠자리에 들었다. 잠이 들었는지 안 들었는지 모르지만, 그는 병자처럼 계속 몸을 뒤척이며 기침을 했고, 기침이 멎지 않으면 뭐라고 중얼거리곤 했다. 때때로 그는 힘겹게 숨을 몰아쉬며 '아, 하느님!'이라고 말했다. 이따금 가래 때문에 숨이 막힐 때면 그는 짜증을 내며 '에잇! 빌어먹을 악마!' 하고 지껄였다. 레빈은 그의 말을 들으며 오랫동안 잠을 이루지 못했다. 그의 머릿속에 온갖 다양한 생각들이 떠올랐으나, 그 생각들의 결말은 오직 하나, 바로 죽음이었다.

죽음, 모든 것의 피할 수 없는 종말은 저항할 수 없는 힘을 띠고서 처음으로 그의 앞에 나타났다. 이 죽음, 잠결에 신음하면서 그저 습관적으로 때로는 하느님을, 때로는 악마를 부르는 저기 사랑하는 형 안에 있는 이 죽음은 그가 예전에 생각하던 것처럼 그렇게 멀리 있지 않았다. 죽음은 바로 그 자신 안에도 있었다. 그는 그것을 느낄 수 있었다. 오늘이 아니면 내일, 내일이 아니면 30년 후, 그것은 아무래도 상관없는 게 아닐까? 이 피할 수 없는 죽음이 과연 무엇인지, 그는 그것에 대해 알지도 못했고 지금껏 생각해 본 적도 없을 뿐 아니라, 그 문제에 대해 생각할 능력도, 용기도 없었다.

'난 일을 하고 있고 무언가를 하고 싶어 하지. 그러나 난 모든 것에 끝이 있다는 것, 그것은 곧 죽음이라는 것을 잊고 있었어.'

그는 어둠에 잠긴 침대 위에서 무릎을 끌어안은 채 웅크리고 앉아 상념의 긴장으로 숨을 죽이며 생각에 빠져 들었다. 하지만 정신을 집중할수록, 이것은 너무나도 분명한 사실이며 자신이 이것을 정말로 잊고 있었고 인생의 작은 한 가지 국면, 즉 죽음은 오기 마련이고 모든 것에는 끝이 있다는 것, 그 무엇도 시작할 가치가 없다는 것, 이것을 구할 방법은 전혀 없다는 것을 간과하고 있었다는 생각이 그의 머릿속에서 점점 또렷해졌다. 그래, 이것은 무섭긴 하지만 틀림없는 사실이다.

'그래, 난 아직 살아 있어. 지금 난 도대체 무엇을 해야 하지, 무엇을 해야 하지?' 그는 절망적으로 중얼거렸다. 그는 초를 켜고 조심스럽게 일어난 후 거울로 다가가 자신의 얼굴과 머리카락을 바라보았다. 그래, 관자놀이 부분이 희끗희끗하군. 그는 입을 벌렸다. 어금니가 썩기 시작했다. 그는 근육이 탄탄하게 솟은 팔뚝을 드러냈다. 그래, 힘은 충분하군. 하지만 저기 폐의 남은 부분으로 숨 쉬고 있는 니콜렌카 형도 한때는 건강한 육체를 갖고 있었지. 불현듯 레빈의 뇌리에 어린 시절 그들이 함께 침대에 누운 채, 서로 베개를 던지면서 마음껏 깔깔거리며 웃을 수 있도록 표도르 보그다니치가 얼른 방에서 나가기만을 기다리던 일이 떠올랐다. 그렇게 깔깔거리며 놀다 보면 표도르 보그다니치에 대한 두려움조차 생의 행복에 대한 그들의 용솟음치는 자각을 막지 못했다. '그런데 이제는 저렇게 구부러진 텅 빈 가슴만……. 그리고 앞으로 무슨 일이 어떠한 이유로 일어날지도 알지 못하는 난…….'

"하! 하! 아, 빌어먹을 악마! 넌 왜 안 자고 꾸물거리고 있느냐?" 형의 목소리가 그를 불렀다.

"나도 모르겠어. 그냥 잠이 안 와."

"난 푹 잤는데. 이제 난 식은땀도 흘리지 않아. 이것 봐, 루바슈카를 만져 봐. 땀에 젖지 않았지?"

레빈은 루바슈카를 만지고 칸막이 너머로 돌아와 촛불을 껐다. 하지만 여전히 오랫동안 잠을 이룰 수 없었다. 어떻게 살아야 할지에 대한 문제가 어느 정도 풀리나 싶더니, 해결할 수 없는 새로운 문제, 곧 죽음이 그의 앞에 나타난 것이다.

'아, 형은 죽어 가고 있다. 아마 내년 봄쯤 죽을 거야. 어떻게 해야 형을 도울 수 있지? 형에게 무슨 말을 할 수 있을까? 난 죽음에 대해 무엇을 알고 있지? 난 그것이 존재한다는 것조차 잊고 있었는데.'

32

레빈은 지나치게 겸손하고 굴종적인 사람은 상대를 거북하게 만들고, 지나치게 까다롭고 트집 잡기를 좋아하는 사람은 곧 상대를 견딜 수 없게 만든다는 것을 이미 오래전에 깨달았다. 그는 이런 모습이 형에게도 일어나고 있음을 깨달았다. 그리고 사실 니콜라이 형의 온화함은 그다지 오래가지 않았다. 그는 이튿날 아침부터 걸핏하면 화를 내고 동생의 가장 아픈 곳을 건드리며 줄기차게 시비를 걸었다.

레빈은 자기에게 잘못이 있다고 느꼈지만 그것을 고칠 수 없었다. 그는 두 사람이 가식을 버리고 이른바 진심으로 말하는 행위를 하고자 한다면, 즉 그들이 생각하고 느끼는 바를 있는 그대로 털어놓고자 한다면, 서로 눈을 마주치기만 해도 될 것 같다고 느꼈다. 만약 그렇다면 콘스탄친의 입은 오직 '형은 죽어 가고 있어. 형은 죽어 가고 있어. 형은 죽어 가고 있어.'라고 말했을 테고, 니콜라이는 '나도 내가 죽는다는 것을 알아.

하지만 두려워, 두려워, 두렵다고!'라고만 대답했을 것이다. 만일 진심만을 말해야 한다면, 그들은 더 이상 아무 말도 하지 않을 것이다. 그러나 그렇게는 지낼 수 없었다. 그래서 콘스탄친은 자신이 평생 노력했지만 도저히 할 수 없었던 것, 자기가 보기에 많은 사람들이 훌륭히 해내고 있고 그렇게 하지 않으면 도저히 살 수 없을 것처럼 보이는 것을 해 보려고 노력했다. 즉 그는 자신의 생각을 말하지 않으려고 애썼다. 그러나 그는 이러한 노력이 결국 위선이 되고 만다는 것, 형이 그것을 알아채고 화를 낸다는 것을 끊임없이 느꼈다.

사흘째 되던 날, 니콜라이는 동생이 자신의 계획을 다시 이야기하도록 만들고는 그것을 비난했을 뿐 아니라 그것을 일부러 코뮤니즘과 혼동하는 척하기 시작했다.

"넌 그저 남의 생각을 가져와 그것을 왜곡해서 부적절한 곳에 적용하고 싶어 할 뿐이야."

"아니, 내 계획과 코뮤니즘 사이에는 전혀 공통점이 없어. 그들은 소유와 자본과 상속의 정당성을 거부하지만, 난 그 중요한 스티물러스[58](레빈은 그런 단어를 쓰는 자신이 혐오스러웠지만, 저술에 몰두한 후부터는 자기도 모르게 러시아어가 아닌 단어를 사용하는 일이 잦아졌다.)를 부인하지 않아. 난 그저 노동을 조절하고 싶을 뿐이야."

"바로 그거야! 넌 남의 생각을 가져와 그 생각에서 그 힘을 이루는 것은 모두 잘라 버리고는 그것이 무언가 새로운 것이라

58) 'stimulus.'(영어) '자극, 고무, 격려'라는 뜻으로, 본문에서는 원어 대신 러시아어로 표기하였다.

고 믿고 싶어 해." 니콜라이는 성난 어조로 넥타이를 잡아당기며 말했다.

"아니, 그것은 내 생각과 아무런 공통점이 없어……."

"거기에는……." 니콜라이 레빈은 매섭게 눈을 빛내고 비꼬듯이 웃으며 말했다. "거기에는 적어도 소위 기하학적인 아름다움이 있어. 선명함과 확실성 말이야. 어쩌면 그것은 유토피아일지도 모르지. 하지만 과거의 모든 것으로부터 tabula rasa[59]를 만들어 낼 수 있다고 가정하자. 그래서 소유도 없어지고 가족도 없어지면, 노동도 정리가 되겠지. 하지만 너의 생각 안에는 아무것도 없어……."

"왜 형은 그것들을 뒤섞어 버리는 거야? 난 코뮤니스트였던 적이 한 번도 없어."

"난 한때 코뮤니스트였지. 그리고 지금은 이렇게 생각해. 코뮤니즘은 아직 시기상조이긴 하지만, 초창기의 그리스도교처럼 이성적이고 장래성도 있다고 말이야."

"난 다만 노동력을 자연과학적 시각에서 고찰해야 한다고 생각할 뿐이야. 말하자면 노동력을 연구하여 그 특성을 알아내고……."

"아니, 그건 완전히 쓸모없는 짓이야. 그 힘 자체는 자신의 발전 단계에 따라 일정한 활동 형식을 찾아내지. 예전에는 도처에 노예들이 있었고, 그다음에는 metayers[60]가 등장했어. 또한 우리 나라에는 수확을 반분하는 노동자가 있고, 임대 노동

59) '타불라 라사(흰 종이).'(라틴어) 로크의 철학에서 정신의 백지 상태를 가리킨다.

60) '소작인.'(영어)

자가 있고, 일용 노동자가 있어. 도대체 넌 뭘 추구하는 거냐?"

레빈은 이 말에 갑자기 흥분했다. 왜냐하면 그의 마음속 깊은 곳에는 그 말이 사실일지도 모른다는 두려움이 자리 잡고 있었기 때문이다. 자신이 코뮤니즘과 기존 형식들의 균형을 추구하고 싶어 한다는 것, 그것은 아마도 불가능하리라는 것, 이 모든 것이 사실일지도 모른다는 두려움…….

"난 나 자신과 노동자들을 위해 생산적으로 일할 방법을 찾고 있어. 내가 만들고 싶은 것은……." 그는 열띤 어조로 대답했다.

"넌 아무것도 만들고 싶어 하지 않아. 넌 다만 지금까지 살아온 것처럼 괴짜 행세를 하면서 네가 단순히 농부들을 착취하는 것이 아니라 이상을 갖고 그 일을 한다는 것을 보여 주고 싶어 할 뿐이야."

"그래, 그럼 그렇게 생각해 버려. 이제 그 이야기는 그만해!" 레빈은 왼뺨의 근육이 경련을 일으키는 것을 느끼며 대답했다.

"넌 신념을 가진 적이 없어. 지금도 그렇고. 넌 그저 네 자존심을 만족시키면 그만이지."

"그래, 아주 훌륭하군, 이제 날 좀 내버려 둬!"

"내버려 두지! 진작 갔어야 해. 어서 꺼져 버려! 이렇게 와서 정말 미안하구나!"

그런 일이 있은 후, 레빈이 아무리 진정시키려 해도 니콜라이는 아무 말도 들으려 하지 않고 서로 헤어지는 편이 훨씬 낫다는 말만 했다. 콘스탄친은 산다는 것이 형에게는 그저 견딜 수 없는 것이 되어 버린 것을 깨달았다.

콘스탄친이 다시 그를 찾아가 자신이 형을 화나게 한 일이 있다면 용서하라고 어색하게 빌었을 때, 니콜라이는 이미 떠날 준비를 완전히 끝낸 상태였다.

"아, 관대하기도 하지!" 니콜라이는 이렇게 말하며 빙긋 웃었다. "만일 네가 옳다고 믿고 싶어 한다면, 내가 네게 그 기쁨을 줄 수도 있어. 네가 옳아. 하지만 어쨌든 난 가야겠다!"

니콜라이는 길을 떠나기 직전에 동생과 입맞춤을 하고는 갑자기 이상할 만큼 진지한 모습으로 동생을 쳐다보며 말했다.

"어쨌든, 날 나쁜 사람으로 기억하지 말아 다오, 코스챠!" 그의 목소리가 떨렸다.

이것은 진심에서 우러나온 유일한 말이었다. 레빈은 이 말에 깃든 뜻을 이해했다. '넌 내 건강이 좋지 못한 걸 눈으로 봐서 알지. 어쩌면 우리는 이제 못 만날지도 모른다.' 레빈은 그것을 깨달았다. 그러자 그의 눈에서 눈물이 솟구쳤다. 그는 형에게 한 번 더 입을 맞추었으나 한마디도 할 수 없었다.

형이 떠난 지 사흘째 되는 날, 레빈도 외국으로 떠나 버렸다. 기차역에서 마주친 키티의 사촌오빠 쉐르바츠키는 레빈의 침울한 모습에 무척 놀랐다.

"무슨 일 있어?" 쉐르바츠키가 그에게 물었다.

"아니, 아무 일 없어. 그냥 세상에는 즐거운 일이 별로 없는 것 같아서."

"별로 없다고? 뮐하우스로 가지 말고 당장 나와 파리로 가지. 그곳이 얼마나 즐거운 곳인지 보게 될 거야."

"아냐, 난 이미 끝났어. 죽을 때가 된 거야."

"무슨 그런 농담을!" 쉐르바츠키는 웃으며 말했다. "난 이제 막 시작하려 하는데."

"그래, 나도 얼마 전에는 그렇게 생각했지. 하지만 이제 난 내가 곧 죽게 된다는 걸 알아."

레빈은 자신이 최근에 진심으로 생각하던 바를 말했다. 그는 모든 것에서 죽음이나 죽음으로의 접근만을 보았다. 하지만 그가 계획한 일이 그의 마음을 더욱 사로잡았다. 죽음이 오기 전까지는 어떻게든 삶을 살아가야 했다. 그에게는 어둠이 모든 것을 뒤덮은 것 같았다. 하지만 바로 이러한 어둠 때문에, 그는 자신의 일이 이 어둠 속에서 그를 이끌어 줄 유일한 끈이라고 느끼며 온 힘을 다해 그것을 붙잡고 그 뒤를 따라가고 있었다.

4부

1

카레닌 부부는 계속 한집에서 살며 매일같이 얼굴을 대했지만 완전히 남남처럼 지내고 있었다. 알렉세이 알렉산드로비치는 하인들에게 제멋대로 억측할 빌미를 주지 않기 위해 매일 아내를 보는 것을 규칙처럼 지키면서도 집에서 식사하는 것만큼은 피했다. 브론스키는 알렉세이 알렉산드로비치의 집을 한 번도 찾아오지 않았으나, 안나는 집 밖에서 그를 만나고 있었다. 남편도 이 사실을 알았다.

이런 상황은 그들 세 사람 모두에게 괴로운 것이었다. 만일 이 상황이 곧 바뀔 것이며 이것은 그저 곧 지나갈 일시적인 슬픈 곤경일 거라는 기대가 없었다면, 그들 가운데 그 누구도 이러한 상황에서 단 하루도 살아갈 수 없었을 것이다. 알렉세이 알렉산드로비치는 모든 것에 끝이 있듯 이러한 열정이 곧 사라지기를, 사람들이 이 일을 잊고 자신의 이름이 더럽혀지지 않기를 기대했다. 이 상황의 주도권을 쥐고 있고 그 누구보다 괴로운 처지에 있었던 안나는 모든 것이 곧 해결되고 분명해지기를 기대했을 뿐 아니라 그렇게 되리라고 굳게 확신했기 때문에 지금의 처지를 묵묵히 견디어 냈다. 그녀는 무엇이 이러한 상황을 해결해 줄지 뚜렷이 알지 못했지만, 이제 곧 그녀가 기다리던 무언가가 찾아오리라고 굳게 믿었다. 브론스키는 자기도 모르게 그녀의 영향을 받아 자기와 상관없는 무언가가 이 어려움을 해결해 주기를 기대했다.

한겨울에 브론스키는 매우 지루한 한 주를 보냈다. 그는 페테르부르크에 온 어느 외국 왕자[61]의 안내를 맡아 페테르부르크의 명승지를 보여 주어야 했다. 브론스키는 풍채가 당당할 뿐 아니라 훌륭하고 존경할 만하게 처신하는 솜씨를 지녔고 이런 사람들을 대하는 데 익숙했다. 그래서 그가 왕자의 안내를 맡게 된 것이다. 하지만 그 임무는 그에게 몹시 괴로운 것이었다. 왕자는 고국 사람들이 러시아에서 보았느냐고 물을 만한 것들을 하나도 놓치고 싶어 하지 않았다. 게다가 그는 러시아의 환락을 가능한 한 많이 향유하고 싶어 했다. 브론스키는 그에게 이 양쪽 모두를 안내해야 했다. 아침이면 그들은 러시아의 명승지를 둘러보러 다녔고, 저녁이면 러시아 고유의 향락에 몸을 맡겼다. 그 왕자는 왕자들 가운데서도 보기 드물게 건강한 사람이었다. 왕자는 체조와 착실한 몸 관리로 충분한 체력을 비축하고 있어서 무절제한 향락에 빠지고도, 윤기가 흐르는 큼직한 초록색 네덜란드산 오이처럼 생기가 넘쳤다. 왕자

61) 1874년 1~2월에 페테르부르크 시는 에든버러의 공작 알프레드와 알렉산드르 2세가 사돈 맺은 것을 기념하여 덴마크, 영국, 독일의 왕자들을 초대하여 접대했다.

는 많은 곳을 여행하면서 오늘날 교통수단이 주는 주요한 편리 가운데 하나는 각 나라의 향락을 쉽게 접할 수 있게 된 것이라고 생각했다. 그는 에스파냐에 간 적이 있는데, 그곳에서는 세레나데를 부르기도 하고 만돌린을 연주하는 에스파냐 여자와 가깝게 지내기도 했다. 스위스에서는 겜제[62]를 사냥했다. 영국에서는 붉은 연미복 차림으로 울타리를 뛰어넘기도 하고 내기 사냥에서 꿩 200마리를 잡기도 했다. 투르크에서는 할렘을 찾았고, 인도에서는 코끼리를 타고 다녔다. 이제 그는 러시아에서 러시아 특유의 모든 향락을 맛보고 싶어 했다.

소위 수석 의전관으로서 왕자와 동행하던 브론스키에게는 다양한 사람들이 왕자에게 제공하는 온갖 러시아적 향락을 분류하는 것도 큰 일거리였다. 경마도 있었고, 블린[63]도, 곰 사냥도, 트로이카도, 집시 여자들도, 식기를 깨뜨리며 즐기는 러시아식 주연도 있었다. 왕자는 너무나도 쉽사리 러시아 정신에 동화되어 식기가 쌓인 쟁반을 통째로 깨뜨리고 집시 여자를 무릎에 앉히면서 마치 이렇게 묻는 듯했다. 더 없나? 러시아 정신은 고작 이것뿐인가?

사실 러시아의 향락 가운데 왕자가 가장 마음에 들어 했던 것은 프랑스 여배우들과 발레리나와 하얀 인장이 찍힌 샴페인이었다. 브론스키는 왕자들을 대하는 데 익숙했다. 그러나 그 자신이 최근에 변한 탓인지, 아니면 이 왕자와 너무 가까이 있어서인지, 이 한 주일이 그에게는 끔찍할 정도로 괴롭게 느껴

62) 알프스 지역에 사는 영양.

63) 일종의 팬케이크로 사육제의 주요 음식.

졌다. 일주일 내내 그는 위험한 미치광이를 시중드는 사람이 느꼈음 직한 감정, 즉 미치광이를 두려워하는 동시에 그와 함께 있는 동안 자신의 정신마저 걱정해야 하는 그런 느낌을 계속 맛보았다. 브론스키는 경멸을 받지 않으려면 엄격하고 공적인 경의를 단 한순간도 늦춰서는 안 된다고 늘 느끼고 있었다. 브론스키가 놀란 것은, 왕자가 그에게 러시아의 향락을 제공하려고 필사적으로 애쓰는 그 사람들을 깔보는 듯한 태도로 대하는 점이었다. 브론스키는 왕자가 연구하고 싶어하는 러시아 여성들에 대한 그의 견해를 들으며 여러 차례 분노로 얼굴을 붉혔다. 그러나 브론스키가 이 왕자를 유난히 불쾌하게 느낀 주된 이유는 왕자에게서 무심결에 자기 자신의 모습을 보았기 때문이다. 게다가 그가 이 거울에서 본 것은 그의 자존심을 치켜세워 줄 만한 것이 못 되었다. 그 모습은 너무나 어리석고 너무나 자신만만하고 너무나 건강하고 너무나 깔끔한 사내에 지나지 않았다. 그는 신사였다. 그것은 사실이었다. 브론스키도 그 점을 부인할 수는 없었다. 그는 최고상류층에게 아첨하지 않는 당당한 태도를, 그와 신분이 대등한 사람에게는 자유롭고 소탈한 태도를, 그보다 신분이 낮은 사람에게는 모욕적일 만큼 친절한 태도를 보였다. 브론스키 자신도 그런 사람이었고 그러한 모습을 훌륭한 미덕으로 여겼다. 하지만 왕자와의 관계에서 그는 신분이 낮은 쪽이었다. 그런 상황에 놓이자, 모욕적일 만큼 친절한 왕자의 태도가 그의 마음에 몹시 거슬렸다.

'쇠고기같이 멍청한 놈! 나도 정말 저런 모습일까?' 그는 생각했다.

어쨌든 이레가 지난 후 모스크바로 떠나는 왕자와 작별 인사를 나누고 그에게서 감사의 말을 들었을 때, 브론스키는 그 거북한 처지와 불쾌한 거울을 벗어나게 되어 기뻤다. 두 사람은 밤새도록 러시아적 용맹을 과시하며 곰 사냥을 하고는, 돌아오는 길에 역에서 작별 인사를 나누었다.

2

집으로 돌아온 브론스키는 자기 방에서 안나의 쪽지를 발견했다. 그녀는 이렇게 썼다. '난 지금 아프고 불행해요. 난 외출할 수 없어요. 하지만 당신을 보지 못한 채 더 이상은 버틸 수 없어요. 저녁에 와 줘요. 알렉세이 알렉산드로비치는 7시에 회의하러 나가서 10시까지 그곳에 있을 거예요.' 그를 집 안에 들여놓지 말라고 남편이 요구했는데도 그녀가 그를 집으로 불러들이는 것이 한순간 이상하다고도 생각했지만, 그는 안나의 집에 가기로 결심했다.

브론스키는 올겨울에 대령으로 진급하여 연대에서 나와 혼자 살고 있었다. 아침 식사를 끝내자마자 그는 소파에 드러누웠다. 그러자 약 5분 동안 최근에 본 추악한 장면들에 대한 기억이 안나와 곰 사냥에서 중요한 역할을 한 몰이꾼 농부의 이미지와 서로 뒤섞이며 얽혔다. 그러다 브론스키는 잠이 들었다. 그는 두려움에 떨며 어둠속에서 눈을 번쩍 뜨더니 황급히 초에 불을 붙였다. '그게 뭐지? 뭐지? 꿈에서 본 그 무시무시한 것이 도대체 뭘까? 그래, 맞아. 덥수룩한 턱수염에 왜소하고 지저분한 몰이꾼 농부가 허리를 굽히고서 무언가를 하다가 갑자기 프랑스어로 뭔가 이상한 말을 지껄인 것 같은데. 그래, 꿈은 그것으로 끝났어.' 그는 혼잣말을 했다. '하지만 도대체 무엇 때문에 그 말이 그렇게 무서웠던 걸까?' 그는 다시 농부와 그 농부가 지껄인 뜻도 알 수 없는 프랑스 단어들을 생생하게 떠올렸다. 그러자 싸늘한 공포가 그의 등줄기를 타고 내려갔다.

'이따위 어리석은 생각을 하다니!' 브론스키는 이렇게 생각하고 시계를 보았다.

벌써 8시 반이었다. 그는 벨을 울려 하인을 부르고는 부랴부랴 옷을 갈아입고서 꿈에 대해서는 까맣게 잊은 채 약속 시간에 늦은 것만을 걱정하며 현관 계단으로 나갔다. 카레닌 가의 현관에 도착할 즈음, 그는 시계를 보고는 9시 10분 전이라는 것을 알았다. 회색 말 한 쌍이 매인 높고 좁다란 마차가 현관 앞에 있었다. 그는 그것이 안나의 마차임을 알아차렸다. '그녀가 내게 오려고 했군.' 브론스키는 생각했다. '그러는 편이 더 낫겠지. 난 이 집에 발을 들여놓기 싫어. 하지만 아무려면 어때. 이제 와서 몸을 숨길 수도 없는데.' 그는 속으로 중얼거렸다. 그러고는 어릴 때부터 몸에 밴 몸짓으로, 즉 부끄러워할 것이 전혀 없는 사람의 태도로 썰매에서 내려 문 쪽으로 다가갔다. 그때 문이 열리더니 한쪽 팔에 덮개를 두른 수위가 마차를 불렀다. 사소한 것을 눈치채는 데 익숙하지 않은 브론스키였지만, 이때만은 그도 수위가 그를 흘깃 쳐다볼 때의 놀란 표정을 알아차렸다. 브론스키는 문가에서 알렉세이 알렉산드로비치와 쿵 부딪칠 뻔했다. 가스등이 검정색 모자 아래의 핏기 없는 야윈 얼굴과 비버 털가죽 외투 안에서 반짝이는 하얀 넥타이를 똑바로 비추었다. 카레닌의 미동도 없는 흐릿한 눈동자가 브론스키의 얼굴을 쏘아보았다. 브론스키는 인사를 했다. 그러자 알렉세이 알렉산드로비치는 입술을 몇 번 깨물고는 한 손을 모자에 올려 보이며 지나갔다. 브론스키는 그가 뒤도 돌아보지 않고 마차에 올라 창문으로 덮개와 오페라글라스를 받고 나서 몸을 숨기는 것을 보았다. 브론스키는 현관 안으로 들어갔다. 그의 눈썹이 찌푸려지고 그의 눈동자가 악의에 찬 오만한 빛으로 번득였다.

'이게 무슨 꼴인가!' 그는 생각했다. '만일 그가 나와 싸워 자신의 명예를 지키고자 한다면, 나도 뭔가 행동을 취하고 내 감정을 표현할 수 있을 텐데. 하지만 저렇게 유약하고 비겁해서야……. 그는 나를 사기꾼으로 몰고 있어. 난 사기꾼 따위가 되고 싶지 않았고 지금도 그렇게는 되고 싶지 않아.'

브레제 집의 정원에서 안나와 이야기를 나눈 이후, 브론스키의 생각은 많이 바뀌었다. 그는 저도 모르게 그에게 자신의 모든 것을 내맡기고 오직 그만이 자신의 운명을 결정해 주길 기다리는 안나의 연약함에 굴복하고 말았고 앞으로 일어날 모든 일을 달게 받아들이기로 마음먹었다. 그래서 오래전부터 그는 그때같이 그들의 관계가 언젠가 끝날 수도 있다는 생각은 더 이상 하지 않게 되었다. 그의 야심찬 계획은 다시 뒤로 퇴각하고 말았다. 그는 모든 것이 분명하게 정해진 일정한 활동 범위에서 벗어난 것을 느끼며 자신의 감정에 자기를 전적으로 내맡겨 버렸다. 그러자 이러한 감정은 그를 그녀에게로 더욱더 강하게 옭아맸다.

아직 현관에 있던 그의 귀에 멀어져 가는 그녀의 발소리가 들렸다. 그는 그녀가 그를 기다리며 귀를 기울이다가 지금 막 응접실로 되돌아갔다는 것을 알아차렸다.

"싫어!" 그녀는 그를 보자 소리쳤다. 그리고 그녀의 목소리가 입 밖으로 나오기가 무섭게 그녀의 눈에서는 눈물이 흘러내렸다. "싫어, 계속 이런 식으로 가다가는 그 일이 훨씬, 훨씬 더 빨리 닥치고 말 거예요!"

"무슨 일이야?"

"무슨 일이냐고요? 난 괴로운 마음으로 기다렸어요. 한 시간, 두 시간……. 아냐, 그만둘래요! 난 당신과 싸울 수 없어요. 당신도 어쩔 수 없었겠죠. 아니, 더 이상 말하지 않을게요!"

그녀는 두 손을 그의 어깨에 얹고는 깊고 환희에 찬, 그러면서도 뭔가를 알아내려는 듯한 예리한 시선으로 오랫동안 그를 바라보았다. 그녀는 그를 보지 못한 시간을 만회하기 위해 그의 얼굴을 자세히 쳐다보았다. 그를 만날 때면 늘 그러듯이, 그녀는 자기가 상상한 그의 모습(비길 데 없이 월등하고 현실에서는 있을 수 없는 모습)과 있는 그대로의 그의 모습을 하나로 융합했다.

3

"그와 마주쳤죠?" 두 사람이 램프 아래의 테이블 앞에 앉자 그녀가 이렇게 물었다. "늦게 온 벌이에요."

"알았어. 그런데 어떻게 된 거지? 그는 회의에 갔어야 하잖아?"

"그는 나갔다가 돌아와서 또 어디론가 가는 길이었어요. 하지만 상관없어요. 그 얘긴 그만해요. 어디에 있었어요? 계속 그 왕자와 함께 있었나요?"

그녀는 그의 생활을 낱낱이 알고 있었다. 그는 밤새 한숨도 못 잔 탓에 깜빡 잠이 들었다고 말하려 했지만, 활기차고 행복에 넘친 그녀의 얼굴을 보자 부끄러운 마음이 들었다. 그래서 그는 왕자의 출발을 보고하러 가야 했다고 말했다.

"하지만 이젠 다 끝났죠? 왕자도 떠났죠?"

"고맙게도 다 끝났어. 당신은 믿지 않겠지만, 그 일은 나에게 정말로 견디기 힘든 일이었어."

"왜요? 그건 당신 같은 젊은 남자들의 일상이잖아요." 그녀는 눈썹을 찡그리며 말했다. 그리고 테이블에 놓인 뜨개질감을 집어 들더니 브론스키에게는 눈길도 주지 않으며 그 속에서 뜨개바늘을 끄집어냈다.

"난 이미 오래전에 그런 생활을 청산했거든." 그는 그녀의 표정이 변하는 것에 놀라며 그 의미를 간파하려고 애썼다 "그리고 솔직히 말해서……." 그는 가지런한 하얀 이를 드러내며 웃었다. "지난 일주일 동안 그런 생활을 보고 있자니, 마치 거울을 바라보는 것 같아 기분이 좋지 않았어."

그녀는 손에 뜨개질감을 쥐고서도 뜨개질은 하지 않고 이상스레 빛나는 적의 어린 시선으로 그를 바라볼 뿐이었다.

"오늘 아침, 리자가 우리 집에 들렀어요. 그 사람들은 여전히 리디야 이바노브나 백작부인이 있어도 개의치 않고 별로 두려워하는 기색도 없이 날 찾아와요." 그녀는 이런 말을 끼워 넣었다. "그녀는 당신네들의 아테네의 밤[64]에 대해 이야기해 주었어요. 어찌나 추악한 내용이던지!"

"나도 막 그 이야기를 하려던……."

그녀가 그의 말을 가로막았다.

"그 테레즈라는 여자, 당신이 전에 알던 여자라면서요?"

"내가 말하려 한 것은……."

"당신네 남자들은 정말 추악해요! 어떻게 당신네들은 여자들이 그런 일을 도저히 잊지 못한다는 것을 상상도 못하죠?"

---

64) 로마의 작가 아울루스 겔리우스(2세기)는 '아테네의 밤'이라는 제목으로 다양한 분야의 지식에 관한 대화집을 냈다. 러시아에서는 이 제목이 방탕한 행위가 난무하는 모임을 뜻하는 말로 유명해졌다.

그녀는 이렇게 말하며 더욱더 화를 냈다. 그녀는 이렇게 함으로써 그에게 자기가 화난 이유를 드러내려 했다. "당신의 생활을 알 수 없는 여자는 더욱 그래요. 내가 아는 게 뭐죠? 아니, 내가 뭘 알았던 거죠? 당신이 내게 말해 준 것뿐이잖아요. 당신의 말이 사실인지 아닌지 내가 어떻게 알겠어요……." 그녀가 말했다.

"안나! 당신은 나를 모욕하고 있어. 당신은 정말 날 믿지 않는 거야? 내가 당신에게 말하지 않았나? 내게는 당신에게 밝히지 못할 생각 같은 건 없다고 말이야."

"네, 그랬어요." 그녀는 질투심을 몰아내려 애쓰는 듯한 모습으로 이렇게 말했다. "하지만 당신이 내가 얼마나 괴로운지 안다면! 난 당신을 믿어요, 믿는다고요……. 그런데 당신이 하려던 말은 뭐죠?"

하지만 그는 자신이 하려던 말을 금방 떠올릴 수 없었다. 최근에 그녀에게서 점점 더 빈번하게 일어나는 이런 질투의 발작은 그를 몸서리치게 했다. 그가 아무리 숨기려 해도, 그런 그녀의 모습은 그의 마음을 식게 만들었다. 물론 그도 질투가 그에 대한 사랑 때문이라는 것을 알았다. 그는 스스로에게 그녀의 사랑이 곧 행복이라고 얼마나 많이 되뇌었는지 모른다. 그리고 안나는 사랑을 인생의 모든 행복보다 소중히 여기는 여인만이 할 수 있는 사랑으로 그를 사랑했다. 그러나 그는 안나를 좇아 모스크바를 떠날 때보다 행복으로부터 훨씬 멀어졌다. 그때 그는 자신이 불행하다고 느끼면서도 미래에 행복이 있다고 생각했다. 그런데 이제 그는 최고의 행복은 이미 과거가 되어 버렸다고 느끼고 있었다. 그녀는 그가 그녀를 처음 보았을 때와는 전혀 다른 사람이 되었다. 정신적으로나 육체적으로나 그녀는 추한 모습으로 변했다. 안나의 몸은 옆으로 푹 퍼져 버렸고, 그녀가 여배우에 대해 말하는 순간에는 그녀의 얼굴을 일그러뜨리는 표독스러운 표정이 떠올랐다. 그는 자신이 꺾어 시들어 버린 꽃을 바라보며 그 속에서 자신으로 하여금 그 꽃을 꺾어 망치게 만들도록 유혹한 그 아름다움을 애써 찾아보려는 남자처럼 그렇게 그녀를 바라보았다. 그런데도 그는 자신의 사랑이 지금보다 더 뜨거웠을 때 그렇게 하려는 마음만 강했다면 자신의 가슴속에서 그 사랑을 뽑아낼 수도 있었을 거라고 느꼈다. 그러나 지금처럼 그녀에게 사랑을 느끼지 않는 것 같은 이런 때에는 그녀와의 관계를 도저히 끊을 수 없다는 것을 알았다.

"음, 그러니까, 당신이 왕자에 대해 하려던 말이 뭐였죠? 난 이제 다 쫓아 버렸어요, 악마를 쫓아 버렸다고요." 그녀는 이렇게 덧붙였다. 질투는 두 사람 사이에서 악마로 불렸다. "그래, 당신은 왕자에 대해 무슨 말을 하려고 한 거죠? 당신은 왜 그렇게 괴로웠나요?"

"아, 정말 견디기 힘들었어!" 그는 놓쳐 버린 생각의 끈을 잡으려고 애쓰며 말했다. "그 왕자는 가까운 사람들에게서 좋은 소리를 못 들을 사람이었어. 굳이 그에 대해 정의를 하자면, 품평회에서 일등 메달을 받을 만한 기름진 동물이라고나 할까, 그저 그뿐이야." 그는 이렇게 말하며 분통을 터뜨렸다. 그런데 그의 화내는 모습이 그녀의 흥미를 끌었다.

"아니, 왜요?" 그녀가 그의 말에 반박했다. "어쨌든 그는 많은 것을 보았고 교양도 갖추었잖아요?"

"그건 전혀 다른 별개의 교양이었어. 그런 인간들의 교양이라니. 그는 그저 교양을 멸시할 권리를 얻기 위해 교양을 쌓은 게 분명해. 그런 사람들이 동물적 쾌락 외에 모든 것을 경멸하는 것처럼 말이야."

"하지만 당신네들은 모두 그런 동물적 쾌락을 좋아하지 않나요?" 그녀는 말했다. 그는 또다시 그를 피하는 어두운 시선을 알아차렸다.

"당신은 왜 그렇게 그를 변호하지?" 그는 미소를 지으며 말했다.

"그를 변호하는 게 아니에요. 그건 나와 전혀 상관없는 일이에요. 하지만 당신 자신이 그런 쾌락을 좋아하지 않았다면 당신이 그것을 거절할 수도 있었을 텐데요. 이브의 옷을 걸친 테레즈를 보는 것이 당신에게도 즐거움을 주었나 보죠……."

"또, 또 악마가 나타났군!" 브론스키는 테이블 위에 놓인 그녀의 손을 잡고 입을 맞추며 말했다.

"그래요, 하지만 나도 참을 수 없어요! 당신은 내가 당신을 기다리며 얼마나 괴로워했는지 모를 거예요! 난 내가 질투심이 강하다고 생각하지 않아요. 난 질투심이 강한 여자가 아니에요. 그리고 당신이 이렇게 나와 함께 있을 때는 나도 당신을 믿어요. 하지만 당신이 어디선가 혼자서 내가 모르는 자신만의 생활을 누리고 있을 때면……."

그녀는 그의 손에서 몸을 빼고는 뜨개질감에서 가까스로 뜨개바늘을 꺼내더니 집게손가락을 이용하여 램프의 불빛 아래서 하얗게 빛나는 털실을 한 코 한 코 민첩하게 떠 나갔다. 자수를 놓은 소매 안에서 그녀의 가느다란 손이 빠르고 신경질적으로 움직이기 시작했다.

"그래서 어떻게 됐어요? 당신은 어디에서 알렉세이 알렉산드로비치를 만났나요?" 갑자기 그녀의 목소리가 부자연스러워졌다.

"문가에서 마주쳤어."

"그가 이렇게 인사하지 않던가요?"

그녀는 얼굴을 길게 빼고 눈을 반쯤 감더니 재빨리 얼굴 표정을 바꾸고 두 손을 포갰다. 브론스키는 문득 그녀의 아름다운 얼굴에서 그에게 인사하던 알렉세이 알렉산드로비치의 표정을 보았다. 그는 싱긋 웃었다. 그러자 그녀는 그녀의 주된 매력 가운데 하나인 가슴에서 울려 나오는 사랑스러운 웃음소리로 명랑하게 웃어 댔다.

"난 도저히 그를 이해할 수 없어." 브론스키가 말했다. "만일 그가 별장에서 당신의 고백을 들은 후 당신과 헤어졌다면, 만일 그가 나에게 결투를 신청했다면……. 하지만 이건 이해가 안 돼. 그는 어떻게 이 상황을 견딜 수 있지? 그는 괴로워하고 있어. 그건 분명해."

"그 사람이요?" 그녀는 냉소를 지으며 말했다. "그는 완전히 만족하고 있어요."

"모든 것이 아주 잘 해결될 수도 있는데, 왜 우리는 다들 이렇게 괴로워하고 있는 걸까?"

"단 그 사람은 아니에요. 내가 그 사람을, 그에게 가득 밴 그 거짓을 모를 것 같아요? 그가 무언가를 느끼고 있다면, 그가 이렇게 나와 살 수 있겠어요? 그는 아무것도 이해하지 못하고 아무것도 느끼지 못해요. 무언가를 느끼는 사람이 과연 부정한 아내와 한집에서 살 수 있겠어요? 그런 아내와 이야기를 나눌 수 있겠어요? 그런 아내에게 '여보'라는 말을 할 수 있겠느냐고요?"

그리고 그녀는 다시 자기도 모르게 그를 흉내냈다. "여보, ma chère[65], 여보, 안나!"

"그는 남자도, 사람도 아냐. 그저 인형일 뿐이에요! 아무도 그 사실을 모르지만, 난 알아요. 아, 내가 그의 입장에 있다면, 누군가 그의 입장에 있다면, 난 나 같은 아내 따윈 오래전에 죽여 버렸을 거예요. 아니, 갈기갈기 찢어 버렸을 거야. 그리고 'ma chère, 안나.' 하고 부르지도 않았을 거야. 그는 사람이 아니에요. 그는 관청의 기계예요. 그는 몰라요. 내가 당신의 아내라는 것, 그는 그저 남일 뿐이고 불필요한 존재라는 것……. 이제 그 얘긴 그만해요! 그만!"

"안나, 아니, 그런 말은 옳지 않아." 브론스키는 그녀를 진정시키려 애쓰며 이렇게 말했다. "하지만 아무래도 좋아. 그 얘긴 그만하지. 당신이 뭘 하고 있었는지 말해 줘. 무슨 일이 있었어? 그 병이라는 게 도대체 뭐지? 의사는 뭐라고 그래?"

그녀는 조소 어린 즐거운 눈빛으로 그를 바라보았다. 분명 그녀는 남편에게서 우스꽝스럽고 추악한 면을 더 들추어내 그것을 말할 기회를 엿보는 것 같았다.

그는 계속 말을 이었다.

"내가 생각하기에 그건 병이 아닌 것 같아. 그냥 당신의 몸

---

65) 여성을 다정하게 부르는 프랑스어 호칭. 영어로 'my darling'에 해당하며 우리말로는 문맥상 '여보'가 적당하다.

상태가 그런 것 같은데. 그건 언제쯤이 될까?"

그녀의 눈동자에서 조롱의 빛이 꺼졌다. 하지만 그로서는 알 수 없는 무언가에 대한 인식과 고요한 슬픔이 깃든 미소가 이전의 표정을 대신했다.

"곧이요, 얼마 남지 않았어요. 당신은 우리의 처지가 괴롭다고 했죠. 그리고 그 문제를 어서 풀어야 된다고 했어요. 이런 처지가 내게 얼마나 힘든지 당신이 알까요? 당신을 자유롭게 당당하게 사랑할 수만 있다면 내가 뭐든지 내어 줄 거라는 걸 당신이 알까요? 난 괴롭지 않을 테고 질투 때문에 당신을 괴롭히지도 않을 텐데……. 그 일은 곧 닥칠 거예요. 하지만 우리가 생각하는 그런 식으로는 되지 않을 거예요."

그 일이 어떻게 닥칠지에 생각이 미치자, 그녀는 눈에 눈물이 그렁그렁해지도록 자신이 너무나 가련하게 느껴졌다. 그래서 그녀는 더 이상 이야기를 계속할 수 없었다. 그녀는 램프 아래에서 반지와 하얀 살결로 반짝이는 자신의 손을 그의 소매에 얹었다.

"그 일은 우리의 생각대로 되지 않을 거예요. 당신에게 이런 말을 하고 싶지 않았지만, 당신이 말하게 만들었어요. 곧, 곧 모든 게 해결될 거예요. 그리고 우리 모두, 모두 편안해지고 더 이상 괴로워하지도 않을 거예요."

"무슨 말인지 모르겠어." 브론스키는 그 말을 이해하면서도 이렇게 말했다.

"당신은 언제쯤이냐고 물었죠? 이제 머지않았어요. 그리고 난 그 일을 무사히 넘기지 못할 거예요. 말을 막지 말아요!" 그녀는 서둘러 말을 이었다. "난 알아요. 분명히 알아요. 난 죽을 거예요. 난 내가 죽어서 나 자신과 당신에게서 벗어날 거라고 생각하면 무척 기뻐요."

그녀의 눈에서 눈물이 흘러내렸다. 그는 자신의 동요를 감추려 애쓰면서 몸을 굽혀 그녀의 손에 입을 맞추기 시작했다. 그는 그러한 동요가 아무런 근거도 없는 것임을 잘 알고 있었지만 그것을 억제할 수 없었다.

"그렇게 될 거예요. 그렇게 되는 편이 더 나아요." 그녀는 그의 손을 세게 부여잡고 말했다. "그게 우리에게 남은 유일한 길이에요."

그는 냉정을 되찾고 고개를 들었다.

"무슨 쓸데없는 소리를! 왜 그런 말도 안 되는 소리를 하는 거야!"

"아니에요, 이건 진실이에요."

"뭐가, 뭐가 진실이야?"

"내가 죽는다는 것 말이에요. 꿈에서 봤어요."

"꿈?" 브론스키는 그 말을 되풀이하였다. 순간 꿈속에서 본 농부가 떠올랐다.

"그래요, 꿈을 꾸었어요." 그녀가 말했다. "그 꿈을 꾼 건 벌써 오래전 일이에요. 난 꿈에서 무언가를 가지러, 무언가를 확인하러 내 침실로 뛰어 들어갔어요. 당신도 알죠, 꿈에서 흔히 그런 일이 있잖아요." 그녀는 공포에 질려 눈을 크게 뜬 채 말했다. "그런데 침실 한구석에 무언가가 서 있었어요."

"아, 바보 같은 소리! 당신은 어떻게 그런 걸 믿을 수 있지……."

하지만 그녀는 자기의 말을 가로막도록 내버려 두지 않았다. 그녀가 지금 말하고 있는 것은 그녀에게 너무나 중요한 것이었다.

"그런데 그 무언가가 홱 돌아서지 뭐예요. 가만히 보니, 그것은 덩치가 작고 수염이 덥수룩하고 무섭게 생긴 농부였어요. 난 달아나고 싶었어요. 하지만 농부가 자루 위로 허리를 굽히고 그 안에서 두 손으로 무언가를 뒤졌어요……."

그녀는 농부가 자루를 뒤적거리던 모습을 흉내 냈다. 그녀의 얼굴에 공포가 떠올랐다. 브론스키도 자기의 꿈을 떠올리며 그와 똑같은 공포가 자신의 영혼에 차오르는 것을 느꼈다.

"그는 자루를 뒤지면서 프랑스어로 아주 빠르게 중얼거렸어요. 그것도 에르(r) 발음을 목젖으로 굴리면서 말이에요. 'Il faut le batre le fer, le broyer, le pétrir[66]…….' 너무 무서워서 꿈에서 깨어나고 싶다고 느낀 순간, 난 잠에서 깼어요……. 하지만 꿈속에서 잠을 깬 것이었어요. 난 그 말이 무슨 뜻인지 스스로에게 물었어요. 그러자 코르네이가 이렇게 말하더군요. '산고(產苦)로, 산고로, 죽게 될 거예요, 산고로, 부인…….' 그 소리에 난 꿈에서 깼어요……."

"황당한 소리군, 말도 안 돼!" 브론스키는 그렇게 말하기는 했지만, 그 자신도 자신의 목소리에 확신이 전혀 없다는 것을 느끼고 있었다.

"하지만 이제 그 얘긴 그만해요. 벨을 울려 줘요. 차를 내오라고 할 테니까요. 아, 기다려요, 지금 곧 내가……."

그런데 갑자기 그녀가 말을 멈췄다. 순간 그녀의 표정이 변

66) '쇠를 두들겨 부수어서 잘게 만들어야 해.'(프랑스어)

했다. 공포와 흥분이 불현듯 고요하고 진지하고 행복한 집중의 표정으로 바뀌었다. 그는 이 변화의 의미를 이해할 수 없었다. 그녀는 자기 안에서 새 생명의 움직임을 들었던 것이다.

4

알렉세이 알렉산드로비치는 자기 집 현관에서 브론스키와 마주친 후 예정대로 이탈리아 오페라를 보러 갔다. 그곳에서 그는 2막이 끝날 때까지 있으면서 만나야 할 사람들을 모두 만났다. 집으로 돌아온 그는 옷걸이를 유심히 바라보며 군인 외투가 없는 것을 확인한 후 여느 때처럼 자기 방으로 갔다. 하지만 평소와 달리 그는 잠자리에 들지 못한 채 새벽 3시까지 방 안을 이리저리 거닐었다. 예의를 지키려 하지도 않고 자기가 제시한 유일한 조건, 즉 집에 정부를 끌어들이지 말라고 한 당부마저 따르려 하지 않는 아내에 대한 분노가 그에게서 평온을 앗아 갔다. 그녀는 그의 요구를 따르지 않았다. 그러니 그는 그녀를 벌하고 자신의 위협을 실행으로 옮겨야만 했다. 즉 이혼을 청구하고 아들을 빼앗아야 했던 것이다. 그는 이 일과 관련된 어려움을 잘 알고 있었다. 그러나 그는 그렇게 하겠다고 말한 이상 이제는 그 위협을 행동으로 옮겨야만 했다. 리디야. 이바노브나 백작부인은 그에게 이 방법이야말로 그가 지금의 처지에서 벗어날 수 있는 최선의 길이라고 여러 번 암시를 주었다. 그리고 최근에는 이혼 절차가 이런 문제를 거의 완벽할 만큼 처리해 주었기 때문에, 알렉세이 알렉산드로비치는 형식적인 어려움을 충분히 극복할 수 있다고 보았다. 게다가 불행은 결코 혼자서 오지 않는다더니, 이민족의 통치와 자라이스크 현의 관개에 대한 문제가 알렉세이 알렉산드로비치를 직무상 몹시 불쾌한 상황으로 몰고 가서, 그는 최근에 줄곧 극도로 초조한 기분에 사로잡혀 있었다.

그는 밤새 한숨도 자지 못했다. 그러자 끝없는 반복을 거치며 증폭된 그의 분노가 아침 무렵에는 극에 달하게 되었다. 그는 서둘러 옷을 갈아입고서, 마치 분노로 가득 찬 잔을 들고 그것을 엎지를까 두려워하는 사람처럼, 또한 분노와 더불어 아내와의 담판에 필요한 힘을 잃을까 두려워하는 사람처럼, 그녀가 일어난 것을 확인하자마자 그녀의 방으로 들어갔다.

남편을 너무나 잘 안다고 생각했던 안나는 자기 방으로 들어오는 그의 모습에 깜짝 놀라고 말았다. 그의 이마에는 주름이 잡혀 있었고, 그의 눈동자는 그녀의 시선을 피하며 침울하게 앞쪽을 응시하고 있었다. 그리고 입은 경멸의 빛을 띠며 굳게 닫혀 있었다. 그의 걸음걸이와 몸짓과 목소리에는 그의 아내가 지금까지 그에게서 한 번도 본 적 없는 단호함과 결연함이 담겨 있었다. 그는 방으로 들어오더니, 그녀에게 인사도 건네지 않은 채 곧장 그녀의 책상으로 걸어가 열쇠로 서랍을 열었다.

"뭐가 필요한 거죠?" 그녀가 소리쳤다.

"당신 정부의 편지." 그가 말했다.

"그런 건 여기 없어요." 그녀는 서랍을 닫으며 말했다. 하지만 그는 그녀의 몸짓에서 자신의 추측이 맞았음을 알아차렸다. 그는 아내의 손을 거칠게 밀친 후 재빨리 서류철을 집었다. 그는 그녀가 그 안에 가장 중요한 서류들을 보관한다는 것을 알고 있었다. 그녀가 서류철을 빼앗으려고 하자, 그가 그녀를 밀쳤다.[67]

"앉아요! 당신에게 할 말이 있소!" 그는 이렇게 말하면서, 서류철을 겨드랑이 밑에 끼우고 한쪽 어깨가 들릴 만큼 그것을 팔꿈치로 꽉 눌렀다.

그녀는 너무 놀라고 겁에 질린 나머지 말없이 그를 바라보았다.

"난 당신에게 당신의 정부를 내 집에 들이지 말라고 말했소."

"그를 만나야 했어요. 왜냐하면……."

그녀는 구실을 찾을 수 없어 말을 멈추고 말았다.

"난 여자가 정부를 만나야 할 이유에 대해 자세히 캐물을 생각은 없소."

"난 그러고 싶었어요. 난 단지……." 그녀는 얼굴을 확 붉히며 말했다. 그의 거친 태도가 그녀를 자극하여 오히려 그녀를 대담하게 만들었다. "당신이 나를 얼마나 쉽게 모욕하는지, 당신은 정말 느끼지 못하나요?" 그녀가 말했다.

67) 그 당시 법률에 따르면, 카레닌은 아내를 비롯해 집안 사람들의 편지를 읽어 볼 권리가 있다.

"정직한 남자나 정직한 여자라면 모욕이 될 수도 있겠지. 하지만 도둑에게 도둑이라고 부르는 것은 단지 la constatation d'un fait[68]일 뿐이요."

"당신에게 그런 새로운 면이, 그런 잔인한 면이 있는 줄 미처 몰랐군요."

"남편이 단지 예의를 지켜 달라는 조건으로 아내에게 자유를 허락하고 가문의 명예로운 보호를 베풀었는데, 당신은 그걸 잔인함이라고 부르는군. 그것이 잔인한 건가?"

"그건 잔인함보다 더 나빠요. 당신이 굳이 알고 싶다면 말하죠. 그건 비겁한 짓이에요."

안나는 증오를 폭발시키며 이렇게 소리치고는 자리에서 일어나 밖으로 나가려 했다.

"안 돼!" 그는 특유의 새된 목소리로 소리를 질렀다. 그 목소리는 평소보다 한층 더 높은 음을 띠었다. 그는 커다란 손가락으로 팔찌의 자국이 빨갛게 남을 만큼 그녀의 손목을 세게 잡고는 그녀를 억지로 자리에 앉혔다. "비겁하다고? 당신이 굳이 그 말을 사용하고 싶다면 말해 주지. 비겁하다는 것은 정부 때문에 남편과 아들을 버리고서도 남편의 빵을 먹는 것, 그걸 두고 하는 말이오!"

그녀는 고개를 숙였다. 그녀는 어제 정부에게 한 말, 그야말로 그녀의 남편이고 지금의 남편은 쓸모없는 사람이라고 한 말을 입 밖에 낼 수 없었을 뿐 아니라, 그 말을 생각할 수도 없었다. 그녀는 그의 말이 전적으로 옳다고 느꼈기에 고요한 목소

68) '사실의 확인.'(프랑스어)

리로 이렇게 말할 뿐이었다.

"당신이 내 처지에 대해 아무리 악담을 한다 해도, 나 자신이 내 처지를 생각하는 것보다 더 심하게 할 수는 없을 거예요. 하지만 당신은 왜 그런 말을 하죠?"

"왜 그런 말을 하냐고? 왜냐고?" 그는 여전히 분노에 차서 말을 이었다. "당신이 예의를 지켜 달라는 나의 요구를 따르지 않았으니, 나도 이런 상황을 끝장내기 위해 나름의 조치를 취하겠다는 것을 당신에게 알리기 위해서요."

"이대로 두어도 머지않아 곧 끝날 거예요." 그녀는 이렇게 말했다. 곧 다가올 죽음, 이제는 차라리 소망이 되어 버린 그 죽음에 생각이 미치자, 그녀의 눈에 또다시 눈물이 고였다.

"당신과 당신의 정부가 생각한 것보다 더 빨리 끝날 거요! 당신들로서는 동물 같은 욕정을 만족시켜야만 할 테니……."

"알렉세이 알렉산드로비치! 당신의 행동이 관대하지 않다고는 하지 않겠어요. 하지만 쓰러진 사람을 때리는 것은 과히 좋은 행동이 아니죠."

"그래, 당신은 오직 당신 자신만 생각하고, 당신의 남편이었던 사람의 고통에는 전혀 관심이 없군. 당신에게는 그 사람의 인생 전체가 무너져도, 그가 아무리 게로, 개로, 게로워해도 상관없겠지."

알렉세이 알렉산드로비치는 너무나 급하게 말한 나머지 당황하여 그 단어를 제대로 발음할 수 없었다. 그는 결국 그 단어를 '게로워해도'라고 발음하고 말았다. 그녀는 우스웠다. 그러나 곧 이런 순간 자신이 무언가를 보며 우스워할 수 있다는 사실에 부끄러움을 느꼈다. 그리고 처음으로 그녀는 잠시나

마 그를 동정하며 그의 입장이 되어 보았다. 그러자 그가 가엾게 느껴지기 시작했다. 하지만 도대체 그녀가 무슨 말을 하고 무엇을 할 수 있단 말인가? 그녀는 고개를 숙인 채 침묵을 지켰다. 그도 잠시 말이 없었다. 그러고는 아까보다 덜 날카로운 싸늘한 목소리로 딱히 중요하지도 않은 말들을 입에서 나오는 대로 힘주어 지껄였다.

"내가 이렇게 온 건 당신에게 할 말이 있어서……." 그가 말했다.

그녀는 그를 쳐다보았다. '아냐, 이건 아닌 것 같아.' 그녀는 그가 '게로워해도'라고 말하면서 당황하던 표정을 떠올렸다. '아냐, 저렇게 몽롱한 눈을 가진 사람이, 저렇게 자기만족적인 평온을 가진 사람이 과연 무언가를 느낄 수나 있겠어?'

"난 아무것도 바꿀 수 없어요." 그녀가 소곤거리듯 말했다.

"내가 당신에게 온 것은 이 말을 하기 위해서요. 난 내일 모스크바로 떠나 다시는 이 집에 돌아오지 않을 거요. 당신은 내가 이혼소송을 의뢰한 변호사를 통해 내 결정을 듣게 될 것이오. 내 아들은 누님에게 맡기겠소." 알렉세이 알렉산드로비치는 아들에 대해 말하려 한 용건을 가까스로 떠올리며 말했다.

"당신은 날 아프게 하기 위해 세료자를 원할 뿐이에요." 그녀는 그를 미심쩍은 눈초리로 쳐다보며 중얼거렸다. "그 아이를 좋아하지도 않으면서……. 세료자를 두고 가요!"

"맞아, 난 아들에 대한 사랑마저 잃었소. 당신에 대한 혐오가 그 아이와 연결되어 있기 때문이오. 그래도 그 아이를 데리고 가겠소. 난 가 보겠소!"

그는 말을 끝내고 자리를 뜨려 했다. 그러나 이번에는 그녀가 그를 붙잡았다.

“알렉세이 알렉산드로비치, 세료쟈를 두고 가요!” 그녀는 한 번 더 속삭이듯 말했다. “난 더 이상 할 말이 없어요. 그때까지라도 세료쟈를 이곳에 있게 해 줘요. 난 곧 아기를 낳을 거예요. 세료쟈를 두고 가요!”

알렉세이 알렉산드로비치는 얼굴을 확 붉히더니 그녀의 손을 뿌리치고 말없이 방에서 나가 버렸다.

5

알렉세이 알렉산드로비치가 페테르부르크에서 유명한 변호사의 응접실에 들어섰을 때, 그곳은 사람들로 꽉 차 있었다. 그곳에는 부인 세 명, 즉 노파와 젊은 부인과 상인의 아내가 있었다. 그리고 신사 세 명이 더 있었다. 한 신사는 보석 반지를 낀 독일인 은행가였고, 또 한 신사는 수염을 기른 상인이었다. 한편 문관 제복 차림에 십자가를 목에 두른 성난 얼굴의 세 번째 사내는 꽤 오랫동안 기다린 모양이었다. 두 비서는 책상 앞에 앉아 펜을 끼적이며 무언가를 쓰고 있었다. 문방구는 대단히 좋은 것이었다. 문방구에 관심이 많은 알렉세이 알렉산드로비치가 이것을 놓칠 리 없었다. 비서 가운데 한 명이 자리에서 일어나지도 않고 눈을 가느다랗게 뜬 채 성난 표정으로 알렉세이 알렉산드로비치를 돌아보았다.

"무슨 일로 오셨습니까?"

"변호사를 만나러 왔습니다."

"변호사님은 바쁘십니다." 비서는 기다리는 사람들을 펜으로 가리키며 딱딱한 말투로 대답하고는 계속 글을 썼다.

"잠시 만날 수 없겠습니까?" 알렉세이 알렉산드로비치가 말했다.

"그분에겐 한가한 시간이 없어요. 늘 바쁘십니다. 그러니 기다리세요."

"그럼, 그에게 내 명함을 좀 전해 주겠습니까?" 알렉세이 알렉산드로비치는 자신의 신분을 밝힐 필요를 느끼며 위엄 있게 말했다.

비서는 명함을 들고 그 내용을 인정할 수 없다는 태도를 보이며 문 안으로 들어갔다.

알렉세이 알렉산드로비치는 원칙적으로 공개재판에 공감하였으나, 자신이 아는 상층부의 공식적 태도 때문에 러시아에서 그 제도를 적용하는 방식 중 몇 가지 세부적인 부분에 대해서는 충분히 공감할 수 없었다. 그리고 그는 최고위층에서 인가한 무언가를 비판할 때는 자신이 비판할 수 있는 범위 안에서만 그렇게 했다. 그에게는 행정 활동이 곧 생활이었다. 따라서 그가 무언가에 대하여 공감하지 않는 경우, 그의 반감은 모든 일에 실수가 있기 마련이며 얼마든지 그것을 고쳐 나갈 수 있다는 인식에 의해 완화되었다. 그는 새로운 재판 제도에서 변호사 제도를 설정한 조항에 대해서는 찬성할 수 없었다.[69] 하지만 지금까지는 변호사에게 용무가 없었기 때문에, 그

69) 1864년의 사법제도 개혁으로 공개재판과 더불어 변호사 제도가 러시아에 생기게 되었다. 변호사는 사회적으로 중요한 인사로 떠올랐고 수입이 좋았기 때문에 인기 있는 직종이 되었다.

는 이론상으로만 그 조항에 반대했을 뿐이다. 그런데 그의 반감은 지금 변호사 응접실에서 받은 불쾌한 인상 때문에 더욱 심해졌다.

"곧 나오실 겁니다." 비서가 말했다. 그리고 정말 2분쯤 지나자 문가에 변호사와 상담을 끝낸 늙은 법률가의 길쭉한 풍채와 변호사 자신이 나타났다.

변호사는 왜소하고 땅딸막한 대머리 사내로, 검붉은 수염과 밝은 색의 기다란 눈썹과 툭 튀어나온 이마를 지녔다. 그는 넥타이부터 두 겹의 시계 줄과 에나멜 구두에 이르기까지 새신랑처럼 차려 입었다. 얼굴은 영악한 농부처럼 생겼고, 옷차림에서는 사치스럽고 저속한 취향이 엿보였다.

"들어오시죠." 변호사는 알렉세이 알렉산드로비치를 돌아보며 말했다. 그리고 침울한 표정으로 카레닌에게 길을 비켜 주고는 문을 닫았다.

"무슨 일이라도?" 그는 서류가 놓인 책상 옆의 안락의자를 가리킨 후, 자신은 상석에 앉아 하얀 털이 잔뜩 난 뭉툭한 손가락들과 자그마한 손을 비비며 고개를 옆으로 기울였다. 하지만 그가 이 자세로 앉자마자, 나방 한 마리가 책상 위를 날아다녔다. 변호사는 미처 예상치 못한 날렵한 동작으로 양손을 뻗어 나방을 잡고는 다시 본래의 자세로 돌아왔다.

"용건을 말하기 전에……." 알렉세이 알렉산드로비치는 놀란 눈으로 변호사의 동작을 지켜본 후 이렇게 말했다. "미리 다짐을 받아 두어야겠습니다. 지금부터 당신에게 말하는 용건을 비밀에 붙여 주십시오."

보일 듯 말 듯한 희미한 미소가 변호사의 축 늘어진 붉은 콧수염을 둘로 나누어 놓았다.

"만일 내가 남이 털어놓은 비밀을 지키지 못하는 사람이었다면 애초에 변호사가 되지도 않았을 겁니다. 하지만 굳이 확증을 원한다면……."

알렉세이 알렉산드로비치는 그의 얼굴을 흘깃 쳐다보았다. 그는 웃음 띤 영리한 회색 눈동자를 바라보며 변호사가 이미 모든 것을 알고 있다는 사실을 알아차렸다.

"내 이름을 아십니까?" 알렉세이 알렉산드로비치가 말을 이었다.

"알고 있습니다. 그리고 당신의 유익한……." 그는 다시 나방을 잡았다. "활동에 대해서도 알고 있습니다. 러시아 사람이라면 누구나 아는 사실이지요." 변호사는 고개를 숙이며 이렇게 말했다.

알렉세이 알렉산드로비치는 마음을 가다듬기 위해 숨을 들이쉬었다. 하지만 일단 마음을 정하자, 그는 겁을 내지도, 말을 더듬지도 않고 몇몇 단어를 강조하기도 하면서 특유의 새된 목소리로 말을 이어 나갔다.

"불행하게도……." 알렉세이 알렉산드로비치는 말을 꺼냈다. "난 배신당한 남편입니다. 그래서 합법적으로 아내와 관계를 끊고 싶습니다. 말하자면 이혼을 하고 싶다는 이야기죠. 하지만 이혼을 하되, 아들을 엄마에게서 떼어 놓는 조건이어야 합니다."

변호사의 회색 눈은 웃지 않으려고 애썼으나 억누를 수 없는 기쁨으로 꿈틀거렸다. 그 순간 알렉세이 알렉산드로비치는 그의 눈에서 유리한 주문을 받은 사람의 기쁨만이 아니라 승리감과 환희를 보았다. 그리고 아내의 눈에서 본 것과 흡사한 사악한 번득임을 보았다.

"당신은 이혼을 하기 위해 저의 협조를 구하는 건가요?"

"바로 그겁니다. 하지만 당신에게 미리 알려 둘 게 있습니다." 알렉세이 알렉산드로비치는 말했다. "내가 당신의 배려를 남용하는 일이 생길지도 모릅니다. 난 다만 미리 당신과 의논을 하기 위해 온 것뿐입니다. 난 이혼을 원합니다. 그러나 내게 중요한 것은 이혼을 실현하는 형식입니다. 형식이 나의 요구와 맞지 않을 경우, 난 어쩌면 법적인 모색을 포기할지도 모릅니다. 그럴 가능성이 많습니다."

"오, 언제나 그렇게 합니다." 변호사가 말했다. "그리고 이 문제 역시 언제나 당신의 뜻대로 할 겁니다."

변호사는 억누를 수 없는 기쁨을 드러낸 자신의 눈빛이 고객의 기분을 상하게 할 수도 있다고 느껴 알렉세이 알렉산드로비치의 발에 눈길을 던졌다. 그는 코앞으로 날아가는 나방을 보고 한 손을 쑥 내밀었으나 알렉세이 알렉산드로비치의 지위에 대한 존경심 때문에 그것을 잡지는 않았다.

"나도 이 문제에 대한 우리 나라의 법률적 상황은 대강 알고 있습니다만." 알렉세이 알렉산드로비치는 계속해서 말했다. "난 이런 종류의 문제가 실제로 어떻게 처리되는지 그 형식에 대해 전반적으로 알고 싶습니다."

"당신은……." 변호사는 여전히 눈을 내리깐 채 별로 싫은 기색 없이 고객의 말투를 받아들이며 이렇게 대답했다. "내가 당신의 바람을 실현할 수 있도록 방법을 제시해 주길 바라고 있군요."

알렉세이 알렉산드로비치가 수긍의 뜻으로 고개를 끄덕이자, 변호사는 붉은 반점으로 뒤덮인 알렉세이 알렉산드로비치의 얼굴을 이따금 힐긋거리며 말을 이었다.

"우리 나라의 법률에 따르면 이혼은……." 그는 러시아의 법률에 대한 비난을 가벼운 뉘앙스에 실어 말했다. "당신도 알다시피 다음과 같은 경우에 가능합니다……. 기다리라고 해!" 그는 문으로 몸을 쑥 들이민 비서에게 이렇게 말했다. 그러면서도 그는 일어나 몇 마디 던지고는 다시 자리에 앉았다. "다음과 같은 경우란, 배우자에게 육체적 결함이 있는 경우, 5년 동안 아무 연락 없이 행방불명인 경우……." 그는 털로 뒤덮인 뭉툭한 손가락을 꼽으며 말했다. "그리고 간통(그는 이 단어를 만족스러운 듯 발음했다.)을 했을 경우입니다. 그 경우를 세분하면 다음과 같습니다.(경우와 세분을 동시에 분류하는 것이 불가능해 보였지만, 그는 통통한 손가락을 계속해서 꼽아 나갔다.) 남편이나 아내의 육체적 결함, 남편이나 아내의 간통." 더 이상 꼽을 손가락이 없자, 그는 다시 손가락을 전부 펴고 계속 말을 이어 나갔다. "이것은 이론적인 견해입니다. 하지만 영광스럽게도 당신이 이렇게 날 찾아와 준 것은 그러한 견해가 실제로 어떻게 적용되는지 알기 위해서라고 생각합니다만. 따라서 판례에 준거하여, 이혼소송은 다음과 같은 경우에만 성립한다는 점을 알려 드리는 바입니다. 제가 생각하기에 육체적 결함은 없을 것 같은데요? 그리고 행방불명도 아니지요?"

알렉세이 알렉산드로비치는 긍정의 뜻으로 고개를 끄덕였다.

"그럼, 다음과 같은 경우로 한정되는군요. 배우자 가운데 한 명이 간통을 저질러 상호 합의에 따라 부정한 당사자를 폭로

하는 경우, 그리고 그러한 합의 없이 당사자를 폭로하는 경우지요. 그런데 실제 소송에서는 후자의 경우를 좀처럼 볼 수 없습니다." 이렇게 말한 변호사는 알렉세이 알렉산드로비치를 흘깃 쳐다보고 입을 다물었다. 그의 모습은 마치 이런저런 무기들의 성능을 줄줄이 늘어놓은 후 구매자의 선택을 기다리는 총기류 상인 같았다. 하지만 알렉세이 알렉산드로비치는 말이 없었다. 그래서 변호사는 말을 이었다. "제가 생각하기에, 가장 통상적이고 평범하고 분별 있는 방법은 상호 합의에 따른 간통의 증명입니다. 저도 덜떨어진 인간들과 이야기하는 거라면 이렇게 표현하지 않을 겁니다." 변호사가 말했다. "하지만 당신은 제 말을 이해해 주리라 생각합니다."

그러나 알렉세이 알렉산드로비치는 너무나 혼란스러워 상호 합의에 따른 간통의 증명이라는 것이 사리에 맞는 말인지 금방 이해되지 않아 의혹의 눈빛을 띠었다. 그러자 변호사가 곧 그를 도왔다.

"사실이 제시되면, 어느 누가 같이 살 수 있겠습니까. 그러니 양측이 이 점에 동의하면, 세부적인 부분이나 형식적인 절차는 별 문제가 되지 않습니다. 동시에 이것이 가장 간단하고 확실한 방법입니다."

그제야 알렉세이 알렉산드로비치는 완전히 이해했다. 그러나 그에게는 그러한 방법의 허용을 방해하는 종교적 요구가 있었다.

"지금의 경우 그것은 불가능합니다. 그럼, 한 가지 경우만 남는군요. 당사자의 의사와 상관없이 내가 확보한 편지로 폭로하는 거죠." 알렉세이 알렉산드로비치가 말했다.

변호사는 편지라는 말에 입술을 꽉 다물고 동정과 멸시가 뒤섞인 날카로운 소리를 냈다.

"생각해 보십시오. 당신도 아시다시피, 이런 종류의 문제는 종무성(宗務省)에서 맡습니다. 사제장들은 이런 문제라면 아주 세세한 것까지도 열광하죠." 그는 사제장들의 취향에 공감을 보이며 빙긋 웃었다. "편지는 분명 어느 정도 증거가 될 수 있습니다. 하지만 증거란 직접적인 방법, 즉 증인을 통해 확보되어야 합니다. 만일 당신이 나에게 당신의 신뢰를 누릴 영광을 베풀기로 하셨다면, 어떤 방법을 선택할지에 대해서는 저에게 맡겨 주십시오. 결과를 원하는 사람은 방법도 용납하는 법이죠."

"만약 그렇다면……." 갑자기 알렉세이 알렉산드로비치의 얼굴이 창백해졌다. 그가 입을 열었다. 그러나 그 순간, 변호사는 벌떡 일어나 문으로 가서 그의 말을 가로막은 비서에게 말했다.

"그 부인에게 이렇게 말해요. 우리는 헐값으로는 변호를 맡지 않는다고 말이오." 그는 이렇게 말하고 알렉세이 알렉산드로비치에게 돌아왔다.

제자리에 돌아온 변호사는 눈에 띄지 않게 나방을 또 한 마리 잡았다. '여름엔 멋진 가구가 생기겠는걸!' 그는 눈썹을 찌푸리며 생각했다.

"그럼, 말씀하시죠……." 그가 말했다.

"내 결정은 서면으로 알려 드리겠습니다." 알렉세이 알렉산드로비치는 자리에서 일어나며 이렇게 말하고는 책상을 잡았다. 잠시 말없이 서 있던 그는 마침내 입을 열었다. "난 당신의 말에서 이혼이 가능하다는 결론을 얻었습니다. 당신도 내게 당신의 조건을 알려 주시길 바랍니다."

"당신이 내게 전적인 행동의 자유를 준다면 뭐든 할 수 있습니다." 변호사는 상대방의 질문에는 답하지 않고 이렇게 말했다. "언제쯤 당신의 연락을 받을 수 있을까요?" 변호사는 문 쪽으로 움직이며 말했다. 그의 눈동자와 에나멜 구두가 반짝반짝 빛났다.

"일주일 후에요. 그럼 당신이 이 소송을 맡을 것인지, 조건은 어떻게 되는지, 나에게 그에 대한 답변을 해 주시면 고맙겠습니다."

"좋습니다."

변호사는 정중히 고개를 숙이고 고객을 문밖으로 안내했다. 드디어 혼자만 남게 되자, 그는 자신의 즐거운 감정에 몸을 맡겼다. 그는 너무 기쁜 나머지 자신의 원칙을 저버리고 수임료를 깎아 달라는 여지주의 요구를 들어 주었다. 그리고 내년 겨울에는 시고닌의 집처럼 가구를 벨벳으로 씌워야겠다고 굳게 결심하며 나방 잡는 짓도 그만두었다.

6

알렉세이 알렉산드로비치는 8월 17일의 위원회 회의에서 빛나는 승리를 거두었으나, 그 성공의 결과는 그를 무력하게 만들었다. 이민족의 생활상을 연구하기 위한 새 위원회는 알렉세이 알렉산드로비치의 제안에 따라 대단히 신속하고 맹렬한 기세로 조직되어 현지에 파견되었다. 석 달 후, 보고서가 제출되었다. 이민족의 생활상은 정치적, 행정적, 경제적, 민속학적, 물질적, 종교적 측면에서 연구되었다. 모든 문제에 걸쳐 훌륭한 답변이 제시되었다. 그리고 그 답변들은 늘 오류에 빠지기 쉬운 인간 사상의 산물이 아니라 직무 활동의 산물이었기 때문에 의심할 여지가 없었다. 모든 답변은 공적인 자료, 즉 군수와 교구장의 보고에 기초한 현지사와 주교들의 보고였고, 군수와 교구장의 보고는 읍장과 교구 사제의 보고를 바탕으로 한 것이었다. 따라서 의심할 여지가 없었다. 예를 들어, 왜 흉작이 드는지, 왜 주민들이 자신들의 신앙을 고집하는지 등, 공공 기관이라는 편리한 제도가 없다면 해결할 수 없는, 아니 몇 세기가 걸려도 해결할 수 없는 그런 문제들이 의심할 여지 없는 분명한 해답을 얻은 것이다. 더구나 그 해답은 알렉세이 알렉산드로비치의 견해에 유리한 것이었다. 하지만 지난번 회의에서 약점을 찔렸다고 느낀 스트레모프는 위원회의 보고를 받자 알렉세이 알렉산드로비치로서는 상상도 못할 술책을 썼다. 스트레모프는 몇몇 다른 위원을 자기편으로 끌어들인 후, 별안간 알렉세이 알렉산드로비치의 편에 서서 카레닌이 제안한 정책의 실행을 열렬히 옹호했을 뿐 아니라 같은 취지에 입각하여 다른 극단적인 방침까지 제시했다. 알렉세이 알렉산드로비치의 근본적인 사상에서 벗어나 한층 강화된 이 방침은 결국 채택되기에 이르렀다. 그러자 비로소 스트레모프의 술책이 드러났다. 극단으로 치달은 이 정책이 갑자기 너무나 어리석은 것으로 밝혀지는 바람에, 각료들, 여론, 총명한 부인들, 신문 등은 일제히 이 정책을 공격하며 정책 자체뿐 아니라 그 정책의 아버지로 공인된 알렉세이 알렉산드로비치에 대해 분노를 표출했다. 스트레모프는 자기는 다만 카레닌의 정책을 맹목적으로 따랐을 뿐이고 자신도 지금 그 결과에 깜짝 놀라 분노하고 있다는 태도를 보이며 발뺌을 했다. 이것은 알렉세이 알렉산드로비치를 무력하게 했다. 그러나 알렉세이 알렉산드로비치는 쇠약해져 가는 건강과 가정의 불행에도 불구하고 굴복하지 않았다. 위원회에 분열이 생겼다. 스트레모프를 우두머리로 한 일부 위원들은 자기들은 그저 알렉세이 알렉산드로비치가 주도하는 감사 위원회와 그 위원회가 제출한 보고서를 믿었을 뿐이라는 말로 자신들의 과오를 정당화했고, 나아가 그 위원회의 보고서는 엉터리이고 휴지 조각에 불과하다는 말까지 했다. 알렉세이 알렉산드로비치는 서류에 대한 급진적 태도의 위험성을 깨달은 일부 위원들과 더불어 감사 위원회가 작성한 자료를 계속 지지했다. 그 결과 상류사회는 물론 일반 사회에 이르기까지 다들 혼란에 빠지고 말았다. 또한 모든 사람들이 이 문제에 굉장한 관심을 보였는데도, 사실 이민족들이 궁핍한지, 멸망해 가는지, 아니면 번영을 누리고 있는지에 대해서는 아무도 알지 못했다. 이 때문에, 그리고 어느 정도는 아내의 부정으로 인해 쏟아진 멸시 때문에, 알렉세이 알렉산드로비치의 위치는 몹시 불안했다. 그런 상황 속에서 알렉세이 알렉산드로비치는 중요한 결정을 내렸다. 그의 결정은 위원들을 깜짝 놀라게 했다. 그가 직접 현지로 내려가 그 문제를 조사할 수 있도록 허가를 신청하겠노라고 선언했기 때문이다. 마침내 허가를 얻자, 알렉세이 알렉산드로비치는 멀리 떨어진 현들을 향해 출발했다.

알렉세이 알렉산드로비치의 출발은 큰 소동을 일으켰다. 게다가 출발을 앞두고 행선지까지 여비로 쓰라고 준 역마 열두 필의 대금을 서류를 통해 공식적으로 반납했기에 더욱 그러했다.

"매우 점잖은 행동이라고 생각해요." 벳시는 먀흐카야 공작부인과 이 일에 대해 이야기했다. "다들 지금은 어디에나 철도가 있다는 것을 아는데, 뭣 때문에 역마 대금을 지급하는 걸까요?"

그러나 먀흐카야 공작부인은 그 의견에 찬성하지 않았다. 오히려 트베르스카야 공작부인의 의견은 그녀를 화나게 만들었다.

"당신은 얼마든지 그렇게 말할 수 있겠죠." 그녀가 말했다. "당신이야 몇 백만인지도 모를 재산을 가지고 있으니까요. 하지만 난 남편이 여름에 시찰을 떠난다고 하면 너무 좋던걸요. 여행이 남편의 건강이나 기분전환에 좋으니까요. 그리고 난 나대로 남편의 출장비를 내 마차와 마부의 유지비로 쓸 수 있죠."

멀리 떨어진 여러 현으로 가는 길에, 알렉세이 알렉산드로비치는 모스크바에서 사흘 동안 머물렀다.

모스크바에 도착한 그 이튿날, 그는 총독을 방문하러 나섰다. 늘 마차와 마부가 붐비는 가제트니 가의 교차로에서, 알렉세이 알렉산드로비치는 문득 자기의 이름을 부르는 너무나 우렁차고 쾌활한 목소리에 뒤를 돌아보지 않을 수 없었다. 보도의 한구석에 최신 유행의 짧은 외투를 입고 최신 유행의 납작한 모자를 비스듬히 쓴 채 씩 웃으며 붉은 입술 사이로 하얀 이를 빛내고 서 있는 쾌활하고 젊고 눈부신 스테판 아르카지치가 보였다. 그는 알렉세이 알렉산드로비치에게 그 자리에 서라며 완강하고도 집요하게 소리를 질렀다. 그는 길모퉁이에 세운 마차의 창문을 한 손으로 잡고 있었다. 창문 밖으로는 벨벳 모자를 쓴 부인과 두 아이가 머리를 내밀고 있었다. 스테판 아르카지치는 미소를 지으며 매제에게 손을 흔들었다. 부인도 선량한 미소를 지으며 알렉세이 알렉산드로비치에게 손을 흔들어 보였다. 그들은 바로 돌리와 아이들이었다.

알렉세이 알렉산드로비치는 모스크바에서 아무도 만나고 싶지 않았고, 더구나 처남은 더더욱 만나고 싶지 않았다. 그는 모자를 들어 올리고 지나치려 했으나, 스테판 아르카지치는 마부에게 마차를 세우라고 한 뒤 눈밭을 가로질러 그에게 달려왔다. “아니, 왔으면서 기별도 않다니 너무하잖아! 온 지는 오래됐나? 어제 듀소 호텔에 갔다가 게시판에서 ‘카레닌’이라는 이름을 보았지. 하지만 그 사람이 자네일 줄은 미처 몰랐어!” 스테판 아르카지치는 마차의 창문 안으로 머리를 들이밀며 말했다. “자네인 줄 알았다면 들렀을 텐데. 그래도 이렇게 만나니 너무 반갑군.” 그는 발에서 눈을 떨어내기 위해 발과 발을 맞부딪쳤다. “왔다는 소식을 알리지도 않다니 너무했어!” 그는 같은 말을 되풀이했다.

“시간이 없었습니다. 너무 바빠서요.” 알렉세이 알렉산드로비치는 부뚝뚝하게 말했다.

“자, 집사람이 있는 곳으로 가지. 집사람이 자네를 얼마나 보고 싶어 하는지 몰라.”

알렉세이 알렉산드로비치는 추위를 타는 다리에 덮어 둔 덮개를 걷고 마차에서 나온 후 눈밭을 지나 다리야 알렉산드로브나에게 다가갔다.

“어떻게 된 거예요, 알렉세이 알렉산드로비치, 어째서 우리를 그처럼 피하려 하시죠?” 돌리는 서글픈 미소를 지으며 말했다.

“너무 바빴습니다. 당신을 만나 정말 기쁩니다.” 그의 말투에는 그가 이 만남을 괴롭게 여기고 있음이 분명히 드러났다. “건강은 어떠십니까?”

“그런데 나의 사랑스러운 안나는 어떻게 지내나요?”

알렉세이 알렉산드로비치는 뭐라고 중얼거리고는 그 자리를 뜨려 했다. 그러나 스테판 아르카지치가 그를 붙잡았다.

“내일 이렇게 하는 게 어때? 돌리, 이 사람을 식사에 초대하지! 코즈니셰프와 페스초프도 불러서 이 사람에게 모스크바 인텔리겐치아들의 환대를 보여 주는 거야!"

"그래요, 꼭 오세요." 돌리가 말했다. "5시까지 오세요. 원한다면 6시에 오셔도 좋아요. 그건 그렇고, 나의 사랑스러운 안나는 어떻게 지내나요? 본 지 너무 오래돼서……."

"건강합니다." 알렉세이 알렉산드로비치는 눈살을 찌푸리며 중얼거렸다. "정말 반가웠습니다!" 그는 이렇게 말하고는 자기 마차를 향해 걸어갔다.

"오실 거죠?" 돌리가 큰 소리로 말했다.

알렉세이 알렉산드로비치가 뭐라고 대답했지만, 돌리는 지나가는 마차들의 소음 때문에 그 소리를 알아들을 수 없었다.

"내일 들를게!" 스테판 아르카지치가 그를 향해 소리쳤다.

알렉세이 알렉산드로비치는 마차에 올라타더니 그 자신도 밖을 보지 않고 남도 자신을 보지 못하도록 깊숙이 몸을 묻었다.

"이상한 사람이야!" 스테판 아르카지치는 아내에게 말했다. 그러고는 시계를 보더니, 얼굴 앞으로 아내와 아이들에게 사랑을 표시하는 손짓을 해 보이고는 보도를 따라 활기차게 걸어갔다.

"스티바! 스티바!" 돌리가 얼굴을 붉히며 소리쳤다.

그가 고개를 돌렸다.

"그리샤와 타냐에게 외투를 사 줘야 해요. 돈 좀 줘요!"

"괜찮아, 내가 나중에 갚을 거라고 말해." 그는 때마침 마차를 타고 지나가던 지인을 향해 쾌활하게 고개를 끄덕여 보이고는 자취를 감추었다.

7

다음 날은 일요일이었다. 스테판 아르카지치는 볼쇼이 극장의 발레 리허설에 들러 그의 후원으로 새로 입단한 예쁘장한 무용수 마샤 치비소바에게 전날 약속한 산호 목걸이를 건네고, 대낮의 어둑한 극장 안에서 선물을 받아 환하게 빛나는 그녀의 귀엽고 작은 얼굴에 키스했다. 산호 목걸이 외에도, 그는 그녀에게 발레가 끝난 뒤 만날 것을 약속해야만 했다. 그는 발레의 시작에 맞춰 올 수 없게 된 것을 변명하고, 그 대신 마지막 막이 진행될 무렵에 와서 그녀를 저녁 식사에 데려가겠다고 약속했다. 스테판 아르카지치는 극장에서 나와 오호트니 상가에 들러 만찬에 쓸 생선과 아스파라거스를 직접 골랐고, 12시 무렵에는 이미 듀소 호텔을 어슬렁거리고 있었다. 그는 이곳에서 세 사람을 방문해야 했다. 그로서는 다행히도 세 사람 모두 한 호텔에 묵고 있었다. 한 사람은 얼마 전 외국에서 돌아와 그곳에서 묵고 있는 레빈이었고, 또 한 사람은 그의 새로운 상관으로 바로 얼마 전 그 지위에 승격하여 모스크바를 시찰하는 중이었으며, 나머지 한 사람은 매제 카레닌으로 오늘 만찬에 반드시 데리고 가야 했다.

스테판 아르카지치는 만찬을 좋아했다. 그는 특히 조촐하면서도 식사와 음료와 손님의 수준이 세련된 만찬을 즐겨 베풀었다. 오늘 그는 만찬 프로그램에 몹시 흡족해했다. 살아 있는 송어, 아스파라거스, la pièce de résistance[70]로는 훌륭하면서도 단순한 로스트비프, 그리고 그에 어울리는 몇 가지 술, 그것이 오늘 나올 음식과 음료였다. 손님으로는 키티와 레빈이 올 예정이었다. 그리고 이것이 눈에 띄지 않도록 사촌누이와 젊은 쉐르바츠키를 더 초대했다. 그리고 오늘의 손님 가운데 la pièce de résistance는 세르게이 코즈니셰프와 알렉세이 알렉산드로비치였다. 세르게이 이바노비치는 모스크바의 철학자이고, 알렉세이 알렉산드로비치는 페테르부르크의 정치가이다. 그리고 스테판 아르카지치는 유명한 괴짜 정열가 페스초프도 초대했다. 페스초프는 자유주의자요, 달변가, 음악가요, 역사가요, 사랑스러운 50세 청년이다. 그는 코즈니셰프와 카레닌을 위한 소스나 장식 채소가 될 것이다. 그는 그들을 자극하고 부추겨 싸움을 붙일 것이다.

상인에게 두 번째 산림 대금을 받았고 그것이 아직 수중에 남아 있었다. 돌리는 요사이 무척 사랑스럽고 다정했다. 그리고 만찬에 대한 생각은 모든 면에서 스테판 아르카지치를 흡족하게 했다. 그는 더할 나위 없이 유쾌한 기분에 젖어 있었다.

70) '주 요리.'(프랑스어)

약간 마음에 걸리는 점이 두 가지 있긴 했다. 그러나 그 두 가지 사정도 스테판 아르카지치의 마음속에서 물결치는 선량한 유쾌함의 바다에 잠기고 말았다. 첫 번째 사정이란, 어제 길에서 알렉세이 알렉산드로비치와 마주쳤을 때 그가 자신에게 냉정하고 딱딱하게 구는 것을 눈치챘다는 점이다. 스테판 아르카지치는 알렉세이 알렉산드로비치의 표정과 그가 자신을 찾아오지도 않고 기별조차 하지 않은 사실을 안나와 브론스키에 관한 소문과 결부시켜 부부 사이에 뭔가 문제가 있다고 추측했다.

그것이 한 가지 불쾌한 사정이었다. 약간 마음에 걸리는 또 한 가지의 사정은 신임 상관이 모든 신임 상관과 마찬가지로 아침 6시에 일어나 말처럼 일을 하고 아랫사람들에게도 그렇게 일할 것을 요구하는 무서운 사람으로 이미 명성이 자자하다는 것이었다. 게다가 이 신임 상관은 사람을 대하는 태도가 곰 같기로 유명하며, 전임 상관이 고수하던 경향, 아울러 스테판 아르카지치 자신이 지금까지 고수해 온 경향과 정반대의 사람이었다. 어제 스테판 아르카지치가 제복을 입고 출근하자, 신임 상관은 무척 친절한 태도를 보이며 지인을 대하듯 오블론스키에게 이야기를 걸었다. 그래서 스테판 아르카지치는 프록코트 차림[71]으로 그를 방문하는 것이 자신의 의무라고 생각했다. 신임 상관이 자기를 못마땅하게 여길 수 있다는 생각, 이것이 또 하나의 불쾌한 상황이었다. 하지만 스테판 아르카지치는 본능적으로 모든 것이 잘될 거라고 느꼈다. '그들도 다 우리

71) 즉 격식에 얽매이지 않은 평상복 차림을 말한다.

같은 죄인과 다를 게 없는 사람이고 인간이야. 서로 화내고 싸울 이유가 뭐 있어?' 그는 호텔에 들어서며 이렇게 생각했다.

"잘 있었나, 바실리." 그는 모자를 비스듬히 쓴 채 복도를 걸어가며 낯익은 사환에게 말을 걸었다. "구레나룻을 길렀군. 레빈은 7호실인가? 날 그리로 안내해 주겠나? 그리고 아니치킨 백작(이 사람이 신임 상관이었다.)을 방문해도 되는지 알아봐 줘."

"알겠습니다." 바실리는 빙그레 웃으며 대답했다. "오랜만에 오셨네요."

"어제도 왔어. 다른 출입구로 들어왔을 뿐이야. 이 방이 7호실인가?"

스테판 아르카지치가 방에 들어갔을 때, 레빈은 트베리 농부와 방 한가운데 서서 벗긴 지 얼마 안 되는 곰 가죽을 자로 재고 있었다.

"아, 자네가 잡은 건가?" 스테판 아르카지치가 소리쳤다. "멋진 가죽인걸! 암놈인가? 어이, 반갑네, 아르히프!"

그는 농부와 악수를 하고 나서 외투도 모자도 벗지 않은 채 의자에 털썩 앉았다.

"모자라도 벗고 앉지 그래!" 레빈은 스테판 아르카지치의 모자를 벗기며 말했다.

"아냐, 시간이 얼마 없어. 잠시만 있다 갈 거야." 스테판 아르카지치가 대답했다. 그러나 그는 외투의 앞섶을 풀었다가 아예 벗어던지고는 한 시간 동안 죽치고 앉아 레빈과 사냥이며 정겨운 화제들에 관해 이야기를 나누었다.

"자, 말해 봐. 외국에서 뭘 했어? 어디를 다녀온 거야?" 농부가 나가자 스테판 아르카지치가 말했다.

"독일, 프로이센, 프랑스, 영국을 둘러봤지. 하지만 수도에는 가지 않고 공업 도시만 돌아다녔어. 새로운 것을 많이 보았지. 다녀오길 잘한 것 같아."

"그렇군, 나도 노동자들의 조직에 대한 자네의 생각을 알아."

"그런 게 아냐. 러시아에는 노동자 문제라는 것이 있을 수 없어. 러시아에서 문제가 되는 것은 노동하는 민중과 토지의 관계야. 물론 그 문제는 외국에도 있지. 하지만 그곳에서는 손상된 것을 수리하는 정도지만, 우리 나라는……."

스테판 아르카지치는 레빈의 말을 주의 깊게 들었다.

"그래, 맞아." 그가 말했다. "자네가 옳을지도 모르지." 그가 계속해서 말했다. "하지만 난 자네의 활기찬 모습을 보게 되어 더 기쁘군. 곰을 쫓고 일을 하고 뭔가에 몰두하니 말이야. 그런데 쉐르바츠키가 자네를 만났다며……. 그 사람 말로는 자네가 어딘지 모르게 우울해 보이고 죽음에 대한 얘기만 했다던데……."

"그게 어때서? 난 지금도 계속 죽음에 대해 생각하고 있어. 죽을 때가 되었다는 건 사실이야. 이 모든 게 다 무의미하다는 것도. 자네에게 사실대로 말하지. 난 나의 사상과 일을 너무나 소중히 여기고 있어. 하지만 자네도 한번 생각해 봐. 사실 우리가 사는 이 세상 전체는 아주 작은 혹성에 핀 작은 곰팡이에 지나지 않아. 그런데도 우리는 우리의 세상에 무언가 위대한 것이 있을 수 있다고 생각해. 사상이나 일 같은 것 말이지! 이 모든 건 모래알에 불과해." 레빈이 말했다.

"이봐, 친구, 그런 생각은 이 세상만큼이나 케케묵은 생각이야!"

"그래, 케케묵은 생각이지. 하지만 일단 이것을 분명히 깨닫고 나면 어떻게 된 일인지 모든 게 보잘것없이 되어 버리거든. 내가 오늘이나 내일 죽고 아무것도 남지 않을 거라는 것을 알게 되면, 모든 게 무의미해지고 말지. 그래서 난 나의 사상을 아주 소중하게 생각해. 하지만 그 사상도 똑같이 부질없어지겠지. 설사 그 사상을 실현한다 해도 그래. 마치 이 암곰을 쫓는 것처럼 말이지. 결국 사람은 단지 죽음에 대한 생각을 하지 않기 위해 사냥이나 일에 몰두하며 살아가는 거야."

스테판 아르카지치는 레빈의 말을 들으며 다정스레 옅은 미소를 지었다.

"그야 물론이지! 자네도 내 편으로 넘어왔군 그래. 기억나? 자네는 내가 삶에서 쾌락만을 추구한다고 나를 공격했잖아?

오, 도덕주의자여! 그렇게 딱딱하게 굴지 마오[72]……."

"아니야, 어쨌든 삶에도 좋은 점이 있기는 해……." 레빈은 당황했다. "그래, 난 잘 몰라. 내가 아는 건 오직 우리가 곧 죽게 된다는 점이지."

"왜 곧이라는 거지?"

"죽음에 대해 생각하면 삶의 매력이 줄어든다는 것을 알아.

---

72) 스테판 아르카지치는 톨스토이의 친구이자 그가 좋아하는 시인 가운데 한 명인 아파나시 페트의 「하피스로부터」라는 시에서 첫 번째 두 행을 생각나는 대로 두서없이 인용하고 있다.

하지만 마음은 더 평온해져."

"그 반대야. 마지막 날에 가까울수록 더 즐거운 법이야. 어쨌든 난 이만 가 봐야겠군." 스테판 아르카지치가 열 번째 일어나면서 말했다.

"아니, 좀 더 있다 가!" 레빈이 그를 붙들며 말했다. "이제 우리가 언제 다시 보겠나? 난 내일 떠날 텐데."

"내가 이렇다니까! 그것 때문에 온 건데……. 오늘 우리 집 만찬에 꼭 와. 자네 형도 오고, 나의 매제 카레닌도 올 거야."

"그 사람이 여기 있어?" 레빈은 말했다. 그는 키티에 대해 묻고 싶었다. 그는 그녀가 초겨울에 페테르부르크로 가서 외교관의 아내인 언니의 집에 머물고 있다는 소식을 들었으나, 그녀가 돌아왔는지 어떤지에 대해 모르고 있었다. 하지만 그는 그녀에 대해 물어보는 것을 단념했다. '오거나 말거나 상관없어.'

"그럼, 올 거지?"

"물론."

"그럼 5시에 프록코트 차림으로 와."

그러고 나서 스테판 아르카지치는 자리에서 일어나 아래층의 신임 상관에게로 갔다. 본능은 스테판 아르카지치를 속이지 않았다. 신임 상관은 매우 친절한 사람이었다. 그래서 스테판 아르카지치는 그와 점심 식사를 하고 그곳에 계속 눌러앉아 있다가 3시가 되어서야 겨우 알렉세이 알렉산드로비치를 만나러 갔다.

8

알렉세이 알렉산드로비치는 오전 예배를 보고 돌아온 후 오전 내내 호텔에 있었다. 이날 아침 그는 두 가지 일을 처리해야 했다. 한 가지는 페테르부르크로 향하는 도중 현재 모스크바에 머물고 있는 이민족 대표단을 영접하여 지도하는 일이었고, 또 한 가지는 변호사에게 약속한 편지를 쓰는 일이었다. 대표단은 알렉세이 알렉산드로비치의 발의에 따라 소환된 이들이었지만 많은 곤란한 상황과 위험마저 일으켰기에, 알렉세이 알렉산드로비치는 모스크바에서 이들을 만나게 된 것을 매우 다행스럽게 생각했다. 이 대표단의 임원들은 자신들의 역할과 의무에 대해 아무 생각이 없었다. 그들은 순진하게도 자신들의 임무가 자신들의 궁핍과 실상을 진술하고 정부의 원조를 청하는 것이라고 확신할 뿐, 그들의 일부 성명과 요구가 오히려 반대파를 도와주어 모든 것을 망칠 수도 있다는 것을 전혀 이해하지 못했다. 알렉세이 알렉산드로비치는 오랫동안 그들과 시간을 보내면서 그들에게 결코 벗어나서는 안 될 강령을 써 주고 그들을 돌려보낸 후, 대표단의 지도를 부탁하는 편지를 써서 페테르부르크로 보냈다. 그 일을 도와줄 최고의 적임자는 리디야 이바노브나 백작부인임에 틀림없었다. 그녀는 대표단 업무에 관한 전문가였으며, 그녀만큼 대표단을 잘 다루고 적절히 지도할 수 있는 사람은 아무도 없었다. 그 일을 끝낸 후, 알렉세이 알렉산드로비치는 변호사에게 보낼 편지도 썼다. 그는 조금의 주저함도 없이 변호사가 재량껏 행동하도록 허락했다. 그는 편지에 브론스키가 안나에게 보낸 편지를 세 통 동봉했다. 그 편지들은 그가 안나에게서 빼앗은 서류철에 있던 것이었다.

알렉세이 알렉산드로비치가 가족에게 돌아가지 않을 작정으로 집을 나온 후부터, 그리고 변호사를 만나 적어도 한 사람에게 자신의 의도를 입 밖으로 말한 후부터, 특히 이 삶의 문제를 서류상의 문제로 전환시킨 후부터, 그는 점차 자신의 의도에 익숙해졌고 이제는 그 실행 가능성을 분명히 보게 되었다.

그가 변호사에게 보낼 편지의 봉투를 봉하고 있을 때, 스테판 아르카지치의 커다란 목소리가 들렸다. 스테판 아르카지치는 알렉세이 알렉산드로비치의 하인과 말다툼을 하며 자기가 온 것을 전하라고 고집을 부렸다.

'어떻게 되든 상관없어.' 알렉세이 알렉산드로비치는 생각했다. '차라리 잘됐다. 이제 그의 여동생에 대한 나의 입장을 알리고 그의 집에서 식사할 수 없는 이유를 설명해야겠군.'

"안으로 모셔!" 그는 종이를 모아 압지대에 끼우며 큰 소리로 말했다.

"이것 봐, 자네가 거짓말을 했잖아. 그가 저렇게 안에 있는데 말이야!" 그를 들여보내지 않은 하인에게 대꾸하는 스테판 아르카지치의 목소리가 들렸다. 오블론스키는 외투를 벗으며 방 안으로 들어왔다. "아, 자네를 보니 정말 반갑군! 그래서 말이야, 나는……." 스테판 아르카지치가 쾌활하게 말을 꺼냈다.

"난 못 갑니다." 알렉세이 알렉산드로비치는 선 채로 손님에게 앉으라는 말도 없이 싸늘하게 말했다.

알렉세이 알렉산드로비치는 이혼소송을 제기하려는 참에 아내의 오빠에 대해 당연히 취해야 할 냉담한 태도를 당장이라도 보여야 한다고 생각했다. 그러나 그는 스테판 아르카지치의 마음속 해안에서 흘러나오는 온화함이라는 바다를 미처 고려하지 못했다.

스테판 아르카지치는 반짝반짝 빛나는 눈을 크게 떴다.

"어째서 올 수 없다는 거야? 무슨 말을 하고 싶은 건데?" 그는 주저하며 프랑스어로 말했다. "안 돼, 이미 약속했잖아. 그래서 우리 모두 자네가 올 거라고 기대하고 있단 말이야."

"내가 말하고 싶은 건, 우리 사이의 친척 관계가 끊어질 수밖에 없기 때문에 당신 집에 갈 수 없다는 겁니다."

"뭐? 아니, 어떻게? 왜?" 스테판 아르카지치가 웃음 띤 얼굴로 말했다.

"당신의 누이, 즉 내 아내와의 이혼소송을 제기할 생각이거든요. 난 어쩔 수 없이……."

하지만 알렉세이 알렉산드로비치가 미처 말을 끝내기도 전에, 스테판 아르카지치는 전혀 뜻밖의 행동을 보였다. 스테판 아르카지치는 한숨을 쉬며 안락의자에 털썩 앉았다.

"아니, 알렉세이 알렉산드로비치, 무슨 말을 하는 거야!" 오블론스키가 외쳤다. 그의 얼굴에 괴로움이 떠올랐다.

"사실입니다."

"미안하지만, 난 믿을 수 없어. 도저히 그 말을 믿을 수 없어……."

알렉세이 알렉산드로비치는 자리에 앉았다. 그는 자기의 말이 기대했던 만큼 효과를 거두지 못했다는 것, 반드시 설명하고 넘어갈 필요가 있다는 것, 자신이 어떻게 설명하든 자기와 처남의 관계는 여전히 그대로 남으리라는 것을 깨달았다.

"그렇습니다. 난 이혼을 요구하지 않을 수 없는 괴로운 처지에 놓여 있습니다." 그가 말했다.

"한 가지만 말하지, 알렉세이 알렉산드로비치. 난 자네를 훌륭하고 공정한 사람으로 알고 있어. 안나에 대해선, 미안하네, 난 누이에 대한 나의 생각을 바꿀 수 없어, 아무튼 난 안나도 아름답고 훌륭한 여자라고 생각해. 그러니 용서하게, 난 자네 말을 믿을 수 없어. 여기에는 오해가 있어." 그가 말했다.

"그래요. 그것이 그저 오해라면……."

"잠깐, 나도 이해해." 스테판 아르카지치가 끼어들었다. "하지만, 물론……, 한 가지만 말하지. 경솔하게 행동해서는 안 돼. 그러면 안 돼, 절대로 성급하게 굴지 마."

"난 성급하게 행동하지 않았습니다." 알렉세이 알렉산드로비치가 차갑게 말했다. "그런 문제에 관해선 그 누구에게도 조언을 구할 수 없는 법이죠. 난 굳게 결심했습니다."

"끔찍한 일이야!" 스테판 아르카지치는 무겁게 탄식하며 말했다. “내가 했으면 하는 게 한 가지 있어, 알렉세이 알렉산드로비치. 부탁이야, 제발 그렇게 해 줘!” 그가 말했다. “내 생각에 소송은 아직 제기되지 않은 것 같군. 소송을 제기하기 전에, 내 아내를 만나 이야기를 나눠 봐. 아내는 안나를 친동생처럼 사랑하고 자네도 사랑해. 그녀는 훌륭한 여자야. 제발, 내 아내와 이야기를 해 봐! 내게 그 정도의 우정을 보여 줄 수 있겠지. 부탁이야!”

알렉세이 알렉산드로비치는 잠시 생각에 잠겼다. 스테판 아르카지치도 그의 침묵을 방해하지 않고 동정 어린 눈으로 그를 바라보았다.

“아내와 만나 줄 거지?”

“글쎄요, 모르겠습니다. 내가 당신 집에 갈 수 없는 것도 그 때문입니다. 난 우리의 관계가 변해야 한다고 생각합니다.”

“왜? 난 그렇게 생각하지 않아. 우리의 인척 관계는 제쳐 두더라도, 내가 자네에게 늘 품고 있는 우정의 감정을 자네도 나에 대해 어느 정도 느끼고 있다고 생각해도 될까……. 진심 어린 존경도…….” 스테판 아르카지치가 그의 손을 잡으며 말했다. “자네의 최악의 가정이 사실이라 해도, 난 결코 어느 쪽에 대해서도 판단하지 않아. 앞으로도 그럴 거고. 그리고 나로서는 우리의 관계가 바뀌어야 하는 이유를 모르겠어. 하지만 지금은 내 말대로 해 줘. 내 아내를 만나 주게.”

“글쎄요, 우리는 이 문제를 다른 식으로 보는 것 같군요.” 알렉세이 알렉산드로비치는 냉담하게 말했다. “어쨌든 이 문제에 대해서는 더 이상 이야기하지 맙시다.”

“아니, 왜 오지 않겠다는 거야? 오늘 저녁 식사만이라도 안 될까? 아내가 자네를 기다려. 제발 와 줘. 무엇보다 아내와 이야기를 나눠 봐. 훌륭한 여자라니까. 제발, 이렇게 무릎 꿇고 빌게!"

"정 그렇게 원한다면 가지요." 알렉세이 알렉산드로비치는 한숨을 쉬며 말했다.

그러고 나서 그는 화제를 바꾸기 위해 두 사람 모두의 관심거리, 즉 아직 나이도 많지 않은데 갑자기 그렇게 높은 지위에 오른 스테판 아르카지치의 신임 상관에 대해 물었다.

알렉세이 알렉산드로비치는 예전부터 아니치킨 백작을 좋아하지 않았고 그와는 늘 의견이 어긋났다. 그러나 지금 그는 근무지에서 큰 실패를 경험한 사람이 승진한 사람을 보며 느끼는 증오심, 공직에 있는 사람이라면 누구나 이해할 만한 그 증오심을 도저히 억누를 수 없었다.

"그래, 그 사람을 만났나요?" 알렉세이 알렉산드로비치는 악의에 찬 냉소를 지으며 말했다.

"물론. 어제 우리 사무실에 나왔으니까. 그 사람은 업무에 대해 잘 알고 있는 데다 매우 활동적인 것 같던데."

"그래요, 하지만 그의 활동은 무엇을 지향하는 걸까요?" 알렉세이 알렉산드로비치가 말했다. "일을 하는 걸까요, 아니면 남이 이미 끝낸 일을 다시 개조하는 걸까요? 우리 정부의 불행은 서류 행정입니다. 그리고 그 사람은 그 분야의 존경할 만한 대표자죠."

"사실 난 그에게 비난할 거리가 있는지 잘 모르겠어. 난 그의 경향에 대해선 잘 몰라. 하지만 한 가지만은 알 수 있어. 그는 훌륭한 사나이더군." 스테판 아르카지치가 말했다. "난 지금 그의 방에 있다 오는 길인데, 정말 훌륭한 사나이였어. 우리는 함께 점심 식사를 했지. 그리고 난 그에게서 그 술을 만드는 법을 배웠어. 자네도 알지? 오렌지를 섞은 포도주 말이야. 그건 정말 산뜻하더군. 그런데 놀랍게도 그는 그 사실을 모르더라고. 그는 그 술을 무척 좋아했어. 아니, 사실 그는 멋진 사람이야."

스테판 아르카지치는 시계를 흘깃 쳐다보았다.

"앗, 큰일이군, 벌써 4시잖아. 난 돌고부쉰에게도 들러야 해. 그럼, 부탁해. 저녁 식사 하러 와. 자네가 모습을 보이지 않으면 나와 내 아내가 얼마나 슬퍼할지 자네는 상상도 못할 거야."

알렉세이 알렉산드로비치가 처남을 배웅하는 모습은 그를 맞이할 때와 딴판이었다.

"약속했으니 가죠." 그는 우울하게 대답했다.

"내가 자네에게 고마워한다는 것을 믿어 줘. 자네가 후회하지 않았으면 좋겠군." 스테판 아르카지치가 웃으며 대답했다.

그리고 그는 걸어가며 옷을 입다가 한 손이 하인의 머리에 부딪치자 웃음을 터뜨리며 밖으로 나갔다.

"5시야. 프록코트 차림으로 와. 부탁하네!" 그는 문 쪽을 돌아보며 한 번 더 큰 소리로 외쳤다.

9

집주인이 도착했을 때는 이미 5시가 지나 벌써 몇몇 손님들이 와 있었다. 그는 현관 입구에서 만난 세르게이 이바노비치 코즈니셰프와 페스초프와 함께 안으로 들어왔다. 오블론스키의 표현을 빌리자면, 이 사람들은 모스크바의 인텔리겐치아를 대표하는 양대 산맥이었다. 두 사람은 성품으로 보나 지성으로 보나 존경할 만한 사람들이었다. 그들은 서로를 존중했지만, 도저히 어쩔 수 없을 정도로 거의 모든 점에서 서로 의견이 달랐다. 그것은 두 사람이 서로 대립되는 유파에 속해 있어서가 아니라, 같은 진영에 속해 있으면서도(반대파들은 그들을 하나로 혼동하곤 했다.) 한 진영 안에서 저마다 나름의 미묘한 차이를 지녔기 때문이었다. 반(半) 추상적인 문제에 대한 의견의 차이처럼 일치시키기 힘든 것도 없는 만큼, 그들은 한 번도 의견의 일치를 보인 적이 없었다. 뿐만 아니라 그들은 이미 오래전부터 화내지 않고 그저 상대방의 바로잡을 수 없는 오해를 비웃어 주는 데 익숙해져 있었다.

그들이 날씨에 관한 대화를 나누며 문으로 들어섰을 때, 스테판 아르카지치가 그들을 따라잡았다. 응접실에는 이미 오블론스키의 장인인 알렉산드르 드미트리예비치[73] 공작, 젊은 쉐르바츠키, 투로프친, 키티, 카레닌이 자리에 앉아 있었다.

스테판 아르카지치는 자기가 없어서 응접실의 분위기가 삭막하다는 것을 금방 알아차렸다. 화려한 회색 실크 드레스 차림의 다리야 알렉산드로브나는 어린이 방에서 따로 식사를 해야 하는 아이들과 아직 돌아오지 않은 남편 때문에 신경을 쓰는 것 같았다. 그녀로서는 남편 없이 그 모임 전체를 잘 어울리게 할 수 없었다. 사람들은 손님으로 온 사제의 딸(노공작의 표현에 따르면)처럼 어쩌다 이런 자리에 오게 되었는지 모르겠다는 표정으로 침묵을 피하기 위해 말을 쥐어짜고 있었다. 선량한 투로프친은 분명 자기가 있을 곳이 아니라고 느끼는 것 같았다. 그가 스테판 아르카지치를 보며 두툼한 입술에 떠올린 미소는 이런 말을 하는 듯했다. '어이, 친구, 자네가 날 현자들 틈에 앉혀 놓았군 그래. Château des Fleurs에서 한 잔 하지. 그거라면 내 전공인데 말이야.' 노공작은 말없이 앉아 눈동자를 빛내며 카레닌을 곁눈질하고 있었다. 스테판 아르카지치는 그가 이미 철갑상어 용도[74]로 초대받은 이 정치가에게 어떤 문구를 갖다 붙일지 생각해 냈다는 것을 깨달았다. 키티는 문 쪽을 바라보며 콘스탄친 레빈이 들어와도 얼굴이 붉어지지

---

73) 2부 2장에는 키티의 아버지인 노공작의 이름이 '알렉산드르 안드레이치'로 명시되어 있다. 여기서 그의 이름을 '알렉산드르 드미트리예비치'로 쓴 것은 톨스토이의 실수로 보인다.

않도록 용기를 끌어 모으고 있었다. 카레닌에게 소개받지 못한 젊은 쉐르바츠키는 그 일에 대해 전혀 신경 쓰지 않는 것처럼 보이려고 애썼다. 카레닌 자신은 페테르부르크에서의 습관대로 프록코트에 하얀 넥타이 차림으로 부인들과 함께 하는 만찬에 참석했다. 스테판 아르카지치는 그의 얼굴을 보며 그가 단지 약속을 지키기 위해 왔다는 것과 이 모임에 참석함으로써 괴로운 의무를 수행하려 한다는 것을 깨달았다. 스테판 아르카지치가 도착하기 전까지 손님들을 얼어붙게 만든 냉기의 주범은 바로 그였다.

스테판 아르카지치는 응접실에 들어서며 손님들에게 사과하고 어떤 공작에게 붙잡혀 있느라 늦었다고 설명했다. 그 공작은 스테판 아르카지치가 모임에 늦거나 불참할 때마다 언제나 속죄양이 되었다. 그는 순식간에 사람들을 서로 소개시켰고, 알렉세이 알렉산드로비치와 세르게이 코즈니셰프를 한 자리에 묶어 준 뒤 그들에게 폴란드의 러시아화(化)[75]라는 주제를 던져 주었다. 그러자 그들은 페스초프와 함께 곧 그 주제에 매달렸다. 그는 투로프친의 어깨를 가볍게 치며 그에게 뭔가 우스갯소리를 속삭이고는 그를 아내와 공작 옆에 앉혔다. 그러고 나서 키티에게 오늘따라 무척 아름답다고 말하고는 쉐르바

---

74) 철갑상어 요리는 값이 매우 비싼 고급 음식으로서, 정찬에서 주 요리로 제공되었다. 이 장면에서 '철갑상어 용도'라는 표현은 정찬을 가장 빛내 줄 주빈이라는 의미로 해석할 수 있다.

75) 폴란드의 영토는 1772년, 1793년, 1798년 세 차례의 분할을 통해 러시아의 지배 아래 놓이게 되었다. 1830년과 1863년에 일어난 국가적인 봉기는 잔인하게 진압되었고, 그 후 '러시아령(領)' 폴란드는 1914년까지 계속 러시아의 지배를 받았다.

츠키를 카레닌에게 소개했다. 그가 이 사교의 반죽을 눈 깜짝할 사이에 어찌나 잘 섞어 놓았던지 응접실은 곧 근사한 분위기로 바뀌고 사람들의 목소리도 생기 있게 울리기 시작했다. 콘스탄친 레빈만 오지 않았다. 그러나 그것은 너무나 잘된 일이었다. 왜냐하면 스테판 아르카지치가 식당에 가 보았더니 난처하게도 포트와인[76]과 셰리주가 레베 상점이 아닌 테프레 상점에서 가져온 것이었기 때문이다. 그래서 그는 마부를 최대한 빨리 레베 상점에 보내도록 지시하고는 다시 응접실로 발길을 옮겼다.

그는 식당에서 콘스탄친 레빈과 마주쳤다.

"내가 늦었나?"

"자네가 늦지 않을 리 없지!" 스테판 아르까지치는 그의 손을 잡고 말했다.

"사람들이 많이 왔나 봐? 누가 왔어?" 레빈은 장갑으로 모자의 눈을 털며 자기도 모르게 얼굴을 붉혔다.

"우리가 아는 사람들이야. 키티도 왔어. 자, 들어가지. 카레닌을 소개해 줄게."

스테판 아르카지치는 자신의 자유주의적 성향에도 불구하고 누구나 카레닌과의 친분을 영광으로 여기지 않을 수 없다는 점을 잘 알았기에 가장 친한 친구들에게 카레닌을 소개하곤 했다. 그러나 그 순간 콘스탄친 레빈은 그런 교제의 기쁨을 만끽할 기분이 아니었다. 큰길에서 키티를 본 순간을 제외하면, 그는 브론스키를 만난 그 잊지 못할 저녁 이후 그녀를

76) 포르투갈산 적포도주.

한 번도 보지 못했다. 그는 마음속 깊은 곳으로부터 오늘 이곳에서 그녀를 보게 되리라는 것을 잘 알고 있었다. 하지만 그는 생각의 자유를 유지하며 자기는 그것을 모른다고 스스로에게 납득시키려 애썼다. 그러나 그녀가 와 있다는 말을 들은 이 순간, 그는 불현듯 숨이 멎는 듯한 크나큰 기쁨과 무시무시한 두려움을 느꼈고, 그 때문에 하고 싶은 말을 입 밖으로 낼 수 없었다.

'그녀는 어떨까? 어떨까? 예전의 모습 그대로일까, 아니면 마차에 있을 때의 모습일까? 만일 다리야 알렉산드로브나의 말이 사실이라면? 하지만 사실이 아닐 이유가 뭐야?' 그는 생각했다.

"아, 그래, 카레닌을 소개해 줘." 그는 간신히 말을 내뱉고는 필사적이고 결연한 걸음으로 응접실에 들어가 그녀를 보았다.

그녀는 예전의 그녀도, 마차에 있던 그녀도 아니었다. 그녀는 전혀 다른 모습이었다.

그녀는 놀라고 머뭇대고 부끄러워했으나, 그 때문에 더욱 아름다웠다. 그가 응접실에 들어서자, 그녀가 그를 보았다. 그녀는 그를 기다리고 있었다. 그녀는 기뻤다. 그리고 그가 안주인에게 다가와 그녀를 향해 다시 눈길을 던진 순간, 그녀는 기쁨을 주체하지 못한 나머지 그녀 자신도, 레빈도, 그들을 지켜본 돌리도 그녀가 참지 못해 울음을 터뜨리지나 않을까 생각할 만큼 당황해했다. 그녀의 얼굴이 붉어지는가 싶더니 창백해지고 다시 또 붉어지다가 얼어붙었다. 그녀는 입술을 희미하게 떨며 그가 다가오기를 기다렸다. 그는 그녀에게 다가가 허리를 굽혀 인사를 하고는 말없이 손을 내밀었다. 만일 입술의 희미한 떨림, 눈동자에 어린 촉촉함과 그로 인한 반짝임이 없었다면, 그녀가 말하면서 보인 미소는 평온에 가까워 보였을 것이다.

"정말 오랜만이에요!" 그녀는 필사적이고도 단호하게 자신의 차가운 손으로 그의 손을 쥐었다.

"당신은 날 보지 못했지만, 난 당신을 보았습니다." 레빈은 행복한 미소를 빛내며 말했다. "당신이 기차역에서 예르구쇼보로 가는 것을 보았죠."

"언제요?" 그녀가 놀라서 물었다.

"당신은 마차를 타고 예르구쇼보로 가고 있었습니다." 레빈은 자신의 영혼을 가득 채운 행복으로 숨이 막히는 것을 느끼며 말했다. '내가 어떻게 이 감동적인 존재를 불순한 생각과 결합할 수 있었을까! 그래, 다리야 알렉산드로브나의 말이 사실인가 보다.' 그는 생각했다.

스테판 아르카지치는 그의 손을 잡고 카레닌에게 데려갔다.

"소개하지." 그는 두 사람의 이름을 말했다.

"다시 만나게 되어 무척 반갑습니다." 알렉세이 알렉산드로비치는 레빈의 손을 잡으며 냉담하게 말했다.

"서로 아는 사인가?" 스테판 아르카지치는 깜짝 놀라 물었다.

"같은 객차에서 세 시간 정도 함께 보냈어." 레빈이 미소를 지으며 말했다. "하지만 가면무도회에서 빠져나오는 사람들처럼 호기심을 간직한 채 객차를 나섰지. 적어도 난 그랬어."

"그랬군! 이쪽으로 가지." 스테판 아르카지치는 식당 쪽을 가리키며 말했다.

남자들은 식당으로 들어가 자쿠스카가 놓인 테이블로 다가갔다. 그곳에는 여섯 종류의 보드카와 그만큼 다양한 종류의 치즈 — 은제 나이프가 딸린 것도 있고 그렇지 않은 것도 있었다 — 와 캐비어, 청어, 각종 통조림, 얇게 썬 프랑스빵이 담긴 접시들이 놓여 있었다.

남자들은 향기로운 보드카와 자쿠스카 주위에 섰고, 식사를 기다리는 동안 세르게이 이바노비치 코즈니셰프와 카레닌과 페스초프 사이에 오가던 폴란드의 러시아화에 관한 대화도 차츰 잦아들었다.

여느 사람과 달리 세르게이 이바노비치는 대단히 추상적이고 진지한 논쟁의 종결을 위해 아테네의 소금[77]을 뿌려 상대방의 기분을 바꿀 줄 아는 사람이었다. 그는 지금도 이 방법을 사용했다.

알렉세이 알렉산드로비치는 러시아 정부가 도입해야 할 최고의 방침의 결과로서만 폴란드의 러시아화가 이루어질 수 있다고 논증했다.

페스초프는 인구밀도가 높은 민족만이 다른 민족을 동화시킬 수 있다고 주장했다.

코즈니셰프는 양쪽의 주장을 모두 인정했지만, 그의 인정은 제한적이었다. 그들이 응접실에서 나올 때, 코즈니셰프는 대화를 마무리하기 위해 미소를 지으며 이렇게 말했다.

"따라서 이민족을 러시아화하는 방법은 한 가지뿐입니다. 가능하면 아이들을 많이 낳는 것입니다. 그런 점에서 나나 이 친구는 제 역할을 가장 못한 사람들이죠. 그런데 여러분 같은

77) 품위 있는 유머를 뜻하는 관용어.

기혼의 신사분들, 특히 스테판 아르카지치는 대단히 애국적인 행동을 한 겁니다. 애들이 몇이나 되죠?" 그는 주인을 돌아보며 다정하게 웃고 그에게 작은 술잔을 내밀었다.

다들 웃음을 터뜨렸다. 그 가운데 스테판 아르카지치가 특히 유쾌하게 웃어 댔다.

"그래, 그게 가장 좋은 방법이지!" 그는 치즈를 우물우물 씹으며 코즈니셰프가 내민 술잔에 어떤 특별한 종류의 보드카를 따랐다. 그런 농담이 오가는 가운데 그 대화는 사실 중단되었다.

"이 치즈, 꽤 좋죠. 더 드시겠습니까?" 주인이 말했다. "자네는 운동을 다시 시작한 건가?" 그는 왼손으로 레빈의 근육을 만져 보며 그에게 말을 걸었다. 레빈은 씩 웃으며 팔에 힘을 주었다. 그러자 스테판 아르카지치의 손가락 아래로 만져지는 프록코트의 얇은 나사 천에서 단단한 알통이 둥근 치즈처럼 불끈 솟아올랐다.

"이것이 이두박근이라는 거군! 삼손 같은데!"

"곰 사냥을 하려면 체력이 좋아야겠군요." 사냥에 대해서는 막연한 지식밖에 없는 알렉세이 알렉산드로비치가 빵의 거미줄처럼 얇고 말랑말랑한 부분에 치즈를 발라 그것을 찢으며 말했다.

레빈은 미소를 지었다.

"전혀 그렇지 않습니다. 아이들도 곰을 죽일 수 있는걸요." 그는 자쿠스카 테이블로 다가온 안주인과 부인들에게 가볍게 인사를 하고 옆으로 비켰다.

"곰을 잡았다면서요?" 키티는 팔이 하얗게 내비치는 레이스자락을 흔들며 미끄러워 잘 잡히지 않는 버섯을 공연히 포크로 찍으려 애썼다. "당신의 마을에 정말 곰이 있나요?" 그녀는 아름다운 얼굴을 그에게 반쯤 돌리고 미소를 지으며 이렇게 덧붙였다.

그녀의 말에는 특별한 의미가 없는 듯했다. 그러나 그에게는 이렇게 말하는 그녀의 입술과 눈동자와 손의 움직임 하나하나가, 그리고 그녀의 입에서 울리는 소리 하나하나가 말로 표현할 수 없는 어떤 의미를 지닌 것처럼 느껴졌다. 거기에는 용서를 구하는 마음, 그에 대한 신뢰, 애무, 부드러우면서도 수줍은 애무, 약속, 희망, 그에 대한 사랑이 있었다. 그는 그 사랑을 믿지 않을 수 없었고, 그 사랑으로 숨이 막힐 것만 같았다.

"아뇨, 우리는 트베리 현으로 갔습니다. 그곳에서 돌아오는 길에 객차 안에서 당신의 보프레르[78], 아니 당신의 보프레르의 매제를 만났죠." 그는 미소를 지으며 말했다. "우스꽝스러운 만남이었습니다."

그러더니 그는 밤을 뜬눈으로 지새우다 털가죽 반코트 차림으로 알렉세이 알렉산드로비치가 탄 객차 안에 뛰어 들어간 이야기를 쾌활하고 익살스럽게 들려주었다.

"속담과 달리, 차장은 내 옷차림을 보고 날 내쫓으려고 했지요. 그때 난 고상하고 과장된 말투로 이야기를 늘어놓았어요. 그리고…… 당신도……." 그는 이름이 떠오르지 않아 카레닌을 돌아보며 말했다. "당신도 처음에는 털가죽 반코트를 보고 날

78) '처남, 매형, 매제 등 혼인을 통해 맺는 남자 친척'을 뜻하는 'beau-frère'(프랑스어)를 러시아 음가로 발음한 표현이다. 톨스토이는 레빈이 프랑스어 단어를 사용할 때 간혹 이렇게 러시아 음가로 표시했다.

내쫓으려고 했지만, 나중에는 내 편을 들어 주었죠. 그 점에 대해 무척 감사하게 생각합니다."

"대체로 승객의 좌석 선택권이라는 것이 애매해서 말이죠." 알렉세이 알렉산드로비치는 손수건으로 손가락 끝을 닦으며 말했다.

"난 당신이 나를 어떻게 대할지 몰라 주저하는 것을 보았습니다." 레빈은 선한 미소를 지으며 말했다. "하지만 난 내 반코트에 대한 인상을 씻기 위해 서둘러 지적인 대화를 꺼냈죠."

세르게이 이바노비치는 안주인과 계속 이야기를 나누면서도 한쪽 귀로는 동생의 말에 귀를 기울이며 동생을 곁눈질했다. '오늘 저 녀석이 어떻게 된 거지? 저렇게 의기양양해 있다니.' 그는 생각에 잠겼다. 그는 레빈이 날개라도 돋은 듯한 기분에 빠져 있는 것을 몰랐다. 레빈은 그녀가 그의 말을 듣고 있으며 그의 말을 듣는 것에서 즐거움을 느끼고 있음을 알았다. 오직 이 한 가지 사실만이 그의 마음을 온통 사로잡았다. 그에게는 이 방, 아니 온 세상을 통틀어 스스로에게 엄청난 의미와 중요성을 띠게 된 그 자신과 그녀만 존재하는 것 같았다. 그는 자신이 현기증이 날 정도로 높은 곳에 있고, 저 아래 아득히 먼 어딘가에 이 모든 선량한 사람들, 카레닌 같은 훌륭한 사람들, 오블론스키 같은 사람들, 그리고 온 세계가 존재하는 것 같다고 느꼈다.

스테판 아르카지치는 아무도 눈치채지 못하게 두 사람에게는 눈길도 주지 않고 마치 그들을 앉힐 자리가 없어서 그런다는 듯 레빈과 키티를 나란히 앉혔다.

"음, 여기라도 앉지그래." 그는 레빈에게 말했다.

식사는 식기와 마찬가지로 훌륭했다. 스테판 아르카지치는 식기류 애호가였다. 마리 루이즈 수프는 굉장히 훌륭했다. 입 안에서 사르르 녹는 작은 피로그는 흠잡을 데가 없었다. 하얀 넥타이를 맨 하인 두 명과 마트베이는 눈에 띄지 않게 조용하고 민첩한 동작으로 음식과 술을 날랐다. 만찬은 물질적인 면에서도 성공적이었지만, 그에 못지않게 비물질적인 면에서도 성공적이었다. 때로는 보편적으로, 때로는 특수하게 진행된 대화는 잠시도 그칠 새가 없었고, 만찬이 끝날 무렵까지 대단한 활기를 띠었다. 그래서 남자들은 테이블에서 일어나면서도 계속 이야기를 나눌 정도였다. 심지어 알렉세이 알렉산드로비치까지도 활기를 띠었다.

10

페스초프는 끝까지 논쟁하고 싶어 했고 세르게이 이바노비치의 말에도 만족하지 않았다. 게다가 자신의 의견이 옳지 않다는 것을 느꼈기 때문에 더욱 그러했다.

"난 결코……." 그는 수프를 떠먹으며 알렉세이 알렉산드로비치에게 말했다. "인구밀도만을 의미한 게 아닙니다. 그리고 원칙이 아니라 근본적인 토대와 결부해서 한 말입니다."

"내가 보기에는……." 알렉세이 알렉산드로비치는 느긋하고 무심한 말투로 대답했다. "마찬가지인 것 같은데요. 다른 민족에게 영향을 미친다는 것은 보다 발전된 민족만이 할 수 있는 일이라고 생각합니다. 그리고……."

"하지만 바로 그 점이 문제입니다." 페스초프는 특유의 저음으로 상대방의 말을 가로막았다. 그는 언제나 말을 급하게 했고 자기가 하는 말에 온 정신을 쏟는 것처럼 보였다. "보다 발전했다는 건 무엇을 뜻하는 겁니까? 영국, 프랑스, 독일 가운데 어느 민족이 가장 수준 높은 문화를 갖고 있습니까? 어느 민족이 다른 민족을 동화하게 될까요? 우리는 라인 지방이 프랑스화되었음을 압니다. 그렇다고 해서 독일인이 더 열등한 것은 아니죠!" 그는 소리쳤다. "거기에는 다른 법칙이 있는 겁니다!"

"내 생각에 영향력이란 언제나 참된 교양을 가진 쪽에 있기 마련입니다." 알렉세이 알렉산드로비치는 눈썹을 살짝 치켜올리며 말했다.

"하지만 참다운 교양의 징후를 도대체 어디에서 찾아야 합니까?" 페스초프가 말했다.

"그러한 징후는 이미 알려져 있다고 생각하는데요." 알렉세이 알렉산드로비치가 말했다.

"그런 것들이 충분히 알려져 있다고 할 수 있을까요?" 세르게이 이바노비치가 옅은 미소를 띠며 이야기에 끼어들었다. "오늘날에는 순수하게 고전적인 것만을 진정한 교양으로 인정합니다. 하지만 우리는 양쪽의 격렬한 논쟁을 목격하고 있습니다. 또한 반대파 진영도 자신을 위한 유력한 논거를 갖고 있다는 것을 부인할 수는 없습니다."

"당신은 고전파군요, 세르게이 이바노비치. 적포도주를 드시겠습니까?" 스테판 아르카지치가 말했다.

"난 어떤 종류의 교양에 대해 의견을 피력하는 것이 아닙니다." 세르게이 이바노비치는 잔을 내밀면서 어린아이를 대하듯 너그럽게 미소를 지었다. "난 그저 양측이 저마다 유력한 논거를 갖고 있다는 말을 하려던 것뿐입니다." 그는 알렉세이 알렉산드로비치를 돌아보며 말을 이었다. "난 고전주의에 입각한 교육을 받았습니다만, 이 논쟁에서는 개인적으로 내 자리를 발견할 수 없군요. 어째서 고전주의 학문을 실제적인 학문보다 우월한 것으로 보아야 하는지, 난 그 분명한 이유를 모르겠습니다."

"자연과학도 그에 못지않게 교육적이고 발전적인 영향을 미칩니다." 페스초프가 그의 말을 받아 말했다. "천문학만 해도 그렇습니다. 그리고 일반 법칙의 체계를 갖춘 식물학과 동물학을 보세요."

"난 그 말에 전적으로 동의할 수는 없습니다." 알렉세이 알렉산드로비치가 대답했다. "나의 생각으로는, 언어 형식을 연구하는 과정 자체가 정신 발달에 특히 유익하게 작용한다는 사실을 인정하지 않을 수 없을 것 같습니다. 게다가 고전주의 작가의 영향은 지극히 도덕적인 데 반해, 자연과학의 가르침은 불행하게도 우리 시대의 해악을 형성하는 해롭고 거짓된 학설과 결합되어 있습니다."

세르게이 이바노비치가 뭔가 말하고 싶어 했지만 페스초프가 특유의 굵은 저음으로 그의 말을 가로막았다. 그는 이 견해의 부당성을 열렬히 증명하기 시작했다. 세르게이 이바노비치는 침착하게 그의 말이 끝나기를 기다렸다. 그는 이미 상대의 기를 꺾을 반박을 준비해 둔 것 같았다.

"하지만……." 세르게이 이바노비치는 엷은 미소를 띠며 카레닌을 돌아보았다. "두 학문의 장점과 단점을 완전히 저울질하기가 어렵다는 점에는 동의하지 않을 수 없을 겁니다. 그리고 만일 고전주의적 교양에 당신이 지금 말한 우월성, 즉 도덕적이고, disons le mot[79], 안티니힐리즘적[80] 영향력이 없다면, 어느 학문을 우위에 두어야 할지에 대한 문제도 그렇게 빨리 최종적으로 해결되지는 않을 거라는 데 동의하지 않을 수 없을 겁니다."

"물론이죠."

"고전주의 학문에 이러한 안티니힐리즘적 우월성이 없다면, 우리는 좀 더 많이 생각하여 양쪽의 논거를 저울질했을 것입니다." 세르게이 이바노비치는 옅은 미소를 띠며 말했다. "그리고 양쪽 모두에게 여지를 주었을 것입니다. 하지만 지금 우리는 고전주의 교양이라는 이런 알약에 안티니힐리즘의 효능이 있다는 것을 압니다. 그래서 우리는 과감하게 그것을 우리의 환자들에게 제공합니다……. 그런데 만일 효능이 없다면 어떻게 되는 겁니까?" 그는 아테네의 소금을 뿌리며 말을 맺었다.

세르게이 이바노비치가 알약이라는 말을 꺼냈을 때, 다들 웃음을 터뜨렸다. 특히 대화를 들으면서 우스운 이야기가 나오기만 기다리던 투로프친이 가장 큰 소리로 유쾌하게 웃어 댔다.

스테판 아르카지치가 페스초프를 초대한 것은 실수가 아니

---

79) '이러한 표현을 써도 될는지.' (프랑스어)

80) 니힐리즘이라는 용어는 처음에 독일어 'Nihilismus'에서 '소멸', 혹은 '종교적 신념과 도덕적 원칙의 거부'를 뜻하는 철학 용어로 사용되었다. 프랑스어 'nihilisme'을 통해 이 용어를 받아들인 러시아에서는, 니힐리즘이 정치적 의미를 띠게 되었다. 니힐리즘은 1860년대 젊은 사회주의자들의 이념이었다. 그들은 대안을 제시하지 못한 채 현존하는 사회 질서의 전복을 옹호하였다. 러시아의 사전 편찬자 V. I. 달은 『살아 있는 러시아어 해석 사전』에서 '니힐리즘'을 다음과 같이 설명하였다. '촉각으로 감지되지 않는 모든 것을 부인하는 추악하고 비윤리적인 사상.'

었다. 페스초프 덕분에 지적인 대화가 한순간도 끊이지 않았다. 세르게이 이바노비치가 농담으로 대화를 마무리 짓자마자, 페스초프가 즉시 새로운 화제를 꺼냈다.

"동의할 수 없는 게 또 있습니다." 그가 말했다. "정부가 이런 목적을 갖고 있었다니. 정부는 분명 그들이 채택한 정책이 어떤 영향을 끼칠지 무관심한 채 일반적인 판단만을 따르고 있습니다. 예를 들어, 여성 교육[81]의 문제는 매우 유해한 것으로 간주되어야 하는데도, 정부는 여성들에게 강습회와 대학을 개방하고 있습니다."

그러자 대화는 즉시 여성의 교육이라는 새로운 테마로 옮겨갔다.

알렉세이 알렉산드로비치는 여성의 교육이 대개 여성 해방이라는 문제와 혼동되고 있으며 단지 그 때문에 해로운 것으로 받아들여질 수 있다는 자신의 생각을 피력했다.

"난 오히려 이 두 문제가 서로 밀접하게 결합되어 있다고 생각합니다." 페스초프가 말했다. "이것은 하나의 악순환입니다. 여성은 교육의 부족으로 권리를 박탈당했고, 교육의 부족은 권리의 결핍에서 옵니다. 여성의 종속은 너무나 오래된 뿌리 깊은 문제라서, 종종 그들과 우리 남성들을 분리하는 그 원인을 이해하려 들지 않습니다." 그가 말했다.

"당신은 권리라고 말합니다만……." 세르게이 이바노비치는

81) 1860년대의 러시아 여성들은 교사와 산파가 되기 위한 교육만을 받을 수 있었다. 하지만 1870년대에 이르자, 지적이고 사회적인 분야의 독립을 쟁취하려는 여성들이 투쟁의 목소리를 높였다. 그리하여 많은 분야의 고등교육이 여성들에게 개방되기에 이르렀다.

페스초프가 말을 멈추기를 기다리다 이렇게 말했다. "배심원, 시의원, 의장의 직위를 맡을 권리, 공직을 맡을 권리, 국회의원이 될 권리 등을 말하는 건가요?"

"물론입니다."

"하지만 설사 아주 드문 예외로 여성이 이런 직위에 앉는다 해도, 내가 보기에 당신이 '권리'라는 말을 사용한 것은 옳지 않은 것 같군요. 더 정확히 말하자면, 그것은 의무죠. 배심원이니, 시의원이니, 전신국원이니 하는 어떤 직무를 수행할 때, 우리는 의무를 이행한다고 느낍니다. 이 점에는 모두 동의할 겁니다. 따라서 여성들이 의무를 찾고 있다고 말해야 더 정확할 것입니다. 그리고 그것은 완전히 적법한 행동입니다. 그러니 남성들의 일반적인 노동을 도와주려는 그들의 이러한 소망에 공감하지 않을 수가 없죠."

"너무나도 옳은 말입니다." 알렉세이 알렉산드로비치가 그 말에 동의했다. "내가 생각하기에, 문제는 다만 여성들에게 이 의무를 수행할 능력이 있느냐 없느냐인 것 같군요."

"여성들은 아마 아주 잘 해낼 겁니다." 스테판 아르카지치가 끼어들었다. "여성들에게 교육이 보급되면 말입니다. 우리도 보고 있듯이……."

"이런 속담은 어떻소?" 아까부터 대화에 귀를 기울이며 조롱하는 듯한 작은 눈을 반짝이던 공작이 말했다. "딸아이들도 있지만 상관없어. 머리칼이 길면[82]……"

"흑인 해방 전까지는 흑인에 대해서도 똑같이 생각했습니

82) '머리카락이 길면 머리가 나쁘다.'라는 속담.

다!" 페스초프가 성난 말투로 말했다.

"나는 다만 여성들이 새로운 의무를 찾는 것이 의아할 뿐입니다. 불행하게도 우리는 남성들이 대개 의무를 회피한다는 것을 아니까요." 세르게이 이바노비치가 말했다.

"의무는 권리와 결합되어 있습니다. 권력, 돈, 명예. 여성들은 바로 이러한 것들을 추구하는 것입니다." 페스초프가 말했다.

"내가 유모가 될 권리를 요구하면서 여자들은 보수를 받는데 나는 못 받는다고 화를 내는 것과 똑같은 꼴이군." 노공작이 말했다.

투로프친은 큰 소리로 웃어 댔고, 세르게이 이바노비치는 자기가 이 말을 하지 못한 것을 애석해했다. 알렉세이 알렉산드로비치조차 빙긋 웃었다.

"그렇죠, 남자는 젖을 먹일 수 없어요. 하지만 여자는……." 페스초프는 말했다.

"아니요. 어느 영국인 남자는 배 위에서 자기 아이를 길렀습니다." 노공작은 자기의 딸들 앞에서 이런 이야기를 거리낌 없이 늘어놓았다.

"그런 영국 남자들의 수만큼 여성 관리도 생기겠죠." 세르게이 이바노비치가 말했다.

"그래, 하지만 가정이 없는 아가씨들은 어떻게 하지?" 스테판 아르카지치가 불쑥 대화에 끼어들었다. 그는 늘 머리에서 떠나지 않던 치비소바를 떠올리며 페스초프의 의견에 공감하고 그것을 지지하였다.

"그런 여자의 과거를 잘 조사해 보면, 그 여자가 자기 집이든, 언니 집이든, 아무튼 여자다운 일을 가질 수 있는 가정을 버렸다는 것이 밝혀질 거예요." 갑자기 다리야 알렉산드로브나가 벌컥 화를 내며 대화에 끼어들었다. 아마도 스테판 아르카지치가 어떤 아가씨를 염두에 두고 한 말인지 알아차린 것 같았다.

"하지만 우리는 원칙과 이상의 편에 서 있으니까요!" 페스초프가 낭랑한 저음으로 반박했다. "여성은 교육을 받은 독립된 존재가 될 권리를 갖고 싶어 합니다. 여성들은 이것이 불가능하다는 인식에 억눌려 구속받고 있어요."

"하지만 난 보육원에서 날 유모로 받아 주지 않아 억눌리고 구속받고 있는데." 노공작은 또다시 이렇게 말했다. 투로프친은 크게 즐거워하며 웃느라 아스파라거스의 굵은 끝을 소스에 빠뜨리고 말았다.

11

다들 이 공통된 화제에 참여하였으나 키티와 레빈만은 예외였다. 처음에 한 민족이 다른 민족에게 미치는 영향력에 대한 이야기가 나왔을 때, 레빈은 무심결에 자기에게도 이 화제에 대해 할 말이 있다는 사실을 떠올렸다. 그러나 예전에는 그토록 중요하게 여겨졌던 그 생각들이 마치 꿈속인 양 머릿속에서 아른거리기만 할 뿐 지금은 그에게 조금도 흥미를 불러일으키지 않았다. 심지어 그는 왜 다들 아무에게도 쓸모없는 그런 이야기에 그토록 열을 올리는지 이상하게 여길 정도였다. 마찬가지로 사람들이 여성의 권리와 교육에 관해 한 이야기들도 분명 키티의 관심을 끌었을 것이다. 그녀는 외국에 있는 친구 바렌카와 그녀의 고통스러운 더부살이에 대해 여러 번 생각해 보았고, 자신이 결혼을 안 하면 어떻게 될까 하고 자신에 대해서도 몇 번이고 생각해 보았다. 게다가 이 문제로 언니와 얼마나 다투었는지 모른다! 하지만 지금은 그런 것들이 조금도 그녀의 흥미를 끌지 못했다. 그녀와 레빈은 그들만의 대화를, 아니 대화가 아니라 어떤 비밀스러운 교신을 나누고 있었다. 그 교신은 매 순간 그들을 더 가까이 결합시켰고, 두 사람의 마음속에 그들이 발을 딛은 미지의 세계에 대하여 즐거운 두려움을 불러일으켰다.

처음에 레빈은 지난해 그가 마차 안에 있던 자기를 어떻게 보았느냐는 키티의 질문에 풀베기를 하고 돌아오다 큰길에서 그녀를 보게 된 정황을 들려주었다.

"아주 이른 아침이었습니다. 당신은 막 잠에서 깬 것 같더군요. 당신의 maman은 한쪽 구석에서 주무시고 계셨죠. 더할 나위 없이 아름다운 아침이었습니다. 나는 걸어가며 생각했어요. 저 사두마차에는 누가 타고 있을까? 작은 방울들이 달린 멋진 마차였습니다. 순간 당신의 모습이 아른거리더군요. 난 창문으로 보았죠. 당신은 바로 이 모습으로 앉아 모자 매듭을 두 손으로 잡고 무언가를 골똘히 생각하고 있었습니다." 그는 빙그레 웃으며 말했다. "그때 난 당신이 무슨 생각을 하나 얼마나 궁금했는지 모릅니다. 중요한 것이었나요?"

'흐트러진 모습을 보이지는 않았을까?' 그녀는 생각에 잠겼다. 하지만 이런 세부적인 것들에 대한 추억이 그에게 불러일으킨 환희에 찬 미소를 보고, 그녀는 오히려 자기가 준 인상이 굉장히 좋았다는 것을 깨달았다. 그녀는 얼굴을 붉히며 기쁜 듯이 웃었다.

"정말 기억이 안 나요."

"투로프친은 정말 잘 웃는군요!" 레빈은 그의 촉촉한 눈과 흔들리는 몸을 감탄의 눈길로 바라보았다.

"오래전부터 알던 분인가요?" 키티가 물었다.

"그를 모르는 사람이 어디 있겠습니까!"

"당신은 저분을 나쁜 사람이라고 생각하나 봐요?"

"나쁘지는 않지만 보잘것없는 인간이지요."

"옳지 않아요! 그러니 당장 그런 생각을 버리세요." 키티가 말했다. "나도 저분을 굉장히 나쁘게 생각했어요. 하지만 저분은, 저분은 너무나도 좋은 분이에요. 놀랍도록 착한 사람이죠. 그는 황금 같은 마음[83]을 가졌어요."

"어떻게 그의 마음을 알게 됐죠?"

"우리는 저분과 절친한 친구 사이예요. 난 저분을 아주 잘 알아요. 지난해 겨울 그 일이 있고 나서 얼마 후, 그러니까 당신이 우리 집에 다녀간 얼마 후에……." 그녀는 미안해하면서도 신뢰에 찬 미소를 보냈다. "돌리 언니의 아이들이 모두 성홍열에 걸렸어요. 그런데 그가 어느 날 언니 집에 들렀죠. 상상할 수 있겠어요?" 그녀는 속삭이듯 말했다. "저분은 언니가 너무 가엾어 집에 머무르며 아이들의 간호를 도왔어요. 그래요, 저분은 이 집에 3주 동안 머무르며 보모처럼 아이들을 간호했어요."

"콘스탄친 드미트리치에게 아이들이 성홍열에 걸린 동안 투로프친이 한 일을 들려주고 있어." 그녀는 언니를 향해 몸을 돌리며 말했다.

"네, 훌륭하고 매력적인 분이에요!" 돌리는 투로프친 — 그는 사람들이 자기에 대해 이야기하는 것을 느꼈다 — 을 쳐다

83) 아름답고 부드러운 마음을 뜻하는 러시아의 관용 표현.

보며 그에게 상냥한 미소를 보냈다. 레빈은 한 번 더 투로프친을 바라보며 어째서 자기가 예전에는 이 사람의 매력을 전부 깨닫지 못했는지 의아해했다.

"미안해요, 미안합니다. 앞으로는 절대로 사람들을 나쁘게 생각하지 않겠습니다." 그는 지금 자신이 느낀 바를 솔직히 털어놓으며 쾌활하게 말했다.

12

여성의 권리에 관해 시작된 대화에는 여성들 앞에서 말하기 거북한 문제, 즉 결혼 생활에 따르는 권리의 불평등에 대한 문제도 있었다. 페스초프는 식사를 하는 동안 몇 번이고 이 문제에 달려들었으나, 세르게이 이바노비치와 스테판 아르카지치가 조심스럽게 그를 다른 화제로 돌렸다.

사람들이 테이블에서 일어나고 부인들이 자리를 뜨자, 페스초프는 그들을 따라가지 않고 알렉세이 알렉산드로비치를 돌아보며 불평등의 주요 원인에 대해 토로하기 시작했다. 그의 견해에 따르면, 부부의 불평등은 아내의 부정과 남편의 부정이 법률상으로나 여론상으로나 불평등한 처벌을 받는다는 점에 있었다.

스테판 아르카지치는 황급히 알렉세이 알렉산드로비치에게 다가가 그에게 담배를 권했다.

"아뇨, 안 피웁니다." 알렉세이 알렉산드로비치가 침착하게 대답했다. 그는 마치 자신이 이 화제를 두려워하지 않는다는 것을 보여 주려는 듯 일부러 싸늘한 미소를 흘리며 페스초프를 돌아보았다.

"이런 시각의 토대는 사물의 본질 자체에 있다고 생각합니다." 그는 이렇게 말하고 응접실에 가려고 했다. 그런데 그때 갑자기 투로프친이 알렉세이 알렉산드로비치를 돌아보며 입을 열었다.

"그런데 당신은 프랴치니코프에 대해 들었습니까?" 샴페인을 마시고 활기를 찾은 투로프친은 아까부터 자신을 짓누르는 침묵을 깨뜨릴 기회만 엿보다 이렇게 말했다. "바샤 프랴치니코프 말입니다." 그는 오늘의 주빈인 알렉세이 알렉산드로비치를 돌아보며 촉촉한 붉은 입술에 선한 미소를 띠웠다. "오늘 들은 이야기인데, 그가 트베리에서 크비츠키와 결투를 벌이다 그를 죽였다고 하더군요."

사람들은 언제나 남들이 일부러 자기의 아픈 곳을 골라 때린다고 느끼기 마련이다. 지금 스테판 아르카지치도 오늘은 불행하게도 이야기의 화제들이 계속 알렉세이 알렉산드로비치의 아픈 곳만 건드린다고 느꼈다. 그는 다시 매제의 관심을 다른 곳으로 돌리려 했으나, 알렉세이 알렉산드로비치 자신은 호기심을 보이며 이렇게 물었다.

"프랴치니코프가 무엇 때문에 결투를 한 겁니까?"

"아내 때문에요. 사나이다운 행동이죠! 결투를 신청해서 죽였으니까요!"

"아!" 알렉세이 알렉산드로비치는 무심하게 말하고는 눈썹을 찌푸리며 응접실로 갔다.

"이렇게 와 줘서 얼마나 기쁜지 몰라요." 돌리는 대기실에서 그와 마주치자 놀란 듯한 미소를 지으며 그에게 말했다. "당신에게 꼭 해야 할 이야기가 있어요. 여기 앉으세요."

알렉세이 알렉산드로비치는 여전히 찌푸린 눈썹이 자아내는 무심한 표정으로 다리야 알렉산드로브나 옆에 앉아 거짓으로 미소를 지었다.

"잘됐군요. 나도 당신에게 용서를 구하고 곧바로 작별 인사를 하려던 참이었습니다. 내일 떠나야 하거든요." 그가 말했다.

다리야 알렉산드로브나는 안나의 결백을 굳게 믿었으므로, 그처럼 태연히 자기의 무고한 친구를 파멸시키려는 이 차갑고 냉혹한 사내에 대한 분노로 얼굴이 창백해지고 입술이 떨리는 것을 느꼈다.

"알렉세이 알렉산드로비치." 그녀는 몹시 단호한 태도로 그의 눈을 바라보며 말했다. "내가 당신에게 안나의 안부를 물었죠. 하지만 당신은 대답하지 않았어요. 그녀는 어떻게 지내요?"

"잘 지내는 것 같습니다, 다리야 알렉산드로브나." 알렉세이 알렉산드로비치는 그녀를 외면한 채 대답했다.

"알렉세이 알렉산드로비치, 용서하세요, 나에게 이럴 권리는 없지만……. 하지만 난 안나를 동생처럼 사랑하고 소중히 여기고 있어요. 부탁이에요, 두 사람 사이에 무슨 일이 있었는지 제발 말해 줘요. 당신은 무슨 일 때문에 그녀를 비난하죠?"

알렉세이 알렉산드로비치는 얼굴을 찌푸리며 눈을 감다시피 한 채 고개를 숙였다.

"당신의 남편이 내가 안나 아르카지예브나와 관계를 끊을 수밖에 없다고 생각하는 이유를 당신에게 말했으리라 생각하는데요." 그는 그녀의 눈을 외면한 채 이렇게 말하면서 대기실 옆을 지나가는 쉐르바츠키를 불만스레 쳐다보았다.

"그럴 리가, 그럴 리가 없어요. 난 그 말을 믿을 수 없어요." 돌리는 앙상한 두 손을 모아 쥐고 격렬한 몸짓으로 말했다. 그녀는 재빨리 일어나 알렉세이 알렉산드로비치의 소매에 한 손을 얹었다. "여기 있으면 사람들에게 방해를 받아요. 이쪽으로 오세요."

다리야 알렉산드로브나의 흥분은 알렉세이 알렉산드로비치에게 영향을 미쳤다. 그는 자리에서 일어나 공손히 그녀를 뒤따라 공부방으로 갔다. 그들은 책상 앞에 앉았다. 책상을 덮은 방수포에는 온통 주머니칼로 그은 흔적이 있었다.

"그럴 리 없어요. 그 말을 믿을 수 없어요." 돌리는 자기를 외면하는 그의 시선을 붙잡으려고 애쓰며 중얼거렸다.

"사실을 믿지 않을 수는 없습니다, 다리야 알렉산드로브나." 그는 사실이라는 말을 강조하며 말했다.

"하지만 도대체 그녀가 무슨 짓을 했다는 건가요? 뭐죠? 뭐예요?" 다리야 알렉산드로브나가 말했다. "도대체 그녀가 무엇을 했나요?"

"그녀는 자신의 의무를 저버리고 남편을 배신했습니다. 이것이 바로 그녀가 한 행동입니다." 그가 말했다.

"아니에요, 아니에요, 그럴 리 없어요. 아니에요, 제발. 당신이 오해한 거예요." 돌리는 두 손으로 관자놀이를 가볍게 누르며 눈을 감았다.

알렉세이 알렉산드로비치는 그녀와 그 자신에게 자기의 결심이 확고하다는 것을 보여 주고자 입술만 씰룩거리며 싸늘한 미소를 지었다. 하지만 이 열렬한 변호는 비록 그를 흔들어 놓지는 못했어도 그의 상처를 건드렸다. 그는 대단히 열띤 어조로 지껄이기 시작했다.

"아내 스스로 남편에게 그 일을 대 놓고 말하는 데야 오해를 하기도 어렵죠. 아내는 8년 동안의 생활도, 아들도, 이 모든 게 다 실수라며 처음부터 다시 살고 싶답니다." 그는 코를 식식거리며 성난 어조로 말했다.

"안나와 타락……. 나로서는 이 두 가지를 하나로 연결시킬 수가 없어요. 믿어지지 않아요."

"다리야 알렉산드로브나!" 그는 이제 동정과 흥분이 뒤섞인 돌리의 얼굴을 똑바로 쳐다보며 말했다. 그는 혀가 저절로 돌아가는 것 같다고 느꼈다. "아직 의심할 여지가 있다면 얼마나 좋겠습니까! 의심하는 동안에는 괴롭기는 했지만 지금보다 나았습니다. 의심할 때는 희망이라도 있었죠. 하지만 지금은 희망이 없어요. 심지어 난 이제 모든 것을 의심하게 되었습니다. 난 모든 것을 의심하고, 아들을 증오하고, 어떨 때는 이 아이가 내 아들인지도 의심합니다. 난 너무나 불행합니다."

그는 그 말을 할 필요도 없었다. 그가 다리야 알렉산드로브나의 얼굴을 바라보는 순간, 그녀는 그것을 알아차렸다. 그러자 그녀는 그가 가엾게 느껴졌고, 그녀 안에서는 친구의 결백을 믿는 마음이 흔들리기 시작했다.

"아! 정말 무서운 일이군요, 끔찍해요! 그런데 당신이 이혼을 결심했다는 말이 사실인가요?"

"난 최후의 수단을 쓰기로 결심했습니다. 나로서는 더 이상 어쩔 도리가 없어요."

"어쩔 도리가 없다, 어쩔 도리가 없다……." 그녀는 눈물을 글썽이며 중얼거렸다. "아니에요. 어쩔 도리가 없는 것은 아니에요." 그녀가 말했다.

"이런 종류의 슬픔이 끔찍한 것은, 다른 모든 경우처럼, 즉 실패나 죽음처럼 십자가를 지기만 해서는 안 되고 그 자리에서 어떻게든 행동을 취해야만 하기 때문이죠." 그는 그녀의 생각을 짐작이라도 한 듯 이렇게 말했다. "자신이 처한 모욕적인 처지에서 벗어나야 합니다. 셋이서 함께 살 수는 없으니까요."

"알아요. 나도 너무 잘 알아요." 돌리는 이렇게 말하며 고개를 떨어뜨렸다. 그녀는 자기 자신과 자기 가족의 고통을 생각하며 잠시 침묵하다가 갑자기 열정적으로 고개를 들고 애원하듯 두 손을 모았다. "잠깐만요! 당신은 그리스도교 신자잖아요. 그녀를 생각해 봐요! 당신이 그녀를 버린다면, 그녀는 어떻게 되겠어요?"

"나도 생각해 봤습니다, 다리야 알렉산드로브나. 그것도 아주 많이요." 알렉세이 알렉산드로비치가 말했다. 그의 얼굴이 붉으락푸르락해졌다. 그는 흐릿한 눈동자로 그녀를 똑바로 응시했다. 다리야 알렉산드로브나는 이 순간 그가 진심으로 불쌍하게 여겨졌다. "그녀가 내게 나의 수치를 알렸을 때, 난 그렇게 했습니다. 난 모든 것을 예전 그대로 두었습니다. 난 그녀에게 잘못을 바로잡을 기회를 주고 그녀를 구하기 위해 노력했습니다. 그런데 결과는 어떤가요? 그녀는 가장 쉬운 요구조차 지켜 주지 않았습니다. 예의를 지켜 달라는 요구 말입니다." 그는 흥분하며 말했다. "파멸을 원하지 않는 사람이라면 구할 수도 있겠죠. 하지만 그녀의 천성이 너무나 부패하고 타락하여 파멸 자체를 구원으로 여기고 있다면, 더 이상 무엇을 할 수 있겠습니까?"

"다 좋아요. 단 이혼만은 안 돼요!" 다리야 알렉산드로브나가 대답했다.

"하지만 다 좋다는 게 도대체 무슨 뜻입니까?"

"아니에요, 그건 끔찍한 일이에요. 그녀는 누구의 아내도 되지 못하고 파멸하고 말 거예요!"

"내가 무엇을 할 수 있단 말입니까?" 알렉세이 알렉산드로비치는 어깨와 눈썹을 치켜올리며 말했다. 아내의 마지막 행동에 대한 기억이 그의 분노를 너무나도 자극한 나머지, 그는 처음 이야기를 할 때처럼 또다시 싸늘해지고 말았다. "당신의 관심에는 대단히 감사합니다만 이제 가 봐야겠습니다." 그는 자리에서 일어나며 말했다.

"아뇨, 잠깐만요! 당신은 그녀를 파멸시켜서는 안 돼요. 잠깐만요, 당신에게 내 얘기를 들려 드릴게요. 난 결혼을 했어요. 남편은 나를 배신했고요. 난 원망과 질투로 모든 것을 버리고 싶었어요. 나 자신마저도요……. 하지만 난 냉정을 찾았어요. 누구 때문인지 알아요? 안나가 날 구했어요. 그래서 지금 내가 이렇게 살고 있는 거예요. 아이들은 자라고, 남편은 가정으로 돌아오고 게다가 자신의 잘못을 깨달아 전보다 더 정직하고 좋은 사람이 되었어요. 그리고 난 이렇게 살고 있고……. 난 용서했어요. 그러니 당신도 용서해야 해요!"

알렉세이 알렉산드로비치는 그녀의 말을 듣고 있었다. 그러나 그녀의 말은 이미 그에게 아무런 영향도 미치지 못했다. 그의 마음속에는 그가 이혼을 결심하던 날의 모든 적의가 또다시 고개를 들었다. 그는 부르르 떨더니 날카로운 소리로 외치기 시작했다.

"용서할 수 없습니다. 그러고 싶지도 않아요. 그리고 그것은 옳지 않다고 생각합니다. 난 그 여자를 위해 모든 걸 했습니다. 그러나 그녀는 그 모든 것을 진흙탕에 내던졌습니다. 진흙탕이야말로 그녀의 타고난 본성이죠. 난 악한 사람이 아닙니다. 지금까지 아무도 미워해 본 적이 없어요. 하지만 지금은 그녀가 죽도록 밉습니다. 그리고 그녀가 내게 한 그 모든 사악한 짓들이 너무나 미워서, 이제는 그녀를 용서할 수조차 없습니다." 이렇게 말하는 그의 목소리에서는 분노의 눈물이 느껴졌다.

"당신을 미워하는 사람을 사랑해야……." 다리야 알렉산드로브나는 부끄러워하며 이렇게 속삭였다.

알렉세이 알렉산드로비치는 경멸하는 듯한 미소를 지었다. 그도 오래전부터 그것을 알고 있었으나, 자신의 경우에는 그것을 적용시킬 수가 없었다.

"나를 미워하는 사람을 사랑할 수는 있지만, 내가 미워하는 사람을 사랑할 수는 없습니다. 당신을 실망시켜서 죄송합니다. 저마다 나름의 충분한 슬픔이 있는 법이죠!" 그리고 자제심을 되찾은 알렉세이 알렉산드로비치는 침착하게 작별 인사를 하고 떠났다.

13

다들 테이블에서 일어섰을 때, 레빈은 키티를 따라 응접실로 가고 싶었다. 그러나 그는 자기가 그녀를 너무 노골적으로 따라다녀 그녀를 불쾌하게 만들지 않을까 두려웠다. 그는 남자들 틈에 남아 공통의 화제에 끼었다. 그는 키티를 보지 않고도 그녀의 몸짓과 그녀의 시선과 그녀가 응접실의 어디쯤에 있는지 느낄 수 있었다.

지금 그는 그녀에게 약속한 것, 즉 언제나 모든 사람들을 좋게 생각하고 항상 모든 사람들을 사랑하겠다는 약속을 조금도 힘들이지 않고 실천하고 있었다. 화제는 마을 공동체로 옮겨 갔다. 페스초프는 그 속에서 그가 합창의 원칙[84]이라고 부르는 어떤 특별한 원칙을 보았다. 레빈은 페스초프에게도, 자

84) 이 개념은 원래 작가인 K. S. 악사코프가 농촌 공동체를 표현한 용어였다. 그에 따르면, 농촌 공동체는 일종의 '도덕적 합창단'으로서, 각각의 목소리가 또렷이 들리되 다른 모든 목소리들과 조화를 이루는 형태였다.

기 나름의 방식으로 러시아 공동체의 중요성을 인정했다 인정하지 않았다 하는 형에게도 동의하지 않았다. 하지만 그는 그들과 이야기를 나누면서 다만 그들을 중재하고 그들의 반박을 가라앉히는 것에만 애를 썼다. 그는 그 자신이 하는 말에 전혀 관심이 없었고 그들이 나누는 이야기에는 더욱 그러했다. 그가 바라는 것은 오직 한 가지, 즉 그 두 사람뿐만이 아니라 모든 사람이 즐겁고 유쾌한 기분을 느끼는 것이었다. 지금 그는 한 가지만이 중요하다는 것을 알고 있었다. 그런데 그것은 처음에는 저기 응접실에 있다가 차츰 움직이더니 문가에서 멈추었다. 그는 돌아보지 않고도 자신을 향한 시선과 미소를 느낄 수 있었다. 그래서 고개를 돌리지 않을 수 없었다. 그녀는 쉐르바츠키와 문가에 서서 그를 바라보고 있었다.

"난 당신이 피아노 쪽으로 가는 줄 알았습니다." 그가 그녀에게 다가가며 말했다. "내가 시골에서 부족을 느끼는 것은 바로 음악이랍니다."

"아뇨, 우리는 그저 당신을 불러내기 위해 온 것뿐이에요. 고마워요." 그녀는 마치 선물이라도 하사하듯 그에게 미소를 보냈다. "이렇게 와 줘서 말이에요. 뭣 때문에 논쟁을 하고 싶어 하죠? 어차피 그 누구도 다른 사람을 설득하지 못할 텐데요."

"네, 맞습니다." 레빈이 말했다. "단지 상대방이 무엇을 입증하려 하는지 이해할 수 없어서 격한 논쟁을 벌이는 경우가 대부분이죠."

레빈은 대단히 똑똑한 사람들의 논쟁에서 종종 이런 모습을 보았다. 어마어마한 노력과 어마어마한 양의 정교한 논리와 말을 쏟아부은 후, 결국 논쟁하던 사람들은 서로 오랫동안 기를 쓰고 논쟁한 것이 아주 오래전 논쟁을 시작할 때부터 자기들이 이미 알던 것이며 다만 각자 선호하는 것이 다를 뿐이라는 사실을 깨닫는다. 따라서 그들은 자신의 성향을 논박당하지 않기 위해 자신들의 성향을 지칭하기를 꺼리게 되는 것이다. 그는 이따금 논쟁을 하다 상대방의 성향을 파악하게 되면 갑자기 자신도 그 성향을 좋아하게 되어 금방 상대의 의견에 동의하게 되는 경험을 했다. 그렇게 되면 논쟁은 쓸모없는 것인 양 사그라지고 만다. 때로는 그와 반대의 경험을 하기도 했다. 즉 마침내 자신의 성향을 입 밖에 내고 무언가로부터 논거를 생각했는데, 그것이 훌륭하고 진실하게 표현되었다 싶으면 갑자기 상대방이 자기 말에 동의하며 논쟁을 그만두는 것이다. 그는 바로 이런 것들을 말하고 싶었다.

그녀는 이마를 찡그리며 그의 말을 이해하려 애썼다. 하지만 그가 설명을 시작하자, 그녀는 금방 이해했다.

"알겠어요. 상대방이 무엇 때문에 논쟁을 하는지, 그 사람이 선호하는 것이 무엇인지 알아야 하는군요. 그렇게 되면……."

그녀는 서툴게 표현된 그의 생각을 충분히 간파하여 표현했다. 레빈은 즐겁게 미소를 지었다. 페스초프와 형을 상대로 나눈 복잡하고 장황한 논쟁에서 벗어나 거의 말을 하지 않고도 그토록 복잡한 생각을 이처럼 간결하고 분명하게 전달하는 동안, 그는 깊은 감명을 받았다.

쉐르바츠키가 다른 곳으로 가자, 키티는 카드 테이블에 가서 앉더니 백묵을 쥐고 새 녹색 천에 방사형의 원들을 그리기 시작했다.

그들은 식사하는 동안에 나온 여성의 자유와 직업이라는 화제를 다시 꺼냈다. 레빈은 미혼 여성이 가정 안에서 스스로를 위해 여성스러운 일을 찾을 수 있다는 다리야 알렉산드로브나의 견해에 찬성했다. 그가 이 의견을 지지한 까닭은, 어느 가정이나 일을 돕는 여자 없이는 살림을 꾸려 갈 수 없으며 가난하든 부유하든 모든 가정에는 보모(고용인이건 친척이건)가 있고 또 있어야 한다고 생각했기 때문이다.

"아니에요." 키티는 말했다. 그녀는 얼굴을 붉히긴 했지만 진실한 눈동자로 더욱 대담하게 그를 바라보았다. "미혼 여성들은 굴욕감 없이는 가정에 들어갈 수 없는 상황에 놓이기도 해요. 하지만 스스로……."

그는 이 암시에서 그녀를 이해했다.

"아, 그렇죠!" 그는 말했다. "그럼요, 네, 그렇죠, 당신 말이 맞아요, 당신이 옳습니다!"

그리고 그는 키티의 마음속에서 독신과 굴욕감에 대한 공포를 본 것만으로도 페스초프가 식사 때 여성의 자유에 대하여 주장한 내용을 완전히 이해할 수 있었다. 그리고 그는 그녀를 사랑했기에 이러한 공포와 모욕을 감지하고 그 즉시 자신의 논거를 버렸다.

침묵이 흘렀다. 그녀는 계속 백묵으로 테이블에 선을 그렸다. 그녀의 눈동자는 잔잔한 빛으로 반짝였다. 그는 그녀의 기분에 지배받으며 점점 팽팽해지는 행복의 긴장을 자신의 온 존재로 느꼈다.

"어머, 내가 테이블에 온통 낙서를 해 버렸네요!" 그녀는 이렇게 말하며 백묵을 내려놓고 일어서려는 듯한 몸짓을 했다.

'어떻게 나 혼자 있지……? 그녀도 없이?' 그는 두려움을 느끼며 백묵을 집었다. "잠깐만요." 그는 테이블 앞에 앉으며 말했다. "오래전부터 당신에게 묻고 싶었던 것이 한 가지 있습니다."

그는 그녀의 놀란 듯하면서도 부드러운 눈동자를 똑바로 응시했다.

"네, 물어보세요."

"여기." 그는 이렇게 말하며 머리글자를 썼다. 당, 그, 없, 내, 대, 그, 영, 그, 거, 뜻, 아, 그, 그, 뜻. 이 글자들은 이런 뜻이었다. '당신이 그럴 수 없다고 내게 대답했을 때, 그것은 영원히 그럴 거라는 뜻이었습니까, 아니면 그때만 그렇다는 뜻이었습니까?' 그녀가 이 복잡한 문구를 알아차릴 가능성은 전혀 없었다. 하지만 그는 자기의 생명이 그녀가 이 말을 이해하느냐 마느냐에 달려 있다는 듯한 모습으로 그녀를 바라보았다.

그녀는 그를 진지하게 바라보더니 한 손으로 찡그린 이마를 받치고 글자를 읽기 시작했다. 이따금 그녀는 이렇게 묻는 듯한 시선으로 그를 쳐다보았다. '내가 생각한 게 맞나요?'

"알았어요." 그녀는 얼굴을 붉히며 말했다.

"이 단어는 뭡니까?" 그는 '영원히'를 뜻하는 '영'을 가리키며 말했다.

"그 단어는 '영원히'라는 뜻이에요." 그녀가 말했다. "하지만 그건 사실이 아니에요."

그는 재빨리 글자를 지운 후 그녀에게 백묵을 건네고 자리에서 일어났다. 그녀는 이렇게 썼다. 그, 난, 그, 대, 수, 없.

이 두 사람의 모습을 보자, 돌리는 알렉세이 알렉산드로비치와의 대화에서 받은 슬픔을 완전히 잊을 수 있었다. 키티는 백묵을 손에 쥔 채 수줍고 행복한 미소를 지으며 레빈의 아름다운 모습을 바라보았고, 그는 테이블 위로 몸을 구부리고서 빛나는 눈으로 테이블과 그녀를 번갈아 보았다. 그의 얼굴이 갑자기 환해졌다. 글자의 뜻을 알아낸 것이다. 그것은 이런 뜻이었다. '그때 난 그렇게 대답할 수밖에 없었어요.'

그는 무언가를 묻는 듯한 눈길로 머뭇머뭇 그녀를 쳐다보았다.

"그때만 그랬나요?"

"네." 그녀의 미소가 답했다.

"그럼, 지…… 그럼 지금은요?" 그가 물었다.

"저, 여기, 이걸 보세요. 내가 바라는 것을 말할게요. 간절히 바라는 것을!" 그녀는 머리글자를 썼다. 당, 지, 일, 잊, 용. 그것은 이런 뜻이었다. '당신이 지난날의 일을 잊고 용서해 주기를.'

그는 긴장하여 떨리는 손가락으로 백묵을 쥐었다. 그러고는 백묵을 부러뜨리고 다음과 같은 문장의 머리글자를 썼다. '내게는 잊고 용서할 것이 없습니다. 난 줄곧 당신을 사랑했습니다.'

그녀는 입술에 미소를 머금고 그를 쳐다보았다.

"알겠어요." 그녀가 속삭이듯 말했다.

그는 자리에 앉아 긴 문장을 썼다. 그녀는 모든 것을 이해했다. 그녀는 그에게 자기의 생각이 맞느냐고 묻지도 않고 백묵을 집어 들더니 곧바로 대답을 썼다.

그는 한참 동안 그녀가 쓴 것을 이해할 수 없어 몇 번이고 그녀의 눈을 쳐다보았다. 그는 행복으로 머리가 아득해졌다. 그는 그녀가 생각한 말을 도저히 알아맞힐 수 없었다. 그러나 행복으로 빛나는 그녀의 아름다운 눈동자 속에서, 그는 자신이 알아야 할 모든 것을 알아냈다. 그래서 그는 세 글자를 썼다. 하지만 그의 손을 따라 글자를 읽어 나가던 그녀는 그가 글자를 미처 다 쓰기도 전에 그 뜻을 다 알아차리고 '네'라는 대답을 썼다.

"서기 놀이라도 하는 건가?" 공작이 다가오며 말을 걸었다. "자, 하지만 이젠 가야지. 제시간에 극장에 도착하려면 말이야."

레빈은 일어나 키티를 문까지 배웅했다.

그들은 이 대화 속에서 모든 것을 말했다. 그녀가 그를 사랑한다는 것, 그녀가 아버지와 어머니에게 말하겠다는 것, 내일 아침 그가 방문하겠다는 것.

14

키티가 떠나고 혼자 남게 되자, 레빈은 그녀가 없다는 것에 심한 불안을 느꼈다. 그리고 그녀를 다시 만나고 그녀와 영원히 결합하게 될 내일 아침까지, 시간이 좀 더 빨리, 더 빨리 흘렀으면 하는 조급한 바람을 느꼈다. 그의 불안과 바람이 어찌나 컸던지, 그에게는 그녀 없이 보내야 할 열네 시간이 죽음처럼 두렵게 느껴졌다. 그는 어떻게든 혼자 남지 않기 위해, 그리고 시간을 속이기 위해, 누군가와 함께 이야기를 나누어야 했다. 스테판 아르카지치는 그에게 더할 나위 없이 좋은 말상대였지만, 그는 만찬에 가기로 되어 있었다. 말로는 만찬에 간다고 했지만, 사실은 발레에 가는 것이었다. 레빈은 그에게 "나는 행복해. 나는 자네를 사랑해. 자네가 날 위해 해 준 일을 절대로, 절대로 잊지 않겠어."라고 말할 짬밖에 얻지 못했다. 스테판 아르카지치의 눈길과 미소는 레빈에게 그가 이 감정을 제대로 이해했다는 것을 보여 주었다.

"어때, 아직 죽을 때가 아니지?" 스테판 아르카지치는 감동한 표정으로 레빈의 손을 꽉 잡으며 이렇게 말했다.

"물론이지!" 레빈이 말했다.

다리야 알렉산드로브나는 그와 작별 인사를 나누며 마치 축하라도 하듯 그에게 말했다.

"당신이 다시 키티와 만나서 얼마나 기쁜지 몰라요. 오랜 우정을 소중히 여겨야 해요."

하지만 레빈에게는 다리야 알렉산드로브나의 말이 불쾌하게 들렸다. 그녀는 그 모든 것이 그녀로서는 감히 접근도 못할 고결한 것임을 이해하지 못했다. 그러므로 그녀는 이것을 입에 담지 말아야 했다.

레빈은 그들과 작별을 했지만 혼자 남는 것이 싫어 형에게 달라붙었다.

"형, 어디 가?"

"모임에."

"그럼, 나도 같이 가. 그래도 될까?"

"웬일이냐? 그럼 같이 가자." 세르게이 이바노비치는 미소를 지으며 말했다. "오늘 무슨 일 있니?"

"나 말이야? 내게 행복이 찾아왔어!" 레빈은 그들이 탄 마차의 창문을 내리며 말했다. "괜찮지? 답답해서 말이야. 행복이 내게로 왔어. 형은 왜 결혼을 안 했어?"

세르게이 이바노비치는 빙그레 웃었다.

"난 무척 기쁘다. 그녀는 훌륭한 아가씨인 것 같더……." 세르게이 이바노비치가 말을 꺼냈다.

"말하지 마, 말하지 마, 제발 말하지 마!" 레빈은 두 손으로 자신의 외투 깃을 잡아 여미며 소리쳤다. '그녀는 훌륭한 아가씨'라는 말은 그의 감정에 전혀 어울리지 않는 너무나 평범하고 저속한 말이었다.

세르게이 이바노비치는 유쾌하게 웃어 댔다. 이것은 그에게서 좀처럼 보기 힘든 모습이었다.

"글쎄, 어쨌든 내가 그 일을 기뻐한다는 말 정도는 해도 되겠지."

"내일, 내일은 해도 괜찮아. 이제 더 이상 아무 말도 하지 마. 아무 말도, 아무 말도 하지 마. 침묵!" 레빈은 이렇게 말하고 그의 외투를 한 번 더 여미며 덧붙였다. "난 형이 너무 좋아! 모임에 같이 가도 돼?"

"물론, 되고말고."

"오늘은 무엇에 관해 토론하는데?" 레빈은 계속 싱글벙글 웃으며 물었다.

그들은 모임에 도착했다. 레빈은 비서가 회의록을 더듬더듬 읽는 소리에 귀를 기울였다. 보아하니 비서 자신도 그 내용을 잘 모르는 것 같았다. 하지만 레빈은 그 비서의 얼굴에서 그가 얼마나 사랑스럽고 착하고 훌륭한 사람인지 알 수 있었다. 그것은 그가 회의록을 읽으면서 당황해하고 부끄러워하는 모습으로 충분히 알 수 있었다. 그러고 나서 연설이 시작되었다. 사람들은 어떤 금액의 분배와 무슨 관의 부설에 대해 논쟁을 했고, 세르게이 이바노비치는 두 위원을 비난하며 의기양양한 태도로 오랫동안 뭐라고 지껄였다. 그러자 다른 회원이 종잇조각에 무언가를 끼적이더니, 처음에는 주저하다가 나중에는 악의에 찬 어조로 거침없이 답변했다. 그다음에는 스비야슈스키(그도 그 자리에 있었다.)가 매우 아름답고 고상하게 뭐라고 말했다. 레빈은 그들의 말을 들으면서 할당된 금액이든 관이든 애초에 아무것도 존재하지 않았다는 것, 그들이 전혀 화내고 있지 않다는 것, 그들이 다들 너무나 선량하고 훌륭한 사람들이기 때문에 이 모든 것이 그들 사이에서 멋지게 잘 진행되고 있다는 것을 분명히 깨달았다. 그들은 아무도 방해하지 않았고, 다들 유쾌해 보였다. 레빈이 멋지다고 느낀 것은, 지금 자신이 사람들의 속을 훤히 들여다볼 수 있고 예전에 눈치채지 못한 사소한 징후를 통해 각 사람들의 영혼을 이해하게 되고 그들 모두 선한 사람이라는 것을 분명히 볼 수 있다는 점이었다. 특히 오늘은 사람들이 레빈을 매우 아껴 주었다. 그것은 그들이 그에게 말하는 방식과 부드럽고 애정 어린 시선으로 그를 바라보는 모습에서 분명히 드러났다. 심지어 그가 모르는 사람들까지도 그를 그렇게 대해 주었다.

"그래, 만족스러웠니?" 세르게이 이바노비치가 그에게 물었다.

"아주 좋았어. 난 모임이 이렇게 흥미로울 거라고는 생각도 못했어! 훌륭해, 멋져!"

스비야슈스키가 레빈에게 다가와 자기 집에 차를 마시러 가자고 초대했다. 레빈은 스비야슈스키의 집에서 자기가 무슨 일로 불쾌해했는지, 자기가 그에게서 무엇을 발견했었는지 도무지 이해할 수도 기억해 낼 수도 없었다. 그는 총명하고 대단히 선량한 사람이었다.

"아, 기꺼이 가지요." 그는 이렇게 말하고 그의 아내와 처제의 안부를 물었다. 그러자 그의 머릿속에서 생각이 기묘하게 뻗어 나가 스비야슈스키의 처제에 대한 생각이 결혼과 연결되었고, 자신의 행복을 털어놓기에 스비야슈스키의 아내와 처제보다 나은 사람은 없을 것처럼 여겨졌기 때문에, 그는 스비야슈스키의 집에 가는 것을 흔쾌히 받아들였다.

스비야슈스키는 시골의 일에 대해 그에게 물었다. 그러나 언제나처럼 유럽에서 아직 발견되지 않은 무언가를 찾아낸다는 것은 불가능하다는 투였다. 그러나 지금은 그러한 모습이 레빈에게 전혀 불쾌하게 느껴지지 않았다. 오히려 그는 스비야슈스키의 생각이 옳고 그 모든 것들이 다 하찮은 것이라고 느꼈다. 그리고 그는 스비야슈스키가 놀랄 만큼 부드럽고 섬세한 태도로 자신이 옳다는 언급을 피하는 것을 보았다. 스비야슈스키 가의 여인들은 유난히 사랑스러웠다. 레빈은 다들 이미 모든 것을 알고 그에게 공감하면서도 단지 섬세함 때문에 아무 말 하지 않는 것이라고 생각했다. 그는 그들의 집에서 한 시간, 두 시간, 세 시간 죽 치고 앉아 온갖 화제에 대해 이야기했지만 그의 영혼을 가득 채운 한 가지만을 염두에 두고 있었다. 그래서 그는 그들이 자기에게 몹시 싫증을 느끼고 있으며 그들이 잠자리에 들 시간이 한참 지났다는 것을 깨닫지 못했다. 스비야슈스키는 그를 현관까지 배웅했다. 그는 하품을 하며 친구의 이상한 정신 상태에 의아해했다. 1시가 지나 있었다. 호텔에 돌아온 레빈은 이제 혼자서 초조한 마음으로 그에게 남은 열 시간을 어떻게 보내나 하는 생각에 두려움을 느꼈다. 아직 잠들지 않은 당직 사환이 그에게 촛불을 켜 주고 나가려 하자, 레빈은 그를 불러 세웠다. 레빈은 예고르라는 이 사환을 예전에는 알아보지 못했다. 그런데 그는 매우 영리하고 잘생기고, 무엇보다 선량한 사람이었다.

"어때, 예고르, 잠을 못 자니 힘들지?"

"어쩔 수 없죠! 그것이 저희의 직무인걸요. 영주님들 댁에 있으면 더 편하기는 하지만, 대신 이곳은 벌이가 더 좋습니다."

알고 보니 예고르는 가정을 가진 사람으로 슬하에 아들 셋과 재봉사 딸이 하나 있었다. 그는 그 딸을 마구점의 점원에게 시집보내고 싶어 했다.

레빈은 이 기회에 결혼에서 가장 중요한 것은 사랑이고 행복은 오직 사람의 마음속에 있으므로 사랑만 있으면 언제나 행복해질 수 있다는 자신의 생각을 예고르에게 전했다.

예고르는 주의 깊게 들었다. 그는 분명 레빈의 생각을 충분히 이해한 것 같았다. 그러나 그는 그 생각을 더 보강하려는지 레빈이 생각지도 못한 말을 했다. 그는 좋은 주인들을 섬기는 동안 언제나 주인에게 만족했고 지금도 비록 주인이 프랑스인이기는 하지만 주인에게 충분히 만족하고 있다고 말했다.

'정말 착한 사람이군.' 레빈은 생각했다.

"그럼, 예고르, 자네는 결혼할 때 아내를 사랑했나?"

"물론 사랑했지요." 예고르가 대답했다.

레빈은 예고르 역시 황홀한 기분에 젖어 마음속의 감정을 털어놓고 싶어 한다는 것을 깨달았다.

"저의 인생도 굉장했답니다. 저는 어릴 때부터……." 그는 하품이 사람들 사이에 전염되듯 그렇게 레빈의 기쁨에 전염되어 눈을 빛내며 말을 꺼냈다.

하지만 그때 종이 울렸다. 예고르는 방에서 나갔고 레빈만 혼자 남았다. 그는 만찬에서 거의 아무것도 먹지 않았고 스비야슈스키의 집에서도 차와 밤참을 거절했다. 그런데도 뭔가를 먹고 싶은 생각이 전혀 들지 않았다. 그는 지난밤을 뜬눈으로 샜지만 자고 싶은 생각도 들지 않았다. 방 안 공기가 선선한데도 그는 더워서 숨이 막혔다. 그는 통풍구를 두 개 다 활짝 열고 그 앞에 놓인 테이블 가에 앉았다. 눈에 덮인 지붕 너머로 사슬이 달린 무늬 있는 십자가가 보이고, 그 위로 마부자리 별자리의 세모꼴과 황금빛으로 빛나는 카펠라 별이 보였다. 그는 십자가를 보다가 다시 별을 올려다보고는 방 안으로 일정하게 들어오는 얼어붙을 듯한 상쾌한 공기를 한껏 들이마셨다. 그리고 마치 꿈속인 양 상상 속에 떠오르는 형상과 기억을 좇았다. 3시가 지났을 즈음 레빈은 복도에서 나는 발소리를 듣고 문틈으로 밖을 내다보았다. 레빈도 익히 아는 도박꾼 먀스킨이 클럽에서 돌아오는 길이었다. 그는 얼굴을 찌푸리고 기침을 하면서 침울하게 걷고 있었다. '불쌍하고 불행한 사람 같으니!' 이런 생각이 들자, 레빈의 눈에서는 이 사내에 대한 사랑과 연민으로 눈물이 흘러내렸다. 레빈은 그와 이야기를 나누며 그를 위로하고 싶었지만, 자기가 루바슈카만 걸치고 있다는 것을 깨닫고 생각을 바꾸었다. 그는 다시 통풍창 앞에 앉아 차가운 공기에 몸을 맡기고서, 말은 없지만 의미로 충만한 — 그에게는 그렇게 느껴졌다 — 저 아름다운 모양의 십자가와 점점 높이 떠오르며 황금빛으로 빛나는 별을 바라보았다. 6시가 지나자 마루 닦는 일꾼들이 웅성거리기 시작하고 어떤 서비스를 알리는 종이 울리기 시작했다. 그러자 레빈은 몸이 차가워지는 것을 느꼈다. 그는 통풍구를 닫은 후 몸을 씻고 옷을 갈아입고서 거리로 나섰다.

15

거리는 아직 한산했다. 레빈은 쉐르바츠키 가로 걸어갔다. 정면의 문들이 닫혀 있고 다들 아직 자고 있었다. 그는 발길을 돌려 다시 호텔 방으로 들어가 커피를 주문했다. 이미 예고르는 없고 대신 주간 근무를 하는 사환이 커피를 들고 왔다. 레빈은 그와 이야기를 나누고 싶었지만, 사환을 부르는 벨 소리가 울리자 그는 곧 자리를 떴다. 레빈은 커피를 마시고 흰 빵을 입 안에 넣으려 했지만, 그의 입은 흰 빵을 어떻게 해야 할지 전혀 몰랐다. 레빈은 빵을 뱉어 내고는 외투를 입고 다시 밖으로 나섰다. 그가 두 번째로 쉐르바츠키 가의 현관 앞에 도착했을 때는 9시가 지나서였다. 집 안의 사람들은 이제 막 잠자리에서 일어나기 시작했고, 요리사는 식료품을 사러 집을 나섰다. 적어도 두 시간은 더 있어야 했다.

지난밤부터 아침까지 완전히 무의식적으로 지내서인지, 레빈은 자신이 물질적인 생활 조건에서 완전히 벗어난 것처럼 느껴졌다. 그는 하루 종일 아무것도 먹지 않고 이틀 밤이나 잠을 자지 않고 얼어붙을 듯한 추위 속에서 외투를 벗은 채 몇 시간이나 있었다. 하지만 그는 그 어느 때보다 활기차고 건강한 기분을 맛보았을 뿐 아니라 육체를 완전히 초월한 듯한 느낌을 받았다. 그는 애써 근육을 놀리지 않고도 손쉽게 움직였으며 무엇이든지 할 수 있을 것 같다고 느꼈다. 그는 만일 필요하다면 하늘을 날고 집의 한 모퉁이를 움직일 수도 있을 거라고 확신했다. 그는 남은 시간 동안 거리를 거닐며 끊임없이 시계를 쳐다보고 주위를 둘러보았다.

그는 그때 본 것을 그 후로 두 번 다시 보지 못했다. 특히 학교 가는 아이들, 지붕에서 보도로 내려앉는 회청색 비둘기들, 보이지 않는 손이 진열해 둔 가루 묻힌 흰 빵, 이런 것들이 그를 감동시켰다. 이 빵과 비둘기와 두 소년은 이 세상의 존재가 아니었다. 그 모든 일은 동시에 일어났다. 소년은 비둘기에게 달려가다 레빈을 쳐다보며 방긋 웃었다. 비둘기는 날개를 퍼덕이며 여기저기 날아다녔고 허공에 아른거리는 눈가루 틈에서 햇빛을 받아 반짝반짝 빛났다. 작은 창문 안쪽에서는 갓 구운 빵 냄새가 났고 뒤이어 흰 빵들이 진열되었다. 레빈은 이 모든 것들이 너무나 좋아 기쁨에 겨워 울고 웃었다. 그는 가제트니 거리와 키슬로프카를 따라 멀리 돌아서 다시 호텔로 돌아왔다. 그러고는 자기 앞에 시계를 놓고 앉아 12시가 되기를 기다렸다. 옆방의 사람들은 기계와 속임수에 대해 뭔가 쑥덕거렸고 아침이면 으레 그렇듯 콜록콜록 기침을 뱉었다. 그들은 시계 바늘이 이미 12시를 향해 다가가고 있는 것을 알아차리지 못했다. 시계 바늘이 12시를 가리켰다. 레빈은 현관 계단으로 나갔다. 마부들은 모든 것을 알고 있는 듯했다. 그들은 행복한 표정으로 레빈을 에워싸며 레빈을 자기 썰매에 태우려고 서로 옥신각신 다투었다. 레빈은 다른 마부들의 마음을 상하게 하지 않으려고 애쓰며 다음에 그들의 마차를 타겠다고 약속한 후, 한 썰매를 골라 쉐르바츠키 가로 가라고 일렀다. 마부는 루바슈카의 흰 깃을 카프탄 밖으로 꺼내어 탄탄하고 불그스레한 목을 단단히 감싼 매력적인 사내였다. 이 마부의 썰매는 높직하고 안락했다. 레빈은 그와 같은 썰매를 그 후로 두 번 다시 탈 수 없었다. 말도 훌륭했다. 말은 달리려고 기를 썼지만 마음만 급해 보였다. 마부는 쉐르바츠키 가를 알고 있었다. 그는 승객에 대한 특별한 경의의 표시로 양팔을 둥글게 모으고 '프르루'라 말하며 현관 앞에 말을 세웠다. 쉐르바츠키 가의 수위는 분명 모든 것을 알고 있는 것 같았다. 그의 눈웃음이나 말에서 그것을 분명히 알 수 있었다.

"오랜만에 오셨습니다, 콘스탄친 드미트리치!"

레빈이 보기에, 그는 모든 것을 알고 있을 뿐 아니라 미칠 듯이 기뻐하면서도 기쁨을 감추기 위해 자신을 억누르는 것 같았다. 레빈은 노인의 다정한 눈동자를 보고 자신의 행복에 무언가 새로운 것이 더 남아 있다는 것을 깨달았다.

"다들 일어나셨나?"

"어서 들어가십시오. 그건 여기에 두셔도 됩니다." 레빈이 모자를 가지러 되돌아가려고 하자, 그가 빙그레 웃으며 말했다. 그 말은 무언가를 의미하는 것 같았다.

"어느 분에게 알릴까요?" 하인이 물었다.

그 하인은 신참 하인으로 젊고 멋 부리기를 좋아하긴 하나 매우 선량하고 좋은 사람이었다. 그런데 그 역시 모든 것을 알고 있었다.

"공작부인께…… 공작님께…… 따님께……." 레빈이 말했다.

그가 첫 번째로 만난 사람은 mademoiselle 리농이었다. 홀을 지나가는 그녀의 곱슬머리와 얼굴에서 환하게 빛이 났다. 그가 그녀와 막 이야기를 나누려는 순간, 갑자기 문 뒤에서 발걸음 소리와 옷자락 스치는 소리가 들렸다. 그러자 mademoiselle 리농이 레빈의 시야에서 사라지고, 다가오는 행복에 대한 즐거운 두려움이 그에게 몰려왔다. Mademoiselle 리농은 발걸음을 재촉하며 그를 남겨 둔 채 다른 문으로 가 버렸다. 그녀가 나가자마자, 세공 마루를 따라 종종걸음 치는 가벼운 발소리가 들렸다. 그의 행복, 그의 생명, 그 자신, 아니 그 자신보다 더 좋은 것, 그가 그토록 오랫동안 찾고 갈망해 왔던 것이 종종걸음으로 그에게 다가왔다. 그녀는 걷는다기보다 눈에 보이지 않는 어떤 힘에 이끌려 그를 향해 돌진하고 있었다.

그는 오직 그녀의 맑고 진실한 눈동자만 바라보았다. 그녀의 눈동자는 그의 마음을 가득 채운 것과 똑같은 사랑의 기쁨으로 두려운 빛을 띠었다. 그 눈동자는 사랑의 빛으로 그의 눈을 멀게 하며 점점 더 가까이에서 빛났다. 그녀는 그에게 바짝 붙어 섰다. 그녀는 두 손을 올려 그의 어깨 위에 얹었다.

그녀는 자기가 할 수 있는 모든 것을 했다. 그녀는 두려움과 기쁨에 떨며 그에게 달려와 온몸을 내맡겼다. 그는 그녀를 안고 그의 키스를 갈망하는 그녀의 입에 입술을 댔다.

그녀 역시 밤새 자지 않고 아침 내내 그를 기다렸다. 아버지와 어머니도 두말없이 찬성하며 그녀의 행복을 기뻐했다. 그녀는 그를 기다렸다. 그녀는 누구보다 먼저 그에게 자신과 그의 행복을 전하고 싶었다. 그녀는 혼자 그를 맞이할 준비를 하며 이런 생각에 기뻐하고 두려워하고 부끄러워했다. 그러나 그녀 자신도 무엇을 해야 할지 몰랐다. 그녀는 그의 발소리와 목소리를 듣고 문 뒤에서 mademoiselle 리농이 자리를 뜨기만 기다렸다. Mademoiselle 리농이 나갔다. 그녀는 무엇을 어떻게 할지 생각도 않고, 또 스스로에게 물어보지도 않고 그에게 다가가 방금 전의 그 행동을 했다.

"엄마에게 가요!" 그녀는 그의 손을 잡고 말했다. 그는 오랫동안 아무 말도 할 수 없었다. 자신의 고귀한 감정을 말로 망칠까 두려워서가 아니라, 뭔가 말하려 할 때마다 말 대신 행복의 눈물이 쏟아질 것 같아서였다. 그는 그녀의 손을 잡고 입을 맞추었다.

"이게 정말 진짜일까?" 마침내 그는 소리 죽여 말했다. "당신이 날 사랑하다니, 믿어지지 않아요!"

그녀는 친근한 어투와 그녀를 바라보는 그의 수줍은 모습에 방긋 미소를 지었다.

"사실이에요!" 그녀는 의미심장하게 천천히 말했다. "난 너무 행복해요!"

그녀는 그의 손을 놓지 않고 응접실에 들어갔다. 그들을 본 공작부인은 몇 번 숨을 헐떡이더니 곧 울음을 터뜨리고는 이내 다시 웃음을 터뜨렸다. 그러고는 레빈이 전혀 예상치 못한 힘찬 걸음으로 두 사람에게 다가와, 레빈의 머리를 끌어안고 그에게 입을 맞추며 그의 뺨을 눈물로 적셨다.

"이제 모든 게 끝났어! 이렇게 기쁠 수가. 이 애를 사랑해 주게. 난 기뻐서……. 키티!"

"빨리도 끝냈군!" 노공작은 무심한 척하려 애쓰며 이렇게 말했다. 그러나 레빈은 그를 돌아보는 공작의 눈동자가 촉촉하게 젖어 있음을 눈치챘다.

"난 오래전부터 늘 이렇게 되길 바랐다네!" 그는 레빈의 손을 잡아 자기 쪽으로 끌어당기며 말했다 "난 이 변덕쟁이가 그런 생각을 할 때부터……."

"아빠!" 키티가 소리치며 두 손으로 그의 입을 막았다.

"알았다, 말하지 않으마!" 그가 말했다. "난 정말, 정말…… 기쁘……. 아! 내가 얼마나 어리석었는지……."

그는 키티를 안고 그녀의 얼굴에, 손에, 다시 얼굴에 입을 맞추고 성호를 그어 주었다.

키티가 노공작의 살진 손에 오랫동안 부드럽게 입 맞추는 걸 보면서, 레빈은 지금까지 남이었던 이 남자에게 새로운 애정을 강하게 느꼈다.

16

공작부인은 말없이 안락의자에 앉아 미소를 지었다. 공작도 그 옆에 앉았다. 키티는 여전히 아버지의 손을 놓지 않은 채 그가 앉은 안락의자 옆에 서 있었다. 모두 말이 없었다.

가장 먼저 모든 것에 말을 부여하고 모든 생각과 감정을 생활의 문제로 옮긴 사람은 공작부인이었다. 처음에는 이것이 모두에게 똑같이 이상하고 심지어 가슴 아프게까지 느껴졌다.

"그럼 언제가 좋을까요? 축복식도 하고 선언식도 해야 하잖아요. 그럼 결혼식은 언제로 잡지? 어떻게 생각해요, 알렉산드르?"

"이 사람이 있잖아." 노공작은 레빈을 가리키며 말했다. "여기 이 사람이 주인공이야."

"언제로 하냐고요?" 레빈은 얼굴을 붉히며 말했다. "내일로 하죠. 굳이 제 의견을 물어보신다면, 오늘 축복식을 하고 내일 결혼식을 하는 게 어떨지……."

"아, 됐네, mon chèr, 바보 같은 소리를!"

"그럼, 일주일 후로 하죠."

"이 사람이 정말 제정신이 아니군."

"아니, 왜요?"

"말도 안 되지!" 어머니는 레빈의 이런 성급한 모습을 보고 기쁨의 미소를 지으며 말했다. "그럼 지참금은?"

'과연 지참금과 그 보는 것이 꼭 있어야 하는 걸까?' 레빈은 불쾌한 심정으로 생각에 잠겼다. '하지만 지참금이니 축복식이니 하는 그 모든 것들이, 혹시라도 그 모든 것들이 내 행복을 망치지는 않을까? 그 무엇도 내 행복을 망칠 순 없어!' 그는 키티를 흘깃 쳐다보고는 지참금에 대한 생각이 그녀에게 조금도, 조금도 모욕감을 안기지 않았다는 사실을 깨달았다. '그럼 그게 필요한가 보군.' 그는 생각했다.

"저는 정말 아무것도 모릅니다. 전 다만 제 바람을 말씀드렸을 뿐입니다." 그는 용서를 빌며 말했다.

"그럼 같이 결정하세. 축복식이나 선언식은 지금이라도 할 수 있어. 그건 그래."

공작부인은 남편에게 다가가 입을 맞추고 자리를 뜨려 했다. 그러나 그는 그녀를 붙잡고 사랑에 빠진 청년처럼 그녀를 부드럽게 안더니 미소를 지으며 몇 번이고 입을 맞추었다. 두 노인은 잠깐 혼란에 빠졌는지 다시 사랑에 빠진 이가 자기들인지 딸인지 잘 모르는 것 같았다. 공작 부부가 나가자, 레빈은 약혼녀에게 다가가 그녀의 손을 잡았다. 그는 이제 자제력을 되찾아 말을 할 수 있었고, 또 그녀에게 해야 할 말도 많았다. 그러나 그는 자신이 해야 할 말과 전혀 다른 말을 내뱉었다.

“이렇게 될 줄 알았어요! 기대는 전혀 하지 않았죠. 하지만 마음속으로는 언제나 굳게 믿고 있었습니다.” 그는 말했다. “난 이것이 이미 예정된 일이라고 믿어요.”

“난 말이에요.” 그녀가 말했다. “그때도…….” 그녀는 말을 멈췄다가 진실한 눈으로 단호히 그를 바라보며 다시 말을 이었다. “내가 나 자신의 행복을 저버린 그때도 말이에요. 난 언제나 당신만을 사랑했어요. 하지만 난 뭔가에 홀려 있었죠. 이것만은 꼭 말해야 해요……. 당신은 그 일을 잊을 수 있나요?”

“어쩌면 더 잘된 일인지도 모릅니다. 난 당신에게 용서받아야 할 것이 많아요. 당신에게 말할 것이…….”

그것은 그가 그녀에게 털어놓기로 결심한 것들 가운데 하나였다. 그는 처음부터 그녀에게 두 가지를 털어놓으려고 결심했었다. 하나는 그가 그녀처럼 순결하지 않다는 것이고, 또 하나는 그가 무신론자라는 것이었다. 그 두 가지를 털어놓는 것이 그로서는 무척 괴로운 일이었지만, 그는 그렇게 해야 한다고 생각했다.

“아니, 지금 말고 나중에!” 그가 말했다.

“좋아요, 나중에 해요. 하지만 꼭 말해 줘요. 난 아무것도 두렵지 않아요. 난 모든 것을 알아야 해요. 이젠 결정된 일이잖아요.”

그는 이런 말까지 했다.

“나를 받아들이기로 한 건가요? 내가 어떤 사람이든, 당신은 날 거부하지 않을 거죠? 그렇죠?”

“네, 네.”

그들의 대화는 mademoiselle 리농 때문에 중단됐다. 그녀는 어색하면서도 부드러운 미소를 지으며 사랑하는 제자를 축하하러 들어왔다. 그리고 그녀가 미처 나가기도 전에 하인들이 축하하러 왔다. 그다음에는 친척들이 마차를 타고 속속 도착했다. 그리하여 행복한 야단법석이 시작되었고, 레빈은 결혼식 다음 날까지 그 속에서 벗어날 수 없었다. 레빈은 줄곧 거북하고 지루했지만 행복의 긴장감은 점점 더 커져 갔다. 그는 늘 그 자신이 알지 못하는 많은 것들을 요구받고 있다고 느꼈다. 그래서 그는 사람들이 말하는 대로 했고, 이 모든 것들이 그에게 행복을 안겨 주었다. 그는 자신의 약혼이 다른 사람들의 약혼과 전혀 다를 거라고, 약혼의 관습적인 조건들이 자신의 특별한 행복을 망칠 거라고 생각했다. 하지만 결국 그도 다른 사람들과 똑같이 행동했다. 그러나 그의 행복은 그 때문에 점점 커져 갔으며, 전에도 없었고 앞으로도 없을 더 특별한 것이 되었다.

"이제 다 함께 당과를 먹어요." 하고 mademoiselle 리농이 말하면, 레빈은 당과를 사러 나갔다.

"음, 정말 기쁘군요." 한번은 스비야슈스키가 이렇게 말했다. "꽃다발은 포민 꽃집에서 사라고 권하겠습니다."

"그렇게 해야 하는 겁니까?" 그리고 레빈은 포민의 가게로 달려갔다.

형은 그에게 선물이며 여러 가지를 마련하려면 비용이 많이 들 테니 돈을 빌려 둬야 한다고 말했다.

"선물도 해야 하는 거야?" 그런 다음 그는 풀더 보석점[85]으

85) 포민 꽃집과 풀더 보석점은 모스크바에 실제로 있던 상점이다.

로 말을 몰았다.

그는 과자점과 포민 꽃집과 풀더 보석점에서 다들 그를 기다리고 있다가 그를 보고 기뻐하며 그가 최근에 접한 다른 사람들과 마찬가지로 그의 행복을 축하해 주는 것을 보았다. 그런데 이상한 것은 사람들이 그를 사랑해 줄 뿐만 아니라 전에는 그에게 냉담하고 차갑고 무관심하게 굴던 사람들까지 그를 황홀하게 쳐다보고 매사에 그를 따르고 그의 감정을 부드럽고 섬세하게 대해 주고 완벽의 극치인 약혼녀를 둔 자신이야말로 세상에서 가장 행복한 사람이라는 그의 확신에 공감을 해 주는 것이었다. 키티도 똑같은 것을 느꼈다. 노르츠톤 백작부인이 더 나은 신랑감을 기대했다고 넌지시 돌려 말하자, 키티는 몹시 흥분하면서 이 세상에 레빈보다 훌륭한 사람은 있을 수 없다고 확신에 찬 어조로 말했다. 결국 노르츠톤 백작부인은 그녀의 말을 인정하지 않을 수 없었고 키티 앞에서는 늘 기쁨의 미소를 띤 채 레빈을 맞이해야 했다.

레빈이 약속한 고백은 그 시절에서 유일하게 괴로운 사건이었다. 그는 노공작과 상의하고 그의 허락을 받은 뒤 키티에게 자신을 괴롭히는 일이 적힌 일기장을 건넸다. 그는 당시 미래의 약혼녀를 염두에 두고 이 일기를 썼다. 그를 괴롭힌 것은 두 가지, 즉 그가 순결하지 않다는 것과 무신론자라는 것이었다. 신을 믿지 않는다는 고백은 별로 주의를 끌지 않고 지나갔다. 그녀는 신앙이 깊어서 한 번도 종교의 진리를 의심해 본 적이 없었지만, 그의 표면적인 불신앙은 그녀의 마음을 조금도 상하게 하지 않았다. 그녀는 사랑을 통해 그의 영혼을 전부 헤아렸고 그의 영혼 속에서 그녀가 바라는 것을 보았다. 설사 그런 상태의 영혼을 불신앙이라 부른다 해도, 그것은 그녀에게 아무래도 상관없었다. 그런데 다른 고백은 그녀로 하여금 슬픔에 찬 눈물을 흘리게 했다.

레빈이 내적 갈등 없이 그녀에게 자신의 일기장을 건넨 것은 아니었다. 그는 자기와 그녀 사이에 비밀이란 있을 수 없고 있어서도 안 된다는 것을 알았기 때문에 그렇게 해야 한다고 결정을 내렸다. 그러나 그는 이 일이 어떤 영향을 미칠지에 대해 전혀 짐작도 못했고, 그녀의 입장에서 생각해 보지도 않았다. 그날 저녁, 극장에 가기 전 키티의 집에 들러 그녀의 방으로 들어가, 그가 초래한 돌이킬 수 없는 슬픔으로 불행에 빠진 그녀의 눈물 젖은 가련하고 사랑스러운 얼굴을 본 후에야, 비로소 그는 자신의 얼룩진 과거와 그녀의 비둘기 같은 순결을 갈라놓은 심연을 깨달으며 자신이 한 짓에 몸서리를 쳤다.

"가져가요, 이 끔찍한 공책들을 다 가져가요!" 그녀는 자기 앞의 테이블에 놓인 공책들을 밀치며 말했다. "어째서 당신은 이런 것들을 내게 준 거죠! 아니에요, 그래도 이렇게 하길 잘했어요." 그녀는 그의 절망 어린 표정을 가엾게 느끼며 이렇게 덧붙였다. "하지만 이건 끔찍한 일이에요! 아, 끔찍해요!"

그는 고개를 숙인 채 입을 다물었다. 그는 아무 말도 할 수 없었다.

"당신은 나를 용서하지 않겠지요." 그가 속삭였다.

"아니에요, 난 용서했어요. 하지만 이건 무서운 일이에요!"

그러나 그의 행복은 너무나 커서 그 고백도 그것을 파괴할 수 없었고 오히려 그것에 새로운 뉘앙스를 더해 주었을 뿐이다. 그녀는 그를 용서했다. 그러나 그때부터 그는 더욱더 자신을 그녀에게 어울리지 않는 남자로 여겼고 정신적으로 그녀에게 더욱더 고개를 숙였으며 자신의 과분한 행복을 더 높이 평가하게 되었다.

17

알렉세이 알렉산드로비치는 만찬 때와 그 이후에 주고받은 대화의 인상을 자기도 모르게 기억 속에서 곱씹으며 쓸쓸한 호텔 방으로 돌아왔다. 용서에 관한 다리야 알렉산드로브나의 말은 그에게 짜증만 불러일으켰다. 그리스도교 교리를 자신의 경우에 적용하느냐 마느냐의 문제는 함부로 말할 수 없는 너무나 어려운 문제였다. 그리고 알렉세이 알렉산드로비치는 이미 오래전 이 문제에 대해 부정적인 결론을 내렸다. 그 자리에서 나온 말들 가운데 그의 머릿속에 가장 깊이 아로새겨진 말은 멍청하고 착한 투로프친의 말이었다. **사나이다운 행동이죠! 결투를 신청해서 죽였으니까요!** 예의상 입 밖에 내지는 않았지만, 다들 그 말에 동감하는 것 같았다.

'하지만 이 문제는 다 끝났어. 이 문제에 대해선 더 이상 생각할 것도 없어.' 알렉세이 알렉산드로비치는 속으로 중얼거렸다. 그러고 나서 그는 눈앞에 닥친 출발과 조사 업무만 생각하며 방으로 들어가, 그를 안내하는 수위에게 자기의 하인은 어디에 있느냐고 물었다. 수위는 하인이 막 나갔다고 말했다. 알렉세이 알렉산드로비치는 차를 가져오라고 지시한 후 테이블 앞에 앉아 『프룸』[86]을 꺼내고 여행 코스를 생각하기 시작했다.

"전보가 두 통 왔습니다." 하인이 방으로 들어서며 말했다. "죄송합니다, 각하. 잠시 자리를 비웠습니다."

알렉세이 알렉산드로비치는 전보를 받아 봉투를 뜯었다. 첫 번째 전보는 카레닌이 바라던 바로 그 직위에 스트레모프가 임명됐다는 소식이었다. 알렉세이 알렉산드로비치는 전보를 내던지고 벌겋게 달아오른 얼굴로 자리에서 일어나 방 안을 이리저리 거닐었다. 'Quos vult perdere dementat.'[87] 그는 quos[88]라는 말을 그 임명에 협력한 사람들로 생각하며 이렇게 말했다. 그는 자신이 그 직위를 얻지 못해서, 자신이 사람들에게 따돌림을 받는 것이 분명해서 화를 낸 게 아니었다. 그는 어떻게 사람들이 허풍쟁이에 요설가인 스트레모프가 결코 그 직위에 적합한 사람이 아니라는 사실을 보지 못하는지 이해가 안 되고 그저 놀라울 뿐이었다. 어째서 그들은 그 임명이 그들과 그들의 prestige[89]를 파멸시킨다는 것을 모를까!

'이것도 비슷한 내용이겠지.' 그는 두 번째 전보를 뜯으며 신

86) 1870년에 영국에서 출간된 『러시아와 유럽 대륙의 철도에 관한 프룸의 안내서』를 말한다.
87) '신은 그가 파멸시키고자 하는 사람에게서 먼저 이성을 빼앗는다.'(라틴어)
88) '신.'(라틴어)
89) '위신, 명성.'(영어)

경질적으로 중얼거렸다. 전보는 아내가 보낸 것이었다. 파란색 연필로 쓴 '안나'라는 서명이 가장 먼저 그의 눈에 띄었다. '난 죽어 가고 있어요. 부탁이에요, 제발 와 줘요. 난 당신의 용서가 있어야 더 편안히 죽을 것 같아요.' 그는 전보를 읽었다. 그는 경멸조로 웃더니 전보를 내던졌다. 처음에 그는 이것이 분명 속임수와 계략일 거라고 생각했다.

'못하는 거짓말이 없군. 출산을 눈앞에 두고 있지. 아마 그 병이라는 게 출산을 말하나 본데. 하지만 그렇게 속임수와 계교를 부리는 목적이 뭐지? 아이를 적자로 만들고 내게 치욕을 안기고 이혼을 방해하기 위해서일까?' 그는 생각했다. '하지만 뭐라고 했더라? 죽어 가고 있어요…….' 그는 전보를 다시 읽었다. 그러자 문득 전보에 적힌 말의 직접적인 의미가 그에게 충격을 주었다. '이것이 사실일까?' 그는 속으로 중얼거렸다. '만약 정말로 그녀가 죽음을 앞둔 고통의 순간 속에서 진심으로 뉘우치고 있다면? 그리고 내가 그것을 속임수로 받아들여 돌아가기를 거부한다면? 그것은 가혹한 행동이고 모두 나를 비난할 것이다. 게다가 내 입장에서 생각해도 그렇게 하는 것은 어리석은 짓이다.'

"표트르, 마차를 취소해. 페테르부르크로 갈 거야." 그는 하인에게 말했다.

알렉세이 알렉산드로비치는 페테르부르크에 가서 아내를 보기로 결심했다. 만약 그녀의 병이 속임수라면, 그는 입을 굳게 다물고 그곳을 떠날 것이다. 그러나 만약 그녀가 정말로 위독하여 죽기 전에 마지막으로 그를 보려는 것이라면, 그는 살아 있는 그녀를 만날 경우 그녀를 용서할 것이고, 늦게 도착할 경우 마지막 의무를 다할 것이다.

그는 가는 내내 자신이 무엇을 해야 할지에 대해선 더 이상 생각하지 않았다.

알렉세이 알렉산드로비치는 열차에서 하룻밤을 보낸 탓에 피로와 불결함을 느끼며 아침 안개에 싸인 텅 빈 네프스키 거리를 따라 마차를 몰았다. 그는 자신을 기다리고 있는 것에 대해 생각하지 않고 앞만 바라보았다. 그가 이 문제에 대해 생각할 수 없었던 이유는, 앞으로의 일을 상상할 때마다 그녀의 죽음이 그가 처한 모든 어려움을 단번에 해결해 주리라는 생각에서 벗어날 수 없었기 때문이다. 빵집들, 문이 잠긴 상점들, 야간 마차들, 보도를 쓰는 수위들이 그의 눈에 어른거렸다. 그는 자신을 기다리고 있는 것, 자신이 감히 바랄 수는 없지만 그럼에도 바라게 되는 것 등에 대한 생각을 지우려 애쓰면서 이 모든 것을 유심히 바라보았다. 그는 현관 계단 앞에 이르렀다. 삯마차 한 대와 마부가 졸고 있는 사륜마차 한 대가 입구에 서 있었다. 알렉세이 알렉산드로비치는 현관 안으로 들어서며 결심을 뇌 깊숙한 곳에서 꺼내듯 하여 그것을 확인하였다. 거기에는 이렇게 기록되어 있었다. '속임수일 경우, 조용히 무시하고 떠날 것. 사실일 경우, 예의를 지킬 것.'

알렉세이 알렉산드로비치가 벨을 누르기도 전에 수위가 문을 열어 주었다. 수위인 페트로프, 일명 카피토니치는 낡은 프록코트에 넥타이를 매지 않고 슬리퍼를 신은 괴상망측한 행색을 하고 있었다.

"마님은 어때?"

"어제 무사히 해산하셨습니다."

알렉세이 알렉산드로비치는 그 자리에 섰다. 그의 얼굴이 창백해지기 시작했다. 그는 지금 자신이 그녀의 죽음을 얼마나 간절히 바랐던가를 분명히 깨달았다.

"건강은?"

코르네이가 모닝 에이프런 차림으로 계단에서 뛰어 내려왔다. 그가 대답했다.

"아주 안 좋습니다. 어제 의사 선생님께서 진찰하셨습니다. 선생님은 지금 여기 계십니다."

"짐을 들여 놔." 알렉세이 알렉산드로비치는 말했다. 그는 아직 죽음이라는 희망이 남아 있다는 소식에 약간 안도를 느끼며 대기실로 들어갔다.

옷걸이에 군인 외투가 걸려 있었다. 알렉세이 알렉산드로비치는 그것을 알아채고 물었다.

"누가 와 있지?"

"의사 선생님, 산파, 그리고 브론스키 백작님이 계십니다."

알렉세이 알렉산드로비치는 안으로 들어갔다.

응접실에는 아무도 없었다. 그의 발소리에 안나의 방에서 연보라색 리본이 달린 모자를 쓴 산파가 나왔다.

그녀는 알렉세이 알렉산드로비치에게 다가와 죽음을 눈앞에 둔 허물없는 태도로 그의 손을 잡고 침실로 데려갔다.

"아, 고마워라, 오셨군요! 마님은 계속 주인님 얘기만 하고 계세요!" 그녀가 말했다.

"어서 얼음을 줘요!" 침실에서 명령조로 말하는 의사의 목소리가 들렸다.

알렉세이 알렉산드로비치는 안나의 방으로 들어갔다. 테이블 옆에 놓인 낮은 의자에 브론스키가 옆으로 비켜 앉아 손으로 얼굴을 가린 채 울고 있었다. 그는 의사의 말소리에 벌떡 일어나 얼굴에서 손을 떼다가 알렉세이 알렉산드로비치를 보았다. 안나의 남편을 본 그는 너무나 당황한 나머지 마치 어디론가 사라지고 싶기라도 한 듯 목을 움츠리며 다시 의자에 주저앉았다. 그러나 그는 자신을 억제하며 일어서서 말했다.

"이 사람이 죽어 갑니다. 의사들 말로는 가망이 없답니다. 전 전적으로 당신의 처분에 따르겠지만, 이곳에 있도록 허락해 주십시오……. 하지만 전 당신의 뜻대로 하겠습니다. 전 다만……."

브론스키의 눈물을 보자, 알렉세이 알렉산드로비치는 정신적 혼란이 차오르는 것을 느꼈다. 다른 사람들이 고통스러워하는 모습이 그의 마음속에 불러일으키는 그런 정신적 혼란……. 그래서 그는 얼굴을 돌린 채 브론스키의 말을 끝까지 듣지 않고 황급히 문 쪽으로 걸어갔다. 침실에서 무언가 말하는 안나의 목소리가 들렸다. 그녀의 목소리는 명랑하고 활기차고 억양도 매우 또렷했다. 알렉세이 알렉산드로비치는 침실로 들어가 침대로 다가갔다. 그녀는 그가 있는 쪽으로 얼굴을 돌린 채 누워 있었다. 뺨은 발갛게 홍조를 띠고 눈동자는 반짝반짝 빛나고 윗도리 소매 밖으로 나온 작고 하얀 손은 담요 끝자락을 돌돌 말면서 손장난을 하고 있었다. 그녀는 건강하고 생기 있을 뿐 아니라 더할 나위 없이 즐거운 기분에 잠겨 있는 듯했다. 그녀는 유난히 정확하고 감정이 풍부한 억양으로 빠르고 낭랑하게 말을 했다.

"왜냐하면 알렉세이는, 알렉세이 알렉산드로비치 말이에요,

(두 사람 모두 알렉세이라니, 정말 기묘하고 무서운 운명이 아닌가?) 알렉세이는 날 거부하지 않을 테니까요. 나도 잊었고 그이도 용서했을 거예요……. 그런데 그이는 왜 오지 않는 거지? 그이는 착한 사람이에요. 그이는 자기가 얼마나 착한지 몰라요. 아, 하느님, 너무 괴로워요! 어서, 어서 물을 줘요! 아, 그것은 그 아이에게, 내 딸에게 해로울 거예요! 아, 좋아요, 그럼 딸아이에게 유모를 붙여 줘요. 그래요, 나도 찬성이에요, 그렇게 하는 편이 더 좋을 거예요. 그이는 돌아올 거예요. 그 아이를 보면 괴로워하겠죠. 아기를 데려가요."

"안나 아르카지예브나, 주인님이 오셨어요. 여기 주인님이 계세요!" 산파는 그녀의 주의를 알렉세이 알렉산드로비치에게 돌리려 애쓰며 말했다.

"아, 무슨 말도 안 되는 소리를!" 안나는 남편을 보지 않은 채 계속 말했다. "아기를 데려와요, 내 딸을 데려와요! 그이는 아직 오지 않았어요. 당신은 그이가 용서하지 않을 거라고 말하지만, 그건 당신이 그이를 몰라서 하는 말이에요. 아무도 그를 몰랐어요. 오직 나만 알았죠. 그런데 그것이 내게 힘들게 느껴지기 시작한 거예요. 그의 눈은요, 당신도 알아야 해요, 세료자의 눈과 똑같아요. 그래서 도저히 못 보겠어요. 세료자는 식사를 했나요? 다들 잊을 거예요. 난 알아요. 하지만 그 애는 잊지 않을 거예요. 세료자를 구석방으로 데려가고 마리에트에게 그 아이와 같이 자라고 해야 해요."

갑자기 안나는 몸을 움츠리며 입을 다물었고, 마치 주먹질을 예상한 듯, 그리고 그것을 막기라도 하려는 듯 겁에 질린 채 두 손을 얼굴 앞으로 들어 올렸다. 그녀는 남편을 알아보았다.

"아냐, 아냐." 그녀는 입을 열었다. "난 그이가 무섭지 않아, 내가 무서운 건 죽음이야. 알렉세이, 이리 와요. 이렇게 서두르는 건 내게 시간이 없어서, 살날이 얼마 남지 않아서예요. 이제 곧 열이 오르면, 난 아무것도 이해하지 못할 거예요. 지금 난 이해할 수 있어요. 뭐든 이해하고 뭐든 볼 수 있어요."

알렉세이 알렉산드로비치의 주름 진 얼굴에 고통스러운 표정이 떠올랐다. 그는 그녀의 손을 잡고 무슨 말이라도 하고 싶었지만 아무런 말도 할 수 없었다. 그의 아랫입술이 덜덜 떨렸다. 그러나 그는 자신의 격정과 계속 싸우며 가끔씩 아내에게 눈길을 던질 뿐이었다. 그는 아내에게 시선을 돌릴 때마다 지금껏 한 번도 본 적 없는, 감동적이고 매혹적인 부드러움을 띤 채 그를 바라보는 그녀의 눈동자와 마주쳤다.

"기다려요, 당신은 몰라요……. 조금만 기다려요, 기다려 봐요……." 그녀는 생각을 가다듬으려는 듯 말을 멈췄다. "그래요." 그녀가 말하기 시작했다. "네, 그래요, 그래요. 내가 말하고 싶은 건 바로 이거예요. 나에게 놀라지 말아요. 난 아직 예전 그대로예요……. 하지만 내 안에 다른 여자가 있어요. 난 그녀가 무서워요. 그녀는 그 남자와 사랑에 빠졌어요. 그래서 난 당신을 증오하려 했고, 예전에 있던 그녀를 도저히 잊을 수 없었어요. 그 여자는 내가 아니에요. 지금의 내가 진짜예요. 온전한 나라고요. 난 지금 죽어 가고 있어요. 난 알아요, 내가 죽을 거라는 걸. 저 남자에게 물어봐요. 난 지금 느껴요. 여기에, 내 손 위에, 내 다리에, 내 손가락에 무거운 것들이 있어요. 여기 손가락은 어떻고요, 엄청 크잖아요! 하지만 이것도 곧 끝날 거예요……. 내게 필요한 건 오직 하나. 날 용서해요, 깨끗이 용서해 줘요! 난 무서운 여자예요. 하지만 보모가 내게 말했어요. 그 거룩한 순교자는, 그 여자 이름이 뭐더라, 아무튼 그 여자는 나보다 더 나쁜 여자였대요.[90] 나도 로마로 가겠어요. 그곳에 광야가 있어요. 그럼 난 아무에게도 방해가 되지 않을 거예요. 세료자만 데려가고 아기는……. 아니, 당신은 용서하지 못할 거야! 나도 알아요, 그런 짓은 용서받을 수 없다는 것! 아냐, 아냐, 가 버려요, 당신은 너무 착한 사람이에요!" 그녀는 열이 오른 한 손으로는 그의 손을 잡고, 다른 손으로는 그를 밀쳤다.

알렉세이 알렉산드로비치의 정신적 혼란은 점점 심해져 이제 그것과 싸우기를 그만둘 정도에 이르렀다. 그러자 불현듯 그는 정신적 혼란이라고 생각한 것이 오히려 자신에게 지금까지 맛보지 못한 새로운 행복을 느닷없이 안긴 정신적 행복임을 깨달았다. 그는 자신이 평생 따르고자 했던 그리스도교의 율법이 그에게 원수를 용서하고 사랑하라 명령한다고는 생각하지 않았다. 그러나 원수에 대한 사랑과 용서라는 기쁜 감정이 그의 영혼을 채웠다. 그는 무릎을 꿇고 그녀의 팔꿈치 안쪽에 머리를 얹었다. 그녀의 팔은 웃옷을 통해 그를 불로 태웠다. 그는 어린아이처럼 소리 내어 흐느꼈다. 그녀는 머리가 점점 벗겨지는 그의 머리를 안고 그에게로 몸을 붙이며 오만한 긍지가 어린 눈을 들었다.

90) 안나는 이집트의 성 마리아를 떠올리고 있다. 이집트의 성 마리아는 정교회에서 매우 존경받는 15세기의 성녀이다. 창녀였던 마리아는 그리스도교로 개종한 후 이집트 사막으로 추방당했다. 그녀는 그곳에서 40년 이상 고독과 참회 속에서 살았다.

"여기 그이가 있어요, 난 알아요! 이제 모두 안녕, 안녕! 다시 그들이 왔어요. 그들은 왜 떠나지 않을까요? 자, 내 외투를 벗겨 줘요!"

의사는 그녀의 두 손을 떼고 그녀를 조심스럽게 베개 위에 눕힌 후 어깨까지 담요를 덮어 주었다. 그녀는 고분고분하게 반듯이 눕고는 빛나는 눈으로 앞을 응시했다.

"한 가지만 기억해 줘요, 내게 필요한 건 오직 용서뿐이란 걸……. 더 이상 아무것도, 아무것도 바라지 않아요……. 저 사람은 도대체 왜 안 오는 거예요?" 그녀가 문가의 브론스키에게 고개를 돌리며 말했다. "이리 와요, 이리 오라니까요! 이분에게 손을 내밀어요."

브론스키는 침대 끝으로 다가오더니 그녀를 본 후 다시 두 손으로 얼굴을 가렸다.

"얼굴을 보여 줘요. 이분을 봐요. 이분은 성자예요." 그녀가 말했다. "손을 치워요, 얼굴을 보이라니까요!" 그녀는 화를 내며 말했다. "알렉세이 알렉산드로비치, 이 사람의 얼굴을 보여 줘요. 이 사람의 얼굴을 보고 싶어요."

알렉세이 알렉산드로비치는 고통과 수치로 인해 무섭게 변한 브론스키의 얼굴에서 두 손을 떼어 냈다.

"이 사람에게 손을 내밀어요. 용서해 줘요."

알렉세이 알렉산드로비치는 쏟아지는 눈물을 억누르지 못하고 브론스키에게 손을 내밀었다.

"하느님, 감사합니다. 하느님, 감사합니다." 그녀가 말했다. "이제 모든 것이 준비됐군요. 다리를 조금만 뻗게 해 줘요. 그렇게요. 좋아요. 이 꽃들은 어쩜 이렇게 멋이 없을까! 전혀 제

비꽃 같지 않아요." 그녀는 벽지를 가리키며 말했다. "아, 하느님, 나의 하느님! 이것은 언제 끝나나요? 내게 모르핀 주사를 놔 줘요, 의사 선생님! 모르핀을 주세요! 하느님, 나의 하느님!"

그리고 그녀는 침대 위에서 몸부림치기 시작했다.

안나의 의사와 다른 동료 의사들은 이것이 산욕열이며 이 병에 걸릴 경우 백 명 중에 아흔아홉 명은 죽는다고 말했다. 하루 종일 열과 헛소리와 의식불명이 계속되었다. 자정 무렵, 환자는 감각도 느끼지 못한 채 누워 있었고 맥박도 거의 뛰지 않았다.

사람들은 매 순간 임종을 기다렸다.

브론스키는 집으로 돌아갔으나 다음 날 아침 안나의 상태를 확인하러 왔다. 알렉세이 알렉산드로비치는 대기실에서 그를 맞이하며 이렇게 말했다.

"이곳에 남아 주십시오. 안나가 당신을 찾을지도 모르니까요." 그리고 그는 브론스키를 직접 아내의 방으로 안내했다.

동틀 무렵 안나는 흥분, 생기, 말과 생각의 민첩함을 다시 찾았으나, 또 의식불명에 빠지고 말았다. 사흘째 되는 날도 똑같았다. 그런데 의사는 가망이 있다고 말했다. 그날 알렉세이 알렉산드로비치는 브론스키가 앉아 있는 방에 들어가 문을 잠그고 그의 맞은편에 앉았다.

"알렉세이 알렉산드로비치." 브론스키는 변명할 때가 닥쳤음을 느끼며 말했다. "할 말이 없습니다. 난 아무것도 모르겠습니다. 용서해 주십시오! 당신도 몹시 괴롭겠지만, 내 말을 믿어 주십시오, 난 훨씬 더 끔찍합니다."

그는 일어나려 했다. 하지만 알렉세이 알렉산드로비치가 그의 손을 잡았다.

"내 말을 끝까지 들어 주십시오. 당신이 꼭 들어야 합니다. 당신이 나에 대해 오해하지 않도록, 난 나 자신을 이끌었고 앞으로도 이끌 감정에 관해 당신에게 설명해야만 합니다. 당신도 알다시피, 난 이혼을 결심했고 이미 그 절차를 밟기 시작했습니다. 숨김없이 말하겠습니다. 소송 절차를 밟기 시작했을 때, 난 주저하며 괴로워했습니다. 당신에게 고백하지요. 난 당신과 아내에게 복수해야 한다는 생각에 사로잡혀 있었습니다. 전보를 받은 후, 난 여전히 똑같은 감정을 품고서 이곳을 향해 출발했습니다. 더 자세히 말할까요. 난 그녀가 죽기를 바랐습니다. 하지만……." 그는 자신의 감정을 털어놓을까 말까 망설이며 잠시 침묵했다. "하지만 난 아내를 본 후 그녀를 용서했습니다. 그리고 용서의 행복이 내게 나의 의무를 보여 주었습니다. 난 완전히 용서했습니다. 나는 다른 뺨까지 내밀고 싶습니다. 내게서 카프탄을 앗아 가는 사람에게 루바슈카까지 건네주고 싶습니다. 난 하느님에게 그저 그분이 내게서 용서의 행복을 빼앗지 않기만 기도할 뿐입니다!" 그의 눈에 눈물이 고였다. 그의 맑고 평온한 시선이 브론스키에게 깊은 감동을 주었다. "이것이 나의 입장입니다. 당신은 나를 진흙탕 속에 짓밟을 수 있고 세상의 조롱거리로 만들 수 있습니다. 난 아내를 버리지 않을 것이고 당신에게도 결코 비난의 말을 하지 않겠습니다." 그는 말을 계속했다. "내 의무는 내 앞에 분명하게 제시되었습니다. 난 그녀와 함께 있어야 하고 앞으로도 그럴 것입니다. 만약 그녀가 당신을 보고 싶어 하면, 당신에게 알려 드리겠습니다. 하지만 지금은 당신이 떠나는 편이 좋다고 생각합니다."

그는 일어섰다. 그러자 흐느낌이 그의 말을 가로막았다. 브론스키는 일어나 구부정한 자세로 흘깃 그를 올려다보았다. 그는 압도되었다. 그는 알렉세이 알렉산드로비치의 감정을 이해할 수 없었으나, 그것이 자신의 세계관으로는 아예 도달할 수도 없는 지고한 무언가라고 느꼈다.

18

알렉세이 알렉산드로비치와 대화를 나눈 후, 브론스키는 카레닌 가의 현관 입구로 나왔다. 그는 그 자리에 서서 자신이 어디에 있는지, 어디로 가야 할지 힘겹게 떠올렸다. 그는 자신이 수치와 모욕을 입은 죄인이라고, 자신의 죄를 씻을 가능성마저 빼앗긴 존재라고 느꼈다. 그에게는 자신이 지금껏 그토록 당당하고 편안하게 걸어온 궤도에서 이탈된 것처럼 느껴졌다. 그토록 견고해 보이던 자기 생활의 모든 습관과 규범이 갑자기 거짓되고 부적절한 것으로 보였다. 남편, 지금까지는 불쌍한 존재로, 브론스키의 행복에 우연히 끼어든 다소 우스꽝스러운 방해물로 생각되던 배신당한 남편이 갑자기 그녀의 부름을 받았고 사람들의 마음속에 굴종을 불러일으키는 그런 높은 곳까지 들어 올려졌다. 그리고 그 정상에서 남편은 사악하고 위선적이고 우스꽝스러운 존재가 아니라 선하고 정직하고 위대한 존재로 모습을 드러냈다. 브론스키는 그 점을 느끼지 않을 수 없었다. 갑자기 역할이 뒤바뀌었다. 브론스키는 그의 지고한 위치와 자신의 굴종적 위치, 그의 정당성과 자신의 부정을 느꼈다. 남편은 슬픔 속에서도 관대한 데 반해, 자신은 기만 속에서 비열하고 보잘것없이 보였다. 그러나 자신이 부당하게 경멸했던 사람 앞에서 느끼는 자신의 비열함에 대한 자각은 그의 슬픔에서 작은 일부만을 차지했다. 지금 그가 말로 표현할 수 없을 만큼 불행하다고 느끼는 까닭은, 최근 차갑게 식은 줄로만 알았던 안나에 대한 열정이 그녀를 영원히 잃었음을 깨닫게 된 지금에 와서 그 어느 때보다 강렬해졌기 때문이었다. 그는 안나가 아픈 동안 그녀의 모든 것을 보았고 그녀의 영혼을 이해하게 되었다. 그러자 자신이 지금껏 그녀를 한 번도 사랑하지 않은 것처럼 느껴졌다. 더욱이 그녀를 알고 그녀에게 마땅히 주었어야 할 사랑으로 그녀를 사랑하게 된 지금, 그는 그녀 앞에서 수치스러운 꼴을 보이고 그녀의 마음속에 그에 대한 치욕적인 기억만을 남긴 채 영원히 그녀를 잃은 것이다. 무엇보다 끔찍한 것은, 알렉세이 알렉산드로비치가 무안해하는 자기의 얼굴에서 두 손을 떼어 놓았을 때 우스꽝스럽고 창피했던 자신의 처지였다. 브론스키는 카레닌 가의 현관 입구에 영락한 사람처럼 서서 어찌할 바를 몰랐다.

"삯마차를 불러 드릴까요?" 수위가 물었다.

"그렇지, 삯마차를 불러 줘."

사흘 밤을 새우고 집으로 돌아온 브론스키는 외투도 벗지 않은 채 소파에 엎드려 두 팔을 포개고 그 위에 머리를 묻고서 잠이 들었다. 머리가 무거웠다. 이미지와 기억과 기묘하기 짝이 없는 상념들이 대단히 빠르고 선명하게 꼬리를 물고 이어졌다. 때로는 자신이 환자를 위하여 숟가락에 넘치도록 따르던 약이, 때로는 산파의 하얀 손이, 때로는 침대 앞의 마룻바닥에 있던 알렉세이 알렉산드로비치의 기묘한 자세가 나타났다.

'어서 자! 잊어!' 그는 피곤하여 자고 싶을 땐 그 즉시 잠을 잘 수 있는 건강한 사람의 평온한 확신을 품고서 속으로 중얼거렸다. 그리고 실제로 그 순간 머릿속이 복잡해지면서, 그는 망각의 심연 속으로 빠져들었다. 무의식적인 삶의 바다의 물결은 이미 그의 머리 위까지 차올랐다. 바로 그때 강한 전하(電荷)가 몸속에 흘러들기라도 한 것처럼, 갑자기 그가 소파의 스프링 위에서 온몸이 펄쩍 뛰어오를 정도로 소스라치게 놀라더니, 두 팔로 몸을 지탱하며 무릎을 짚고 벌떡 일어났다. 그는 조금도 자지 않은 것처럼 눈을 크게 뜨고 있었다. 1분 전까지 그의 머리를 내리누르던 무거움과 사지의 나른함은 순식간에 사라졌다.

'당신은 나를 진흙탕 속에 짓밟을 수 있습니다.' 그는 알렉세이 알렉산드로비치의 말을 듣고 눈앞에서 그의 모습을 보았다. 그리고 열 때문에 생긴 홍조와 빛나는 눈동자를 지닌 안나의 얼굴, 다정하고 애정 어린 눈길로 그가 아닌 알렉세이 알렉산드로비치를 바라보는 안나의 얼굴을 보았다. 그는 알렉세이 알렉산드로비치가 그의 얼굴에서 손을 떼어 낼 때 어리석고 우스꽝스러워 보이던 — 그에게는 그렇게 느껴졌다 — 그 자신의 모습도 보았다. 그는 다시 다리를 쭉 뻗고 조금 전의 자세로 소파에 몸을 던진 후 눈을 감았다.

'자! 자라니까!' 그는 속으로 같은 말을 되뇌었다. 하지만 눈을 감자, 안나의 얼굴이 그 잊지 못할 경마 전의 그날 밤 모습 그대로 더욱더 또렷하게 보였다.

"그런 일은 이제 존재하지 않고 앞으로도 없을 거야. 그리고 그녀는 자신의 기억에서 그 일을 지우고 싶어 해. 하지만 난 그것 없이 살 수 없어. 어떻게 해야 우리가 화해할 수 있을까? 도대체 어떻게 해야 우리가 화해할 수 있지?" 그는 소리 내어 말했고 무의식적으로 이 말을 되풀이하기 시작했다. 그러한 말의 반복은 그의 머릿속에서 바글대는 듯 느껴지는 새로운 이미지와 기억의 발생을 억제했다. 하지만 말의 반복은 상상력을 그다지 오래 억누르지 못했다. 가장 행복한 순간들이 다시 한 번 아주 빠른 속도로 잇달아 떠올랐고, 그와 함께 얼마 전의 치욕도 떠올랐다. '손을 치워요.' 안나의 목소리가 말한다. 그는 손을 뗀다. 그리고 자신의 얼굴에 어린 수치스럽고 아둔한 표정을 느낀다.

그는 조금도 희망이 없다는 것을 느끼면서도 잠을 이루려 애쓰며 계속 누워 있었다. 그리고 어떤 상념에서 우연히 떠오른 말들이 새로운 이미지의 발생을 막아 주기를 바라며 그 말들을 속삭이듯 계속 되뇌었다. 그는 들었다. 아니 기이하고 광기 어린 속삭임으로 반복되는 그 말이 들렸다. "가치를 알아보지 못하고 향유하지도 못했어. 가치를 알아보지 못하고 향유하지도 못했어."

'이게 무슨 소리지? 내가 미친 걸까?' 그는 속으로 중얼거렸다. '그럴지도. 도대체 사람들은 뭣 때문에 미치는 걸까? 도대체 왜 자살을 하는 거지?' 그는 혼자 묻고 대답했다. 그러다 눈을 떴을 때, 그는 깜짝 놀란 눈으로 머리 옆에 놓인 자수 쿠션을 바라보았다. 그 쿠션은 형수인 바랴의 작품이었다. 그는 쿠션의 술을 만지작거리며 바랴에 대해, 그녀를 마지막으로 본 것에 대해 기억하려고 애썼다. 하지만 상관없는 무언가를 생각하는 것은 괴로운 일이었다. '아냐, 자야 해!' 그는 쿠션을 끌어 와 그것에 머리를 묻었다. 하지만 눈을 계속 감고 있는 것에도 노력이 필요했다. 그는 벌떡 일어나 앉았다. '난 모든 게 끝났어.' 그는 속으로 중얼거렸다. '어떻게 할지 곰곰이 생각해야 해. 뭐가 남았지?' 그의 생각은 안나에 대한 사랑을 벗어나 생활의 문제 속으로 빠르게 질주했다.

'야망? 세르푸호프스키? 사교계? 궁정?' 그는 그 어느 것에도 생각을 모을 수 없었다. 전에는 이 모든 것이 의미를 지니고 있었지만, 이제는 더 이상 아무것도 아니었다. 그는 소파에서 일어나 프록코트를 벗고 허리띠를 풀었다. 그리고 좀 더 편하게 숨을 쉬기 위해 털이 덥수룩한 가슴을 젖히고 방 안을 왔다 갔다 했다. '사람들이 이렇게 해서 미치나 보군.' 그는 되뇌었다. '이래서 자살을 하는 거야……. 수치를 면하려고.' 그는 천천히 말을 덧붙였다.

그는 문으로 다가가 문을 잠갔다. 그러고는 시선을 고정하고 이를 악문 채 테이블로 다가가 권총을 집어 들었다. 그는 권총을 살펴본 후 장전을 하고 생각에 잠겼다. 2분 동안 골똘한 표정으로 고개를 숙이고 있던 그는 권총을 쥔 채 꼼짝도 않고 서서 생각했다. '물론.' 그는 마치 논리적이고 지속적이고 분명한 사유 과정이 그를 의심할 바 없는 결론으로 이끈 것처럼 이렇게 중얼거렸다. 그러나 사실 그에게 확실한 것처럼 보이는 이 '물론'은 그가 이 한 시간 동안 이미 수십 번이나 되풀이한 똑같은 범주의 기억과 관념을 또다시 반복한 결과에 지나지 않았다. 영원히 잃어버린 행복에 대한 기억도 똑같았고, 앞으로 인생에 닥칠 것들이 모두 무의미하다는 생각도 똑같았고, 자신의 수치에 대한 자각도 똑같았다. 이런 관념과 감정의 연속도 마찬가지였다.

'물론.' 그는 자신의 생각이 다시 그 기억과 상념의 매혹적인 원을 따라 세 번째로 돌기 시작하자 이렇게 되뇌었다. 그리고는 왼쪽 가슴에 권총을 대고 그것을 주먹으로 꽉 움켜쥐기라도 한 듯 갑자기 손을 세차게 떨더니 방아쇠를 당겼다. 그는 총성을 듣지 못했지만, 가슴에 입은 강한 일격에 쓰러지고 말았다. 그는 테이블 가장자리를 잡으려 애쓰다 권총을 떨어뜨렸다. 그는 비틀거리며 바닥에 주저앉아 놀란 눈으로 주위를 둘러보았다. 그는 활처럼 구부러진 테이블 다리와 휴지통과 호랑이 가죽 깔개를 밑에서 보면서도 그곳이 자기 방인지 몰랐다. 삐걱거리는 소리를 내며 응접실을 돌아다니는 하인들의 발소리에 그는 정신을 차렸다. 그는 안간힘을 다해 생각을 집중하다 자신이 바닥에 있는 것을 깨달았고, 호랑이 가죽에 묻은 피를 보며 자신이 자살하려 했다는 사실을 알았다.

"멍청하기는! 실패했잖아." 그는 권총을 찾으며 중얼거렸다. 권총이 그의 옆에 있는데도, 그는 멀리서 그것을 찾았다. 계속 권총을 찾던 그는 다른 쪽으로 몸을 뻗다 균형을 잃어 그만 피를 흘리며 쓰러지고 말았다.

구레나룻을 기르고 세련미가 넘치는 그의 하인은 종종 친구들에게 자신의 신경이 약하다고 불평을 하곤 했는데, 바닥에 쓰러진 주인을 보자 어찌나 놀랐는지 주인이 피를 흘리도록 둔 채 도움을 청하러 밖으로 뛰쳐나가고 말았다. 한 시간 뒤 형수인 바랴가 도착했다. 그녀가 사방으로 사람을 보내 불러온 의사 세 명도 동시에 도착했다. 그녀는 의사들의 도움을 받아 부상자를 침대로 옮기고 그를 간호하기 위해 그의 집에 남았다.

19

알렉세이 알렉산드로비치가 저지른 실수, 즉 아내를 만날 준비를 하면서 그녀도 진심으로 뉘우치고 자신도 그녀를 용서하고 그녀도 죽지 않을 경우를 고려하지 못하여 저지른 실수, 그 실수는 그가 모스크바에서 돌아온 지 두 달 만에 그의 앞에서 위력을 드러냈다. 하지만 그가 이런 실수를 저지른 까닭은 그가 이런 우연을 고려하지 않았기 때문만이 아니라 죽어가는 아내를 보기 전까지 자신의 마음을 잘 몰랐기 때문이기도 하다. 그는 병든 아내의 침대 옆에서 난생처음으로 타인의 고통이 자신의 마음속에 불러일으키는 부드러운 연민에 자신을 내맡겼다. 예전에 그는 그러한 감정을 해로운 약점으로 생각하여 수치스럽게 여겼다. 그녀에 대한 연민, 그녀의 죽음을 바란 것에 대한 후회, 무엇보다 용서의 기쁨은 그로 하여금 갑자기 고통의 완화뿐 아니라 정신적 평온마저 느끼게 만들었다. 그러한 감정은 그가 예전에 한 번도 맛보지 못한 것이었다. 그는 문득 자신의 고통의 근원이었던 것이 정신적 기쁨의 근원으로 변하는 것을 느꼈다. 그리고 자신이 비난하고 질책하고 증오할 때는 도저히 해결할 수 없을 것처럼 보이던 것들이 자신이 용서하고 사랑하는 순간 단순하고 분명한 것으로 변하는 것을 느꼈다.

그는 아내를 용서했고 그녀의 고통과 후회를 동정했다. 그는 브론스키를 용서했고, 특히 그의 절망적인 행동에 대한 소문을 들은 뒤로 그를 불쌍히 여겼다. 그는 예전보다 아들을 더욱 불쌍히 여겼고, 이제는 아들에게 지나칠 정도로 관심을 쏟지 않은 것에 대해 스스로를 책망하기까지 했다. 그러나 갓 태어난 어린 여자아이에게는 연민뿐 아니라 부드러움이 깃든 어떤 특별한 감정을 느꼈다. 처음에 그는 단순한 연민의 감정에서 자신의 딸이 아닌 그 갓 태어난 연약한 여자아이에게 관심을 쏟았다. 그 여자아이는 어머니가 앓는 동안 보살핌을 받지 못했으므로 그가 돌보지 않았더라면 죽었을지도 모른다. 그는 자신이 어떻게 그 여자아이를 사랑하게 됐는지 깨닫지 못했다. 그는 하루에도 몇 번씩 어린이 방에 들러 오랫동안 그곳에 앉아 있었기 때문에, 처음에는 그를 겁내던 유모와 보모도 그에게 익숙해졌다. 이따금 그는 잠든 아기의 샤프란 빛을 띤 발그스름한 얼굴을, 솜털이 보송보송하고 쪼글쪼글한 그 자그만 얼굴을 말없이 30분 정도 바라보며, 손가락을 구부린 채 손등으로 조그만 눈동자와 미간을 비비는 그 작고 포동포동한 두 손과 찡그린 이마의 움직임을 관찰했다. 특히 그런 순간이면 알렉세이 알렉산드로비치는 완벽한 평온을 느꼈으며 자신의 자아와 완전히 하나가 되는 기분을 맛보았다. 그럴 때면 자신의 처지에서 어떠한 이상한 점도, 바꾸어야 할 그 무엇도 찾을 수 없었다.

그러나 시간이 흐름에 따라, 그는 비록 이러한 상황이 자신에게 아무리 자연스럽게 느껴진다 해도 사람들이 자기를 그런 상태에 머물도록 내버려 두지 않는다는 것을 점점 더 분명히 깨달았다. 그는 자신의 영혼을 이끄는 선한 영적인 힘 외에도 그에 못지않은, 어쩌면 그보다 더 강력한 힘, 그의 생활을 이끄는 또 다른 광폭한 힘을 느꼈다. 그리고 이 힘은 그가 바라는 겸허한 평온을 허락하지 않는다는 것을 깨달았다. 그는 사람들이 의심과 놀라움에 찬 시선으로 자신을 바라보고 있으며 그를 이해하지 못할 뿐 아니라 그에게서 무언가를 기대하고 있다는 느낌을 받았다. 특히 그는 아내와 자신의 관계가 견고하지 못하고 부자연스럽다는 것을 깨달았다.

죽음의 임박이 그녀 안에 불러일으킨 부드러움이 사라졌을 때, 알렉세이 알렉산드로비치는 안나가 그를 두려워하고 부담스러워하며 그의 눈을 똑바로 쳐다보지 못한다는 것을 깨닫기 시작했다. 마치 그녀는 무언가를 바라면서도 그에게 차마 말하지 못하는 것처럼 보였다. 그리고 그들의 관계가 지속될 수 없다는 것을 예감하고 그에게서 무언가를 기대하는 것처럼 보였다.

2월 말, 안나의 갓 태어난 딸 — 역시 안나라고 이름 붙인 — 이 병에 걸렸다. 아침에 어린이 방에 들른 알렉세이 알렉산드로비치는 의사를 불러오라고 지시한 후 관청에 출근했다. 그는 업무를 끝내고 4시가 다 될 무렵 집으로 돌아왔다. 대기실에 들어섰을 때, 그는 끈 장식과 곰 가죽 망토를 두른 잘생긴 하인이 아메리카산 개의 가죽으로 지은 하얀 민소매 외투를 쥐고 있는 것을 보았다.

"누가 왔나?" 알렉세이 알렉산드로비치가 물었다.

"엘리자베타 페도로브나 트베르스카야 공작부인입니다." 하인이 웃으며 대답했다. 아니, 알렉세이 알렉산드로비치에게는 웃는 것처럼 보였다.

그 괴로운 시기 내내 알렉세이 알렉산드로비치는 사교계의 지인들, 특히 여성들이 자기와 자기 아내에게 특별한 관심을 갖고 있음을 눈치챘다. 그는 이 지인들에게서 그들이 애써 감추는 어떤 기쁨을 눈치챘다. 그는 그와 똑같은 기쁨을 변호사의 눈에서, 지금은 이 하인의 눈에서 발견했다. 마치 다들 누군가를 시집보내기라도 하듯 기뻐 날뛰는 것 같았다. 그와 마주친 사람들은 간신히 기쁨을 억누르며 안나의 건강에 대해 물었다.

트베르스카야 공작부인의 방문은 그녀와 연관된 기억으로 보나, 그가 그녀를 전혀 좋아하지 않는다는 점으로 보나 알렉세이 알렉산드로비치에게 불쾌한 일이었다. 그래서 그는 곧장 어린이 방으로 갔다. 첫 번째 어린이 방에서는 세료자가 책상에 가슴을 붙이고 두 발을 의자에 올린 채 무언가를 그리며 즐겁게 종알거리고 있었다. 안나가 아픈 동안 프랑스인 가정교사의 후임으로 온 영국인 가정교사는 소년 옆에 앉아 코바늘로 migniardise[91]를 짜다가 황급히 일어나 무릎을 굽혀 인사하고 세료자를 잡아당겼다.

알렉세이 알렉산드로비치는 한 손으로 아들의 머리를 쓰다

91) 작고 섬세하게 뜨는 레이스 뜨기의 일종.

듬어 주고 아내의 건강을 묻는 가정교사의 물음에 답한 후 의사가 baby[92]에 대해 무슨 말을 했는지 물었다.

"의사 선생님은 위험할 일이 전혀 없다고 하시며 목욕을 시키라고 지시하셨습니다, 주인님."

"하지만 아기가 내내 괴로워하지 않습니까?" 알렉세이 알렉산드로비치는 옆방에서 들리는 아기의 울음소리에 귀를 기울이며 말했다.

"제 생각에는 유모에게 문제가 있는 것 같습니다, 주인님." 영국인 여자는 단호하게 말했다.

"왜 그렇게 생각합니까?" 그는 걸음을 멈추고 물었다.

"폴 백작부인 댁에서도 그런 일이 있었습니다, 주인님. 아이에게 의사들의 치료를 받게 했지만, 알고 보니 아이는 단지 배를 곯아서 그런 것뿐이었습니다. 유모의 젖이 말라 버렸던 거지요."

알렉세이 알렉산드로비치는 곰곰이 생각에 잠겼다. 그는 그렇게 잠시 서 있다가 다른 문으로 들어갔다. 유모의 팔에 몸을 구부리고 누운 여자아이는 고개를 뒤로 젖힌 채 눈앞에 있는 불룩한 젖을 물려고도 않고, 그 위로 몸을 숙인 유모와 보모가 아무리 '쉿쉿' 하며 달래도 울음을 그치려 하지 않았다.

"아직도 그대로입니까?" 알렉세이 알렉산드로비치가 말했다.

"몹시 불안해합니다." 보모가 소곤소곤 대답했다.

"미스 에드워드는 어쩌면 유모의 젖이 말랐을지 모른다고 하던데." 그가 말했다.

---

92) '아기.'(영어)

"저도 그렇게 생각합니다, 알렉세이 알렉산드로비치."

"그럼 왜 그렇다고 말하지 않았습니까?"

"누구에게 말하나요? 안나 아르카지예브나는 계속 건강이 안 좋고……." 보모는 뾰로통하게 대답했다.

보모는 오랫동안 이 집에 하녀로 있었다. 그래서 알렉세이 알렉산드로비치는 그녀의 이 단순한 말에서도 그의 처지에 대한 암시를 느꼈다.

아기는 쉰 목소리로 숨이 넘어가도록 더욱 크게 울어 댔다. 보모는 한 손을 내젓더니 아기에게 다가가 유모의 팔에서 아기를 넘겨받고는 아기를 흔들며 왔다 갔다 하기 시작했다.

"의사에게 유모를 진찰해 달라고 부탁해야겠군." 알렉세이 알렉산드로비치가 말했다.

겉보기에 건강하고 멋지게 차려 입은 유모는 해고당할까 두려워하며 입속으로 뭐라고 중얼거리더니 커다란 젖가슴을 가리고 자기 젖의 양을 의심하는 것에 대해 경멸하듯 미소를 지었다. 알렉세이 알렉산드로비치는 그 미소 속에서도 자신의 처지에 대한 조소를 발견했다.

"불쌍한 아가!" 보모는 이렇게 말하고는 아기의 울음을 그치게 하려고 쉬쉬 소리를 내며 계속 거닐었다.

알렉세이 알렉산드로비치는 의자에 앉아 이리저리 걷고 있는 보모를 고통스럽고 음울한 얼굴로 바라보았다.

보모는 가까스로 울음을 그친 아기를 작고 깊숙한 침대에 눕힌 뒤 베개를 고쳐 주고 자리를 떴다. 그러자 알렉세이 알렉산드로비치는 자리에서 일어나 조심조심 발끝으로 걸으며 아기에게 다가갔다. 잠시 그는 음울한 얼굴로 말없이 아기를 바라보았다. 그런데 갑자기 그의 머리칼과 이마의 살갗이 움직이면서 그의 얼굴에 미소가 떠올랐다. 그는 조용히 방에서 나갔다.

그는 식당에서 벨을 울리고, 그곳에 들어온 하인에게 다시 의사를 부르라고 지시했다. 그는 그 귀여운 아기를 보살피지 않는 아내에게 화가 치밀었다. 그는 이렇게 화가 난 상태에서 아내에게 가고 싶지 않았고 벳시 공작부인을 만나고 싶지도 않았다. 그러나 아내는 왜 그가 평소처럼 그녀에게 들르지 않는지 이상하게 여길지 모른다. 그래서 그는 자신을 억누르며 침실로 향했다. 부드러운 양탄자를 밟으며 문까지 간 그는 듣고 싶지 않은 대화를 우연히 듣게 되었다.

"만일 그 사람이 떠나지 않는다면, 나도 당신과 그의 거절을 이해했을 거예요. 하지만 당신의 남편은 그런 것을 초월한 사람임이 분명해요." 벳시가 말했다.

"남편을 위해서가 아니라 나 자신을 위해서 그렇게 하지 않으려는 거예요. 이제 그런 이야기는 하지 말아요!" 안나가 흥분한 목소리로 대답했다.

"그래요. 하지만 당신 때문에 권총으로 자살을 기도한 사람에게 작별 인사도 하지 않으려 하다니, 그건 있을 수 없는 일이에요……."

"그래서 싫다는 거예요."

알렉세이 알렉산드로비치는 죄를 진 듯한 놀란 표정으로 멈춰 섰다가 눈에 띄지 않게 되돌아가려고 했다. 하지만 그럴 필요가 없다고 생각한 그는 다시 돌아서서 헛기침을 하고 침실로 향했다. 말소리가 멈추자, 그는 안으로 들어갔다.

안나는 회색 할라트를 입고 소파에 앉아 있었다. 둥근 머리에는 짧게 깎은 검은 머리카락이 촘촘한 솔처럼 삐죽삐죽 솟아 있었다. 남편을 볼 때면 언제나 그렇듯, 갑자기 그녀의 얼굴에서 생기가 사라졌다. 그녀는 고개를 숙이고 불안한 눈초리로 벳시를 돌아보았다. 최신 유행에 따라 옷을 입고 머리에서 위로 약간 떨어진 어디쯤에 램프 갓처럼 맴도는 모자를 쓰고 한쪽 허리 부분에서 다른 쪽 치맛자락까지 사선으로 이어진 대담한 줄무늬의 비둘기색 드레스를 입은 벳시는 안나 옆에 나란히 앉아 납작하고 기다란 몸통을 꼿꼿이 세운 채 고개를 숙이고는 조롱하는 듯한 미소로 알렉세이 알렉산드로비치를 맞이했다.

"아!" 그녀는 깜짝 놀란 듯 말했다. "당신이 집에 계셔서 너무 기뻐요. 당신이 아무 데도 모습을 보이지 않으니, 안나가 아픈 동안 당신을 통 볼 수가 없었네요. 하지만 전부 들었어요. 당신의 배려에 대해 말이에요. 당신은 훌륭한 남편이에요!" 그녀는 아내에 대한 그의 처신에 대해 관용의 훈장을 수여하기라도 하듯 의미심장하고 상냥한 표정으로 말했다.

알렉세이 알렉산드로비치는 차갑게 고개를 끄덕였다. 그러고는 아내의 손에 입을 맞춘 뒤 그녀의 건강에 대해 물었다.

"더 좋아진 것 같아요." 그녀는 그의 시선을 피하며 대답했다.

"하지만 당신 얼굴에 열이 있는 것 같은데." 그는 '열'이라는 단어에 힘을 주며 말했다.

"우리가 너무 말을 많이 해서 그런가 봐요." 벳시가 말했다. "제가 이기적이었던 것 같군요. 그만 갈게요."

그녀는 일어섰다. 그런데 안나가 갑자기 얼굴을 붉히며 재빨리 그녀의 손을 잡았다.

"아니에요, 제발 더 있어 줘요. 당신에게 할 말이 있어요……. 아니, 당신에게." 그녀는 알렉세이 알렉산드로비치를 돌아보았다. 순간 그녀의 목덜미와 이마가 새빨갛게 물들었다. "난 당신에게 아무것도 숨기고 싶지 않고 또 그럴 수도 없어요." 그녀가 말했다.

알렉세이 알렉산드로비치는 손가락으로 뚝뚝 소리를 내며 고개를 숙였다.

"벳시의 말로는 브론스키 백작이 타슈켄트로 떠나기 전에 작별 인사를 하러 우리 집에 오고 싶어 한대요." 그녀는 남편을 보지 않았다. 아마도 그녀는 그것이 자신에게 아무리 괴로운 일이라 해도 서둘러 모든 것을 털어놓으려는 것 같았다. "나는 그 사람을 만날 수 없다고 말했어요."

"그 문제는 알렉세이 알렉산드로비치에게 달려 있다고 하지 않았나요?" 벳시가 안나의 말을 정정했다.

"아, 아녜요. 난 그 사람을 만날 수 없어요. 그렇게 해 봤자 아무 소용도……." 그녀는 갑자기 말을 멈추고 미심쩍은 눈초리로 남편을 쳐다보았다.(그는 그녀를 보고 있지 않았다.) "한마디로 난 싫어요……."

알렉세이 알렉산드로비치는 몸을 움직여 그녀의 손을 잡으려 했다.

그녀는 처음에 그녀의 손을 찾는, 굵은 핏줄이 솟은 그의 축축한 손을 물리치려 했다. 그러나 애써 자신을 억누르는 듯한 모습으로 그의 손을 잡았다.

"날 믿어 줘서 정말 고맙긴 하지만……." 그는 이렇게 말했다. 자기 혼자서는 쉽고 분명하게 결정할 수 있는 일을 트베르스카야 공작부인 앞에서는 제대로 판단할 수 없다고 느끼자, 그는 당혹스럽기도 하고 울화가 치밀기도 했다. 그에게는 트베르스카야 공작부인이 사교계의 시선으로 그의 삶을 지배하고 그가 사랑과 용서라는 감정에 자신을 내맡기는 것을 방해하는 광폭한 힘의 화신처럼 여겨졌다. 그는 그 자리에 그대로 서서 트베르스카야 공작부인을 쳐다보았다.

"그럼 잘 있어요, 나의 아름다운 친구." 벳시가 일어서며 말했다. 그녀는 안나에게 입을 맞추고 방에서 나갔다. 알렉세이 알렉산드로비치가 그녀를 배웅했다.

"알렉세이 알렉산드로비치! 난 당신이 정말 관대한 사람이라고 생각해요." 벳시는 작은 응접실에서 걸음을 멈추고 다시 한 번 그의 손을 특별히 힘주어 잡으며 말했다. "난 아무 상관도 없는 사람이지만, 안나를 너무나 사랑하고 당신을 무척 존경하는 마음에서 감히 조언을 드릴까 합니다. 그를 집으로 맞이해 주세요. 알렉세이는 명예의 화신입니다. 그런 그가 이제 타슈켄트로 떠나려 해요."

"당신의 관심과 조언에 감사드립니다, 공작부인. 하지만 아내가 누구를 만나든 말든, 그 문제는 아내가 직접 결정할 문제입니다."

그는 습관대로 품위 있게 눈썹을 치켜올리며 말했다. 그 순간 자신이 어떤 말을 하든 그의 처지에 품위라는 것은 있을 수 없다는 생각이 들었다. 그는 자신의 말이 끝났을 때 벳시가 자신을 쳐다보며 짓는 미소, 그 억지로 참는 듯한 사악한 조소에서도 그것을 확인할 수 있었다.

20

알렉세이 알렉산드로비치는 홀에서 벳시에게 고개 숙여 인사를 하고 아내에게로 갔다. 그녀는 누워 있다가 그의 발소리를 듣고는 황급히 아까와 같은 자세로 앉아 두려움이 담긴 눈으로 그를 바라보았다. 그는 그녀가 울고 있었다는 것을 깨달았다.

"당신이 날 믿어 줘서 무척 고마워." 그는 벳시 앞에서 프랑스어로 했던 말을 러시아어로 부드럽게 되풀이하며 그녀 옆에 앉았다. 그가 그녀에게 러시아어로 '당신'이라는 친근한 호칭을 붙였을 때, 안나는 이 말에 견딜 수 없는 짜증을 느꼈다. "당신의 결정에도 무척 고마워하고 있어. 그가 떠난다니까, 그러니까 브론스키 백작이 이곳에 올 필요는 전혀 없겠지. 나도 그렇게 생각해. 하지만……."

"그래요, 이미 그렇게 말했잖아요. 그런데 왜 또 그 말을 꺼내는 거예요?" 안나가 치밀어 오르는 화를 억누르지 못하며 불쑥 그의 말을 가로막았다. '올 필요가 전혀 없다니.' 그녀는 생각했다. '사랑하는 여자에게 작별 인사를 하러 오겠다잖아. 그 남자는 그 여자를 위해 목숨까지 끊으려 했고 스스로를 파멸시켰어. 그 여자도 그 남자 없이는 살 수가 없어. 그런데 올 필요가 전혀 없다니!' 그녀는 입술을 꾹 다물고 반짝이는 눈을 핏줄이 튀어나온 그의 손으로 향했다. 그는 두 손을 천천히 비비고 있었다.

"이제 그 문제는 두 번 다시 꺼내지 않기로 해요." 그녀는 침착해진 목소리로 이렇게 덧붙였다.

"나는 그 문제에 대한 결정을 당신에게 맡겼어. 그리고 무척 기쁘게 생각해……." 알렉세이 알렉산드로비치가 말을 꺼냈다.

"나의 희망과 당신의 희망이 일치한다는 것을 알게 돼서 말인가요?" 그녀는 재빨리 그의 말을 매듭지었다. 그녀는 자신이 그가 하려는 말을 이미 전부 알고 있는데도 그가 너무 느릿느릿 말을 하자 짜증이 났다.

"맞아." 그는 수긍했다. "트베르스카야 공작부인도 남의 곤란한 가정사에 너무 주제넘게 참견하는군. 특히 그 여자는……."

"남들이 그녀에 대해 뭐라고 하든, 난 그 말을 전혀 믿지 않아요." 안나가 빠르게 말했다. "난 그녀가 날 진심으로 사랑한다는 것을 알아요."

알렉세이 알렉산드로비치는 한숨을 쉬며 입을 다물었다. 그녀는 할라트의 술을 불안하게 만지작거리며 그에 대한 육체적 혐오라는 고통스러운 감정을 품고 그를 쳐다보았다. 그녀는 그러한 감정에 대해 스스로를 질책했지만 그것을 이겨 낼 수 없었다. 이 순간 그녀가 바라는 것은 오직 한 가지, 즉 그와 함께 있는 이 역겨운 상황에서 벗어나는 것이었다.

"지금 의사를 불러오라고 사람을 보냈어." 알렉세이 알렉산드로비치가 말했다.

"난 건강해요. 나에게 의사가 왜 필요해요?"

"아냐, 아이가 너무 울어서 불렀어. 사람들의 말로는 유모의 젖이 부족하다고 하더군."

"내가 그렇게 간곡히 부탁했는데, 당신은 어째서 내게 젖을 먹이도록 허락하지 않았나요? 아무래도 상관없지만(알렉세이 알렉산드로비치는 '아무래도 상관없다.'라는 말이 무엇을 의미하는지 알고 있었다.) 그 애는 갓난아기예요. 그런데 사람들이 그 애를 죽이고 있어요." 그녀는 벨을 울려 아기를 데려오라고 지시했다. "내가 젖을 먹이게 해 달라고 했잖아요. 그때는 허락하지 않더니 이제 와서 날 비난하는군요."

"비난하는 게 아니라……."

"아니에요, 당신은 비난하고 있어요! 아, 하느님! 난 왜 죽지 않았을까!" 그녀가 흐느끼기 시작했다. "미안해요, 내가 흥분했나 봐요. 내가 옳지 않았어요." 그녀가 냉정을 되찾으며 말했다. "하지만 이제 나가 줘요……."

'아냐, 계속 이런 상황으로 있을 순 없어.' 알렉세이 알렉산드로비치는 아내의 침실을 나서며 속으로 단호하게 말했다.

사교계의 눈에 그의 태도가 결코 받아들여질 수 없다는 사실, 그에 대한 아내의 증오, 그의 마음과는 반대로 그의 삶을 지배하며 자신의 의지를 수행할 것과 그와 아내의 관계를 바꿀 것을 요구하는 그 광폭하고 신비로운 힘의 위력이 그의 앞에 지금처럼 명백히 모습을 드러낸 적은 없었다. 그는 사교계 전체와 아내가 자신에게 무언가를 요구하고 있음을 분명히 깨달았으나, 그것이 무엇인지는 도무지 알 수 없었다. 그는 그것으로 인하여 자신의 평온과 헌신적 행위의 모든 공로를 파괴하는 적대감이 마음속에 솟구치는 것을 느꼈다. 그는 안나를 위해서는 브론스키와의 관계를 끊는 것이 좋다고 생각했다. 하지만 모든 이들이 그것을 불가능하다고 생각한다면, 그도 기꺼이 그들의 관계를 다시 허락할 생각이었다. 단 아이들을 부끄럽게 하거나 아이들을 잃거나 자신의 처지를 바꾸는 일이 없어야 했다. 그것이 아무리 불쾌하다 해도, 그녀를 절망적이고 치욕스러운 처지에 몰아넣고 그 자신에게서 사랑하는 모든 것을 앗아 가는 이혼보다는 더 나을 것이다. 하지만 그는 자신의 무력함을 느꼈다. 그는 이미 알고 있었다. 모든 것이 자신에게 대적하고 있다는 것을, 사람들이 지금의 자신에게 너무나 자연스럽고 선하게 보이는 것들을 허락하지 않고, 오히려 나쁜 일인데도 그들의 눈에 당연하게 보이는 것들을 강요하리라는 것을.

21

벳시는 응접실에서 미처 나가기 전에, 싱싱한 굴이 들어온 옐리세예프 음식점에 있다 이곳에 막 도착한 스테판 아르카지치를 문가에서 만났다.

"아! 공작부인! 이렇게 반가울 수가!" 그가 말을 꺼냈다. "당신 집에 들렀다 오는 길입니다."

"만나자마자 이별이군요. 난 막 가려는 참이거든요." 벳시는 미소를 지으며 장갑을 꼈다.

"잠깐만요, 공작부인. 장갑을 끼기 전에 내가 당신의 작은 손에 키스하도록 허락해 주십시오. 손에 입 맞출 때만큼 옛 풍습의 부활이 고맙게 느껴질 때도 없지요." 그는 벳시의 손에 입을 맞췄다. "그럼 우리는 언제 또 만나죠?"

"당신에게는 그럴 자격이 없어요." 벳시가 미소를 지으며 말했다.

"아뇨, 난 충분히 자격이 있습니다. 왜냐하면 난 너무나도 진지한 인간이 되었으니까요. 난 내 가정사뿐 아니라 남의 가정사까지 해결하고 있습니다." 그는 의미심장한 표정으로 말했다.

"아, 정말 반가운 말이군요." 벳시는 그의 말이 안나에 대한 것임을 즉시 알아채고 이렇게 대답했다. 그리고 그들은 홀로 돌아가 한쪽 구석에 섰다. "그가 그녀를 죽이고 있어요." 벳시가 의미심장하게 속삭이며 말했다. "이건 있을 수 없는 일이에요, 있을 수 없는 일이라고요……."

"당신이 그렇게 생각해 주니 기쁩니다." 스테판 아르카지치가 진지하고 고통과 연민에 찬 표정으로 머리를 흔들며 말했다. "내가 페테르부르크에 온 것도 이 일 때문입니다."

"도시 전체가 이 일에 대해 이야기하고 있어요." 그녀가 말했다. "이것은 있을 수 없는 상황이에요. 그녀는 점점 쇠약해지고 있어요. 그는 그녀가 자신의 감정을 하찮게 여기지 못하는 여자라는 것을 몰라요. 둘 중에 하나예요. 그가 그녀를 데리고 나와서 활기차게 행동하든지, 이혼을 해 주든지 말이에요. 그런데 이건 그녀의 목을 조이는 거라니까요."

"네, 그렇죠……. 바로 그겁니다……." 오블론스키가 한숨을 쉬며 말했다. "내가 온 것도 그 때문입니다. 사실 그 때문은 아니고……. 내가 이번에 시종으로 임명되었습니다. 그래서 감사 인사를 해야 해서 왔죠. 하지만 중요한 것은 그 문제를 해결하는 것입니다."

"그럼 하느님의 도우심이 있기를!" 벳시가 말했다.

스테판 아르카지치는 벳시 공작부인을 현관까지 배웅하고 장갑을 낀 그녀의 손에, 맥박이 뛰는 바로 그 자리에 다시 한 번 입을 맞춘 뒤, 그녀가 화내야 할지 웃어야 할지 난처해할 정도로 무례한 헛소리를 지껄인 다음 누이의 방으로 갔다. 그는 울고 있는 동생을 보았다.

뛸 듯이 기뻐하던 스테판 아르카지치의 기분은 금방 그녀의 기분에 어울리는 연민과 시적인 흥분으로 자연스럽게 바뀌었다. 그는 그녀에게 건강을 묻고 아침나절을 어떻게 보냈는지 물었다.

"아주, 아주 안 좋아요. 오후도, 오전도, 지나간 날들도, 다가올 날들도 모두." 그녀가 말했다.

"우울해서 견딜 수 없나 보구나. 원기를 회복해야지. 인생을 똑바로 직시해야 한다. 네가 힘들다는 건 알지만……."

"여자들이 사람을 그 사람의 악덕 때문에도 사랑한다고 하지만……." 안나가 불쑥 입을 열었다. "난 그를 그의 미덕 때문에 증오해요. 난 그와 살 수 없어요. 알겠어요? 그의 생김새가 내게 육체적인 영향을 미쳐요. 난 냉정을 잃고 말죠. 난 도저히, 도저히 그와 살 수 없어요. 도대체 어떻게 해야 하죠? 난 불행했고, 이보다 더 불행할 수는 없다고 생각했어요. 하지만 전에는 내가 지금 겪고 있는 이 끔찍한 상황을 상상도 못했어요. 믿을 수 있겠어요? 그 사람이 착하고 훌륭한 사람이라는 것을 알면서도, 내가 그의 손톱만도 못한 인간이라는 것을 알면서도, 난 그를 증오하죠. 그의 관대함 때문에 그를 증오해요. 이제 내게 남은 것이라고는 오직……."

그녀는 죽음을 입에 담으려 했다. 그러나 스테판 아르카지치는 그녀가 끝까지 말하지 못하도록 말을 가로막았다.

"넌 아픈 데다 신경이 곤두서 있어." 그가 말했다. "내 말을 믿어. 넌 심하게 과장을 하고 있어. 그렇게 무서운 일은 하나도 없잖아."

그리고 스테판 아르카지치는 빙그레 웃었다. 스테판 아르카지치의 입장에 있는 사람이라면 그 누구도 그토록 절망적인 문제에 관여하며 미소를 짓지는 못했을 것이다.(미소는 무례하게 보였을 것이다.) 하지만 그의 미소는 선량함으로 가득하고 거의 여성적인 부드러움마저 띠었기 때문에, 사람의 감정을 상하게 하기는커녕 사람의 마음을 가라앉히고 평온하게 만들었다. 사람의 마음을 진정시키는 그의 잔잔한 말과 미소는 아몬드 버터처럼 부드럽고 평온한 효과를 불러일으켰다. 안나도 곧 이것을 느꼈다.

"아니에요, 스티바." 그녀가 말했다. "난 파멸했어요. 파멸했다고요! 아니, 파멸한 것보다 더 나빠요. 난 아직 파멸하지 않았어요. 모든 게 끝났다고 말할 수 없어요. 오히려 난 아직 끝나지 않았음을 느껴요. 난 팽팽하게 당겨진 현 같아요. 언젠가 끊어지고 말겠죠. 하지만 아직 끝나지 않았어요……. 이제 무서운 결말을 맞게 될 거예요."

"괜찮아. 현을 천천히 느슨하게 하면 돼. 출구 없는 상황은 없어."

"난 생각하고 또 생각했어요. 방법은 오직 하나……."

또다시 그는 두려운 빛을 띤 그녀의 눈길에서 그녀가 생각하는 그 유일한 출구가 죽음이라는 것을 깨닫고 그녀의 말을 가로막았다.

"결코 그렇지 않아." 그가 말했다. "잠깐. 넌 네 상황을 나처럼 볼 수 없어. 내 생각을 솔직히 말해도 되겠니?" 그는 다시

아몬드 버터 같은 미소를 조심스레 지었다. "처음부터 말해 볼게. 넌 너보다 스무 살이나 더 많은 남자와 결혼했어. 넌 사랑도 없이, 어쩌면 사랑이 뭔지도 모르고 결혼을 한 거지. 그것이 실수였다고 하자."

"끔찍한 실수였어요!" 안나가 말했다.

"하지만 다시 한 번 말하마. 그것은 이미 일어난 사실이야. 그러고 나서 넌 이를테면 남편이 아닌 남자를 사랑하는 불행을 겪게 됐지. 그것은 불행이야. 하지만 그것 역시 이미 일어난 사실이야. 네 남편도 그것을 인정하고 용서했지." 그는 한 문장이 끝날 때마다 말을 멈추고 그녀의 반박을 기다렸다. 그러나 그녀는 아무 대답도 하지 않았다. "상황은 이래. 이제 문제는 바로 네가 남편과 계속 살 수 있느냐 없느냐 하는 것이지. 넌 그렇게 하기를 바라니? 그가 그것을 원하니?"

"난 아무것도, 아무것도 모르겠어요."

"하지만 넌 네 입으로 그를 견딜 수 없다고 말하지 않았니?"

"아니에요. 그렇게 말하지 않았어요. 그 말을 취소할게요. 난 아무것도 모르겠어요. 정말 아무것도 모르겠어요."

"그래, 하지만 들어 봐……."

"오빠는 모를 거예요. 난 낭떠러지로 곤두박질치는 기분이에요. 하지만 난 구원받아서는 안 돼요. 물론 구원받을 수도 없고요."

"괜찮아. 우리가 밑에 뭐라도 깔아 너를 받아 줄 테니까. 난 너를 이해해. 네가 결단력 있게 자신의 희망과 감정을 입 밖으로 낼 수 없다는 것을 이해한다."

"난 아무것도, 아무것도 바라지 않아요……. 다만 이 모든 게 어서 끝나기만 바랄 뿐이에요."

"하지만 그 사람도 이것을 보고 있어. 그 사람도 안단 말이야. 정말로 넌 그도 너 못지않게 이 일로 괴로워하고 있다고 생각하기는 하니? 너도 괴롭지만 그도 괴로워. 과연 어떻게 해야 여기서 벗어날 수 있을까? 이혼이 모든 문제를 해결하기는 하지만……." 스테판 아르카지치는 주된 의견을 어렵사리 털어놓고 안나를 의미심장하게 바라보았다.

그녀는 아무 대답도 하지 않고 거부의 뜻으로 짧게 깎은 머리를 흔들었다. 하지만 갑자기 예전의 아름다움으로 빛나는 얼굴을 보며, 그는 동생이 이것을 바라지 않는 이유가 단지 그것이 그녀에게 불가능한 행복처럼 여겨졌기 때문이라는 것을 알았다.

"두 사람 다 너무 불쌍하구나! 이 문제가 잘 해결될 수만 있다면, 난 얼마나 행복할까!" 스테판 아르카지치는 더욱 호탕하게 웃으며 말했다. "됐다, 아무 말 하지 마라! 하느님이 내게 느끼는 그대로 말할 수 있게만 해 주신다면……. 그 사람에게 가 봐야겠다."

안나는 생각에 잠긴 빛나는 눈으로 그를 바라보았으나 아무 말도 하지 않았다.

22

스테판 아르카지치는 관청의 상석에 앉을 때처럼 다소 엄숙한 얼굴로 알렉세이 알렉산드로비치의 서재에 들어갔다. 알렉세이 알렉산드로비치는 뒷짐을 지고 방 안을 왔다 갔다 하면서 스테판 아르카지치가 안나에게 이야기하던 바로 그 문제에 대해 생각하고 있었다.

"내가 자네를 방해했나?" 스테판 아르카지치는 매제를 보며 문득 그에게 익숙하지 않은 당혹감을 느꼈다. 그는 이 당혹스러움을 감추기 위해서 방금 산, 새로운 방식의 걸쇠가 달린 담배 케이스를 꺼내 가죽 냄새를 맡고 담배를 한 개비 뺐다.

"아니, 여기에 어쩐 일입니까?" 알렉세이 알렉산드로비치는 마지못해 대답했다.

"그게 말이야, 하고 싶은 말이…… 해야 할 말이……. 그래, 자네에게 꼭 해야 할 말이 있어." 스테판 아르카지치는 이 익숙하지 않은 소심한 감정에 놀라며 말했다.

이 감정은 너무나 뜻밖이고 낯설어서 스테판 아르카지치는 이것이 그가 지금 하려고 하는 일을 나쁘다고 말해 주는 양심의 소리라고는 도저히 믿을 수 없었다. 스테판 아르카지치는 자신을 억누르고 그에게 엄습한 소심함을 몰아냈다.

"자네가 누이에 대한 내 사랑을, 그리고 자네에 대한 나의 진심 어린 사랑과 존경을 믿어 주었으면 해." 그가 얼굴을 붉히며 말했다.

알렉세이 알렉산드로비치는 그 자리에 서서 아무 대답도 하지 않았다. 하지만 그의 얼굴은 순종적인 제물 같은 표정으로 스테판 아르카지치에게 깊은 감명을 주었다.

"내가 말하려 한 것은……, 난 누이와 자네 부부의 처지에 대해 이야기하고 싶어." 스테판 아르카지치는 익숙하지 않은 쑥스러움과 계속 싸우며 말했다.

알렉세이 알렉산드로비치는 서글프게 웃으며 처남을 바라보고는 아무 대답 없이 테이블로 다가가 막 쓰기 시작한 편지를 집어 처남에게 건넸다.

"나도 그 문제에 대해 끊임없이 생각해요. 그래서 실은 편지를 쓰고 있었죠. 나도 글을 써야 말을 더 잘할 것 같고 그녀도 내가 있으면 초조해한다는 생각이 들어서……." 그가 편지를 건네며 말했다.

스테판 아르카지치는 편지를 받고 나서 당혹스럽고 놀라운 감정으로 자신에게 고정된 그의 흐릿한 눈동자를 바라본 후 편지를 읽기 시작했다.

'나는 나의 존재가 당신을 괴롭힌다는 것을 알고 있소. 그것을 확인하는 것이 나에게 아무리 괴로운 일이라 해도, 난 그것이 사실이며 다른 상황이 있을 리 없다는 것을 잘 알고 있소. 당신을 비난하는 것이 아니오. 난 아픈 당신을 보고 나서 우리 사이에 있었던 모든 일을 잊고 새로운 생활을 시작하겠다고 진심으로 결심했소. 이 점에 대해서는 하느님이 나의 증인이오. 난 내가 한 일을 후회하지 않으며 앞으로도 결코 후회하지 않을 거요. 하지만 내가 바란 것은 오직 한 가지, 당신의 행복, 당신 영혼의 행복이었소. 그리고 지금 난 내가 그것을 이루지 못했음을 알고 있소. 무엇이 당신의 영혼에 참된 행복과 평화를 줄 수 있는지 당신이 직접 내게 말해 주오. 난 정의에 대한 당신의 감각과 당신의 의지에 모든 것을 맡기겠소.'

스테판 아르카지치는 편지를 되돌려 주고 무슨 말을 해야 할지 몰라 여전히 당혹스러워하며 계속 매제를 쳐다보았다. 이러한 침묵이 두 사람 모두에게 어찌나 거북했던지, 스테판 아르카지치는 카레닌의 얼굴에서 눈을 떼지 못한 채 계속 침묵하는 동안 입술에 병적인 경련이 일어나는 것을 느꼈다.

"이것이 바로 내가 아내에게 하고 싶었던 말입니다." 알렉세이 알렉산드로비치는 얼굴을 돌리며 말했다.

"그래, 그랬군……." 스테판 아르카지치는 눈물로 목이 메어 대답을 할 수 없었다. "그래, 그래. 자네를 이해해." 그는 간신히 입을 뗐다.

"난 아내가 무엇을 바라는지 알고 싶어요." 알렉세이 알렉산드로비치는 말했다.

"난 그 애 스스로도 자신의 처지를 모르고 있는 게 아닐까 두려워. 그 애는 심판관이 아니잖아." 스테판 아르카지치는 냉정을 되찾고 말했다. "그 애는 압도됐어, 정확히 말해 자네의 관대함에 압도됐지. 만약 그 애가 이 편지를 읽는다면, 그 애는 아무 말도 못하고 그저 더욱더 고개를 숙이고 말 거야."

"그렇군요. 그럼 이런 경우엔 도대체 어떻게 해야 할까요? 어떻게 설명해야……? 어떻게 하면 그녀가 바라는 것을 알 수 있을까요?"

"내 의견을 말해도 좋다면, 내 생각은 이래. 이 상황을 끝내는 데 필요하다고 생각하는 방법을 직접 제시할 수 있는 사람은 오직 자네뿐이야."

"결국 이 상황을 끝내야 한다고 생각하는군요?" 알렉세이 알렉산드로비치가 그의 말에 끼어들었다. "하지만 어떻게?" 그는 자신의 눈앞에 양손으로 익숙하지 않은 동작을 취해 보이며 이렇게 덧붙였다. "내게는 출구가 전혀 보이지 않습니다."

"모든 상황에는 출구가 있기 마련이야." 스테판 아르카지치는 일어서서 활기를 띠며 말했다. "자네가 관계를 끊으려 한 적이 있었지……. 만약 자네가 지금도 두 사람이 서로를 행복하게 해 줄 수 없다고 확신한다면……."

"행복은 다양하게 해석될 수 있어요. 하지만 내가 모든 것에 동의하고 아무것도 원하지 않는다고 하잔 말입니다. 그렇다면 이런 상황에서 어떤 출구를 기대할 수 있을까요?"

"만일 자네가 내 의견을 알고 싶다면……." 스테판 아르카지치는 안나와 이야기할 때처럼 아몬드 버터 같은 부드러운 미소를 지으며 말했다. 그의 선한 미소가 너무나 믿음직스러워 알렉세이 알렉산드로비치는 자기도 모르게 자신의 유약함을 느끼며 그 미소에 굴복하고 말았고 스테판 아르카지치가 하는 말이라면 뭐든 믿을 수 있을 것 같다고 느꼈다. "그 애는 결코 그것을 털어놓지 않을 거야. 하지만 한 가지 가능성이 있어. 그 애가 바랄 만한 게 한 가지 있어." 스테판 아르카지치는 계속해서 말했다. "그것은 바로 두 사람의 관계와 그것에 관련된 모든 기억을 끊어 버리는 거야. 내 생각에 두 사람의 상황에서는 새로운 상호 관계를 분명히 해 둘 필요가 있어. 그리고 그러한 관계는 오직 양쪽의 자유의사에 의해서만 확립될 수 있지."

"이혼이군요." 알렉세이 알렉산드로비치는 혐오감을 드러내며 끼어들었다.

"맞아, 나도 그것이 이혼을 의미한다고 생각해. 그래, 이혼이야." 스테판 아르카지치는 얼굴을 붉히며 말을 되풀이했다. "모든 점으로 보아 자네들 같은 관계에 있는 부부에게는 그것이 가장 합리적인 방법이야. 부부가 더 이상 함께 살 수 없다고 생각한다면 달리 어떻게 할 수 있겠나? 이런 일은 언제라도 일어날 수 있는 일이야." 알렉세이 알렉산드로비치는 깊이 탄식하며 눈을 감았다. "여기서 한 가지 고려할 점이 있어. 부부 가운데 한 명이 다른 사람과 재혼하기를 바라느냐 하는 것이지. 만일 그런 경우만 아니라면, 이 일은 매우 간단해져." 스테판 아르카지치는 자신을 옥죄는 답답함에서 점점 자유로워지는 것을 느끼며 말했다.

알렉세이 알렉산드로비치는 흥분으로 인상을 찌푸리며 혼자서 뭐라고 중얼거리기만 할 뿐 아무 대답도 하지 않았다. 알렉세이 알렉산드로비치는 스테판 아르카지치에게 너무나 간단해 보이는 그 일을 이미 수천 번도 넘게 생각했다. 그리고 이것들은 그에게 그다지 단순하게 보이지 않았을 뿐 아니라 아예 불가능하게까지 여겨졌다. 그가 이미 세세하게 알아본 이혼이 이제 와서 그에게 있을 수 없는 일로 여겨지는 이유는 자존심과 종교에 대한 경외심이 그에게 상상 간통이라는 죄목을 짊어지는 것조차 허락하지 않았고, 더욱이 그가 용서하고 사랑한 아내가 세상에 까발려져 수치를 당하는 것을 용납하지 않았기 때문이다. 이혼은 또 다른 더 중요한 이유 때문에라도 더욱더 불가능하게 보였다.

이혼을 하게 되면 아들은 어떻게 될 것인가? 아들을 어머니와 있게 할 수는 없다. 이혼한 어머니는 법적 절차를 밟지 않고 가정을 꾸리겠지만, 그런 가정에서 의붓아들의 지위와 양육은 십중팔구 정상적이지 못할 것이다. 아들을 내가 맡는다면? 그는 그의 편에서 볼 때 이것이 복수가 되리라는 것을 알았지만 그렇게 하고 싶지 않았다. 그러나 그것과는 별도로, 알렉세이 알렉산드로비치가 이혼을 있을 수 없는 일로 생각한 까닭은 무엇보다 이혼에 동의하는 것 자체가 안나를 돌이킬 수 없는 파멸로 몰아넣기 때문이었다. 그의 마음속에는 모스크바에서 다리야 알렉산드로브나가 한 말, 즉 이혼을 결정할 때 그가 자신만을 생각할 뿐 이혼을 통해 안나를 돌이킬 수 없는 파멸로 몰아넣는다는 것은 전혀 생각지도 않는다는 말이 깊이 새겨져 있었다. 그리고 그는 이 말을 자신의 용서나 아이들에 대한 자신의 애착과 결부시켜 이제는 그 나름대로 해석하고 있었다. 이혼에 동의하는 것, 즉 그녀에게 자유를 준다는 것은 그가 판단하기에 사랑하는 자녀들의 인생과 이어진 마지막 끈을 자신에게서 앗아 가고, 그녀에게서 선한 길로 나아가기 위한 최후의 보루를 탈취하여 그녀를 파멸에 빠뜨리는 것을 의미했다. 그녀는 이혼녀가 되면 분명 브론스키와 결합할 것이다. 그러나 그 관계는 법에 어긋난 범죄가 될 것이다. 왜냐하면 교회법에 따르면 결혼한 여자는 남편이 살아 있는 동안 재혼할 수 없기 때문이다. '그녀는 그와 결합할 것이다. 그리고 한두 해 지나면 그에게 버림을 받거나 다른 남자와 다시 관계를 맺겠지.' 알렉세이 알렉산드로비치는 생각했다. '그러면 불법적인 이혼에 동의한 나도 그녀의 파멸에 원인을 제공한 사람이 되는 것이다.' 그는 이 모든 것을 수백 번 생각한 끝에, 이혼 문제가 처남이 말하듯 그다지 단순한 문제가 아닐 뿐더러 결코 있을 수 없는 일이라고 확신하기에 이르렀다. 그는 스테판 아르카지치의 말을 단 한마디도 믿지 않았고, 그의 말 한마디 한마디에 천 가지 반박을 댈 수도 있었다. 그러나 그는 처남의 말 속에 그의 삶을 지배하는 강력하고 잔혹한 힘, 언젠가 그가 굴복해야 할 그 힘이 나타나는 것을 느끼며 그의 말에 귀 기울였다.

"문제는 다만 자네가 어떤 조건 하에서 이혼에 동의할 것인가뿐이야. 안나는 아무것도 바라지 않아. 자네에게 감히 부탁하지도 못하고. 그 애는 모든 것을 자네의 관대함에 맡길 뿐이야."

'하느님! 나의 하느님! 무엇 때문에?' 알렉세이 알렉산드로비치는 남편이 책임을 떠맡는 이혼의 세부 절차를 떠올리며, 브론스키가 자신을 감출 때와 똑같은 몸짓으로 수치심에 겨워 얼굴을 두 손으로 가렸다.

"자네, 흥분했군. 이해해. 하지만 잘 생각해 보면……."

'네 오른뺨을 치는 자에게 왼뺨을 내밀고, 카프탄을 빼앗는 자에게 루바슈카를 내어 주라.' 알렉세이 알렉산드로비치는 생각했다.

"좋아요, 좋아!" 그는 새된 목소리로 외쳤다. "내가 치욕을 떠안고 아들까지 내어 주지요. 하지만…… 하지만 이대로 두는 게 낫지 않을까요? 그렇지만 마음대로 해요……."

그리고 그는 처남이 자기를 보지 못하도록 그를 외면한 채 창가의 의자에 앉았다. 그는 가슴이 아팠다. 수치스러웠다. 그러나 그러한 슬픔과 수치와 더불어 그는 자신의 고결한 겸손 앞에서 기쁨과 감동을 맛보았다.

스테판 아르카지치는 감동했다. 그는 잠시 침묵했다.

"알렉세이, 내 말을 믿어. 안나도 자네의 관대함을 인정할 거야." 그는 말했다. "하지만 이건 어쩌면 하느님의 뜻인지도 몰라." 그는 이렇게 덧붙였다. 그러나 그는 이 말을 뱉고 나서 그것이 어리석은 말임을 깨닫고 자신의 어리석음에 웃음이 나려는 것을 간신히 참았다.

알렉세이 알렉산드로비치는 뭐라고 대답하려 했지만 눈물이 그의 말을 가로막았다.

"이것은 숙명적인 불행이야. 그러니 그것을 받아들여야 해. 난 이 불행을 이미 일어난 사실로 인정하고, 자네와 안나를 돕기 위해 노력하고 있어." 스테판 아르카지치가 말했다.

스테판 아르카지치는 감동에 젖은 채 매제의 방에서 나왔다. 그러나 이런 감동이 그가 이 일을 성공적으로 끝냈다고 만족스러워하는 것을 방해하지는 않았다. 왜냐하면 그는 알렉세이 알렉산드로비치가 자신의 말에 무책임한 사람이 아니라고 확신했기 때문이다. 이러한 만족감은 그에게 떠오른 생각과 뒤섞였다. 이 일이 해결되면, 그는 아내와 가까운 지인들에게 다음과 같은 질문을 던질 것이다. '나와 군주의 차이는 무엇일까? 군주가 라즈보드[93]를 시키면 아무도 이익을 못 얻지만, 내가 라즈보드를 시키면 세 사람이 이득을 보지……. 아니면 나와 군주의 비슷한 점은 무엇일까? 음……. 아니, 더 멋진 것을 생각해 내야지.' 그는 미소를 지으며 속으로 중얼거렸다.

93) 'razvod'라는 러시아어에는 '군대의 배치'라는 뜻과 '이혼'이라는 뜻이 있다.

23

브론스키의 총상은 심장을 비켜나긴 했지만 위험했다. 그래서 며칠 동안 그는 생사의 갈림길에 서 있었다. 그가 처음으로 말을 할 만한 상태가 됐을 때, 그의 방에는 형수 바랴만 있었다.

"바랴!" 그는 그녀를 딱딱한 눈길로 바라보며 말했다. "내가 날 쏜 것은 뜻하지 않은 일이었어요. 그러니 제발 이 일에 대해서는 앞으로 아무 말 하지 말아요. 다른 사람들에게도 그렇게 말해 줘요. 그렇지 않으면 너무 어리석게 보일 거야!"

바랴는 그의 말에 대답하지 않았다. 그녀는 그의 위로 몸을 굽히고 기쁜 미소를 지으며 그의 얼굴을 바라보았다. 열이 떨어진 눈동자는 맑게 빛났으나 그 표정은 딱딱히 굳어 있었다.

"아, 하느님, 감사합니다! 이제 아프지 않아요?" 그녀가 말했다.

"여기가 조금." 그는 가슴을 가리켰다.

"그럼 내가 붕대를 갈아 줄게요."

그녀가 붕대를 가는 동안, 그는 말없이 자신의 넓은 턱뼈를 꽉 다물고 그녀를 바라보았다. 그녀가 붕대를 다 갈자, 그는 말했다.

"헛소리를 하는 게 아니야. 제발 부탁해요. 내가 고의로 자신을 쐈다는 말이 나돌지 않게 해 줘요."

"아무도 그렇게 말하지 않아요. 난 그저 당신이 더 이상 우연히 자신을 쏘는 일이 없기를 바랄 뿐이에요." 그녀는 뭔가 묻고 싶은 듯한 미소를 지으며 말했다.

"아마 그런 일은 없을 거예요. 하지만 차라리……."

그리고 그는 침울한 미소를 지었다.

바랴를 그토록 놀라게 한 그 말과 미소에도 불구하고, 염증이 가라앉고 건강이 회복되기 시작하자, 그는 자신이 슬픔의 일부에서 완전히 해방되었음을 느꼈다. 마치 그는 이러한 행위로 이전에 맛본 수치와 모욕을 자신에게서 씻어 내기라도 한 듯했다. 그는 이제 편안한 마음으로 알렉세이 알렉산드로비치를 생각할 수 있었다. 그는 알렉세이 알렉산드로비치의 관대함을 전적으로 인정하였고 더 이상 자신을 모욕당한 존재로 느끼지 않았다. 게다가 그는 또다시 예전의 생활 궤도에 빠져들었다. 그는 수치심 없이 사람들의 눈을 볼 가능성을 느꼈고 자신의 습관에 따라 살 수도 있게 되었다. 그가 자신의 심장에서 뜯어낼 수 없었던 유일한 감정은 그녀를 영원히 잃었다는 절망에 가까운 회한이었다. 물론 그도 그 감정과 끊임없이 싸우기는 했지만……. 안나의 남편 앞에서 자신의 죄를 속죄한 지금에 와서는 그녀와 인연을 끊고 다시는 후회하는 그녀와 그녀의 남편 사이에 서지 않겠다는 생각이 그의 마음속에 굳게 자리 잡았다. 그러나 그는 그녀의 사랑을 잃은 것에 대한 회한을 마음에서 떨칠 수 없었고, 그녀와 함께 알게 된 행복한 순간들, 그때는 별로 소중한 줄 몰랐으나 이제는 한껏 매력을 발하며 그를 좇는 순간들을 기억 속에서 지워 버릴 수 없었다.

세르푸호프스키는 브론스키에게 타슈켄트에서 근무할 것을 권유했고, 브론스키는 조금의 망설임도 없이 그 제안에 동의했다. 하지만 출발할 때가 점점 가까이 다가오자, 자신이 감수하려 한 희생이, 또 자기가 짊어지는 게 당연하다고 생각한 희생이 점차 무겁게 느껴졌다.

그는 상처가 아물자 타슈켄트로 떠날 준비를 하며 여기저기 돌아다녔다.

'그녀를 한 번 봐야 자취를 감추든 죽든 할 텐데…….' 그는 이렇게 생각하고, 벳시에게 작별 인사를 하러 갔을 때 그 생각을 털어놓았다. 벳시는 이 사명을 띠고 안나를 찾아갔으나 부정적인 답변을 안고 그에게 돌아왔다.

"차라리 더 잘됐어." 그 소식을 들은 브론스키는 이렇게 생각했다. '그것은 내 마지막 힘을 파괴할 약점이었어.'

이튿날 아침 벳시는 몸소 그를 찾아와 오블론스키에게서 알렉세이 알렉산드로비치가 이혼에 동의했다는 긍정적인 소식을 받았다고 알리며 이제 그도 안나를 만날 수 있다고 말했다.

브론스키는 벳시를 배웅하는 배려조차 보이지 않고 자신의 모든 결심을 깡그리 잊은 채 언제 안나를 만날 수 있는지, 어디에 남편이 있는지 묻지도 않고서 곧장 카레닌 가로 향했다. 그는 아무도, 아무것도 쳐다보지 않고 계단을 뛰어 올라간 후,

내달리고 싶은 마음을 간신히 억누른 채 빠른 걸음으로 그녀의 방에 들어섰다. 방에 누가 있는지 없는지 생각하지도, 신경 쓰지도 않고, 그는 그녀를 와락 끌어안고 그녀의 얼굴과 두 손과 뺨에 키스를 퍼부었다.

안나는 이미 이런 만남을 각오하고 그에게 무슨 말을 할지도 생각해 두었지만 아무 말도 할 수 없었다. 그의 열정이 그녀를 삼켜 버리고 만 것이다. 그녀는 그를 진정시키고 자신도 진정하려 했지만 이미 너무 늦어 버렸다. 그의 감정이 그녀에게 옮겨 갔다. 그녀는 입술이 너무나 떨려 오랫동안 아무 말도 할 수 없었다.

"그래요, 당신이 날 차지했어요. 그러니 난 당신의 것이에요." 마침내 그녀는 그의 손을 잡아 자기 가슴에 대며 이렇게 말했다.

"진작 이렇게 됐어야 해!" 그가 말했다. "우리가 살아 있는 한, 이렇게 돼야만 해. 이제야 그걸 알겠어."

"당신 말이 맞아요." 그녀는 점차 창백해져 가는 표정으로 그의 머리를 끌어안고 말했다. "하지만 지금까지 있었던 그 모든 일에 뒤이어 이 속에도 뭔가 끔찍한 일이 있는 것 같아요."

"모든 게 지나갈 거야, 모든 게 끝나고 우리는 너무나 행복해질 거야. 우리의 사랑이 더 강해질 수 있다면, 그것은 그 속에 무언가 끔찍한 것이 있기 때문이지." 그는 고개를 들고 튼튼한 이를 드러내며 웃었다.

그래서 그녀도 그의 말이 아닌 사랑에 빠진 눈동자에 미소로 답하지 않을 수 없었다. 그녀는 그의 손을 잡고 자기의 차가운 뺨과 짧게 깎은 머리칼을 어루만지게 했다.

"이렇게 머리를 짧게 깎으니 못 알아보겠군. 너무 예뻐졌어. 소년 같아. 하지만 이렇게 창백해서야!"

"그래요, 난 무척 쇠약해요." 그녀는 미소를 지으며 말했다. 그러자 그녀의 입술이 다시 떨리기 시작했다.

"우리 이탈리아로 가. 그럼 당신도 건강을 회복할 거야." 그가 말했다.

"과연 우리가 남편과 아내로서 우리만의 가정을 이룰 수 있을까요?" 그녀는 그의 눈을 가까이에서 들여다보며 말했다.

"지금까지 그럴 수 없었다는 게 놀라울 뿐이야."

"스티바는 그가 모든 것에 동의했다고 말하지만, 난 그의 관대함을 받아들일 수 없어요." 그녀는 생각에 잠긴 얼굴로 브론스키의 얼굴을 외면하며 말했다. "난 이혼하고 싶지 않아요. 나로서는 이제 어떻게 되든 상관없어요. 다만 그 사람이 세료자에 대해 어떤 결정을 내렸는지, 그걸 모르겠어요."

그는 그녀가 이런 만남의 순간에 어떻게 아들과 이혼에 관한 일을 생각하고 떠올릴 수 있는지 도저히 이해가 되지 않았다. 그것은 어떻게 되어도 상관없지 않을까?

"그 일에 대해서는 이야기하지 마. 생각도 말고." 그는 자기 손 안에 있는 그녀의 손을 돌리며 그녀의 관심이 자기를 향하게 하려고 애썼다.

"아, 어째서 난 죽지 않았을까? 그러는 편이 더 나았을 텐데!" 그녀가 말했다. 그러자 소리 없는 눈물이 두 뺨을 타고 흘러내렸다. 하지만 그녀는 그를 슬프게 하지 않으려고 억지로 미소를 지었다.

영광과 위험이 따르는 타슈켄트로의 부임을 거절한다는 것,

그것은 브론스키의 예전 사고방식에 따르면 절대로 있을 수 없는 불명예스러운 일이었다. 하지만 이제 그는 잠시도 망설이지 않고 그 자리를 거절해 버렸다. 그리고 상급자들이 자신의 행동을 비난하는 것을 눈치채고 곧바로 전역해 버렸다.

한 달 후, 알렉세이 알렉산드로비치는 아들과 함께 집에 남았고, 안나는 이혼을 받아들이지 않은 채 그것을 단호히 거부하며 브론스키와 함께 외국으로 떠나 버렸다.

5부

1

쉐르바츠카야 공작부인은 겨우 5주밖에 남지 않은 사순절 전에 결혼식을 치르는 것이 불가능하다고 생각했다. 왜냐하면 그때까지는 혼수의 절반밖에 마련하지 못하기 때문이었다. 그러나 그녀는 사순절 후는 너무 늦을 것이라는 레빈의 말에도 동의하지 않을 수 없었다. 쉐르바츠키 공작의 연로한 친척 아주머니가 병이 위중하여 당장이라도 죽을 수 있고, 그렇게 되면 상(喪) 때문에 결혼식을 더 미루어야 하기 때문이다. 그래서 공작부인은 혼수를 큰 것과 작은 것으로 나누기로 결정하고 사순절 전에 결혼식을 올리는 것에 동의했다. 그녀는 우선 작은 혼수부터 준비하고 큰 혼수는 나중에 보내기로 결정했다. 그런데 레빈이 그것에 동의하는지 아닌지 전혀 진지하게 답변해 주지 않았기 때문에, 그녀는 레빈에게 굉장히 화가 나 있었다. 두 젊은이는 결혼식이 끝나자마자 큰 혼수가 필요 없는 시골로 떠나기 때문에, 이 판단이 더 적절했다.

레빈은 여전히 똑같은 광기 상태에 빠져 있었다. 그런 그에게는 자신과 자신의 행복이, 존재하는 모든 것의 가장 중요하고 유일한 목적인 것 같았고, 자기로서는 더 이상 무언가에 대해 생각하거나 걱정할 필요가 없는 것 같았으며, 다른 사람들이 자기를 위해 모든 것을 행하고 앞으로도 행할 것처럼 보였다. 심지어 그는 미래의 삶에 대한 아무런 계획도, 목적도 갖고 있지 않았다. 그는 모든 것이 잘되리라는 것을 알았기에 그 일에 대한 결정을 다른 사람들에게 맡겨 두었다. 그의 형 세르게이 이바노비치와 스테판 아르카지치와 공작부인은 그가 해야 할 일 속으로 그를 이끌었다. 그는 그저 그들이 제안하는 것에 전적으로 찬성할 뿐이었다. 형은 그를 위해 돈을 빌려 왔고, 공작부인은 결혼식이 끝나면 모스크바를 떠나라고 조언했다. 스테판 아르카지치는 외국으로 가라고 권했다. 그는 모든 것에 동의했다. '좋을 대로 하십시오, 그렇게 하는 것이 당신들에게 즐겁다면. 난 행복합니다. 그리고 나의 행복은 당신들이 무엇을 하든 더 커지지도, 더 작아지지도 않을 것입니다.' 그는 생각했다. 그가 외국으로 가라는 스테판 아르카지치의 조언을 키티에게 전했을 때, 그는 그녀가 그 말에 동의하지 않고 자신들의 미래의 삶에 대하여 나름의 분명한 요구를 갖고 있는 것에 매우 놀랐다. 그녀는 시골에 레빈의 일이 있고 그가 그 일을 사랑한다는 것을 알고 있었다. 그에게는 그녀가 그 일을 이해하지 못할 뿐 아니라 이해하고 싶어 하지도 않는 것처럼 보였을지 모른다. 그러나 그것이 그녀가 이 일을 매우 중요하게 생각하는 데 방해가 되지는 않았다. 그래서 그녀는 시골이 자기들의 보금자리가 되리라는 것을 알았기에 자기가 살지도 않을 외국이 아니라 자기들의 집이 있는 시골로 가고 싶어 한 것이다. 그녀가 이처럼 분명하게 의향을 표현하자 레빈은 놀랐다. 그러나 그로서는 어떻게 되든 상관없었기 때문에, 곧바로 스테판 아르카지치에게, 마치 그것이 스테판의 의무이기라도 한 듯, 시골로 가서 그가 갖춘 그 풍부한 취향에 따라 아는 한에서 그곳의 모든 것을 정리해 달라고 부탁했다.

스테판 아르카지치는 두 젊은이의 정착을 위해 시골에 가서 모든 것을 정돈하고 돌아온 후 언젠가 이렇게 말했다. "그런데 자네가 고백성사에 참석했다는 증명서가 있어?"

"아니, 왜?"

"그 증명서 없이는 결혼할 수 없어."

"아, 아, 아!" 레빈은 소리쳤다. "난 벌써 9년 동안 성찬을 받지 않은 것 같은데. 그런 것은 생각지도 않았어."

"잘하는 짓이군!" 스테판 아르카지치는 웃으며 말했다. "나한테 니힐리스트라고 하더니! 하지만 그렇게는 안 될걸. 자네는 성찬을 받아야 해."

"도대체 언제? 나흘밖에 안 남았는데."

스테판 아르카지치는 그 문제도 해결해 주었다. 그래서 레빈은 성찬을 받게 되었다. 신앙은 없지만 다른 사람들의 신앙을 존중하는 레빈으로서는 교회의 의식에 참석하거나 참여하는 것이 무척이나 괴로운 일이었다. 모든 사물에 공명하는 부드러운 정신 상태에 빠진 지금, 레빈에게는 이처럼 거짓 행세를 해야만 한다는 것이 괴롭고도 전혀 있을 수 없는 일로 느껴졌다. 자신이 영광과 개화(開花)를 누리고 있는 지금, 그는 거짓말을 해야 하거나 신성모독을 범해야 하는 것이다. 그는 이것도, 저것도 할 수 없을 것 같았다. 그래서 스테판 아르카지치에게 성찬을 받지 않고 증명서를 받을 수는 없는지 몇 번이고 캐물었다. 그러나 스테판 아르카지치는 불가능하다고 딱 잘라 말했다.

"그래서 자네가 얼마나 대단한 희생을 치르는데? 고작 이틀 아냐? 게다가 그는 너무나 친절하고 현명한 노인이야. 그는 자네가 미처 깨닫지도 못하는 사이에 자네 이를 뽑아 줄 거야."

첫 아침기도에 참석하여 서 있는 동안, 레빈은 열여섯 살과 열일곱 살 사이에 맛본 강렬한 종교적 감정에 관한 젊은 시절의 기억을 마음속에 새롭게 떠올리고자 애썼다. 그러나 곧 그는 그것이 전적으로 불가능하다는 것을 확인했다. 그는 사람들을 방문하는 관습같이 이런 것들을 아무 의미 없는 공허한 관습으로 바라보려고 노력했다. 그러나 그는 이것마저도 할 수 없을 것 같다는 생각이 들었다. 레빈은 대부분의 동시대인들처럼 종교에 대해 지극히 애매모호한 입장을 취했다. 그는 믿을 수 없었다. 하지만 동시에 그에게는 그것이 옳지 않다는 굳은 확신도 없었다. 따라서 자신이 하는 행위의 의미를 믿지도 못하고 그것을 공허한 형식주의로 무심하게 바라보지도 못한 채, 그는 성찬식 내내 자신도 이해하지 못하는 행위를 하느라 거북하고 부끄러운 감정을 느꼈고, 내면의 목소리가 자신에게 거짓되고 좋지 못한 무언가를 말하는 듯한 기분을 느꼈다.

예배를 보는 동안, 그는 기도문을 들으며 그 기도에 자신의 견해와 어긋나지 않을 법한 의미를 부여하려고도 해 보고, 자기로서는 그 기도들을 이해할 수 없고 그것들을 비난해야 마땅하다고 느끼면서 그 기도를 듣지 않으려고도 해 보았다. 그리고 교회에서 하릴없이 서 있는 동안, 머릿속을 떠도는 너무나도 생생한 생각과 관찰과 기억에 몰두하려고도 해 보았다.

그는 아침기도, 저녁기도, 밤 기도 내내 서서 버텼다. 그리고 이튿날에는 평소보다 일찍 일어나 차도 마시지 않고 아침기도와 고백성사를 위하여 오전 8시에 교회에 갔다.

교회에는 구걸하는 병사 한 명과 두 노파와 교회지기 외에 아무도 없었다.

얇은 법의 아래로 기다란 등이 반으로 나뉘어 뚜렷이 드러나 보이는 젊은 부제가 그를 맞이하고 곧 벽에 붙은 작은 테이블에 다가가 기도문을 읽기 시작했다. 기도문을 읽어 나가는 동안, 특히 '파밀로스, 파밀로스'처럼 들리는 '고스포지 파밀루이'[94]라는 문구가 빠르게 자주 반복되는 동안, 레빈은 그의 생각이 갇히고 봉인되어 이제는 그것을 만져서도 건드려서도 안 되고 그렇게 하면 혼란이 닥칠 것 같은 기분에 잠겼다. 그래서 그는 부제 뒤에 서서 기도문을 듣지도, 그것에 대해 깊이 생각하지도 않고 계속 자기 일만 생각했다. '그녀의 손에는 놀랍도록 많은 표정이 있어.' 그는 어제 그들이 구석 테이블에 어떻게 앉아 있었는지 떠올렸다. 그맘때면 거의 언제나 그렇듯, 그들에게는 이야깃거리가 없었다. 그러자 그녀는 테이블 위에 한 손을 올려놓고 그것을 폈다 오므렸다 했다. 그러고는 자신의 동작을 지켜보며 혼자 소리 내어 웃기 시작했다. 그는 자신이 그 손에 입을 맞춘 후 장밋빛 손바닥에서 손금을 살펴본 것을 떠올렸다. '또 파밀로스군.' 레빈은 성호를 긋고 허리 굽혀 절하

94) '주여, 자비를 베푸소서.'(러시아어)

는 한편, 그와 똑같이 절하는 부제의 등이 유연하게 움직이는 것을 바라보며 생각에 잠겼다. '그런 다음 그녀가 내 손을 잡고 손금을 봐 주었지. 당신은 멋진 손금을 갖고 있군요.' 그녀는 그렇게 말했었다. 그래서 그는 자신의 손과 부제의 뭉툭한 손을 바라보았다. '그래, 이제 곧 끝나겠군.' 그는 생각했다. '아니야, 또 처음부터 시작하나 봐.' 그는 기도문에 귀를 기울이며 다시 생각에 잠겼다. '아냐, 끝나겠어. 저기 그가 땅에 닿도록 절을 하고 있잖아. 저런 것은 언제나 끝나기 직전에 하지.'

부제는 벨벳 소맷부리에 싸인 손으로 3루블짜리 지폐를 몰래 받으며 등록을 해 두겠다고 말했다. 그러고는 새 부츠로 텅 빈 교회의 포석을 힘차게 울리며 제단으로 갔다. 1분 뒤, 그는 그곳에서 얼굴을 내밀며 레빈을 손짓해 불렀다. 그동안 레빈의 머릿속에 유폐되어 있던 생각이 가볍게 움직이기 시작했다. 그러나 그는 황급히 그 생각을 쫓아 버렸다. '어떻게든 되겠지.' 그는 이렇게 생각하며 설교대로 다가갔다. 계단을 올라가 오른쪽을 돌아보니 사제가 보였다. 희끗희끗하고 성긴 턱수염을 기르고 지친 듯하고 선량한 눈을 지닌 노인 사제가 성서대 옆에 서서 성례기(聖禮記)를 넘기고 있었다. 그는 레빈에게 가벼운 목례를 하고 곧 여느 때와 다름없는 목소리로 기도문을 읽기 시작했다. 기도문을 다 읽은 후, 그는 땅에 닿도록 절을 하고 레빈에게로 얼굴을 돌렸다.

"이 자리에 그리스도가 눈에 보이지 않게 서서 당신의 참회를 받고 계십니다." 그는 그리스도의 수난상(像)을 가리키며 말했다. "당신은 거룩한 사도들의 교회가 우리에게 가르친 모든 것을 믿습니까?" 사제는 레빈의 얼굴에서 눈을 돌리고 견대(肩

帶) 밑으로 두 손을 모으며 계속해서 말했다.

"전 모든 것을 의심했고, 지금도 의심하고 있습니다." 레빈은 자기가 듣기에도 불쾌한 목소리로 말하고는 입을 다물었다.

사제는 그가 뭔가 더 말하지 않을까 하여 몇 초 기다리다가 눈을 감고 'O'에 강세를 주는 블라지미르 지방 사투리로 빠르게 말했다.

"의심은 인간의 연약함에 깃든 고유한 특성이지요. 하지만 우리는 자비하신 하느님이 우리를 강하게 해 주시길 바라며 기노해야 합니다. 당신은 특별히 어떤 죄를 지었습니까?" 그는 시간을 허비하지 않으려는 듯 말을 거의 쉬지 않다시피 하며 이렇게 덧붙였다.

"저의 가장 큰 죄는 의심입니다. 저는 모든 것을 의심하고 있습니다. 그리고 대부분 의심 속에서 살아갑니다."

"의심은 인간의 연약함에 깃든 고유한 특성입니다." 사제는 똑같은 말을 되풀이했다. "당신이 주로 의심하는 것은 무엇입니까?"

"전 모든 것을 의심합니다. 때로는 신의 존재마저 의심합니다." 레빈은 무심결에 이렇게 말하고는 불손한 자신의 말에 소스라치게 놀랐다. 그러나 레빈의 말은 사제에게 별 영향을 주지 않은 것 같았다.

"신의 존재에 어떤 의심을 품을 수 있을까요?" 그는 희미한 미소를 지으며 서둘러 말했다.

레빈은 침묵했다.

"당신은 창조물을 보면서 어떻게 창조주의 존재에 대해 의심을 가질 수 있습니까?" 사제는 평소의 빠른 말투로 계속해서 말했다. "그렇다면 창공을 천체로 장식한 이가 누구란 말입니까? 지구를 아름다움으로 감싼 이는 도대체 누구지요? 창조주가 없다면 어떻게 이런 것이 가능하겠습니까?" 그는 의심에 찬 눈빛으로 레빈을 쳐다보며 말했다.

레빈은 사제와 철학적 논쟁을 하는 것이 무례한 행동이라고 느꼈다. 그래서 그는 그 질문과 직접 관련된 것에 대해서만 대답을 했다.

"모르겠습니다." 그가 말했다.

"모르다니요? 당신은 어떻게 하느님이 만물을 창조했다는 것을 의심합니까?" 사제는 쾌활하면서도 주저하는 빛을 보이며 말했다.

"난 아무것도 이해할 수 없습니다." 레빈은 얼굴을 붉히며 말했다. 그는 자신의 말이 어리석다고, 이런 상황에서는 자기의 말이 어리석을 수밖에 없다고 느꼈다.

"하느님께 기도하고 그분에게 구하십시오. 사제들도 의심을 품어 하느님께 자신의 믿음을 견고하게 해 달라고 빌었습니다. 악마는 강한 힘을 갖고 있습니다. 우리는 그 힘에 굴복해서는 안 됩니다. 하느님께 기도하고 그분에게 구하십시오. 하느님께 기도하십시오." 그는 몹시 서두르며 말을 되풀이했다.

사제는 생각에 잠긴 듯 잠시 침묵했다.

"내가 듣기로, 당신은 나의 교구의 신자이자 참회자인 쉐르바츠키 공작의 딸과 결혼할 계획이라지요?" 그는 미소를 지으며 이렇게 덧붙였다. "아름다운 아가씨입니다!"

"네." 레빈은 사제의 말에 얼굴을 붉히며 대답했다. '무엇 때문에 고백성사에서 이런 것을 물어야 하는 걸까?' 그는 생각했다.

그러자 마치 그의 생각에 대답이라도 하듯, 사제가 그에게 말했다.

"당신은 곧 결혼을 할 겁니다. 그리고 하느님은 아마도 당신에게 자손을 상으로 내리실 겁니다. 그렇지 않겠습니까? 그런데 만일 당신이 자신을 불신앙으로 이끄는 악마의 유혹을 이기지 못한다면, 당신은 어린 자녀들에게 어떤 교육을 시킬 겁니까?" 그는 가벼운 질책이 섞인 어조로 말했다. "만일 당신이 자녀를 사랑한다면, 당신은 좋은 아버지로서 자녀들에게 부와 사치와 명예만 주고 싶어 하지는 않을 겁니다. 당신은 자녀들의 구원을, 자녀들이 진리의 빛으로 정신적 깨달음을 얻기를 바랄 겁니다. 그렇지요? 순진무구한 아이들이 당신에게 '아빠! 이 세상에서 내 마음을 빼앗는 모든 것들, 그러니까 땅, 물, 해, 꽃, 풀을 창조하신 분은 도대체 누구예요?'라고 물을 때, 당신은 도대체 뭐라고 대답할 겁니까? 당신은 아이에게 '몰라.'라고 대답할 건가요? 주 하느님이 위대한 자비로써 당신에게 이것을 열어 보였는데, 당신이 그것을 모를 리 없습니다. 혹 아이들은 당신에게 '죽음 저편에는 무엇이 날 기다리나요?' 하고 물을지 모릅니다. 만일 당신이 아무것도 모른다면, 당신은 아이에게 뭐라고 대답할 건가요? 세상과 악마의 유혹에 아이를 내맡길 겁니까? 그것은 좋지 않아요!" 그는 이렇게 말하고 말을 멈추었다. 그리고 고개를 옆으로 기울인 채 선하고 부드러운 눈으로 레빈을 바라보았다.

그 순간 레빈은 아무 대답도 하지 않았다. 그것은 사제와 논쟁을 하고 싶지 않아서가 아니라 아무도 그에게 그런 질문을 던진 적이 없기 때문이었다. 그리고 그의 아이들이 이런 질문을 할 때 뭐라고 대답할지 아직 생각할 시간이 있기 때문이었다.

"당신은 인생의 한창때에 접어들고 있습니다." 사제는 계속해서 말했다. "길을 선택하고 그 길을 따라 나아가야 할 때입니다. 하느님께 기도하십시오. 하느님께서 당신을 도우시고 당신에게 자비를 베푸시도록 말입니다." 그는 말을 맺었다. "우리의 주 하느님 예수 그리스도께서 인간에 대한 풍족한 사랑과 은총으로 이 아들을 용서해 주시기를……." 사제는 면죄 기도를 마치고 나서 그를 축복하고 내보냈다.

그날 숙소로 돌아왔을 때, 레빈은 거북한 상황을 끝냈고, 더욱이 거짓말을 할 필요 없이 그 상황을 끝냈다는 것에 기쁜 감정을 느꼈다. 게다가 그에게는 그 선량하고 친절한 노인의 말이 그가 처음에 생각했던 것처럼 완전히 어리석지만은 않으며 그 속에 명백히 이해해야 할 무언가가 있다는 어렴풋한 기억이 남아 있었다.

'물론 지금은 아니야.' 레빈은 생각했다. '하지만 나중에 언젠가.' 그 순간 레빈은 자신의 마음속에 무언가 불분명하고 불순한 것이 있다는 점, 그리고 종교에 대한 자신의 입장이, 그가 다른 사람들에게서 너무나 뚜렷이 보았고 싫어했던 입장이나 친구인 스비야슈스키를 비난하는 동기가 된 입장과 똑같다는 점을 예전보다 더욱 강하게 느꼈다.

그날 저녁 돌리의 집에서 약혼녀와 함께 시간을 보내는 동안, 레빈은 유난히 쾌활했다. 그는 스테판 아르카지치에게 자신의 흥분 상태를 변명하며 자신은 고리를 통과하는 법을 배운

개처럼, 요구받은 바를 간신히 터득하고 그것을 해낸 후 멍멍 소리치고 꼬리를 흔들며 미칠 듯한 기쁨으로 테이블 위나 창턱 위로 뛰어오르는 개처럼 신난다고 말했다.

2

결혼식 날 레빈은 관습에 따라(공작부인과 다리야 알렉산드로브나는 모든 관습을 철저히 따르라고 주장했다.) 약혼녀를 만나지 않고 우연히 모인 독신자 세 명과 함께 호텔 방에서 식사를 했다. 이들은 세르게이 이바노비치, 레빈의 대학동창이자 지금은 자연과학 교수인 카타바소프 — 레빈은 길에서 그를 만나 자기 방으로 끌고 왔다 — 레빈의 결혼식 들러리이자 모스크바의 치안판사이자 레빈의 곰 사냥 친구인 치리코프였다. 식사는 매우 유쾌했다. 세르게이 이바노비치는 기분이 대단히 좋았고 카타바소프의 독창성에 즐거워하고 있었다. 카타바소프는 자신의 독창성이 인정과 이해를 받고 있다는 것을 깨닫고 그것을 과시했다. 치리코프는 유쾌하고 온화한 태도로 모든 대화에 맞장구를 쳤다.

"그래서 말입니다." 카타바소프는 강단에서 얻은 버릇에 따라 말을 길게 늘이면서 말했다. "우리의 친구 콘스탄친 드미트리치는 얼마나 유능한 청년이었는지 모릅니다. 난 존재하지 않는 사람에 대해 말하고 있는 겁니다. 왜냐하면 예전의 그는 더 이상 존재하지 않으니까요. 대학을 졸업할 당시에는 그도 학문을 사랑하고 인간에 대한 흥미를 갖고 있었습니다. 그런데 이제 그의 능력의 절반은 자기를 기만하는 것에 집중되고, 나머지 절반은 그 기만을 정당화하는 데 집중되어 있습니다."

"난 당신처럼 단호하게 결혼을 반대하는 사람을 본 적이 없습니다." 세르게이 이바노비치가 말했다.

"아닙니다. 난 결혼 반대자가 아니에요. 난 노동 분업의 지지자일 뿐입니다. 아무것도 할 줄 모르는 사람은 인간을 만들어야 합니다. 하지만 나머지 사람들은 인간의 계몽과 행복에 힘써야 합니다. 그것이 내가 결혼을 이해하는 방식입니다. 무수한 사냥꾼들이 이 두 가지 직종을 혼동하고 있지만, 난 그런 부류의 사람이 아닙니다."

"당신이 사랑에 빠졌다는 것을 알게 되면 정말 기쁠 텐데요!" 레빈이 말했다. "제발 결혼식에 날 불러 주십시오."

"난 이미 사랑을 하고 있습니다."

"그렇겠죠, 오징어하고 말입니다. 형, 알아?" 레빈은 형을 돌아보았다. "미하일 세묘니치는 영양에 대한 책을 쓰고 있는데……."

"음, 문제를 뒤죽박죽으로 만들지 말아 주세요! 무엇에 관한 연구이건 아무래도 좋습니다. 문제는 내가 분명 오징어를 사랑한다는 겁니다."

"하지만 오징어는 당신이 아내를 사랑하는 것을 방해하지 않을 겁니다."

"오징어야 방해하지 않겠지만, 아내는 방해할걸요."

"어째서요?"

"곧 알게 될 겁니다. 당신은 농사와 사냥을 좋아하죠. 음, 두고 보세요!"

"그런데 오늘 아르히프가 와서 말하길 프루드노예에 큰 사슴이 그렇게 많다는군요. 곰도 두 마리 있고." 치리코프가 말했다.

"그럼, 내가 빠지더라도 여러분이 잡아 오십시오."

"그럼 그렇지." 세르게이 이바노비치가 말했다. "그럼 넌 앞으로 곰 사냥과는 안녕이구나. 아내가 놔주지 않을 테니 말이다."

레빈은 빙그레 웃었다. 아내가 그를 놔주지 않을 거라는 생각이 어찌나 즐겁게 느껴졌던지 그는 곰을 보는 기쁨을 영원히 포기할 각오까지 했다.

"하지만 그 두 마리 곰을 당신 없이 잡는다고 생각하니 정말 아쉬운데요. 가장 최근에 하필로보에서 했던 곰 사냥을 기억하세요? 멋진 사냥이 될 텐데." 치리코프가 말했다.

레빈은 사냥이 없어도 다른 어딘가에 좋은 무언가가 있을지 모른다는 말로 그를 실망시키고 싶지 않아 아무 말도 하지 않았다.

"독신 생활에 작별을 고하는 이런 관습이 공연히 만들어진 게 아냐." 세르게이 이바노비치가 말했다. "아무리 행복해도, 역시 자유가 아쉬울 거야."

"솔직히 말해 봐요. 고골의 구혼자[95]처럼 창문에서 뛰어내리

95) 고골의 희극 『결혼』에 나오는 이반 쿠즈미치 포드칼료신이라는 구혼자는 청혼하기 직전에 창문에서 뛰어내려 달아나 버린다.

고 싶은 기분이죠?"

"틀림없이 그럴 겁니다. 하지만 인정하지는 않을걸요." 카타바소프는 이렇게 말하고 큰 소리로 웃어 대기 시작했다.

"어때요, 창문은 열려 있는데……. 당장 트베리로 갑시다. 암곰이 한 마리 있어요. 굴을 찾아가도 되고요. 정말로 5시 기차를 타고 떠납시다! 그곳에 가서 자기 좋을 대로 하는 겁니다." 치리코프가 빙긋 웃으며 말했다.

"그런데 맹세코……." 레빈은 웃으며 말했다. "내 마음속에서 자유를 아쉬워하는 그런 심정은 찾아볼 수 없습니다."

"아, 지금 당신은 마음이 너무나 혼란스러워 아무것도 발견하지 못할 겁니다." 카타바소프가 말했다. "기다려 보세요. 신변이 조금 정리되면 당신도 알게 될 테니까요!"

"아뇨, 그렇게 하지 않아도 난 내 감정(레빈은 그의 앞에서 사랑이라는 단어를 입에 담고 싶지 않았다.)이나 ……행복과는 별도로 자유를 잃는 것에 대한 아쉬움을 다소나마 느끼고 있는지도 모릅니다……. 그런데 오히려 난 그처럼 자유를 잃게 된 것이 기뻐요."

"상태가 안 좋은걸! 가망이 없는 사람일세!" 카타바소프가 말했다. "자, 이 사람의 치료를 위해 술이나 마십시다. 아니면 이 사람의 몽상이 100분의 1이라도 실현되기를 기원해 줍시다. 그렇게만 된다면 지금껏 지상에 없었던 그런 행복이 되지 않겠습니까!"

식사가 끝나자마자, 손님들은 결혼식에 갈 차림을 하기 위해 자리를 떴다.

레빈은 혼자 남아 그 독신자들의 이야기를 떠올리면서 다시 한 번 스스로에게 물었다. 내 마음속에 그들이 말한 것처럼 자유를 아쉬워하는 그런 감정이 있는 걸까? 그는 그 물음에 미소를 지었다. '자유? 무엇을 위한 자유? 행복은 오직 그녀의 희망과 생각을 사랑하고 바라고 생각하는 것에 있어. 즉 자유는 전혀 없는 거지. 그게 바로 행복이야!'

'하지만 난 그녀의 생각과 희망과 감정을 알고나 있는 걸까?' 문득 어떤 목소리가 그에게 속삭였다. 그의 얼굴에서 미소가 사라졌다. 그는 생각에 잠겼다. 불현듯 그에게 기묘한 느낌이 찾아왔다. 공포와 의심, 모든 것에 대한 의혹이 그에게 몰려왔다.

'만약 그녀가 날 사랑하지 않는다면 어쩌지? 그녀가 단지 결혼을 하기 위해 나와 결혼하려는 거라면? 만일 그녀 스스로 자기가 무엇을 하는지 모르고 있다면?' 그는 스스로에게 물었다. '그녀가 냉정을 되찾을 수 있어. 그리고 결혼을 한 후에야 비로소 자기가 나를 사랑하지 않고 사랑할 수도 없다는 것을 깨닫는 거지.' 그러자 그녀에 대해 기이하고 너무나 나쁜 생각이 떠오르기 시작했다. 그는 1년 전처럼, 그녀와 브론스키를 본 그날 밤이 마치 어제이기라도 한 듯 그녀와 브론스키의 관계를 질투했다. 그는 그녀가 자기에게 이야기한 것이 전부가 아닐지도 모른다고 의심했다.

그는 벌떡 일어났다. '아니야, 그렇게 되어선 안 돼.' 그는 절망에 빠져 혼잣말을 했다. '그녀에게 가서 마지막으로 묻고 이야기하자. 우리는 자유로운 사람들입니다. 결혼을 그만두는 게 낫지 않을까요? 그 어떤 것도 영원한 불행, 모욕, 불신보다는 낫잖습니까!!' 그는 가슴속에 절망을 안고 사람들과 자신과 그녀에 대한 악의에 북받쳐 호텔에서 나와 그녀의 집으로 마차를 몰았다.

아무도 그가 오리라고 예상하지 않았다. 그는 뒷방에서 그녀를 찾아냈다. 그녀는 트렁크에 앉아 하녀에게 뭐라고 지시하며 의자와 바닥에 널린 다양한 색상의 옷가지 더미를 정리하고 있었다.

"아!" 그녀는 그를 보더니 기쁨으로 온몸을 빛내며 소리쳤다. "자기가 어떻게, 당신이 어떻게?(이 마지막 날까지도 그녀는 그를 때로는 친근한 호칭으로, 때로는 정중한 호칭으로 불렀다.) 짐작도 못했어요! 난 처녀 때의 옷을 정리하고 있어요. 누구에게 어떤 옷을 줄까……."

"아! 정말 잘했어!" 그는 하녀를 침울하게 바라보며 말했다.

"가 봐, 두냐샤[96]! 나중에 부를게." 키티가 말했다. "당신, 무슨 일이에요?" 하녀가 나가자마자, 그녀는 분명한 태도로 그를 친근하게 부르며 물었다. 그녀는 흥분과 우울함에 싸인 그의 기묘한 얼굴을 눈치챘다. 그러자 두려움이 그녀를 엄습했다.

"키티! 난 괴로워. 그렇다고 혼자 고민할 순 없어." 그는 그녀 앞에 서서 애원하듯 그녀의 눈동자를 바라보며 절망이 담긴 목소리로 말했다. 그는 그녀의 진실하고 애정 어린 얼굴에서 이미 자기가 말하고자 한 것 가운데 어떤 일도 일어나지 않으리라는 것을 깨달았다. 하지만 그는 여전히 그녀가 직접 그의 생각을 깨 주어야 한다고 생각했다. "아직 늦지 않았다는 말을 하러 왔어. 이 모든 것을 취소하고 바로잡을 수 있어."

---

96) 예브도키야의 애칭.

"뭐라고요? 무슨 말인지 하나도 모르겠어요. 무슨 일 있어요?"

"내가 당신에게 천 번이나 말했고 도무지 생각하지 않을 수 없었던 것……, 내가 당신에게 하잘것없는 존재라는 것. 당신이 나와의 결혼을 승낙했을 리 없어. 생각해 봐. 당신은 실수한 거야. 잘 생각해 봐. 당신이 날 사랑할 리 없어……. 만약……. 말하는 편이 나아." 그는 그녀를 보지 않고 말했다. "난 불행해질 거야. 남들이야 자기 좋을 대로 떠들라지. 그 어떤 것도 불행보다는 훨씬 나을 테니……. 그게 무엇이든 아직 시간이 있는 지금이 더 나을 거야……."

"무슨 말인지 모르겠어요." 그녀는 놀란 표정으로 대답했다. "그러니까 당신은 결혼을 취소하고 싶다는 건가요? 결혼을 해서는 안 된다고요?"

"맞아, 당신이 날 사랑하지 않는다면."

"당신, 미쳤군요!" 그녀는 화가 나서 얼굴을 새빨갛게 붉히며 소리쳤다.

하지만 그의 얼굴이 너무나 가련하여 그녀는 화를 꾹 참고서 안락의자에서 옷가지를 집어 던지고는 그의 옆으로 좀 더 가까이 옮겨 앉았다.

"무슨 생각을 하는 거예요? 전부 말해 봐요."

"당신이 날 사랑할 리 없다는 생각이 들어. 당신이 어떻게 나를 사랑할 수 있겠어?"

"아, 하느님! 어쩌면 좋아요?" 그녀는 이렇게 말하며 울음을 터뜨렸다.

"아, 내가 무슨 짓을 한 거야!" 그는 외쳤다. 그리고 그녀 앞에 무릎을 꿇고 그녀의 두 손에 입을 맞추기 시작했다.

5분 후 방에 들어온 공작부인은 이미 완전히 화해한 두 사람을 보았다. 키티는 그에게 그를 사랑한다고 단언했을 뿐 아니라, 왜 자기를 사랑하느냐는 그의 질문에 대답하며 그에게 그 이유를 설명해 주었다. 그녀는 그에게 자기가 그를 사랑하는 것은 그의 모든 것을 이해하기 때문이라고, 그가 무엇을 사랑하는지 알고 있고 그가 사랑하는 것들이 모두 훌륭하다는 것을 알기 때문이라고 말해 주었다. 그리고 그것은 그에게 충분히 분명한 이유로 느껴졌다. 공작부인이 들어왔을 때, 두 사람은 나란히 트렁크에 앉아 옷을 정리하며 입씨름을 벌이고 있었다. 키티는 레빈이 청혼할 때 자기가 입고 있던 갈색 드레스를 두냐샤에게 주고 싶어 했고, 레빈은 그 옷을 아무에게도 주지 말고 두냐샤에게는 하늘색 드레스를 주자고 고집을 부렸다.

"어째서 이해를 못하는 거죠? 그 애는 살결이 거무스름해요. 그래서 그 애에게는 어울리지 않을 텐데……. 난 이런 것을 다 고려했단 말이에요."

그가 찾아온 이유를 알게 된 공작부인은 농담 반 진담 반으로 화를 냈다. 그리고 이제 곧 샤를이 오기 때문에, 그녀는 레빈이 예복을 갈아입도록, 그리고 키티의 머리단장을 방해하지 않도록 그를 호텔로 보냈다.

"얘가 요즘 통 먹지를 않아서 이렇게 몸까지 상했는데, 자네는 바보 같은 소리로 속이나 썩이고 있으니." 그녀는 그에게 말했다. "여보게, 어서 가게, 어서 가."

레빈은 미안하고 부끄러웠지만 편안한 마음으로 호텔에 돌아왔다. 그의 형, 다리야 알렉산드로브나, 스테판 아르카지치는 모두 몸단장을 끝내고 이콘으로 그를 축복하기 위해 벌써부터 그를 기다리고 있었다. 더 이상 지체할 시간이 없었다. 다리야 알렉산드로브나는 머리에 포마드를 바르고 머리카락을 곱슬곱슬하게 만 아들을 데리러 한 번 더 집에 들러야 했다. 왜냐하면 그녀의 아들이 신부를 위해 이콘을 들고 가기로 되어 있었기 때문이다.[97] 그다음에는 들러리를 데려오도록 마차 한 대를 보내야 하고, 그러고 나서 세르게이 이바노비치를 태울 다른 마차 한 대를 다시 불러야 하고……. 고려해야 할 복잡한 사항들이 너무나도 많았다. 한 가지 분명한 것은 벌써 6시 반이므로 우물쭈물해서는 안 된다는 것이었다.

이콘으로 축복하는 것은 신통치 않게 끝났다. 스테판 아르카지치는 희극적이고도 장중한 자세로 아내와 나란히 이콘을 잡고 섰다. 그리고 레빈에게 이마가 땅에 닿도록 절하라고 시킨 뒤 선량하고도 조롱하는 듯한 미소를 지으며 그를 축복하고 그에게 세 번 입을 맞췄다. 다리야 알렉산드로브나도 그와 똑같이 하고 곧장 출발하려고 서둘렀으나 마차들의 노정을 지시하면서 다시 혼란에 빠졌다.

"우리, 이렇게 하기로 했죠. 당신은 우리 마차를 타고 가서 그 사람을 데려와요. 세르게이 이바노비치는, 혹시 친절이 넘치는 분이라면, 마차를 타고 갔다가 그 마차를 돌려보낼 수 있겠죠."

"물론입니다. 기꺼이 그렇게 하겠습니다."

---

97) 정교의 결혼식에서는 신랑과 신부가 교회 안으로 입장할 때 신랑 앞에는 예수 그리스도의 이콘을 든 아이를, 신부 앞에는 성모 마리아의 이콘을 든 아이를 세운다.

“그럼 우리는 이제 이 사람을 데리고 가지. 짐은 다 보냈나?” 스테판 아르카지치가 말했다.

“다 보냈어.” 레빈은 이렇게 대답하고 쿠지마에게 옷을 갈아입을 준비를 하라고 일렀다.

3

수많은 군중들이, 특히 여자들이 결혼식을 위해 환하게 밝힌 교회를 에워쌌다. 중앙으로 들어가지 못한 사람들은 창문 주위에 우르르 모여 서로 떠밀고 싸우며 창살 틈으로 엿보았다.

이미 스무 대 이상의 마차가 헌병들의 감독 아래 길을 따라 나란히 정렬되어 있었다. 경관 한 명은 얼어붙을 듯한 추위에도 아랑곳하지 않고 문 옆에 서서 제복을 빛내고 있었다. 아직도 끊임없이 마차가 도착했다. 때로는 꽃으로 장식하고 치맛자락을 들어 올린 부인들이, 때로는 군모나 검은 모자를 벗어 든 남자들이 교회로 들어갔다. 교회 안에는 이미 샹들리에 두 개와 곳곳의 이콘 앞에 세워진 초들이 환하게 빛을 밝히고 있었다. 이콘 앞에 드리운 휘장[98]의 붉은 바탕과 황금빛, 이콘에

98) 정교에서 이콘 앞에 치는 휘장은 교회의 본당과 제단을 분리하는 칸막이 역할을 한다.

아로새긴 금빛 조각, 이콘 앞의 샹들리에와 촛대의 은, 바닥의 판석(板石), 양탄자, 성가대 위의 깃발, 설교대의 계단, 낡고 거무스름한 책들, 법의 아래 입는 긴 옷과 미사 제복들, 모든 것이 빛에 잠겨 있었다. 훈훈하게 덥혀진 교회[99]의 오른편에는 연미복, 하얀 넥타이, 제복, 무늬가 돋아나게 짠 옷감, 벨벳, 새틴, 머리카락, 꽃, 훤히 드러낸 어깨와 팔, 목이 긴 장갑의 혼잡 속에서 조심스럽고도 생기발랄한 대화가 오갔고, 그 소리가 높고 둥근 천장에 부딪쳐 기묘하게 울려 퍼졌다. 문이 삐걱 소리를 내며 열릴 때마다, 군중들의 말소리가 잠잠해지고 다들 신랑과 신부의 입장을 기대하며 주위를 두리번거렸다. 그러나 문은 이미 열 번도 넘게 열렸고, 그때 들어오는 사람은 매번 늦게 도착한 손님이거나 오른쪽의 초대석에 끼는 손님들, 혹은 경관을 속이거나 그의 동정심을 자극하여 왼쪽의 일반 대중석에 끼는 구경꾼들이었다. 그래서 친척들과 일반 대중들은 이미 기대의 모든 단계를 거친 상태였다.

처음에는 사람들도 신랑과 신부가 이제 곧 오리라고 생각하고 이렇게 늦는 것에 대해 아무런 의미도 부여하지 않았다. 그다음 사람들은 무슨 일이 일어난 것이 아닐까 수군거리며 문 쪽을 점점 더 자주 돌아보기 시작했다. 그다음에는 이미 그러한 지체가 어색하게 느껴지기 시작했고, 친척들과 손님들은 신랑에 대해 생각하는 것이 아니라 자신들의 대화에 몰두하는 척하려고 애썼다.

---

99) 도시의 몇몇 교회는 굉장히 커서 겨울철에 일부에만 난방을 한다. 레빈과 키티의 결혼식은 사순절 전인 아주 이른 봄에 치러졌다.

보제장(補祭長)은 자기의 시간의 가치를 상기시키려는 듯 초조하게 기침을 하며 창문 유리를 떨리게 했다. 성가대에서는 목소리를 가다듬는 소리도 들리고 지루해하는 가수들의 코 푸는 소리도 들렸다. 사제는 쉴 새 없이 하급 신부나 부제를 내보내어 아직 신랑이 오지 않았는지 알아보게 했고, 그 자신도 보라색 법의를 입고 수놓은 띠를 두른 채 점점 더 빈번하게 옆문으로 나가 신랑을 기다렸다. 마침내 부인들 가운데 한 명이 시계를 들여다보고 이렇게 말했다. "하지만 이건 이상해요!" 그러자 손님들이 불안해하며 큰 소리로 놀라움과 불만을 토로하기 시작했다. 들러리 가운데 한 사람이 무슨 일인지 알아보러 갔다. 그때 키티는 이미 오래전에 준비를 완전히 끝낸 상태였다. 그녀는 새하얀 드레스를 입고 긴 베일과 오렌지 꽃 화환을 쓴 채 결혼식 대모이자 언니인 리보바와 쉐르바츠키가의 홀에 서서 들러리로부터 신랑이 교회에 도착했다는 소식을 듣게 되길 하릴없이 기다리며 벌써 30분 동안 창문을 바라보고 있었다.

한편 레빈은 조끼도, 연미복도 입지 않고 바지만 걸친 채 연신 문밖으로 고개를 내밀고 복도를 둘러보며 방 안을 왔다 갔다 했다. 하지만 복도에는 그가 기다리는 사람이 보이지 않았다. 그러면 그는 절망에 빠져 되돌아와 손을 휘저으며, 편안하게 담배를 피우고 있는 스테판 아르카지치에게 말을 걸었다.

"이렇게 끔찍할 정도로 어리석은 꼴을 당한 사람이 또 있을까!" 그는 말했다.

"맞아, 바보 같아." 스테판 아르카지치는 위로하듯 미소를 지으며 맞장구를 쳤다.

"안 돼, 정말로!" 레빈이 미칠 듯한 분노를 억누르며 말했다. "그리고 앞이 트인 이 멍청한 조끼는 어떻고! 참을 수 없어!" 그는 루바슈카의 구겨진 앞부분을 보며 말했다. "짐을 이미 기차역으로 보냈으면 어떻게 하지!" 그는 절망스럽게 외쳤다.

"그럼 내 옷을 입어."

"일찌감치 그렇게 했어야 해."

"우습게 보이는 것은 좋지 않아……. 기다려 봐! 잘되겠지."

문제는 이러했다. 레빈이 옷을 갈아입겠다고 했을 때, 레빈의 늙은 하인 쿠지마는 연미복과 조끼와 그 밖에 필요한 것들을 들고 왔다.

"루바슈카는!" 레빈이 소리쳤다.

"루바슈카는 주인님이 입고 있잖아요." 쿠지마는 온화한 미소를 띠며 대답했다.

쿠지마는 깨끗한 루바슈카 한 벌을 남겨 두어야 한다는 것을 미처 생각지 못했다. 그래서 두 젊은이가 오늘 밤 출발할 장소인 쉐르바츠키 가로 짐을 모두 챙겨 보내라는 지시를 받았을 때, 그는 연미복 한 벌을 제외하고 전부 짐을 꾸려 지시대로 했던 것이다. 아침부터 입고 있던 루바슈카는 구김이 가서 요즘 유행하는 앞 트인 조끼를 받쳐 입을 수 없었다. 쉐르바츠키 가로 사람을 보내기에는 거리가 너무 멀었다. 그들은 루바슈카를 사 오라고 사람을 보냈다. 하인이 되돌아왔다. 일요일이라 상점이 전부 문을 닫았다고 했다. 그들은 스테판 아르카지치의 집으로 사람을 보내 루바슈카를 가져오게 했다. 하지만 그 루바슈카는 참을 수 없을 정도로 헐렁하고 짧았다. 결국 그들은 쉐르바츠키 가로 사람을 보내 짐을 풀게 했다. 교회에서는 다들 신랑을 기다리고, 신랑은 우리에 갇힌 짐승처럼 방 안을 왔다 갔다 하며 복도를 내다보기도 하고 두렵고 절망적인 심정으로 자신이 키티에게 지껄인 말이며 그녀가 지금 무슨 생각을 할지 생각하곤 했다.

마침내 잘못을 저지른 쿠지마가 숨을 몰아쉬며 루바슈카를 들고 방으로 뛰어 들어왔다.

“간신히 찾았습니다. 이미 짐마차에 싣고 있는 중이었습니다.” 쿠지마가 말했다.

3분 후, 레빈은 상처를 자극하지 않기 위해 시계도 보지 않고 복도를 전속력으로 달렸다.

“그렇게 해 봤자 도움이 안 될걸.” 스테판 아르카지치는 침착하게 그 뒤를 따라가며 씩 웃었다. “잘될 거야, 잘될 거야……. 내가 그렇다고 하잖아.”

4

“왔다!” “저기 그 사람이 왔어요!” “어느 쪽이야?” “더 젊은 쪽이요, 그렇죠?” “어머, 저 여자는 산 것도 아니고, 죽은 것도 아니고 뭐야.” 레빈이 입구에서 신부를 맞이하여 교회 안으로 함께 들어가자, 군중들 틈에서 수군대는 소리가 들리기 시작했다.

스테판 아르카지치가 아내에게 늦은 이유를 이야기하자, 손님들은 미소를 지으며 서로 속닥거렸다. 레빈에게는 아무것도, 아무도 눈에 들어오지 않았다. 그는 신부에게서 눈을 떼지 못하고 계속 그녀만 바라보았다.

다들 그녀가 요즘 들어 매력을 많이 잃었고 결혼식을 하는 오늘은 평소보다 훨씬 덜 예쁘다고 말했다. 하지만 레빈은 그렇게 생각하지 않았다. 그는 긴 하얀 베일과 하얀 꽃 아래로 높이 틀어 올린 그녀의 머리, 주름을 많이 잡고 특히 처녀답게 긴 목의 양 옆을 감추고 앞부분을 드러낸 높은 깃, 놀라울 정도로 가느다란 허리를 바라보았다. 그에게는 그녀가 그 어느 때보다 아름답게 보였다. 그것은 그 꽃과 베일과 파리에서 주문한 드레스가 그녀의 아름다움에 무언가를 더해서가 아니라, 의상의 인위적인 화려함에도 불구하고 그녀의 사랑스러운 얼굴 표정과 그녀의 시선과 그녀의 입술이 여전히 그녀 특유의 순결하고 진실한 표정을 띠었기 때문이었다.

"난 당신이 달아나고 싶어 한다고 생각했어요." 그녀는 이렇게 말하며 그를 향해 미소를 지었다.

"너무 어이없는 일이라서 말하기도 부끄럽군!" 그는 얼굴을 붉히며 말했다. 그러고 나서 그는 자기 쪽으로 다가오는 세르게이 이바노비치를 돌아보아야만 했다.

"너의 루바슈카 이야기는 정말 근사했어." 세르게이 이바노비치는 가볍게 고개를 저으며 빙긋 웃었다.

"응, 그래." 레빈은 남들이 그에게 무슨 이야기를 하는지도 모르면서 이렇게 대답했다.

"그런데 코스챠, 지금 꼭 결정해야 할 일이 있는데 말이야." 스테판 아르카지치는 짐짓 놀란 척하며 말했다. "중요한 문제야. 자네는 당장이라도 이 문제의 중요성을 충분히 파악할 수 있을 거야. 사람들이 나에게 헌 양초를 켤지, 새 양초를 켤지 물어보고 있어.[100] 차이는 10루블이야." 그는 입술을 오므리고 웃으며 이렇게 덧붙였다. "난 결정했지만, 자네가 동의하지 않을까 봐 걱정이군."

---

100) 정교의 결혼식에서는 신랑과 신부가 특별한 장식을 한 색 양초를 든다. 그런데 이 양초는 값이 비싼 데다 결혼식 동안 아주 조금만 타기 때문에 다시 교회에 반환되기도 한다.

레빈은 그의 말이 농담이라는 것을 알았지만 웃을 수 없었다.

"그러니 어떻게 하겠어? 새 양초인가, 헌 양초인가? 그것이 문제로다."

"알았어, 알았어! 새 양초로 해."

"그래, 정말 반가운 소리군. 문제가 해결됐어!" 스테판 아르카지치는 웃으며 말했다. 레빈이 그를 당황스럽게 쳐다보다 신부 쪽으로 가버리자, 그는 치리코프에게 이렇게 말했다. "하지만 사람들은 이런 상황 속에서 얼마나 멍청해지는지."

"조심해, 키티, 네가 먼저 양탄자를 밟는 거야.[101]" 노르츠톤 백작부인이 다가오며 말했다. "멋지네요!" 그녀는 레빈에게 말을 걸었다.

"어때, 두렵지 않니?" 연로한 친척 아주머니 마리야 드미트리예브나가 말했다.

"좀 춥지 않니? 얼굴이 창백하구나. 잠깐, 고개를 숙여 봐!" 키티의 언니 리보바는 이렇게 말하며 통통하고 아름다운 두 팔을 둥글게 구부려 미소 띤 얼굴로 키티의 머리에 얹은 꽃을 고쳐 주었다.

돌리는 옆으로 다가와 뭐라고 말을 하려 했으나, 아무 말도 못하고 울음을 터뜨리다 다시 어색하게 웃었다.

키티는 레빈과 똑같이 멍한 눈으로 사람들을 바라보았다. 그녀는 사람들이 자기에게 던지는 말에 행복의 미소로만 응답할 수 있었고, 이제는 그러한 미소가 그녀에게 너무나 자연스

101) 결혼식 중에는 교회의 한가운데에 신랑과 신부가 밟을 고운 천 조각이 놓인다. 민간신앙에 따르면, 그것을 먼저 밟는 사람이 결혼 생활의 주도권을 쥔다고 한다.

러워 보였다.

그사이 성직자들은 법의를 입었고 사제와 부제는 교회의 본당 입구에 마련된 성서대로 나왔다.[102] 사제는 뭐라고 말한 후 레빈을 돌아보았다. 레빈은 사제의 말을 제대로 알아듣지 못했다.

"신부의 손을 잡고 인도하십시오." 들러리가 레빈에게 말했다.

레빈은 오랫동안 사람들이 자기에게 요구하는 것을 이해하지 못했다. 사람들은 오랫동안 그의 잘못을 바로잡아 주려 하다가 그것을 포기할 생각까지 했다. 왜냐하면 그가 계속 엉뚱한 손을 내밀거나 엉뚱한 손을 잡았기 때문이다. 마침내 그는 위치를 바꾸지 않은 채 자신의 오른손으로 신부의 오른손을 잡아야 한다는 것을 깨달았다. 드디어 그가 신부의 손을 제대로 잡자, 사제는 그들 앞으로 몇 걸음 나와 성서대 앞에 멈춰 섰다. 친척들과 지인들은 무리를 지어 웅얼웅얼 수군거리고 바스락바스락 치맛자락 스치는 소리를 내며 두 사람의 뒤를 따랐다. 누군가 허리를 굽혀 신부의 치맛자락을 바로잡아 주었다. 교회 안은 촛농 떨어지는 소리가 들릴 정도로 조용해졌다.

체구가 작은 노인 사제는 카밀라프카[103]를 쓰고 두 귀 너머 양 갈래로 갈라진 희끗희끗한 머리 타래를 은빛으로 빛내면서, 등에 황금 십자가가 달린 무거운 은빛 제의 밖으로 작고 늙수그레한 손을 내놓은 채 성서대 앞에서 무언가를 만지작거렸다.

스테판 아르카지치는 조심스럽게 그의 옆으로 다가가 뭐라

102) 정교의 결혼식은 약혼식과 본 결혼식(일명 '대관식'이라고도 하며, 이때 시중 드는 사람들이 신랑과 신부의 머리에 관을 씌운다.)으로 나뉜다. 약혼식은 교회 본당 입구에서 열리고, 본 결혼식은 교회 본당에서 열린다.

103) 정교의 사제들이 쓰는 차양이 없는 둥근 벨벳 모자.

고 속삭이더니 레빈에게 눈을 찡긋해 보이며 다시 제자리로 돌아갔다.

사제는 꽃으로 장식한 양초 두 개에 불을 붙인 후, 촛농이 천천히 떨어지도록 두 양초를 왼손으로 비스듬히 쥔 채 신랑 신부에게 얼굴을 돌렸다. 사제는 레빈의 고백성사를 주관한 바로 그 사람이었다. 그는 지치고 슬픈 시선으로 신랑과 신부를 바라보며 한숨을 쉬었다. 그리고 제의 밖으로 오른손을 내밀어 신랑을 축복하고 그와 똑같은 방식으로, 그러나 조심스럽고 부드러운 분위기로 고개 숙인 키티의 머리에 손가락을 모아 얹었다. 그런 다음 그는 그들에게 양초를 건네고는 향로를 들고서 천천히 그들 곁을 떠났다.

'이것이 정말 진짜일까?' 레빈은 이렇게 생각하며 신부를 돌아보았다. 그에게는 그녀의 옆모습이 약간 아래로 내려다보였다. 그는 그녀의 입술과 눈썹의 희미한 움직임을 보면서 그녀가 그의 시선을 느끼고 있음을 알았다. 그녀는 돌아보지 않았다. 그러나 주름 잡힌 높은 깃이 움직이며 장밋빛의 자그마한 귀 쪽으로 올라갔다. 그는 그녀의 가슴속에서 한숨이 멎고 긴 장갑을 낀 채 양초를 든 그 자그마한 손이 떨리는 것을 보았다.

루바슈카와 지각을 둘러싼 소동, 지인들과 친척들과의 대화, 그들의 불만, 그의 우스꽝스러운 처지, 이 모든 것이 순식간에 사라지면서 그는 즐거우면서도 두려운 기분을 느끼기 시작했다.

은빛 백의를 입고 구불구불한 곱슬머리를 양쪽으로 갈라 빗은 잘생기고 키 큰 부제는 민첩하게 앞으로 걸어 나와 익숙한 동작으로 견의(肩衣)를 두 손가락으로 들어 올린 후 사제의 맞은편에 섰다.

"축 — 복 — 하 — 소 — 서, 주 — 여!" 장중한 소리가 천천히 꼬리를 물고 울리며 공기를 진동시켰다.

"우리 하느님은 언제나 찬양을 받기에 합당하시도다, 지금도, 언제까지나, 영원히." 노인 사제는 계속 성서대 위에서 무언가를 뒤적이며 겸손하게 노래하듯 응답했다. 그러자 눈에 보이지 않는 성가대의 충만한 화음이 창문에서 천장까지 교회 전체를 채우면서 조화롭고 폭넓게 솟아오르며 점점 강해지다가 순간적으로 멈추고 다시 조용히 잦아들었다.

그들은 언제나처럼 하늘로부터의 평화와 구원을 위해, 시노드[104]를 위해, 군주를 위해 기도했다. 그리고 오늘 약혼하는 하느님의 종 콘스탄친과 예카체리나[105]를 위해 기도했다.

"오, 두 사람에게 언제나 완전하고 평온한 사랑과 도움을 내려 주시옵소서. 주님께 간구하나이다." 마치 교회 전체가 보제장의 목소리를 통해 숨쉬고 있는 것 같았다.

레빈은 그 말에 귀를 기울였다. 그리고 그 말은 그에게 깊은 감명을 주었다. '사람들은 어떻게 그것이 도움이라는 것을, 다름 아닌 도움이라는 것을 깨달았을까?' 그는 최근에 자신이

---

104) 1700년 정교의 총대주교 아드리안이 죽었을 때, 표트르 대제는 러시아 정교회의 체계를 재조직하였다. 그는 교회사를 관장할 새 총대주교를 선출하는 대신 주교들의 모임인 성 시노드를 만들었고, 차르가 임명하는 최고 행정관이 성 시노드를 주관하게 했다.

105) 러시아에서 예카체리나와 카체리나는 동일한 이름으로 받아들여지며, 예카체리나라는 이름도 카체리나와 마찬가지로 카차, 카첸카 등의 애칭을 갖는다.

품은 두려움과 의심을 떠올리며 생각했다. '내가 알고 있는 건 무엇일까? 이 무시무시한 일 속에서 내가 할 수 있는 것은 무엇일까?' 그는 생각했다. '도움이 없다면? 지금 내게 필요한 것은 바로 도움이다.'

부제가 기도문 낭송을 마치자, 사제는 책을 들고서 약혼하는 두 사람에게 고개를 돌렸다.

"떨어져 있던 사람들을 하나로 모으시는 영원한 하느님." 그는 노래하는 듯한 부드러운 목소리로 읽었다. "이들에게 끊을 수 없는 사랑의 결합을 정하신 하느님, 이삭과 리브가를 축복하시고 그들에게 당신이 약속하신 자손을 보이신 하느님, 이 당신의 종 콘스탄친과 예카체리나를 축복하시고 이들을 모든 선한 사업으로 이끄소서. 당신은 자비하고 인간을 사랑하는 하느님이시니 우리가 당신에게 영광을 돌립니다. 성부와 성자와 성령의 이름으로 이제와 언제까지나 영원토록." "아 — 멘." 보이지 않는 합창 소리가 다시 공기 속에 울려 퍼졌다.

'떨어져 있던 사람들을 하나로 모으시고 사랑의 결합을 정하신다. 이 얼마나 심오한 말인가! 이 순간 사람들이 느끼는 것에 얼마나 잘 들어맞는 말인가!' 레빈은 생각했다. '그녀도 나와 똑같은 것을 느꼈을까?'

그렇게 생각하고 돌아본 순간, 그의 눈이 그녀의 시선과 부딪쳤다.

그는 그 시선에 담긴 표정으로 그녀가 자기와 똑같은 생각을 했다고 결론 내렸다. 하지만 그것은 사실이 아니었다. 그녀는 기도의 말을 거의 이해하지 못했고 심지어 약혼식을 하는 동안 기도에 귀를 기울이지도 않았다. 그녀는 그 말을 들을 수도, 이해할 수도 없었다. 그녀의 영혼을 가득 채우며 점점 더 강해져 갔던 하나의 감정, 그것이 너무나 강렬했기 때문이다. 그 감정은 이미 한 달 반 전에 그녀의 마음속에서 일어난 것, 지난 6주 동안 그녀를 기쁘게도 하고 괴롭게도 했던 것이 완전히 이루어졌다는 기쁨이었다. 그녀의 영혼 속에서는 그날에, 그녀가 아르바트 거리에 있는 자기 집 응접실에서 갈색 드레스 차림으로 말없이 그에게 다가가 몸을 맡긴 그날 그때에, 이전의 생활과의 완전한 단절이 이루어졌고 완전히 다르고 새로운, 완전한 미지의 생활이 시작되었다. 그런데 실제로는 예전의 생활이 계속되고 있었던 것이다. 이 6주는 그녀에게 가장 행복하고 가장 괴로운 시간이었다. 그녀의 모든 삶, 모든 바람과 희망이 그녀로서는 아직도 이해할 수 없는 이 한 남자에게 온통 집중되어 있었다. 그리고 그런 그와 그녀를 결합하는 것은 그 남자 자체보다 훨씬 더 이해하기 힘든 그녀의 어떤 감정, 때로는 그녀를 끌어당기고 때로는 그녀를 밀어내는 감정이었다. 그리고 그러는 동안 그녀는 여전히 예전의 생활 조건 속에서 살고 있었다. 그녀는 예전과 똑같은 생활을 하면서 자신이 무섭게 느껴졌다. 그리고 자신의 과거에 대해, 즉 물건들, 습관들, 자신을 사랑했고 지금도 사랑해 주는 사람들, 무관심에 슬퍼하는 어머니, 그녀가 예전에 이 세상의 그 누구보다 사랑했던 다정한 아버지에 대해 그녀 자신이 보이는 극복하기 힘든 완벽한 무관심 때문에 전율했다. 그녀는 이런 무관심에 두려워하기도 했고, 그녀를 이런 무관심으로 이끄는 것에 기뻐하기도 했다. 그녀는 이 남자와 함께 하는 삶 이외에는 아무것도 생각할 수도 바랄 수도 없었다. 그러나 그 새로운 생활이 아직 실현되지 않았기에, 그녀는 그러한 삶을 선명하게 상상할 수조차 없었다. 오직 기대, 즉 새로운 미지에 대한 두려움과 기쁨만이 있을 뿐이었다. 그런데 이제 곧 그러한 기대, 미지, 이전의 생활을 포기하는 데서 오는 회한, 그 모든 것이 끝나고 새로운 것이 시작될 것이다. 그 새로운 것은 그녀가 모르는 것이라는 점에서 두렵지 않을 수 없었다. 하지만 두렵든 두렵지 않든, 그 새로운 것은 이미 6주 전에 그녀의 마음속에서 이미 실현되었고, 지금은 이미 오래전 그녀의 영혼 속에서 일어난 것을 신성하게 할 뿐이다.

다시 성서대 쪽으로 돌아선 사제는 키티의 자그마한 반지를 간신히 쥐고서 레빈에게 한쪽 손을 달라고 한 뒤 그의 손가락의 첫 번째 마디에 반지를 끼워 주었다. "하느님의 남종 콘스탄친과 하느님의 여종 예카체리나가 약혼을 하였습니다." 그런 다음 사제는 커다란 반지를 키티의 가련할 정도로 연약하고 작은 장밋빛 손가락에 끼워 준 뒤 똑같은 말을 되풀이했다.

가약을 맺은 두 사람은 무엇을 해야 할지 여러 차례 짐작해 보려고 했지만 매번 실수를 저질렀고, 사제는 귓속말로 그들을 바로잡아 주었다. 마침내 필요한 절차를 끝낸 사제는 반지로 그들에게 성호를 그어 주고 나서, 다시 키티에게는 큰 반지를 레빈에게는 작은 반지를 건네주었다. 또다시 그들은 갈피를 못 잡고 손에서 손으로 반지를 두 차례 건넸지만, 그들이 요구받은 것은 여전히 제대로 이루어지지 않았다.

돌리와 치리코프와 스테판 아르카지치는 그들을 바로잡아 주기 위해 앞으로 나아갔다. 술렁임과 속삭임과 미소가 일었다. 그러나 약혼한 두 사람의 얼굴에 떠오른 엄숙하고 감동에 찬 표정은 조금도 변함이 없었다. 오히려 손놀림을 뒤죽박죽으로 하면서도 그들은 전보다 더 진지하고 엄숙하게 서로를 바라보았다. 스테판 아르카지치가 이제 각자 자신의 반지를 끼라고 속삭이며 지은 미소는 무심결에 그의 입술에서 얼어붙고 말았다. 그는 어떤 미소라도 그들을 모욕하는 셈이 될 거라고 느꼈다.

"당신이 태초에 이들을 남자와 여자로 만드셨으매……." 사제는 반지의 교환에 이어 기도문을 낭송했다. "당신으로 인하여 아내는 내조와 인간의 출산을 위해 남편과 결합하였나이다. 우리 주 하느님, 당신의 유산에, 그리고 우리 하느님 당신이 택하신 종에게 주신 언약에 대대로 진리를 내려 주소서. 그리고 당신의 남종 콘스탄친과 당신의 여종 예카체리나를 보살펴 주시고 그들의 약혼을 믿음 안에서, 같은 생각 안에서, 진리 안에서, 사랑 안에서 견고하게 하시며……."

레빈은 결혼에 대한 자신의 생각, 삶을 어떻게 세워 나갈지에 대한 자신의 공상, 이 모든 것들이 어린아이의 장난 같음을, 그리고 그 모든 것들이 자기가 지금껏 깨닫지 못했을 뿐 아니라 지금은 자기에게 이루어지고 있는데도 더더욱 이해할 수 없는 무언가임을 보다 절실히 깨달았다. 그의 가슴속에서는 전율이 점점 더 높이 솟구치고 복종할 줄 모르는 눈물이 눈동자에 차올랐다.

5

교회 안에는 가족과 지인 등 모스크바 사람들 전체가 와 있었다. 그리고 약혼식이 진행되는 동안 교회의 밝은 불빛 속에서 성장을 한 부인들, 아가씨들, 하얀 넥타이를 매고 연미복과 제복을 입은 남자들이 점잖고 조용한 어투로 쉴 새 없이 이야기를 주고받았다. 이야기를 주도하는 쪽은 남자들이었고, 여자들은 언제나 자신들에게 깊은 감동을 주는 성스러운 의식을 하나하나 넋을 잃고 바라보았다.

신부와 가장 가까운 무리 속에는 그녀의 두 언니가 있었다. 맏언니인 돌리와 외국에서 돌아온 차분하고 아름다운 리보바였다.

"어째서 마리는 결혼식에 보라색, 아니 정확히 말해 검은색 옷을 입은 걸까요?" 코르순스카야가 말했다.

"그녀의 얼굴빛에는 그것이 유일한 구원인 셈이죠……." 드루베츠카야가 대답했다. "난 결혼식을 저녁에 해서 놀랐어요.

상인들처럼……."

"더 아름답잖아요. 나도 저녁에 결혼식을 했어요." 코르순스카야는 이렇게 대답하고 그날 자기가 얼마나 아름다웠는지, 남편이 얼마나 우스꽝스러울 정도로 자기에게 푹 빠져 있었는지, 지금은 그 모든 것이 얼마나 달라졌는지를 떠올리며 한숨을 쉬었다.

"들러리를 열 번 이상 한 사람은 결혼을 못한다는 말이 있지요. 난 보험을 들어 둘까 하는 생각에 이번 결혼식에서 열 번째 들러리를 서 볼까 했지만 자리가 꽉 차 있더군요." 시냐빈 백작은 자신을 염두에 두고 있는 아름다운 차르스카야 공작 영애에게 이렇게 말했다.

차르스카야는 그에게 그저 미소로 답할 뿐이었다. 그녀는 키티를 바라보며 자기는 언제 어떻게 키티의 자리에서 시냐빈 백작과 나란히 서게 될까, 그때가 되면 그에게 어떤 식으로 지금의 농담을 상기시켜 줄까 생각했다.

쉐르바츠키는 나이가 지긋한 궁녀 니콜라예브나에게 키티가 행복해지도록 그녀의 시뇽 위에 관[106]을 씌워 줄 생각이라고 말했다.

"시뇽을 달 필요는 없었어요." 니콜라예브나는 이렇게 대답했다. 그녀는 오래전부터 자기가 점찍어 둔 나이 많은 홀아비와 결혼하게 되면 결혼식을 아주 소박하게 올려야겠다고 결심한 터였다. "난 저런 파스트[107]는 싫어요."

---

106) 결혼식에 관한 민간신앙에 따르면, 결혼식 중에 신랑과 신부의 머리에 관을 씌우면 그들의 결혼 생활이 행복하다고 한다.

107) 톨스토이는 '과시', '과장된 치장'을 뜻하는 'faste'(프랑스어)를 러시아 음가로 표현했다.

세르게이 이바노비치는 다리야 드미트리예브나와 이야기를 주고받으며 결혼 후 여행을 가는 풍습이 퍼지고 있는 것은 신랑 신부라면 언제나 약간은 부끄러워하기 때문이라며 농담조로 단언했다.

"당신의 동생은 아마 자랑스러워할걸요. 키티는 놀랄 만큼 사랑스러워요. 난 당신이 동생을 부러워할 거라 생각하는데요."

"난 이미 그런 과정을 겪었습니다, 다리야 드미트리예브나." 그는 이렇게 대답했다. 그의 얼굴은 생각지도 않게 슬프고 심각한 표정을 띠었다.

스테판 아르카지치는 처제에게 이혼에 대한 신소리를 지껄이고 있었다.

"관을 바로잡아 줘야겠어요." 그녀는 그의 말을 듣지도 않고 이렇게 대답했다.

"키티의 안색이 저렇게 나빠지다니, 정말 안됐어요." 노르츠톤 백작부인이 리보바에게 말했다. "그래도 신랑은 신부의 발가락에도 못 미치는군요. 안 그래요?"

"아니, 난 그가 아주 마음에 들어요. 그가 미래의 beau-frère라서가 아니에요." 리보바는 대답했다. "그는 정말 훌륭히 처신하고 있어요. 이런 상황에서 훌륭하게 처신한다는 게 얼마나 어려운 일인데요. 전혀 우스꽝스러워 보이지 않잖아요. 그는 우스워 보이지도 부자연스러워 보이지도 않아요. 그는 감동하고 있는 게 분명해요."

"당신은 이렇게 되길 기대했나 보군요?"

"대체로 그랬어요. 동생은 언제나 그를 사랑한걸요."

"자, 누가 먼저 양탄자를 밟는지 봅시다. 내가 키티에게 조언을 해 주었는데."

"어떻게 되든 마찬가지예요." 리보바가 말했다. "우리는 모두 순종적인 아내예요. 그것이 우리 가문의 전통이거든요."

"난 일부러 바실리보다 먼저 양탄자를 밟았어요. 돌리, 당신은 어땠어요?"

돌리는 그들 옆에 서서 그들의 이야기를 듣고 있었으나 아무 대답도 하지 않았다. 그녀는 몹시 감동했다. 그녀의 눈에 눈물이 그렁그렁 맺혔다. 그러더니 그녀는 입을 열 때마다 펑펑 울었다. 그녀는 키티와 레빈을 보며 기뻐했다. 자신의 결혼에 생각이 미친 그녀는 환하게 빛나는 스테판 아르카지치를 쳐다보며 현재의 일은 모두 잊은 채 자신의 순수한 첫사랑만을 기억했다. 그녀는 자신만이 아니라 친구들과 지인들을 비롯해 그녀가 알고 지낸 모든 여자들을 떠올렸다. 그리고 그녀는 그들에게 단 한 번뿐인 그 엄숙한 순간에 그들이 어떠했는지를 떠올렸다. 그때 그들은 키티와 똑같이 마음속에 사랑과 희망과 두려움을 품은 채 관을 쓰고서 과거를 버리고 신비한 미래로 들어섰다. 그녀는 기억 속에 떠오른 그 신부들 가운데 사랑하는 안나도 떠올렸다. 그녀는 얼마 전 안나가 이혼할 것 같다는 소식을 세세히 전해 들었다. 그녀도 똑같이 오렌지 꽃과 베일에 싸인 순결한 모습으로 서 있었다. 그런데 지금은 어떤가?

"너무나 기묘해." 그녀는 중얼거렸다.

성스러운 의식을 하나도 빠짐없이 세세하게 지켜본 사람은 자매들과 친구들과 친지들만이 아니었다. 아무 관계 없는 여자

구경꾼들은 숨을 죽인 채 흥분하며 신랑 신부의 동작과 얼굴 표정을 하나라도 놓칠까 두려워 두 사람에게서 눈을 떼지 않았다. 그리고 익살스러운 말이나 아무 상관 없는 말을 지껄이는 무심한 남자들의 이야기에 짜증을 내며 대꾸도 하지 않았고 때로는 아예 들은 척도 하지 않았다.

"신부는 왜 저렇게 눈이 퉁퉁 부은 걸까? 혹시 마지못해 결혼하는 거 아냐?"

"저렇게 훌륭한 젊은이와 결혼하는데 싫을 이유가 있겠어요? 신랑이 공작이라면서요, 그렇죠?"

"하얀 새틴 드레스를 입은 여자가 언니죠? 어머, 부제가 외치는 말을 들어 봐요. '남편을 두려워하라.'[108]"

"추도프스키 성가대인가요?"

"시노드 성가대예요."

"하인에게 물어봤어요. 하인은 신랑이 신부를 자기 영지로 곧 데려갈 거라고 하더군요. 굉장히 부자래요. 그래서 키티를 저 남자에게 시집보냈나 봐요."

"아니요, 잘 어울리는 쌍인데요."

"저기, 마리야 블라시예브나, 당신은 크리놀린[109]을 느슨하게 입어야 한다고 우겼죠. 저기 갈색 드레스를 입은 여자를 봐요. 사람들 말로는 대사 부인이라던데, 아무튼 치맛단을 얼마

---

108) 에베소서 5장 33절에는 "아내도 그 남편을 경외하라."라는 구절이 있다. 슬라브어 성경은 이 구절을 보다 강한 어조인 "남편을 두려워하라."로 번역한다.

109) 말총 등으로 딱딱하게 짠 천으로, 스커트를 부풀리기 위한 속옷으로 사용되었다.

나 부풀렸나 보라고요……. 이렇게, 이렇게요."

"신부가 정말 사랑스럽네요! 예쁘게 꾸민 암양 같아요! 당신이 뭐라고 할지 모르지만, 우리의 자매가 참 안됐어요."

교회 문으로 잠입하는 데 성공한 여자 구경꾼들 무리에서 이런 이야기들이 오갔다.

6

약혼식이 끝나자, 교회지기는 교회 한가운데의 성서대 앞에 장밋빛의 비단 조각을 깔았고 성가대는 베이스와 테너가 번갈아 노래하는 기교적이고 복잡한 성가[110]를 부르기 시작했다. 그러자 사제는 고개를 돌리고 약혼한 두 사람에게 바닥에 깐 장밋빛 천 조각을 가리켰다. 두 사람 모두 양탄자를 먼저 밟는 사람이 집안의 머리가 된다는 징조에 대해 그렇게 많이 들었으면서도, 그 몇 걸음 떼는 동안 레빈도 키티도 그것을 전혀 기억하지 못했다. 어떤 사람들의 관찰에 따르면 레빈이 먼저 밟았다고 하고 또 어떤 사람들의 견해에 따르면 둘이 함께 밟았다고 하지만, 두 사람에게는 그 시끄러운 말이나 말다툼이 전혀 들리지 않았다.

---

110) "주님을 경외하며, 주의 명에 따라 사는 사람은, 그 어느 누구나 복을 받는다."로 시작하는 시편 128편.

두 사람이 결혼하기를 바라는지, 그들이 다른 사람에게 결혼을 약속한 적 없는지에 대한 의례적인 질문들과 그 자신들에게도 낯설게 울리는 대답들이 오고 간 후, 새로운 예배가 시작되었다. 키티는 기도문의 의미를 이해하고 싶어 그 단어에 귀를 기울였지만 아무래도 이해할 수 없었다. 의식이 진행됨에 따라 승리감과 밝은 기쁨의 감정이 점점 더 그녀의 영혼을 채우며 그녀를 집중하지 못하게 만들었다.

"이들에게 유용한 순결과 자궁의 열매를 내리시고, 이들에게 아들과 딸을 보는 기쁨을 누리게 하소서."라는 기도문이 낭송되었다. 또한 하느님이 아담의 갈비뼈로 아내를 만드셨다는 것과 더불어 "이러므로 남자가 부모를 떠나 그 아내와 연합하여 둘이 한 몸을 이룰지니라."라는 구절과 "이 신비는 위대하도다."라는 구절이 언급되었다. 그리고 하느님이 이삭과 리브가에게, 요셉에게, 모세와 십보라에게 주신 것처럼 두 사람에게 다산과 축복을 내리시기를, 두 사람이 아들들의 아들들을 볼 수 있기를 비는 기도문이 낭송되었다. '모든 것이 너무 아름다워.' 키티는 그 말들을 들으며 생각했다. '이 모든 말들이 이루어지지 않을 리 없어.' 그녀의 밝아진 얼굴에서 기쁨의 미소가 빛났고, 그 미소는 그녀를 바라보는 사람들에게 무의식중에 전달되었다.

"꼭 씌워요!" 사제가 신랑 신부에게 관[111]을 씌우려 할 때,

---

111) 러시아 정교회에서 주관하는 결혼식에서는, 사제 앞에 신랑과 신부가 서면 신랑과 신부 뒤에 서 있던 남자 들러리 두 명이 사제의 지시에 따라 신랑과 신부에게 각각 관을 씌워 준다. 관이 몹시 크고 무겁기 때문에, 남자 들러리들은 신랑과 신부가 몸을 움직이거나 행진을 할 때 신랑과 신부의 머리에서 관을 살짝 들어 올려 그것을 치켜든 채 따라 다닌다.

여기저기서 이런 조언들이 들려왔다. 그러자 쉐르바츠키는 단추가 셋 달린 장갑을 낀 손을 덜덜 떨면서 관을 키티의 머리 위로 높이 들었다.

"씌워 주세요!" 그녀는 미소를 지으며 속삭였다.

레빈은 그녀를 쳐다보고 그녀의 얼굴에 어린 기쁜 빛에 깊은 감동을 받았다. 그리고 그 감정은 무의식중에 그에게로 전해졌다. 그도 그녀와 똑같이 밝고 즐거운 기분을 느꼈다.

그들은 사도서(使徒書)의 낭독을 듣는 것도, 외부의 관중들이 그토록 초조하게 기다리던 마지막 시에서 부제의 구르는 듯한 목소리를 듣는 것도 즐거웠다. 바닥이 평평한 큰 술잔으로 물을 탄 따뜻한 적포도주를 마시는 것도 즐거웠고, 베이스가 "이사야여, 기뻐할지어다." 하고 폭포수같이 노래를 쏟아 낼 때 사제가 제의를 벗어 던진 후 그 두 사람의 손을 잡고서 그들을 성서대 주위로 이끌 때는 더욱더 흥겨웠다. 신랑과 신부의 머리 위로 관을 받쳐 들고 따라다니던 쉐르바츠키와 치리코프는 신부의 치맛자락에 걸리기도 하고 웃기도 하고 무언가에 기뻐하기도 했으며, 사제가 걸음을 멈출 때면 관을 쓴 신랑 신부와 부딪치기도 했다. 키티의 안에서 타오르기 시작한 기쁨의 불꽃이 교회에 있는 모든 사람들에게 옮겨 붙은 것 같았다. 레빈이 보기에는 사제와 부제도 자기처럼 미소 짓고 싶어 하는 것 같았다.

사제는 두 사람의 머리에서 관을 벗기고 마지막 기도문을 낭독한 후 젊은이들을 축하해 주었다. 레빈은 키티를 쳐다보았다. 그는 지금까지 한 번도 그녀의 그런 모습을 본 적이 없었다. 그녀는 얼굴에 어린 새로운 행복의 빛으로 더할 나위 없이 아름다웠다. 레빈은 그녀에게 뭔가 말하고 싶었지만 식이 끝났는지 어떤지 알 수 없었다. 사제가 그를 곤경에서 구해 주었다. 그는 선량한 입매로 웃음을 지으며 부드럽게 말했다.

"아내에게 키스하십시오. 그리고 당신은 남편에게 키스하십시오." 그는 이렇게 말하고 그들의 손에서 양초를 받아 갔다.

레빈은 그녀의 미소 띤 입술에 조심스레 키스하고 그녀에게 손을 내밀었다. 그리고 새롭고도 이상야릇한 친밀감을 느끼며 교회를 나섰다. 그에게는 이것이 사실이라는 게 믿기지 않았다. 아니, 믿을 수 없었다. 그들의 놀라고 수줍어하는 눈길이 마주쳤을 때야 비로소 그는 그것을 믿었다. 왜냐하면 그들은 이미 하나이기 때문이었다.

그날 밤 만찬 후, 두 젊은이는 시골로 떠났다.

7

브론스키와 안나는 이미 석 달 동안 유럽을 함께 여행하고 있었다. 두 사람은 베네치아, 로마, 나폴리를 돌아다니다 이탈리아의 어느 작은 도시에 막 도착했다. 그들은 그곳에서 얼마 동안 정착하고 싶어 했다. 숱 많은 머리카락에 포마드를 발라 목덜미에서부터 가르마를 타고 연미복 밖으로 삼베로 지은 하얀 루바슈카의 가슴께를 훤하게 드러내고 둥그스름하게 튀어나온 배 위에 장식 줄을 늘어뜨린 잘생긴 급사장이 주머니에 양손을 꽂고서 경멸하듯 실눈을 뜬 채 그의 앞에 서 있는 신사에게 딱딱한 태도로 뭐라고 대답하고 있었다. 급사장은 입구의 다른 쪽에서 계단을 올라오는 발소리를 듣고 고개를 돌렸다. 그는 그 호텔에서 가장 좋은 방을 차지한 러시아 백작을 보자 주머니에서 손을 빼고 정중하게 고개를 숙이며 심부름꾼이 다녀갔다는 것과 팔라초를 빌리는 문제가 해결되었다는 것을 알렸다. 지배인은 계약서에 서명할 준비를 갖추어 놓았다.

"아! 정말 기쁘군요." 브론스키가 말했다. "그런데 숙녀 분은 안에 있습니까, 아니면 나갔습니까?"

"부인은 산책하러 나가셨다가 지금은 돌아와 계십니다." 급사장이 대답했다.

브론스키는 커다란 챙이 달린 부드러운 모자를 벗고 손수건으로 땀에 젖은 이마와 귀 위로 어중간하게 자란, 대머리를 감추기 위해 뒤로 빗어 넘긴 머리카락을 닦았다. 그러고는 아직도 서서 자신을 눈여겨 바라보는 신사를 무심히 쳐다보고는 그 옆을 지나치려 했다.

"이 신사분도 러시아 분이신데 손님에 대해 물었습니다." 급사장이 말했다.

어디를 가도 아는 사람들로부터 벗어날 수 없다는 짜증과 자신의 단조로운 생활에서 어떤 위로라도 발견하고 싶다는 희망이 뒤섞인 감정으로, 브론스키는 비켜 서 있는 그 신사를 한 번 더 돌아보았다. 그러자 두 사람의 눈이 동시에 빛나기 시작했다.

"골레니셰프!"

"브론스키!"

정말로 그는 중앙 육군사관학교 시절의 동료인 골레니셰프였다. 골레니셰프는 사관학교 시절에 자유주의파에 속해 있었고, 문관의 자격으로 졸업한 뒤 어느 곳에서도 근무하지 않았다. 두 사람은 사관학교를 졸업한 뒤 완전히 헤어졌고, 그 후 단 한 번 마주쳤을 뿐이었다.

그 만남에서 브론스키는 골레니셰프가 어떤 고결한 자유주의 활동을 선택했고 그 때문에 브론스키의 활동과 관등을 무시하려 한다는 것을 알아차렸다. 그래서 브론스키는 골레니셰프를 만났을 때 그에게 차갑고 거만한 반격을 가했다. 그는 사람들에게 '내 생활 방식이 당신 마음에 들든 안 들든 나는 전혀 상관하지 않는다. 만일 나를 알고 싶다면 나를 존중해야 한다.'라는 의미의 반격을 가하는 데 능숙했다. 골레니셰프도 브론스키의 태도에 대해 그를 얕잡아 보기라도 하듯 냉담하게 대했다. 그 만남은 분명 그들을 더욱더 멀어지게 한 것 같았다. 그런데 지금 그들은 서로를 알아보고 얼굴을 환하게 빛내며 기쁨으로 소리를 질렀던 것이다. 브론스키는 자신이 이렇게 골레니셰프를 반기리라고는 상상도 못했다. 아마도 그는 자신이 얼마나 무료한지 스스로도 몰랐던 것 같다. 그는 마지막 만남에서 받은 불쾌한 인상을 잊고 허물없이 기쁜 얼굴로 옛 동료에게 손을 내밀었다. 그러자 그와 똑같은 기쁨의 표정이 조금 전 골레니셰프의 얼굴에 어려 있던 불안한 표정을 대신했다.

"자네를 만나 얼마나 기쁜지 몰라!" 브론스키는 다정한 미소를 지으며 단단하고 하얀 이를 드러냈다.

"브론스키라는 이름을 듣긴 했지만 어느 브론스키인지 알 수가 있어야지. 정말이지 너무 반갑군!"

"자, 들어가지. 그래, 자네는 무슨 일을 하나?"

"난 이곳에서 벌써 2년째 살고 있어. 일 때문에 말이야."

"아!" 브론스키는 호감을 보이며 말했다. "자, 어서 들어가지."

그리고 그는 러시아인들의 평소 습관대로 하인들에게 숨기고 싶은 내용을 러시아어 대신 프랑스어로 이야기하기 시작했다.

"자네, 카레니나와 아는 사이던가? 우리는 함께 여행 중이지. 지금 그녀에게 가는 길이야." 그는 프랑스어로 말하며 골레니셰프의 얼굴을 유심히 쳐다보았다.

"아! 난 몰랐어.(사실은 알고 있었다.)" 골레니셰프는 무심하게 대답했다. "이곳에 도착한 지 오래됐나?" 그는 이렇게 덧붙였다.

"나? 오늘이 나흘째야." 브론스키는 이렇게 대답하며 다시 한 번 동료의 얼굴을 주의 깊게 쳐다보았다.

'그래, 이 친구는 점잖고 사물을 올바르게 보는 사람이야.' 브론스키는 골레니셰프의 표정과 그가 화제를 바꾼 의미를 알아채고 속으로 중얼거렸다. '이 친구를 안나에게 소개해도 되겠지. 그는 올바르게 볼 줄 아니까.'

안나와 외국에서 함께 보낸 석 달 동안, 브론스키는 새로운 사람을 만날 때마다 그 새로운 인물이 자기와 안나의 관계를 어떻게 볼지 스스로에게 질문을 던졌고, 대부분의 경우 남자들에게서는 그것이 당연하다는 인식을 발견했다. 그러나 만일 브론스키나 '당연하다.'라고 생각하는 사람들에게 무엇이 그런 생각을 갖게 했는지 묻는다면, 그도 그들도 몹시 난처해했을 것이다.

사실 브론스키가 생각하기에, '당연하다.'라고 생각하는 사람들조차 그것을 전혀 이해하지 못했고, 그저 예의 바른 사람들이 인생을 둘러싼 모든 측면의 복잡하고 풀기 힘든 그 온갖 문제들에 관해 처신하는 방식으로 행동할 뿐이었다. 즉 암시나 불쾌한 질문을 회피하며 예의 바르게 행동하는 것이다. 그들은 그 상황의 가치와 의미를 충분히 이해하고 있으며 그것을 인정하고 심지어 찬성하고도 있지만 그 모든 것을 설명하는 것은 부적절하고 불필요한 행동이라고 생각하는 척했다.

브론스키는 골레니셰프가 그러한 부류임을 곧바로 알아차렸기에 그를 만난 것이 배로 기뻤다. 실제로 골레니셰프는 카레니나에게로 인도되었을 때 브론스키가 바란 그대로 행동했다. 그는 거북한 상황을 불러올 수 있는 화제를 손쉽게 피해 가는 것 같았다.

그는 예전에 안나를 몰랐기에 그녀의 아름다움과 더욱이 자신의 처지를 받아들이는 그녀의 꾸밈없는 모습에 강한 인상을 받았다. 브론스키가 골레니셰프를 데려오자 안나는 얼굴을 붉혔다. 그런데 골레니셰프는 그녀의 솔직하고 아름다운 얼굴을 뒤덮은 그 어린아이 같은 홍조가 마음에 들었다. 하지만 특히 그의 마음에 들었던 것은, 그녀가 낯선 사람 앞에서 어떠한 오해의 여지도 남기지 않으려 일부러 그러기라도 하는 듯 즉시 브론스키를 솔직하게 알렉세이라 부르고 자기들은 이곳 사람들이 팔라초라고 부르는 새로 세낸 집으로 거처를 옮길 거라고 말한 점이었다. 골레니셰프는 자신의 처지에 대한 안나의 이런 직설적이고 솔직한 태도가 마음에 들었다. 그녀의 착하고 명랑하고 활기찬 모습을 보는 동안, 알렉세이 알렉산드로비치와 브론스키를 둘 다 알던 골레니셰프는 그녀를 충분히 이해할 것 같았다. 그는 그녀 자신도 도저히 이해할 수 없는 것, 즉 남편을 불행하게 만들고 남편과 아들을 버린 데다 좋은 평판마저 잃었는데 어떻게 활기차고 명랑하고 행복한 기분을 느낄 수 있는지 이해할 수 있을 것 같았다.

"그 집은 안내서에 나와 있어." 골레니셰프는 브론스키가 세낸 그 팔라초에 대해 말했다. "그곳에는 틴토레토[112]의 명화가 있지. 그의 말기 작품이야."

"자, 어때요? 날씨도 좋으니 그곳에 가서 한 번 더 보고 옵시다." 브론스키는 안나를 돌아보며 말했다.

"너무 좋아요. 당장 가서 모자를 쓰고 올게요. 날씨가 덥다고 했죠?" 그녀는 문가에 서서 뭔가를 묻는 듯한 눈길로 브론스키를 바라보았다. 그리고 다시 새빨간 홍조가 그녀의 얼굴을 덮었다.

브론스키는 그녀의 시선에서 그 자신이 골레니셰프와 어떤 관계를 맺고 싶어 하는지 그녀가 모르고 있다는 것, 그가 바라는 대로 그녀가 처신하고 있는지 어떤지 몰라 걱정하고 있다는 것을 알아차렸다.

그는 다정한 눈길로 오래도록 그녀를 바라보았다.

"아니, 그다지 덥지는 않아요." 그는 말했다.

그러자 그녀는 모든 것, 특히 그가 그녀에게 만족하고 있다는 것을 알아차린 듯했다. 그녀는 그에게 미소를 던지며 민첩한 걸음으로 문을 나섰다.

두 친구는 서로를 바라보았고, 그들의 얼굴에는 당혹한 빛이 떠올랐다. 그녀에게 감탄한 듯한 골레니셰프는 그녀에 대해 무언가를 말하고 싶어 하면서도 할 말을 찾지 못하는 것 같았고, 브론스키는 그것을 바라면서도 두려워하는 것 같았다.

"그러니까 그렇게 된 거로군." 브론스키는 어떤 화제를 이끌

112) 이탈리아의 베네치아파 화가. 베네치아 전통의 화려한 색채, 빛과 색채의 극적인 효과, 왜곡된 공간 표현이 특징이다.

어 내기 위해 말을 꺼냈다. "그래서 자네는 이곳에 정착을 한 거야? 그러니까 여전히 같은 일을 하고 있고?" 그는 사람들에게서 골레니셰프가 무언가 저술하고 있다고 들은 기억을 떠올리며 계속 말을 이었다.

"응, 『두 개의 기원』의 2부를 쓰고 있어." 골레니셰프는 이 질문에 만족감으로 얼굴을 붉히며 말했다. "말하자면 정확성을 기하느라 아직 쓰지는 않고 자료를 준비하고 수집하는 중이야. 그 부분은 훨씬 광범위해서 거의 모든 문제를 다루게 될 거야. 우리 러시아 사람들은 우리가 비잔틴의 후예라는 것을 이해하고 싶어 하지 않지만." 그는 길고 열정적인 설명을 늘어놓기 시작했다.

브론스키는 저자 자신이 무슨 유명한 것이라도 되는 양 말하는 『두 개의 기원』의 1부조차 모르고 있었기에 처음에는 겸연쩍었다. 그러나 곧 골레니셰프가 자신의 생각을 설명하고 브론스키도 그의 설명을 따라갈 수 있게 되자 『두 개의 기원』을 모르는 브론스키도 흥미를 갖고 그의 말에 귀를 기울였다. 골레니셰프의 말솜씨가 워낙 뛰어났기 때문이다. 하지만 골레니셰프가 자신의 마음을 사로잡은 주제에 대해 보인 초조한 흥분이 브론스키를 놀라게도 하고 슬프게도 했다. 이야기가 점점 진행될수록, 그의 눈동자는 더욱 불타올랐고, 가상의 적에 대한 반박은 더욱 조급해졌으며, 얼굴 표정은 더욱 불안스럽고 성난 빛으로 변해 갔다. 마르고 생기발랄하고 착하고 고상한 소년으로 사관학교에서 언제나 수석을 도맡아 하는 학생이던 골레니셰프를 떠올리자, 브론스키는 그가 흥분하는 이유를 도저히 이해할 수 없었고 그것을 인정할 수도 없었다. 특히 그의 마음에 들지 않았던 것은 훌륭한 계층의 사람인 골레니셰프가 그를 자극한 삼류 작가들과 같은 선상에 서서 그들에게 화를 내고 있다는 점이었다. 과연 그럴 만한 가치가 있을까? 그 점이 브론스키의 마음에 들지 않았지만, 그럼에도 그는 골레니셰프가 불행하다고 느껴 그를 불쌍히 여겼다. 골레니셰프가 안나가 들어오는 것도 모른 채 조급하고 열띤 어조로 자신의 생각을 계속 늘어놓는 동안, 표정이 풍부하고 매우 아름다운 그의 얼굴에서 광기에 가까운 불행이 엿보였다.

안나가 모자와 망토를 걸치고 아름다운 두 손의 민첩한 손놀림으로 양산을 만지작거리며 그의 옆에 서자, 브론스키는 안도감을 느끼며 뚫어지게 자신을 바라보는 호소하는 듯한 골레니셰프의 눈동자를 떨치고, 생명과 기쁨으로 충만한 아름다운 연인을 새로운 사랑의 눈길로 바라보았다. 골레니셰프는 가까스로 정신을 차렸으나, 처음에는 우울하고 어두워 보였다. 하지만 모든 사람들을 부드럽게 대하는 안나(그 무렵 안나의 모습대로)의 꾸밈없고 쾌활한 태도가 곧 그의 기분을 상쾌하게 해 주었다. 안나는 다양한 화제를 꺼내 보다가 그를 그림에 관한 화제로 이끌었다. 그는 그림에 대해 많은 이야기를 했고, 그녀는 그의 이야기를 주의 깊게 들었다. 그들은 세낸 집까지 걸어가 그 집을 둘러보았다.

"제가 몹시 기뻐하는 점이 한 가지 있어요." 안나는 돌아오는 길에 골레니셰프에게 말했다. "알렉세이에게 멋진 아틀리에가 생길 거예요. 당신이 꼭 그 방을 써요." 그녀는 브론스키를 친근하게 부르며 러시아어로 말했다. 그녀는 이미 골레니셰프가 그들의 은둔 생활에서 가까운 사람이 되리라는 것과 그의 앞에서 아무것도 감출 필요가 없다는 것을 알아차렸던 것이다.

"정말 자네가 그림을 그린단 말이야?" 골레니셰프가 재빨리 브론스키를 돌아보며 말했다.

"응, 오래전에 그림을 그린 적이 있는데 요즘 들어 다시 조금씩 손을 대기 시작했어." 브론스키는 얼굴을 붉히며 말했다.

"굉장한 재능을 갖고 있어요." 안나는 기쁨에 찬 미소를 지으며 말했다. "물론 전 비평가는 아니에요! 하지만 전문 비평가들도 그렇게 말했는걸요."

8

안나는 자유와 빠른 회복을 맛본 이 첫 시기에 자신이 용서받을 수 없을 만큼 행복하고 생의 기쁨으로 충만한 생활을 한다고 느꼈다. 남편의 불행에 대한 기억도 그녀의 행복을 깨뜨리지 못했다. 한편으로 그 기억은 생각하고 싶지 않을 만큼 너무나 끔찍한 것이었다. 다른 한편으로 남편의 불행은 후회하기에는 너무나 큰 행복을 그녀에게 안겨 주었다. 병을 앓은 뒤 그녀에게 일어난 일들에 대한 기억, 즉 남편과의 화해, 불화, 브론스키의 부상 소식, 그의 출현, 이혼 준비, 남편의 집을 떠난 것, 아들과의 이별, 이 모든 일들이 그녀에게는 열에 들뜬 꿈처럼 느껴졌고, 그녀는 브론스키와 외국에 나온 뒤에야 비로소 그 꿈에서 깨어난 것 같았다. 남편에게 불행을 준 사악함에 대한 기억은 그녀의 마음속에 혐오와 비슷한 감정, 물에 빠진 사람이 자기에게 들러붙는 사람을 떨쳐 버렸을 때 느꼈음 직한 그런 감정을 불러일으켰다. 그 사람은 물에 빠져 죽었다. 물론 그것은 나쁜 짓이었다. 그러나 그것이 유일한 구원이었고, 그런 무서운 일들은 세세히 기억하지 않는 편이 낫다.

그때 불화의 첫 순간에 자신의 행동에 대하여 위안이 될 만한 한 가지 생각이 그녀에게 떠올랐다. 그리고 이제 그녀는 과거의 모든 일들을 떠올릴 때면 그 생각을 기억해 냈다. '내가 그 사람을 불행하게 만든 건 어쩔 수 없는 일이었어. 하지만 난 그 불행을 이용하고 싶지 않아. 나 역시 괴로워하고 있고 앞으로도 그럴 거야. 난 내가 무엇보다 소중히 여기던 것을 잃었어. 난 명예와 아들을 잃었단 말이야. 난 나쁜 짓을 했어. 그러니 행복도 바라지 않고 이혼도 바라지 않아. 난 수치와 아들과의 이별로 괴로워할 거야.' 그녀는 생각했다. 하지만 안나는 아무리 진심으로 괴로워하려 해도 전혀 괴롭지 않았다. 수치심도 전혀 없었다. 두 사람은 그들에게 너무나 풍부한 기지로 외국에서 러시아 부인들을 피해 다니며 지금껏 한 번도 자신들을 거짓된 상황에 처하도록 두지 않았고, 가는 곳마다 그들 자신들보다 더 그들의 처지를 잘 이해하는 척하는 사람들을 만났다. 사랑하는 아들과의 이별, 그조차도 처음에는 그녀를 괴롭히지 않았다. 브론스키의 자식인 딸 하나만 남은 뒤로, 안나는 그 딸이 너무나 사랑스럽고 그 딸에게 몹시 마음을 뺏겨 아들을 별로 떠올리지도 않았다.

건강의 회복과 더불어 삶의 욕구가 너무나 강렬해지고 생활 조건들이 너무나 새롭고 즐거웠기에, 안나는 용서받을 수 없을 만큼 행복한 기분을 느꼈다. 그녀는 브론스키를 알면 알수록 더욱더 그를 사랑하게 되었다. 그녀는 그 자신과 그녀에 대한 그의 사랑 때문에 그를 사랑했다. 그를 완전히 소유했다는 사실이 그녀에게 끊임없는 기쁨을 주었다. 그가 가까이 있다는 점은 그녀를 언제나 기쁘게 했다. 점차 알게 된 그의 성격들이 그녀에게는 말할 수 없이 사랑스러웠다. 그녀는 사랑에 빠진 젊은 여인처럼 평복 때문에 달라진 그의 외모에 매혹을 느꼈다. 그가 말하고 생각하고 행동하는 모든 것 속에서, 그녀는 매우 고귀하고 고상한 무언가를 보았다. 그녀가 그에게 느끼는 황홀함은 종종 그녀 자신을 놀라게 했다. 그녀는 그에게서 아름답지 않은 무언가를 찾아보려 했지만 도저히 찾을 수 없었다. 그녀는 그 앞에서 자신의 초라함에 대한 자각을 감히 드러낼 수 없었다. 만일 그가 그것을 알게 되면 그녀에 대한 그의 사랑이 금방 식을 것 같았다. 그녀로서는 그의 사랑을 잃을 어떤 이유도 없었지만, 지금의 그녀에게는 그보다 두려운 것도 없었다. 하지만 그녀는 자기에 대한 그의 태도에 감사하지 않을 수 없었고, 자신이 그것을 얼마나 고맙게 생각하는지 드러내지 않을 수 없었다. 정치에 어떤 사명을 가지고 있고 그 속에서 중요한 역할을 해야 할 그가 그녀를 위해 야심을 버렸고 지금까지 그것에 대해 일말의 후회도 비치지 않았다고 그녀는 생각했다. 그는 전보다 더 그녀에게 열성적이고 정중했다. 그리고 그녀가 자신의 처지를 부자연스럽게 느끼지 않도록 해야 한다는 생각은 단 한순간도 그에게서 떠난 적이 없었다. 그는 그토록 남성적인 사람이면서도 단 한 번도 그녀의 의견에 반대한 적이 없을 뿐 아니라 아예 자신의 의지를 갖지도 않았다. 그는 그녀의 욕구를 미리 알아차리는 것에만 온통 마음을 빼앗긴 것 같았다. 그래서 그녀는 그것에 감사하지 않을 수 없었다. 이따금 자신을 향해 팽팽히 긴장된 그의 관심과 그가 자기 주위에 드리운 배려의 분위기가 부담스럽긴 했지만 말이다.

한편 브론스키는 그가 그토록 오랫동안 바라던 것이 완전히 이루어졌는데도 충분한 행복을 느끼지 못했다. 그는 곧 자기 욕망의 실현이 자신이 기대하던 행복이라는 산에서 겨우 모래알 하나만을 주었다고 느꼈다. 이 실현은 그에게 행복을 욕망의 실현으로 상상하던 사람들이 저지르는 그런 영원불변의 과오를 보여 주었다. 그녀와 결합하고 평복을 입게 된 후 처음 얼마 동안, 그는 이전에 몰랐던 자유의 매력을 대부분 맛보았고 사랑의 자유가 가진 매력도 느꼈다. 그는 만족해했다. 그러나 그것은 오래가지 않았다. 그는 곧 자신의 마음속에서 욕망을 향한 욕망, 고뇌가 꿈틀거리는 것을 느꼈다. 그는 자신의 의지와 상관없이 순간적인 변덕을 욕망과 목적으로 여기며 그것을 붙잡기 시작했다. 하루의 열여섯 시간을 무언가로 채워야 했다. 왜냐하면 그들은 페테르부르크에서 그들의 시간을 차지하던 사회생활의 틀을 벗어나 외국에서 완전히 자유롭게 살고 있었기 때문이었다. 예전의 외국 여행에서 브론스키의 마음을 빼앗던 독신 생활의 쾌락에 대해서는 꿈도 꿀 수 없었다. 왜냐하면 그런 종류의 향락을 시도하기만 해도, 지인들과 늦게까지 저녁 식사를 하고 오기만 해도, 안나가 뜻밖의 비정상적인 우울증을 보였기 때문이다. 또한 그들은 자신들의 불분명한 처지 때문에 그 고장의 사교계나 러시아인들의 모임과도 교제를 나눌 수 없었다. 러시아 사람인 데다 지적이기까지 한 그에게는, 명승지를 구경한다는 것이 이미 다 본 것이라는 점을 제쳐 놓고라도 영국인들이 이런 일에 능히 부여하는 어떤 불가해한 의의조차 띠지 않았다.

굶주린 짐승이 먹을 것이 있나 싶어 닥치는 대로 모든 것을 물고 늘어지듯, 브론스키도 완전히 무의식적으로 때로는 정치에, 때로는 신간 서적에, 때로는 그림에 손을 댔다.

그는 젊을 때부터 그림에 소질을 보인 데다 자신의 돈을 어디에 써야 할지 몰라 판화를 수집하기 시작했다. 그래서 그는 이제 회화를 선택하여 그것을 공부하기 시작했고 만족을 요구하는 남아도는 욕망을 회화에 쏟았다.

그에게는 예술을 이해하고 그것을 충실히 세련되게 모사하는 재능이 있었다. 그래서 그는 자신에게 화가로서 필요한 바로 그것이 있다고 생각하여, 한동안 어떤 종류의 회화를 선택할지 망설였다. 그는 종교화든, 역사화든, 리얼리즘 회화든 일단 그림을 그리기로 결심했다. 그는 모든 종류를 이해했고, 이런저런 것들에서 영감을 얻을 수 있었다. 하지만 자신의 그림이 어떤 특정 유파에 속하는지 신경 쓰지 않은 채 어떤 종류의 회화가 있는지 전혀 모르고도 정신에 속한 것으로부터 직접 영감을 받을 수 있다는 점을 상상도 못했다. 그는 이것을 몰랐던 데다 삶에서 직접 영감을 받지 않고 이미 예술로 구현된 삶으로부터 간접적으로 영감을 받았기 때문에, 매우 빠르고 쉽게 영감을 얻었고 그만큼 빠르고 쉽게 자신의 그림을 자신이 모방하고자 하는 유파와 매우 흡사하게 보이도록 만들었다.

여러 유파 가운데 그가 가장 마음에 들어 했던 것은 우아하고 인상적인 프랑스풍이었다. 그래서 그는 이탈리아 의상을 입은 안나의 초상화를 그런 풍으로 그리기 시작했고, 그 초상화는 그뿐만 아니라 그 그림을 본 사람들에게 매우 성공적으로 보였다.

9

석회를 바른 높은 천장, 프레스코 벽화, 세공 마루, 높은 창문에 드리운 묵직한 노란색 다마스크 커튼, 벽 받침대와 벽난로 위의 꽃병, 조각을 아로새긴 문, 그림이 걸린 어둠침침한 홀, 이런 것들이 방치된 낡고 황폐한 팔라초는 그들이 그곳으로 거처를 옮긴 이후 브론스키의 마음속에서 그가 러시아의 영주나 직무를 떠난 시종무관장이라기보다 교양 있는 미술 애호가이자 후원자이자 사랑하는 여인을 위해 세상과 인간관계와 야망을 버린 겸손한 화가라는 즐거운 망상을 그 외관 자체로 떠받쳐 주었다.

브론스키가 팔라초로 이사하며 선택한 역할은 완전히 성공적이었다. 그리고 골레니셰프의 소개로 몇몇 흥미로운 사람들을 알게 되면서 처음 얼마 동안 그는 평온함을 누렸다. 그는 이탈리아인 회화 교수의 지도 아래 자연을 대상으로 스케치를 했고 중세 이탈리아의 생활을 연구했다. 최근에 브론스키는 중세 이탈리아의 생활에 너무나 마음을 빼앗긴 나머지 중세풍의 모자와 어깨 위에 걸치는 망토까지 입고 다닐 정도였다. 그리고 그러한 복장은 그에게 아주 잘 어울렸다.

"그런데 우리는 이곳에 살면서도 아무것도 모르고 있으니……." 어느 날 아침 브론스키는 그를 찾아온 골레니셰프에게 이렇게 말했다. "자네, 미하일로프의 그림을 본 적 있나?" 그는 아침에 막 배달된 러시아 신문을 골레니셰프에게 건네며, 그 도시에 살면서 그림 한 점을 완성한 어느 러시아인 화가에 대한 기사를 가리켰다. 그 그림에 대해서는 오래전부터 풍문이 나돌았고 그 그림은 완성 전에 이미 팔린 상태였다. 기사에는 그런 뛰어난 화가가 어떠한 장려금이나 원조도 받지 못하는 것에 대해 정부와 아카데미를 질책하는 내용이 실려 있었다. "봤지." 골레니셰프가 말했다. "물론 그에게 재능이 없는 것은 아니지만, 그는 완전히 그릇된 방향으로 가고 있어. 그리스도와 종교화에 대해 이반-슈트라우스-르낭[113]과 똑같은 태도를 보이고 있지."

"그 그림은 무엇을 묘사하고 있나요?" 안나가 물었다.

"빌라도 앞에 선 그리스도입니다. 그리스도가 새로운 유파[114]의 모든 리얼리즘적 기법을 통해 유대인으로 묘사되어 있지요."

골레니셰프는 그림의 내용에 대한 문제로 인해 자신이 가장

---

113) A. A. 이바노프는 '이동파' 화가로서 러시아 회화 가운데 역사주의 유파의 창시자다. 그의 가장 유명한 작품은 「사람들 앞에 내보인 그리스도」(1858)이다. 다비트 슈트라우스는 독일의 신학자이자 철학자로서 『예수의 생애』라는 역사물을 냈다. 에른스트 르낭은 프랑스의 종교 역사가로서 역시 『예수의 생애』라는 책을 썼다.

좋아하는 주제 가운데 하나로 관심이 옮겨 가자 이에 대해 설명을 늘어놓기 시작했다.

"나는 그들이 어떻게 그런 엄청난 실수를 저지를 수 있는지 이해가 안 돼. 그리스도는 옛 거장들의 예술 속에 이미 뚜렷이 구현되어 있어. 따라서 그들이 신이 아닌 혁명가나 현자들을 묘사하고 싶다면, 역사 속에서 가령 소크라테스, 프랭클린, 샤를로트 코데[115]를 택하면 돼. 단 그리스도는 안 돼. 그들은 예술을 위해 택해서는 안 될 인물을 택한 거야. 그리고……."

"그런데 미하일로프가 그렇게 가난하다는 게 사실인가?" 브론스키는 그의 그림이 좋든 나쁘든 상관없이 러시아의 마에케나스[116]로서 화가를 도와야 한다고 생각하며 이렇게 물었다.

"그럴 것 같지 않은데. 그는 뛰어난 초상화가야. 그가 그린 바실리치코바야의 초상화를 보셨습니까? 하지만 그는 더 이상 초상화를 그리고 싶어 하지 않아. 그러니 어쩌면 그가 가난하다는 말이 사실인지도 모르지. 내 말은……."

"그에게 안나 아르카지예브나의 초상화를 그려 달라고 부탁

---

114) 이동파 화가인 I. N. 크람스코이는 1873년에 톨스토이를 만나 그리스도를 주제로 그림을 그리겠다는 자신의 계획을 말한 바 있다. 그 '새로운 유파'는 리얼리즘 기법으로 전통적인 종교적 주제를 다루었다. 톨스토이는 그들이 그릇된 관점을 취했다고 생각했다. 그가 선호하는 것은 전통적인 '종교성'도 아니고 새로운 '리얼리즘'도 아니었으며 그 주제를 '도덕적'으로 다루는 것이었다.(톨스토이의 『예술이란 무엇인가』 참조.)

115) 프랑스의 급진적 정치가이자 산악파 자코뱅당 출신인 장 폴 마라를 암살한 것으로 유명하다. 그녀는 이 사건으로 단두대에서 처형을 당했다.

116) 마에케나스는 베르길리우스, 호라티우스 등 예술가들에게 지원을 아끼지 않은 로마의 정치가다.

할 수 없을까?" 브론스키가 말했다.

"뭣 때문에 내 초상화를 그려요?" 안나가 말했다. "당신이 그려 준 초상화가 있잖아요. 난 다른 초상화는 갖고 싶지 않아요. 아냐[117](그녀는 자기 딸을 그렇게 불렀다.)를 그리는 게 낫겠어요. 저기, 그 애가 있어요." 그녀는 이렇게 덧붙이며 정원에 아이들을 데리고 나온 아름다운 이탈리아인 유모를 창문 너머로 흘깃 쳐다보는 동시에 브론스키를 몰래 돌아보았다. 브론스키가 자신의 그림을 위해 얼굴을 그린 적 있는 아름다운 유모는 안나의 생활 속에 숨은 유일한 슬픔이었다. 브론스키는 그녀를 그리는 동안 그녀의 아름다움과 중세적인 분위기에 넋을 잃었다. 그러나 안나는 자신이 그 유모를 질투할까 두려워하고 있다고 감히 고백할 수 없었다. 그래서 안나는 그녀와 그녀의 어린 아들을 유별나게 예뻐해 주었고 그 때문에 그들의 버릇을 망쳐 놓았다.

브론스키도 창문 밖을 바라보았다. 그러고는 안나의 눈동자를 쳐다보다 곧 골레니셰프에게 시선을 돌리며 말했다.

"그런데 자네는 그 미하일로프라는 사람을 아나?"

"그를 만난 적 있지. 하지만 그는 괴짜인 데다 무식하기 짝이 없어. 그게 말이지, 요즘 들어 종종 마주치곤 하는 그 야만스러운 신(新)인간이라니까. 무신론과 부정과 유물론의 개념 속에서 d'emblée[118] 교육받은 자유사상가 가운데 한 명이야. 예전에는……." 골레니셰프는 안나와 브론스키가 뭔가 말하고 싶

---

117) 안나의 애칭.

118) '곧장, 직접.'(프랑스어)

어 한다는 것을 알아차리지도, 알아차리려고도 하지 않고 말했다. "예전의 자유사상가는 종교와 법률과 윤리의 개념 속에서 교육받고 투쟁과 노력을 통해 자유사상에 이른 사람이었지. 하지만 요즘에는 타고난 자유사상가라는 새로운 유형의 인간들이 나타났어. 이런 인간들은 자라면서 윤리와 종교의 법칙이 있다는 것, 권위라는 게 있다는 것을 들어 본 적도 없고, 일체의 부정이라는 개념 속에서 이른바 야만인으로 성장한 인간들이지. 그는 그런 사람이야. 그는 모스크바의 어느 집사장의 아들로 교육을 전혀 받지 않은 것 같아. 그런데 아카데미에 들어가 명성을 쌓게 되자, 우둔하지 않은 그는 교육을 받고 싶어 했지. 그래서 그는 자신이 교양의 근원이라고 여긴 잡지에 의지했어. 아시겠습니까? 옛날에 교육을 받고자 하는 사람은, 가령 프랑스인들은 말이죠, 고전을 익히는 것부터 시작했습니다. 신학, 비극, 역사, 철학 등 자신의 앞에 놓인 모든 정신적 산물을 연구했단 말입니다. 하지만 오늘날 우리 나라 사람들은 니힐리즘 문학으로 직접 접근하고 니힐리즘 학문의 온갖 요약본들을 매우 빠른 속도로 습득하고 나면 준비 끝입니다. 하지만 그것으로는 부족해. 20년 전의 사람들이라면 이런 문학에서 권위와 투쟁하고, 구태의연한 견해와 투쟁하는 징후를 찾아냈을지 몰라. 그리고 그 투쟁에서 무언가 다른 것이 있다는 것을 깨달았을지도 모르지. 하지만 오늘날 사람들은 낡은 견해와 논쟁하려고도 않는 그런 학문에 곧장 빠져들고 노골적으로 이렇게 말하지. 아무것도 없다, évolution[119], 선택, 생

119) '진화.'(프랑스어)

존 경쟁, 그것이 전부야. 난 내 논문에…….”

“그런데 말이에요.” 안나는 이미 오래전부터 브론스키와 조심스럽게 눈짓을 주고받으면서 브론스키가 그 화가의 교양에 관심이 없고 오직 그를 도와 그에게 초상화를 주문해야겠다는 생각만 하고 있다는 것을 알았기에 이렇게 말했다. “있잖아요.” 그녀는 이야기에 열중한 골레니셰프를 단호히 가로막았다. “그 사람에게 가 보기로 해요!”

골레니셰프는 냉정을 되찾고 그녀의 말에 기꺼이 찬성했다. 그러나 그 화가가 먼 구역에 살고 있었기 때문에, 그들은 마차를 타기로 결정했다.

한 시간 후, 나란히 앉은 안나와 골레니셰프, 그리고 마차의 앞좌석에 앉은 브론스키는 먼 구역에 있는 아름답지 않은 새 집에 도착했다. 그들을 향해 걸어 나온 관리인의 아내를 통해 미하일로프가 평소 자신의 작업실에서 손님을 맞이하긴 하지만 지금은 두어 걸음 떨어진 자신의 셋방에 있다는 말을 듣고서, 그들은 그녀에게 자신들의 명함을 주어 그에게로 보내며 그의 그림을 보게 해 달라고 허락을 구했다.

10

브론스키 백작과 골레니셰프의 명함을 받았을 때, 화가 미하일로프는 여느 때처럼 작업을 하고 있었다. 아침에 그는 작업실에서 큰 그림을 그렸다. 셋방으로 돌아온 그는 돈을 청구하러 온 안주인을 잘 다루지 못했다는 이유로 아내에게 화를 냈다.

"당신에게 스무 번이나 말했어. 변명하지 마. 당신은 지금 그대로도 바보천치야. 그런데 이탈리아어로 변명을 늘어놓기 시작하면 세 배는 더 멍청해 보여." 그는 긴 말싸움 끝에 그녀에게 이렇게 말했다.

"당신도 그렇게 등한시해선 안 돼요. 내 잘못이 아니란 말이에요. 나도 돈만 있으면……."

"날 좀 가만히 내버려 둬, 제발!" 미하일로프는 울먹이는 소리로 고함을 지르고는 귀를 틀어막고 칸막이 너머의 작업실로 들어가 등 뒤의 문을 잠가 버렸다. '멍청한 여자 같으니!' 그는 이렇게 중얼거리며 테이블 앞에 앉았다. 그리고 화첩을 펼치고는 곧 굉장한 열정으로 그리다 만 그림에 매달리기 시작했다.

그는 지금껏 자신의 삶이 잘 풀리지 않을 때만큼, 특히 아내와 싸우고 났을 때만큼 열정적이고 성공적으로 작업을 한 적이 없었다. '아! 아무데나 꺼져 버리라지!' 그는 이렇게 생각하며 계속 작업을 했다. 그는 분노로 발작하는 사람의 형상을 그리고 있었다. 예전에도 그런 그림을 그린 적이 있지만, 그 그림은 그의 마음에 들지 않았다. '아냐, 그 그림이 더 좋았어……. 그게 어디 있지?' 그는 아내 쪽으로 다가갔다. 그러나 그는 얼굴을 찌푸리더니, 아내를 외면한 채 맏딸을 향하여 전에 준 종이를 어디에 두었는지 물었다. 종이는 버린 그림과 함께 발견되었는데 스테아린으로 온통 더럽혀지고 얼룩져 있었다. 그래도 그는 그 그림을 집어 테이블에 올려놓고 뒤로 물러나 눈을 가늘게 뜨고 그림을 바라보기 시작했다. 갑자기 그가 빙그레 웃으며 기쁜 듯이 양손을 흔들었다.

"그래, 그거야!" 그는 이렇게 중얼거리더니 곧바로 연필을 쥐고 재빨리 그림을 그리기 시작했다. 스테아린의 얼룩이 인물에게 새로운 포즈를 부여했다.

그는 이 새로운 포즈를 그리다 문득 자신이 담배를 사러 다니는 상점 주인의 정력적인 주걱턱 얼굴을 떠올렸다. 그러자 그는 즉시 그 얼굴을, 그 턱을 그림 속 인물에 그려 넣었다. 그는 기쁨으로 웃음을 터뜨렸다. 생명이 없는, 만들어 낸 듯한 형상이, 갑자기 생기를 띠고 더 이상 고칠 수 없을 정도가 되었다. 그 형상은 살아 있었고 분명하고도 의심할 여지없는 명확성을 얻었다. 그는 그 형상의 요구에 따라 그림을 수정할 수 있었다. 그는 다리를 다른 식으로 배치하고 왼손의 위치를 완전히 바꾸고 머리카락을 뒤로 젖힐 수 있었으며 그렇게 해야 했다. 그러나 그는 그렇게 수정하면서도 그 형상을 바꾸지 않았으며 그저 그 형상을 덮고 있던 것을 던져 버릴 뿐이었다. 그는 마치 그 형상을 완전히 가리고 있던 덮개를 벗기는 것 같았다. 각각의 새로운 선들은 단지 정력적인 기운으로 충만한 형상 전체를 스테아린 얼룩 덕에 화가 앞에 갑자기 나타난 모습 그대로 점점 드러낼 뿐이었다. 그가 명함을 받은 것은 그 형상을 조심스럽게 마무리할 때였다.

"잠깐, 잠깐만!"

그는 아내에게 갔다.

"이제 그만해, 사샤[120], 화내지 마!" 그는 어색하고 부드럽게 웃으며 그녀에게 말했다. "당신이 잘못했어. 나도 잘못했고. 내가 모든 것을 처리할게." 이렇게 아내와 화해를 한 후, 그는 벨벳 옷깃이 달린 올리브색 외투와 모자를 갖춰 입고 작업실로 갔다. 성공적인 형상에 대한 생각은 이미 그에게서 잊혔다. 지금 그를 기쁘게 하고 흥분시킨 것은 러시아의 고위층 인사들이 마차를 타고 자신의 작업실을 방문했다는 사실이었다.

그의 마음속 깊은 곳에는 지금 이젤에 놓인 자신의 그림에 대한 생각만이 자리 잡고 있었다. 지금까지 그 누구도 그와 비슷한 그림을 그린 적이 없다는 생각이었다. 그는 자신의 그림이 라파엘의 작품을 능가한다고는 생각하지 않았다. 그러나 그는 자신이 이 그림에서 표현하고자 했고 또 표현한 것은 지금

120) 알렉산드르, 혹은 알렉산드라의 애칭.

까지 그 누구도 표현하지 않은 것이라는 점을 알고 있었다. 그는 그것을 분명히 알고 있었다. 그리고 그가 그 사실을 알았던 것은 이미 오래전 자신이 그 그림을 처음 그리기 시작할 때부터였다. 하지만 사람들의 견해는 그것이 어떤 것이든 그에게 큰 중요성을 띠었고 마음속 깊이 그를 조마조마하게 했다. 그가 그 그림에서 본 것을 비평가가 조금이라도 알아보았음을 드러내는 의견이라면, 아무리 보잘것없는 의견도 그의 마음을 깊이 흔들어 놓았다. 그는 언제나 자신보다 자신의 비평가들이 더 깊이 이해한다고 생각했고, 늘 그들에게서 자신이 자기 그림에서 보지 못한 그 무언가를 기대했다. 그리고 그는 종종 관람자의 의견에서 그것을 찾아낸 것 같기도 했다.

그는 작업실 문을 향해 빠른 걸음으로 걸어갔다. 현관 입구의 그늘 아래 서서 무언가 열심히 말하는 골레니셰프에게 귀를 기울이는 동시에 가까이 다가오는 화가를 유심히 보려는 듯한 안나, 그녀의 형상에 어린 부드러운 명암은 그가 흥분하고 있었음에도 그에게 깊은 인상을 주었다. 시가를 파는 상인의 턱을 보았을 때와 마찬가지로, 그는 그들에게 다가가는 동안 자신이 어떻게 그 인상을 포착하여 삼키고 그것을 자신이 필요할 때 꺼낼 수 있는 어딘가에 숨기는지 스스로도 알아차리지 못했다. 골레니셰프가 화가에 대해 들려준 이야기에 이미 실망한 방문객들은 그의 용모에 한층 더 실망했다. 중간키에 땅딸막하고 걸음걸이가 경박한 미하일로프는 갈색 모자와 올리브색 외투에 통 좁은 바지를 입고 있었다. 남들은 이미 오래전부터 통 넓은 바지를 입고 다니는데 말이다. 특히 그의 넓적한 얼굴에서 풍기는 범속함, 소심한 표정과 위엄을 지키려는 욕망이 뒤섞인 모습은 불쾌한 인상을 불러일으켰다.

"어서 들어오십시오." 그는 무심한 표정을 띠려고 애쓰며 이렇게 말하고는, 현관 안으로 들어가 주머니에서 열쇠를 꺼내 문을 열었다.

11

화가 미하일로프는 작업실로 들어가면서 다시 한 번 손님들을 훑어보고는 상상 속에서 브론스키의 얼굴 표정에, 특히 그의 광대뼈에 표시를 해 두었다. 그의 예술적 감각이 소재를 수집하며 끊임없이 일하는 동안에도, 그가 자기 작품에 대한 비평의 순간이 다가옴에 따라 더욱 흥분을 느끼는 동안에도, 그는 눈에 띄지 않는 특징을 통해 이 세 사람에 대한 개념을 빠르고 정교하게 구성하고 있었다. 저 남자(골레니셰프)는 이 지방에 사는 러시아인이었다. 미하일로프는 그의 성도, 어디에서 그를 만나 그와 무슨 이야기를 나누었는지도 기억하지 못했다. 그는 단지 언젠가 본 얼굴을 모두 기억하는 습관에 따라 그 얼굴을 기억할 뿐이었다. 하지만 그 얼굴이 자신의 상상 가운데 '중요한 인물인 척하는 빈약한 표정'이라는 거대한 부문에 밀쳐 둔 얼굴들 중 하나라는 것을 기억했다. 숱 많은 머리카락과 매우 넓은 이마가 그 인물에게 외양적 특색을 부여했지만 그의 얼굴에는 좁은 콧날에 쏠린, 어린애 같은 하찮고 불안한 표정만이 있을 뿐이었다. 미하일로프가 상상하기에 브론스키와 카레니나는 신분이 높고 부유한 러시아인으로, 그런 부유한 러시아인들이 다들 그렇듯 예술에 대해 아무것도 모르면서 애호가인 척, 전문가인 척하는 사람들임에 틀림없었다. '이미 옛날 것들을 다 둘러보고 이제 독일 허풍쟁이들이나 라파엘전파(前派)[121]의 멍청한 영국인들 같은 신인들의 작업실을 둘러보는 중이겠지. 나에게 온 것도 그저 평론을 채우기 위해서일 거야.' 그는 생각했다. 그는 단순히 예술은 타락했고 새로운 것을 둘러볼수록 위대한 옛 거장들이 얼마나 타의 추종을 불허하는 이들인지 더 잘 알게 될 뿐이라고 말할 권리를 얻고자 현대 화가들의 작업실을 둘러보는 딜레탕트[122]들(그들이 똑똑할수록 상황은 더욱더 나빠진다.)의 태도를 아주 잘 알고 있었다. 그는 그 모든 것을 예상했다. 그리고 그들의 얼굴에서, 그가 그림의 덮개를 벗기기를 기다리며 서로 이야기를 주고받고 마네킹과 반신상을 바라보고 자유롭게 거니는 그들의 무심한 태도에서, 그것을 알아차렸다. 하지만 자신의 습작을 뒤적이고 커튼을 올리고 덮개를 벗기는 동안 그는 강렬한 흥분을 느꼈다. 그리고 그의 사고 속에서 신분이 높고 부유한 러시아인들이란 짐승과 바보임에 틀림없었는데도 브론스키가, 특히 안나가 그의 마음에 들었기 때문에 그러한 흥분은 더욱 강렬해졌다.

121) 1848년 런던에서 결성된 젊은 예술가 그룹. 르네상스 말기의 문학과 회화의 전통을 반대하고, 라파엘로 이전의 이탈리아의 거장들, 특히 지오토와 보티첼리를 추앙하며 소박하고 참신한 화풍으로 돌아갈 것을 주장하였다.

122) 예술이나 학문을 도락으로 즐기는 아마추어 애호가를 가리키는 용어.

"자, 어떻습니까?" 그는 경박한 걸음으로 옆으로 물러나 그림을 가리키며 물었다. "이것은 빌라도의 훈계입니다. 마태복음서 27장이지요." 그는 자신의 입술이 흥분으로 떨리기 시작한 것을 느끼며 말했다. 그는 물러나 그들 뒤에 섰다.

방문객들이 말없이 그림을 바라보는 그 몇 초 동안, 미하일로프도 그 그림을 바라보았다. 그것도 무관심한 제삼자의 눈으로. 그 몇 초 동안 그는 공정한 최고의 비판이 그들에게서, 그가 몇 분 전만 해도 경멸해 마지않던 바로 이 방문객들에게서 나올 거라고 지레 믿었다. 그는 그 그림을 그리던 3년 동안 그것에 대해 생각한 것들을 완전히 잊었다. 그는 자신에게 의심할 여지가 없어 보였던 그 그림의 모든 가치를 잊었다. 그는 그들처럼 무심한 타인의 시선으로 새롭게 그림을 바라보았다. 그러자 그 속에서 훌륭한 점은 하나도 보이지 않았다. 그는 전경에서 빌라도의 성난 얼굴과 그리스도의 평화로운 얼굴을, 배경에서 빌라도의 종들의 모습과 무슨 일이 일어나고 있는지 주시하는 요한의 얼굴을 보았다. 그토록 무수한 탐구, 그토록 무수한 실패와 수정을 통해 자신의 고유한 성격을 간직한 채로 그의 마음속에서 자라난 인물들, 그에게 그토록 많은 고통과 기쁨을 준 각각의 인물들, 전체를 유지하기 위해 몇 번이고 재배치한 그 인물들, 그가 그토록 힘들게 성취한 색채와 명암의 음영들, 그 모든 것들이 지금 그들의 시선으로 바라보는 그의 눈에는 수천 번이나 되풀이된 진부한 것으로 보였다. 그에게 가장 소중한 얼굴이, 그 그림의 중심이자 그가 그것을 발견한 순간 그토록 환희를 불러일으켰던 그리스도의 얼굴이, 그들의 눈으로 그림을 바라보자 완전히 사라지고 말았다. 그의 눈에는 티치아노, 라파엘, 루벤스의 헤아릴 수 없이 많은 그리스도와 똑같은 병사들과 빌라도의 훌륭한 모사(그다지 훌륭하지도 않았다. 그는 지금 무수한 결점들을 똑똑히 보고 있었다.)가 보였다. 모든 것이 진부하고 허술하고 구태의연하게, 심지어 서투르게 그려져 있었다. 즉 유치찬란하고 힘이 약했다. 그들이 화가 앞에서 거짓으로 정중한 말들을 늘어놓다가 자기들끼리 남았을 때 그를 불쌍히 여기고 조롱한다 해도, 그는 그들을 탓할 수 없을 것 같았다.

그에게 이 침묵이 너무나 고통스러워지기 시작했다.(침묵은 기껏해야 1분에 지나지 않았지만.) 침묵을 깨뜨리고 자신이 흥분하지 않았다는 것을 보여 주기 위해, 그는 자신을 억누르며 골레니셰프에게 말을 걸었다.

"당신을 만나는 기쁨을 누린 적이 있는 것 같습니다." 그는 그들의 얼굴 표정에 나타난 특징을 하나도 놓치지 않기 위해 불안한 눈빛으로 안나와 브론스키를 번갈아 쳐다보며 그에게 말했다.

"물론입니다! 로시의 집에서 만났지요. 기억하실 겁니다. 그 이탈리아 아가씨, 그러니까 새로 온 라셸[123]이 낭독을 하던 그 파티 말입니다." 골레니셰프는 조금의 미련도 없이 그림에서 눈을 떼고 화가를 돌아보며 거리낌 없이 말했다.

그러나 그는 미하일로프가 그림에 대한 비평을 기다리고 있음을 눈치채고 이렇게 말했다.

123) 마드무아젤 라셸로 알려진 스위스 태생의 여배우 엘리자 펠릭스는 19세기 연극에서 프랑스 고전 비극의 부흥에 큰 기여를 했다.

"당신의 그림은 내가 지난번에 본 이후로 상당히 발전했군요. 그리고 그때나 지금이나 빌라도의 모습은 굉장한 감동을 줍니다. 사람들은 그 사람이 선하고 훌륭한 사내이긴 하나 영혼 깊숙한 곳까지 관료적인 인물이었다고, 자신이 무엇을 하는지 모르는 사람이었다고 생각합니다. 하지만 내가 생각하기에는……"

표정이 풍부한 미하일로프의 얼굴 전체가 갑자기 환하게 빛났다. 그리고 눈동자가 반짝이기 시작했다. 그는 무언가를 말하고 싶었으나 흥분으로 말을 꺼낼 수 없어 기침을 하는 척했다. 그가 예술을 이해하는 골레니셰프의 능력을 아무리 낮게 평가했다 해도, 관료 빌라도의 표정이 적절한가에 대한 그의 공정한 견해가 아무리 하찮은 것이라 해도, 또 정작 중요한 것들은 제쳐 놓고 그런 하찮은 소견부터 먼저 늘어놓는 것이 아무리 모욕적이라 해도, 미하일로프는 이 비평에 미칠 듯이 기뻐했다. 그 자신도 빌라도의 형상에 대해서는 골레니셰프와 똑같이 생각했다. 미하일로프도 그 의견이 전적으로 옳은 수백만 가지 의견 가운데 하나라는 점은 잘 알았지만, 그렇다고 골레니셰프가 내놓은 의견의 가치가 떨어지는 건 아니었다. 그는 그 의견 때문에 골레니셰프를 좋아하게 되었고, 갑자기 우울한 기분에서 벗어나 황홀경에 빠졌다. 그 순간 그의 그림 전체가 말로 표현하기 어려운, 살아 있는 모든 것의 온갖 복잡성을 띠고서 그의 앞에 되살아났다. 미하일로프는 다시금 자기도 빌라도를 그렇게 이해하고 있다고 말하려 했다. 그러나 입술이 제멋대로 떨리는 바람에 그는 그 말을 입 밖에 낼 수 없었다. 브론스키와 안나도 조용한 목소리로 무언가를 이야기하고 있었다. 그렇게 한 이유는 한편으로는 화가의 기분을 상하지 않도록 하기 위해서였고, 또 한편으로는 사람들이 미술 전람회에서 흔히 그러듯 예술을 이야기할 때 내뱉기 쉬운 어리석은 말들을 큰 소리로 떠들지 않기 위해서였다. 미하일로프가 보기에는 그 그림이 그들에게도 어떤 인상을 불러일으킨 것 같았다. 그는 그들에게 다가갔다.

"그리스도의 표정이 너무나 놀라워요!" 안나가 말했다. 그녀는 자신이 본 것 가운데 그 표정이 가장 마음에 들었다. 그리고 그녀는 그것이 그림의 중심이므로 그것을 칭찬하면 화가가 좋아하리라는 것을 감지했다. "그리스도가 빌라도를 불쌍히 여기는 것처럼 보여요."

그것 역시 그의 그림과 그리스도의 형상에서 발견할 수 있는 수많은 정확한 의견 가운데 하나였다. 그녀는 그리스도가 빌라도를 불쌍히 여기고 있다고 말했다. 그리스도의 표정에는 연민의 표정이 있어야만 했다. 왜냐하면 그에게는 사랑의 표정이, 천상의 행복과 죽음에 대한 준비의 표정이, 말의 공허함에 대한 자각의 표정이 있기 때문이었다. 물론 빌라도에게는 관료의 표정이, 그리스도에게는 연민의 표정이 있다. 왜냐하면 하나는 육욕적 삶의 구현이고, 다른 하나는 영적 삶의 구현이기 때문이었다. 이 모든 것과 그 밖에 다른 많은 것들이 미하일로프의 생각 속에 번쩍 떠올랐다. 그러자 다시 그의 얼굴이 기쁨으로 환하게 빛났다.

"그렇습니다. 그리고 분위기뿐 아니라 이 형상이 만들어진 방식은 또 어떻습니까? 그 주위를 걸을 수도 있을 것 같죠." 골레니셰프는 이러한 언급으로 자신이 그 형상의 내용과 사상에 찬성하지 않는다는 것을 분명히 드러내며 이렇게 말했다.

"응, 놀라운 솜씨야!" 브론스키가 말했다. "배경에 있는 이 형상은 너무나 뛰어나군! 이런 게 바로 '기교'이지." 그는 골레니셰프를 돌아보며 이렇게 말했다. 그는 골레니셰프를 향해 이렇게 말하며 그들이 주고받은 대화, 즉 브론스키 자신이 이러한 기교를 단념했다고 한 말을 넌지시 비추었다.

"네, 그래요, 대단해요!" 골레니셰프와 안나가 맞장구를 쳤다. 미하일로프는 흥분 상태에 빠져 있었지만, 기교에 대한 언급은 그의 심장을 할퀴었다. 그래서 그는 브론스키를 성난 눈빛으로 바라보다 갑자기 얼굴을 찌푸렸다. 그는 '기교'라는 말을 종종 들었으나 이 말이 무슨 뜻인지 정확히 몰랐다. 이제 그는 이 말이 '내용과 전혀 무관한 것을 스케치하고 그리는 기계적 능력'이란 뜻으로 사용된다는 것을 깨달았다. 그는 지금의 칭찬처럼 사람들이 기교를 내적인 가치와 상반된 것으로 여긴다는 사실을 종종 눈치채곤 했다. 마치 나쁜 것을 훌륭하게 그리는 것이 가능하다는 듯. 그는 덮개를 벗길 때 작품 자체를 손상시키지 않으려면, 그리고 덮개를 완전히 벗기려면 많은 주의와 조심이 필요하다는 것을 알고 있었다. 그러나 여기에는 그림을 그리는 어떤 기술도, 어떤 기교도 존재하지 않았다. 그가 본 것이 작은 어린아이나 하녀에게도 똑같이 보인다면, 그들도 자신이 본 것을 잘 드러낼 수 있을 것이다. 만약 소재의 경계선이 먼저 그의 앞에 모습을 드러내지 않는다면, 가장 노련하고 솜씨 있는 전문 화가도 기계적 능력만으로는 아무것도 그릴 수 없을 것이다. 게다가 기교에 대해 굳이 말한다면, 그는 자신이 그것으로는 칭찬받을 수 없다는 것을 알고 있었다. 그는 자신이 지금 그리고 있거나 이미 그린 작품들 속에서 덮개를 벗길 때의 부주의에서 생긴, 작품 전체를 훼손하지 않고서는 이제 더 이상 수정할 수도 없는, 그의 눈에 거슬리는 결점들을 보았다. 그리고 거의 모든 형상과 얼굴에서 그는 충분히 벗겨 내지 못한 덮개의 흔적들, 그림을 망치고 있는 그 흔적들을 여전히 보았다.

"한 가지 더 말할 수 있습니다. 이런 말을 해도 괜찮다면……." 골레니셰프가 말했다.

"아, 정말 기쁜 마음으로 듣겠습니다. 말씀해 주시지요." 미하일로프는 억지웃음을 지으며 말했다.

"그것은 당신이 그린 그리스도가 인신(人神)이지 신인(神人)이 아니라는 점입니다.[124] 하지만 난 그것이 당신이 의도한 바라는 것을 압니다."

"내 영혼에 존재하지 않는 그리스도를 그릴 수는 없었습니다." 미하일로프는 우울한 어조로 말했다.

"그렇죠. 하지만 그런 경우, 내 생각을 말해도 괜찮다면……. 당신의 그림은 너무나 훌륭해서 내 의견 때문에 훼손을 입지는 않을 겁니다. 그리고 이건 나의 개인적인 의견입니다. 당신의 생각은 다르겠지요. 모티프 자체가 다르니까요. 하지만 이바노프를 예로 들어 봅시다. 나는 이바노프가 그리스도를 역사적인 인물의 차원으로 끌어내릴 바에 아직 아무도 다룬 적 없는 다른 참신한 테마를 선택하는 편이 나았을 거라고 생각합

124) 그리스도교 교리에 다르면, 신은 '신인(神人)'인 그리스도의 모습으로 인간이 되었다. 골레니셰프의 말은 미하일로프가 그리스도의 신성을 부인하는 작품을 그렸다는 의미이다.

니다."

"하지만 그것이 예술에 주어진 가장 큰 테마라면요?"

"찾아보면 다른 테마들도 있을 겁니다. 하지만 문제는 예술이 논쟁과 심의를 감당하지 않는다는 것입니다. 하지만 이바노프의 그림 앞에 서면 신자든 무신론자든 이런 의문을 품게 되지요. 이것은 신일까, 신이 아닐까? 그리고 그러한 질문은 인상의 통일성을 깨뜨립니다."

"왜죠? 내가 생각하기에……." 미하일로프가 말했다. "교육받은 사람들 사이에서는 그런 논쟁이 아예 있을 수 없을 것 같은데요."

골레니셰프는 이 말에 동의하지 않았다. 그는 예술에 필요한 인상의 통일성에 관하여 자신의 처음 생각을 고집하며 미하일로프를 논파했다.

미하일로프는 흥분했지만 자신의 생각을 변호할 만한 말을 한마디도 할 수 없었다.

12

안나와 브론스키는 이미 오래전부터 친구의 번드르르한 다변(多辯)을 유감스러워하며 서로 눈짓을 주고받고 있었다. 그러다 마침내 브론스키는 주인을 기다리다 못해 그보다 작은 다른 그림 쪽으로 걸음을 옮겼다.

“아, 이렇게 아름다울 수가! 정말로 아름답군! 놀라워! 이렇게 아름답다니!” 두 사람은 한목소리로 말했다.

‘무엇이 그토록 저들의 마음에 들었을까?’ 미하일로프는 생각했다. 그는 3년 전에 그린 그 그림을 잊고 있었다. 그는 그 그림이 밤낮으로 집요하게 자신을 사로잡던 몇 달 동안 그 그림을 그리며 맛본 고통과 희열을 모두 잊었다. 이미 끝낸 그림을 늘 잊어버리듯, 그 그림도 그렇게 잊었다. 그는 그 그림을 보기도 싫었지만, 단지 그 그림을 구매하고 싶어 하는 영국인을 기다리느라 그것을 꺼내 놓았을 뿐이었다.

“이것은 그냥 오래된 습작일 뿐입니다.” 그가 말했다.

"정말 훌륭합니다!" 골레니셰프도 그 그림의 아름다움에 진심으로 빠져드는 기색을 보이며 말했다.

버드나무 그늘 아래 두 소년이 낚시질을 하고 있다. 나이가 더 많아 보이는 소년은 이제 막 낚싯줄을 던지고 온 정신을 집중한 채 덤불 뒤에서 열심히 찌를 잡아당기고 있었다. 더 어린 소년은 풀밭에서 헝클어진 금발 머리를 팔에 괴고 누워 생각에 잠긴 듯한 푸른 눈으로 수면을 바라보고 있었다. 그는 무슨 생각을 하고 있을까?

이 그림에 대한 찬탄은 미하일로프의 마음속에 예전의 흥분을 불러일으켰다. 그러나 그는 이런 찬사가 기쁘긴 했지만 과거에 대한 이런 무익한 감정을 두려워했고 좋아하지도 않았기 때문에 방문객들의 관심을 세 번째 그림으로 돌리고자 했다.

그러나 브론스키는 그 그림을 팔지 않겠느냐고 물었다. 방문객들 때문에 흥분한 지금의 미하일로프로서는 돈 문제에 대한 이야기가 몹시 불쾌하기만 했다.

"그 그림은 팔려고 내놓은 겁니다." 그는 우울한 표정으로 얼굴을 찌푸리며 대답했다.

방문객들이 돌아가자, 미하일로프는 빌라도와 그리스도의 그림 앞에 앉아 방문객들이 한 이야기와 그들이 입 밖에 내지는 않았어도 넌지시 암시한 내용들을 또렷한 정신으로 되씹어 보았다. 그런데 이상했다. 그들이 그 자리에 있을 때, 그리고 그가 마음속으로 그들의 시점에서 바라보았을 때, 그에게 그토록 중요하게 보이던 것이 갑자기 모든 가치를 잃었다. 그는 자신의 그림을 완전히 예술적 시각으로 바라보기 시작했고 그 그림의 완벽함과 중요성을 확신하는 상태에 이르렀다. 그것은 다른 모든 흥미를 뿌리치는 긴장감을 위해 그에게 필요한 것이었고, 오직 그러한 상태에서만 그는 작업을 할 수 있었다.

그러나 원근법으로 그려진 그리스도의 한쪽 다리는 그렇지 않았다. 그는 팔레트를 쥐고 작업에 착수했다. 그는 한쪽 다리를 고쳐 그리면서 배경에 있는 요한의 형상을 계속 눈여겨보았다. 방문객들은 그것에 주목하지 않았지만 그가 생각하기에 그것은 완벽의 극치였다. 한쪽 발을 끝낸 그는 그 형상에 달려들려고 했지만 그러기에는 자신이 너무 흥분해 있다는 것을 깨달았다. 그는 감수성이 지나치게 풍부해 모든 것을 너무 잘 볼 때나 정신이 냉정할 때나 똑같이 작업을 할 수 없었다. 작업이 가능한 때는 오직 냉정에서 영감으로 넘어가는 이 단계뿐이었다. 하지만 지금 그는 너무 흥분한 상태였다. 그는 그림을 덮으려 하다가 문득 제자리에 멈춰 서서 한 손으로 덮개를 잡고 행복한 미소를 지으며 오랫동안 요한의 형상을 바라보았다. 마침내 그는 떨어지게 되어 슬프다는 듯 덮개를 내리고 피곤하지만 행복한 기분에 젖어 셋방으로 갔다.

브론스키와 안나와 골레니셰프는 집으로 돌아오는 동안 유난히 활기차고 명랑했다. 그들은 미하일로프와 그의 그림에 대해 이야기를 나누었다. 그들이 이성과 감성에 의존하지 않는 선천적이고 거의 육체적인 능력으로 사용한, 그들이 화가가 체험하는 모든 것을 지칭하고자 사용한 '재능'이란 단어는 그들의 대화에서 유난히 자주 등장했다. 왜냐하면 그들이 전혀 아는 바가 없는데도 말하고 싶어 하는 것을 나타내기 위해서는 그 단어가 꼭 필요했기 때문이다. 그들은 미하일로프에게 재능이 있다는 것을 인정하지 않을 수 없지만 우리 러시아 화가

들의 공통된 불행인 교육의 부족 때문에 그의 재능이 발전하지 못했다고 말했다. 그러나 소년들을 그린 그림은 그들의 기억 속에 깊이 새겨졌다. 그래서 그들은 때때로 그것에 대한 이야기로 다시 돌아가곤 했다.

"정말로 아름다웠어! 그는 그것을 너무나 훌륭하게 해냈어! 게다가 얼마나 단순하느냔 말이야! 그는 그 그림이 얼마나 훌륭한지 모르고 있어. 그래, 놓쳐서는 안 돼. 꼭 사야겠어." 브론스키는 말했다.

13

미하일로프는 브론스키에게 그림을 팔고 안나의 초상을 그리기로 했다. 그는 정해진 날에 찾아와 작업을 시작했다.

다섯 번째 작업부터 그 초상화는 실물과 닮았다는 점 때문만이 아니라 특별한 아름다움으로 모든 사람들, 특히 브론스키를 놀라게 했다. 미하일로프가 어떻게 그녀의 특별한 아름다움을 찾아낼 수 있었는지 신기했다. '그녀의 가장 사랑스러운 그 정신적인 표정을 찾아내려면 그녀를 잘 알고 나만큼 그녀를 사랑해야만 해.' 브론스키는 자신도 이 초상화를 통해 그녀의 가장 사랑스러운 그 정신적인 표정을 이해했으면서도 이렇게 생각했다. 하지만 그 표정이 실물과 너무나 닮아 있어서 그나 다른 사람들에게는 자신들이 오래전부터 그 표정을 잘 알고 있었던 것처럼 여겨졌다.

"난 아주 오랫동안 고심했는데도 아무것도 이루지 못했어." 브론스키는 자기가 안나를 그린 초상화에 대해 말했다. "그런데 그는 보자마자 그려 냈거든. 그게 바로 기교라는 거지."

"자네도 그렇게 되겠지." 골레니셰프는 그를 위로했다. 그가 생각하기에 브론스키에게는 재능도 있었고 무엇보다 예술에 고상한 시각을 부여하는 교양이 있었다. 브론스키의 재능에 대한 골레니셰프의 확신은 그가 자신의 논문과 사상에 대해 브론스키의 공감과 찬사를 필요로 한다는 이유 때문에도 유지되었다. 그리고 그는 칭찬과 협력이 상호적이어야 한다고 느꼈다.

남의 집, 특히 브론스키의 팔라초에서 미하일로프는 자신의 작업실에 있을 때와 전혀 다른 사람이 되었다. 그는 마치 자신이 존경하지 않는 사람들과 가까워지는 것이 두렵기라도 한 듯 적대적으로 느껴질 만큼 공손했다. 그는 브론스키를 '전하'라고 불렀다. 그리고 안나와 브론스키가 아무리 청해도 결코 남아서 식사하는 법이 없었고 초상화를 그릴 때가 아니면 오지도 않았다. 안나는 다른 사람들보다 더 다정하게 그를 대했고 자신의 초상화에 대해서도 고마워했다. 브론스키가 그를 대하는 태도는 정중함 이상이었다. 그는 분명 자신의 그림에 대한 이 화가의 견해에 흥미를 느꼈다. 골레니셰프는 미하일로프에게 예술의 참된 개념을 주입할 기회를 놓치지 않았다. 하지만 미하일로프는 여전히 모든 이들에게 똑같이 냉담했다. 안나는 그의 시선을 통해 그가 자기를 바라보는 것을 좋아한다고 느꼈다. 하지만 그는 그녀와의 대화를 피했다. 그는 브론스키가 그의 그림에 대해 이야기할 때도 완강하게 침묵했고, 사람들이 그에게 브론스키의 그림을 보였을 때도 완강하게 침묵했다. 그리고 그는 분명 골레니셰프의 이야기를 거북스러워하는 것 같았지만 그에게 반박하지 않았다.

대체로 사람들은 미하일로프를 더 잘 알게 되자 그의 서먹서먹하고 기분 나쁜 태도, 마치 적의를 품은 듯한 태도 때문에 그를 몹시 싫어하게 되었다. 그래서 초상화 작업이 끝나 그들의 손에 훌륭한 초상화가 남고 그의 발길이 끊어지자 그들은 기뻐했다.

모두가 품고 있던 생각, 즉 미하일로프가 단순히 브론스키를 질투한 것이라는 생각을 가장 먼저 입 밖에 낸 사람은 골레니셰프였다.

"가령 그가 재능을 갖고 있어서 질투하지 않았다고 칩시다. 하지만 궁정을 드나드는 데다 부유하고 게다가 백작인 사람이(그런 사람들은 그 모든 것을 증오하잖아.) 특별한 노력도 없이, 비록 자기보다 뛰어나지는 않다 해도 말입니다, 평생 자신이 몸 바쳐 온 그 일을 똑같이 하고 있다는 게 그로서는 분했던 겁니다. 무엇보다 그것은 그에게 결여된 교양의 문제입니다."

브론스키는 미하일로프를 감쌌지만 마음속 깊은 곳에서는 그도 그렇게 믿고 있었다. 왜냐하면 그가 생각하기에 다른 천한 세계의 사람들이란 질투를 하기 마련이었기 때문이다.

안나의 초상화, 브론스키와 미하일로프가 실물을 보고 그린 똑같은 그림은 브론스키에게 분명 자신과 미하일로프의 차이를 보여 주었을 것이다. 그러나 그는 그것을 보지 않았다. 그는 그저 미하일로프가 안나의 초상화를 끝내자 자기가 그리던 안나의 초상화는 이제 필요 없다고 결정하고 그 그림에서 손을 뗐다. 하지만 그는 중세 생활을 소재로 계속 그림을 그렸다. 그 자신도, 골레니셰프도, 특히 안나도 그의 그림이 매우 훌륭하다고 생각했다. 왜냐하면 그의 그림이 미하일로프의 그림보다 훨씬 더 명화와 비슷했기 때문이다.

한편 미하일로프는 안나의 초상화에 몹시 끌렸음에도, 작업이 끝나 더 이상 예술에 대한 골레니셰프의 해석을 들을 필요도 없고 브론스키의 그림에 대해서도 잊을 수 있게 돼서 그들보다 훨씬 더 기뻐했다. 그는 브론스키가 그림을 가지고 노는 것을 말릴 수 없다는 걸 잘 알았다. 브론스키를 비롯한 모든 딜레탕트들에게 그들 내키는 대로 그림을 그릴 충분한 권리가 있다는 것을 알았다. 그러나 그는 그것이 불쾌했다. 커다란 밀랍 인형을 만들고 그것에 키스하는 남자를 말릴 수는 없었다. 그러나 그 남자가 인형을 가지고 와서 사랑에 빠진 남자 앞에 앉아 마치 사랑에 빠진 남자가 사랑하는 여인을 애무하듯 자기 인형을 애무하기 시작하면, 사랑에 빠진 남자는 불쾌할 것이다. 미하일로프는 브론스키의 그림을 보고 그와 똑같은 불쾌한 감정을 느꼈다. 그는 그것이 우습기도 하고 화가 나기도 나고 불쌍하기도 하고 불쾌하기도 했다.

회화와 중세 시대에 대한 브론스키의 열정은 그다지 오래가지 않았다. 그는 회화에 대해 어느 정도 취미를 갖고는 있었지만 자신의 그림을 완성시킬 만큼은 아니었다. 그림은 중단되었다. 그는 만약 자신이 그림을 계속 그린다면 처음엔 거의 알아차리지 못한 그림의 단점이 놀랄 만큼 두드러지게 되리라는 것을 어렴풋이 느꼈다. 자기에게는 아무것도 말할 게 없다고 느끼면서도 생각이 충분히 무르익지 않았다는 말로, 자신은 지금 생각을 성숙시키고 자료를 준비하고 있다는 말로 스스로를 끊임없이 기만하는 골레니셰프처럼 그에게도 똑같은 일이 일어난 것이다. 골레니셰프는 그 일로 격분하고 고통스러워했지만, 브론스키는 자신을 속일 수도, 괴롭힐 수도, 특히 격분할 수도 없었다. 그는 그 특유의 단호한 성격으로 아무런 변명도 하지 않고 자신을 정당화시키지도 않은 채 그림 그리는 것을 그만두었다.

하지만 이런 소일거리가 없어지자 이탈리아 소도시에서의 생활은 그에게도, 그의 환멸에 놀란 안나에게도 너무나 지루하게 느껴졌다. 팔라초가 갑자기 눈에 띄게 낡고 더러워 보이기 시작하고, 커튼의 얼룩이며 마룻바닥의 갈라진 틈새며 코니스[125]의 부서진 치장 벽토가 너무나 불쾌할 정도로 또렷이 보이고, 늘 똑같은 골레니셰프며 이탈리아인 교수며 독일인 여행가가 견딜 수 없이 따분하게 느껴지기 시작하자, 그들은 생활에 변화를 주지 않을 수 없었다. 그들은 러시아의 시골로 떠나기로 결심했다. 페테르부르크에서 브론스키는 형과 재산을 분배할 작정이었고, 안나는 아들을 만나 볼 생각이었다. 그리고 여름은 브론스키 가에 조상 대대로 내려오는 광대한 영지에서 보낼 계획이었다.

125) 서양식 건축물의 벽면에 수평의 띠 모양으로 돌출된 부분. 추녀 아래나 추녀와 벽면이 이어지는 이음새에 돌출 장식을 둘러 외관을 꾸미고 빗물로부터 벽면을 보호했다.

14

레빈이 결혼한 지도 석 달이 지났다. 그는 행복했지만, 그 행복은 기대했던 것과 전혀 달랐다. 그는 걸음걸음마다 예전의 공상에 대한 환멸과 예기치 못한 새로운 매력을 발견했다. 레빈은 행복했다. 그러나 일단 가정생활에 발을 들여놓자, 그는 걸음걸음마다 그 행복이 그가 상상하던 것과 전혀 다르다는 것을 깨닫게 되었다. 걸음걸음마다 그는 호수 위를 행복하게 떠다니는 보트를 황홀한 눈으로 바라보던 사람이 그 보트에 몸소 앉았을 때 느꼈음 직한 것을 경험했다. 그는 흔들리지 않고 반듯하게 앉아 있는 것만으로는 부족하다는 것을 깨달았다. 어디로 흘러가고 있는지 한시도 잊지 말고, 발아래에 물이 있다는 점, 노를 저어야 한다는 점, 익숙하지 않은 손으로 하면 아프다는 점, 보고만 있을 때는 쉬울 것 같지만 그것을 직접 해 보면 무척 즐겁기는 해도 굉장히 힘들다는 점까지 염두에 두어야 했던 것이다.

독신일 땐 남들의 결혼 생활, 그들의 자질구레한 걱정과 다툼과 질투를 보며 그저 속으로 그들을 업신여기듯 비웃기만 했다. 그의 확신에 따르면, 장차 그의 결혼 생활에는 그와 비슷한 문제가 결코 있을 수 없을 뿐만 아니라 외적인 형식까지도 모든 면에서 남들의 생활과 완전히 달라야 할 것 같았다. 그러나 뜻밖에도 그와 아내의 생활은 별다르지 않았을 뿐 아니라 오히려 그가 예전에 그토록 경멸해 마지않던, 하지만 이제는 그의 의지에 반하여 대단히 확고한 중요성을 띠게 된 지극히 보잘것없는 사소한 것들로 꽉 차 있었다. 레빈도 그 사소한 것들을 정돈하는 일이 결코 예전에 생각하던 것처럼 그렇게 쉽지는 않다는 것을 알게 되었다. 레빈은 자신이 가정생활에 대해 가장 정확한 견해를 갖고 있다고 생각했지만, 다른 남자들과 마찬가지로, 자기도 모르게 가정생활을 그 무엇도 방해할 수 없고 사소한 걱정거리에 끌려 다녀서는 안 될 사랑의 쾌락으로만 상상하고 있었다. 그의 생각에 따르면, 그는 자신의 일을 해야 했고 사랑의 행복 속에서 휴식을 얻어야 했다. 그녀는 사랑받아야만 했다. 그뿐이었다. 그러나 그는 다른 남자들과 마찬가지로 그녀도 일을 해야 한다는 것을 잊고 있었다. 그래서 그는 그녀가, 그 시적이고 아름다운 키티가 어떻게 가정생활의 첫 주가 아니라 첫날부터 테이블보에 대해, 가구에 대해, 손님용 매트리스에 대해, 쟁반에 대해, 요리사와 식사 등등에 대해 생각하고 기억하고 살필 수 있는지 놀라웠다. 약혼 시절, 그는 그녀가 외국 여행을 거절하고 시골로 가겠다고 결정할 때의 그 명확한 태도에, 마치 자신은 꼭 필요한 무언가를 알고 있고 사랑 이외의 부차적인 일에 대해서도 생각할 수 있다는 듯한 태도에 충격을 받았다. 그때 그는 그 일로 기분이 상했다. 그리고 이제는 사소한 일로 안달복달하고 걱정하는 그녀의 태도가 여러 번 그를 불쾌하게 했다. 하지만 그는 그녀에게 그런 것이 필요하다는 것을 알았다. 그리고 그는 그녀를 사랑하고 있었기에, 비록 왜 그러는지도 몰랐고 그런 걱정거리를 속으로 비웃기는 했지만, 그런 모습을 도취된 눈으로 바라보지 않을 수 없었다. 그는 그녀가 모스크바에서 실어 온 가구들을 배치하고, 자기 방과 그의 방을 새롭게 장식하고, 커튼을 달고, 손님들과 돌리를 위해 미리 방을 지정하고, 자기의 새 하녀를 위해 방을 마련하고, 요리사 영감에게 식사를 지시하고, 식료품 담당인 아가피야 미하일로브나를 자리에서 물러나게 하여 그녀와 말다툼을 벌이는 것을 보며 비웃었다. 그는 요리사 영감이 그녀를 대견스럽게 바라보며 해 본 적도 없고 할 수도 없는 일을 시키는 그녀의 분부를 들으면서 빙그레 웃는 것을 보았다. 그리고 아가피야 미하일로브나가 식료품 저장실에서 젊은 마님의 새 분부를 듣고는 생각에 잠겨 부드럽게 고개를 내젓는 모습을 보았다. 또한 그는 키티가 그에게 와서 울고 웃으며 하녀인 마샤가 자기를 아가씨로 대하는 것에 익숙해 있는데다 그 때문에 아무도 그녀의 말을 듣지 않는다고 하소연할 때 그녀가 얼마나 사랑스러운지 보았다. 그것은 그에게 사랑스러워 보였지만, 한편으로는 이상하게도 보였다. 그는 그런 일은 없는 편이 더 나았을 거라고 생각했다.

그는 그녀가 친정을 나온 이후 경험하고 있는 변화의 감정을 알지 못했다. 친정에서는 이따금 크바스를 곁들인 절인 양배추나 당과를 먹고 싶어도 어느 것 하나 손에 넣을 수 없었지만, 이제 그녀는 원하는 것은 뭐든지 주문할 수 있고 당과도 산더미같이 사들일 수 있으며 돈도 얼마든지 쓸 수 있고 그녀가 좋아하는 케이크도 마음껏 시킬 수 있었다.

지금 그녀는 돌리가 아이들을 데리고 오는 것을 즐겁게 상상하고 있었다. 특히 그녀는 아이들에게 저마다 좋아하는 케이크를 주문해 줄 것이고, 돌리는 그녀가 새롭게 정돈한 것들을 높이 평가해 줄 것이다. 그녀 자신은 어째서인지, 무엇 때문인지 몰랐지만, 집안 살림은 저항할 수 없는 힘으로 그녀를 끌어당겼다. 본능적으로 봄이 다가옴을 느끼고 날씨가 나빠지리라는 것을 알았던 그녀는 최대한 정성껏 자신의 보금자리를 지었고 그와 동시에 어떻게 이것을 만들지 익히느라 부랴부랴 서둘렀다.

키티의 이런 사소한 걱정, 레빈이 처음에 품은 숭고한 행복의 이상과 너무나 대조적인 그 걱정도 그가 느낀 환멸 가운데 하나였다. 그리고 그가 그 의미를 이해할 수 없음에도 사랑하지 않을 수 없었던 그 사랑스러운 걱정은 새로운 매력 가운데 하나이기도 했다.

말다툼은 또 하나의 환멸이자 매력이었다. 레빈은 자신과 아내 사이에 다정함과 존경과 사랑 이외에 다른 관계가 있을 수 있다는 것을 한 번도 상상해 본 적이 없었다. 그런데 뜻밖에도 그들은 결혼 초부터 말다툼을 벌이고 말았다. 왜냐하면 그녀가 그는 그녀를 사랑하지 않고 자신만을 사랑한다고 말하면서 울음을 터뜨리고 두 손을 내저었기 때문이다.

그들의 이 최초의 싸움은 레빈이 새 농장에 가던 길에 지름길로 가려다 길을 잃어 30분 늦게 돌아오는 바람에 일어났다. 그는 오직 그녀와 그녀의 사랑과 자신의 행복만 생각하며 집으로 돌아왔다. 그래서 집이 가까워질수록, 그녀에 대한 부드러운 애정은 그의 마음속에서 더욱더 뜨거워졌다. 그는 청혼을 하러 쉐르바츠키 가를 방문했을 때와 같은, 아니 그보다 더 강렬한 감정을 안고 방으로 뛰어 들어갔다. 그런데 뜻밖에도 그를 맞이한 것은 지금까지 그녀에게서 한 번도 본 적 없는 어두운 표정이었다. 그가 그녀에게 키스하려 하자 그녀가 그를 밀쳤다.

"왜 그래?"

"당신은 즐겁죠……." 그녀는 차분하면서도 가시 돋친 태도를 보이려 애쓰며 말했다.

하지만 그녀가 입을 열자마자, 무의미한 질투에서 비롯된 비난의 말들, 그녀가 창가에 앉아 꼼짝 않고 보낸 30분 동안 그녀를 괴롭히던 것들이 그녀에게서 쏟아져 나왔다. 그는 결혼식 후 그녀를 교회에서 데리고 나올 때 자신이 이해할 수 없었던 것을 그제야 비로소 분명히 이해했다. 그는 그녀가 그에게 가까운 존재라는 사실뿐 아니라 이제는 어디까지가 그녀이고 어디서부터가 자기인지 모르게 됐다는 걸 깨달았다. 그것은 그 순간 경험한 둘로 나뉘는 괴로움을 통해 깨달은 것이었다. 처음에는 그도 화를 냈지만, 바로 그 순간 그는 그녀에게 화를 낼 수 없다는 것을, 그녀는 곧 그 자신이라는 것을 깨달았다. 처음에 그는 어떤 사람이 갑자기 뒤통수를 세게 한 대 맞은 후 화가 나서 앙갚음을 하려고 때린 사람을 찾아 뒤를 돌아보았을 때 그 자신이 무심코 자신을 친 것일 뿐 누구에게도 화를 낼 수 없고 그저 아픔을 참으며 가라앉히는 수밖에 없다는 것을 확인했을 때 느끼는 것과 비슷한 감정을 맛보았다.

그는 그 후로 그처럼 강렬하게 그것을 느낀 적은 없지만, 그 첫 번째 싸움에서 오랫동안 정신을 차릴 수 없었다. 자신을 정당화하고 그녀에게 그녀의 잘못을 입증해 보이고 싶은 것이 그의 솔직한 심정이었다. 그러나 그녀의 죄를 입증하는 것은 그녀를 더욱 자극하고 고통의 원인인 불화를 더욱 심화시키는 것을 뜻했다. 다만 습관적인 감정이 그로 하여금 잘못을 자신에게서 그녀에게로 떠넘기도록 충동질했다. 보다 강력한 또 다른 감정은 불화가 커지기 전에 빨리, 가능한 한 빨리 그것을 진정시키도록 그를 이끌었다. 그런 부당한 비난을 받고도 가만히 있는 것은 괴로운 일이었다. 그러나 자신을 정당화하느라 그녀에게 상처를 주는 것은 더욱더 못할 짓이었다. 반쯤 잠든 상태에서 통증으로 괴로워하는 사람처럼 그는 자신에게서 아픈 부분을 도려내 버리고 싶었다. 그러나 냉정을 되찾은 그는 아픈 부분이 그 자신이라는 것을 깨달았다. 그는 그저 상처가 아픔을 견디도록 애써 돕는 수밖에 없었다. 그래서 그는 그렇게 하려고 노력하기 시작했다.

그들은 화해했다. 그녀는 자신의 잘못을 깨달았지만 그것을 입 밖에 내지는 않고 그에게 더 다정하게 대했다. 그리하여 그들은 사랑 속에서 새로운 곱절의 행복을 맛보았다. 하지만 그 일도 그런 충돌이 되풀이되는 것을, 심지어 전혀 생각도 못한 너무나 사소한 이유로 굉장히 자주 되풀이되는 것을 막아 주지는 못했다. 충돌이 잦았던 까닭은, 그들이 서로에게 무엇이 중요한지 아직 몰라서이기도 했고, 신혼 초 내내 그들 둘 다 불쾌한 기분에 빠진 경우가 많아서이기도 했다. 한 사람의 기분이 좋고 한 사람의 기분이 나쁠 때는 평화가 깨어지지 않았다. 그러나 둘 다 기분이 나쁠 때는, 나중에 그들이 왜 싸웠는지 기억해 낼 수 없을 만큼 이해하기 힘든 사소한 이유로 충돌이 벌어지곤 했다. 사실 둘 다 기분이 좋을 때는 삶의 기쁨이 훨씬 커졌다. 그러나 역시 이 신혼 시기는 그들에게 힘든 시간이었다.

이 신혼 시기 내내 그들이 유난히 생생하게 느낀 감정은 자신을 얽어맨 사슬을 양쪽에서 잡아당기는 듯한 긴장감이었다. 대체로 신혼은, 즉 레빈이 전해져 내려오는 이야기를 듣고 너무나 많은 것을 기대했던 결혼 후 첫 한 달은 달콤하지 않았을 뿐 아니라 그 두 사람의 기억 속에 그들의 생애에서 가장 괴롭고 모욕적인 시간으로 남았다. 그후의 생활에서 그들 두 사람은 그 병적인 시간, 그들의 기분이 정상적일 때가 드물고 좀처럼 그 자신으로 있을 수 없었던 그 시절의 기형적이고 수치스러운 상황들을 기억에서 지우려고 애썼다.

결혼 생활이 석 달째 접어들고 두 사람이 모스크바에서 한 달 간 머물고 돌아온 이후에야 비로소 그들의 삶은 평탄해지기 시작했다.

15

그들은 모스크바에서 막 돌아와 자신들의 고독을 기뻐하고 있었다. 레빈은 서재의 책상에 앉아 글을 쓰고 있었다. 그녀는 결혼 초에 입던 짙은 라일락색 드레스, 레빈이 특별한 기억으로 소중히 여기는 그 드레스를 다시 꺼내 입고 소파에 앉아 broderie anglaise[126]를 뜨고 있었다. 그 낡은 가죽 소파는 레빈의 할아버지와 아버지의 서재에 한결같이 놓여 있던 것이다. 그는 그녀가 옆에 있다는 느낌에 줄곧 기뻐하며 상념에 잠기기도 하고 글을 쓰기도 했다. 그는 농장 일도, 새로운 농사의 기초를 설명하기 위한 저술 작업도 중단하지 않았다. 그러나 예전의 그에게 이런 일과 생각이 삶 전체를 뒤덮은 암흑에 비해 보잘것없고 사소하게 여겨진 것처럼, 지금의 그에게는 이런 것들이 행복의 밝은 빛으로 가득 찬 미래의 삶에 비하여 하찮

126) '영국 자수.' (프랑스어)

고 사소하게 여겨졌다. 그는 자기의 일을 계속하고는 있지만, 이제는 관심의 무게중심이 다른 것으로 옮겨 갔고, 그 결과 자신이 사물을 완전히 다른 눈으로 더욱 분명하게 보게 되었다고 느꼈다. 예전에 그에게는 그 일이 삶으로부터의 구원이었다. 예전에 그는 그 일이 없는 자신의 삶은 너무나 우울할 거라고 생각했다. 그런데 지금 그 일이 그에게 꼭 필요한 것이 된 까닭은 삶이 너무 단조롭게 빛나지 않도록 하기 위해서였다. 자신의 원고를 다시 붙잡고 거기에 적힌 내용을 거듭 읽으면서, 그는 만족스럽게도 그 일이 매달릴 만한 가치가 있다는 것을 발견했다. 그것은 새롭고도 유용했다. 그가 보기에 이전의 생각들 가운데는 지나치고 극단적인 부분이 많은 것 같았다. 그러나 기억 속에서 모든 것들을 새롭게 환기시켜 보자, 많은 공백이 분명히 보였다. 그는 지금 러시아의 농업이 열악한 상황에 놓인 이유에 대해 새로운 장(章)을 쓰고 있었다. 그는 러시아에서 빈곤이 발생한 것이 토지 소유의 불평등한 분배와 그릇된 경향 때문만이 아니라, 최근 러시아에 변칙적으로 보급된 외국 문명, 특히 도시로의 집중을 초래한 교통망과 철도, 사치 풍조의 심화, 그로 인해 농업이 쇠퇴할 정도로 발전한 공업 및 신용 대출과 그 동반자인 주식 거래 때문이기도 하다는 것을 입증했다. 그가 생각하기에, 한 국가에서 부(富)가 정상적으로 발전할 경우, 이 현상들은 농업에 상당한 노동이 투입된 이후에야, 농업이 올바른, 적어도 일정한 조건에 이른 이후에야 비로소 시작될 것 같았다. 그리고 한 국가의 부는 균등하게, 특히 부의 다른 싹들이 농업을 앞지르지 않는 한에서 성장해야 할 것 같았다. 또한 교통망도 농업의 일정한 상태에 따라 그에

상응해야 할 것 같았다. 그리고 러시아의 그릇된 토지 이용을 고려할 때 경제적 필요가 아닌 정치적 필요에 따라 생긴 철도는 아직 시기상조일 뿐 아니라 그것에서 기대되는 농업의 조성을 가져오는 대신 농업을 앞지르고 공업과 신용 대출의 발전을 초래함으로써 농업을 저지할 것 같았다. 그래서 동물의 한 기관의 편향적이고 지나치게 빠른 발달이 전체적인 발달을 저해하는 것과 마찬가지로, 러시아의 부의 전반적인 발전에 있어서 신용 대출, 교통망, 공업 활동의 강화 — 유럽에서는 시기적절하고 반드시 필요한 것이겠지만 — 는 '농업의 정비'라는 가장 중요하고 시급한 문제를 제쳐 둔 채 그저 러시아에 해악만 끼칠 것 같았다.

그가 글을 쓰는 동안, 그녀는 남편이 젊은 차르스키 공작에게 얼마나 부자연스러울 정도로 친절했는지 생각했다. 차르스키 공작은 그들이 떠나기 전날 밤에 너무 눈치 없이 그녀에게 아첨을 해 댔다. '그는 질투하고 있는 게 분명해. 아, 그는 정말 사랑스럽고 바보 같아. 그는 나 때문에 질투하는 거야! 나에게는 그 사람들 모두 표트르 요리사와 마찬가지라는 걸 그가 안다면.' 그녀는 스스로에게도 야릇하게 느껴지는 소유욕을 품고 그의 목덜미와 붉은 목을 바라보며 생각에 잠겼다. '그를 일에서 떼어 놓는 것이 유감스럽긴 하지만(하지만 그는 충분히 해낼 거야!) 그의 얼굴을 꼭 봐야겠어. 그는 내가 자기 얼굴을 보고 있다는 걸 느끼고나 있을까? 그가 돌아봐 주면 좋겠는데……. 아, 제발!' 그리고 그녀는 눈빛의 효력이 커지기를 바라며 눈동자를 크게 떴다.

"그래, 그들은 모든 단물을 자기 쪽으로 끌어가고 가짜 빛을 내고 있어." 그는 글쓰기를 멈추고 중얼거리다 그녀가 그를 바라보며 웃는 것을 느끼고 그녀를 돌아보았다.

"왜?" 그는 미소 띤 얼굴로 일어서며 물었다.

'돌아봤어.' 그녀는 생각했다.

"아무것도 아니에요. 난 그저 당신이 돌아봐 주었으면 해서." 그녀는 그를 찬찬히 바라보면서 자기가 그의 일을 방해한 것 때문에 그가 화를 내고 있지는 않은지 알아내고 싶어 했다.

"아, 우리 둘만 있으니 정말 좋은데! 나는 그래." 그는 그녀에게 다가가며 행복의 미소를 환하게 빛냈다.

"나도 너무 좋아요! 이제 아무 데도 가지 않겠어요. 특히 모스크바에는."

"그런데 무슨 생각을 하고 있었어?"

"나요? 난……. 아냐, 아냐, 어서 가서 글이나 써요, 딴 데 신경 쓰지 말고." 그녀는 입술을 오므리며 말했다. "나도 지금 이 작은 구멍을 오려야 되거든요. 보이죠?"

그녀는 가위를 들고 구멍을 오리기 시작했다.

"그러지 말고 말해 봐. 무슨 생각 했어?" 그는 그녀 옆에 나란히 앉아 작은 가위의 둥그런 움직임을 눈으로 좇으며 말했다.

"아, 무슨 생각을 하고 있었느냐고요? 모스크바에 대해 생각하고 있었어요. 그리고 당신의 목덜미에 대해."

"어쩌다 내게 이런 행복이 온 걸까? 부자연스러워. 너무 좋단 말이야." 그는 그녀의 손에 입을 맞추며 말했다.

"난 오히려 좋을수록 자연스러워지던데."

"그런데 당신 머리카락이 약간 꼬였어." 그는 그녀의 머리를 조심스럽게 돌리며 말했다. "약간 꼬였지. 봐, 바로 여기. 아냐, 아냐. 우리, 일이나 합시다."

하지만 일은 더 이상 계속되지 않았다. 그리고 그들은 쿠지마가 차가 준비됐다고 알리러 들어오자 마치 죄라도 진 것처럼 펄쩍 뛰며 서로에게서 떨어졌다.

"다들 도시에서 돌아왔나?" 레빈은 쿠지마에게 물었다.

"지금 막 도착해 짐을 풀고 있습니다."

"빨리 와요." 그녀가 서재에서 나가며 그에게 말했다. "그렇지 않으면 나 혼자 편지를 읽겠어요. 그리고 함께 피아노를 연주해요."

그는 혼자 남아 그녀가 사 준 새 서류첩에 공책을 넣고 새 세면기에서 손을 씻기 시작했다. 그 세면기에는 그녀와 함께 나타난 우아한 새 부속품들이 달려 있었다. 레빈은 자신의 생각에 싱긋 웃더니 그 생각에 찬성하지 않는다는 듯 고개를 흔들었다. 후회 비슷한 느낌이 그를 괴롭혔다. 지금 그의 생활에는 뭔가 부끄럽고 연약하고 그가 일컫는 대로 카푸아적인[127] 무언가가 있었다. '이렇게 사는 것은 좋지 않아. 이제 곧 석 달이 돼. 하지만 난 거의 아무것도 하지 않았어. 난 오늘 거의 처음으로 진지하게 일을 붙잡았지. 하지만 이게 뭐야? 겨우 시작

127) 로마의 역사가 리비우스가 쓴 로마사에 따르면, 한니발의 군대는 2차 포에니 전쟁 중에 나폴리 부근의 카푸아에서 겨울을 보낸 후 육체적으로 도덕적으로 유약해져 전쟁에 패하고 말았다. 1870년대의 신문과 잡지는 나폴레옹 3세의 파리에 대해 '카푸아'라는 용어를 자주 인용했다. 하지만 톨스토이는 여기서 '카푸아'라는 용어를 특별한 의미로 쓰고 있다. 그는 자신의 일기에서 자신의 무기력한 시기를 '카푸아적'이라고 언급했다.

만 하다 집어던지고 말았잖아. 평소에 하던 일마저 거의 방치하다시피 했어. 농지만 해도 그래. 난 걸어서든 말을 타고서든 그곳에 거의 나가 보지도 않았어. 그녀를 두고 가자니 불쌍하기도 하고, 그녀가 지루해하는 게 뻔히 보이기도 하고. 난 결혼 전까지 삶은 그저 그렇고 어떻게든 흘러가고 별로 대수롭지 않은 거라고 생각했어. 그리고 진정한 삶은 결혼 후에야 시작된다고 생각했지. 그런데 머지않아 석 달이 지나. 난 지금껏 이렇게 나태하고 무익하게 시간을 보낸 적이 없어. 아냐. 이래서는 안 돼. 일을 시작해야 해. 물론 그녀는 잘못이 없어. 그녀를 비난할 이유는 전혀 없어. 나 자신이 더 단단해져야 하고 나의 남자다운 독립심을 지켜야 해. 그렇게 하지 않으면 난 이런 식으로 스스로에게 익숙해져 가고 그녀도 이런 것에 익숙해지게 돼……. 물론 그녀는 잘못이 없어.' 그는 속으로 중얼거렸다.

하지만 불만에 찬 사람이 자신의 불만에 대해 다른 누군가를, 특히 자신과 가장 가까운 사람을 탓하지 않기란 어려운 법이다. 레빈의 머리에도 어렴풋하게나마 그녀 자신의 잘못이 아니라(그 무엇도 그녀의 탓일 수는 없다.) 그녀가 받은 너무나 피상적이고 경박한('그 멍청한 차르스키, 그녀가 그를 제지하려고 했지만 그러지 못했다는 것을 나도 알아.') 교육 탓이라는 생각이 들긴 했다. '그래, 집에 대한 관심(그녀에게도 그런 것이 있다.)을 제외하면, 자신의 몸치장을 제외하면, broderie anglaise를 제외하면, 그녀에게는 진지한 관심이 전혀 없어. 나의 일에 대해서도, 농사에 대해서도, 농부들에 대해서도, 그녀가 상당한 재능을 보인 음악에 대해서도, 독서에 대해서도 전혀 관심이 없단 말이야. 그녀는 아무것도 하지 않으면서 완전히 만족하고 있어.'

레빈은 마음속으로 그것을 비난했다. 그러나 그는 그녀가 자신에게 닥칠 활동 시기, 즉 남편의 아내인 동시에 집안의 안주인이 되어 아이들을 낳아 젖을 먹이고 키울 시기에 대비하고 있다는 것을 아직 깨닫지 못했다. 그는 그녀가 그것을 본능적으로 알고 그 무시무시한 노동에 대비하여 자신이 지금 누리고 있는 사랑의 행복과 평안의 순간들 속에서 자책 없이 즐겁게 미래의 보금자리를 엮고 있다는 것을 이해하지 못했다.

16

레빈이 2층에 올라왔을 때, 그의 아내는 새 다기 뒤에 놓인 새 은제 사모바르 옆에 앉아 있었다. 그녀는 차가 가득한 찻잔을 든 아가피야 미하일로브나를 작은 테이블 앞에 앉힌 후 돌리의 편지를 읽고 있었다. 그들은 변함없이 종종 편지를 나누고 있었다.

"보세요, 마님이 절 여기에 앉히셨어요. 제게 마님 옆에 앉으라고 분부하셨답니다." 아가피야 미하일로브나는 키티에게 다정한 미소를 보내며 말했다.

레빈은 아가피야 미하일로브나의 말 속에서 요사이 아가피야 미하일로브나와 키티 사이에 벌어진 드라마의 대단원을 읽었다. 그는 새 안주인이 아가피야 미하일로브나의 실권을 빼앗음으로써 이루 말할 수 없는 비통함을 안겼는데도 그녀를 이기고 자신을 사랑하게 만들었다는 것을 깨달았다.

"저, 당신에게 온 편지를 읽고 있었어요." 키티는 철자와 문

법이 엉망인 편지를 건네며 말했다. "그 여자에게서 온 편지인 것 같아요. 당신 형님의……." 그녀가 말했다. "사실은 읽지 않았어요. 그리고 이것은 친정과 돌리에게서 온 거예요. 상상해 봐요. 돌리가 사르마츠키 댁의 어린이 무도회에 그리샤와 타냐를 데리고 갔대요. 타냐는 후작부인이었구요."

하지만 레빈은 그녀의 말을 듣고 있지 않았다. 그는 얼굴을 붉히며 니콜라이 형의 정부였던 마리야 니콜라예브나에게서 온 편지를 받아 그것을 읽기 시작했다. 그것은 마리야 니콜라예브나가 보낸 두 번째 편지였다. 첫 번째 편지에서 마리야 니콜라예브나는 형이 아무 잘못 없는 그녀를 쫓아냈다고 썼다. 그리고 감동적이고 순박한 어조로 자신은 다시 극심한 궁핍에 시달리게 되었지만 아무것도 부탁하거나 바라지 않으며, 다만 니콜라이 드미트리예비치가 그녀도 없이 기력이 쇠잔하여 죽을 거라고 생각하니 마음이 너무 아프다고 덧붙이고는 형을 잘 살펴 달라고 부탁했다. 그런데 지금 그녀는 다른 내용을 적어 보냈다. 그녀는 니콜라이 드미트리예비치를 우연히 만나 모스크바에서 다시 그와 함께 살다가 그가 근무지를 구한 현청 소재 도시로 함께 떠났다. 그러나 그는 그곳에서 상관과 싸우고 모스크바로 되돌아오던 도중 병에 걸려 아마도 다시는 자리에서 일어날 수 없을 듯했다. 그녀는 이렇게 썼다. "계속 당신에 대한 이야기만 해요. 게다가 이젠 돈도 없어요."

"읽어 봐요. 돌리가 당신에 대해 썼어요." 키티는 생글거리며 말을 꺼냈다가 남편의 얼굴 표정이 변한 것을 눈치채고 갑자기 말을 멈췄다.

"왜 그래요? 무슨 일이에요?"

"니콜라이 형이 위독하다고 적혀 있어. 내가 가 봐야겠어."

키티의 얼굴이 갑자기 변했다. 후작부인으로 분장한 타냐에 대한 생각도, 돌리에 대한 생각도 모두 사라졌다.

"언제 떠날 거예요?" 그녀가 말했다.

"내일."

"그럼 나도 같이 가요. 괜찮죠?" 그녀가 말했다.

"키티! 그게 무슨 소리야?" 그가 나무라듯 말했다.

"무슨 소리냐고요?" 그녀는 자신의 제의를 내켜하지 않는 듯한 그의 성난 태도에 모욕을 느꼈다. "어째서 내가 가면 안 되는 거죠? 당신을 방해하지 않을게요. 난……."

"내가 가는 건 형이 죽어 가고 있기 때문이야." 레빈이 말했다. "뭣 때문에 당신이……."

"뭣 때문이냐고요? 당신과 똑같은 이유 때문이죠."

'내게 이토록 중요한 순간에도 그녀는 혼자 남으면 심심하지나 않을까 그것만 생각하고 있어.' 레빈은 생각했다. 그리고 그처럼 중요한 문제에 그런 핑계를 듣고 있자니 화가 치밀었다.

"그럴 순 없어." 그는 엄하게 말했다.

아가피야 미하일로브나는 그 문제가 싸움으로 번질 것을 눈치채고 조용히 찻잔을 내려놓은 후 방에서 나갔다. 키티는 그녀가 나가는 것도 알아채지 못했다. 남편이 마지막 말을 내뱉을 때의 말투가 특히 그녀에게 모욕을 느끼게 했다. 그가 그녀의 말을 믿지 않는 것처럼 들렸기 때문이다.

"나는요, 당신이 가면 나도 같이 가겠다고 말하는 거예요. 난 꼭 가겠어요." 그녀는 격분하며 빠르게 말했다. "왜 안 되는데요? 왜 안 된다고 말하는 거죠?"

"어디로 갈지, 어떤 길로 갈지, 어떤 호텔에 묵을지는 하느님만이 아시기 때문이지. 당신은 나에게 방해가 될 거야." 레빈은 냉정을 유지하려 애쓰며 말했다.

"전혀 그렇지 않아요. 난 아무것도 필요 없어요. 당신이 견딜 수 있는 곳이라면 나도……."

"하지만 그곳에 당신이 가까이 할 수 없는 여자가 있다는 것만으로도 안 돼."

"거기에 누가 있고 뭐가 있는지, 난 아무것도 모르고 알고 싶지도 않아요. 내가 아는 건 내 남편의 형이 죽어 가고 있고 남편이 형에게 가려 하고 나도 남편과 가겠다는 것뿐이에요. 그래서……."

"키티! 화내지 마. 하지만 생각해 봐. 이것은 너무나 중요한 문제라서, 당신이 그것을 혼자 남고 싶지 않은 나약한 감정과 혼동하고 있다고 생각하면 너무 마음이 아파. 음, 혼자 있는 게 적적할 것 같으면 모스크바로 가."

"이것 봐요. 당신은 언제나 날 추악하고 비열한 생각과 결부시켜요." 그녀는 모욕과 분노로 눈물을 글썽이며 말했다. "난 그런 것과 상관없어요. 전혀 나약하지 않단 말이에요. 난 괜찮아요……. 난 남편이 괴로울 때 남편과 함께 있는 것이 내 의무라고 느껴요. 그런데 당신은 일부러 날 아프게 하려 해요. 당신은 일부러 이해하려 하지 않는 거예요……."

"아니, 끔찍해. 노예처럼 되다니!" 레빈은 벌떡 일어나며 자신의 화를 더 이상 억누르지 못하고 소리를 질렀다. 하지만 바로 그 순간 그는 자기가 스스로를 때리고 있다고 느꼈다.

"그럼 당신은 왜 결혼을 했죠? 자유롭게 살지 그랬어요. 이렇게 후회할 거라면 결혼을 왜 했느냐고요?" 그녀는 이렇게 말하고는 박차고 일어나 응접실로 뛰쳐나갔다.

그가 따라가 보니, 그녀는 흐느껴 울고 있었다.

그는 그녀를 설득하여 단념하게 하기보다 단지 그녀를 달랠 수 있는 말만 찾으려 하며 입을 열었다. 하지만 그녀는 그의 말을 듣지 않고 어떤 말도 받아들이지 않았다. 그는 몸을 숙이고 그녀의 저항하는 손을 잡았다. 그는 그녀의 손에 입을 맞추고 머리카락에 입을 맞추고 다시 손에 입을 맞추었다. 그녀는 줄곧 침묵했다. 그러나 그가 그녀의 얼굴을 두 손으로 감싸고 "키티!"라고 하자, 그녀는 문득 정신을 차리고 잠시 울먹이다 화해했다.

두 사람은 내일 함께 떠나기로 결정했다. 레빈은 아내에게 자신은 그녀가 도움이 되기 위해 떠나고 싶어 한다는 것을 믿는다고 말했다. 그리고 마리야 니콜라예브나가 형 옆에 있다는 사실이 결코 도리에 어긋나는 것이 아니라는 점에 동의했다. 하지만 그는 마음속 깊이 그녀와 자기 자신에게 불만을 품은 채 길을 떠났다. 그가 그녀에게 불만을 느낀 까닭은, 그녀가 필요한 경우에 스스로 그를 자유롭게 놓아주지 못한다는 점이었다.(얼마 전만 해도 그녀의 사랑을 받는 행복을 감히 믿지 못하던 그가 이제는 그녀가 자기를 지나치게 사랑한다는 이유로 스스로를 불행하다고 느끼다니, 얼마나 이상한 일인가!) 그리고 그는 줏대 없는 자신도 불만스러웠다. 더욱이 그는 마음속 깊은 곳에서 그녀가 형과 함께 있는 여자와 아무 상관없다는 점에 대해 동의하지 않았다. 그리고 그는 끔찍한 심정으로 앞으로 부딪칠지 모를 충돌에 대해 생각했다. 그의 아내, 그의 키티가 매춘부와 한방에 있게 된다는 사실 하나만으로도 이미 그는 혐오와 공포에 질려 온몸이 떨렸다.

17

니콜라이 레빈이 앓아누운 현청 소재 도시의 호텔은, 새롭게 개선된 모델에 따라 청결과 안락함과 우아함이라는 최상의 목적 아래 세워진 호텔이었다. 그러나 그곳을 방문한 투숙객들 때문에 '현대적 개축'이라는 목적을 간직한 채로 매우 빨리 지저분한 술집으로 변해 가고 있는, 오히려 바로 그러한 목적 탓에 불결하기 짝이 없는 구식 호텔보다 훨씬 추하게 되어 버린 지방 호텔들 가운데 하나였다. 그 호텔은 이미 그런 상태에 있었다. 더러운 군복을 입고 입구에서 담배를 피우는 군인 — 그는 수위 노릇을 하고 있었다 — 음침하고 불쾌한 철제 계단, 너절한 연미복를 입은 무례한 직원, 밀랍으로 만든 먼지투성이의 꽃다발이 테이블을 장식한 공동 홀, 진흙, 호텔 곳곳에 보이는 먼지와 불결함, 게다가 새로운 현대식 철도같이 빼기는 듯한 배려, 이런 것들이 레빈에게 신혼 생활 이래로 가장 괴로운 감정을 불러일으켰다. 특히 호텔이 풍기는 위선적인 인상이 그들을 기다리는 것과 전혀 조화를 이루지 않았기 때문에 더욱 그러했다.

언제나 그렇듯, 호텔 측은 그들이 얼마 정도의 방을 원하는지 묻고는 좋은 방은 하나도 남아 있지 않다는 걸 밝혔다. 좋은 방 하나는 철도 감독관이, 또 하나는 모스크바에서 온 변호사가, 나머지 하나는 시골에서 온 아스타피예바 공작부인이 차지하고 있었다. 빈 방은 지저분한 방 하나뿐이고, 그 옆방은 저녁에나 빈다는 것이다. 레빈은 자기의 예상, 즉 자신의 마음은 형에 대한 생각으로 온통 흥분에 사로잡혀 있는데 도착하자마자 형에게 곧장 달려가는 대신 아내를 보살펴야 할 거라는 생각이 적중한 것으로 인해 아내에게 짜증을 내며 그들에게 지정된 방으로 아내를 데려갔다.

"가요, 어서 가요!" 그녀는 겸연쩍고 미안한 표정으로 그를 바라보며 말했다.

그는 말없이 방에서 나왔다. 그 순간 그는 그가 온 걸 알고도 감히 그의 방으로 들어오지 못하던 마리야 니콜라예브나와 마주쳤다. 그녀는 그가 모스크바에서 보았을 때와 똑같은 모습이었다. 똑같은 모직 옷과 드러낸 팔과 목, 다소 살이 찐 그 착하고 둔한 얽은 얼굴.

"저, 어떻습니까? 형은 어때요? 어떤가요?"

"아주 안 좋아요. 병상에서 일어나지 못해요. 그분은 줄곧 당신만 기다렸어요. 그분은…… 당신이…… 부인과 함께……."

처음에 레빈은 그녀가 무엇 때문에 쩔쩔매는지 알아차리지 못했다. 그러나 그녀는 곧 그에게 이유를 설명했다.

"전 나가 있을게요. 부엌으로 가겠어요." 그녀는 가까스로 입을 열었다. "그분이 기뻐할 거예요. 그분은 부인에 대해 이미 들어 알고 있어요. 그리고 외국에서 부인을 만난 일도 기억하고 있어요."

레빈은 그녀가 아내를 알고 있다는 것을 깨달았지만 뭐라고 대답해야 할지 몰랐다.

"자, 갑시다!" 그는 말했다.

그러나 그가 움직이자마자, 그의 방문이 열리더니 키티가 얼굴을 내밀었다. 레빈은 그와 그녀 자신을 이런 불쾌한 상황에 빠뜨린 아내에 대한 분노와 수치심으로 얼굴이 벌겋게 달아올랐다. 하지만 마리야 니콜라예브나의 얼굴은 훨씬 더 빨개졌다. 그녀는 몸을 계속 움츠리면서 눈물이 나도록 얼굴을 붉혔다. 그러고는 무슨 말을 해야 할지, 어떻게 해야 할지 몰라 두 손으로 스카프 끝을 움켜쥔 채 붉은 손가락으로 비비 꼬았다.

그 순간 레빈은 키티가 그녀로서는 이해하지 못할 그 무서운 여자를 바라보는 시선에서 탐욕스러운 호기심의 빛을 보았다. 하지만 그것은 다만 한순간에 지나지 않았다.

"어머, 어떻게 됐어요? 형님은 어떠세요?" 키티는 남편을, 그리고 마리야를 돌아보았다.

"복도에서 이야기할 수는 없잖아!" 레빈은 마침 볼일이 있다는 듯 다리를 건들거리며 복도를 지나가는 한 신사를 성난 눈초리로 쳐다보며 말했다.

"참, 그럼 들어오세요." 키티는 침착함을 되찾은 마리야 니콜라예브나를 돌아보며 말했다. 하지만 남편의 놀란 표정을 눈치챈 키티는 "아니, 가세요, 어서 가 보세요, 나중에 절 부르러 사람을 보내세요."라고 말하고 방으로 들어갔다. 레빈은 형에게 갔다.

그가 형의 방에서 보고 느낀 것은 그로서는 전혀 예상하지 못한 것이었다. 그는 자신이 듣기로 폐병 환자들에게 매우 흔하다고 하는 그런 자기기만의 상태, 형이 작년 가을에 찾아왔을 때 자신을 그토록 놀라게 한 그런 자기기만의 상태를 보게 되리라 예상했다. 그는 더 뚜렷이 다가온 죽음의 징후와 훨씬 더 쇠약해지고 훨씬 더 초췌해진 모습, 그렇지만 이전과 거의 똑같은 상태를 예상했다. 그는 그때 자신이 경험한 것과 똑같은 감정, 즉 사랑하는 형을 잃는 것에 대한 애석한 감정과 죽음에 대한 공포의 감정을 단지 좀 더 심하게 겪을 거라고 예상했다. 그래서 그는 그것에 대한 준비를 했다. 그러나 그가 발견한 것은 전혀 다른 것이었다.

벽 삼아 댄 페인트칠한 판자에는 침이 뱉어져 있고 얇은 벽 너머로는 말소리가 들리는 작고 더러운 방에서, 숨 막히는 불결한 냄새가 곳곳에 밴 공기 속에서, 담요에 덮인 한 육체가 벽에서 떼어 놓은 침대 위에 누워 있었다. 그 육체의 한쪽 팔은 담요 위에 있고, 그 팔의 갈퀴 같은 커다란 손은 손목부터 팔꿈치까지 가늘고 곧게 뻗은 긴 팔뼈에 불가해한 모습으로 붙어 있었다. 머리는 베개 위에 옆으로 눠여 있었다. 관자놀이 위의 땀에 젖은 성긴 머리칼과 투명하게 비칠 듯한 팽팽한 이마가 레빈의 눈에 들어왔다.

'이 무시무시한 육체가 니콜라이 형이라니, 그럴 리 없어.' 레빈은 생각했다. 그러나 가까이 다가가 그 얼굴을 보고 나서, 그는 더 이상 의심할 수 없었다. 얼굴의 끔찍한 변화에도 불구하고, 그 죽은 듯한 육체가 살아 있는 형이라는 소름 끼치는 진실을 깨닫는 데는, 방으로 들어선 자신을 향해 치뜬 그 살아 있는 두 눈동자를 들여다보고 들러붙은 콧수염 아래로 희미하게 움직이는 입을 알아차리는 것만으로도 충분했다.

빛나는 눈동자가 방에 들어온 동생을 마치 비난하듯 엄하게 쳐다보았다. 그러자 바로 그 순간 그 시선이 산 사람들 사이의 살아 있는 관계를 확립했다. 레빈은 자신을 향한 시선에 깃든 비난과 자신의 행복에 대한 회한을 느꼈다.

콘스탄친이 손을 잡자, 니콜라이가 미소를 지었다. 그 미소는 거의 알아차리지 못할 만큼 희미했다. 그리고 그 미소에도 불구하고 눈에 어린 준엄한 빛은 변하지 않았다.

"이런 나를 보게 될 거라고는 짐작도 못했겠지." 그가 힘겹게 말했다.

"응……, 아니." 레빈은 말을 더듬었다. "왜 미리 알려 주지 않았어? 그러니까 내가 결혼식을 올릴 무렵에 말이야. 내가 곳곳에 수소문을 했는데."

침묵을 피하기 위해 말을 해야 했지만, 레빈은 무슨 말을 해야 할지 몰랐다. 특히 형이 아무 말도 하지 않은 채 그에게서 눈을 떼지 않고 그저 바라보기만 하면서 자기 말의 의미를 한마디 한마디 꼼꼼히 파고들려는 것 같아 더욱 그랬다. 레빈은 형에게 아내도 함께 왔다고 전했다. 니콜라이는 만족한 기색을 보였지만 그녀가 자신의 처지를 보고 놀랄까 두렵다고 말했다. 침묵이 찾아왔다. 갑자기 니콜라이가 몸을 움직이더니 뭔가 말하기 시작했다. 레빈은 그의 얼굴 표정에서 대단히 중요하고 의미 있는 무언가를 기대했다. 그러나 니콜라이는 자신의 건강에 대한 이야기를 꺼냈다. 그는 의사를 욕하면서 모스크바의 저명한 의사가 그곳에 없는 것을 한탄했다. 레빈은 그가 아직 희망을 품고 있다는 것을 알아차렸다.

레빈은 괴로운 감정에서 잠시라도 벗어나고 싶은 마음에 침묵의 첫 순간을 틈타 자리에서 일어나며 아내를 데려오겠다고 말했다.

"그래, 알았다. 그럼 난 이곳을 깨끗이 치우라고 말해 두마. 이곳은 더러운 데다 악취도 나는 것 같다. 마샤, 여기 좀 치워." 병자는 힘겹게 말했다. "다 치운 다음에는 나가 있어." 그는 캐묻는 듯한 눈초리로 동생을 바라보며 이렇게 덧붙였다.

레빈은 아무 대답도 하지 않았다. 그는 복도로 나오자 자리에 멈춰 섰다. 그는 아내를 데려오겠다고 말했다. 하지만 자신이 겪은 감정을 분명히 이해한 지금, 그는 오히려 병자에게 가지 말라고 그녀를 설득하리라 마음먹었다. '뭣 때문에 그녀가 나와 똑같은 고통을 겪어야 하나?' 그는 생각했다.

"저, 어때요?" 키티가 놀란 표정으로 물었다.

"아, 끔찍한 일이야, 끔찍해! 당신은 뭣 때문에 따라온 거야?" 레빈이 말했다.

키티는 겁에 질린 슬픈 표정으로 그를 바라보며 잠시 침묵했다. 그러고는 그에게 다가가 두 팔로 그의 팔꿈치를 붙잡았다.

"코스챠! 날 형님에게 데리고 가 줘요. 우리 둘이 함께 있으면 마음이 더 가벼워질 거예요. 날 데리고 가 주기만 해요. 제발, 날 데려다 주고 당신은 밖에 있어요. 당신을 보면서 형님을 보지 못한다는 것이 내게는 훨씬 괴로운 일이라는 걸 당신은 알아야 해요. 내가 그곳에 있으면 당신과 형님 모두에게 도움이 될지 몰라요. 제발, 부탁이에요!" 그녀는 마치 자신의 인생의 행복이 그것에 달려 있다는 듯 남편에게 애원했다.

레빈은 승낙하지 않을 수 없었다. 그는 냉정을 되찾고 마리야 니콜라예브나에 대해선 깡그리 잊은 채, 키티를 데리고 다시 형에게 갔다.

그녀는 빠른 걸음으로 쉴 새 없이 남편을 흘깃거리면서, 그리고 그에게 씩씩하고 동정 어린 얼굴을 보이면서 병자의 방으로 들어갔다. 그녀는 침착하게 돌아서서 소리 나지 않게 문을 닫았다. 그녀는 발소리를 죽이고 재빨리 환자의 침상에 다가갔다. 그리고 병자가 고개를 돌리지 않아도 되는 곳에 자리를 잡고는 싱싱하고 젊은 손으로 병자의 뼈만 남은 큼직한 손을 잡았다. 그녀는 그 손을 꾹 쥐고서 남의 감정을 상하게 하지 않으면서도 동정 어린, 여성 특유의 잔잔하고 생기 넘친 말투로 그와 이야기를 나누기 시작했다.

"우린 소덴에서 만난 적이 있죠. 물론 그때는 아는 사이가 아니었지만요." 그녀가 말했다. "제가 당신의 제수가 되리라고는 생각도 못하셨겠죠."

"당신은 날 알아보지 못할 텐데요?" 그는 그녀가 들어오자 환한 미소를 지었다.

"아뇨, 알아보았어요. 우리에게 연락을 주시다니, 정말 잘하셨어요! 코스챠가 당신을 떠올리며 걱정하지 않은 날이 하루도 없었어요."

하지만 병자의 생기는 그다지 오래가지 않았다.

그녀가 미처 말을 끝내기도 전에, 그의 얼굴에는 죽어 가는 사람이 산 사람을 질투하는, 준엄하고 비난하는 듯한 표정이 다시 자리를 잡았다.

"이 방은 당신에게 그다지 좋을 것 같지 않아요." 그녀는 뚫어지게 바라보는 그의 시선을 피해 방 안을 둘러보며 말했다. "호텔 주인에게 말해서 다른 방을 달라고 해야겠어요." 그녀는 남편에게 말했다. "이왕이면 우리 방과 더 가까운 곳에요."

18

레빈은 침착하게 형을 볼 수 없었고, 형 앞에서는 자연스럽고 침착하게 있을 수도 없었다. 병자의 방으로 들어갈 때면, 그의 눈과 주의는 무의식적으로 가려져 형의 상태를 볼 수도, 자세히 구별할 수도 없었다. 그는 악취를 맡고 더러움과 난잡함과 고통스러워하는 모습을 보고 신음소리를 들으며, 형을 돕는 것은 불가능하다고 느꼈다. 그의 머리에는 병자의 상태를 자세하게 살펴봐야겠다는 생각, 즉 그 육체가 그곳 담요 아래에서 어떻게 누워 있는지, 그 깡마른 종아리와 넓적다리와 등이 어떻게 구부러져 놓여 있는지, 어떻게든 더 편하게 눕힐 수 없는지, 더 편하게 눕힐 수 없다면 적어도 덜 불편하도록 무슨 대책을 세울 수는 없는지에 대한 생각이 떠오르지 않았다. 그런 것들을 세세히 생각하기 시작하자, 그의 등을 따라 냉기가 흘렀다. 그는 그 무엇으로도 생명을 연장하거나 고통을 줄일 수 없다는 것을 굳게 확신했다. 하지만 병자는 어떤 도움도 불가능하다고 생각하는 레빈의 인식을 감지하고 화를 냈다. 그래서 레빈은 더욱 괴로웠다. 그는 병자의 방에 있기가 괴로웠다. 그러나 방에서 나오는 것은 훨씬 더 힘들었다. 그래서 그는 온갖 핑계를 대고 방을 나왔다가 혼자 있을 수 없어 다시 들어가곤 했다.

하지만 키티는 전혀 다르게 생각하고 느끼고 행동했다. 그녀는 병자의 모습에 연민을 느꼈다. 연민은 남편의 마음속에 두려움과 혐오감을 불러일으켰다. 그러나 그녀가 느낀 연민은 그녀의 여성스러운 영혼에 그러한 감정을 전혀 불러일으키지 않고 오히려 행동하고 병자의 상태를 세세히 확인하고 그를 도와야 한다는 필요를 느끼게 했다. 그리고 그녀의 마음속에는 그를 도와야 한다는 것에 대해 한 점 의혹도 없었다. 그리고 그녀는 그렇게 할 수 있다는 것을 의심하지 않았다. 그래서 즉시 그 일에 매달렸다. 그 일에 대한 생각만으로도 그녀의 남편을 공포로 몰고 간 그 자질구레한 일들은 곧 그녀의 관심을 끌었다. 그녀는 의사를 부르러 사람을 보내고, 약국으로 심부름을 보내고, 자기가 데려온 하녀와 마리야 니콜라예브나에게 쓸고 먼지를 닦고 빨래를 하게 했으며, 그녀 자신도 뭔가를 씻거나 빨래를 하기도 하고 담요 밑에 무언가를 넣기도 했다. 그녀의 지시에 따라 무언가가 병자의 방에 실려 오기도 하고 실려 나가기도 했다. 그녀 자신도 복도에서 마주치는 신사들을 신경 쓰지 않은 채 몇 차례나 자기 방에 가서 침대 시트와 베갯잇과 수건과 루바슈카를 꺼내 오곤 했다.

공동 홀에서 기사(技師)들에게 식사 시중을 들던 사환은 그녀의 호출에 성난 얼굴로 몇 번씩이나 왔다. 하지만 그녀가 도저히 거절할 수 없을 만큼 너무나 부드럽고 끈질기게 지시를 내려서, 그는 그 지시를 따르지 않을 수 없었다. 레빈은 그 모든 것에 찬성하지 않았다. 그는 그런 것이 병자에게 어떤 유익을 가져올 거라고 믿지 않았다. 무엇보다 그는 병자가 화를 내지나 않을까 두려웠다. 그러나 병자는 이런 것에 무심한 듯했으나 딱히 화를 내지는 않았고 그저 난처해할 뿐이었다. 그리고 대체로 그녀가 자기에게 해 주는 것들에 흥미를 느끼는 듯했다. 키티가 시키는 대로 의사를 부르러 다녀온 레빈은 문을 연 순간 키티의 지시에 따라 병자의 속옷을 갈아입히는 장면을 보았다. 길쭉한 흰 등뼈, 툭 불거져 나온 큼직한 견갑골, 앙상한 갈비뼈와 척추가 드러나 있었고, 마리야 니콜라예브나와 사환은 축 늘어진 긴 팔을 루바슈카의 소매에 넣지 못해 끙끙거리고 있었다. 키티는 그쪽을 보지 않고서 황급히 레빈의 등 뒤에 있는 문을 닫았다. 하지만 병자가 신음하자, 그녀는 재빨리 그에게로 갔다.

"서둘러요." 그녀가 말했다.

"아, 오지 마시오." 병자는 화를 내며 말했다. "나 혼자……."

"뭐라고 하셨어요?" 마리야 니콜라예브나가 되물었다.

하지만 키티는 그의 말을 듣고 그가 그녀 앞에 몸을 드러내는 것을 부끄러워하고 불쾌해한다는 것을 알아차렸다.

"안 봐요, 안 본다니까요!" 그녀는 한쪽 손을 바로잡아 주며 말했다. "마리야 니콜라예브나, 당신이 저쪽으로 돌아가서 바로잡아 주세요." 그녀는 이렇게 덧붙였다.

그녀는 남편을 돌아보았다.

"내 방에 다녀와요. 내 작은 손가방에 조그만 유리병이 있거든요. 알죠, 옆 주머니에 있어요. 제발 그것 좀 갖다 줘요. 그 동안 여기를 깨끗이 정돈해 놓을게요."

유리병을 가지고 돌아온 레빈은 병자가 이미 눕혀져 있고 그 주위의 모든 것이 완전히 바뀌어 있는 것을 발견했다. 불쾌한 냄새는 향수가 섞인 식초의 냄새로 바뀌었다. 키티는 입술을 내밀고 발그레한 볼을 볼록하게 부풀린 채 작은 대롱으로 그것을 뿜었다. 어디에서도 먼지는 보이지 않았고, 침대 밑에는 양탄자가 깔려 있었다. 테이블 위에는 유리병과 물병이 가지런히 놓여 있었고, 필요한 속옷과 키티가 뜬 broderie anglaise가 차곡차곡 쌓여 있었다. 병자의 침대 옆에 있는 다른 테이블에는 음료와 양초와 가루약이 있었다. 병자는 깨끗이 씻기고 머리가 빗겨진 모습으로 깨끗한 시트 위에 높은 베개를 베고 누워 있었다. 그는 부자연스러울 정도로 가는 목에 하얀 깃을 댄 깨끗한 루바슈카 차림으로 새로운 희망의 표정을 띤 채 키티를 바라보며 그녀에게서 눈을 떼지 않았다.

레빈이 클럽에서 찾아 데려온 의사는 니콜라이 레빈을 치료한, 그가 불만스럽게 여기던 그 의사가 아니었다. 새 의사는 청진기를 꺼내 환자를 진찰하고는 고개를 흔들더니 약을 처방했다. 그리고 약을 어떻게 복용해야 하는지, 어떤 식이요법을 따라야 하는지 대단히 상세하게 설명해 주었다. 그는 날달걀이나 반숙 달걀, 젤테르 광천수, 일정한 온도의 갓 짠 우유를 권했다. 의사가 떠나자, 병자는 동생에게 뭐라고 말했다. 그러나 레빈은 '너의 카챠'라는 마지막 말만 가까스로 알아들었다. 레빈은 그녀를 바라보는 형의 눈길에서 그가 그녀를 칭찬하고 있음을 알아차렸다. 그는 자기 식으로 '카챠'라고 불렀다.

"훨씬 좋아졌소." 그가 말했다. "이렇게 당신과 함께 있었다면 나도 오래전에 나았을 텐데. 정말 좋군요!" 그는 그녀의 손을 잡아 자신의 입술에 가져갔다. 그러나 그녀가 그것을 불쾌하게 여길까 두려운 듯, 그는 마음을 바꿔 손을 놓아주고 그것을 어루만지기만 했다. 키티는 두 손으로 그 손을 꼭 쥐었다.

"이제 날 왼쪽으로 돌려 눕혀 주고 어서 가서 자요." 그가 웅얼거렸다.

아무도 그의 말을 알아듣지 못했고, 오직 키티만이 그 말을 알아들었다. 그녀가 그 말을 이해할 수 있었던 것은 그녀의 생각이 그에게 필요한 것을 끊임없이 좇고 있었기 때문이다.

"반대편으로 눕혀 줘요." 그녀가 남편에게 말했다. "형님은 언제나 그쪽을 보고 주무세요. 형님을 돌려 눕혀요. 사환을 부르는 것은 불쾌해요. 난 못해요. 당신도 못하시나요?" 그녀가 마리야 니콜라예브나를 돌아보았다.

"겁나요." 마리야 니콜라예브나가 대답했다.

레빈은 그 무시무시한 육체를 두 팔로 감싸 안고 전혀 알고 싶지 않던 담요 아래의 몸에 손을 대는 것이 너무나 두려웠지만, 아내의 기세에 눌려 아내도 익히 아는 특유의 결연한 표정을 띤 채 두 손을 담요 밑에 넣으며 형을 안으려 했다. 그러나 힘이 센 그도 그 쇠약한 사지의 기이한 무거움에 깜짝 놀라고 말았다. 그가 자신의 어깨를 감싼 깡마르고 큼직한 팔을 느끼며 형을 돌려 눕히는 동안, 키티는 재빨리 소리 나지 않게 베개를 뒤집어 두들기고는 병자의 머리와 관자놀이에 들러붙은 성긴 머리칼을 바로잡아 주었다.

병자는 동생의 손을 자기 손 안에 꼭 쥐고 있었다. 레빈은 형이 그의 손으로 무언가 하려고 그 손을 어딘가로 잡아끌고 있다는 느낌을 받았다. 레빈은 정신이 아득해지는 것을 느끼며 손을 내맡겼다. 그랬다. 형은 그 손을 자기 입으로 잡아당겨 입을 맞추었다. 레빈은 흐느낌으로 몸을 들썩였다. 그러고는 아무 말도 못하고 방에서 나와 버렸다.

19

'가장 지혜로운 자들에게는 숨기시고 어린아이와 우둔한 자들에게는 나타내셨도다.'[128] 레빈은 그날 밤 아내와 이야기를 나누면서 그녀에 대해 이렇게 생각했다.

레빈이 복음서의 잠언을 떠올린 것은, 자신이 가장 지혜로운 자라고 생각해서가 아니었다. 그는 자신을 가장 지혜로운 자라고 생각하지 않았다. 하지만 자신이 아내와 아가피야 미하일로브나보다는 똑똑하다고 생각하지 않을 수 없었다. 그리고 그가 죽음에 대해 생각할 때 정신의 힘을 모두 끌어내어 숙고했다는 사실을 인식하지 않을 수 없었다. 또한 그는 높은 지성을 겸비한 많은 남성들이 죽음에 대한 생각을 하기

128) 마태복음서 11 : 25. "그때에 예수께서 대답하여 이렇게 아뢰었다. '하늘과 땅의 주재자이신 아버지, 이 일을 지혜 있고 똑똑한 사람에게는 감추시고, 철부지 어린아이들에게는 드러내 주셨으니, 감사합니다.'"를 잘못 인용한 구절이다.

는 하지만 — 그는 그들이 죽음에 대해 생각하는 바를 책에서 읽었다 — 그의 아내와 아가피야 미하일로브나가 아는 것의 100분의 1도 모른다는 것을 알았다. 아가피야 미하일로브나와 카챠 — 형 니콜라이는 그녀를 이렇게 부른다. 이제는 레빈도 그녀를 그렇게 부르는 것이 무척 즐거웠다 — 이 두 여성이 서로 아무리 다르다 해도, 이 점에 있어서는 거의 흡사했다. 두 사람은 삶이란 무엇이고 죽음이란 무엇인가를 분명히 알고 있었다. 비록 그들 두 사람은 레빈에게 떠오른 그 질문에 대해 대답은커녕 이해조차 못하긴 했지만 죽음이라는 현상의 의미에 대해서는 전혀 의심하지 않았다. 그들은 자기들끼리만 똑같은 시각으로 죽음을 바라보는 것이 아니라, 수백만 명과 그 견해를 공유하고 있었다. 그들이 죽음이란 무엇인가에 대해 확실히 알고 있다는 증거는, 그들이 한순간의 의심도 없이, 죽어가는 사람들을 어떻게 대해야 할지 알고 있었고 두려워하지 않았다는 점이다. 레빈과 다른 사람들은 죽음에 대해 많은 것들을 말할 수 있었지만 그것에 대해 분명히 알지는 못했다. 왜냐하면 그들은 죽음을 두려워했고, 사람이 죽어 갈 때 어떻게 해야 할지 전혀 몰랐기 때문이다. 만약 지금 레빈이 형 니콜라이와 단둘이 있었다면, 그는 공포에 질린 눈으로 형을 바라보며 한층 더 큰 공포를 품은 채 죽음을 기다리는 것 말고는 아무것도 하지 못했을 것이다.

게다가 그는 무슨 말을 해야 할지, 어떻게 바라보아야 할지, 어떻게 걸어야 할지도 몰랐다. 전혀 상관없는 이야기를 하는 것은 그에게 모욕적으로 느껴졌을 테고 아예 불가능했을 것이다. 침묵하는 것 역시 불가능하다. 그는 생각했다. '내가 바라본다면, 형은 내가 자기를 연구하고 있다고 생각할 거야. 두려워. 하지만 바라보지 않으면, 형은 내가 다른 생각을 하고 있다고 여기겠지. 발끝으로 걸어 다니면, 형은 못마땅해할 거야. 발바닥을 다 딛고 다닌다면, 나 자신이 무안해지겠지.' 키티는 분명 자신에 대해서는 생각하지 않는 것 같았고 생각할 겨를도 없는 것 같았다. 그녀는 형에 대해 생각했다. 왜냐하면 그녀는 무언가를 알고 있었기 때문이었다. 모든 게 잘되어 갔다. 그녀는 자신에 대해, 자신의 결혼식에 대해 이야기했다. 그녀는 미소를 짓기도 하고 그를 동정하기도 하고 그를 쓰다듬기도 하고 완쾌됐을 경우에 대해 이야기하기도 했다. 그리고 그 모든 것이 잘되어 갔다. 즉 그녀는 알고 있었던 것이다. 그녀와 아가피야 미하일로브나의 활동이 본능적이고 동물적이고 비이성적인 것이 아니라는 증거는, 아가피야 미하일로브나와 키티가 죽어 가는 사람을 위해 육체를 간호하고 고통을 덜어 주는 것 외에도 육체적인 간호보다 더 중요한 무언가를, 몸 상태와 아무 관련이 없는 무언가를 요구했다는 점이다. 아가피야 미하일로브나는 죽은 노인에 대해 이야기하면서 이렇게 말했다. "아, 다행히도 그 사람은 성찬식도 받고 성유식도 받았답니다. 하느님, 모든 이들이 그렇게 죽게 해 주시옵소서." 카챠도 마찬가지로 속옷과 욕창과 음료에 대한 온갖 배려 외에, 이곳에 온 첫날부터 병자에게 성찬식과 성유식을 받아야 할 필요성을 납득시켰다.

밤이 되어 병자의 방에서 자신의 방으로 돌아온 레빈은 무엇을 해야 할지 몰라 고개를 숙이고 앉아 있었다. 그는 저녁 식사를 한다든지, 잠잘 준비를 한다든지, 할 일을 깊이 생각해 본다든지 하는 것은 말할 것도 없고, 아내와 이야기를 나눌 수조차 없었다. 그는 부끄러웠다. 그녀는 평소보다 더 생기발랄하기까지 했다. 그녀는 저녁 식사를 가져오라고 지시하고 손수 짐을 풀고 이부자리를 까는 일을 돕고 그것에 페르시아 가루를 뿌리는 것도 잊지 않았다. 그녀의 마음속에는 흥분과 판단의 신속함이 있었다. 그것은 전투와 시합 등 인생의 위험하고 결정적인 순간을 앞에 둔 남자에게, 즉 남자가 일생에 단 한 번 자신의 가치를 입증하고 그의 지난 세월이 헛되지 않았음을, 그 순간을 위한 준비였음을 증명하는 순간에 나타나는 것이었다.

모든 일이 그녀의 손에서 순조롭게 이루어졌다. 12시가 채 되기도 전에 모든 물건이 깨끗하고 단정하게, 게다가 어딘지 모르게 매우 특별하게 정돈되었다. 그래서인지 호텔 방이 그들의 집, 그녀의 방과 비슷해 보였다. 침대에 이부자리가 깔리고, 브러시와 빗과 거울이 진열되고, 작은 테이블보가 펼쳐졌다.

레빈에게는 아직도 먹고 자고 이야기를 하는 것이 용서할 수 없는 일로 여겨졌다. 그리고 자신의 행동 하나하나가 다 무례하게 느껴졌다. 하지만 그녀는 브러시들을 정리하고 있었고, 그 행동에 사람의 감정을 상하게 할 만한 점이 전혀 없다는 식으로 계속 그 일을 했다.

하지만 그들은 아무것도 먹을 수 없었고 오랫동안 잠을 이룰 수도 없었다. 심지어 오랫동안 잠자리에 들 수조차 없었다.

"형님이 내일 성유식을 받도록 설득할 수 있어서 참 기뻐요." 그녀는 접었다 폈다 할 수 있는 자기의 거울 앞에 잠옷 가운을 걸치고 앉아 고운 빗으로 부드럽고 향기로운 머리카락을 빗고 있었다. "난 한 번도 그런 것을 본 적은 없지만, 엄마는 그 자리에서 하는 기도가 치유에 관한 것이라고 말씀하셨어요."

"당신은 정말로 형이 나을 수 있다고 생각해?" 레빈은 그녀가 빗을 앞으로 가져가기만 하면 늘 사라지는, 그녀의 작고 둥근 머리의 뒤통수에 난 좁은 가르마를 바라보며 말했다.

"의사에게 물어봤어요. 의사 말로는 형님이 기껏해야 사흘밖에 못 산다고 하더군요. 하지만 의사들이 정말 그런 걸 알 수 있을까요? 어쨌든 난 그분을 설득한 게 기뻐요." 그녀는 머리카락 사이로 남편을 곁눈질하며 말했다. "무슨 일이든 일어날 수 있어요." 그녀는 종교에 대해 이야기할 때마다 얼굴에 늘 떠올리는 그 독특하고 다소 미묘한 표정을 지으며 이렇게 덧붙였다.

약혼 시절에 종교에 대한 이야기를 나눈 이후, 그도 그녀도 지금까지 한 번도 그것에 대한 이야기를 꺼낸 적이 없었다. 그러나 그녀는 교회에 참석하고 기도하는 의식을 지켜 왔고, 언제나 그것은 매우 필요한 일이라는 한결같고 침착한 인식을 갖고 있었다. 그리고 그의 신념이 자신의 신앙과 대립함에도 그가 그녀와 똑같은, 아니 훨씬 더 훌륭한 그리스도인이라고 굳게 믿었다. 그리고 그가 종교에 대해 하는 말들은 그가 broderie anglaise에 대해 내뱉는 말들, 즉 품행이 단정한 사람들은 구멍을 깁는데 그녀는 일부러 구멍을 내는 것 같다는 등의 말처럼 그가 가진 남자들 특유의 우스꽝스러운 기벽 가운데 하나일 뿐이라고 믿었다.

"그래, 그 여자, 마리야 니콜라예브나는 이런 일들을 처리할 수 없었을 거야." 레빈이 말했다. "그리고……, 당신에게 꼭 고백해야 할 말이 있는데, 난 당신이 함께 와 줘서 정말, 정말 기뻐. 당신은 너무나 순수해서…….” 그는 그녀의 손을 잡았다. 그러나 손에 입을 맞추지는 않고(이렇게 죽음이 임박한 상황에서 그녀의 손에 입을 맞춘다는 것은 그에게 너무나 상스러운 짓으로 느껴졌다.) 그녀의 투명한 눈망울을 바라보며 죄를 지은 듯한 표정으로 그녀의 손을 꼭 잡기만 했다.

“당신 혼자 있었으면 몹시 괴로웠을 거예요.” 그녀는 말했다. 그리고 만족감으로 발그레하게 상기된 뺨을 가리던 두 손을 높이 들어 올려 뒤통수의 땋은 머리를 빙빙 돌리고 핀으로 고정했다. “아니에요.” 그녀는 계속해서 말했다. “그녀는 몰라서……. 난 다행히 소덴에서 많은 것을 배웠죠.”

“정말로 그곳에 아픈 사람들이 그렇게 많아?”

“더 심해요.”

“나로서는 형에게서 젊은 시절의 모습을 보지 않을 수 없다는 점이 끔찍해……. 당신은 형이 얼마나 멋진 청년이었는지 믿지 못할 거야. 하지만 그때는 형을 이해하지 못했지.”

“믿어요, 믿고말고요. 난 정말 그분과 내가 친한 사이가 되었을 거라고 느껴요.” 그녀는 이렇게 말하고는 자신의 말에 깜짝 놀라 남편을 돌아보았다. 그녀의 눈에 눈물이 글썽였다.

“그래, 그랬겠지.” 그는 서글프게 말했다. “형은 사람들이 흔히 이 세상 사람이 아니라고 말하는 바로 그런 사람이야.”

“하지만 우리 앞에는 많은 날들이 있어요. 이제 잠자리에 들어야죠.” 키티는 자신의 조그마한 시계를 들여다보며 말했다.

20
죽음

이튿날 병자는 성찬식과 성유식을 받았다. 의식이 진행되는 동안 니콜라이 레빈은 뜨겁게 기도했다. 작은 꽃무늬 테이블보로 덮인 카드놀이용 테이블 위의 성상을 향한 그의 큰 눈동자에는 레빈이 바라보기가 두려울 정도로 강렬한 애원과 희망이 담겨 있었다. 레빈은 이 강렬한 애원과 희망이 니콜라이가 그토록 사랑하는 삶과의 이별을 더욱 고통스럽게 만들 뿐이라는 사실을 알고 있었다. 레빈은 형과 그의 사상의 궤적을 잘 알고 있었다. 그는 형이 신앙을 부정하게 된 것이 신앙 없이 사는 게 더 편해서가 아니라 세계의 현상에 대한 현대의 과학적인 해석이 그의 신앙을 한 걸음씩 한 걸음씩 몰아냈기 때문이라는 것을 알고 있었다. 따라서 그는 형이 지금 종교로 회귀한 것은 똑같은 사상의 경로를 통해 이루어진 합리적인 것이 아니라 단지 병을 고치고 싶은 광기 어린 희망에서 나온 일시적이고 이기적인 것임을 알고 있었다. 레빈은 또한 키티가 자신이 들은 치유에 관한 이상한 이야기들로 그 희망을 더 강하게 만들었다는 것도 알고 있었다. 레빈은 그 모든 것을 알고 있었다. 그래서 그 희망으로 가득 찬 간절한 눈길, 살갗이 팽팽하게 조여진 이마 위로 간신히 들어 올려 십자를 긋고 있는 앙상한 손, 툭 불거져 나온 어깨, 더 이상 병자가 구하는 생명을 담아 둘 수 없는 그 헐떡이는 텅 빈 가슴을 바라보는 것이 그에게는 고통스러울 정도로 괴로웠다. 성례식을 하는 동안, 레빈 역시 기도를 드리며 무신론자로서 이미 수천 번이나 했던 일을 되풀이했다. 그는 하느님을 향해 말했다. '당신이 정말로 존재한다면, 이 남자를 낫게 해 주십시오.(그 말은 정말로 수차례 되풀이되었다.) 그럼 당신은 그와 나를 구원할 것입니다.'

성유식 후 갑자기 병자의 상태가 훨씬 좋아졌다. 그는 한 시간 내내 기침 한 번 하지 않았다. 그는 미소를 짓기도 하고, 눈물 어린 눈으로 키티에게 감사하며 그녀의 손에 입을 맞추기도 하고, 자신은 건강한 데다 아무 데도 아프지 않으며 식욕과 기력이 솟는 것을 느낀다고 말하기도 했다. 수프를 가져오자, 그는 혼자 일어나기까지 했고 커틀릿도 달라고 했다. 그가 아무리 가망이 없다 해도, 겉으로 보기에 그가 회복될 수 없다는 것이 아무리 분명하다 해도, 그 한 시간 동안 레빈과 키티는 자신들이 착각한 것이 아닐까 하는 두려움과 행복이 뒤섞인 흥분을 똑같이 느끼고 있었다.

"더 나아졌어." "그래요, 훨씬 좋아졌어요." "놀랍군." "조금도 놀라울 것 없어요." "어쨌든 더 좋아졌어." 그들은 서로 미소를 주고받으며 속삭였다.

이러한 환상은 오래가지 않았다. 병자는 편안하게 잠들었으나, 30분 후 기침이 그를 깨웠다. 그러자 갑자기 그를 둘러싼 사람들에게서나 그 자신에게서나 모든 희망이 사라지고 말았다. 의심할 여지 없는, 이전의 희망에 대한 기억조차 사라지게 하는 고통의 현실이 레빈과 키티의 마음속에서, 그리고 병자 자신의 마음속에서 희망을 깨뜨려 버렸다.

병자는 30분 전에 자신이 믿던 것을 기억하지도 못한 채, 그리고 그것을 떠올리는 것조차 부끄럽다는 듯, 종이에 싸이고 구멍이 뚫린 유리병 속의 흡입용 요오드를 달라고 요구했다. 레빈은 그에게 유리병을 건네주었다. 그러자 성유식을 받을 때의 그 열렬하고 희망에 찬 눈길은 이제 요오드의 흡입이 기적을 일으킬 거라는 의사의 말을 동생이 확증해 주길 기대하며 동생을 향했다.

"어, 카챠가 없네?" 레빈이 마지못해 의사의 말을 확증해 주자, 그는 주위를 둘러보며 목쉰 소리로 말했다. "없군. 그럼 말해도 되겠지……. 내가 그런 희극을 벌인 것은 그녀를 위해서였어. 그녀는 너무나도 사랑스러워. 하지만 우리만 있는데 자신을 속일 수는 없지. 내가 믿는 것은 바로 이거야." 그는 이렇게 말하고는 앙상한 손으로 병을 움켜쥐며 그 위로 숨을 몰아쉬기 시작했다.

저녁 7시에서 8시 사이, 레빈이 아내와 자기 방에서 차를 마시고 있는데 마리야 니콜라예브나가 숨을 헐떡이며 그들의 방으로 뛰어 들어왔다. 그녀는 창백했고, 그녀의 입술은 덜덜 떨렸다.

"죽어 가고 있어요!" 그녀가 속삭였다. "이제 곧 죽을 것 같아요."

두 사람은 그에게로 달려갔다. 그는 몸을 일으켜 한쪽 팔꿈치로 침대를 괴고 긴 등을 구부린 채 고개를 푹 숙이고 앉아 있었다.

"기분이 어때?" 침묵 뒤에 레빈이 속삭이듯 물었다.

"곧 떠날 것 같아." 힘겹게, 하지만 대단히 또렷하게, 자신의 안에서 천천히 말을 짜내며 니콜라이가 말했다. 그는 머리를 들지 않은 채 그저 눈만 위로 향했고 그나마 동생의 얼굴까지지도 시선이 닿지 않았다. "카챠, 나가 있어요!" 그는 다시 말했다.

레빈은 벌떡 일어나 명령조로 속삭이며 아내를 밖으로 내보냈다.

"세상을 뜨는구나." 그는 다시 말했다.

"왜 그런 생각을 해?" 레빈은 무슨 말이라도 하려고 이렇게 말했다.

"곧 떠날 테니까." 그는 마치 이 표현이 마음에 드는 듯 되풀이했다. "끝이구나."

마리야 니콜라예브나가 그에게 다가왔다.

"눕는 게 좋겠어요. 그럼 더 편할 거예요." 그녀가 말했다.

"곧 조용히 눕겠지." 그가 웅얼거렸다. "시체가 돼서." 그는 조롱하듯 성난 목소리로 말했다. "그럼 눕혀 줘. 그렇게 하고 싶다면 말이야."

레빈은 형을 반듯이 눕히고 그 옆에 앉아 숨을 죽인 채 그의 얼굴을 바라보았다. 죽어 가는 사람은 눈을 감고 누워 있었다. 하지만 이마의 근육이 마치 깊은 생각에 골똘히 빠진 사람처럼 이따금씩 살짝 움직였다. 레빈은 자기도 모르게 형과 더불어 지금 그의 안에서 일어나고 있는 일에 대해 생각하고 있었다. 하지만 그와 함께 나아가기 위해 아무리 생각을 집중해도, 레빈은 그 침착하고 준엄한 얼굴 표정과 눈썹 위 근육의 움직임에서, 자신에게는 여전히 암흑 상태로 남아 있는 것이 죽어 가는 사람에게는 점점 더 분명해지는 것만 볼 뿐이었다.

"그래, 그래, 그렇지." 죽어 가는 사람이 띄엄띄엄 천천히 말했다. "잠깐." 그는 다시 침묵에 잠겼다. "그렇지!" 갑자기 그가 편안하게 몸을 쭉 뻗었다. 마치 모든 것이 해결됐다는 것처럼. "오, 주여!" 그는 이렇게 말하고는 무겁게 숨을 몰아쉬었다.

마리야 니콜라예브나가 그의 발을 만졌다.

"차가워지고 있어요." 그녀가 속삭였다.

오랫동안, 아주 오랫동안 — 레빈에게는 그렇게 느껴졌다 — 병자는 꼼짝 않고 누워 있었다. 하지만 그는 아직 살아 있었고 이따금 숨을 쉬었다. 레빈은 이미 정신적인 긴장으로 지쳐 있었다. 그는 아무리 생각을 쥐어짜도 뭐가 '그렇다.'라는 건지 이해할 수 없었다. 이미 오래전부터 그는 죽어 가는 사람에게 뒤처지고 있다는 느낌을 받았다. 그는 더 이상 죽음의 문제 자체에 대해서조차 생각할 수 없었다. 문득 그의 머릿속에 지금 이 순간 자신이 하지 않으면 안 될 일들이 떠올랐다. 눈을 감기고, 옷을 갈아입히고, 관을 주문해야 한다. 그리고 이상한 것은 그 자신이 완전히 냉담하게 느껴졌다는 것이다. 그는 슬픔도, 상실감도 느끼지 않았고, 형에 대한 연민은 더더욱 느끼지 않았다. 만약 지금 그에게 형에 대한 감정이 남아 있다면, 그것은 오히려 죽어 가는 사람이 이 순간에 소유한 인식, 자신은 가질 수 없는 그 인식에 대한 질투일 것이다.

오랫동안 그는 형을 굽어보는 자세로 앉아 계속 최후를 기다렸다. 하지만 최후는 오지 않았다. 문이 열리고 키티가 얼굴을 내밀었다. 레빈은 그녀를 멈추게 하려고 일어났다. 그러나 자리에서 일어서는 그 순간, 그는 시체가 움직이는 소리를 들었다.

"가지 마." 니콜라이가 이렇게 말하며 한쪽 팔을 뻗었다. 레빈은 형의 손을 잡고서 아내에게 나가라는 뜻으로 성을 내며 손을 흔들었다.

그는 시체의 손을 잡고 30분, 한 시간, 또 한 시간을 앉아 있었다. 그는 이제 죽음에 대해서는 전혀 생각하지 않았다. 그는 키티가 무엇을 하고 있을까, 옆방에는 누가 살까, 의사가 사는 집은 자기 소유의 집일까에 대해 생각했다. 그는 식사를 하고 잠을 자고 싶었다. 그는 조심스럽게 손을 놓고 형의 발을 만져 보았다. 두 발은 차가웠다. 하지만 병자는 숨을 쉬고 있었다. 레빈은 다시 발뒤꿈치를 들고 나가려 했다. 하지만 병자가 다시 몸을 꿈틀거리며 말했다.

"가지 마."

먼동이 텄다. 병자의 상태는 여전히 똑같았다. 레빈은 몰래 손을 놓고 죽어 가는 사람을 쳐다보지 않은 채 자기 방으로 가서 잠을 잤다. 잠에서 깼을 때, 그는 기다리고 있던 형의 죽음에 대한 소식 대신 병자가 이전의 상태로 돌아왔다는 사실을 알게 되었다. 그는 다시 일어나 앉아 기침을 하기 시작했고, 다시 먹고 말하기 시작했다. 그는 다시 죽음에 대한 이야기를 중단하고, 회복에 대한 희망을 표현하기 시작했다. 그리고 전보다 더 쉽게 흥분하고 더 우울해했다. 동생도, 키티도 그 누구도 그를 진정시킬 수 없었다. 그는 모두에게 화를 냈고, 모두에게 불쾌한 말을 했으며, 자신의 고통에 대해 모든 이들을 비난했다. 그리고 모스크바에서 저명한 의사를 데려오라고 요구했다. 기분이 어떠냐는 질문을 받을 때마다, 그는 적개심과 비난 어린 표정으로 똑같은 대답만 했다.

"견딜 수 없을 만큼 끔찍하게 괴로워!"

병자는 점점 더 고통스러워했다. 특히 이미 손을 쓸 수 없게 된 욕창으로 더욱 고통스러워했다. 그리고 주위 사람들에게 점점 더 화를 냈고 매사에 그들을 비난했다. 특히 모스크바에서 의사를 데려오지 않는다는 것 때문에 더욱 그러했다. 키티는 그를 돕고 그를 진정시키기 위해 온갖 노력을 기울였다. 그러나 모든 노력이 헛수고로 돌아갔다. 비록 그녀가 솔직히 털어놓지는 않았어도, 레빈은 그녀 자신이 육체적으로, 정신적으로 지쳤다는 것을 깨달았다. 니콜라이가 동생을 불러낸 그날 밤 그가 삶과 작별을 고하면서 사람들의 마음속에 불러일으킨 죽음에 대한 감정은 완전히 깨지고 말았다. 다들 그가 반드시 곧 죽으리라는 것, 그가 이미 반쯤 죽은 상태라는 것을 알고 있었다. 사람들이 바라는 것은 오직 한 가지, 그가 최대한 빨리 죽는 것이었다. 그런데 다들 이 사실을 감춘 채 그에게 병에 든 약을 주기도 하고 약과 의사를 찾기도 하면서, 그와 자신과 서로를 속이고 있었다. 이 모든 것은 거짓, 혐오스럽고 모욕적이고 불경스러운 거짓이었다. 레빈은 성품의 특성상, 그리고 죽어 가는 사람을 그 누구보다 사랑했기에, 이러한 거짓을 특히 가슴 아프게 느꼈다.

죽음을 앞둔 상황이지만, 두 형을 화해시켜야겠다고 오래전부터 생각해 온 레빈은 형 세르게이 이바노비치에게 편지를 썼다. 그리고 그의 답장을 받자 그것을 병자에게 읽어 주었다. 세르게이 이바노비치는 그곳에 갈 수 없다고 썼다. 하지만 감동적인 말로 동생의 용서를 구했다.

병자는 아무 말도 하지 않았다.

"형에게 뭐라고 쓸까?" 레빈이 물었다. "큰형에게 화가 난 건 아니지? 그랬으면 좋겠는데."

"아니, 전혀!" 니콜라이는 그 질문에 화를 내며 대답했다. "형에게 써. 내게 의사를 보내라고."

다시 괴로운 사흘이 지나갔다. 병자는 계속 똑같은 상태였다. 호텔의 사환들, 호텔 주인, 손님들, 의사, 마리야 니콜라예브나, 레빈, 키티, 이제 그를 본 사람이라면 누구나 그의 죽음을 바라는 감정을 겪었다. 그런 감정을 드러내지 않는 사람은 오직 병자뿐이었다. 오히려 그는 의사를 데려오지 않는다고 화를 냈고 계속 약을 복용했으며 삶에 대해 이야기했다. 아편이 끊임없는 고통을 잠시나마 잊게 하는 아주 드문 경우에만, 그는 때때로 반쯤 잠든 상태에서 그의 마음속에 다른 그 무엇보다 강하게 자리 잡은 것을 입 밖으로 내곤 했다. "아, 이것이 끝이라면!" "이것은 언제 끝나나!"

고통은 일정한 속도로 점점 더 커지면서 본연의 일을 수행했고 그로 하여금 죽음을 준비하게 했다. 그가 고통스러워하지 않는 순간은 없었고, 그가 의식불명에 빠지는 순간도 없었으며, 그의 몸뚱이 가운데 아프지 않거나 그를 괴롭히지 않는 곳은 단 한 군데도 없었다. 그 육체에 깃든 기억, 인상, 생각마저 이제는 그에게 육체와 마찬가지로 혐오감을 불러일으켰다.

다른 사람들의 모습, 그들의 말, 자신의 추억들, 그 모든 것들이 그저 고통스러울 뿐이었다. 주위 사람들도 그것을 알아채고, 무의식적으로 그의 앞에서는 자유로운 몸짓도, 이야기도, 희망의 표현도 하지 않았다. 그의 생활은 오직 고통과 그것에서 벗어나고 싶다는 욕망으로 모아졌다.

그의 마음속에서는 분명 그가 죽음을 욕망의 충족으로, 행복으로 여길 수밖에 없도록 하는 대변혁이 일어나고 있었다. 예전에는 굶주림, 피로, 갈증처럼 고통이나 결핍이 일으키는 개별적 욕망이 쾌락을 부여하는 육체의 작용을 통해 충족되었다. 하지만 이제는 그러한 결핍과 고통을 충족시킬 수 없었고, 충족을 얻으려는 시도는 새로운 고통만 불러일으킬 뿐이었다. 따라서 모든 욕망은 오직 하나의 욕망, 즉 모든 고통과 그것의 기원인 육체로부터 벗어나고 싶다는 욕망으로 녹아들었다. 하지만 그에게는 이런 해방에 대한 욕망을 표현할 언어가 없었다. 그래서 그는 그것에 대해서는 아예 말을 하지 않고, 습관에 따라 더 이상 실현할 수 없는 욕망의 충족을 요구하는 것이었다. 그는 "날 옆으로 눕혀 주시오."라고 말하자마자 원래대로 눕혀 달라고 요구하곤 했다. "부용[129]을 좀 줘요. 부용을 치워요. 무슨 말이든 해요, 왜 입을 다물고 있는 거요." 그래서 사람들이 말을 꺼내려 하면, 그는 곧 눈을 감고 피로와 무관심과 혐오감을 드러내곤 했다.

이 도시에 온 지 열흘째 되는 날 키티는 병에 걸리고 말았다. 그녀는 두통과 구토 증세를 일으켰고 오전 내내 침대에서

129) 쇠고기나 닭고기로 만든 맑은 수프.

일어나지 못했다.

의사는 피로와 흥분 때문에 생긴 병이라 설명하고 그녀에게 정신적 안정을 지시했다.

그러나 점심 식사 후 키티는 자리에서 일어나 여느 때처럼 일감을 가지고 병자에게 갔다. 그녀가 들어가자, 그는 그녀를 엄격한 눈초리로 쏘아보았다. 그러고는 그녀가 아팠다고 말하자 경멸하듯 미소를 지었다. 그날 그는 쉴 새 없이 코를 풀었고 애처롭게 신음 소리를 냈다.

"기분이 어떠세요?" 그녀가 그에게 물었다.

"더 나쁘오." 그는 힘겹게 말했다. "아파요!"

"어디가 아프세요?"

"안 아픈 곳이 없소."

"오늘 돌아가실 것 같아요. 잘 보세요." 마리야 니콜라예브나는 속삭이듯 말했다. 그러나 레빈이 눈치챈 대로 병자는 매우 예민해 있었기 때문에 분명 그녀의 말을 들은 것 같았다. 레빈은 그녀를 향해 쉿 하며 말을 막고 병자를 돌아보았다. 니콜라이는 그 말을 들었다. 그러나 그 말은 그에게 어떤 느낌도 불러일으키지 않았다. 그의 시선은 여전히 절박하고 다른 사람들을 책망하는 듯했다.

"왜 그렇게 생각합니까?" 마리야 니콜라예브나가 레빈을 뒤따라 복도로 나오자, 그는 그녀에게 물었다.

"그분이 자기 몸을 쥐어뜯기 시작했어요." 마리야 니콜라예브나가 말했다.

"어떻게 잡아 뜯습니까?"

"이렇게요." 그녀는 자신의 모직 옷의 주름을 쥐어뜯으며 말했다. 사실 그는 병자가 그날 온종일 자신의 몸을 움켜쥐는 것을 눈치챘다. 마치 무언가를 잡아떼려는 것 같았다.

마리야 니콜라예브나의 예언은 옳았다. 밤이 이슥해질 무렵, 병자에게는 이미 손을 들어 올릴 기력도 없었다. 그리고 그는 시선을 한곳에 골똘히 집중한 채 앞만 바라볼 뿐이었다. 동생과 키티는 그가 자기들을 볼 수 있도록 그의 위로 몸을 구부리기까지 했지만, 심지어 그때에도 그는 여전히 앞만 바라볼 뿐이었다. 키티는 임종 기도문을 읽어 줄 사제를 데려오라고 사람을 보냈다.

사제가 기도문을 읽는 동안, 죽어 가는 사람은 어떠한 생명의 징후도 보이지 않았다. 그의 눈은 감겨 있었다. 레빈과 키티와 마리야 니콜라예브나는 침대 옆에 서 있었다. 사제가 기도문을 미처 다 읽기도 전에, 죽어 가는 사람은 몸을 쭉 뻗고 깊이 숨을 몰아쉬더니 눈을 감았다. 사제는 기도문을 다 읽은 후 싸늘한 이마에 십자가를 얹었다. 그러고는 견대로 십자가를 천천히 감싸고 2분가량 말없이 서 있다가 싸늘해지기 시작한 그 핏기 없는 커다란 손을 가볍게 만졌다.

"임종하셨습니다." 사제는 이렇게 말하고 자리를 뜨려 했다. 그런데 문득 시체의 달라붙은 수염이 약간 움직이는가 싶더니, 가슴 깊은 곳에서 울리는 날카롭고 또렷한 소리가 정적 속에서 분명하게 들렸다.

"아직은……. 곧."

그리고 1분쯤 지나자 그의 얼굴이 환하게 빛나고 수염 밑으로 미소가 떠올랐다. 그 자리에 모인 여자들은 분주하게 고인을 입관할 준비를 하기 시작했다.

형의 모습과 죽음의 접근은 레빈의 영혼 속에 형이 찾아온 그 가을밤에 자기를 사로잡았던 불가해함에 대한 공포, 죽음의 접근과 불가피함에 대한 공포를 다시 불러일으켰다. 지금 그 감정은 예전보다 더욱 강렬해졌다. 그는 자신이 예전보다 죽음의 의미를 더 이해하지 못하는 것처럼 느껴졌다. 그리고 죽음의 불가피함이 더욱 두렵게 보였다. 하지만 지금은 아내가 옆에 있어 준 덕분에 그러한 감정도 그를 절망으로 이끌지는 못했다. 그는 죽음이 존재한다 할지라도 살고 사랑하지 않으면 안 된다는 것을 깨달았다. 그는 사랑이 그를 절망으로부터 구원했다는 것, 그 사랑이 절망의 위협 아래서 더욱 강해지고 순수해졌다는 것을 느꼈다.

죽음이라는 하나의 신비가 여전히 불가해한 것으로 남은 채 그의 눈앞에서 완전히 실현되기도 전에, 그만큼이나 이해할 수 없는, 그를 사랑과 삶으로 손짓하는 또 하나의 신비가 일어났다.

의사는 키티에 대한 자신의 추측을 확인해 주었다. 그녀의 건강이 좋지 않았던 것은 임신 때문이었다.

21

알렉세이 알렉산드로비치는 벳시나 스테판 아르카지치와의 의논을 통해 아내를 조용히 내버려 두고 자신의 존재로 그녀를 방해하지 않는 것만이 그에게 요구되고 있다는 것, 아내 자신도 그가 그렇게 해 주기를 바란다는 것을 깨달은 순간부터, 혼자서는 아무것도 결정할 수 없을 만큼 불안해했다. 그는 지금 자신이 무엇을 원하는지도 몰랐고, 그의 일을 돌보는 것에서 굉장한 쾌감을 누리는 사람들의 손에 자신을 내맡겼으며, 무슨 일에나 동의했다. 안나가 집을 나간 후 영국인 가정교사가 그와 함께 식사를 해야 하는지, 아니면 따로 해야 하는지 물으러 그에게 사람을 보냈을 때야 비로소 그는 자신의 처지를 분명히 깨달았고 그것에 전율하고 말았다.

그 상황에서 무엇보다 어려운 점은, 그가 도저히 자신의 과거와 현재를 하나로 결합하고 화해시킬 수 없다는 것이었다. 아내와 행복하게 산 과거가 그의 마음을 어지럽힌 것은 아니었다. 그 과거에서부터 아내의 부정을 깨닫기까지의 과정은 그가 이미 고통스럽게 체험한 바 있다. 그 상황은 괴롭긴 했지만 그가 납득할 수 있는 것이었다. 만약 아내가 그때 자신의 부정을 털어놓고 그를 떠났다면, 그는 비록 괴롭고 불행할지언정 지금 느끼는 이런 막막하고 납득할 수 없는 상황에는 처하지 않았을 것이다. 지금 그는 얼마 전에 있었던 자신의 용서, 자신의 감동, 병든 아내와 다른 남자의 아이에게 베푼 자신의 사랑을 지금의 상황, 즉 그 모든 것에 대한 보답이라는 듯 지금의 자기 옆에 아무도 없는 데다 남들에게 모욕과 조롱을 받고 있고 그 누구도 자신을 필요로 하지 않으며 오히려 사람들에게 멸시당하고 있다고 느끼는 이러한 상황과 도저히 화해시킬 수 없었다.

아내가 떠난 후 처음 이틀 동안, 알렉세이 알렉산드로비치는 청원자들과 사무장을 맞이하기도 하고 위원회에 나가기도 하고 여느 때처럼 식사를 하러 식당에 들르기도 했다. 그는 자신이 무엇 때문에 그런 일을 하는지도 모르면서 그 이틀 동안 침착하고 심지어 무심하기까지 한 표정을 짓는 데만 온 정신을 긴장시켰다. 안나 아르카지예브나의 물건과 방을 어떻게 처리할지 대답할 때도, 그는 마치 그 사건이 예기치 못한 것도 아니고 그것이 보통의 사건들보다 별다를 것도 없다고 생각하는 사람 같이 표정을 지으려 안간힘을 썼다. 그리고 그는 자신의 목적을 이루었다. 즉 아무도 그에게서 절망의 징후를 알아차리지 못했다. 그러나 아내가 집을 떠난 지 사흘째 되는 날, 코르네이가 안나가 잊고 지불하지 않은 의상실의 영수증을 가져와서 의상실 직원이 와 있다고 보고했을 때, 알렉세이 알렉산드로비치는 그 직원을 불러오라고 지시했다.

"각하, 감히 걱정을 끼쳐 드리게 돼서 죄송합니다. 하지만 부인에게 가 보라고 하실 거라면, 그분들의 주소를 알려 주실 수는 없는지요."

알렉세이 알렉산드로비치는 생각에 잠겼다. 직원이 보기에는 그랬다. 그런데 갑자기 그가 돌아서서 책상 앞에 앉았다. 그는 두 손 위로 고개를 떨어뜨린 채 오랫동안 그 자세로 앉아 있었다. 그는 몇 번이고 말을 꺼내려 하다 멈추었다.

주인의 감정을 알아챈 코르네이는 직원에게 다음에 다시 오라고 부탁했다. 다시 혼자 남게 된 알렉세이 알렉산드로비치는 자신에게 더 이상 의연하고 침착한 척할 만한 힘이 없다는 것을 깨달았다. 그는 대기 중이던 마차를 풀고 아무도 들이지 말라고 지시한 후 식사를 하러 나오지도 않았다.

그는 그 직원과 코르네이의 얼굴에서, 그리고 지난 이틀 동안 만난 사람들의 얼굴에서 똑똑히 보았던 경멸과 잔혹의 전체적인 압력을 더 이상 버틸 수 없다고 느꼈다. 사람들의 증오를 피할 수 없을 것 같았다. 왜냐하면 그 증오는 자신이 나빠서 생긴 것이 아니라(만약 그렇다면 그도 더 나아지려고 애쓸 수 있겠지만) 그가 수치스럽고 혐오스러운 불행을 겪고 있어서 생겼기 때문이다. 그는 그것 때문에, 그의 심장을 갈기갈기 찢어 놓은 바로 그것 때문에 사람들이 그에게 무자비하게 대하리라는 것을 감지했다. 그는 여러 마리의 개들이 상처를 입고 아픔으로 울부짖는 한 마리의 개를 죽이듯 사람들이 그를 매장시킬 거라고 느꼈다. 그는 사람들에게서 벗어나는 유일한 방법은 사람들에게 자신의 상처를 숨기는 것임을 알았다. 그래서 그는 이틀 동안 무의식적으로 그렇게 하고자 노력한 것이다. 그런데 이제 그는 자신에게 그런 불평등한 싸움을 계속할 힘이 없음을 느끼기 시작했다.

그의 절망은 그가 자신의 슬픔을 끌어안은 채 완전히 고독한 존재로 남았다는 자각 때문에 더욱더 강해졌다. 그가 사는 페테르부르크에는 자신이 겪은 일들을 다 털어놓을 수 있는 사람, 그를 고관으로서, 사교계의 일원으로서가 아니라 그저 괴로워하는 한 인간으로서 동정해 줄 사람이 단 한 명도 없었다. 그리고 그런 사람은 페테르부르크뿐만 아니라 그 어디에도 없었다.

알렉세이 알렉산드로비치는 고아로 자랐다. 그의 혈육이라고는 형 한 명뿐이었다. 그들은 아버지를 기억하지 못했다. 어머니는 알렉세이 알렉산드로비치가 열 살 때 죽었다. 재산은 얼마 되지 않았다. 작고한 황제의 총아이자 고관이던 카레닌의 아저씨뻘 되는 사람이 그들을 양육했다.

김나지움과 대학의 과정을 최우수 성적으로 졸업한 알렉세이 알렉산드로비치는 아저씨의 도움으로 곧 전도유망한 관직의 길에 발을 내디뎠고 그 후로 오로지 정치적 야심에만 몸을 맡겼다. 김나지움에서도, 대학에서도, 관직에 오른 후에도, 알렉세이 알렉산드로비치는 그 누구와도 친밀한 관계를 맺지 않았다. 형은 그와 마음이 잘 맞는 가장 가까운 사람이었지만, 외무부에서 근무한 탓에 늘 외국에서 살았다. 그리고 그는 알렉세이 알렉산드로비치가 결혼한 지 얼마 안 되어 외국에서 죽고 말았다.

그가 현지사를 지내던 시절, 안나의 아주머니뻘 되는 그 현의 부유한 여지주는 비록 젊다고는 할 수 없어도 현지사로서는 젊은 그를 자신의 조카딸과 엮은 후, 그로 하여금 자신의 소신을 밝히든지 도시를 떠나든지 선택할 수밖에 없는 처지로 몰고 갔다. 알렉세이 알렉산드로비치는 오랫동안 망설였다. 그때는 이 한 걸음을 내딛는 것을 반대할 만한 이유 못지않게 찬성할 만한 이유도 충분히 있었다. 게다가 그로 하여금 자신의 원칙, 즉 의심이 들 때는 하지 않는다[130]는 원칙을 포기하도록 강요하는 결정적인 이유도 없었다. 하지만 안나의 친척 아주머니는 아는 사람을 통하여 그의 마음속에 그가 이미 처녀의 명예를 더럽혔으니 명예의 의무에 따라 청혼을 하지 않으면 안 된다는 생각을 불어넣었다. 그는 청혼을 했고 약혼녀에게 그가 할 수 있는 한 모든 감정을 쏟았다. 그리고 그녀가 아내가 된 이후에도 마찬가지였다.

그가 안나에게 느낀 애착은 그의 마음속에서 사람들과의 진심 어린 관계를 바라는 마지막 욕구를 앗아 갔다. 그래서 지금도 그의 지인들 가운데 그와 가까운 사람은 단 한 명도 없었다. 그에게는 인맥이라 부를 만한 것은 많았지만 친구라고 할 만한 관계는 없었다. 알렉세이 알렉산드로비치에게는 자기 집으로 식사 초대를 할 만한 사람들, 자신이 흥미를 갖고 있는 일에 협력을 요청하고 어떤 청원자를 잘 봐 달라고 요청할 수 있는 사람들, 다른 사람들이나 정부의 행동에 대해 솔직한 심정으로 의논할 수 있는 사람들은 많았다. 그러나 그런 사람들과의 관계는 관례와 습관에 따라 견고하게 한정된 영역에 국

130) 프랑스 속담.

한되었고 거기서 벗어나는 것은 불가능했다. 대학 동창으로 졸업 후에 가까워져 개인적인 슬픔까지 털어놓을 만한 사람이 한 명 있긴 했다. 그러나 그 친구는 멀리 떨어진 학군(學群)의 장학관을 맡고 있었다. 페테르부르크에 사는 사람들 가운데 가장 가깝고 적당한 사람은 사무장과 의사뿐이었다.

사무장 미하일 바실리예비치 슬류진은 현명하고 선량하고 도덕적인 사람이었다. 알렉세이 알렉산드로비치는 그에게서 자신에 대한 개인적인 호의를 느꼈다. 하지만 그들이 5년간 함께 일하는 동안 그들 사이에는 친밀한 대화를 가로막는 장벽이 쌓였다.

알렉세이 알렉산드로비치는 서류에 서명을 끝내고 오랫동안 말없이 미하일 바실리예비치를 쳐다보았다. 그는 몇 번이고 말을 꺼내려고 했지만 아무 말도 할 수 없었다. 그는 이미 이런 문구까지 준비해 두고 있었다. '당신도 나의 불행에 대해 들었겠죠?' 하지만 평소처럼 "그럼 날 위해 이것을 준비해 주십시오."라는 말로 대화를 매듭짓고 그를 내보냈다.

또 한 사람은 의사로, 그 역시 알렉세이 알렉산드로비치에게 호감을 갖고 있었다. 하지만 그들 사이에는 이미 오래전부터 자기들은 할 일이 산더미처럼 많아 서둘지 않으면 안 된다는 암묵적 동의가 이루어져 있었다.

여자 친구들, 그리고 그들 가운데 가장 절친한 리디야 이바노브나 백작부인에 대해서는 아예 생각도 하지 않았다. 여자들은 단순히 여자라는 이유만으로 그에게 무섭고 꺼림칙한 존재였다.

22

알렉세이 알렉산드로비치는 리디야 이바노브나 백작부인을 잊었지만, 그녀는 그를 잊지 않았다. 고독한 절망의 가장 힘겨운 순간에 그녀는 그를 찾아와 그에게 왔다고 알리지도 않은 채 그의 서재로 들어왔다. 그녀는 그가 책상 앞에 앉아 두 손 위에 머리를 얹고 있는 모습을 발견했다.

"J'ai forcé la consigne."[131] 그녀는 재빠른 걸음으로 들어와 흥분과 빠른 움직임으로 힘겹게 숨을 몰아쉬며 이렇게 말했다. "다 들었어요! 알렉세이 알렉산드로비치! 나의 벗!" 그녀는 두 손으로 그의 한 손을 꼭 쥐고서 생각에 잠긴 듯한 아름다운 눈으로 그를 바라보며 말을 계속했다.

알렉세이 알렉산드로비치는 얼굴을 찌푸리며 일어나 그녀의 손에서 자기의 손을 빼고 그녀에게 의자를 끌어다 주었다.

131) '억지로 들어왔어요.'(프랑스어)

"앉으시겠습니까, 백작부인? 난 지금 몸이 안 좋아서 손님을 맞지 못합니다, 백작부인." 그는 이렇게 말했다. 그의 입술이 바르르 떨리기 시작했다.

"나의 친구!" 리디야 이바노브나 백작부인은 그에게서 눈을 떼지 않고 같은 말을 되풀이했다. 그러자 갑자기 그녀의 눈썹 안쪽이 올라가 이마에 세모꼴을 이루었다. 그녀의 아름답지 않은 누런 얼굴이 한층 더 못생겨 보였다. 그러나 알렉세이 알렉산드로비치는 그녀가 그를 불쌍히 여기고 있으며 금방이라도 눈물을 쏟을 것 같다고 느꼈다. 그러자 그에게 감동이 밀려왔다. 그래서 그는 그녀의 통통한 손을 잡고 입을 맞추었다.

"나의 친구!" 그녀는 흥분으로 더듬거리며 말했다. "슬픔에 굴복해서는 안 돼요. 슬픔이 크긴 하겠지만, 위안을 찾아야 해요."

"난 부서지고 망가졌습니다. 난 더 이상 인간이 아닙니다!" 알렉세이 알렉산드로비치는 그녀의 손을 놓으며 말했다. 그러나 그는 눈물이 가득한 그녀의 눈을 계속 바라보고 있었다. "내 처지는 그 어디에서도, 심지어 내 안에서도 의지할 것을 찾을 수 없다는 점 때문에 더 끔찍합니다."

"당신은 의지할 것을 찾게 될 거예요. 내 안에서는 그것을 찾지 말아요. 물론 나도 당신이 내 우정을 믿어 주길 바라지만." 그녀는 탄식하며 말했다. "당신이 의지할 것은 사랑이에요. 하느님이 우리에게 물려주신 사랑 말이에요. 그의 짐은 가벼워요.[132)]" 그녀는 알렉세이 알렉산드로비치가 너무도 잘 아

132) 마태복음서 11 : 30. "내 멍에는 편하고, 내 짐은 가볍다."

는 그 열광적인 눈빛을 띠며 말했다. “그가 당신을 붙잡아 주시고 당신을 도와주실 거예요.”

그 말 속에는 그녀 자신의 숭고한 감정에 대한 감동과 알렉산드르 알렉산드로비치에게는 쓸데없어 보이는, 얼마 전부터 페테르부르크에 퍼지기 시작한 새롭고 열광적이고 신비적인 분위기가 배어 있었지만, 지금의 알렉세이 알렉산드로비치로서는 그 말을 듣는 것이 기분 좋았다.

“난 연약합니다. 난 보잘것없는 사람이에요. 난 아무것도 예견하지 못했습니다. 그리고 지금은 아무것도 모르겠습니다.”

“나의 친구.” 리디야 이바노브나가 똑같은 말을 되풀이했다.

“지금 이곳에 없는 것의 상실을 말하는 게 아닙니다. 그런 게 아니에요.” 알렉세이 알렉산드로비치는 계속해서 말했다. “난 아쉬워하지 않습니다. 하지만 난 사람들 앞에서 내가 처한 처지에 대해 수치스러워하지 않을 수 없습니다. 그것은 나쁜 일이죠. 하지만 나로서는 어쩔 수가 없습니다. 어쩔 수 없단 말입니다.”

“나를 비롯해 모든 사람들이 감탄한 그 숭고한 용서의 행위는 당신이 아니라 당신 안에 계신 하느님이 하신 거예요.” 리디야 이바노브나 백작부인이 눈을 들어 환희에 찬 어조로 말했다. “그러니 당신은 자신의 행동을 부끄러워하지 않아도 돼요.”

알렉세이 알렉산드로비치는 얼굴을 찌푸렸다. 그러고는 두 손을 구부려 손가락을 소리 내어 꺾기 시작했다.

“모든 세세한 사정을 충분히 아셔야 합니다.” 그는 날카로운 소리로 말했다. “사람의 힘에는 한계가 있습니다, 백작부인. 그리고 난 내 힘의 한계를 깨달았습니다. 오늘 난 하루 종일 지시를 내려야 했습니다. 새로운 독신 생활에서 발생한(그는 '발생한'이라는 단어를 강조했다.) 집안 문제에 대해 말입니다. 하인들, 가정교사, 청구서들……. 이런 작은 불꽃들이 나를 불살라 버리고 말았습니다. 난 더 이상 버틸 수 없었습니다. 식사 중에도……. 어제는 식사를 하다 나가 버릴 뻔했습니다. 난 날 바라보는 아들의 눈길을 참을 수 없었습니다. 그 아이는 이 모든 것의 의미를 묻지는 않았지만 묻고 싶어 했습니다. 난 그 시선을 견딜 수 없었습니다. 그 애는 날 보는 걸 두려워했습니다. 하지만 그게 전부가 아닙니다……."

알렉세이 알렉산드로비치는 하인이 가져온 청구서에 대해 언급하고 싶었지만, 목소리가 떨려 그만두고 말았다. 그는 자신에 대한 연민 없이 모자와 리본 값이 적힌 푸른 청구서를 떠올릴 수가 없었다.

"이해해요, 나의 친구." 리디야 이바노브나 백작부인이 말했다. "다 이해해요. 당신은 내게서 도움과 위로를 찾지 못할 거예요. 그래도 난 할 수만 있다면 당신을 돕겠다는 생각으로 이곳에 온 거예요. 내가 당신의 그 모든 자질구레하고 모욕적인 걱정거리를 덜어 줄 수만 있다면……. 난 당신에게 여자의 말과 여자의 지시가 필요하다는 것을 알아요. 내게 맡겨 주겠어요?"

알렉세이 알렉산드로비치는 말없이 감사하며 그녀의 손을 잡았다.

"우리, 함께 세료자를 돌봐요. 난 실제적인 일에는 약해요. 하지만 내가 맡을게요. 내가 당신의 가정부가 되어 드리죠. 나에게 고마워하지 말아요. 이 일을 하는 건 내가 아니라……."

"당신에게 감사하지 않을 수 없습니다."

"하지만, 나의 친구, 당신이 말한 그런 감정에 굴복해서는 안 돼요. 자기를 낮추는 사람은 높아질 것이다[133], 그리스도인의 최고의 경지인 이것을 부끄러워하다니요. 그리고 나에게 고마워해서는 안 돼요. 하느님에게 감사하고 그에게 도움을 구해야 해요. 우리는 오직 그에게서 평온과 위로와 구원과 사랑을 찾게 될 거예요." 그녀는 이렇게 말한 후, 하늘을 향해 눈을 들고 기도하기 시작했다. 알렉세이 알렉산드로비치는 그녀의 침묵을 통해 그것을 알아차렸다.

알렉세이 알렉산드로비치는 지금 그녀의 말에 귀를 기울이고 있었다. 예전에는 불쾌하다기보다 불필요하게 느껴졌던 그 표현들이 이제는 자연스럽게 느껴지고 위안을 주는 것 같았다. 알렉세이 알렉산드로비치는 그 새로운 열광적 정신을 좋아하지 않았다. 그는 주로 정치적 의미에서 종교에 관심을 갖는 신자였다. 그리고 어떤 새로운 해석을 허용하는 새로운 교의는 그것이 논쟁과 분석에 문을 열어 놓고 있다는 바로 그런 이유 때문에 원칙적으로 그의 마음에 들지 않았다. 그는 예전에 이 새로운 교의에 차갑고 심지어 적대적인 태도를 취했다. 그리고 그 교의에 흠뻑 빠진 리디야 이바노브나 백작부인과는 지금까지 한 번도 논쟁을 벌인 적이 없었고, 그녀의 도전을 침묵으로 애써 회피해 왔다. 그런데 지금 처음으로 그녀의 말을 기꺼이 듣고 마음속으로도 그것을 반박하지 않은 것이다.

---

133) 누가복음서 14 : 11. "누구든지 자기를 높이는 사람은 낮아질 것이요, 자기를 낮추는 사람은 높아질 것이다."

"대단히, 대단히 고맙습니다. 당신의 행동도, 당신의 말도." 그녀가 기도를 마치자, 그는 이렇게 말했다.

리디야 이바노브나 백작부인은 친구의 두 손을 다시 한 번 잡았다.

"이제 난 일을 시작하겠어요." 그녀는 잠시 침묵한 후 얼굴에서 눈물 자국을 닦으며 미소를 지었다. "세료자에게 갈게요. 최악의 경우에만 당신을 찾을 거예요." 그리고 그녀는 일어나 서재에서 나갔다.

리디야 이바노브나 백작부인은 세료자의 방으로 갔다. 그곳에서 그녀는 깜짝 놀란 소년의 뺨을 눈물로 적시며 세료자에게 아버지는 훌륭한 사람이고 어머니는 죽었다고 말했다.

리디야 이바노브나 백작부인은 자신의 약속을 지켰다. 그녀는 정말로 알렉세이 알렉산드로비치의 집안을 꾸려나가고 관리하기 위한 걱정거리를 모두 떠맡았다. 하지만 그녀가 실제적인 일에 약하다고 한 말은 과장이 아니었다. 그녀의 지시는 실행하기 어려운 탓에 모조리 변경되어야 했다. 그리고 그 지시들을 바꾼 사람은 알렉세이 알렉산드로비치의 시종 코르네이였다. 이제 그는 아무도 눈치채지 못하게 카레닌 가의 집안일들을 처리했고, 주인이 옷을 갈아입는 동안 필요한 것을 침착하고 조심스럽게 보고했다. 하지만 리디야 이바노브나의 도움은 대단히 효과가 있었다. 그녀는 알렉세이 알렉산드로비치에게 그에 대한 자신의 존경과 사랑을 인식시킴으로써 정신적 버팀목을 제공했다. 특히 그녀가 그를 그리스도교로 거의 개종시켰다는 점에서 — 그렇게 생각하는 것이 그녀에게 위안을 주었다 — 즉 그를 무심하고 나태한 신자에서 최근 페테르부르크에 퍼진 그리스도교 교의의 새로운 해석에 대한 열렬하고 확고한 지지자로 변화시켰다는 점에서 더욱 그러했다. 알렉세이 알렉산드로비치는 그것을 쉽게 믿었다. 알렉세이 알렉산드로비치는 리디야 이바노브나나 그녀와 견해를 함께한 다른 사람들과 마찬가지로 심오한 상상력, 즉 상상력이 불러일으킨 개념을 대단히 현실적으로 만들어 다른 개념이나 현실과의 일치를 요구하게끔 하는 그런 내적인 능력을 전혀 갖추지 못했다. 그는 신을 믿지 않는 자에게 내려질 죽음이 그에게는 없을 거란 생각, 그리고 자신은 가장 완전한 믿음을 갖고 있기에 — 그러한 믿음을 심판하는 척도는 그 자신이었다 — 자신의 영혼에는 더 이상 죄가 없고 자신은 이 지상에서 이미 완전한 구원을 경험하고 있다는 생각에서 불가능하고 모순된 점을 전혀 보지 못했다.

사실, 알렉세이 알렉산드로비치는 자신의 믿음에 대한 이런 개념이 경박하고 옳지 않다는 것을 느끼고 있었다. 그리고 그는 알고 있었다. 자신의 용서가 지고한 힘의 영향이라고 전혀 생각하지 않고 그 본능적인 감정에 몸을 내맡겼을 때가, 지금처럼 매순간 그의 영혼 속에 그리스도가 거하고 있고 서류에 서명을 하는 동안에도 자신이 그리스도의 의지를 실현하는 것이라고 생각할 때보다 훨씬 행복했다는 것을……. 그러나 알렉세이 알렉산드로비치로서는 그렇게 생각하지 않을 수 없었다. 모욕적인 처지에 놓인 그로서는 상상으로 만들어 낸 높은 경지라 해도 그것을 붙잡지 않을 수 없었다. 모든 이들에게 경멸받는 자신이 다른 사람들을 내려다보며 멸시할 수 있는 그런 경지를 말이다. 그래서 그는 진정한 구원이라도 되는 양 자신이 상상해 낸 가상의 구원에 매달렸다.

23

리디야 이바노브나 백작부인은 매우 젊고 쉽게 열광하는 처녀이던 시절에 부유하고 가문이 좋고 대단히 선량하고 방탕하기 이를 데 없는 호남아와 결혼했다. 두 달째 접어들었을 때, 남편은 그녀를 버렸고 부드러움에 대한 그녀의 열광적인 신념에 대해 그저 조소로, 심지어 적대적인 태도로 답할 뿐이었다. 백작부인의 선한 마음을 잘 알고 쉽게 열광하는 그녀에게서 어떤 결점도 보지 못한 사람들은 그의 그러한 태도를 도저히 이해할 수 없었다. 그때부터 그들은 비록 이혼을 하지는 않았지만 따로 살았다. 그리고 남편은 아내를 만날 때면 늘 이유를 알 수 없는, 그 한결같은 악의에 찬 조소로 대했다.

리디야 이바노브나 백작부인은 이미 오래전에 남편에 대한 사랑을 접었다. 하지만 그 후로 지금까지 누군가를 사랑하지 않은 적이 없었다. 그녀는 남자든 여자든 상관없이 한꺼번에 여러 사람을 좋아하기도 했다. 그녀는 어떤 면에서 특별히 두

드러진 사람이라면 거의 다 좋아했다. 그녀는 차르의 가문과 친인척 관계를 맺게 된 새로운 왕자와 왕녀 들에게 사랑을 느꼈고, 한 명의 대주교에게, 한 명의 주교에게, 한 명의 사제에게 사랑을 느꼈다. 그녀는 한 명의 기자에게, 세 명의 슬라브인에게, 코미사로프[134]에게 사랑을 느꼈다. 또한 그녀는 한 명의 외교관에게, 한 명의 의사에게, 한 명의 영국인 선교사에게, 그리고 카레닌에게 사랑을 느꼈다. 이 모든 사랑은 때로는 시들해졌다 때로는 커졌다 하면서 그녀의 마음을 가득 채웠고, 그녀에게 일거리를 던져 주었다. 그리고 그러한 사랑은 그녀가 궁정과 사교계에서 대단히 폭넓고 복잡한 관계를 꾸려 나가는 것을 방해하지 않았다. 하지만 카레닌에게 불행이 닥친 이후 그를 자신의 특별한 보호 아래 두게 된 후부터, 카레닌의 행복에 마음을 쓰며 그의 집에서 일을 하게 된 후부터, 그녀는 그 밖의 모든 사랑은 진실한 것이 아니라고, 자신은 지금 카레닌만을 진심으로 사랑하고 있다고 느꼈다. 그녀가 지금 그에게 느끼는 감정은 그녀에게 예전의 어떤 감정보다도 더 강한 것으로 느껴졌다. 자신의 감정을 분석하고 그 감정을 예전의 감정들과 비교하면서, 그녀는 분명히 깨달았다. 만약 코미사로프가 군주의 목숨을 구하지 않았더라면 자신은 그를 사랑하지 않았으리라는 것을, 만약 슬라브 문제가 없었더라면 자신은 리스티

134) 1866년 4월, 코스트로마에서 온 O. I. 코미사로프라는 농사꾼 모자 장수는 우연히 페테르부르크에 자리 잡은 여름 정원의 울타리 근처에 있다가 본의 아니게 알렉산드르 2세의 암살 모의를 막았다. 그는 그 덕분에 귀족 칭호를 받았고 한동안 유명 인사가 되었다.

치-쿠쥐치키[135]를 사랑하지 않았으리라는 것을, 하지만 카레닌에 대해서는 그 사람 자체를 사랑하고 있다는 것을, 그의 숭고하고 불가해한 영혼을, 자기에게는 사랑스럽게 들리는 그의 날카로운 목소리와 느린 억양을, 그의 지친 듯한 시선을, 그의 성격과 핏줄이 솟은 부드럽고 하얀 손을 사랑하고 있다는 것을……. 그녀는 그와의 만남을 기뻐했을 뿐 아니라 그의 얼굴에서 자신이 그에게 불러일으킨 인상의 흔적을 찾았다. 그녀는 자신의 말뿐만이 아니라 자신만이 가진 모든 것으로 그의 마음에 들기를 원했다. 요즘 그녀는 그를 위해 지난 어느 때보다 더 몸치장에 공을 들였다. 그녀는 자신도 결혼을 한 상태가 아니고 그도 자유로운 몸이라면 하는 공상에 빠진 스스로를 곧잘 발견하곤 했다. 그가 방에 들어오면 그녀는 흥분으로 얼굴을 붉혔고, 그가 그녀에게 즐거운 이야기를 들려줄 때면 환희의 미소를 억누르지 못했다.

이미 며칠째 리디야 이바노브나 백작부인은 극도로 강렬한 흥분에 사로잡혀 있었다. 그녀는 안나와 브론스키가 페테르부르크에 있다는 것을 알게 되었다. 알렉세이 알렉산드로비치를 안나와 만나는 일에서 구해야 했다. 이 소름 끼치는 여자가 그와 한 도시에 있다는 것, 그가 어느 순간에라도 그녀와 마주칠 수 있다는 것을 아는 고통에서도 그를 구해야 했다.

리디야 이바노브나는 지인들을 통해 이 혐오스러운 인간들

135) 요반 리스티치는 투르크와 오스트리아의 간섭에 저항한 세르비아의 운동가. 그의 이름은 러시아에 잘 알려져 있었다. '슬라브 문제'란 슬라브 민족들을 오토만 제국의 지배에서 벗어나게 하려는, 1870년대에 가장 중요한 정치적 이슈 가운데 하나였다.

— 그녀는 안나와 브론스키를 이렇게 불렀다 — 이 무엇을 할 작정인지 알아냈고, 자신의 친구가 그들을 만나지 못하도록 지난 며칠 동안 그의 모든 행동을 감독하려고 애썼다. 브론스키의 친구인 젊은 부관, 리디야 이바노브나 백작부인에게 정보를 주고 그녀를 통해 이권을 얻기를 바란 그는 그녀에게 그들이 용무를 끝내고 다음 날 떠나려 한다는 소식을 알렸다. 리디야 이바노브나는 이제 겨우 마음을 놓았다. 그런데 다음 날 아침, 그녀에게 쪽지 한 통이 배달되었다. 그녀는 그 필적을 알아보고 경악했다. 그것은 안나 카레니나의 필적이었다. 봉투는 자작나무 껍질처럼 두툼한 종이로 만들어진 것이었다. 직사각형의 노란 종이 위에는 커다란 머리글자가 적혀 있었고, 쪽지에서는 향기로운 냄새가 풍겼다.

"누가 가져왔지?"

"호텔의 심부름꾼입니다."

리디야 이바노브나 백작부인이 의자에 앉아 편지를 읽기까지는 오랜 시간이 걸렸다. 흥분으로 지병인 천식 발작을 일으켰던 것이다. 그녀는 안정을 되찾자 프랑스어로 적힌 다음과 같은 편지를 읽었다.

Madame la Comtesse.[136] 당신의 마음을 가득 채운 그리스도교의 감정이 당신에게 편지를 쓰는, 내가 생각해도 용서받을 수 없는 이 대담함을 허락하리라 믿습니다. 난 아들과의 이별로 불행해하고 있습니다. 간절히 부탁드립니다. 떠나기 전에

136) '백작부인.'(프랑스어)

그 애를 한 번 볼 수 있게 허락해 주세요. 당신에게 내 일을 떠올리게 해서 죄송합니다. 내가 알렉세이 알렉산드로비치가 아니라 당신에게 호소하는 것은, 다만 그 관대한 분을 나에 대한 기억으로 고통스럽게 하고 싶지 않아서입니다. 그분과 친하신 분이니 날 이해하시겠죠. 세료쟈를 내게 보내 주시겠어요? 아니면 내가 정해진 시간에 집으로 갈까요? 아니면 내가 집 밖의 어디에서 언제 그 애를 보면 되는지 알려 주시겠어요? 이 문제를 손에 쥔 분의 관대함을 잘 알기에 거절하실 거라고는 생각하지 않습니다. 당신은 내가 느끼는 이 갈망을, 아들을 보고 싶어 하는 이 갈망을 상상도 못할 거예요. 그러하기에 당신의 도움이 내 안에 불러일으킬 감사도 상상하지 못할 거예요.

안나

편지의 모든 내용이 리디야 이바노브나 백작부인을 화나게 했다. 내용도, 관대함에 대한 암시도, 특히 그녀에게 허물없이 느껴지는 그 말투도…….

"답장은 없을 거라고 전해." 리디야 이바노브나 백작부인은 이렇게 말하고 나서 곧장 압지철을 열고 알렉세이 알렉산드로비치에게 궁정에서 열릴 축하연에서 12시와 1시 사이에 만나고 싶다고 썼다.

"중대하고도 슬픈 문제에 대해 당신과 꼭 의논을 해야겠습니다. 어디서 볼지는 그곳에서 정하기로 하죠. 가장 좋은 곳은 나의 집입니다. 이곳에서 만난다면 당신이 마실 차를 준비하라고 지시할 텐데요. 꼭 그렇게 해 주세요. 하느님은 십자가를 지우십니다. 그는 힘도 주십니다." 그녀는 그에게 조금이라도 마음의 준비를 시키기 위해 이렇게 덧붙였다.

리디야 이바노브나 백작부인은 알렉세이 알렉산드로비치에게 보통 하루에 두세 통의 쪽지를 보내곤 했다. 그녀는 자신의 사적인 관계에 결여된 우아함과 신비함을 풍기는 이런 연락 과정을 좋아했다.

24

축하연이 끝났다. 궁전을 나서던 사람들은 서로를 붙잡고 그날의 최신 소식, 즉 새롭게 하사된 상과 고관들의 인사이동에 대해 논했다.

"마리야 보리소브나 백작부인이 국방장관 직을 맡고 바트고프스카야 공작부인이 참모장 직을 맡으면 어떻게 될까요?" 금실로 수놓은 제복을 입은 백발의 자그마한 노인이 인사이동에 대해 묻는 늘씬하고 아름다운 궁녀(女官)를 향해 이렇게 말했다.

"그리고 나는 부관이고요." 궁녀는 미소를 지으며 대답했다.

"당신의 자리는 이미 정해졌어요. 당신은 종교부입니다. 그리고 당신의 보좌관은 카레닌이지요."

"안녕하십니까, 공작!" 노인은 그에게 다가온 남자와 악수를 하며 말했다.

"카레닌에 대해 무슨 이야기를 하고 계셨습니까?" 공작이 물었다.

"그 사람과 푸차토프가 알렉산드르 네프스키 훈장[137]을 받았어요."

"난 그 사람이 이미 받은 걸로 알고 있습니다만."

"아닙니다. 그를 보세요." 노인은 자수가 놓인 모자로 홀의 문가에서 국무회의의 영향력 있는 의원들 가운데 한 명과 함께 서 있는 카레닌을 가리키며 말했다. 그는 궁정 예복을 입고 어깨에 붉은색 새 띠를 두르고 있었다. "새 동전처럼 행복하고 만족스러운 모습이군요." 그는 운동선수 같은 체격의 미남 시종과 악수를 하기 위해 걸음을 멈추며 이렇게 덧붙였다.

"아닙니다. 그도 늙기 시작했어요." 시종이 말했다.

"걱정 때문이죠. 그는 요즘 온갖 의안을 세우고 있습니다. 그는 지금 모든 것을 조목조목 설명하기 전에는 저 불행한 사람을 놓아주지 않을 겁니다."

"어째서 늙었느냐고요? Il fait des passions.[138] 내 생각에, 리디야 이바노브나 백작부인은 지금 저 사람의 부인을 질투하고 있어요."

"아니, 무슨 소리입니까! 제발, 리디야 이바노브나 백작부인에 대해 그런 상스러운 말은 말아 주십시오."

"그 여자가 카레닌을 사랑하는 게 나쁘지 않단 말인가요?"

"카레니나가 이곳에 있다는 게 사실입니까?"

---

137) 러시아 정교에 의해 성인으로 추대된 알렉산드르 네프스키 대공의 이름을 딴 훈장이다. 네프스키 대공은 스웨덴인과 튜튼 기사단의 침략을 물리치고 국가 영웅으로 숭앙받았다.

138) '여자와 잘돼 가고 있거든요.'(프랑스어)

"이곳이 궁정이 아니라 페테르부르크를 뜻하는 거라면 그렇습니다. 난 어제 그녀와 알렉세이 브론스키를 보았습니다. 모르스카야 거리에서 bras dessus, bras dessous[139] 다니던걸요."

"C'est un homme qui n'a pas…….[140]" 시종은 말을 꺼내려다 말고, 차르 가문의 지체 높은 사람에게 길을 비켜 주며 허리를 굽혔다.

그런 식으로 사람들은 알렉세이 알렉산드로비치를 비난하기도 하고 비웃기도 하면서 쉴 새 없이 그에 대해 이야기했다. 그러는 사이 그는 어느 국무의원을 붙잡고 그의 길을 막고 서서 그를 놓치지 않기 위해 잠시도 말을 쉬지 않으며 자신의 재정 계획에 대해 조목조목 설명하고 있었다.

아내가 알렉세이 알렉산드로비치를 떠난 것과 거의 동시에, 관리로서 가장 쓰라린 사건이 발생했다. 즉 승진이 멈춘 것이다. 그것은 이미 일어난 사실이었고, 모든 이들이 그 사실을 똑똑히 보았다. 그러나 알렉세이 알렉산드로비치 자신은 아직도 그의 출세가 끝났다는 것을 깨닫지 못했다. 스트레모프와의 충돌 때문이든, 아내와의 불행 때문이든, 아니면 단지 알렉세이 알렉산드로비치가 그에게 예정된 한계에 다다랐기 때문이든, 그의 관리 경력이 끝났다는 사실은 올해 들어 모든 사람들의 눈에 분명해졌다. 그는 아직 요직을 맡고 있었고 수많은 위원회와 회의의 위원이었다. 그러나 그는 자신의 모든 것을 소모해 버린, 더 이상 아무것도 기대할 것이 없는 사람이었

139) '팔짱을 끼고.'(프랑스어)
140) '그 남자는 ……도 없는 사람이다.'(프랑스어)

다. 그가 무슨 말을 하든, 그가 무엇을 제안하든, 사람들은 마치 그가 제안하는 것을 이미 오래전부터 알고 있었다는 듯, 그것이 불필요한 것이라는 듯한 태도로 들었다.

하지만 알렉세이 알렉산드로비치는 그것을 느끼지 못했다. 오히려 정부 활동에 직접 참여하는 자리에서 물러나자 예전보다 다른 사람들의 결점과 실수가 더 잘 보여 그것들을 바로잡을 방법을 알려 주는 것이 자신의 의무라고 여기게 되었다. 아내와 헤어진 지 얼마 되지 않아 그는 새로운 재판에 대한 건의안을 작성하기 시작했다. 그것은 그가 전 부문의 관청에 대해 쓰려고 생각해 둔, 아무에게도 쓸모없는 무수한 건의안들 가운데 첫 번째 건의안이었다.

알렉세이 알렉산드로비치는 관직 세계에서의 자신의 절망적인 처지에 대해 깨닫지도 못했고 그 때문에 괴로워하지도 않았을 뿐 아니라 예전보다 자신의 활동에 만족스러워했다.

"결혼한 남자는 어떻게 하면 자기 아내를 기쁘게 할 수 있을까 하며 세상일에 마음을 쓰되, 결혼하지 않은 남자는 어떻게 하면 주님을 기쁘게 해 드릴 수 있을까 하고 주님의 일에 마음을 씁니다."라고 사도 바울은 말했다. 이제 모든 문제에서 성서를 지침으로 하는 알렉세이 알렉산드로비치는 자주 그 구절을 떠올렸다. 그가 느끼기에, 아내 없이 혼자 남은 후부터 자신이 이러한 계획 자체로 예전보다 더 많이 하느님에게 봉사하고 있는 것 같았다.

그에게서 벗어나고 싶어 눈에 띄게 초조해하는 의원의 태도도 알렉세이 알렉산드로비치를 방해하지 못했다. 그는 차르 가문의 인물이 옆으로 지나가는 틈을 이용해 의원이 도망쳤을 때야 비로소 설명을 멈추었다.

혼자 남은 알렉세이 알렉산드로비치는 고개를 숙이고 생각을 가다듬었다. 그런 다음 멍하니 주위를 둘러본 후 문 쪽으로 갔다. 그는 그곳에서 리디야 이바노브나 백작부인을 만나게 되리라 기대했다.

'다들 얼마나 강하고 건장한가!' 알렉세이 알렉산드로비치는 곱게 빗질하고 좋은 향기를 풍기는 구레나룻의 세도가 당당한 시종과 딱 붙는 제복을 입은 공작의 불그스름한 목을 바라보며 이렇게 생각했다. 그는 그 사람들 옆을 지나가야만 했다. '세상의 모든 것이 악이라더니, 옳은 말이야.' 그는 시종의 종아리를 한 번 더 곁눈질하며 이렇게 생각했다.

서두르지 않고 걸음을 옮기면서, 알렉세이 알렉산드로비치는 평소처럼 피로하고 위엄 있는 모습으로, 자기에 대해 이야기를 나누는 그 신사들에게 인사를 했다. 그리고 문 쪽을 쳐다보며 눈으로 리디야 이바노브나 백작부인을 찾았다.

"아! 알렉세이 알렉산드로비치!" 카레닌이 노인 옆으로 지나가며 차가운 몸짓으로 고개를 숙이자, 노인이 눈을 매섭게 빛내며 말했다. "당신에게 아직 축하 인사를 못 드렸습니다." 그는 카레닌이 받은 새 훈장을 가리키며 말했다.

"감사합니다." 알렉세이 알렉산드로비치가 대답했다. "오늘 날씨가 정말 화창하죠!" 그는 습관대로 '화창'이란 단어를 특별히 강조하며 이렇게 덧붙였다.

그들이 그를 비웃고 있었다는 사실, 알렉세이 알렉산드로비치는 그것을 알고 있었다. 그러나 그는 그들에게서 적의 외에 아무것도 기대하지 않았다. 그는 이미 이런 것에 길들여져 있었다.

리디야 이바노브나 백작부인이 문에 들어선 순간, 코르셋 밖으로 부풀어 오른 누르스름한 어깨와 그를 부르는 아름답고 그윽한 눈동자를 발견한 알렉세이 알렉산드로비치는 퇴색하지 않은 하얀 이를 드러내며 미소를 짓고는 그녀에게 다가갔다.

리디야 이바노브나의 몸치장은 최근 그녀의 몸치장이 늘 그랬듯 그녀에게 굉장한 노력을 요구했다. 이제 그녀가 몸치장하는 목적은 그녀가 30년 전에 추구하던 목적과 정반대였다. 그때 그녀는 어떻게든 자신을 치장하고 싶어 했고, 많이 꾸밀수록 더 아름다워 보였다. 하지만 이제는 그녀가 의무적으로 여기는 치장이 그녀의 나이와 외모에 너무나 어울리지 않았기에, 그녀의 유일한 걱정거리는 그러한 치장과 외모의 대조가 너무 추하게 보이지 않도록 하는 것이었다. 그리고 알렉세이 알렉산드로비치에 관한 한, 그녀는 목적을 이루었고 그에게 매력적으로 보였다. 그에게는 그녀가 자신에게 호의적인 단 하나의 섬일 뿐 아니라 자신을 에워싼 적의와 조소의 바다 한가운데 있는 유일한 사랑의 섬이었다.

그는 길게 줄을 이룬 조롱의 시선들 사이로 지나가면서 빛을 향한 식물처럼 그녀의 사랑 가득한 눈길 쪽으로 자연스럽게 이끌렸다.

“축하해요.” 그녀는 눈으로 훈장을 가리키며 그에게 말했다.

그는 만족의 미소를 억누르면서 그것은 자신을 기쁘게 할 수 없다고 말하는 듯 눈을 감고 어깨를 으쓱했다. 리디야 이바노브나 백작부인은 그가 한 번도 그것을 인정하지는 않았지만 그것이 그의 주된 기쁨 가운데 하나라는 것을 잘 알고 있었다.

"우리의 천사는 어때요?" 리디야 이바노브나 백작부인은 세료쟈를 염두에 두고 말했다.

"완전히 만족스럽다고는 말할 수 없군요." 알렉세이 알렉산드로비치는 눈썹을 치켜올리며 눈을 떴다. "시트니코프도 그 아이를 못마땅하게 생각합니다.(시트니코프는 세료쟈의 보통 교육을 맡은 교사였다.[141]) 내가 당신에게 언젠가도 말했듯이, 그 아이에게는 모든 사람, 모든 어린이의 영혼을 감동시킬 가장 중요한 문제를 왠지 모르게 싸늘하게 대하는 구석이 있어요." 알렉세이 알렉산드로비치는 업무 외에 유일하게 자신의 관심을 끄는 문제, 즉 아들의 양육에 대해 설명하기 시작했다.

리디야 이바노브나의 도움으로 다시 생활과 활동으로 돌아오자, 알렉세이 알렉산드로비치는 수중에 남은 아들의 양육에 전념하는 것을 자신의 의무로 느끼게 되었다. 지금껏 한 번도 교육 문제에 관심을 가진 적이 없는 그는 그 주제의 이론 연구에 얼마간의 시간을 할애했다. 알렉세이 알렉산드로비치는 인류학, 교육학, 교수법에 대한 많은 책을 읽으며 직접 교육 계획을 세웠고, 그 일의 감독을 위해 페테르부르크 최고의 교사를 초빙하여 그 일에 착수했다. 그리고 그 일은 끊임없이 그의 흥미를 끌었다.

"그렇군요. 하지만 마음은요? 난 그 아이에게서 아버지의 마음을 보았어요. 그런 마음을 가진 아이는 절대로 잘못될 리 없어요." 리디야 이바노브나 백작부인은 환희에 넘쳐 말했다.

---

141) 당시에는 영국인이나 프랑스인을 가정교사로 들이는 것이 전통적인 관례였다. 카레닌은 아들이 슬라브인 가정교사에게 러시아어를 배우게 함으로써 새로운 유행을 따르고 있다.

"네, 어쩌면……. 나로 말하자면, 난 나의 의무를 수행하고 있습니다. 이것이 내가 할 수 있는 전부입니다."

"당신이 우리 집에 오셔야겠어요." 리디야 이바노브나 백작부인은 잠시 침묵하다가 이렇게 말했다. "당신이 슬프게 여길 문제에 대해 같이 의논해야겠어요. 당신을 몇몇 기억에서 벗어나게 하기 위해 난 뭐든지 할 테지만, 다른 사람들은 그렇게 생각하지 않거든요. 난 그녀에게서 편지를 받았어요. 그녀가 이곳 페테르부르크에 있어요."

알렉세이 알렉산드로비치는 아내에 대한 언급에 몸을 떨었다. 하지만 곧 그의 얼굴에 죽은 사람 같은 부동(不動)의 표정이 떠올랐다. 그것은 그가 이 문제에 완전히 무기력하다는 것을 드러냈다.

"예상하고 있었습니다." 그가 말했다.

리디야 이바노브나 백작부인은 환희에 찬 눈으로 그를 바라보았다. 그러자 그녀의 눈에서 그의 영혼이 지닌 위대함에 열광하는 눈물이 흘러내렸다.

25

알렉세이 알렉산드로비치가 골동품 도자기들이 진열되고 초상화들이 걸린 리디야 이바노브나 백작부인의 아담하고 아늑한 서재에 들어갔을 때, 주인은 아직 그곳에 와 있지 않았다. 그녀는 옷을 갈아입는 중이었다.

둥근 테이블에는 테이블보가 깔려 있고, 알코올램프가 딸린 은제 찻주전자와 중국산 다기 세트가 놓여 있었다. 알렉세이 알렉산드로비치는 서재를 장식한 무수한 지인들의 초상화를 멍하니 바라보다가 테이블 앞에 앉아 그 위에 놓인 복음서를 펼쳤다. 백작부인의 실크 드레스 스치는 소리가 그의 관심을 돌려놓았다.

"자, 그럼, 이제 편안히 앉아 볼까요." 리디야 이바노브나 백작부인은 테이블과 소파 사이를 서둘러 빠져나오며 들뜬 미소를 지었다. "차라도 마시며 이야기하죠."

뜸을 들이느라 몇 마디 던진 후, 리디야 이바노브나 백작부인은 무겁게 한숨을 쉬고 얼굴을 붉히며 알렉세이 알렉산드로비치의 손에 자기가 받은 편지를 건넸다.

그는 편지를 읽으면서 오랫동안 침묵했다.

"난 내게 그녀의 청을 거절할 권리가 있다고 생각하지 않습니다." 그는 눈을 들며 쭈뼛쭈뼛 말했다.

"나의 친구! 당신은 그 누구에게서도 악을 보지 않는군요!"

"그와 반대입니다. 난 모든 것이 악하다고 봅니다. 하지만 그렇게 하는 것이 옳은 게 아닌지……?"

그의 얼굴에는 망설임이, 그리고 자기로서는 이해할 수 없는 이 문제에 대해 조언과 지지와 지침을 구하는 기색이 보였다.

"아뇨." 리디야 이바노브나 백작부인이 그의 말을 가로막았다. "모든 것에는 한계가 있어요. 나도 부도덕은 이해할 수 있어요." 그녀는 무엇이 여자를 부도덕으로 이끄는지 전혀 이해하지 못했기 때문에, 그녀의 말에는 전혀 진심이 담겨 있지 않았다. "하지만 난 잔인함은 이해할 수 없어요. 그것도 누구에게요? 바로 당신에게요! 어떻게 당신이 있는 이 도시에 머물 수 있죠? 아뇨, 평생 공부라고 했어요. 그리고 난 지금 당신의 숭고함과 그녀의 천박함을 배우는 중이에요."

"하지만 누가 돌을 던진단 말입니까?" 알렉세이 알렉산드로비치가 말했다. 분명 그는 자신의 역할에 만족스러워하는 듯 보였다. "난 모든 것을 용서했습니다. 그러니 그녀에게서 그녀의 사랑이, 아들에 대한 사랑이 요구하는 것을 빼앗을 수는 없습니다……."

"하지만 그것이 과연 사랑일까요, 나의 친구? 그것이 진심이긴 할까요? 당신이 전에도 용서했고 지금도 용서한다고 쳐요……. 하지만 그 천사의 영혼에 영향을 끼칠 권리가 과연 우리에게 있을까요? 그 애는 엄마가 죽은 줄 알아요. 그 애는 그녀를 위해 기도하고 하느님께 그녀의 죄를 용서해 달라고 빌고 있는데……. 그리고 그러는 편이 더 좋아요. 그런데 이제 와서 이러면 그 애가 어떻게 생각하겠어요?"

"그 생각은 못했습니다." 알렉세이 알렉산드로비치는 동의의 빛을 보이며 말했다.

리디야 이바노브나 백작부인은 두 손으로 얼굴을 가리고 잠시 침묵했다. 그녀는 기도하고 있었다.

"만약 당신이 나의 조언을 구하신다면……." 그녀는 잠시 기도한 후 얼굴에서 손을 떼고 말했다. "난 그렇게 하지 말라고 권하겠어요. 당신이 얼마나 괴로워하는지, 그 일이 어떻게 당신의 상처를 온통 헤집어 놓았는지, 정말로 내가 모를 것 같아요? 하지만 당신이 언제나처럼 자신에 대해서는 잊는다고 쳐요. 그렇지만 그것이 어떤 결과를 가져올까요? 당신에게는 새로운 괴로움을, 아이에게는 고통을 주지 않을까요? 만약 그녀에게 어떤 인간적인 면이 남아 있다면, 그녀 스스로 이것을 바라지 말아야죠. 아니에요, 난 망설임 없이 그렇게 하지 말라고 권하겠어요. 그리고 당신이 허락한다면, 내가 그녀에게 편지를 쓰겠어요."

알렉세이 알렉산드로비치도 그녀의 말에 동의했다. 그래서 리디야 백작부인은 프랑스어로 다음과 같은 편지를 썼다.

친애하는 부인,

당신을 떠올리게 하는 것은, 당신의 아들에게 성스러운 것으로 남아야 할 것에 대한 비난의 정신을 아들의 영혼에 불어넣지 않고는 도저히 대답할 수 없는 문제로 아들을 이끌 수 있습니다. 따라서 당신의 남편이 거절한 것은 그리스도의 사랑의 정신에서 비롯된 것임을 이해해 주시기 바랍니다. 당신에게 자비를 베풀어 주시길 전능하신 분께 기도하겠습니다.

리디야 백작부인

그 편지는 리디야 이바노브나 백작부인이 자기 자신에게조차 숨겼던 은밀한 목적을 이루었다. 그 편지는 안나를 마음속 깊은 곳까지 모욕했다.

리디야 이바노브나의 집에서 돌아온 알렉세이 알렉산드로비치는 그날 평소의 일에 열중할 수도, 그가 예전에 느낀 신자로서의, 구원받은 사람으로서의 정신적 평화를 누릴 수도 없었다.

그에게 그토록 많은 죄를 짓고 그가 그토록 거룩한 태도로 대한 아내를 떠올렸을 때, 설사 리디야 이바노브나 백작부인의 말이 아무리 옳다 해도, 그의 마음은 평정을 잃어서는 안 되었다. 하지만 그는 침착할 수 없었다. 그는 자신이 읽고 있는 책을 이해할 수도 없었고, 아내와의 관계나 자신이 그녀에게 저지른 실수 — 지금 그가 생각하기에 — 에 대한 괴로운 기억들을 몰아낼 수도 없었다. 그가 경마에서 돌아오는 길에 부정을 털어놓는 그녀의 고백을 어떻게 받아들였던가에 대한 기억(특히 그가 그녀에게 표면적인 예의만을 요구하고 결투를 신청하지 않은 기억)은 자책처럼 그의 마음을 괴롭혔다. 그가 그녀에게 쓴 편지에 대한 기억도 그를 괴롭혔다. 특히 그 누구에게도 필요하지 않았던 그의 용서와 다른 남자의 자식을 보살핀 일이 그의 심장을 수치와 자책으로 불태웠다.

그리고 지금 그와 똑같은 수치와 자책의 감정으로 그녀와 함께한 지난 세월을 곱씹었고 자신이 오랜 망설임 끝에 그녀에게 청혼하며 한 서툰 말들을 떠올렸다.

'하지만 도대체 내게 무슨 잘못이 있단 말인가?' 그는 속으로 중얼거렸다. 그리고 그 질문은 언제나 그의 마음속에 또 다른 질문을 불러일으켰다. 그들은 나와 느끼는 방식이 다른가, 사랑하는 방법이 다른가, 결혼하는 방식이 다른가, 그 다른 사람들은, 브론스키 같은 사람들은, 오블론스키 같은 사람들은……, 뚱뚱한 장딴지를 지닌 그 시종은? 그러자 그의 마음속에 그 원기왕성하고 건강하고 의심할 줄 모르는 사람들, 자기도 모르게 언제 어디서나 그의 호기심 어린 시선을 끌었던 사람들이 한꺼번에 줄지어 떠올랐다. 그는 이러한 생각을 몰아냈다. 그리고 그는 자신이 이 세상의 일시적인 삶을 위해서가 아니라 영원한 삶을 위해서 산다는 것을, 자신의 영혼에는 평화와 사랑이 있다는 것을 스스로에게 납득시키려 애썼다. 하지만 그가 그 일시적이고 하찮은 생활 속에서 몇 가지 하찮은 실수(그에게는 그렇게 느껴졌다.)를 저질렀다는 사실은 마치 그가 믿는 영원한 구원이란 존재하지 않는다는 듯 그의 마음을 괴롭혔다. 하지만 이러한 유혹은 그다지 오래가지 않았고, 곧 알렉세이 알렉산드로비치의 마음속에는 평온과 숭고함이 다시 부활했다. 그 덕분에 그는 기억하고 싶지 않은 것을 잊을 수 있었다.

26

“어떻게 됐어, 카피토니치?” 자신의 생일 전날, 빨간 볼에 명랑한 모습으로 산책에서 돌아온 세료쟈는, 꼬마를 내려다보며 웃고 있는 키 크고 나이 든 수위에게 자기의 주름 잡힌 코트를 건네며 이렇게 말했다. “어떻게 됐어? 그 붕대를 감은 관리가 오늘 왔어? 아빠가 그 사람을 만나 주셨어?”

“만나 주셨습니다. 사무장이 나가자마자, 제가 보고를 했지요.” 수위는 쾌활하게 한쪽 눈을 찡긋하며 말했다. “제가 벗겨 드리죠.”

“세료쟈!” 슬라브인 남자 가정교사가 안쪽 방들로 통하는 문간에서 걸음을 멈추고 말했다. “혼자 힘으로 벗어요.”

하지만 세료쟈는 가정교사의 가느다란 목소리를 듣고서도 그에게 주의를 돌리지 않았다. 그는 한 손으로 수위의 장식띠를 붙잡고 서서 그의 얼굴을 바라보았다.

“그럼, 아빠가 그 사람을 위해 훌륭한 일을 해 주셨어?”

수위는 긍정의 뜻으로 고개를 끄덕였다.

알렉세이 알렉산드로비치에게 뭔가 청원하기 위해 이미 일곱 번이나 찾아온 그 붕대 감은 관리는 세료자와 수위의 관심을 끌었다. 세료자는 현관에서 한 번 그를 만난 적이 있었다. 세료자는 그 남자가 수위에게 자신과 아이들이 곧 죽게 되었다고 말하며 자신이 온 것을 보고해 달라고 애처롭게 부탁하는 소리를 들었다.

그 후로 세료자는 그 관리에게 관심을 갖기 시작했고, 현관에서 한 번 더 그를 만났다.

"그래서? 그 사람이 몹시 기뻐했어?" 세료자가 물었다.

"어떻게 기뻐하지 않을 수 있겠어요! 그 사람은 거의 뛰다시피 하며 이곳에서 나갔답니다."

세료자는 잠시 잠자코 있다가 물었다.

"그리고 뭐 온 거 있어?"

"글쎄요, 도련님." 수위는 고개를 저으며 속삭이듯 말했다. "백작부인이 보내신 게 있네요."

세료자는 수위가 말한 것이 리디야 이바노브나 백작부인이 보낸 생일 선물이라는 사실을 금방 알아차렸다.

"뭐라고? 어디?"

"코르네이가 아버님 방에 가져갔어요. 틀림없이 멋질 거예요!"

"얼마나 큰데? 이만큼?"

"좀 더 작아요. 그래도 좋은 거예요."

"책이야?"

"아니요, 물건이에요. 가세요, 어서 가 보세요. 바실리 루키치가 부르고 있어요." 수위는 가까이 다가오는 가정교사의 발소리를 듣고는, 장갑이 반쯤 벗겨진 채로 그의 장식띠를 붙잡고 있는 자그마한 손을 조심스럽게 펴며 이렇게 말했다. 그리고 한쪽 눈을 찡긋하며 머리로 부니치를 가리켰다.

"바실리 루키치, 지금 가요!" 세료쟈는 진지한 바실리 루키치를 언제나 꼼짝 못하게 하는 그 명랑하고 사랑스러운 미소를 지으며 말했다.

세료쟈는 너무나 즐겁고 너무나 행복해서, 여름 정원에서 산책하다 리디야 이바노브나 백작부인의 조카딸에게 들은 집안의 기쁨을 자기 친구인 수위와 나누지 않을 수 없었다. 그 기쁨은 그 관리의 기쁨과 장난감을 받은 자신의 기쁨에 합쳐져 그에게 특별히 중요하게 느껴졌다. 세료쟈에게는 오늘이 누구나 기뻐하고 즐거워해야 하는 그런 날로 여겨졌다.

"알아? 아빠가 알렉산드르 네프스키를 받았대."

"모를 리가 있나요! 벌써 사람들이 축하하러 왔답니다."

"어때? 아빠는 기뻐하셔?"

"차르의 은총에 어찌 기뻐하지 않을 수 있나요! 말하자면, 그것을 받을 만한 분이라는 얘기죠." 수위는 단호하고 진지하게 말했다.

세료쟈는 아주 세세한 일까지 잘 알고 있는 수위의 얼굴을, 특히 희끗희끗한 턱수염 사이로 늘어진 턱을 뚫어지게 바라보며 생각에 잠겼다. 그 턱은 언제나 아래쪽에서 그를 바라보아야만 하는 세료쟈 외에 아무도 본 적이 없었다.

"그럼, 할아범 딸은 할아범 집에 다녀간 지 오래됐어?"

수위의 딸은 발레리나였다.

"평일에 언제 올 수 있겠어요? 그 아이도 수업을 받아야 하니까요. 도련님도 수업을 받아야 하고요. 자, 도련님, 어서 가세요."

방으로 들어간 세료쟈는 수업을 받으러 앉는 대신 교사에게 오늘 온 선물은 틀림없이 기계라며 자신의 추측을 이야기했다. "선생님은 어떻게 생각하세요?" 그가 물었다.

하지만 바실리 루키치는 2시에 올 교사를 위해 문법 과목을 준비시켜야 한다는 생각만 하고 있었다.

"아뇨, 그럼 이것만 말해 주세요, 바실리 루키치." 세료쟈는 불쑥 질문을 던졌다. 이미 학습용 테이블 앞에 앉아 두 손에 책을 쥐고 있는 채였다. "알렉산드르 네프스키보다 더 높은 훈장은 뭐예요? 선생님은 아빠가 알렉산드르 네프스키를 받은 걸 알고 계세요?"

바실리 루키치는 알렉산드르 네프스키보다 높은 것은 블라지미르 훈장[142]이라고 대답했다.

"그럼 그것보다 더 높은 것은요?"

"가장 높은 것은 안드레이 페르보즈반니[143]예요."

"안드레이보다 더 높은 건요?"

"모르겠어요."

---

142) 키예르 공국의 블라지미르 대공의 이름을 딴 훈장이다. 블라지미르 대공은 러시아의 기원이라 할 수 있는 키예프 공국의 기틀을 마련하고 988년에 그리스도교를 국교로 삼았다.

143) 러시아의 수호성인인 사도 안드레이의 이름을 딴 훈장이다. '페르보즈반니'는 러시아어로 '가장 먼저 부르심을 입은 자'라는 뜻이다. 안드레이는 예수에게 가장 먼저 부름을 받은 제자로 알려져 있다.

"뭐라고요? 선생님도 모르세요?" 세료쟈는 두 손으로 턱을 괴고 생각에 잠겼다.

세료쟈의 생각은 굉장히 복잡하고 다양했다. 그는 그의 아버지가 갑자기 블라지미르와 안드레이를 받는 상상, 아버지가 그 때문에 오늘 수업에서 훨씬 더 다정하게 대하는 상상, 자기가 어른이 되면 모든 훈장을 받을 거라는 상상, 언젠가 안드레이보다 더 높은 것이 만들어지리라는 상상을 했다. 그것이 만들어지기만 하면, 자기는 당장 그것을 받게 될 것이다. 사람들이 그보다 더 높은 것을 만들면, 자기는 또 그것을 받게 될 것이다.

그런 공상을 하는 사이에 시간이 흘러갔다. 그러느라 선생님이 올 때까지 때와 장소와 동작의 부사(副詞)에 대한 수업 준비를 해 두지 못했다. 그래서 선생님은 이를 못마땅해 할 뿐만 아니라 슬퍼하기까지 했다. 선생님의 비탄은 세료쟈의 마음을 움직였다. 그는 그 과를 다 공부해 놓지 못한 것이 자기의 잘못이라고 생각하지 않았다. 아무리 노력해도 도저히 그것을 다 해 놓을 수 없었다. 선생님이 설명하는 동안, 그는 자신이 이해하고 있는 것 같았고 그렇다고 믿었다. 하지만 혼자 남겨지자마자 '갑자기'라는 그런 간단하고 쉬운 말이 동작 부사라는 것을 도저히 기억해 낼 수도, 이해할 수도 없었다. 그렇지만 그는 선생님을 슬프게 한 것이 미안하여 선생님을 위로해 주고 싶었다.

세료쟈는 선생님이 잠자코 책을 바라보는 순간을 택했다.

"미하일 이바니치, 선생님의 명명일은 언제예요?" 그는 갑자기 이렇게 물었다.

"자기의 일에 대해 생각하는 편이 좋아요. 명명일은 이성적인 존재에게는 아무 의미가 없지요. 일을 해야 하는 다른 날과 똑같은 날일 뿐이거든요."

세료자는 선생님의 얼굴을, 그의 듬성듬성한 수염을, 콧잔등의 자국 아래로 내려온 안경을 유심히 바라보았다. 그리고 선생님의 설명이 귀에 들어오지 않을 정도로 깊은 생각에 잠겼다. 그는 선생님이 자기가 하는 말에 대해 생각하고 있지 않다는 것을 알아차렸다. 그것을 선생님의 어조에서 느꼈다. '하지만 어째서 사람들은 모두 약속이나 한 듯이 그것을 똑같은 방법으로 이야기하지? 왜 지독히 따분하고 쓸데없는 얘기만 늘어놓는 걸까? 왜 선생님은 나를 멀리하지? 왜 나를 좋아하지 않는 걸까?' 세료자는 서글프게 스스로에게 물었다. 그러나 도저히 그 대답을 생각해 낼 수 없었다.

27

교사의 수업 다음에는 아버지의 수업이 있었다. 아버지가 올 때까지 세료자는 책상에 앉아 주머니칼을 만지작거리며 생각에 잠기기 시작했다. 산책하는 동안 어머니를 찾는 것은 세료자가 좋아하는 일 가운데 하나였다. 그는 대체로 죽음을 믿지 않았고, 특히 어머니의 죽음은 더더욱 믿지 않았다. 리디야 이바노브나가 그에게 말해 주었고, 아버지가 그 말을 확인해 주었음에도 말이다. 그래서 어머니가 죽었다는 말을 들은 후에도 산책을 나가면 어머니를 찾곤 했다. 통통하고 우아하고 검은 머리칼을 가진 여자는 모두 어머니였다. 그런 여자를 볼 때면 마음속에 부드러운 감정이 차올랐고, 그 감정이 어찌나 강렬한지 숨이 가쁘고 눈에 눈물이 고일 정도였다. 그러면 그는 그녀가 곧 자기에게 다가와 베일을 들어올리기를 기다렸다. 그녀의 얼굴이 전부 드러날 것이다. 그녀는 빙그레 웃으며 그를 안아 줄 것이다. 그는 그녀의 향기를 맡고 그 손의 부드러움을 느끼며 행복감에 훌쩍일 것이다. 그녀의 발치에 누워 있다가 그녀가 간지럼을 태우는 바람에 깔깔거리며 반지가 여럿 끼워진 그녀의 하얀 손을 깨문 어느 날 저녁처럼……. 나중에 보모를 통해 우연히 어머니가 죽지 않았다는 것을 알았을 때에도, 아버지와 리디야 이바노브나가 어머니는 나쁜 여자(어머니를 사랑했기 때문에 도저히 그 말을 믿을 수 없었다.)이기 때문에 그에게 죽은 것이나 다름없다고 설명해 주었을 때도, 그는 여전히 어머니를 찾고 기다렸다. 오늘은 여름 정원에 라일락색 베일을 쓴 어느 부인이 있었다. 그는 두근거리는 가슴으로 그녀가 어머니이기를 기대하며 그녀가 오솔길을 따라 자기 쪽으로 다가오는 것을 지켜보았다. 그 부인은 그가 있는 곳까지 이르기도 전에 어디론가 자취를 감추었다. 오늘 세료자는 그 어느 때보다 강렬하게 어머니에 대한 사랑이 북받쳐 오르는 것을 느꼈다. 그래서 아버지를 기다리는 지금도 공상에 푹 빠져 어머니를 생각하면서, 빛나는 눈동자를 앞쪽으로 향한 채 주머니칼로 책상의 네 모서리를 긋고 있었다.

"아버님이 오십니다!" 바실리 루키치가 그의 주의를 흐트러뜨렸다.

세료자는 벌떡 일어나 아버지에게 다가갔다. 그는 아버지의 손에 입을 맞추고는 그를 유심히 바라보며 알렉산드르 네프스키를 받은 기쁨의 흔적을 찾았다.

"산책은 좋았니?" 알렉세이 알렉산드로비치는 안락의자에 앉아 『구약성서』를 자기 쪽으로 끌어당겨 책장을 펼치면서 말했다. 알렉세이 알렉산드로비치는 세료자에게 모든 그리스도인들은 거룩한 역사를 확실하게 알고 있어야 한다고 수차례 말했지만, 그 자신도 종종 『구약성서』를 참고했고 세료쟈도 그것을 눈치채고 있었다.

"네, 너무 즐거웠어요, 아빠." 세료쟈는 의자에 비스듬히 앉아 의자를 흔들흔들 움직이며 말했다. 그러나 그것은 금지된 행동이었다. "나젠카[144](나젠카는 리디야 이바노브나가 양육하는 그녀의 조카딸이었다.)를 봤어요. 아빠가 새 훈장을 받으셨다고 그 애가 말해 주었어요. 기쁘시죠, 아빠?"

"첫째, 제발 의자를 흔들지 마라." 알렉세이 알렉산드로비치가 말했다. "둘째, 중요한 것은 상이 아니라 일이란다. 그리고 난 네가 그것을 이해하기를 바란다. 네가 상을 받기 위해 일하고 공부한다면, 그 일은 네게 괴롭게 느껴질 거다. 하지만 내가 그 일을 좋아하며 한다면(알렉세이 알렉산드로비치는 오늘 아침 180장의 서류에 서명하는 지루한 일을 하는 동안 자신이 어떻게 의무감으로 버티어 냈는지를 떠올리며 말했다.) 넌 그 속에서 자신을 위한 상을 발견하게 될 거다."

다정함과 명랑함으로 빛나던 세료쟈의 눈동자는 빛을 잃고 아버지의 시선 아래로 떨어졌다. 그것은 아버지가 그를 대할 때마다 늘 보이던, 세료쟈가 오래전부터 아주 잘 아는 말투였다. 세료쟈는 이미 그 말투에 비위 맞추는 법을 터득하고 있었다. 아버지는 그와 이야기할 때면 언제나 — 세료쟈는 그렇게 느꼈다 — 마치 자신이 상상해 낸, 책에나 나오는, 그러나 세료쟈와 전혀 닮지 않은 어떤 남자아이를 대하듯 했다.

그래서 세료쟈는 아버지와 있을 때면 늘 바로 그런 책 속의

144) 나제쥬다의 애칭.

남자아이인 척하려고 애썼다.

"이해하겠니? 그랬으면 좋겠다만." 아버지가 말했다.

"네, 아빠." 세료자는 상상 속의 남자아이인 척하면서 대답했다.

수업은 복음서의 시 몇 편을 외우고 『구약성서』의 시작 부분을 복습하는 것으로 이루어졌다. 복음서의 시는 세료자도 아주 잘 알고 있었다. 그러나 그것을 암송하는 동안, 그는 관자놀이 부근에서 너무 가파른 곡선을 그리고 있는 아버지의 이마 뼈를 보는 데 정신이 팔린 나머지 똑같은 단어의 반복에 갈피를 잃고 한 시의 끝 부분을 다른 시의 시작 부분으로 뒤바꾸어 버렸다. 알렉세이 알렉산드로비치에게는 분명 세료자가 자신이 암송하는 것을 이해하지 못하는 것처럼 보였다. 그리고 그 점이 그를 짜증나게 했다.

그는 얼굴을 찌푸리고, 세료자가 이미 여러 번 들었으나 너무 잘 아는 것이라 오히려 기억할 수 없었던 것 — '갑자기'가 동작 부사라는 것과 비슷하게 — 을 설명하기 시작했다. 세료자는 깜짝 놀란 눈으로 아버지를 바라보며 오직 한 가지만을 생각했다. 이따금 그랬던 것처럼 아버지가 자신이 말한 것을 그에게 되풀이해 보라고 시키지 않을까 하는 생각 말이다. 그리고 그 생각이 세료자를 어찌나 두렵게 했던지, 그는 더 이상 아무것도 이해할 수 없었다. 그러나 아버지는 되풀이해 보라고 시키지 않고 『구약성서』 수업으로 넘어갔다. 세료자는 사건 자체에 대해서는 잘 이야기했다. 그러나 몇몇 사건이 무엇을 예시하는가라는 질문에 대답할 차례가 되자, 그는 전에도 이미 이 과 때문에 벌을 받았음에도 아무것도 알지 못했다. 그는 노아의 홍수 이전의 족장들에 대해 말해야 하는 부분에서 더 이상 아무 말도 못하고 꾸물거리며, 책상을 칼로 긁고 의자 위에서 몸을 흔들었다. 그는 그들 가운데 살아 있는 상태로 승천했다는 에녹 말고는 아무도 몰랐다. 예전에는 그 이름들을 기억하고 있었지만 지금은 완전히 잊어버리고 말았다. 왜냐하면 그가 구약성서에서 가장 좋아하는 인물이 에녹인 데다, 에녹이 산 채로 승천했다는 사실이 그의 머릿속에서 그가 지금 아버지의 시곗줄과 절반 정도 채워진 조끼 단추에 시선을 고정한 채 불누해 있는 상념의 긴 꼬리와 결합됐기 때문이다.

사람들에게서 너무나 자주 들어 왔던 죽음에 대해 세료쟈는 전혀 믿지 않았다. 그는 자기가 사랑하는 사람들이 죽을 수도 있다는 사실을, 특히 그 자신이 언젠가 죽는다는 사실을 믿지 않았다. 그에게 죽음이란 절대로 있을 수 없고 이해할 수도 없는 일이었다. 하지만 그는 사람은 누구나 죽는다는 말을 들었다. 그는 자기가 믿는 사람들에게도 물어보았고, 그들은 그 사실을 확인해 주었다. 보모도 마지못해 그렇다고 말했다. 하지만 에녹은 죽지 않았다. 따라서 모든 사람이 죽는 것은 아니다. '그렇다면 왜 모든 사람들이 하느님 앞에서 똑같이 인정받아 살아 있는 상태로 천국에 갈 수 없는 걸까?' 세료쟈는 생각했다. 나쁜 사람들, 즉 세료쟈가 사랑하지 않는 사람들은 죽을 수 있어도, 착한 사람들은 모두 에녹처럼 될 수 있을 것이다.

"자, 그럼 어떤 족장들이 있었지?"

"에녹, 에노스."

"그것은 이미 말했다. 좋지 않아, 세료쟈, 아주 좋지 않아. 만약 네가 그리스도인에게 가장 필요한 것을 알려고 노력하지 않으면…….” 아버지는 일어나며 말했다. “도대체 무엇이 너의 흥미를 끌 수 있겠니? 난 네가 못마땅하다. 표트르 이그나티치(그는 주임 교사였다.)도 너를 못마땅해하더구나……. 네게 벌을 내려야겠다.”

아버지와 교사 둘 다 세료자를 못마땅하게 생각했다. 사실 그는 공부를 아주 못했다. 하지만 결코 그가 재능 없는 아이라고는 할 수 없었다. 오히려 세료자는 교사가 그에게 모범으로 내세우는 아이들보다 훨씬 더 재능 있는 아이였다. 아버지가 보기에, 그는 아버지나 교사들이 가르치는 것을 배우고 싶어 하지 않는 것 같았다. 사실 그는 그것을 배울 수 없었다. 그가 배울 수 없었던 이유는, 그의 마음속에 아버지와 교사가 가르치려 했던 것보다 더 필수적이라고 느껴진 요구들이 있었기 때문이다. 그 요구들은 교육자들의 요구와 대립하는 것이었기에, 그는 그들과 정면으로 맞섰다.

그는 아홉 살의 어린아이였다. 하지만 그는 자신의 영혼을 잘 알고 있었고, 그것은 그에게 귀중한 것이었다. 그는 눈꺼풀이 눈동자를 보호하듯 그것을 지켰다. 그리고 사랑의 열쇠가 없는 사람은 그 누구도 자신의 영혼 속에 들여놓지 않았다. 그의 교육자들은 그가 배우고 싶어 하지 않는다고 불평했지만, 그의 영혼은 인식에 대한 열망으로 넘쳤다. 그래서 그는 교사가 아니라 카피토니치에게서, 보모에게서, 나젠카에게서, 바실리 루키치에게서 배웠다. 아버지와 교사가 자신들의 물레방아 바퀴를 돌리기 위해 기대하던 물은 이미 오래전에 새어 나가 다른 곳에서 일하고 있었던 것이다.

아버지는 벌로 세료자에게 리디야 이바노브나의 조카딸인

나젠카를 보러 가지 못하게 했다. 하지만 그 벌은 세료쟈에게 행복을 가져다주었다. 바실리 루키치가 기분이 좋아 그에게 풍차 만드는 법을 가르쳐 주었던 것이다. 저녁은 풍차 만드는 일과 풍차를 타고 빙빙 돌려면 어떻게 만들어야 할까 하는 공상으로 흘러갔다. 두 손으로 날개를 잡거나 몸을 풍차에 동여매면 날 수 있을까. 저녁 내내 어머니에 대한 생각은 전혀 하지 않았다. 하지만 잠자리에 들자 갑자기 어머니가 떠올랐다. 그래서 그는 어머니가 내일 자기 생일에는 더 이상 숨지 말고 그에게 와 주기를 자신의 언어로 기도했다.

"바실리 루키치, 평소에 기도하던 것 말고 뭘 또 기도했는지 아세요?"

"공부를 더 잘하게 해 달라고 빌었나요?"

"아뇨."

"장난감?"

"아니에요. 선생님은 짐작도 못할 거예요. 멋진 거예요. 하지만 비밀! 기도가 이루어지면 말씀드릴게요. 모르시겠죠?"

"네, 모르겠어요. 말해 봐요." 바실리 루키치가 미소를 지으며 말했다. 그것은 그에게서 좀처럼 볼 수 없는 모습이었다. "자, 누워요. 촛불을 끄겠어요."

"난 촛불이 없어도 내가 지금 보는 것이나 기도하는 것을 더 잘 볼 수 있어요. 앗, 지금 비밀을 말할 뻔했네요!" 세료쟈는 명랑하게 웃으며 말했다.

루키치가 촛불을 들고 나가자, 세료쟈는 어머니의 음성을 듣고 어머니를 느꼈다. 그녀는 서서 그를 내려다보며 애정 어린 눈길로 그를 어루만져 주었다. 하지만 풍차와 주머니칼이 나타나고 모든 것이 뒤범벅되는 사이, 그는 어느새 잠에 빠져 들었다.

28

브론스키와 안나는 페테르부르크에 도착한 후 일류 호텔에 묵었다. 브론스키는 따로 아래층에 묵고, 안나는 아기와 유모와 하녀와 함께 위층의 방이 네 개인 큰 객실에 묵었다.

도착한 첫날, 브론스키는 형의 집으로 갔다. 그곳에서 그는 모스크바에서 볼일 때문에 와 있던 어머니를 만났다. 어머니와 형수는 여느 때처럼 그를 맞이했다. 그들은 그에게 외국 여행에 대해 묻기도 하고 모두가 아는 지인들에 대해 이야기하기도 했다. 그러나 그와 안나의 관계에 대해서는 한마디도 입에 올리지 않았다. 하지만 형은 이튿날 아침 브론스키를 찾아와 그에게 안나에 대해서 물었다. 그래서 알렉세이 브론스키는 자기와 안나의 관계를 혼인 관계로 본다고 솔직히 말했다. 그리고 자신은 이혼 문제를 해결 짓고 싶고, 그때는 그녀와 결혼할 것이며, 그때까지는 다른 모든 아내들과 마찬가지로 그녀를 아내로 생각할 테니 어머니와 형수에게도 그렇게 전해 주었으면

한다고 말했다.

"세상이 인정하지 않는다 해도, 난 상관없어." 브론스키는 말했다. "하지만 만약 나의 일가친척들이 나와 친척 관계를 유지하고 싶다면, 나의 아내와도 똑같은 관계를 가져야 할 거야."

언제나 동생의 판단을 존중해 온 형은 세상이 이 문제를 해결하기 전까지 그가 옳은지 그른지 잘 알 수 없었다. 그러나 자신의 입장에서는 그것에 반대할 이유가 전혀 없었으므로 알렉세이와 함께 안나에게 갔다.

브론스키는 모든 사람들 앞에서처럼 형 앞에서도 안나를 격식을 갖추어 당신이라고 부르며 가까운 지인을 대하듯 했지만, 그 태도에는 형이 그들의 관계를 알고 있다는 암시가 깃들어 있었다. 그리고 안나가 브론스키 가의 영지에 간다는 이야기도 언급되었다.

자신의 모든 사교적 경험에도 불구하고, 브론스키는 자신이 처한 새로운 처지로 인해 이상한 착각에 빠져 있었다. 어쩌면 그는 사교계의 문이 그와 안나에게 닫히고 말았다는 사실을 이해했어야 했다. 하지만 지금 그의 머릿속에는 어떤 생각이 어렴풋이 떠올랐다. 그런 것은 옛날이야기에나 나오는 것이고, 빠르게 진보하는(지금 그는 자기도 모르는 사이에 진보의 편에서 있었다.) 오늘날에는 사교계의 시각도 바뀌었으며, 사교계가 그들을 받아들일지 어떨지는 아직 결정되지 않았다는 생각 말이다. '물론.' 그는 생각했다. '궁정 사회는 그녀를 받아들이지 않겠지. 하지만 가까운 사람들은 그것을 이해할 수 있을 테고, 또 마땅히 이해해야만 해.'

사람은 자신의 자세를 바꾸는 것을 방해할 것이 없다는 사실을 알게 되면, 다리를 꼰 채 똑같은 자세로 몇 시간이고 계속 앉아 있을 수 있다. 그러나 만약 다리를 꼰 채 그렇게 앉아 있어야만 한다는 것을 알게 되면, 다리는 경련을 일으키고 그가 뻗고 싶어 하는 쪽으로 뒤틀릴 것이다. 바로 그것이 브론스키가 사교계에 대해 느끼는 것이었다. 그는 비록 사교계가 그들에게 빗장을 걸었다는 사실을 마음속 깊이 알고 있었지만, 지금도 사교계가 변하지 않았는지 어떤지, 그들을 받아들일지 어떤지를 시험해 보았다. 그러나 그는 사교계가 그에게는 문을 열어 줄지라도 그녀에게는 굳게 닫아걸었다는 것을 금방 알아차렸다. 고양이와 쥐 놀이처럼, 그를 위해서는 들린 손이 안나 앞에서는 곧바로 내려온 것이다.

페테르부르크 사교계의 부인들 가운데 브론스키가 가장 먼저 만난 사람은 그의 사촌누이인 벳시였다.

"드디어 돌아왔군요!" 그녀는 기쁘게 그를 맞이했다. "그런데 안나는요? 이렇게 기쁠 수가! 어디에서 묵고 있나요? 멋진 여행을 하고 온 당신들에게 우리의 페테르부르크가 얼마나 끔찍하게 느껴질지 상상이 돼요. 로마에서 보낸 당신들의 밀월도 상상할 수 있어요. 이혼은 어떻게 됐나요? 모든 게 다 해결됐나요?"

브론스키는 이혼 문제가 아직 해결되지 않았다는 말에 벳시의 기쁨이 줄어들었음을 눈치챘다.

"사람들은 나에게 돌을 던지겠죠. 나도 알고 있어요." 그녀가 말했다. "하지만 난 꼭 안나를 보러 가겠어요. 당신들은 이곳에 오래 있지 않겠죠?"

그리고 정말로 그녀는 그날로 바로 안나를 만나러 갔다. 그러나 그녀의 태도는 이미 예전과 전혀 달랐다. 그녀는 분명 자신의 대담함을 자랑스러워했고 안나가 자기 우정의 신실함을 높이 평가해 주기를 바라고 있었다. 그녀는 10분도 채 있지 않았다. 그녀는 사교계의 소식을 들려주고는 그곳을 떠나며 이렇게 말했다.

"당신은 내게 언제쯤 이혼할지 말해 주지 않았어요. 내가 모자 같은 건 풍차에 집어던지는 사람이라고 쳐요. 하지만 옷깃을 세운 다른 사람들은 당신들이 결혼할 때까지 찬바람을 날릴 거예요. 그리고 그런 일은 이제 너무나 간단해요. Ça se fait.[145] 그럼 당신은 금요일에 떠나나요? 이제 더 못 볼 것 같아 유감이네요."

브론스키는 벳시의 말투에서 자신이 사교계로부터 무엇을 기대해야 할지 알아차릴 수 있었을 것이다. 그러나 그는 자기 가족 안에서 실험을 한번 해 보았다. 그는 어머니에게는 아무런 기대도 하지 않았다. 그는 안나를 처음 알게 됐을 때 그녀에게 너무나 열광했던 어머니가 이제는 안나가 아들의 출세를 망친 원인이라는 것 때문에 그녀에게 앙심을 품고 있다는 것을 알고 있었다. 하지만 그는 형수인 바랴에게 큰 희망을 걸고 있었다. 그가 생각하기에 그녀는 돌을 던지지 않고 소탈하고 과감하게 안나를 찾아와 그녀를 받아들여 줄 것 같았다.

페테르부르크에 도착한 다음 날, 브론스키는 바랴를 찾아갔다. 그는 혼자 있는 그녀를 발견하고 솔직하게 자신의 희망을 밝혔다.

---

145) '그게 통례잖아요.'(프랑스어)

"알잖아요, 알렉세이." 그녀는 그의 말을 다 들은 후 입을 열었다. "내가 당신을 얼마나 좋아하는지, 그리고 당신을 위해서라면 무엇이든 할 준비가 되어 있다는 것을 말이에요. 하지만 난 내가 당신과 안나 아르카지예브나에게 도움이 될 수 없다는 걸 알기 때문에 잠자코 있었어요." 그녀는 '안나 아르카지예브나'를 특별히 신경 써서 발음하며 말했다. "제발 내가 비난하고 있다고는 생각하지 말아요. 절대 그런 일은 없을 거예요. 내가 그녀의 입장에 있었다면, 어쩌면 나도 똑같이 했을 거예요. 난 세세히 논하지 않겠어요. 그럴 수도 없고요." 그녀는 그의 우울한 얼굴을 겸연쩍게 쳐다보며 말했다. "하지만 사물은 이름대로 불러야 하는 법이에요. 당신은 내가 그녀에게 찾아가서 그녀를 맞아 주고 그런 식으로 그녀를 사교계에 복귀시켜 주기를 바라겠죠. 하지만 내가 그럴 수 없다는 것을 이해해 줘요. 나의 딸들이 한창 자라고 있고, 난 남편을 위해 사교계에 몸담고 있어야 해요. 어쨌든, 안나 아르카지예브나에게 갈 거예요. 그녀는 내가 그녀를 우리 집에 초대하지 못하는 것을 이해해 줄 거예요. 아니면 그녀가 자기를 다른 식으로 보는 사람들과 마주치지 않도록 그렇게 우리 집에 와 줘야 해요. 그런 것은 그녀에게 모욕을 느끼게 할 거예요. 난 그녀를 일으켜 줄 수 없어요……."

"알았어요. 하지만 난 그녀가 당신이 맞이하는 수백 명의 여자들보다 더 추락했다고는 생각지 않아요!" 브론스키는 한층 어두운 얼굴로 그녀의 말을 가로막았다. 그리고 형수의 결심이 바뀌지 않으리라는 것을 깨닫자 말없이 일어났다.

"알렉세이! 내게 화내지 말아요. 제발 내게 잘못이 없다는 것을 이해해 줘요." 바랴는 겸연쩍은 미소를 지으며 입을 열었다.

"당신에게 화내는 건 아니에요." 그는 여전히 어두운 얼굴로 말했다. "하지만 난 두 배로 아픕니다. 그리고 또 날 아프게 하는 것은, 이 일이 우리의 우정을 끊어 놓았다는 것입니다. 설사 끊어 놓지 않았다고 쳐도, 이 일은 우리의 우정을 약하게 합니다. 나로서도 달리 어쩔 도리가 없다는 것을 이해하시겠죠."

그는 이 말과 함께 그녀를 떠났다. 브론스키는 더 이상의 시도는 헛될 뿐이라는 것, 자신에게 너무나 고통스러운 불쾌감과 모욕을 당하지 않으려면 페테르부르크에서 보내는 며칠 동안 예전의 사교계와의 모든 관계를 피하며 낯선 도시에 있는 것처럼 지내야 한다는 것을 깨달았다. 페테르부르크에서 처하게 된 가장 불쾌한 상황 가운데 하나는, 알렉세이 알렉산드로비치와 그의 이름이 어디에 가든 늘 있는 것처럼 느껴진다는 점이었다. 화제가 알렉세이 알렉산드로비치에게 향하지 않도록 하려면, 아예 아무것에 대해서도 이야기를 꺼낼 수 없었다. 그와 마주치지 않으려면 그 어느 곳에도 갈 수 없었다. 적어도 브론스키에게는 그렇게 느껴졌다. 마치 손가락을 다친 사람이 자기가 일부러 그러기라도 하듯 그 아픈 손가락으로 계속 뭔가를 부딪고 다니는 것 같다고 느끼는 것처럼…….

페테르부르크에서의 체류가 브론스키에게 한층 괴로웠던 까닭은, 안나에게서 줄곧 자신이 이해할 수 없는 어떤 새로운 기분을 보았기 때문이었다. 그녀는 어떨 때는 그에게 푹 빠진 것처럼 보이기도 했고, 어떨 때는 차갑고 걸핏하면 화를 내고 속내를 알 수 없는 사람이 되기도 했다. 그녀는 무언가 때문에 괴로워했고, 그에게 무언가를 감추었으며, 그의 생활에 독을 뿜고 예민한 이해력을 가진 그녀에게는 한층 더 괴로웠을 그 모욕에 대해 전혀 눈치채지 못하는 것 같았다.

29

안나가 러시아에 온 목적 가운데 하나는 아들과 만나는 것이었다. 이탈리아를 떠난 그날부터 안나는 이 만남에 대한 생각으로 잠시도 마음을 진정시킬 수 없었다. 그래서 페테르부르크가 가까워질수록, 그녀에게는 이 만남의 기쁨과 의미가 더욱더 크게 느껴졌다. 그녀는 어떻게 이 만남을 성사시킬 것인가 하는 문제에 대해 자문하지 않았다. 아들과 한 도시에 있게 되면 아들을 만나는 것이 자연스럽고 간단한 일일 것 같았다. 하지만 페테르부르크에 도착한 순간, 갑자기 그녀의 눈에 지금 자기가 사교계에서 처한 상황이 분명히 보이기 시작했다. 그녀는 아들을 만나는 것이 어렵다는 것을 깨달았다.

그녀는 페테르부르크에서 벌써 이틀째를 맞고 있었다. 아들에 대한 생각은 단 한순간도 그녀를 떠나지 않았다. 그러나 그녀는 아직 아들을 만나지 못했다. 알렉세이 알렉산드로비치와 마주칠 수 있는 집으로 곧장 간다는 것, 그녀는 자신에게 그럴 권리가 없다고 느꼈다. 사람들은 그녀를 집 안에 들이지 않고 모욕을 줄지도 모른다. 편지를 써서 남편과 교섭을 갖는다는 것은 그녀에게 생각만으로도 괴로운 일이었다. 그녀는 남편을 생각하지 않을 때만 겨우 평정을 유지할 수 있었다. 아들이 언제 어디로 산책하러 가는지 알아내어 그곳에서 아들을 만난다는 것이 그녀에게는 성에 차지 않았다. 그녀는 너무나 오랫동안 이 만남을 준비해 왔고, 그만큼 아들에게 해 줄 이야기도 많았으며, 아들을 안고 아들에게 입 맞추고 싶은 생각이 너무나 간절했다. 세료자의 늙은 보모는 그녀를 돕고 그녀에게 조언을 해 줄 수 있을 것이다. 하지만 보모는 이제 알렉세이 알렉산드로비치의 집에 있지 않았다. 이렇게 망설이고 보모를 찾는 사이 이틀이 지나가고 말았다.

알렉세이 알렉산드로비치와 리디야 이바노브나 백작부인의 친밀한 관계를 알게 된 후, 안나는 사흘째 되는 날 자기에게 크나큰 고통을 요구하는 편지를 그녀에게 써 보내기로 마음먹었다. 그 편지에서 그녀는 일부러 아들과의 만남을 허락하는 것은 남편의 관대함에 달려 있다고 말했다. 그녀는 백작부인이 남편에게 편지를 보일 경우 그가 관대함이라는 자신의 역할을 계속 추구하며 그녀를 거부하지 않으리라는 것을 알았다.

편지를 가지고 간 심부름꾼은 그녀에게 답장은 없을 거라는, 너무나도 가혹한 뜻밖의 답변을 전했다. 심부름꾼을 불러들여 그에게서 그가 어떤 모습으로 기다렸는지, 그가 어떤 식으로 '답장은 없을 것'이라는 말을 들었는지에 대해 상세한 이야기를 전해 들은 순간, 그녀는 지금까지 한 번도 느껴 보지 못한 심한 모욕을 느꼈다. 안나는 자신이 수치와 모욕을 당했다고 느꼈다. 하지만 그녀는 자신의 관점에서 보아도 리디야 이바노브나 백작부인이 옳다는 것을 알았다. 그녀의 슬픔은 그것이 혼자만의 것이라는 사실 때문에 더욱 깊어졌다. 그녀는 자신의 슬픔을 브론스키와 나눌 수 없었고 그렇게 하고 싶지도 않았다. 그녀의 불행은 주로 브론스키 때문이었는데도 그 자신은 그녀와 아들이 만나는 문제를 지극히 사소한 것으로 여기리라는 것을 잘 알고 있었다. 그녀는 자신이 느끼는 고통의 심연을 그가 결코 이해하지 못하리라는 것을 알았다. 그녀는 그 문제가 언급될 경우 그의 차가운 태도 때문에 자신이 그를 증오하리라는 것을 알았다. 그리고 그녀는 그것을 세상에서 가장 두려워했기에 아들에 관한 모든 것을 그에게 숨겼다.

그녀는 온종일 집 안에 틀어박혀 아들과 만날 방법을 궁리하다가 남편에게 편지를 쓰자는 결론에 이르렀다. 리디야 이바노브나의 편지가 그녀에게 전달된 것은 그녀가 이미 그 편지를 쓰고 있을 때였다. 백작부인의 침묵은 그녀를 진정시키고 제압했다. 그러나 그 편지는, 그녀가 행간에서 읽은 모든 것은 그녀를 너무나 격노하게 만들었다. 그녀에게는 그 사악함이 아들에 대한 자신의 열렬하고 정당한 애정과 비교해 너무나 잔인하게 느껴졌다. 그래서 그녀는 타인들에게 분노를 터뜨리며 더 이상 자신을 책망하지 않게 되었다.

'이 냉정함은 감정의 위장이야!' 그녀는 속으로 중얼거렸다. '그들은 그저 날 모욕하고 아이를 괴롭히고 싶을 뿐. 그런데도 내가 그들에게 복종해야 하다니! 천만의 말씀! 그 여자는 나보다 나빠. 난 적어도 거짓말은 하지 않아.' 그리고 그 자리에서 그녀는 바로 내일, 세료자의 생일에 남편의 집으로 곧장 찾아가 하인들을 매수하든 속이든 무슨 수를 써서라도 아들을 만나고 불행한 아이를 에워싼 그들의 추악한 허위를 깨뜨리겠다고 결심했다.

그녀는 장난감 가게로 가 장난감 몇 개를 사고 작전 계획을 구상했다. 그녀는 아침 일찍, 알렉세이 알렉산드로비치가 아직 일어나지 않았을 시각인 8시에 도착할 것이다. 그녀는 돈을 갖고 갈 것이다. 그리고 수위와 하인이 자기를 안으로 들이도록 그들에게 그 돈을 줄 것이다. 그리고 베일을 벗지 않은 채, 자기는 세료쟈의 대부가 보낸 사람으로 세료쟈의 생일을 축하하러 왔으며 침대 맡에 장난감을 두고 오라는 부탁을 받았다고 말할 것이다. 그녀는 아들에게 할 말만큼은 준비하지 않았다. 아무리 생각해도, 아들에게 해 줄 말이 전혀 떠오르지 않았던 것이다.

이튿날 아침 8시, 안나는 혼자 삯마차에서 내린 후 자신의 옛집의 커다란 현관 앞에서 벨을 눌렀다.

"가서 무슨 일인지 알아봐. 어떤 마님이 오셨어." 아직 옷을 갈아입지 못하고 외투와 덧신만 걸친 카피토니치가 창문 너머로 현관 앞에 서 있는 베일 쓴 부인을 쳐다보며 말했다.

수위의 조수인, 안나가 모르는 한 젊은 사내가 그녀에게 문을 열어 주자마자, 그녀는 얼른 안으로 들어와 머프에서 3루블짜리 지폐를 꺼내 황급히 그의 손에 쥐어 주었다.

"세료자……. 세르게이 알렉세이치." 그녀는 이렇게 말하고 앞으로 나아갔다. 지폐를 살펴보던 수위 조수는 유리문 앞에서 그녀를 멈춰 세웠다.

"어느 분께 용무가 있으십니까?" 그가 물었다.

그녀는 그의 말을 듣지 않았고 아무런 대꾸도 하지 않았다.

낯선 부인이 당황해하는 것을 눈치챈 카피토니치가 직접 그녀 앞에 나와서 안으로 들이고 무슨 일로 왔는지 물었다.

"스코로두모프 공작님의 심부름으로 세르게이 알렉세이치를 만나러 왔어요." 그녀가 말했다.

"아직 일어나지 않으셨습니다." 수위는 그녀를 유심히 쳐다보며 말했다.

안나는 자기가 9년 동안 살았던 집의 조금도 변하지 않은 대기실 인테리어가 자신에게 그토록 강렬한 충격을 주리라고는 전혀 예상하지 못했다. 즐겁고 괴로운 기억들이 꼬리를 물고 그녀의 마음속에 떠올랐다. 그래서 그녀는 순간적으로 자기가 왜 이곳에 있는지 잊고 말았다.

"잠깐 기다리시겠습니까?" 카피토니치는 그녀의 외투를 벗겨 주며 말했다.

외투를 벗겨 준 후, 카피토니치는 그녀의 얼굴을 힐끔 쳐다보다 그녀를 알아보았다. 그는 말없이 그녀에게 공손히 허리를 숙였다.

"어서 오십시오, 마님." 그는 그녀에게 말했다.

그녀는 뭔가 말하고 싶었지만, 목구멍이 어떤 소리도 내려 하지 않았다. 그녀는 죄를 진 듯 애원하는 표정으로 노인을 쳐다보고는 빠르고 가벼운 걸음으로 계단을 올라갔다. 몸을 완전히 앞으로 숙인 카피토니치는 덧신이 계단에 걸리는 바람에 휘청거리면서 그녀를 따라잡고자 안간힘을 쓰며 그녀를 쫓아갔다.

"그곳에는 선생님이 계십니다. 아마 옷을 입지 않으셨을 겁니다. 제가 마님이 오셨다고 알리겠습니다."

안나는 노인이 무슨 말을 하는지도 모르고 낯익은 계단을 계속해서 올라갔다.

"이쪽입니다. 왼쪽으로 가십시오. 지저분해서 죄송합니다. 도련님은 지금 예전에 소파가 있던 방에 계십니다." 수위는 숨을 헐떡이며 말했다. "잠시만 기다려 주십시오, 마님. 제가 잠깐 보고 오겠습니다." 그는 이렇게 말하고 그녀를 앞질러 가더니 높은 문을 열고 그 뒤로 사라져 버렸다. 안나는 그를 기다리며 서 있었다. "지금 막 깨셨습니다." 그는 다시 문에서 나오며 이렇게 말했다.

수위가 그 말을 하는 순간, 안나는 아이가 하품하는 소리를 들었다. 그녀는 그 하품 소리만으로 아들을 알아보았고 눈앞에서 살아 있는 아들의 모습을 보았다.

"들여보내 줘, 들여보내 달라니까, 저리 가!" 그녀는 이렇게 말하고 큰 문 안으로 들어갔다. 문의 오른쪽에 침대가 놓여 있었고, 그 위에는 단추를 끄른 루바슈카만 입은 사내아이가 앉아 있었다. 아이는 자그마한 몸을 한껏 구부렸다 쭉 펴면서 하품을 끝냈다. 그의 입술이 하나로 맞붙는 순간, 그 입술은 행복하고 졸린 미소를 이루었다. 그리고 그 미소와 함께 그는 다시 천천히 달콤한 기분에 젖어 드러누웠다.

"세료자!" 그녀는 살그머니 그에게 다가가며 속삭였다.

아들과 떨어져 있는 동안, 그녀는 사랑이 가슴속에 차오를 때마다 — 그녀는 최근에 줄곧 이런 감정을 느꼈다 — 그를 자신이 가장 사랑한 네 살배기 사내아이의 모습으로 상상했다. 지금 아들은 그녀가 두고 갈 때의 모습이 아니었다. 네 살 때보다 훨씬 더 자란 모습이었다. 아이는 키가 더 컸고 살이 약간 빠졌다. 어쩜 이럴 수가! 아이의 얼굴이 이렇게 핼쑥해지다니! 머리카락도 이렇게 짧아지고! 손은 어쩌면 이렇게 길까! 그녀가 떼어 놓고 떠난 뒤로 아이의 모습은 너무나 달라져 버렸다! 그러나 그 아이는 역시 세료쟈였다. 머리 모양, 입술, 부드러운 목덜미, 넓은 어깨.

"세료쟈!" 그녀는 아이의 귀에 입을 대고 다시 한 번 불렀다.

그는 다시 팔꿈치를 짚고 일어나 마치 무언가를 찾는 듯 머리카락이 헝클어진 머리를 양옆으로 돌리며 눈을 떴다. 그는 자기 앞에 꼼짝 않고 서 있는 어머니를 몇 초 동안 조용히 의아한 눈빛으로 쳐다보았다. 그러고는 갑자기 행복한 미소를 지으며 다시 졸음에 겨운 눈을 감고 쓰러졌다. 그러나 이번에는 뒤로 눕지 않고 그녀 쪽으로, 그녀의 팔 쪽으로 쓰러졌다.

"세료쟈! 나의 귀여운 아기!" 그녀는 숨을 가쁘게 몰아쉬며 그의 포동포동한 몸을 두 팔로 끌어안았다.

"엄마!" 그는 자신의 온몸을 그녀의 팔에 닿게 하려고 그녀의 팔 아래로 파고들었다.

그는 졸음에 겨운 미소를 지으며 계속 눈을 감은 채 포동포동하고 자그마한 손을 침대 등받이에서 그녀의 어깨로 옮기고, 아이들만이 가진 그 달콤하고 몽롱한 향기와 온기로 그녀를 감싸며 그녀에게 달라붙었다. 그러고는 그녀의 목과 어깨에 얼굴을 비비기 시작했다.

"난 알고 있었어." 그가 눈을 뜨며 말했다. "오늘은 내 생일이잖아. 난 엄마가 올 거라는 것을 알고 있었어. 지금 일어날게."

이렇게 말하면서 그는 잠에 빠져들었다.

안나는 아이를 탐욕스럽게 쳐다보았다. 그녀는 자기가 없는 동안 아이가 얼마나 컸는지, 어떻게 변했는지 보았다. 그녀는 담요 밑으로 삐져나온, 이제는 너무나 커 버린 아들의 맨다리를 알아볼 것도 같고 알아보지 못할 것도 같았다. 그러나 조금 야윈 그 두 뺨, 뒷덜미 — 그녀가 그토록 자주 입을 맞춰 주었던 — 위의 짧게 자른 머리칼을 알아보았다. 그녀는 그 모든 것을 어루만지며 아무 말도 못했다. 눈물에 목이 메었기 때문이다.

"왜 울어, 엄마?" 세료자가 물었다. 그는 이제 완전히 잠에서 깨어났다. "엄마, 왜 울어?" 그는 울먹이는 소리로 물었다.

"나? 이제 안 울게……. 엄마는 기뻐서 우는 거야. 너무 오랫동안 너를 보지 못했잖니. 이젠 안 울게. 안 울 거야." 그녀는 눈물을 삼키고 고개를 돌리며 말했다. "자, 이제 옷을 갈아입어야지." 그녀는 정신을 차리고 잠시 침묵한 후 이렇게 덧붙였다. 그리고 그의 손을 놓지 않고 침대 옆의 의자에 앉았다. 의자 위에는 옷이 준비되어 있었다.

"엄마도 없이 어떻게 옷을 갈아입었니? 어떻게……." 그녀는 꾸밈없이 명랑하게 이야기를 시작하고 싶었지만 아무 말도 못하고 다시 고개를 돌렸다.

"난 찬물로 씻지 않아. 아빠가 그러지 말라고 했거든. 그런데 엄마는 바실리 루키치를 본 적이 없지? 이제 곧 올 거야. 어, 엄마가 내 옷을 깔고 앉았잖아!" 세료자는 웃음을 터뜨렸다.

그녀는 그를 바라보다 미소를 지었다.

"엄마, 예쁜 엄마, 사랑하는 엄마!" 그는 다시 그녀에게 몸을 던져 그녀를 껴안으며 소리쳤다. 마치 그는 그녀의 미소를 보고 이제야 겨우 무슨 일이 일어났는지 분명히 깨달은 것 같았다. "이런 건 필요 없어." 그는 그녀의 모자를 벗기며 말했다. 그리고 마치 모자를 벗은 엄마의 모습을 처음 보았다는 듯이, 다시 그녀에게 달려들어 뽀뽀하려고 했다.

"그런데 넌 엄마에 대해 어떤 생각을 했니? 엄마가 죽었다고 생각하진 않았어?"

"그런 말은 조금도 믿지 않았어."

"귀여운 아들, 그 말을 믿지 않았단 말이지?"

"난 알고 있었어, 알고 있었단 말이야!" 그는 자신이 좋아하는 문구를 되풀이했다. 그는 자기의 머리카락을 어루만지는 그녀의 손을 잡더니 그 손바닥을 자기 입술에 갖다 대고 뽀뽀하기 시작했다.

30

한편 처음에는 그 부인이 누군지 몰랐으나 두 사람의 대화를 들으며 그 부인이 바로 남편을 버린 아이 엄마라는 것을 알게 된 바실리 루키치 — 그는 안나가 나간 뒤 그 집에 들어왔기 때문에 그녀를 몰랐다 — 는 아이의 방에 들어가야 할지 말아야 할지, 알렉세이 알렉산드로비치에게 알려야 할지 말아야 할지 고민에 빠졌다. 마침내 그는 세료자를 정해진 시간에 깨우는 것이 자신의 의무이므로 자신은 그 방에 앉아 있는 사람이 누구인지, 그 사람이 어머니인지 아닌지 알아낼 필요가 전혀 없으며 자신의 임무를 수행하기만 하면 된다고 판단을 내린 후, 옷을 갈아입고 문 쪽으로 다가가 문을 열었다.

그러나 어머니와 아들이 다정하게 어루만지는 모습, 그들의 목소리의 울림, 그들이 주고받는 말들, 이 모든 것들이 계획을 바꾸게 만들었다. 그는 고개를 젓고 한숨을 쉬고는 문을 닫았다. '10분만 더 기다리자.' 그는 헛기침을 하고 눈물을 닦으며 혼잣말을 했다.

그 시간, 집 안의 하인들 사이에서는 커다란 동요가 일어났다. 다들 마님이 왔다는 것, 카피토니치가 그녀를 들였다는 것, 그녀가 지금 아이 방에 있다는 것을 알게 되었다. 한편 주인은 언제나 9시에 아이의 방에 들렀다. 다들 이 부부가 만난다는 것은 있을 수 없는 일이며 그들의 만남을 어떻게든 막아야 한다는 것을 알고 있었다. 시종인 코르네이는 수위실로 내려가 누가, 어떻게 그녀를 들여보냈는지 물었다. 그는 카피토니치가 그녀를 맞이하여 안내했다는 것을 알고 노인을 책망했다. 수위는 고집스럽게 입을 다물고 있었다. 그러나 코르네이가 그에게 그 일로 그를 쫓아내야 한다고 말하자, 카피토니치는 그에게 달려들어 그의 얼굴 앞에 두 손을 휘두르며 이렇게 내뱉었다.

"그래, 넌 들여보내지 않았겠지! 내가 마님을 섬기던 10년 동안, 그분은 내게 친절한 모습만 보여 주셨어. 그래, 넌 지금이라도 가서 '자, 나가 주십시오!'라고 말하겠지. 넌 정치 따위에 훤한 놈이잖아! 암, 그렇지! 너도 자신에 대해 신경을 써야겠지. 주인을 속이고 너구리 털외투를 훔치는 놈이니까!"

"이 졸병 놈!" 코르네이는 경멸조로 이렇게 내뱉고는 안으로 들어오는 보모를 돌아보았다. "자, 생각해 봐요, 마리야 예피모브나. 이 사람이 마님을 들여보내 놓고 아무에게도 말하지 않았단 말입니다." 코르네이는 그녀에게 말을 걸었다. "알렉세이 알렉산드로비치가 곧 방에서 나와 어린이 방으로 가실 겁니다."

"일 났군, 일 났어!" 보모가 말했다. "당신은 말이에요, 코르네이 바실리예비치, 어떻게든 그분을, 주인 나리를 붙잡아 둬요. 난 달려가서 어떻게든 마님을 밖으로 데려갈 테니. 일 났군, 일 났어!"

보모가 어린이 방으로 들어갔을 때, 세료자는 나젠카와 산에서 썰매를 타고 내려오다 넘어져 세 번이나 구른 이야기를 어머니에게 들려주고 있었다. 그녀는 그의 목소리의 울림을 듣고, 그의 얼굴과 표정의 변화를 바라보고, 그의 손을 어루만졌다. 그러나 그가 무슨 말을 하는지 전혀 알아듣지 못했다. 떠나야만 한다. 아들을 두고 가야 한다. 그녀는 오직 이것만을 생각하고 느끼고 있었다. 그녀는 문으로 다가오는 바실리 루키치의 발소리도 들었고, 가까이 다가오는 보모의 발소리도 들었다. 하지만 그녀는 말을 꺼낼 기력도, 일어날 기력도 없어서 마치 돌로 변한 것처럼 꼼짝 않고 앉아 있었다.

"마님, 아, 가련한 분!" 보모는 안나에게 다가와 그녀의 손과 어깨에 입을 맞추며 말했다. "하느님이 도련님 생일을 위해 기쁨을 보내 주셨군요. 마님은 하나도 변하지 않으셨어요."

"아, 보모, 당신이 집에 있는 줄 몰랐어요." 안나는 순간 정신을 차리고 이렇게 말했다.

"이곳에서 살지는 않습니다. 딸과 함께 살고 있지요. 오늘은 도련님을 축하해 드리려고 왔답니다, 안나 아르카지예브나. 아, 가련한 분!"

보모는 갑자기 울음을 터뜨리며 다시 그녀의 손에 입을 맞추었다. 세료자는 빛나는 눈빛과 미소를 띠며 한 손으로는 어머니를 잡고 다른 한 손으로는 보모를 잡고서 통통하고 조그만 맨발로 양탄자 위를 굴렀다. 자기가 좋아하는 보모가 어머니에게 보여 준 다정한 태도는 그를 미칠 듯한 기쁨으로 이끌었다.

"엄마! 보모는 종종 날 만나러 와. 그리고 오면……." 그는 말을 꺼냈다가, 보모가 어머니에게 귓속말로 뭐라고 속삭이고 어머니의 얼굴에 놀라움과 그녀에게 그다지 어울리지 않는 수치심 비슷한 것이 떠오른 것을 눈치채고 입을 다물었다.

그녀는 그에게 다가갔다.

"사랑하는 아들!" 그녀가 말했다.

그녀는 안녕이라는 말을 차마 할 수 없었다. 그러나 그녀의 얼굴 표정은 그것을 말하고 있었고, 그도 그것을 알아차렸다. "사랑하는, 사랑하는 쿠치크!" 그녀는 아들을 어린 시절의 이름으로 불렀다. "넌 날 잊지 않겠지? 넌……." 하지만 그녀는 더 이상 말을 이을 수 없었다.

나중에 그녀는 아들에게 할 수 있었을 말을 얼마나 많이 생각해 냈던가! 하지만 지금 그녀는 아무 말도 못했고, 할 수도 없었다. 그러나 세료자는 그녀가 말하고 싶어 한 모든 것을 알아차렸다. 그는 어머니가 불행하다는 것, 어머니가 자기를 사랑한다는 것을 이해했다. 그는 보모가 귓속말로 이야기한 것까지 이해했다. 그는 '언제나 9시에.'라는 말을 들었고, 그 말이 아버지에 관한 말이라는 것을, 어머니가 아버지와 만나서는 안 된다는 것을 이해했다. 그것은 그도 이해할 수 있는 것이었다. 하지만 한 가지, 그가 이해할 수 없는 것이 있었다. 왜 엄마의 얼굴에 두려움과 수치심이 떠올랐을까……? 엄마에게는 아무 잘못도 없다. 그런데도 엄마는 아버지를 두려워하고 무언가를 부끄러워한다. 그는 자기에게 이 의혹을 풀어 줄 질문을 하고 싶었다. 그러나 차마 그렇게 할 수 없었다. 세료자는 엄마가 괴로워하는 것을 보았다. 그러자 그녀가 가엾게 느껴졌다. 그는 말없이 어머니에게 바짝 기대어 이렇게 속삭였다.

"아직 가지 마. 아버지는 금방 오시지 않아."

어머니는 그가 그 말을 생각 없이 내뱉은 건지 아닌지 알기 위해 그를 자신에게서 떼어 놓았다. 그리고 그의 놀란 표정에서 그녀는 그가 아버지에 대해 말하고 있을 뿐 아니라 자신이 아버지에 대해 어떻게 생각해야 하는지 그녀에게 묻고 있다는 점을 읽어 냈다.

"세료자, 사랑하는 나의 아들." 그녀는 말했다. "아버지를 사랑해야 해. 아버지는 나보다 훨씬 훌륭하고 좋은 분이란다. 난 아버지에게 죄를 지었어. 너도 어른이 되면 제대로 판단할 수 있을 거야."

"엄마보다 좋은 사람은 없어!" 그는 눈물을 흘리며 절망적으로 외쳤다. 그리고 그녀의 어깨를 잡고 긴장 때문에 부들부들 떨리는 두 팔로 그녀를 꼭 끌어안았다.

"나의 귀염둥이, 나의 꼬마!" 안나는 이렇게 말하고는, 아들과 똑같이 어린애처럼 가냘픈 소리로 울음을 터뜨리고 말았다.

바로 그때 문이 열리고 바실리 루키치가 들어왔다. 다른 문에서 발소리가 들리자, 보모는 두려움이 깃든 속삭임으로 말했다.

"오십니다." 그러고는 안나에게 모자를 건넸다.

세료자는 침대 위에 풀썩 주저앉아 두 손으로 얼굴을 가리고 훌쩍거렸다. 안나는 그 손을 떼고 다시 한 번 그의 젖은 얼굴에 입을 맞추고는 빠른 걸음으로 문을 나섰다. 알렉세이 알렉산드로비치가 그녀의 맞은편에서 걸어오고 있었다. 그녀를 알아본 그는 걸음을 멈추고 고개를 숙였다.

방금 그가 자기보다 더 훌륭하고 좋은 사람이라고 말은 했지만, 그를 빠르게 흘깃 쳐다보며 그의 모습을 구석구석 살피고 나자 그녀는 그에 대한 혐오감, 적개심, 아들을 데리고 있는 것에 대한 질투심에 사로잡히고 말았다. 그녀는 재빨리 베일을 내리고, 걸음을 재촉하여 거의 뛰다시피 하며 방에서 나왔다.

그녀는 어제 가게에서 그토록 큰 사랑과 슬픔을 안고 골랐던 그 장난감들을 미처 꺼내 보지도 못하고 그렇게 숙소로 가져오고 말았다.

31

안나가 아들과의 만남을 아무리 간절히 바랐다 해도, 그녀가 아무리 오랫동안 그 만남에 대해 생각하고 준비했다 해도, 그녀는 그 만남이 자신에게 그토록 강렬한 충격을 주리라고는 전혀 예상치 못했다. 그녀는 쓸쓸한 호텔 객실에 돌아온 후에도 오랫동안 자기가 왜 여기에 있는지 알지 못했다. '그래, 모든 게 끝났어. 그리고 난 또다시 혼자야.' 그녀는 혼잣말을 하고는, 모자도 벗지 않고 벽난로 옆의 안락의자에 앉았다. 그녀는 창문과 창문 사이의 테이블에 놓인 청동 시계를 꼼짝 않고 바라보며 생각에 잠겼다.

외국에서 데려온 프랑스인 하녀가 그녀에게 옷을 갈아입으라고 권하러 들어왔다. 그녀는 깜짝 놀라 하녀를 바라보며 말했다.

"나중에."

하인이 커피를 권했다.

"나중에." 그녀가 말했다.

이탈리아인 유모가 예쁘게 꾸민 딸아이를 데리고 들어와서 안나에게 안겼다. 잘 먹어 포동포동한 아기는 엄마를 보자 언제나처럼 가느다란 실로 꼭 동여맨 듯한 자그마한 맨손을 손바닥이 아래로 오도록 뒤집고, 이가 없는 입으로 방글방글 웃으면서, 물고기가 지느러미로 휘젓듯 자그마한 손을 휘저었다. 자수가 놓인 스커트의 풀 먹인 주름이 사락사락 소리를 냈다. 그 어린 딸에게 미소 짓지 않을 수 없었고, 입을 맞추지 않을 수 없었고, 손가락을 내밀지 않을 수 없었다. 손가락을 내밀면 아기는 꺅꺅 소리를 지르고 온몸으로 팔짝 뛰며 손가락에 매달린다. 또한 아기에게 입술을 내밀지 않을 수도 없었다. 그렇게 하면 아기는 뽀뽀라도 하듯 자기 입으로 그 입술을 문다. 그래서 안나도 그 모든 것을 했다. 아기의 손을 잡고 아기를 깡충깡충 뛰게도 하고, 아기의 생기 있는 뺨과 맨살을 드러낸 팔꿈치에 입을 맞추기도 했다. 하지만 그 아기를 볼 때마다, 그녀는 그 아기에게 느끼는 감정이 세료자에게 느꼈던 감정과 비교해 사랑이라 할 수조차 없다는 것을 더욱 분명히 깨달았다. 이 아기의 모든 점이 사랑스러웠지만, 어쩐 일인지 그 어떤 것도 그녀의 마음을 움직이지 않았다. 첫 아이에게는, 비록 사랑하지 않은 사람의 아이이긴 했지만, 충족을 얻지 못한 사랑의 모든 힘을 쏟아 부었다. 그러나 딸아이는 극도로 괴로운 상황에서 태어났다. 그래서인지 그 아이에게는 첫 아이에게 쏟은 보살핌의 100분의 1도 기울이지 않았다. 게다가 딸아이는 모든 것이 아직 기대 속에 있었지만, 세료자는 이미 거의 어엿한 한 인간이, 그것도 사랑스러운 한 인간이 되어 있었던 것이다.

그의 안에서는 이미 생각과 감정이 싸우고 있었다. 그리고 그의 말과 눈길을 떠올려 생각해 보면, 그는 그녀를 이해하고 사랑했으며 그녀에 대해 판단도 하는 것 같았다. 그런데 그녀는 육체적으로만이 아니라 정신적으로도 그와 영원히 분리되어 버렸고, 이제는 그것을 돌이킬 수 없게 된 것이다.

그녀는 딸아이를 유모에게 건네고 그녀를 내보냈다. 그리고 세료자의 사진이 든 목걸이를 열었다. 그 사진은 세료자가 거의 딸아이만 할 때 찍은 것이다. 그녀는 일어나 모자를 벗고 작은 테이블 위의 사진첩을 집어 들었다. 그 사진첩에는 다른 나이 대의 아들 사진이 여러 장 있었다. 그녀는 사진들을 비교해 보고 싶어 사진첩에서 그 사진들을 하나씩 하나씩 꺼내기 시작했다. 사진들을 모두 꺼냈다. 최근에 찍은 가장 잘 나온 사진 한 장만 남았다. 사진 속의 세료자는 하얀 루바슈카를 입고 말 탄 자세로 의자에 앉아 눈을 찡그리며 씩 웃고 있었다. 그것은 그의 가장 독특하고 가장 멋진 표정이었다. 조그맣고 민첩한 두 손으로, 오늘따라 유난히 긴장하면서 하얗고 가느다란 손가락을 놀리는 그 두 손으로, 그녀는 몇 번이나 사진의 한 귀퉁이를 잡아당겼다. 그러나 사진이 좀처럼 떨어지지 않아 꺼낼 수가 없었다. 마침 테이블 위에는 페이퍼 나이프가 없었다. 그래서 그녀는 옆에 있는 사진(그것은 로마에서 찍은, 둥근 모자 아래로 머리카락을 길게 늘어뜨린 브론스키의 사진이었다.)을 빼내어 그것으로 아들의 사진을 밀어냈다. "어머, 그 사람이네!" 그녀는 브론스키의 사진을 쳐다보며 중얼거렸다. 그러고는 문득 누가 지금의 슬픔의 원인인지 생각해 냈다. 그녀는 이날 아침 내내 그를 한 번도 떠올리지 않았다. 하지만 지금 남자답고 고상하고, 그녀에게 너무나 친근하고 사랑스러운 그의 얼굴을 보자, 불현듯 그녀는 생각지도 않게 그에 대한 사랑이 밀물처럼 차오르는 것을 느꼈다.

'그는 도대체 어디에 있지? 그는 어째서 날 고통 속에 혼자 내버려 두는 걸까?' 문득 그녀는 비난의 감정을 품은 채 이런 생각을 하기 시작했다. 그녀는 자기가 아들에 관한 것을 그에게 일절 숨겼다는 사실을 잊고 있었다. 그녀는 지금 곧 와 달라며 그에게 사람을 보냈다. 그녀는 심장이 멎는 듯한 심정으로 그에게 모든 것을 털어놓으며 할 말과 자신을 위로해 줄 그의 사랑의 표정을 생각하면서 그를 기다렸다. 심부름꾼은 브론스키로부터 손님이 와 있지만 지금 곧 가겠다는 답변과 페테르부르크에 온 야쉬빈 공작도 함께 맞이해 줄 수 있느냐는 질문을 갖고 돌아왔다. '혼자 오지 않는군. 어제 저녁 식사 이후로 날 보지 못했으면서.' 그녀는 생각했다. '내가 무슨 이야기든 할 수 있게 혼자 오지 않고 야쉬빈과 함께 오다니.' 그러자 갑자기 그녀의 머리에 이상한 생각이 떠올랐다. '그가 내게 싫증을 느끼면 어쩌지?'

그리고 최근의 일들을 하나하나 떠올리는 동안, 그녀는 그 모든 일 속에서 그 무서운 생각을 뒷받침할 만한 확증을 본 것 같았다. 그가 어제 밖에서 식사를 한 것이며, 페테르부르크에 있는 동안 방을 따로 쓰자고 우긴 것이며, 심지어 지금도 마치 둘만의 만남을 피하기라도 하듯 그녀에게 혼자 오지 않는 것이며…….

'하지만 그가 말을 해야 해. 난 그것을 알 필요가 있어. 만약 그것을 알게 된다면 그때 내가 무엇을 해야 할지, 난 알고 있어.' 그녀는 혼잣말을 했다. 그의 무관심을 확인했을 때 자신이 놓일 처지를 상상할 힘도 없었다. 그녀는 그가 더 이상 자기를 사랑하지 않는다고 생각하며 절망에 가까운 기분을 느꼈다. 그 때문에 자신이 유난히 동요하고 있음을 느꼈다. 그녀는 벨을 울려 하녀를 부르고 옷방으로 갔다. 옷을 갈아입으며 최근 그 어느 때보다 더 정성스럽게 몸치장을 했다. 마치 그녀에 대한 그의 사랑이 식었다 해도, 자기에게 더 잘 어울리는 옷과 머리 모양으로 꾸민 그녀의 모습에 그가 다시 사랑을 느낄지도 모른다는 듯…….

그녀는 미처 준비를 마치기도 전에 벨 소리를 들었다.

그녀가 응접실로 내려가자, 그가 아닌 야쉬빈이 눈인사로 그녀를 맞아 주었다. 브론스키는 그녀가 깜빡 잊고 테이블 위에 올려 둔 아들의 사진들을 보느라 좀처럼 그녀에게 눈길을 주지 않았다.

"우리는 이미 만난 적이 있죠." 그녀는 당황하는(그 큰 키와 투박한 얼굴에 어울리지 않는 이상한 모습이었다.) 야쉬빈의 커다란 손에 자신의 자그마한 손을 밀어 넣으며 말했다. "작년에 경마장에서 만났었죠. 이리 줘요." 그녀는 브론스키에게서 그가 보고 있던 아들의 사진을 재빠른 동작으로 잡아채고 의미심장하게 반짝이는 눈으로 그를 쳐다보았다. "올해 경마는 멋졌나요? 전 그 대신 로마의 코르소에서 열리는 경마를 보았어요. 하지만 당신은 외국 생활을 싫어하시죠." 그녀는 부드럽게 미소를 지으며 말했다. "당신을 만난 적은 거의 없지만, 전 당신에 대해, 당신의 취향에 대해 전부 알고 있답니다."

"그것 참 유감이군요. 저의 취향은 대부분 조야하니 말입니다." 야쉬빈은 왼쪽 콧수염을 잘근잘근 씹으며 말했다.

야쉬빈은 잠시 이야기를 나누다 브론스키가 시계를 흘깃 쳐다보는 것을 눈치채고 그녀에게 페테르부르크에 더 오래 머물 건지 물었다. 그러고는 커다란 몸을 똑바로 펴고 군모를 집었다.

그녀는 브론스키를 잠시 쳐다보고는 망설이며 말했다. "그다지 오래 있을 것 같지 않아요."

"그럼 이제 못 보는 겁니까?" 야쉬빈은 일어나 브론스키를 돌아보았다. "자네는 어디에서 식사를 할 건가?"

"이곳에 오셔서 함께 식사하세요." 안나는 자신의 당황한 모습에 화라도 난 듯 단호하게 말했다. 그러나 새로운 사람 앞에 자신의 처지를 드러낼 때면 늘 그랬듯이 얼굴을 붉혔다. "이곳의 식사가 훌륭하지는 않지만, 적어도 그이를 볼 수 있잖아요. 알렉세이가 연대 사람들 가운데 당신만큼 좋아하는 사람도 없어요."

"정말 기쁜데요." 야쉬빈이 씩 웃으며 말했다. 브론스키는 그 미소를 보며 그가 안나를 몹시 좋아하게 됐다는 것을 알았다.

야쉬빈은 인사를 하고 나갔고, 브론스키는 뒤에 남았다.

"당신도 갈 거예요?" 그녀는 그에게 말했다.

"벌써 늦었어." 그가 대답했다. "먼저 가! 곧 뒤따라 갈 테니." 그가 야쉬빈에게 소리쳤다.

그녀는 그의 손을 잡고 그에게서 눈을 떼지 않은 채 그를 붙잡아 두려면 무슨 말을 해야 하나 골똘히 생각하며 그를 바라보았다.

"잠깐만요, 당신에게 꼭 할 말이 있어요." 그녀는 그의 뭉툭한 손을 잡아 자기 목에 대고 지그시 누르며 말했다. "저, 저분을 식사에 초대해도 괜찮아요?"

"아주 잘했어." 그는 고른 이를 드러내고 그녀의 손에 입을 맞추며 잔잔한 미소를 지었다.

"알렉세이, 나에 대한 마음이 변한 건 아니죠?" 그녀는 두 손으로 그의 한 손을 꼭 감싸 쥐며 말했다. "알렉세이, 난 이곳에 있는 게 괴로워요. 우리는 언제 떠나나요?"

"머지않아, 곧. 당신은 이곳에서의 우리 생활이 내게 얼마나 괴로운지 믿지 못할 거야." 그는 이렇게 말하며 손을 뺐다.

"그래요, 가요, 가!" 그녀는 마음이 상해 이렇게 쏘아붙이고는 재빨리 그의 곁을 떠났다.

32

브론스키가 객실에 돌아왔을 때, 안나는 그때까지도 돌아와 있지 않았다. 그가 들은 바에 따르면, 그가 나가자마자 곧 어떤 부인이 찾아와 그녀와 함께 나갔다는 것이다. 그녀가 어디 가는지 말도 없이 나가 버린 것, 여태까지 돌아오지 않은 것, 아침에도 자기에게는 한마디도 하지 않고 어딘가에 다녀온 것, 이 모든 것들이 오늘 아침 이상할 만큼 흥분해 있던 그녀의 얼굴 표정이며, 야쉬빈 앞에서 그의 손에 든 아들의 사진을 거의 잡아채다시피 할 때의 그 적대적인 태도에 대한 기억과 더불어 그를 깊은 생각에 잠기게 했다. 그는 무슨 일이 있어도 그녀와 이야기를 나누어야겠다고 결심했다. 그래서 그는 그녀의 응접실에서 그녀를 기다렸다. 하지만 안나는 혼자 돌아오지 않고, 친척 아주머니인 노처녀 오블론스카야 공작 영애를 데리고 왔다. 그녀가 바로 아침에 와서 안나와 함께 쇼핑을 하러 나간 그 부인이었다. 안나는 마치 브론스키의 근심스러운,

뭔가 캐묻는 표정을 눈치채지 못한 듯, 오늘 아침 그녀가 무엇을 샀는지 그에게 명랑한 말투로 이야기했다. 그는 그녀 안에서 뭔가 특별한 일이 일어나고 있다는 것을 알았다. 그녀의 시선이 얼핏 그에게 머무를 때면, 그 빛나는 눈동자 속에 팽팽히 긴장된 주의가 엿보였고, 말과 동작 속에는 신경질적인 민첩함과 우아함이 깃들어 있었다. 처음에 그들의 사이가 가까워질 무렵에는 그러한 것들이 그를 매혹했지만, 이제는 그를 불안하게 하고 놀라게 만들었다.

네 명을 위한 식사가 차려졌다. 다들 모여 작은 식당으로 가려는 참에, 투슈케비치가 안나에게 보내는 벳시 공작부인의 전갈을 갖고 도착했다. 벳시 공작부인은 몸이 좋지 않아 작별 인사를 하러 오지 못하는 것에 대해 용서를 구했다. 그리고 그녀는 안나에게 6시 반에서 9시 사이에 자기 집으로 와 달라고 부탁했다. 브론스키는 안나가 아무도 만나지 못하게 하려는 것임을 말해 주는 그 시간 지정을 듣고 안나를 흘깃 쳐다보았다. 그러나 안나는 그것을 눈치채지 못한 듯했다.

"정말 유감스럽군요. 나도 6시 반에서 9시 사이에는 못 가거든요." 그녀는 보일 듯 말 듯한 미소를 지으며 말했다.

"공작부인도 매우 섭섭해할 겁니다."

"나도 그래요."

"당신은 파티[146]를 들으러 가시는 거죠?" 투슈케비치가 말했다.

146) 카를로타 파티. 이탈리아의 오페라 가수로, 1872년에서 1875년까지 러시아에서 순회공연을 했다.

"파티요? 당신이 내게 좋은 생각을 알려 주셨네요. 특별석을 구할 수만 있다면 가겠어요."

"제가 구해 드리겠습니다." 투슈케비치가 말했다.

"그렇게 해 주신다면 정말 정말 감사할 거예요." 안나가 말했다. "그런데 우리와 함께 식사라도 하지 않으시겠어요?"

브론스키는 거의 눈에 띄지 않게 어깨를 으쓱했다. 그는 안나의 행동을 도저히 이해할 수 없었다. 그녀는 무엇 때문에 그 늙은 공작 영애를 데려온 걸까? 어째서 투슈케비치를 식사하는 자리에 남게 한 것일까? 무엇보다 놀라운 것은 그녀가 그에게 특별석 자리를 구해 오라고 한 것이었다. 그녀의 처지에서 그녀가 아는 사교계 사람들이 모두 참석할 파티의 공연에 가다니, 그것이 과연 생각할 법한 일인가? 그는 진지한 눈빛으로 그녀를 바라보았다. 그러나 그녀는 똑같이 도전적인 시선으로, 즐거운 것인지 절망적인 것인지 그가 도저히 그 의미를 헤아릴 수 없는 그런 시선으로 그를 응대했다. 식사를 하는 동안, 안나는 공격적으로 느껴질 만큼 명랑했다. 그녀는 마치 투슈케비치와 야쉬빈에게 교태를 부리는 것 같았다. 식사가 끝나 다들 일어서고 투슈케비치는 특별석을 구하러 갔다. 야쉬빈은 담배를 피우러 갔고, 브론스키는 그와 함께 자기 방으로 내려갔다. 그는 몇 분 동안 앉아 있다 다시 위층으로 뛰어올라왔다. 안나는 이미 파리에서 맞춘, 벨벳을 대고 가슴을 깊이 판 산뜻한 색깔의 실크 드레스를 입고 값비싼 하얀 레이스로 머리를 장식했다. 그 레이스 장식은 그녀의 얼굴을 에워싸 그녀의 눈부신 아름다움을 특히 효과적으로 돋보이게 했다.

"정말 극장에 갈 거요?" 그는 그녀를 보지 않으려고 애쓰며 말했다.

"왜 그렇게 놀란 표정으로 묻는 거죠?" 그녀는 그가 자기를 보지 않는 것에 다시 상처를 받으며 이렇게 말했다. "왜 내가 가서는 안 된다는 건가요?"

그녀는 마치 그의 뜻을 이해하지 못하는 것 같았다.

"물론 그럴 이유는 없소." 그는 얼굴을 찌푸리며 말했다.

"그렇다니까요." 그녀는 일부러 그의 비꼬는 듯한 말투를 못 알아들은 척하고 좋은 향기가 나는 긴 장갑을 침착하게 접으며 말했다.

"안나, 제발! 어떻게 된 일이오?" 그는 언젠가 그녀의 남편이 그녀에게 했던 것과 똑같은 식으로 그녀를 일깨우려고 애쓰며 말했다.

"당신이 무엇을 물으려는 건지 모르겠어요."

"그곳에 갈 수 없다는 것은 당신도 알잖소."

"왜요? 난 혼자 가는 게 아니에요. 바르바라 공작 영애는 옷을 갈아입으러 가신 거예요. 그분이 나와 같이 갈 거예요."

그는 의혹과 절망의 표정으로 어깨를 으쓱했다.

"하지만 당신은 정말 모르는……." 그가 말을 꺼내려 했다.

"네, 알고 싶지 않아요!" 그녀는 거의 소리를 지르다시피 했다. "알고 싶지 않아요. 내가 한 일을 후회하냐고요? 아뇨, 아니에요, 정말 아니에요. 다시 똑같은 상황으로 돌아간다 해도, 똑같이 할 거예요. 우리에게, 나에게, 그리고 당신에게 중요한 것은 오직 하나, 우리가 서로 사랑하고 있는가예요. 다른 것은 생각할 것도 없어요. 도대체 무엇 때문에 우리는 이곳에서 따로 지내고 서로 만나지도 않는 거죠? 왜 난 갈 수 없다는 거예요? 난 당신을 사랑해요. 아무래도 상관없어요." 그녀는 눈동자에 그가 이해할 수 없는 독특한 광채를 띠고 그를 쳐다보며 러시아어로 말했다. "만약 당신의 마음이 변하지 않았다면요. 당신은 도대체 왜 날 바라보지 않는 거죠?"

그는 그녀를 바라보았다. 그는 그녀의 얼굴과 옷차림이 지닌 모든 아름다움을 보았다. 그녀의 옷차림은 언제나 그녀에게 잘 어울렸다. 그러나 지금은 그녀의 그러한 아름다움과 우아함이 그를 짜증나게 했다.

"내 감정은 변할 수 없소. 당신도 알잖소. 하지만 당신에게 가지 말라고 부탁하겠소. 이렇게 애원하오." 그는 다시 목소리에 부드러운 간청을 담아 프랑스어로 말했다. 그러나 그의 시선에는 싸늘한 빛이 어려 있었다.

그녀는 그의 말은 듣지 못했지만 그 눈빛에 어린 싸늘함은 보았다. 그래서 화를 내며 이렇게 대꾸했다.

"그럼, 왜 가서는 안 되는지 설명해 주세요."

"왜냐하면 그것이 어쩌면 당신에게……." 그는 말을 더듬었다.

"난 도저히 이해할 수 없어요. 야쉬빈은 n'est pas compromettant[147]. 그리고 바르바라 공작 영애도 다른 사람보다 전혀 못할 게 없는 사람이에요. 아, 저기 공작 영애가 오네요."

147) '명예를 손상시킬 사람이 아니에요.'(프랑스어)

33

브론스키는 자신의 처지를 일부러 이해하지 않으려는 안나의 태도 때문에 처음으로 그녀에게 증오에 가까운 분노를 느꼈다. 그 감정은 그녀에게 자신이 분노하는 이유를 표현할 수 없어 더욱 커졌다. 만약 자신의 생각을 그녀에게 직설적으로 말했다면, 이랬을 것이다. '그런 차림으로 누구나 아는 공작 영애와 함께 극장에 간다는 것, 그것은 곧 타락한 여자라는 자신의 처지를 인정하는 것일 뿐 아니라 사교계에 도전하는 것, 즉 사교계와 영원히 인연을 끊겠다는 것을 의미하오.'

그는 그녀에게 이 말을 할 수 없었다. '하지만 어떻게 그녀가 그것을 모를 수 있지? 도대체 그녀 안에서 무슨 일이 일어나고 있는 걸까?' 그는 속으로 중얼거렸다. 그는 그녀에 대한 존경이 줄어드는 동시에 그녀의 아름다움에 대한 의식이 강해지는 것을 느꼈다.

그는 인상을 찌푸리며 자기 방으로 돌아왔다. 그리고 의자

위에 긴 다리를 뻗고 코냑에 젤테르 광천수를 타서 마시고 있던 야쉬빈 옆에 앉아, 자기에게도 똑같은 것을 가져오라고 일렀다.

"자네, 란코프스키의 모구치에 대해 말한 적 있지. 그 말은 좋은 말이야. 난 자네에게 그 말을 사라고 권하겠어." 야쉬빈은 친구의 우울한 얼굴을 유심히 바라보며 말했다. "엉덩이가 쳐지긴 했지만, 다리와 머리는 그 이상 바랄 수 없을 정도지."

"나도 그 말을 손에 넣을 생각이야." 브론스키가 대꾸했다.

말 이야기가 그의 마음을 사로잡았다. 그러나 그는 한순간도 안나를 잊지 않았고, 자기도 모르게 복도에서 들리는 발소리에 귀를 기울이며 벽난로 위에 놓인 시계를 흘깃거렸다.

"안나 아르카지예브나가 일행과 함께 극장에 간다고 전하라 하셨습니다."

야쉬빈은 거품 이는 탄산수에 코냑 한 잔을 부어 그것을 죽 들이켜고 단추를 잠그면서 일어섰다.

"어때? 우리도 가지." 그는 콧수염 아래로 희미한 미소를 지으며 말했다. 그는 이 미소로써 브론스키가 우울해하는 이유를 이해하긴 하지만 자신은 그것에 별 의미를 두지 않는다는 것을 보여 주었다.

"난 가지 않겠어." 브론스키가 우울하게 대꾸했다.

"난 가야 해. 약속을 했거든. 그럼, 다음에 봐. 혹시 올 생각이 있거든, 1층 정면의 일등석으로 와서 크라신스키의 좌석에 앉아." 야쉬빈은 나가면서 이렇게 덧붙였다.

"아냐. 난 할 일이 있어."

'아내가 있으면 골치 아파. 아내가 아닌 여자를 데리고 있으면 더 끔찍하고.' 야쉬빈은 호텔을 나서며 생각했다.

브론스키는 혼자 남게 되자 의자에서 일어나 방 안을 이리저리 걷기 시작했다.

"그런데 오늘은 뭐더라? 네 번째 공연……. 예고르도 그의 아내와 그곳에 간다 했지. 어머니도 틀림없이 가실 테고. 그것은 곧 페테르부르크 사람들이 전부 그곳에 있을 거라는 이야기인데. 지금쯤 그녀는 극장에 들어가 외투를 벗고 밝은 곳으로 나가겠지. 투슈케비치, 야쉬빈, 바르바라 공작 영애……." 그는 머릿속에 그려보았다. "도대체 난 뭐지? 내가 두려워하고 있단 말인가? 아니면 그녀를 보호하는 일을 투슈케비치에게 넘겨 버린 건가? 아무리 봐도, 그건 어리석은 행동이야, 어리석어……. 그런데 그녀는 왜 날 이런 상황으로 몰고 가는 거야?" 그는 한 손을 휘두르며 말했다.

그는 이 동작을 하다 젤테르 광천수 병과 코냑 병이 놓인 작은 테이블에 부딪쳤다. 하마터면 그는 그 테이블을 엎을 뻔했다. 그는 병을 붙잡으려고 했지만 떨어뜨리고 말았다. 그는 화가 치밀어 발로 테이블을 걷어차고 벨을 울렸다.

"만약 내 집에서 계속 일하고 싶다면……." 그는 안으로 들어온 시종에게 말했다. "자신의 임무를 잘 기억해 둬. 앞으로 이런 일이 없도록 해. 정돈을 잘해 두란 말이야."

시종은 자기에게 아무 잘못이 없다고 느껴 변명을 하려고 했으나, 주인의 얼굴을 힐끔 쳐다보고는 그저 침묵하는 수밖에 없다는 것을 알아챘다. 그는 얼른 잘못을 빌고 양탄자 위에 웅크리고 앉아 성한 것, 깨진 것 가리지 않고 술잔과 병을 치우기 시작했다.

"그건 네 일이 아니잖아. 하인을 불러서 치우라고 해. 그리고 넌 내 연미복을 준비해."

브론스키는 8시 반에 극장으로 들어갔다. 공연은 최고조에 달해 있었다. 좌석을 안내하는 노인은 브론스키의 외투를 벗겨 주다 그를 알아보고 '전하'라고 불렀다. 그러고는 좌석 번호를 받지 말고 그냥 큰 소리로 표도르를 부르라고 권했다. 밝은 복도에는 좌석 안내원과 팔에 외투를 두른 채 출입구 앞에 서서 공연을 듣고 있던 두 하인 외에 아무도 없었다. 닫힌 문 안쪽에서 오케스트라의 조심스러운 스타카토 반주와 또렷하게 악절을 부르는 한 여자의 목소리가 들렸다. 문이 열리고 좌석 안내원이 미끄러지듯 안으로 들어갔다. 그 순간 종결부 악절이 브론스키의 귀에 선명하게 부딪쳤다. 그러나 문은 곧 닫혔고, 브론스키는 악절의 끝과 카덴차를 듣지 못했다. 하지만 그는 문 안에서 들리는 우레와 같은 박수 소리에 카덴차가 끝났다는 것을 알아차렸다. 그가 샹들리에와 청동 가스등을 환하게 밝힌 홀에 들어갔을 때도, 소음은 여전히 계속해서 들렸다. 무대 위의 여가수는 드러낸 어깨와 보석을 빛내면서 허리를 굽힌 채 미소 띤 얼굴로 그녀의 손을 잡고 있는 테너의 도움을 받으며 풋라이트 너머로 서툴게 던진 꽃다발을 모으고 있었다. 그러고 나서 그녀는 머리 한가운데에 가르마를 타고 포마드를 반질반질하게 바른 한 신사에게로 다가갔다. 그는 손에 무언가를 쥔 채 풋라이트 너머로 긴 팔을 뻗고 있었다. 그러자 특별석뿐 아니라 아래층 일반석의 관중들도 다들 야단법석을 떨면서 앞으로 몸을 내밀고 환호성을 지르고 박수를 쳤다. 단 위에 있던 지휘자는 그것을 건네는 것을 돕고 자신의 흰 넥타이를 바로잡았다. 브론스키는 아래층의 일반석 한가운데로 들어가 그 자리에 서서 주위를 둘러보기 시작했다. 오늘 밤 그는 익숙하고 낯익은 무대 장치에, 무대에, 소음에, 초만원을 이룬 극장 안의 모든 시시하고 잡다한 낯익은 관객의 무리에 그 어느 때보다 덜 관심을 쏟았다.

여느 때와 똑같이 특별석에는 비슷한 부류의 부인들이 그들 뒤에 비슷한 부류의 장교들을 동반한 채 자리 잡고 있었다. 하느님만이 누구인지 알아볼 그 똑같은 형형색색의 여자들과 제복들과 프록코트들……. 맨 위층의 가장 싼 관람석에는 언제나 똑같은 너절한 군중들이 있고, 그 군중들 가운데 특별석과 앞줄에는 마흔 명가량의 진짜 남자와 진짜 여자가 있었다. 그리고 브론스키는 그 오아시스 쪽으로 즉시 관심을 돌렸고, 이내 교제를 나누었다.

그가 들어갔을 때는 한 막이 막 끝난 상태였다. 그래서 그는 형의 지정석에 들르지 않고 앞줄로 나아가서 세르푸호프스키와 나란히 풋라이트 옆에 섰다. 그는 한쪽 무릎을 구부리고 뒤꿈치로 풋라이트를 툭툭 치고 있다가, 멀리서 그를 알아보고는 빙긋 웃으며 그를 자기 쪽으로 불렀다.

브론스키는 아직 안나를 보지 못했다. 그는 일부러 그녀가 있는 쪽을 쳐다보지 않았다. 하지만 그는 사람들의 시선의 방향으로 그녀가 어디에 있는지 알았다. 그는 남몰래 주위를 둘러보았으나 그녀를 찾으려던 것은 아니었다. 그는 최악의 상황을 예상하며 눈으로 알렉세이 알렉산드로비치를 찾고 있었다. 다행히 이번에는 알렉세이 알렉산드로비치가 극장에 오지 않았다.

“자네에게는 군인의 면모가 거의 남아 있지 않군!” 세르푸호프스키가 그에게 말했다. “외교관, 화가, 그 비슷한 부류의 사람 같은걸.”

“그렇지, 난 제대하자마자 연미복을 입었으니까.” 브론스키는 웃는 얼굴로 천천히 오페라글라스를 꺼내며 대답했다.

“솔직히 고백하는데, 난 그 점에서 자네가 부러워. 나도 외국에서 돌아와 이것을 달 때…….” 그는 견장을 만지작거렸다. “자유가 아쉬웠어.”

세르푸호프스키는 이미 오래전부터 브론스키의 직무 활동에는 손을 내젓고 있었다. 그러나 그는 예전처럼 그를 좋아했고 지금도 그에게 매우 친절했다.

“자네가 1막을 놓쳐서 유감이군.”

브론스키는 한 귀로 들으면서 1층의 특등석부터 2층의 특등석에 이르기까지 오페라글라스를 움직이며 특별석을 유심히 바라보았다. 터번식 모자를 쓴 부인과 대머리 노인 — 움직이는 오페라글라스의 렌즈 속에서 성난 듯 깜빡였다 — 옆에서, 브론스키는 별안간 당당하고 놀랄 만큼 아름답고 레이스의 테두리 안에서 미소 짓고 있는 안나의 머리를 발견했다. 그녀는 그에게서 스무 걸음 떨어진 1층의 다섯 번째 특등석에 앉아 있었다. 그녀는 맨 앞에 앉아 고개를 살짝 돌리고 야쉬빈에게 뭔가 말하고 있었다. 아름답고 넓은 어깨 위의 머리 자세, 그리고 눈동자와 얼굴 전체에서 빛나는 긴장과 흥분의 빛은 그에게 완전히 모스크바의 무도회에서 본 그녀의 모습을 떠올리게 했다. 그러나 지금 그는 그 아름다움을 완전히 다르게 느끼고 있었다. 지금 그녀에 대한 그의 느낌 속에는 신비로움 같은 것이 전혀 없었다. 그래서 그녀의 아름다움은 비록 예전보다 더욱 강렬하게 그를 사로잡기는 했으나, 그와 동시에 그의 마음에 상처를 입혔다. 그녀는 그가 있는 쪽을 바라보지 않았지만, 브론스키는 그녀가 이미 자기를 보았다고 느꼈다.

다시 오페라글라스를 그쪽으로 향했을 때, 브론스키는 얼굴이 새빨개진 바르바라 공작 영애가 부자연스럽게 웃으며 끊임없이 옆쪽의 특별석을 쳐다보는 것을 발견했다. 그러나 안나는 부채를 접어 그것으로 붉은 벨벳을 두드리면서 어딘가를 뚫어지게 바라볼 뿐, 옆 특별석에서 벌어지고 있는 일을 보지도 않았고 보고 싶어 하지도 않았다. 야쉬빈의 얼굴에는 그가 도박에서 질 때 짓곤 하는 표정이 떠올라 있었다. 그는 눈썹을 찌푸린 채 왼쪽 콧수염을 입속으로 점점 더 깊이 밀어 넣으며 그 옆 특별석을 힐끔힐끔 곁눈질했다.

왼쪽 옆의 그 특별석에는 카르타소프 부부가 있었다. 브론스키는 그들을 알고 있었고, 안나가 그들과 아는 사이라는 것도 알고 있었다. 마르고 자그마한 여자인 카르타소바는 일어나 안나에게 등을 돌린 채 남편이 건네주는 망토를 걸치고 있었다. 그녀는 하얗게 질린 얼굴에 분노한 표정을 띤 채 흥분하여 뭐라고 지껄이고 있었다. 뚱뚱한 대머리 신사 카르타소프는 계속 안나를 힐끔거리면서 아내를 진정시키려고 애썼다. 아내가 밖으로 나가자, 남편은 안나에게 인사를 하고 싶은 듯 눈으로 안나의 시선을 구하면서 오랫동안 꾸물거렸다. 그러나 안나는 눈에 띄게 일부러 그를 외면하고, 고개를 뒤로 돌린 채 짧게 깎은 머리를 그녀 쪽으로 숙인 야쉬빈에게 무언가 말하고 있었다. 카르타소프는 인사 없이 나가 버렸고, 그 특별석은 텅 비고 말았다.

브론스키는 카르타소바와 안나 사이에 무슨 일이 있었는지 몰랐지만, 안나에게 뭔가 모욕적인 일이 일어났다는 것을 알아챘다. 그는 자신이 본 장면과 무엇보다 안나의 표정을 통해 그것을 알았다. 그는 그녀가 스스로 짊어진 역할을 견디기 위해 마지막 힘까지 모으고 있다는 것을 알았다. 그리고 그녀는 표면적으로 침착을 가장하는 그 역할을 충분히 성공적으로 해냈다. 그녀와 그녀의 주변을 모르는 사람들은, 그녀가 사교계에 모습을 드러낸 것에, 그것도 레이스 장식과 자신의 모든 아름다움을 동원하여 그토록 남의 이목을 끌며 나타난 것에 여자들이 드러낸 동정과 분노와 경악의 표현들을 듣지 못한 사람들은, 그녀의 아름다움과 침착함에 넋을 잃었고 그녀가 칼이 씌워진 사람의 심정을 맛보고 있으리라고는 상상도 못했다.

뭔가 일어났다는 것은 알았지만 정작 무슨 일인지 몰랐던 브론스키는 참을 수 없는 불안을 느끼면서 무슨 일인지 알 수 있기를 바라며 형의 특별석으로 갔다. 그는 일부러 안나의 특별석의 맞은편에 있는 1층 일반석의 통로를 골라 나가다 지인 두 명과 이야기를 나누던 자신의 옛 연대장과 마주쳤다. 브론스키는 카레니나의 이름이 언급되는 것을 들었다. 그리고 연대장이 함께 이야기를 나누던 사람들을 의미심장한 눈빛으로 쳐다보며 큰 소리로 황급하게 자기를 부르는 것을 눈치챘다.

"아, 브론스키! 연대에는 언제 올 건가? 우리는 주연도 베풀지 않고 자네를 순순히 보낼 수는 없네. 자네는 우리 연대의 사람이 아닌가." 연대장이 말했다.

"지금은 짬이 없습니다. 정말 유감스럽군요. 다음에……." 브론스키는 이렇게 말하고 형의 특별석을 향해 계단을 뛰어 올라갔다.

브론스키의 어머니인, 강철빛의 곱슬머리를 지닌 연로한 백작부인도 형의 특별석에 있었다. 그는 2층 특별석의 복도에서 바랴와 소로키나 공작 영애를 만났다.

소로키나 공작 영애를 어머니에게 데려다 준 후, 바랴는 시동생에게 손을 내밀고 곧 그의 관심을 끄는 일에 대해 이야기하기 시작했다. 그녀는 몹시 흥분해 있었다. 그것은 그가 그녀에게서 좀처럼 보지 못한 모습이었다.

"난 그런 짓은 비열하고 추악하다고 생각해요. 마담 카르타소바에게는 아무런 권리도 없어요. 마담 카레니나는……." 그녀는 말을 꺼냈다.

"무슨 일입니까? 난 아무것도 모릅니다."

"어머, 못 들었어요?"

"당신도 알잖습니까, 이런 일은 내 귀에 가장 늦게 들어온다는 것을 말입니다."

"그 카르타소바만큼 사악한 인간이 또 있을까요?"

"그 여자가 무슨 짓을 했는데요?"

"남편이 내게 말해 준 이야기인데요……. 그 여자가 카레니나를 모욕했어요. 그녀의 남편이 특별석 너머로 그녀와 이야기를 나누기 시작하자, 카르타소바가 남편에게 야단법석을 떤 거죠. 사람들 말로는, 그 여자가 큰 소리로 뭔가 모욕적인 말을 내뱉고는 나가 버렸대요."

"백작님, 당신의 maman이 당신을 부르세요." 소로키나 공작 영애가 특별석 문 뒤에서 얼굴을 내밀고 말했다.

"난 줄곧 널 기다렸다." 어머니는 비웃는 듯한 미소를 띠며 말했다. "넌 전혀 보이지 않더구나."

아들은 어머니가 기쁨의 미소를 참지 못하는 것을 보았다.

"안녕하세요, maman. 이렇게 어머니를 보러 왔습니다." 그가 차갑게 말했다.

"도대체 넌 왜 faire la cour à madame Karenine[148] 가지 않니?" 소로키나 공작 영애가 자리를 비켜 주자, 백작부인은 이렇게 덧붙였다. "Elle fait sensation. On oublie la Patti pour elle.[149]"

"Maman, 제가 그 일에 대해선 아무 말씀 말라고 부탁 드렸잖아요." 그는 얼굴을 찌푸리며 말했다.

"난 사람들이 이야기하고 있는 것을 말할 뿐이다."

브론스키는 아무런 대꾸도 하지 않고 소로키나 공작 영애에게 몇 마디 건네고 나가 버렸다. 문가에서 그는 형을 만났다.

"아, 알렉세이!" 형이 말했다. "그렇게 추악할 수가! 멍청한 여자 같으니, 그 이상 아무것도 아니다……. 난 지금 그녀에게 가려고 했다. 같이 가자꾸나."

브론스키는 형의 말을 듣고 있지 않았다. 그는 빠른 걸음으로 아래층을 향해 내려갔다. 그는 자신이 무언가를 해야 한다고 느꼈지만, 그것이 무엇인지 몰랐다. 그녀 자신과 그를 이런 부자연스러운 상황에 몰아넣은 그녀에 대한 분노가 그녀의 고

---

148) '마담 카레니나의 비위를 맞추러.'(프랑스어)

149) '그녀가 센세이션을 일으켰어. 사람들은 그녀 때문에 파티도 잊었단다.'(프랑스어)

통에 대한 연민과 함께 그를 동요시켰다. 그는 아래층의 일반석으로 내려가 곧장 안나의 특별석으로 향했다. 그녀의 특별석에는 스트레모프가 서서 그녀와 이야기를 나누고 있었다.

"더 이상 테너들이 없습니다. Le moule en est brisé.[150]"

브론스키는 그녀에게 고개를 끄덕하고 그 자리에 서서 스트레모프와 인사를 나누었다.

"당신은 늦게 도착하는 바람에 최고의 아리아를 못 들은 것 같군요." 안나가 브론스키를 쳐다보며 조롱하듯 — 그에게는 그렇게 들렸다 — 말했다.

"난 음악에 문외한이니까요." 그는 그녀를 매섭게 쏘아보며 말했다.

"야쉬빈 공작처럼요." 그녀는 빙긋 웃으며 말했다. "그분은 파티가 너무 큰 소리로 노래한다고 생각해요."

"고마워요." 그녀는 긴 장갑을 낀 자그마한 손으로 브론스키가 주워 준 프로그램을 받아 들며 말했다. 그런데 갑자기 그 순간 그녀의 아름다운 얼굴이 바르르 떨렸다. 그녀는 일어나 특별석의 후미진 구석으로 갔다.

그다음 막 때 그녀의 특별석이 텅 비어 있는 것을 눈치챈 브론스키는, 카바티나[151]의 선율에 숨죽인 극장에 '쉿' 하는 소리를 불러일으키며 일반석을 나와 집으로 향했다.

안나는 이미 집에 와 있었다. 브론스키가 그녀의 방으로 들어가자, 그녀는 극장에 입고 간 옷차림 그대로 혼자 있었다. 그

---

150) '그들은 멸종했어요.'(프랑스어)

151) 오페라나 오라토리오에서 불리는 단순한 선율의 독창곡.

녀는 벽에 붙은 첫 번째 안락의자에 앉아 정면을 바라보고 있었다. 그녀는 그를 흘깃 쳐다보더니 곧 본래 자세로 돌아갔다.

"안나." 그가 말했다.

"이 모든 일에 대한 책임은 당신에게, 당신에게 있어요!" 그녀는 일어나며 절망과 분노의 눈물이 어린 목소리로 이렇게 소리쳤다.

"내가 부탁했잖아, 당신에게 제발 가지 말라고 애원했잖아. 난 당신이 불쾌한 꼴을 당하리라는 것을 알고 있었어……."

"불쾌해요!" 그녀는 소리쳤다. "끔찍해요! 내가 살아 있는 한, 결코 이 일을 잊지 않을 거예요. 그 여자는 내 옆에 앉는 게 수치스럽다고 했어요."

"어리석은 여자의 말이야." 그가 말했다. "하지만 무엇 때문에 그런 모험을, 어째서 그런 도전을……."

"난 당신의 냉정함을 증오해요. 당신은 날 그렇게까지 몰고 가지 말았어야 했어요. 만약 당신이 날 사랑한다면……."

"안나! 왜 여기서 나의 사랑에 대한 문제를……."

"그래요, 내가 당신을 사랑하는 만큼 당신이 날 사랑했다면, 당신이 나만큼 괴로워했다면……." 그녀는 두려운 표정으로 그를 쳐다보며 말했다.

그는 그녀가 가여웠으나, 그럼에도 그녀에게 화가 치밀었다. 그는 그녀에게 자신의 사랑을 맹세했다. 왜냐하면 지금은 그것만이 그녀를 진정시킬 수 있었기 때문이다. 그는 말로 그녀를 질책하지는 않았지만 마음속으로는 그녀를 비난하고 있었다.

그리고 그가 입에 담기 부끄러울 만큼 저속하게 느끼는 그 사랑의 맹세를 들이마시고, 안나는 점차 침착해졌다. 이튿날 그들은 완전히 화해를 하고 시골로 떠났다.

(3권에서 계속)

세계문학전집 220

안나 카레니나 2

1판 1쇄 펴냄 2009년 9월 4일
1판 55쇄 펴냄 2024년 5월 20일

지은이 레프 톨스토이
옮긴이 연진희
발행인 박근섭, 박상준
펴낸곳 (주)민음사

출판등록 1966. 5. 19. (제 16-490호)
서울특별시 강남구 도산대로1길 62(신사동) 강남출판문화센터 5층 (우편번호 06027)
대표전화 02-515-2000 팩시밀리 02-515-2007
www.minumsa.com

ISBN 978-89-374-6220-7 04800
ISBN 978-89-374-6000-5 (세트)

세계문학전집 목록

1·2 **변신 이야기 오비디우스 · 이윤기 옮김** 서울대 권장도서 100선
3 **햄릿 셰익스피어 · 최종철 옮김** 서울대 권장도서 100선 | 미국대학위원회 선정 SAT 추천도서
4 **변신 · 시골의사 카프카 · 전영애 옮김** 서울대 권장도서 100선
5 **동물농장 오웰 · 도정일 옮김** 미국대학위원회 선정 SAT 추천도서 | 《타임》 선정 현대 100대 영문소설
6 **허클베리 핀의 모험 트웨인 · 김욱동 옮김** 《뉴스위크》 선정 100대 명저
7 **암흑의 핵심 콘래드 · 이상옥 옮김** 미국대학위원회 선정 SAT 추천도서 | 《뉴스위크》 선정 10대 명저
8 **토니오 크뢰거 · 트리스탄 · 베네치아에서의 죽음 토마스 만 · 안삼환 외 옮김** 노벨 문학상 수상 작가
9 **문학이란 무엇인가 사르트르 · 정명환 옮김**
10 **한국단편문학선 1 김동인 외 · 이남호 엮음** 국립중앙도서관 선정 청소년 권장도서
11·12 **인간의 굴레에서 서머싯 몸 · 송무 옮김**
13 **이반 데니소비치, 수용소의 하루 솔제니친 · 이영의 옮김** 노벨 문학상 수상 작가
14 **너새니얼 호손 단편선 호손 · 천승걸 옮김**
15 **나의 미카엘 오즈 · 최창모 옮김**
16·17 **중국신화전설 위앤커 · 전인초, 김선자 옮김**
18 **고리오 영감 발자크 · 박영근 옮김**
19 **파리대왕 골딩 · 유종호 옮김** 노벨 문학상 수상 작가 | 《타임》 선정 현대 100대 영문소설
20 **한국단편문학선 2 김동리 외 · 이남호 엮음**
21·22 **파우스트 괴테 · 정서웅 옮김** 서울대 권장도서 100선 | 미국대학위원회 선정 SAT 추천도서
23·24 **빌헬름 마이스터의 수업시대 괴테 · 안삼환 옮김**
25 **젊은 베르테르의 슬픔 괴테 · 박찬기 옮김** 논술 및 수능에 출제된 책(1998~2005)
26 **이피게니에 · 스텔라 괴테 · 박찬기 외 옮김**
27 **다섯째 아이 레싱 · 정덕애 옮김** 노벨 문학상 수상 작가
28 **삶의 한가운데 린저 · 박찬일 옮김**
29 **농담 쿤데라 · 방미경 옮김**
30 **야성의 부름 런던 · 권택영 옮김**
31 **아메리칸 제임스 · 최경도 옮김**
32·33 **양철북 그라스 · 장희창 옮김** 노벨 문학상 수상 작가 | 서울대 권장도서 100선
34·35 **백년의 고독 마르케스 · 조구호 옮김** 노벨 문학상 수상 작가 | 서울대 권장도서 100선
36 **마담 보바리 플로베르 · 김화영 옮김** 서울대 권장도서 100선
37 **거미여인의 키스 푸익 · 송병선 옮김**
38 **달과 6펜스 서머싯 몸 · 송무 옮김**
39 **폴란드의 풍차 지오노 · 박인철 옮김**
40·41 **독일어 시간 렌츠 · 정서웅 옮김**
42 **말테의 수기 릴케 · 문현미 옮김**
43 **고도를 기다리며 베케트 · 오증자 옮김** 노벨 문학상 수상 작가 | 서울대 권장도서 100선
44 **데미안 헤세 · 전영애 옮김** 노벨 문학상 수상 작가
45 **젊은 예술가의 초상 조이스 · 이상옥 옮김** 서울대 권장도서 100선
46 **카탈로니아 찬가 오웰 · 정영목 옮김**
47 **호밀밭의 파수꾼 샐린저 · 정영목 옮김** 《타임》 선정 현대 100대 영문소설 | 미국대학위원회 선정 SAT 추천도서 | 《뉴스위크》 선정 100대 명저 | BBC 선정 꼭 읽어야 할 책
48·49 **파르마의 수도원 스탕달 · 원윤수, 임미경 옮김**
50 **수레바퀴 아래서 헤세 · 김이섭 옮김** 노벨 문학상 수상 작가 | 국립중앙도서관 선정 청소년 권장도서

51·52 내 이름은 빨강 파묵·이난아 옮김 노벨 문학상 수상 작가

53 오셀로 셰익스피어·최종철 옮김 서울대 권장도서 100선

54 조서 르 클레지오·김윤진 옮김 노벨 문학상 수상 작가

55 모래의 여자 아베 코보·김난주 옮김

56·57 부덴브로크 가의 사람들 토마스 만·홍성광 옮김 노벨 문학상 수상 작가

58 싯다르타 헤세·박병덕 옮김 노벨 문학상 수상 작가

59·60 아들과 연인 로렌스·정상준 옮김 《뉴스위크》 선정 100대 명저

61 설국 가와바타 야스나리·유숙자 옮김 노벨 문학상 수상 작가 | 서울대 권장도서 100선

62 벨킨 이야기·스페이드 여왕 푸슈킨·최선 옮김

63·64 넙치 그라스·김재혁 옮김 노벨 문학상 수상 작가

65 소망 없는 불행 한트케·윤용호 옮김 노벨 문학상 수상 작가

66 나르치스와 골드문트 헤세·임홍배 옮김 노벨 문학상 수상 작가

67 황야의 이리 헤세·김누리 옮김 노벨 문학상 수상 작가

68 페테르부르크 이야기 고골·조주관 옮김

69 밤으로의 긴 여로 오닐·민승남 옮김 노벨 문학상 수상 작가 | 미국대학위원회 선정 SAT 추천도서

70 체호프 단편선 체호프·박현섭 옮김

71 버스 정류장 가오싱젠·오수경 옮김 노벨 문학상 수상 작가

72 구운몽 김만중·송성욱 옮김 서울대 권장도서 100선 | 국립중앙도서관 선정 청소년 권장도서

73 대머리 여가수 이오네스코·오세곤 옮김

74 이솝 우화집 이솝·유종호 옮김 논술 및 수능에 출제된 책(1998~2005)

75 위대한 개츠비 피츠제럴드·김욱동 옮김 《타임》 선정 현대 100대 영문소설

76 푸른 꽃 노발리스·김재혁 옮김

77 1984 오웰·정회성 옮김 《타임》 선정 현대 100대 영문소설 | 《뉴스위크》 선정 100대 명저

78·79 영혼의 집 아옌데·권미선 옮김

80 첫사랑 투르게네프·이항재 옮김

81 내가 죽어 누워 있을 때 포크너·김명주 옮김 노벨 문학상 수상 작가

82 런던 스케치 레싱·서숙 옮김 노벨 문학상 수상 작가

83 팡세 파스칼·이환 옮김

84 질투 로브그리예·박이문, 박희원 옮김

85·86 채털리 부인의 연인 로렌스·이인규 옮김

87 그 후 나쓰메 소세키·윤상인 옮김

88 오만과 편견 오스틴·윤지관, 전승희 옮김 미국대학위원회 선정 SAT 추천도서

89·90 부활 톨스토이·연진희 옮김 논술 및 수능에 출제된 책(1998~2005)

91 방드르디, 태평양의 끝 투르니에·김화영 옮김

92 미겔 스트리트 나이폴·이상옥 옮김 노벨 문학상 수상 작가

93 페드로 파라모 룰포·정창 옮김

94 차라투스트라는 이렇게 말했다 니체·장희창 옮김 국립중앙도서관 선정 청소년 권장도서

95·96 적과 흑 스탕달·이동렬 옮김 국립중앙도서관 선정 청소년 권장도서

97·98 콜레라 시대의 사랑 마르케스·송병선 옮김 노벨 문학상 수상 작가 | BBC 선정 꼭 읽어야 할 책

99 맥베스 셰익스피어·최종철 옮김 서울대 권장도서 100선 | 미국대학위원회 선정 SAT 추천도서

100 춘향전 작자 미상·송성욱 풀어 옮김 서울대 권장도서 100선

101 페르디두르케 곰브로비치·윤진 옮김

102 포르노그라피아 곰브로비치·임미경 옮김

103 인간 실격 다자이 오사무·김춘미 옮김

104 네루다의 우편배달부 스카르메타·우석균 옮김

105·106 **이탈리아 기행** 괴테·박찬기 외 옮김
107 **나무 위의 남작** 칼비노·이현경 옮김
108 **달콤 쌉싸름한 초콜릿** 에스키벨·권미선 옮김
109·110 **제인 에어** C. 브론테·유종호 옮김 BBC 선정 꼭 읽어야 할 책
111 **크눌프** 헤세·이노은 옮김 노벨 문학상 수상 작가
112 **시계태엽 오렌지** 버지스·박시영 옮김 《타임》 선정 현대 100대 영문소설 | 《뉴스위크》 선정 100대 명저
113·114 **파리의 노트르담** 위고·정기수 옮김 미국대학위원회 선정 SAT 추천도서
115 **새로운 인생** 단테·박우수 옮김
116·117 **로드 짐** 콘래드·이상옥 옮김 《뉴스위크》 선정 100대 명저
118 **폭풍의 언덕** E. 브론테·김종길 옮김 미국대학위원회 선정 SAT 추천도서
119 **텔크테에서의 만남** 그라스·안삼환 옮김 노벨 문학상 수상 작가
120 **검찰관** 고골·조주관 옮김
121 **안개** 우나무노·조민현 옮김
122 **나사의 회전** 제임스·최경도 옮김 미국대학위원회 선정 SAT 추천도서
123 **피츠제럴드 단편선 1** 피츠제럴드·김욱동 옮김
124 **목화밭의 고독 속에서** 콜테스·임수현 옮김
125 **돼지꿈** 황석영
126 **라셀라스** 존슨·이인규 옮김
127 **리어 왕** 셰익스피어·최종철 옮김 서울대 권장도서 100선 | 《뉴스위크》 선정 100대 명저
128·129 **쿠오 바디스** 시엔키에비츠·최성은 옮김 노벨 문학상 수상 작가
130 **자기만의 방·3기니** 울프·이미애 옮김
131 **시르트의 바닷가** 그라크·송진석 옮김
132 **이성과 감성** 오스틴·윤지관 옮김
133 **바덴바덴에서의 여름** 치프킨·이장욱 옮김
134 **새로운 인생** 파묵·이난아 옮김 노벨 문학상 수상 작가
135·136 **무지개** 로렌스·김정매 옮김
137 **인생의 베일** 서머싯 몸·황소연 옮김
138 **보이지 않는 도시들** 칼비노·이현경 옮김
139·140·141 **연초 도매상** 바스·이운경 옮김 《타임》 선정 현대 100대 영문소설
142·143 **플로스 강의 물방앗간** 엘리엇·한애경, 이봉지 옮김 미국대학위원회 선정 SAT 추천도서
144 **연인** 뒤라스·김인환 옮김
145·146 **이름 없는 주드** 하디·정종화 옮김
147 **제49호 품목의 경매** 핀천·김성곤 옮김 《타임》 선정 현대 100대 영문소설
148 **성역** 포크너·이진준 옮김 노벨 문학상 수상 작가 | 퓰리처상 수상 작가
149 **무진기행** 김승옥
150·151·152 **신곡(지옥편·연옥편·천국편)** 단테·박상진 옮김 《뉴스위크》 선정 100대 명저
153 **구덩이** 플라토노프·정보라 옮김
154·155·156 **카라마조프가의 형제들** 도스토옙스키·김연경 옮김
157 **지상의 양식** 지드·김화영 옮김 노벨 문학상 수상 작가
158 **밤의 군대들** 메일러·권택영 옮김 퓰리처상 수상 작가
159 **주홍 글자** 호손·김욱동 옮김 서울대 권장도서 100선 | 미국대학위원회 선정 SAT 추천도서
160 **깊은 강** 엔도 슈사쿠·유숙자 옮김
161 **욕망이라는 이름의 전차** 윌리엄스·김소임 옮김
162 **마사 퀘스트** 레싱·나영균 옮김 노벨 문학상 수상 작가
163·164 **운명의 딸** 아옌데·권미선 옮김

222 오스카 와일드 작품선 와일드 · 정영목 옮김

223 벨아미 모파상 · 송덕호 옮김

224 파스쿠알 두아르테 가족 호세 셀라 · 정동섭 옮김 노벨 문학상 수상 작가

225 시칠리아에서의 대화 비토리니 · 김운찬 옮김

226·227 길 위에서 케루악 · 이만식 옮김 《타임》 선정 현대 100대 영문소설 | 《뉴스위크》 선정 100대 명저

228 우리 시대의 영웅 레르몬토프 · 오정미 옮김

229 아우라 푸엔테스 · 송상기 옮김

230 클링조어의 마지막 여름 헤세 · 황승환 옮김 노벨 문학상 수상 작가

231 리스본의 겨울 무뇨스 몰리나 · 나송주 옮김

232 뻐꾸기 둥지 위로 날아간 새 키지 · 정회성 옮김 《타임》 선정 현대 100대 영문소설

233 페널티킥 앞에 선 골키퍼의 불안 한트케 · 윤용호 옮김 노벨 문학상 수상 작가

234 참을 수 없는 존재의 가벼움 쿤데라 · 이재룡 옮김

235·236 바다여, 바다여 머독 · 최옥영 옮김

237 한 줌의 먼지 에벌린 워 · 안진환 옮김 《타임》 선정 현대 100대 영문소설

238 뜨거운 양철 지붕 위의 고양이 · 유리 동물원 윌리엄스 · 김소임 옮김 퓰리처상 수상작

239 지하로부터의 수기 도스토옙스키 · 김연경 옮김

240 키메라 바스 · 이운경 옮김

241 반쪼가리 자작 칼비노 · 이현경 옮김

242 벌집 호세 셀라 · 남진희 옮김 노벨 문학상 수상 작가

243 불멸 쿤데라 · 김병욱 옮김

244·245 파우스트 박사 토마스 만 · 임홍배, 박병덕 옮김 노벨 문학상 수상 작가

246 사랑할 때와 죽을 때 레마르크 · 장희창 옮김

247 누가 버지니아 울프를 두려워하랴? 올비 · 강유나 옮김

248 인형의 집 입센 · 안미란 옮김

249 위폐범들 지드 · 원윤수 옮김 노벨 문학상 수상 작가

250 무정 이광수 · 정영훈 책임 편집 서울대 권장도서 100선

251·252 의지와 운명 푸엔테스 · 김현철 옮김

253 폭력적인 삶 파솔리니 · 이승수 옮김

254 거장과 마르가리타 불가코프 · 정보라 옮김

255·256 경이로운 도시 멘도사 · 김현철 옮김

257 야콥을 둘러싼 추측들 욘존 · 손대영 옮김

258 왕자와 거지 트웨인 · 김욱동 옮김

259 존재하지 않는 기사 칼비노 · 이현경 옮김

260·261 눈먼 암살자 애트우드 · 차은정 옮김 《타임》 선정 현대 100대 영문소설

262 베니스의 상인 셰익스피어 · 최종철 옮김

263 말리나 바흐만 · 남정애 옮김

264 사볼타 사건의 진실 멘도사 · 권미선 옮김

265 뒤렌마트 희곡선 뒤렌마트 · 김혜숙 옮김

266 이방인 카뮈 · 김화영 옮김 노벨 문학상 수상 작가 | 미국대학위원회 선정 SAT 추천도서

267 페스트 카뮈 · 김화영 옮김 노벨 문학상 수상 작가 | 국립중앙도서관 선정 청소년 권장도서

268 검은 튤립 뒤마 · 송진석 옮김

269·270 베를린 알렉산더 광장 되블린 · 김재혁 옮김

271 하얀 성 파묵 · 이난아 옮김 노벨 문학상 수상 작가

272 푸슈킨 선집 푸슈킨 · 최선 옮김

273·274 유리알 유희 헤세 · 이영임 옮김 노벨 문학상 수상 작가

275 **픽션들** 보르헤스 · 송병선 옮김 서울대 권장도서 100선

276 **신의 화살** 아체베 · 이소영 옮김

277 **빌헬름 텔 · 간계와 사랑** 실러 · 홍성광 옮김

278 **노인과 바다** 헤밍웨이 · 김욱동 옮김 노벨 문학상 수상 작가 | 퓰리처상 수상작

279 **무기여 잘 있어라** 헤밍웨이 · 김욱동 옮김 미국대학위원회 선정 SAT 추천도서

280 **태양은 다시 떠오른다** 헤밍웨이 · 김욱동 옮김 《타임》 선정 현대 100대 영문 소설

281 **알레프** 보르헤스 · 송병선 옮김

282 **일곱 박공의 집** 호손 · 정소영 옮김

283 **에마** 오스틴 · 윤지관, 김영희 옮김

284·285 **죄와 벌** 도스토옙스키 · 김연경 옮김 미국대학위원회 선정 SAT 추천도서

286 **시련** 밀러 · 최영 옮김

287 **모두가 나의 아들** 밀러 · 최영 옮김

288·289 **누구를 위하여 종은 울리나** 헤밍웨이 · 김욱동 옮김 노벨 문학상 수상 작가

290 **구르브 연락 없다** 멘도사 · 정창 옮김

291·292·293 **데카메론** 보카치오 · 박상진 옮김

294 **나누어진 하늘** 볼프 · 전영애 옮김

295·296 **제브데트 씨와 아들들** 파묵 · 이난아 옮김 노벨 문학상 수상 작가

297·298 **여인의 초상** 제임스 · 최경도 옮김 미국대학위원회 선정 SAT 추천도서

299 **압살롬, 압살롬!** 포크너 · 이태동 옮김 노벨 문학상 수상 작가

300 **이상 소설 전집** 이상 · 권영민 책임 편집

301·302·303·304·305 **레 미제라블** 위고 · 정기수 옮김

306 **관객모독** 한트케 · 윤용호 옮김 노벨 문학상 수상 작가

307 **더블린 사람들** 조이스 · 이종일 옮김

308 **에드거 앨런 포 단편선** 앨런 포 · 전승희 옮김 미국대학위원회 선정 SAT 추천도서

309 **보이체크 · 당통의 죽음** 뷔히너 · 홍성광 옮김

310 **노르웨이의 숲** 무라카미 하루키 · 양억관 옮김

311 **운명론자 자크와 그의 주인** 디드로 · 김희영 옮김

312·313 **헤밍웨이 단편선** 헤밍웨이 · 김욱동 옮김 노벨 문학상 수상 작가

314 **피라미드** 골딩 · 안지현 옮김 노벨 문학상 수상 작가

315 **닫힌 방 · 악마와 선한 신** 사르트르 · 지영래 옮김

316 **등대로** 울프 · 이미애 옮김 《타임》 선정 현대 100대 영문소설 | 《뉴스위크》 선정 100대 명저

317·318 **한국 희곡선** 송영 외 · 양승국 엮음

319 **여자의 일생** 모파상 · 이동렬 옮김

320 **의식** 노터봄 · 김영중 옮김

321 **육체의 악마** 라디게 · 원윤수 옮김

322·323 **감정 교육** 플로베르 · 지영화 옮김

324 **불타는 평원** 룰포 · 정창 옮김

325 **위대한 몬느** 알랭푸르니에 · 박영근 옮김

326 **라쇼몬** 아쿠타가와 류노스케 · 서은혜 옮김

327 **반바지 당나귀** 보스코 · 정영란 옮김

328 **정복자들** 말로 · 최윤주 옮김

329·330 **우리 동네 아이들** 마흐푸즈 · 배혜경 옮김 노벨 문학상 수상 작가

331·332 **개선문** 레마르크 · 장희창 옮김

333 **사바나의 개미 언덕** 아체베 · 이소영 옮김

334 **게걸음으로** 그라스 · 장희창 옮김 노벨 문학상 수상 작가

335 코스모스 곰브로비치 · 최성은 옮김

336 좁은 문 · 전원교향곡 · 배덕자 지드 · 동성식 옮김 노벨 문학상 수상 작가

337·338 암 병동 솔제니친 · 이영의 옮김 노벨 문학상 수상 작가

339 피의 꽃잎들 응구기 와 시응오 · 왕은철 옮김

340 운명 케르테스 · 유진일 옮김 노벨 문학상 수상 작가

341·342 벌거벗은 자와 죽은 자 메일러 · 이운경 옮김 퓰리처상 수상 작가

343 시지프 신화 카뮈 · 김화영 옮김 노벨 문학상 수상 작가

344 뇌우 차오위 · 오수경 옮김

345 모옌 중단편선 모옌 · 심규호, 유소영 옮김 노벨 문학상 수상 작가

346 일야서 한사오궁 · 심규호, 유소영 옮김

347 상속자들 골딩 · 안지현 옮김 노벨 문학상 수상 작가

348 설득 오스틴 · 전승희 옮김

349 히로시마 내 사랑 뒤라스 · 방미경 옮김

350 오 헨리 단편선 오 헨리 · 김희용 옮김

351·352 올리버 트위스트 디킨스 · 이인규 옮김

353·354·355·356 전쟁과 평화 톨스토이 · 연진희 옮김

357 다시 찾은 브라이즈헤드 에벌린 워 · 백지민 옮김

358 아무도 대령에게 편지하지 않다 마르케스 · 송병선 옮김

359 사양 다자이 오사무 · 유숙자 옮김

360 좌절 케르테스 · 한경민 옮김 노벨 문학상 수상 작가

361·362 닥터 지바고 파스테르나크 · 김연경 옮김 노벨 문학상 수상 작가

363 노생거 사원 오스틴 · 윤지관 옮김

364 개구리 모옌 · 심규호, 유소영 옮김 노벨 문학상 수상 작가

365 마왕 투르니에 · 이원복 옮김 공쿠르상 수상 작가

366 맨스필드 파크 오스틴 · 김영희 옮김

367 이선 프롬 이디스 워튼 · 김욱동 옮김 퓰리처상 수상 작가

368 여름 이디스 워튼 · 김욱동 옮김 퓰리처상 수상 작가

369·370·371 나는 고백한다 자우메 카브레 · 권가람 옮김

372·373·374 태엽 감는 새 연대기 무라카미 하루키 · 김난주 옮김

375·376 대사들 제임스 · 정소영 옮김

377 족장의 가을 마르케스 · 송병선 옮김 노벨 문학상 수상 작가

378 핏빛 자오선 매카시 · 김시현 옮김

379 모두 다 예쁜 말들 매카시 · 김시현 옮김

380 국경을 넘어 매카시 · 김시현 옮김

381 평원의 도시들 매카시 · 김시현 옮김

382 만년 다자이 오사무 · 유숙자 옮김

383 반항하는 인간 카뮈 · 김화영 옮김 노벨 문학상 수상 작가

384·385·386 악령 도스토옙스키 · 김연경 옮김

387 태평양을 막는 제방 뒤라스 · 윤진 옮김

388 남아 있는 나날 가즈오 이시구로 · 송은경 옮김

389 앙리 브륄라르의 생애 스탕달 · 원윤수 옮김

390 찻집 라오서 · 오수경 옮김

391 태어나지 않은 아이를 위한 기도 케르테스 · 이상동 옮김 노벨 문학상 수상 작가

392·393 서머싯 몸 단편선 서머싯 몸 · 황소연 옮김

394 케이크와 맥주 서머싯 몸 · 황소연 옮김

395 **월든** 소로 · 정회성 옮김
396 **모래 사나이** E. T. A. 호프만 · 신동화 옮김
397·398 **검은 책** 오르한 파묵 · 이난아 옮김 노벨 문학상 수상 작가
399 **방랑자들** 올가 토카르추크 · 최성은 옮김 노벨 문학상 수상 작가
400 **시여, 침을 뱉어라** 김수영 · 이영준 엮음
401·402 **환락의 집** 이디스 워튼 · 전승희 옮김
403 **달려라 메로스** 다자이 오사무 · 유숙자 옮김
404 **아버지와 자식** 투르게네프 · 연진희 옮김
405 **청부 살인자의 성모** 바예호 · 송병선 옮김
406 **세피아빛 초상** 아옌데 · 조영실 옮김
407·408·409·410 **사기 열전** 사마천 · 김원중 옮김 서울대 권장도서 100선
411 **이상 시 전집** 이상 · 권영민 책임 편집
412 **어둠 속의 사건** 발자크 · 이동렬 옮김
413 **태평천하** 채만식 · 권영민 책임 편집
414·415 **노스트로모** 콘래드 · 이미애 옮김
416·417 **제르미날** 졸라 · 강충권 옮김
418 **명인** 가와바타 야스나리 · 유숙자 옮김 노벨 문학상 수상 작가
419 **핀처 마틴** 골딩 · 백지민 옮김 노벨 문학상 수상 작가
420 **사라진 · 샤베르 대령** 발자크 · 선영아 옮김
421 **빅 서** 케루악 · 김재성 옮김
422 **코뿔소** 이오네스코 · 박형섭 옮김
423 **블랙박스** 오즈 · 윤성덕, 김영화 옮김
424·425 **고양이 눈** 애트우드 · 차은정 옮김
426·427 **도둑 신부** 애트우드 · 이은선 옮김
428 **슈니츨러 작품선** 슈니츨러 · 신동화 옮김
429·430 **세계의 끝과 하드보일드 원더랜드** 무라카미 하루키 · 김난주 옮김
431 **멜랑콜리아 I–II** 욘 포세 · 손화수 옮김 노벨 문학상 수상 작가
432 **도적들** 실러 · 홍성광 옮김
433 **예브게니 오네긴 · 대위의 딸** 푸시킨 · 최선 옮김
434·435 **초대받은 여자** 보부아르 · 강초롱 옮김
436·437 **미들마치** 엘리엇 · 이미애 옮김
438 **이반 일리치의 죽음** 톨스토이 · 김연경 옮김
439·440 **캔터베리 이야기** 초서 · 이동일, 이동춘 옮김
441·442 **아소무아르** 졸라 · 윤진 옮김
443 **가난한 사람들** 도스토옙스키 · 이항재 옮김

세계문학전집은 계속 간행됩니다.